D0496988

UNE SAVEUR
DE SCANDALE

Stephen Birmingham

UNE SAVEUR
DE SCANDALE

traduit de l'américain
par Marie-Denise Guay

Super Sellers

Données de catalogage avant publication (Canada)

Birmingham, Stephen

Une saveur de scandale

(Super Sellers)
Traduction de : The Rothman scandal

ISBN 2-89077-106-7

I. Titre.
PS3552.I796R6714 1994   813'.54   C94-940706-2

Titre original : ROTHMAN SCANDAL

© 1991 by Stephen Birmingham

© 1994, les éditions Flammarion ltée
pour la traduction française

ISBN 2-89077-106-7

Dépôt légal : 2ᵉ trimestre 1994
Photographie de couverture : Alberto Rizzo

À Frédérica S. Friedman

Prologue

À l'époque, tous vivaient à Tarrytown, au « Rothmere », au sein d'une grande famille unie. Ils étaient sept : Ho Rothman et son épouse Anna Lily ; leur fils Herbert marié à Peggy ; enfin Steven, leur petit-fils, ainsi que sa jeune femme, Alexandra et leur bébé, Joël. Quatre générations de Rothman habitaient sous le large toit à nombreux pignons d'une demeure considérée comme l'une des plus belles de l'est du pays. Ce bijou couronnait le sommet d'une colline surplombant les courbes harmonieuses du pont Tappan Zee et, au-delà, les lumières scintillantes de Nyack.

Après le scandale et le drame qui s'ensuivit, personne ne voulut évidemment plus demeurer au « Rothmere ». À l'entour, on prétendait que l'endroit était hanté ou, à tout le moins, qu'il portait malheur. Son précédent propriétaire, l'homme qui avait fait construire cette maison, était mort brisé et ruiné. Sa femme l'avait quitté et nul ne l'avait plus jamais revue. Ni n'en avait plus entendu parler. Ho Rothman l'avait mise en vente, mais sans succès, aucune offre n'approchant même la valeur du domaine. Alors Ho tenta d'en faire don. Il l'offrit au gouvernement fédéral comme résidence pour dignitaires en visite, mais ni Washington ni Albany n'en voulurent, les frais d'entretien se révélant élevés. « Rothmere » fut par hasard loué au révérend Sun Myung Moon et à son Église unifiée. Les jardins autrefois réputés de Lily Rothman aux parterres élaborés devinrent une zone de stationnement. Or, les Moonistes négligèrent l'endroit et n'entreprirent aucune réparation. En 1980, la maison fut dévastée; une aile brûlée laissa la salle de bal sans couverture. La mauvaise herbe envahit les rainures du plancher de la salle où Lily Rothman avait donné ses fameuses réceptions, lors desquelles un secrétaire d'État avait dîné et le duc et la duchesse de Windsor dansé. La mousse couvrait les tuyaux rouillés de l'énorme Wurlitzer.

En 1983, la maison fut rasée et la propriété vendue à un promoteur qui la lotit pour y construire 500 clapiers à 750 000 $ chacun. Seul le nom, le domaine Rosemère, car l'épouse du promoteur se prénommait Rose, contribua à perpétuer un faible lien avec ce qu'avait été autrefois « Rothmere ». Aucun membre de la famille n'y revint jamais.

C'est à « Rothmere » que, d'une écriture fine, fut rédigée cette lettre :

ROTHMERE
Chemin de la poste
Tarrytown, New York 10591

Le 10 septembre 1973

Cher monsieur,

Je m'adresse à vous en ces termes parce que je n'ai pas la moindre idée du mot qu'il me faut utiliser à votre endroit. Je ne m'adresse pas à vous à ce titre pour laisser entendre que vous correspondez un tant soit peu à ce que l'on appellerait un gentleman. Aucun n'aurait proféré à l'égard d'une femme les menaces que vous avez osé me lancer. Je vous considère comme un individu de la pire espèce, plus vil que la plus vile des vermines, pour avoir, comme vous l'avez fait, menacé de ruiner ma famille, mon mariage, l'avenir de mon fils, ma carrière, ma vie entière. Il m'est difficile d'accepter d'avoir jamais cru en vous... d'avoir cru que je vous aimais...

J'ai cependant fait part de vos menaces aux membres les plus éminents de la famille de façon très précise et nous sommes convenus d'accéder à vos exigences. Veuillez vous présenter ici le jeudi 20 septembre à quinze heures. Je verrai à ce que ces exigences soient satisfaites. Vous viendrez seul, et vous pouvez être assuré que je serai seule aussi à vous recevoir. Aucun autre membre de la famille ne sera présent et les domestiques seront en congé. Il n'y aura pas de gardien à l'entrée du domaine.

A.L.R.

Depuis 1973, la lettre, de même que l'enveloppe dans laquelle elle avait été postée, a été conservée en lieu sûr. Agrafée à l'enveloppe, se trouvait une courte note dactylographiée :

« Si le locataire de ce coffre de sécurité disparaît, dans des circonstances étranges ou autres que naturelles, ces quelques lignes ne manqueront pas de faire la lumière sur ce décès. »

Locataire du coffre no 369
Hanover Trust
5ᵉ avenue
Je suis le locataire de ce coffre.

Première partie

FEUX D'ARTIFICE

1

— C'est René Bouché qui a fait ce portrait de moi en dix-neuf cent soixante-treize, dit Alexandra Rothman.

— En dix-neuf cent soixante-treize. L'année où tout est arrivé, dit Lucille.

— Tu veux dire l'année après qu'est survenu tout le reste. Tout dépend de la façon dont on voit les choses, j'imagine, dit Alexandra.

— Des regrets ?

— Non. Seulement...

— Seulement quoi ?

— J'aurais seulement préféré qu'il ne me fît pas poser avec le chiot. Ce n'est pas que j'aie quoi que ce soit contre les chiens. Je les aime bien. Mais ce n'était pas le mien. C'était le chien de Bouché. Il s'appelait Bonbon.

— Je ne parlais pas de la peinture, dit Lucille. Laisse-moi te dire que tu ne sembles pas avoir pris une ride, Lexy.

Lucille Withers pointa son index vers le doigt d'Alex et son regard sur la bague du portrait :

— Je vois que tu portes encore sa bague.

— Bien sûr.

— L'aimais-tu, Lexy ?

Alex écarta les doigts de sa main gauche.

— Les saphirs figurent parmi les pierres précieuses les plus lourdes, dit-elle. Le savais-tu ? Les émeraudes sont parmi les plus légères. Les saphirs d'Orient sont, dit-on, les plus beaux. C'est un saphir d'Orient.

— Je ne m'attendais absolument pas à ce que tu répondes à ma question, dit Lucille.

— Vraiment pas? Tu me connais, Lulu. Pose-moi une question personnelle et je te donne un cours de gemmologie. Vas-y!

— Qu'avez-vous fait tous les deux pendant votre nuit de noces, chérie?

— Le poids exact d'un saphir est de...

Elles échangèrent un regard entendu.

Elles avaient toujours formé un duo bizarre, ces deux amies qui se connaissaient depuis plus de trente ans : Alex Rothman, la directrice bien connue d'une revue de mode new-yorkaise et Lucille Withers, la femme d'affaires célibataire, son aînée d'au moins vingt ans. Elles semblaient n'avoir rien de commun que leur sexe. Alex était délicate, presque menue. Lucille était une femme très grande. Elle avait près de deux mètres, de puissantes mains osseuses, les pieds toujours chaussés de souliers de marche à talons plats, le visage long et étroit, le front très haut et le nez aquilin. Sa chevelure d'un noir de jais, toujours tirée en arrière, était retenue en chignon. Elle était toujours vêtue d'un chemisier blanc à col relevé et à manches bouffantes et d'amples jupes à longs plis, habituellement noires.

— Quand tu trouves un style qui te convient, restes-y fidèle, répétait souvent Lucille.

C'était sûrement un bon conseil. Mais que le style de Lucille lui ait ou non convenu, il était vraiment singulier. Quand elle marchait dans la rue, Lucille ne passait jamais inaperçue, ce qui, somme toute, était son intention. Aux yeux d'un étranger, sa longue silhouette déambulant d'un pas décidé sur le trottoir, les bras ballants, un énorme porte-documents à la main, faisait penser à une directrice d'école du dix-neuvième siècle. « Qui est cette femme? » murmuraient ceux qui la voyaient pour la première fois. Cela reflétait le conseil qu'elle donnait toujours à ses mannequins : « Tenez-vous droit ; marchez la tête haute, faites-vous remarquer. Faites en sorte que les gens se demandent qui vous êtes. »

Un jour elle avait confié à Alex que, jeune fille, elle avait pensé devenir mannequin du fait de sa taille, mais elle avait choisi de mettre sur pied ce qui allait devenir une des agences de mannequins les plus importantes du Midwest.

Pourtant, malgré leur différence d'âge et de goût, Lucille et Alexandra s'étaient liées d'amitié dès leur première rencontre, en 1960, alors qu'Alex n'avait que seize ans. Celle-ci avait résisté à l'usure du temps. Elles s'appelaient l'une l'autre Lexy et Lulu, surnoms que personne d'autre n'avait le droit d'utiliser. Chaque fois que Lucille venait à New York, elle passait voir Alexandra, sans jamais s'annoncer, comme elle l'avait fait cet après-midi-là, une serviette toujours pleine de photos de mannequins qu'Alex pourrait utiliser dans sa revue de mode. Celle-ci avait fait des marques sur certaines des épreuves dispersées sur le sofa entre les deux femmes. Utiliser des mannequins de l'Agence Withers offrait l'avantage de présenter des visages nouveaux. Et pour Herbert Rothman, l'éditeur de *Mode,* c'était que les nouvelles venues, souvent inconnues, demandaient un cachet moins élevé que des mannequins célèbres. Cela lui plaisait quand il se penchait sur son budget de production.

— Il faut dire que tu reviens de loin, ma chérie, fit remarquer Lucille. Mais tu as toujours dit que tu occuperais ta place, toute ta place. Tu as bien réussi.

— En effet, mais c'est grâce à toi, Lulu, répliqua Alex. C'est toi qui m'as lancée.

— Ce sont des vétilles, ma chérie, répondit Lulu. Je n'ai rien fait. C'est toi qui as saisi ta chance au passage et elle portait un saphir d'Orient.

Coleman, le majordome d'Alex, parut à la porte de la bibliothèque :

— Excusez-moi, Alex, mais le fleuriste est ici. Je lui ai

montré quels arrangements vous désiriez au centre des tables. Y a-t-il autre chose ?

— Rien qui me vienne à l'esprit, chéri, dit Alex. Dans quelques minutes, je viendrai y jeter un coup d'œil.

Après le départ de Coleman, Lucille murmura :

— J'aimerais avoir un majordome que je pourrais appeler chéri. J'aimerais tout simplement avoir un majordome.

Puis, elle se frappa les cuisses.

— Il faut que je m'en aille. Tu as une réception à organiser et mille autres choses à faire.

Elle se mit à rassembler les photos dans son gros porte-documents noir.

— N'oublie pas cette petite blonde, dit Alex. Envoie-moi d'autres photos d'elle.

— C'est Mélissa. Elle présente bien si tu la considères de buste. Mais elle a un gros derrière.

— J'aime son visage. Elle a un air rusé. Elle a l'air d'aller à une réception pour s'y amuser. Je prépare un numéro sur les réceptions.

— D'accord, dit Lucille Withers en se levant.

Alex se leva à son tour. Sa tête atteignait à peine l'épaule de son amie.

— J'aimerais que tu viennes à la soirée que je donne aujourd'hui, dit Alex. Il y aura toutes sortes de gens. Entre autres, les Kissinger. Ne changerais-tu pas d'avis ?

— Sûrement pas, ma chérie. Il n'y a pas de place pour une « vieille belle » comme moi. Tu vas recevoir du beau monde. J'en lirai le compte rendu dans le *Women's Wear*. Je n'ai pas de tenue de soirée. Je n'en ai d'ailleurs jamais eu.

Elles se dirigèrent toutes deux vers la porte d'entrée.

— J'aimerais te présenter comme la femme qui m'a découverte, lança Alex.

— Arrête. Je ne t'ai pas découverte. Tu t'es découverte toute seule, Lexy.

— Viens, je t'en prie, Lulu. Tu pourras porter ce que tu as sur toi en ce moment. À New York de nos jours, n'importe quoi fait l'affaire.

— Non, non, je dois retourner à mon hôtel. J'ai des coups de fil à passer.

Près de l'ascenseur qui donnait directement sur l'appartement, Alex pressa un bouton. La géante se baissa pour lui donner une bise sur la joue.

— Je vais t'envoyer d'autres photos de Mélissa.

La porte de l'ascenseur s'ouvrit.

— Au revoir, dit Lucille.

Alex serra la main de son amie.

— Reviens le plus vite possible.

Au moment où se refermait la porte de l'ascenseur, Lulu lui lança un clin d'œil complice.

— Je t'aime bien, Lulu!

— Je t'aime bien, moi aussi; à bientôt!

2

Sur la terrasse d'Alex Rothman, au vingtième étage, les employés du fleuriste disposaient les décorations sur chacune des vingt-cinq tables nappées de rose apportées par le traiteur. Le maître d'hôtel de chez *Glorious Foods* donnait ses directives à la trentaine de serveurs alignés comme des soldats à la parade.

Des gens, montés sur des escabeaux, attachaient des paquets de ballons roses et blancs aux montants et au toit du belvédère. Coleman suivait Alex sur la terrasse, un calepin et un crayon à la main. Il prenait des notes. Coleman était plus que le majordome d'Alex. Il était aussi son secrétaire, son ami, et ce soir, son assistant.

— Cette nappe est de travers, remarqua-t-elle.

Il en prit note.

— Je viens tout juste d'appeler le service de la météo, dit-il. Aucun risque de pluie. Donc pas de précipitations, mais il pourrait y avoir un peu de vent après le coucher du soleil.

— Un peu de vent ? Avons-nous des épingles à linge pour le...

— Les épingles à linge sont là, au cas où nous en aurions besoin. Savez-vous qu'il y aura pleine lune ce soir ? Elle se lève à vingt heures quarante-sept. Ce sera sans doute le clou de votre réception.

— Est-il vrai que les gens font des folies les nuits de pleine lune?

— Cette pleine lune a été commandée spécialement pour votre soirée. Il m'a fallu beaucoup d'habileté, mais quand j'en ai expliqué la nature aux habitants de la lune, ils ont accepté d'accéder à ma demande.

— Ce serveur devrait aller se raser. Pouvez-vous le lui demander gentiment? Peut-être pourrait-il emprunter votre rasoir et se servir de votre salle de bains.

Coleman prit une autre note.

— L'équipe de NBC est en route. Ils ont besoin d'un peu de temps pour disposer leurs appareils.

— Les feux d'artifice?

— Tout est prêt. Vous ferez un signe aux musiciens qui se déplaceront vers le coin nord de la terrasse et attaqueront « Les jours heureux ». C'est le signal pour avertir la péniche sur le fleuve d'où partiront les feux d'artifice.

— Avons-nous pensé à tout, chéri?

Organiser une réception de ce genre, c'était comme planifier une campagne militaire, à tout le moins quand c'était Alex Rothman qui la donnait.

— Je le crois.

Il jeta un coup d'œil à sa montre.

— Dix-huit heures cinquante-huit, dit-il. Vous avez plus d'une heure avant le début de la réception. Pourquoi ne pas aller vous reposer dans la bibliothèque? Il y a du champagne bien frappé au réfrigérateur.

— Vous savez bien que je ne peux pas me détendre avant une réception.

— Ne vous inquiétez pas. Je vais m'occuper de tout. Ce soir, votre seul devoir, c'est d'être la femme la plus en vue de New York.

— Juste un petit détail, dit-il.

D'une main, il releva une mèche de cheveux qui tombait sur son front. Puis, tout en retenant les cheveux en place d'une main, il glissa l'autre dans la poche de son veston et en sortit une bombe de laque. Il en aspergea rapidement la mèche rebelle pour la fixer.

— Maintenant, vous êtes parfaite, dit-il.

Coleman lui servait également de coiffeur et de maquilleur. Il était à son service depuis quinze ans. Elle le surprenait parfois à la fixer d'un regard si langoureux et triste qu'elle se demandait s'il n'était pas amoureux d'elle.

Dans la bibliothèque, elle referma les rideaux. La pièce s'assombrit. Seule une lampe brillait au-dessus de son portrait. La maison était silencieuse. On entendait seulement, de la terrasse lointaine, les sons discordants des instruments que les musiciens accordaient. Elle se dirigea vers le réfrigérateur, prit la bouteille couchée sur la glace et se versa une coupe de champagne.

Elle se surprit en train d'étudier le portrait de Bouché. Elle ne l'avait pas vraiment contemplé depuis longtemps. Elle regretta encore une fois de ne pas s'être opposée à la présence de Bonbon, le petit caniche blanc du peintre. D'abord, Bonbon donnait au tableau un air mièvre et artificiel. De plus, il faisait dater le portrait du début des années 1970. Les chiens, comme tout le reste, peuvent être ou non à la mode. Or, depuis cette époque, des races entières semblaient avoir disparu du règne animal. Certes, les caniches existaient toujours, mais ils manquaient de classe. Et Bonbon donnait un air superficiel à son portrait. Mais Bouché avait insisté... Bonbon figurait souvent dans ses portraits de femmes.

— Chère madame, je vous assure que Bonbon est essentiel, avait-il dit. Voyez comme ses yeux gris perle se marient à vos boucles d'oreilles ! Allons, effacez ce petit froncement de sourcils pour me faire plaisir et soyez belle pour moi.

Il avait repris son pinceau. Elle n'avait pas insisté. Après tout, il ne lui demandait rien pour ce portrait. Il le faisait par gratitude, car elle lui avait demandé d'illustrer certaines pages de sa revue. À cette époque, il n'était guère connu en Amérique et il avait besoin de ce type de publicité. Elle pensait maintenant, en se sentant un peu coupable, qu'elle ne l'avait sollicité qu'une seule autre fois. C'est le prix à payer, quand on devient célèbre. Elle se rappelait l'époque où elle avait commencé à présenter à ses lectrices les coiffures de Vidal Sassoon. Qu'était devenu Vidal Sassoon ? Il était riche, mais ses produits capillaires se vendaient dans tous les magasins à bon marché et étaient distribués comme échantillons dans les hôtels. Ralph Lauren allait être le prochain à subir le même sort. Il n'y avait qu'à attendre. Soyez belle pour moi encore une fois !

Alexandra ne supportait pas de se voir avec ces grands yeux fixes. Qu'avait donc dit Bouché quand elle lui avait demandé si elle avait vraiment ce regard ?

— Les miroirs mentent. Non mes portraits.

Alex n'avait jamais pensé qu'elle était belle ; elle ne s'était jamais permis de penser qu'elle était belle. La femme qui se pense belle a de sérieux problèmes : elle a tendance à se prendre pour Dieu.

Cependant, en regardant aujourd'hui le portrait, elle se dit qu'il était probablement fidèle, au moins aussi fidèle que ce que l'on aurait pu attendre d'un artiste enclin au romantisme comme Bouché. Steven lui avait affirmé qu'elle était belle. Il avait bien aimé le portrait. C'était pour cela qu'elle l'avait accroché là, dans la bibliothèque, la pièce qu'il préférait. C'était d'ailleurs ainsi que Steven la voyait, pensa-t-elle. J'étais vraiment ainsi quand j'étais jeune. Bouché n'avait pas tenté d'effacer les défauts de son visage. Son nez était long, droit et fin, en un mot « aristocratique », selon l'artiste. Or, Alex avait toujours pensé qu'il était trop long, trop pointu, puisqu'il avait tendance à lui cacher une partie de sa lèvre supérieure. Son menton était petit et un peu trop allongé.

— Quel affreux menton ! se murmurait-elle quand elle se maquillait devant son miroir.

Mais ce n'étaient là que de toutes petites imperfections. Bouché avait certainement saisi ses meilleurs traits : ses grands yeux lumineux largement éloignés, d'une teinte étrange qui tournait au bleu-vert sous certains éclairages et brun noisette sous d'autres, de même que ses sourcils délicatement arqués, légèrement soulevés comme si elle était sur le point de poser une question.

Certains lui avaient dit que, dans ce portrait, elle semblait triste. Alex estimait qu'elle avait l'air très préoccupée, ce qui était effectivement le cas au cours de l'année qui avait suivi la naissance de Joël.

Par contre, Bouché lui avait choisi une robe de toile soyeuse de Poiret, à l'ancienne, une robe couleur citrouille à fines bretelles, empruntée à la collection de vêtements du Metropolitan Museum. Puis il lui avait arrangé un foulard, d'une teinte citrouille légèrement plus foncée, sur ses épaules nues. Les couleurs, avait-il expliqué, devaient attirer le regard sur sa chevelure d'un blond vénitien. Les plis du foulard retombaient en triangles sur la robe.

— Je veux que vous ayez l'air d'une duchesse, avait-il dit.

— Oui, la duchesse de Paradis.

— Paradis?

— Paradis, Missouri, la ville où je suis née.

Il avait même suggéré un diadème, mais elle avait refusé.

Elle contemplait maintenant le portrait et se demandait si elle aurait dû accepter de porter le diadème. Peut-être, dix-sept ans plus tard, ai-je gagné ma petite couronne, pensa-t-elle.

Par contre, elle portait ce triple rang de perles dont elle avait fait son signe distinctif. À ses oreilles, dans le tableau et sur elle-même en ce moment, pendaient des boucles ornées de perles, cadeau de leur premier anniversaire de mariage. Au majeur de sa main gauche, la main qui frôlait sa joue, étincelait le saphir d'Orient avec sa petite couronne de diamants, bague de fiançailles qu'elle portait encore, bien sûr. Mais il y avait très peu d'autres détails rappelant que la femme préoccupée du portrait et la femme triomphante de ce soir étaient une seule et même personne.

— L'aimais-tu? lui avait demandé Lulu ce soir même.

— L'aimes-tu? lui avait demandé Lulu en 1967, la première fois qu'elle lui avait montré la bague.

— Nous sommes fous l'un de l'autre, Lulu.

— Vraiment? Parfois tu me sembles si jeune, ma chérie.

— J'ai vingt-trois ans.

— Épouser un homme riche n'est pas toujours aussi facile qu'on le croit. Et les Rothman? On les dit très durs. J'imagine que tu le sais.

— Il m'emmène rencontrer ses parents la semaine prochaine.

Lucille Withers lui avait jeté un regard dubitatif.

— J'aimerais juste pouvoir penser que c'est une histoire d'amour. Sais-tu vraiment ce que c'est que d'être amoureuse?

— Bien sûr que je le sais! Et toi?

Lucille avait hoché doucement sa sombre crinière; son sourire était devenu triste.

— Oh, oui, dit-elle.

— Alors pourquoi ne t'es-tu jamais mariée? Pourquoi n'as-tu pas eu d'enfants? C'est ce que tout le monde souhaite, avoir des enfants.

— Des enfants. Pour assurer la dynastie. Sans intérêt.

— Non. Des enfants à élever et à aimer. N'as-tu jamais voulu des enfants à élever et à aimer?

Son sourire était demeuré triste. Elle avait détourné son visage et ajouté finalement:

— À la tête de mon agence, j'en ai eu des centaines. Toutes des filles.

Lulu voulait toujours parler d'amour. Mais personne ne savait mieux qu'Alex, même à l'époque, que si on devient follement amoureux, ou même un tant soit peu, on risque de perdre à jamais son bonheur et la paix de l'esprit. Le jeu en valait-il la chandelle? Quand l'amour se mourait, il ne restait rien qu'une pointe de glace au cœur. C'était la seule façon dont l'amour pénétrait le royaume du cœur: quand il se mourait, il laissait une pointe de glace. Mais c'était cet éclat de glace qui vous donnait la force de survivre dans une entreprise aussi traîtresse et parsemée d'embûches que celle-ci ou dans une famille comme celle des Rothman. Alex l'avait appris à ses dépens. Elle se détourna du portrait qui commençait à l'hypnotiser.

Ici même, précisément dans cette pièce, sur les étagères de cette bibliothèque, se trouvait la vraie mesure de ses réalisations, de son succès. Ici même, dans une section spéciale, reliés en maroquin rouge vif gravé en lettres d'or, se trouvaient tous les numéros de *Mode* depuis qu'elle en avait pris la direction. Il y avait dix-sept volumes qui correspondaient à chacune des dix-sept dernières années. Ce qui représentait plus de deux cents numéros. Il était évident que les volumes, d'année en année, prenaient plus d'ampleur, s'avéraient plus intéressants et plus vivants, comme des enfants en pleine croissance. C'était là le signe de la confiance grandissante que ses annonceurs lui portaient. Mais c'était encore davantage le signe de la confiance grandissante de ses lectrices. Et il fallait bien que le nombre de ces lectrices s'accrût d'abord pour qu'en fassent autant le nombre des annonceurs et, partant, les intérêts financiers. Mais un équilibre délicat devait s'installer tout à la fois entre le contenu qui attire les lectrices et les pages d'annonces qui constituent la principale source de revenus. Un éditeur de revue ne peut pas laisser des annonces submerger son produit, si forte que puisse en être parfois la tentation. Il n'y a pas de mesure précise en la matière, pas de formule magique pour établir un équilibre parfait. Chaque directeur adopte sa propre recette. Aucune étude de marché ne pourrait dire ce qui rend une revue attirante. On ne peut compter que sur l'instinct d'un directeur pour fournir cette réponse, numéro après numéro. Le goût et le jugement sont souvent des mots que l'on entend pour expliquer le succès d'une revue, mais il s'agit beaucoup plus d'instinct, d'intuition, de flair, de l'aplomb irrationnel du joueur prêt à faire le grand saut et à miser tous ses jetons sur une combinaison. Chaque numéro d'une revue est un vaisseau fragile et périssable, comme une vie humaine. Dans ces volumes à reliure rouge vif, sur les rayons d'Alexandra Rothman, reposaient exactement deux cent quatre existences différentes. Tout comme ses enfants, pensait-elle souvent.

Des années auparavant, dans une autre bibliothèque, à Tarrytown, avait eu lieu une réunion de famille, disons plutôt un conseil de guerre, après le décès de Steven. Le climat était tendu, électrique. Son testament venait tout juste d'être ouvert. Il y demandait, faute de pouvoir l'exiger, car la revue ne lui appartenait pas, que soit donné à Alex le contrôle exclusif du contenu de *Mode*.

— Qu'est-ce qui te permet de croire que tu pourrais diriger une revue ? lui avait demandé Ho Rothman.

Il était le grand-père de Steven, le patriarche de la famille et la tête pensante de toute l'entreprise.

— Parce que j'ai aidé Steven à la diriger au cours des six dernières années, au cas où vous ne l'auriez pas remarqué !

— Qu'en retirerions-nous ? La revue nous fait perdre de l'argent. Nous ne sommes pas dans les affaires pour faire la charité, tu le sais.

— Je vais en faire un succès.

— Comment ? Peux-tu me le dire ?

— En poursuivant ce que j'ai déjà entrepris. En en faisant une revue qui ne s'intéresse pas seulement à ce que les femmes portent, mais à ce que les femmes pensent, ou à ce qu'elles pourraient penser. De même qu'à ce que les femmes font, ou à ce qu'elles voudraient faire !

Elle n'avait jamais parlé aussi sèchement à Ho Rothman.

Il l'avait fixée sans sourciller. Ho Rothman était un petit homme, mais dans son antique fauteuil de brocart, au dossier très haut qui semblait lui servir de trône, il paraissait immense, car tous les millions et tout le pouvoir des Rothman étaient enfermés dans cette petite silhouette assise dans ce monumental fauteuil. Alors, il avait haussé ses maigres épaules.

— J'imagine que n'importe quel imbécile peut diriger une petite revue ridicule comme *Mode,* avait-il fait remarquer.

— Je vais vous montrer que je ne suis pas n'importe quelle imbécile et *Mode* ne sera pas une ridicule petite revue, avait-elle répliqué.

Il avait pointé vers elle un index décharné.

— Voici ce que je vais faire. Je vais te donner un an. Non, je me trompe. Tu viens de voir Ho Rothman se tromper. Je vais te donner six mois. Si cette damnée revue ne fait pas de profit dans les six mois, tu disparais sans autre forme de procès.

— Marché conclu, Ho !

— Ne fais pas cela, papa, s'était écrié Herbert Rothman, le père de Steven. Elle va échouer ! Elle va échouer !

— Ferme-la, Herbert. Ma décision est prise.

Plus tard, dans un couloir, à l'étage, Herb Rothman l'avait accostée et saisie par le revers de son chemisier.

— Tu m'as humilié, avait-il dit. Tu m'as humilié devant ma femme, devant mon frère, devant toute ma famille. Tu savais que j'avais promis la revue à Mona Potter. Tu m'as humilié devant Mona. Je ne te le pardonnerai jamais, Alex. Tu vas échouer. Je vais te regarder échouer. Je ferai tout pour que tu échoues. Tu m'as humilié une fois de trop, Alex.

Elle l'avait brusquement repoussé.

— Ne me touche pas.

Ce soir-là, elle avait fait ses valises et emménagé dans l'appartement de New York, bien qu'elle sût qu'elle devrait y affronter le spectre de Steven dans chaque couloir, dans chaque pièce. Mais elle n'avait pas l'intention de passer une nuit de plus sous le toit de sa belle-famille.

Tu vois, je n'ai pas échoué, se disait-elle maintenant. Je n'ai pas échoué, n'est-ce pas, Herbert ? En fait, j'ai réussi au-delà de toutes les espérances.

Il n'avait pas fallu six mois pour qu'apparaissent les profits. Il n'en avait fallu que quatre. À partir de ce moment, Ho Rothman devint son allié, son soutien dans la société, son atout dans cette famille agressive. Chaque fois qu'il fallait trancher, société et famille ne faisant qu'un, Ho prenait son parti et faisait pencher la balance en sa faveur. Du moins quand il s'agissait de la direction de *Mode*.

Elle se tourna encore une fois vers le portrait qui dominait la cheminée. Oui, pensa-t-elle, Lulu avait raison. Tu reviens de loin, ma fille. Un monde séparait la jeune femme craintive qui figurait sur le mur de la femme de quarante-six ans qui ce soir célébrait la réussite de sa revue. Elle avait su dès le départ qu'elle faisait face à une lutte croissante de pouvoir au sein de la société et qu'elle était condamnée à affronter à chaque pas le père de son défunt mari. Tu ne peux plus m'atteindre maintenant, Herb Rothman, murmura-t-elle. Tu ne peux plus me menacer de me faire du tort. Notre long combat à mort est terminé. Vois qui est le vainqueur. C'est moi. Elle leva sa coupe de champagne à la santé de celle qui trônait à l'intérieur du cadre ovale.

— À moi, dit-elle à voix haute.

Elle fit un clin d'œil à la jeune femme au caniche blanc.

— Bouh! fit derrière elle une voix masculine.

Elle se retourna, surprise. Lenny Liebling se tenait dans l'embrasure de la porte.

— Ce n'est que moi, dit-il en traversant rapidement la pièce. Ai-je vraiment surpris la grande directrice de revue en train de saluer la même grande directrice quand elle était à la fleur de l'âge?

Elle eut un long rire profond.

— Je suis encore dans la fleur de l'âge, idiot.

— Peut-être étais-tu en train de te féliciter de ton plus grand triomphe?

— Comment es-tu arrivé ici sans te faire annoncer?

Il s'avança vivement vers elle et l'embrassa sur les deux joues.

— Ce fut enfantin, dit-il. Ton portier était occupé à appeler un taxi pour un jeune homme, beau à mourir. Je me suis tout simplement glissé dans l'immeuble réputé le plus sûr de Manhattan, j'ai pris l'ascenseur et trouvé ta porte ouverte. Et me voici! Si j'avais été un cambrioleur, au lieu de ton cher vieux Lenny, j'aurais pu me sauver avec tes bijoux. J'ai tout d'abord pensé que la maison était vide, puis j'ai vu que tout ton personnel s'affairait sur la terrasse aux préparatifs de ta réception. Alors, j'ai pensé que je pourrais te surprendre dans ton bain, mais je te trouve ici, prête pour la soirée.

— Laisse-moi te dire que tu es ravissante, ce soir, ma chère Alex.

— Toi, tu es en avance. Ma réception ne commence pas avant vingt heures.

— Mais ne vas-tu pas offrir un verre à ton cher vieux Lenny? Je vois que tu as déjà commencé à faire honneur à la soirée qui s'annonce.

— Il y a du champagne au réfrigérateur, mon chéri. Tu n'auras rien de plus fort tant que les serveurs n'auront pas fini de tout installer.

Il se versa un verre. Puis il se tourna vers elle, et d'une voix plus sérieuse, dit :

— Je voulais effectivement arriver quelques minutes en avance. J'avais à te parler. Mes espions — tu sais que j'ai des espions dans toute l'organisation Rothman — ont été très actifs au cours de la journée. Tandis que tu étais ici cet après-midi, en train de préparer ton raout, des rumeurs couraient au trentième étage. Quelque chose se prépare, Alex, et je n'aime pas ça.

— Oh? l'interrogea-t-elle d'un ton las. Qu'est-ce que notre cher petit Herbert est en train de mijoter maintenant?

Il se mit à parler, mais posa soudain son doigt sur ses lèvres. Coleman venait d'apparaître à la porte de la bibliothèque.

— Il est dix-neuf heures quarante, Alex, dit-il.

— Merci, chéri.

Quand Coleman fut parti, Lenny poursuivit à voix basse :

— Personne ne sait ce qui se trame, mais je suis sûr qu'il se prépare quelque chose. Il est resté enfermé dans son bureau tout l'après-midi avec Mlle Lincoln. Ce qui signifie qu'il dicte quelque chose, une note de service ou une nouvelle politique. Mes espions sont très inquiets et franchement, moi aussi, je le suis.

— Cela n'a pas de sens, dit-elle. Herb ne peut plus nous

atteindre. Il ne s'intéresse qu'aux profits et nos profits n'ont jamais été aussi élevés.

— Je sais. Je sais, mais...

— En fait, c'est notre revue qui fait le plus de profits dans l'entreprise. Nous avons atteint un tirage de cinq millions. C'est d'ailleurs pour célébrer cet événement que je donne ma réception.

— Je le sais, mais...

— Il m'a dit que je n'atteindrais jamais les cinq millions. J'y suis arrivée, avec même quelques milliers en plus.

— Je sais. Tu lui as prouvé qu'il a eu tort. Mais Herb Rothman n'est pas du genre à aimer se faire démontrer qu'il s'est trompé. Quand on le lui prouve, cela le rend très malheureux, Alex. Il est aussi très rancunier. Et c'est notre éditeur, après tout.

— Zut. J'aurais aimé trouver un moyen de ne pas l'inviter. Mais je ne pouvais faire autrement.

— Hélas! Et il viendra. C'est pourquoi j'espère que tu es prête pour le feu d'artifice, Alex.

— Mais, Lenny, comment sais-tu que j'ai prévu un feu d'artifice pour ce soir? Personne n'est censé le savoir. Les feux devaient être ma surprise.

— Hein? Oh, tu veux dire que tu donnes un vrai feu d'artifice ce soir? Je l'ignorais. Je parlais d'un feu d'artifice d'un autre genre, du genre de Herbert Rothman.

— Écoute, s'empressa-t-elle de dire, Herb Rothman ne peut d'aucune manière nous déranger, Lenny. Nous sommes les vainqueurs. Herb Rothman ne va pas s'en prendre à la poule aux œufs d'or. Il est peut-être très arrogant, mais il n'est pas fou. De plus, Ho ne va pas le laisser faire.

Lenny fit entendre un soupir.

— Ça, c'est une autre histoire, dit-il. Depuis combien de temps n'as-tu appelé à la Maison blanche?

Lenny désignait ainsi l'appartement du 720 Park Avenue, où vivaient Ho Rothman et son épouse, surnommée tante Lily.

— Trois ou quatre semaines.

— J'ai parlé à tante Lily aujourd'hui. Il y a eu un brusque changement chez eux.

— Quelle sorte de changement?

— On ne peut plus communiquer avec Ho. Il avait déjà eu une attaque mineure. Il semble en avoir eu une autre beaucoup plus sérieuse samedi matin. Tante Lily blâme le fisc et les poursuites qu'il est en train de préparer contre la société qui ne lui aurait pas payé tout ce qu'elle aurait dû. Mais les médecins prétendent qu'il ne peut voir personne en ce moment, ni recevoir d'appels téléphoniques et que la moindre chose pourrait faire monter sa tension.

— Personne?

— Ni toi, ni moi, personne d'autre que les médecins, les infirmières et, bien sûr, tante Lily. Alex, rappelle-toi que Ho a quatre-vingt-quatorze ans.

Elle fronça les sourcils.

— Mais il est encore...

Elle toussa et se mordit les lèvres.

— As-tu des assurances, Alex?

— Des assurances? De quoi parles-tu?

— De rien. Je ne faisais que penser à voix haute. Autrement dit, connais-tu les dispositions du testament de Ho?

— Je ne pense pas que quelqu'un d'autre que lui les connaisse.

— Peut-être tante Lily. Mais suis-moi bien. D'après la loi de l'état de New York, la veuve doit hériter d'au moins un tiers des biens. Les deux autres tiers peuvent être divisés selon le bon vouloir de Ho, entre Herbert, Arthur, les enfants d'Arthur, toi, ton fils Joël...

— Arthur a toujours été le préféré de Ho. Ho et Herbert ne se sont jamais bien entendus. Je suis sûr qu'il laisse à Arthur une part plus importante qu'à Herb.

— Oui. Arthur, son petit agneau. C'est la raison pour laquelle il l'a placé à la tête de la radio et des télécommunications de la société, tandis qu'il a laissé à Herb les journaux et les revues qui rapportent moins. Oui. J'imagine moi aussi qu'Arthur sera favorisé dans tout testament fait par Ho. D'un autre côté, tu as un atout que Ho souhaite beaucoup garder dans sa manche.

— Tu parles de Joël.

— Exactement. C'est le seul mâle de la quatrième génération. Alors, vois-tu, il y a plusieurs variables qui doivent être prises en considération quand on s'interroge sur le testament de Ho. Si, bien sûr, il existe un testament.

— Oh? Es-tu en train de dire que, selon toi, il n'y en a peut-être pas?

— Chère Alex, je n'en ai pas la moindre idée. Mais je pense que des hommes tels que Ho Rothman, qui ont fini par croire au mythe de leur infaillibilité, se mettent également à croire qu'ils sont immortels, et ne font jamais de testament parce que la seule idée d'en faire un les place devant la réalité la plus cruelle de la vie. C'est complètement absurde, bien sûr, mais c'est arrivé plus d'une fois. Si Ho devait mourir intestat, la situation changerait du tout au tout. Sa veuve recevrait toujours un tiers des biens, mais le reste serait divisé à parts égales entre ses enfants vivants, Arthur et Herbert. Les biens d'une personne qui meurt sans testament ne peuvent en aucun cas revenir aux petits-enfants de la personne décédée, ni aux arrière-petits-enfants. Ce qui veut dire...

— Joël et moi.

— Oui. Je vois que tu me suis, Alex. S'il n'y a pas de testament, et nous n'avons aucun moyen de le savoir, la fortune des Rothman ainsi que leurs sociétés seront dévolues à trois personnes : tante Lily, Herbert et Arthur.

— Mais qu'en est-il du fonds en fidéicommis de Steven? C'était un fonds qu'il avait constitué pour répondre aux besoins de Joël et aux miens.

— Le soi-disant fonds, dit-il.

— Pourquoi dis-tu « le soi-disant fonds » ?

— As-tu déjà eu des preuves formelles de son existence, Alex? En as-tu déjà reçu une quelconque forme de versement?

— Je ne l'ai pas touché à dessein. Par fierté, pour qu'il

puisse revenir intact à Joël.

— Je me demande s'il existe vraiment, dit-il.

Il prit une gorgée.

— Peut-être est-ce le moment de demander à tes avocats de jeter un coup d'œil sur les conditions du fonds de Steven. Ce serait intéressant de voir ce qu'ils vont trouver, s'ils trouvent quoi que ce soit.

Elle frissonna soudain.

— Lenny, tu m'effraies, dit-elle. Il est sûr que le fonds existe ! Ils en parlent depuis des années.

Son sourire s'illumina soudain.

— Il n'était pas dans mon intention de t'effrayer, chère Alex, dit-il. Voici ce que je voulais dire : dans un cas comme dans l'autre, que Ho ait fait ou non un testament, tante Lily va se retrouver avec un plus grand nombre de parts de la société que jamais. Si nous devions aboutir à une situation où trois personnes en ont le contrôle, rappelle-toi que Herbert et son frère s'entendent rarement sur quoi que ce soit. Le vote de tante Lily pourrait être celui qui ferait pencher la balance lors des décisions les plus importantes. En d'autres termes, je pense qu'il est de notre devoir de porter une attention spéciale à tante Lily à partir de maintenant.

Elle n'ajouta rien pendant un instant. Puis, elle dit :

— Et je pense que tu veux me dire qu'il y a un lien entre la santé déclinante de Ho et ce que Herb préparait aujourd'hui avec Mlle Lincoln derrière les portes closes de son bureau.

— Précisément, chère Alex. Je pense que Herb peut avoir décidé que c'était le moment de prendre le contrôle de la société — avant qu'un tribunal ne vienne dire qui hérite de quoi, et qui donnera désormais des directives à qui.

Un silence s'ensuivit. Coleman apparut à nouveau à la porte.

— Dix-neuf heures cinquante-cinq, Alex, dit-il. Tout est prêt sur la terrasse.

— Merci, Coleman.

Quand il fut parti, Lenny reprit :

— De toute façon, je t'ai dit tout ce que je savais, tout ce qui me venait à l'esprit, tout ce qui me préoccupait. Pendant ce temps, mes espions continuent à s'affairer, particulièrement au trentième.

Elle vida rapidement sa coupe.

— Eh bien, on ne laissera pas tout cela gâcher la soirée que je donne pour fêter ma petite victoire, n'est-ce pas ? dit-elle.

Un doute sembla l'effleurer.

— J'espère que non, dit-il.

Puis il se récria.

— Je veux dire certainement pas ! Mais non ! Entre-temps, je t'en veux, Alex. Je t'ai dit que tu étais ravissante. Mais de ton côté, tu ne m'as rien dit ce soir.

Elle rit.

— Cher vieux Lenny. Tu as toujours l'air aussi extraordinaire.

Une fois encore, Coleman se présenta à la porte. Cette fois, son ton était pressant.

— Quatre invités viennent d'arriver en bas, Alex.

Elle passa sa main droite sous le coude de Lenny.

— Viens, dit-elle. Allons accueillir les gens sur la terrasse.

3

Le flot des invités arrivait sur la terrasse qui longeait la façade de la maison surplombant la rivière. Charlie Boxer, l'ami de Lenny, escortait la princesse Irène de Grèce. Bobby Short, côtoyait Gloria Vanderbilt et Lee Radziwill. Elizabeth Taylor, remise d'une singulière maladie, vêtue d'un large caftan rose, était accompagnée de Bill Blass. Les suivaient Henry Kissinger et Nancy, son épouse, Henry Kravis et Madame, la célèbre Carolyne Roehm, qui avait entrepris son époustouflante ascension sous le nom de Jane Smith ; puis venaient Nan Kempner, Ann Slater, Saul et Gayfryd Steinberg, John et Susan Gutfreund, Leonard et Evalyn Lauder. Un léger murmure se fit entendre quand apparut, en robe noire bordée de rouge, Jacqueline Onassis, dépassant nettement son escorte, M. Tempelsman. « Caro lina Herrera », l'entendit-on répondre à quelqu'un, alors que les flashes crépitaient de toutes parts.

Au moment où chacune faisait son entrée, elle s'arrêtait, relevait le menton et présentait son sourire le plus radieux aux photographes et aux caméras de la télévision. Alex le savait, il n'y avait rien que les New-Yorkaises aimaient davantage que de se faire photographier, surtout pour la télévision dont la présence faisait le succès immédiat de toute réception. Il y avait évidemment des photographes envoyés par *News, Newsday* et *Women's Wear*. Nul ne savait combien de ces épreuves seraient publiées dans les journaux du lendemain, mais on ne voulait prendre aucun risque. De leur côté, les caméras ne manquaient pas une miette.

— À mes yeux, Alex Rothman est tout simplement une très grande dame, disait Lauren Bacall dans le micro qu'on lui tendait.

— Seule Betty peut se permettre ce genre de compliment, murmura Lenny à l'oreille d'Alex.

Chaque célébrité fixait son sourire sur la pellicule, puis se dirigeait vers Alex.

— Alex chérie... tu es en beauté... mes félicitations... quelle nuit merveilleuse pour une réception... vous n'avez jamais paru plus adorable... félicitations... vous êtes superbe, Alex chérie...

— Voici le grand homme, dit Lenny.

Herbert J. Rothman faisait son entrée. Tous les objectifs se tournèrent vers lui pour enregistrer l'événement. Le directeur des Publications Rothman, habitué à paraître en public, fit un petit sourire.

— Je me demande qui est la femme qui l'accompagne.

— Je n'en ai pas la moindre idée, répondit Lenny. Mais sa coiffure n'est pas de la dernière mode.

La femme en question était petite et menue, toute vêtue de noir et semblait dans la vingtaine. Son visage rond, très pâle, était surmonté d'une épaisse chevelure noire luisante. Elle portait des lunettes démesurément grandes à monture noire. Son sourire était crispé, incertain.

— Décidément il les aime jeunes, notre Herbert, fit remarquer Alex.

— Jeune ? Derrière des lunettes aussi ridicules, c'est difficile à dire. Mais la robe vient de chez Saint-Laurent ou c'est une excellente imitation.

— Non, elle vient de chez Yves. Regarde les boutonnières. Personne ne fait les boutonnières comme lui.

— Elle a quelque chose, n'est-ce pas ? Mais tant que nous n'aurons pas fait connaissance, je la surnommerai : Anna Rexia.

— C'est un peu vache, Lenny.

— En attendant, ma chère, tu n'as pas seulement organisé une réception. Tu n'as pas seulement organisé un événement. Tu as organisé un grand événement. L'événement du moment. Le tout New York est ici. Si une bombe tombait sur l'immeuble ce soir, la ville entière serait rayée de la carte.

— Je regrette beaucoup que Ho et tante Lily n'aient pu venir. Je leur dois tout. Si Herb avait pu imposer sa volonté, il y a longtemps que je serais de retour à Paradis.

— Non. C'est à toi que tu dois tout.

Cette réception était un simple événement. C'était un jeudi, le 21 juin 1990, et on venait juste de connaître le nombre des ventes du numéro de juin de la revue *Mode*. Il dépassait celui, magique, des cinq millions. Pour une revue de mode, cela paraissait inaccessible. Pourtant, au cours du printemps, les tirages avaient augmenté peu à peu : 4 780 000 en avril ; 4 890 000 en mai. Tous retenaient leur souffle. Mais les chiffres venaient de tomber : le numéro de juin avait dépassé les prévisions. *Mode* était non seulement devenue la revue la plus vendue de la chaîne Rothman, mais également la revue de mode la plus vendue au monde. Quand Alexandra Rothman en avait pris la direction en 1973, les ventes dépassaient à peine les 250 000 exemplaires.

Comment Alex avait-elle atteint un tel sommet ? Elle ne pouvait répondre d'un mot à cette question. Tout ce qu'elle pouvait dire, c'était qu'il lui avait fallu dix-sept ans pour y arriver, et que c'était à contrecœur que son beau-père l'avait aidée. Elle pouvait dire aussi qu'elle avait tenté de faire ce qu'elle avait promis à Ho Rothman : que *Mode* fût plus qu'une revue de mode. Et même si la mode était toujours son centre d'intérêt, elle avait élargi son champ d'action. Elle avait fait en sorte que *Mode* devînt plus qu'une revue qui s'intéresse à ce que portent les femmes, mais se penchât aussi sur ce que pensaient les femmes intelligentes, sur ce qu'elles faisaient, sur ce dont elles parlaient. Elle pouvait affirmer également qu'elle avait évité de dicter aux femmes ce qu'elles devaient penser, faire ou dire. Elle détestait les revues féminines telles que *Ms,* par exemple, ou même *Cosmo,* qui faisaient souvent la leçon à leurs lectrices. Lorsqu'elle préparait un nouveau numéro, elle supposait toujours que ses lectrices étaient au moins aussi intelligentes qu'elle-même, sinon beaucoup plus.

— Quel est le secret de votre succès? lui avait demandé un jour un journaliste du *Wall Street Journal.*

Elle avait réfléchi un instant.

— Avant tout, être là.

— Être là?

— N'est-ce pas le secret pour réussir dans n'importe quel métier : être là pour le faire?

— Vous considérez-vous comme une maniaque du travail?

— Non, à moins qu'aimer son travail ne soit une manie.

— J'ai entendu dire que vous étiez perfectionniste.

— Je pense que la plupart des gens sont perfectionnistes. Ne serait-ce pas merveilleux si tout était parfait? Mais la plupart des gens sont assez intelligents pour savoir que rien ne l'est jamais vraiment.

— J'ai entendu dire que vous êtes une femme très volontaire.

Elle avait ri.

— J'imagine qu'on peut me juger un peu entêtée.

— On dit que la revue est toute votre vie.

— Elle ne l'est pas. C'est tout simplement une façon de gagner ma vie.

Elle se demandait souvent pourquoi les journalistes pouvaient poser des questions aussi stupides.

Un journaliste de *Women's Wear* l'avait ainsi interpellée :

— Maintenant que vous êtes devenue une légende vivante, qu'allez-vous faire?

— L'important, c'est de ne jamais commencer à croire qu'on l'est devenu.

Coleman s'était approché d'elle.

— Les derniers invités de marque sont là, dit-il. Quelques

journalistes vont encore arriver.

— On commencera à servir dans quarante-cinq minutes. Vous savez que je déteste les cocktails qui s'éternisent.

Les quelque deux cent cinquante convives étaient réunis sur la terrasse de l'appartement d'Alex Rothman. Des groupes se constituaient et se disloquaient presque instantanément pour en former d'autres. La terrasse d'Alex était le lieu idéal pour une réception comme celle-ci, qui tenait davantage de la production théâtrale que de la soirée. C'était un événement du monde du spectacle et la terrasse en devenait la scène. Orientée nord-est, elle couvrait près de deux cents mètres carrés. C'était un vrai jardin suspendu. Il y avait des magnolias jumeaux. Un garde-fou en ciment de plus d'un mètre la bordait, agrémenté d'azalées roses et blanches. De grands bacs contenaient des cerisiers en fleur, des pommiers sauvages et même des cornouillers. Pour l'occasion, on avait enlevé les meubles de jardin et installé vingt-cinq tables rondes pouvant accueillir dix personnes chacune. Elles étaient recouvertes de nappes roses ou blanches. Au centre de chacune d'elles, on avait disposé des tulipes roses et blanches. À l'angle, le belvédère blanc où, par beau temps, Alex aimait prendre son petit déjeuner, était décoré de rubans et de ballons de mêmes tons. Aujourd'hui, il servait de bar où s'affairaient des serveurs en veston rose.

L'événement de ce soir ne visait qu'à la publicité, chacun le savait. Les célébrités n'étaient que les accessoires éphémères de cette représentation. Beaucoup plus importants s'avéraient les éditeurs, les écrivains, les artistes, les photographes, les journalistes de mode, les couturiers, les mannequins, les représentants des agences, les détaillants de Fifth Avenue ou de Madison Avenue, les publicistes et leurs attachés. Quand ses invités passaient auprès d'elle, ils lui envoyaient des baisers sans ménager leurs félicitations :

— Fabuleux, ma chérie... tellement réussi... quelle soirée... il fallait le faire... ma chérie, « tu réalises ? », cinq millions...

Cette litanie de compliments avait à la fois très peu et

beaucoup de sens, émanant d'élégants carnivores, prédateurs, flatteurs et parasites de tous poils, tous superbement coiffés.

Car il serait naïf d'imaginer que tous ces gens l'aimaient et l'admiraient à ce point. Personne ne le savait mieux qu'elle. On se trouvait à New York après tout et c'était l'industrie de la mode. Certains étaient plus que ses concurrents. Ils étaient des adversaires sans merci, des prétendants à son trône. On ressentait une jalousie féroce sur cette terrasse : de l'amertume, de la colère, de la déception, de la rage et cette envie omniprésente, irrationnelle. Parce que cette soirée était le fait de *Mode,* chaque femme s'y était rendue avec une seule idée en tête : être la mieux habillée. Si on tenait compte des couturiers représentés ici et des sommes d'argent dépensées, il était possible de conclure qu'elles y étaient toutes parvenues. Cependant, en se fondant sur l'idée qui veut que la femme la plus sobrement vêtue soit souvent la plus chic, Alex les surpassait toutes. Ce détail ne passa pas inaperçu, ce qui lui valut un surcroît de haine.

Il y en avait du monde sur la terrasse ce soir-là pour détester profondément Alex Rothman et souhaiter ardemment l'échec retentissant de ce dernier numéro à la couverture audacieuse. Le monde de la mode vivait en symbiose et était fait de parasites. Ces gens vivaient aux dépens les uns des autres. La revue ne pouvait tenir sans les couturiers, ni les couturiers sans la revue, mais tous se méprisaient sans réserve. Où iraient les mannequins sans les photographes et les directeurs de revue ? Que feraient les directeurs de revue sans les photographes, les mannequins et les couturiers ? Et toujours ils raillaient leurs talents réciproques. Mais, tout au long de la soirée, ils s'envoyaient des baisers, se répétaient qu'ils étaient superbes, papillons éphémères d'une jungle toujours en quête d'une proie vulnérable.

Pour l'heure, il était évident que la proie était Alex Rothman. La souveraine, dans ce petit monde, semblait prier qu'on la renversât, tant sa position faisait envie. Ce soir, Alex était l'étoile la plus brillante au firmament de la mode. Elle avait réussi à éclipser toutes les autres étoiles de cette voûte céleste et celles-ci allaient le demeurer tant qu'elle ne commencerait pas à pâlir. Au sommet de sa carrière, Alex Rothman apparaissait comme une cible fragile.

Lenny Liebling arpentait la terrasse, un sourire neutre de circonstance aux lèvres. Il allait d'un groupe à l'autre recevant et lançant des baisers, parlant peu, écoutant beaucoup. Il recueillait des bribes de conversation qu'il pourrait par la suite traduire en renseignements utiles.

Il allait à pas comptés, prêtant l'oreille, perçant le tumulte croissant des convives, tandis que les serveurs en veston rose s'agitaient, que les lumières de la ville commençaient à scintiller.

Par hasard, Lenny surprit ce singulier dialogue.

— Tu crois qu'Alex Rothman s'est fait faire un lifting?

— Hum! Quel âge a-t-elle? Quarante-six ans? Quarante-sept?

— Disons qu'elle a quelques années de plus que son ami Mel Jorgenson, ma chère.

— Elle a l'air imbue d'elle-même, ce soir? Pas étonnant que son mari se soit suicidé.

— Mais elle a déjà tué un homme, vous savez. Avec un fusil. Bang! bang! Il y a des années de cela. C'était dans tous les journaux.

— Ah? Était-ce son amant?

— Personne ne le sait. Mais on l'a dit.

— Est-il vrai que si une femme veut entrer chez les Publications Rothman, elle doit coucher avec Herbert Rothman?

— C'est vraiment ignoble, chérie! Mais ce n'est certainement pas le cas d'Alex. Herb et elle se détestent cordialement.

— Pourtant, ne serait-ce pas là une explication?

— J'ai toujours pensé que c'était avec Ho Rothman qu'elle couchait. Elle a toujours été son chouchou.

— Mais on dit qu'en ce moment Ho n'est plus qu'un légume. Herb se prépare à prendre la relève.

— Eh bien, une chose au moins est sûre; elle y est passée

pour atteindre le sommet. Il faut qu'elle l'ait fait, si on tient compte de ses origines. Elle sort de nulle part.

— On dit qu'avant qu'elle ne rencontre Steven Rothman, elle animait une émission de variétés à Kansas City.

— Pire, mon trésor. Elle lisait les prévisions météo.

— Pourtant, il faut admettre qu'elle a l'air tout à fait comme il faut.

— Vous auriez l'air comme il faut, vous aussi, mon trésor, si tous les couturiers du monde vous offraient des vêtements.

— Laisseriez-vous entendre que je n'ai pas l'air comme il faut, chérie?

— Il y a une chose que je sais. Elle a de sérieux ennuis, malgré ce tirage de cinq millions et sa publication ridicule dans le *Times* de ce matin. Tout le monde le sait, on peut fausser les chiffres. Et Vinnie, ma coiffeuse, qui coiffe également Pegeen Rothman, Vinnie m'a dit avoir appris de Pegeen que Herb était absolument furieux de l'annonce du *Times*.

— Oh? Je ne savais pas que Herb et Pegeen s'adressaient encore la parole?

— Oh, s'ils se parlent... c'est qu'ils n'ont rien à se dire.

— Évidemment, c'est différent.

— De toute façon, Herb n'aime pas la couverture de juin. Il dit que c'est encore un truc d'Alex. Qu'elle aime trop ce genre de trucs. Mais c'est du réchauffé. Il voudrait quelqu'un de plus jeune.

— Eh bien, je pense que c'est normal. Alex a occupé ce poste beaucoup trop longtemps. Il est grand temps qu'elle l'abandonne à quelqu'un d'autre. J'ai toujours pensé que Mona Potter aurait dû avoir cet emploi. On le lui avait promis, vous savez, jusqu'à ce que Ho et Alex ne l'écartent.

— Ma chérie, j'ai dit quelqu'un de plus jeune. Je ne parlais pas de Mona Potter.

— Je me fiche de ce que vous pensez de Mona. Elle a toujours été gentille avec moi.

— Hum!

— Elle serait gentille avec vous, si vous la traitiez autrement. Vous voyez ce que je veux dire, ma chérie.

— De toute façon, ça va changer ici quand Herb va avoir les rênes en main. Vous allez voir.

— Quel âge a donc Herb?

— Disons tout simplement qu'il a dépassé l'âge de la retraite. Bien sûr, quand on est le patron, j'imagine qu'on peut contourner les lois à sa guise.

— Ils les ont certainement contournées pour Lenny Liebling. Comment fait-il, d'après vous?

En baissant le ton :

— J'ai entendu dire qu'il était l'amant de Herb Rothman.

— Herb? Homosexuel? Avec toutes ces femmes?

— Des paravents, chérie, rien que des paravents. Pour protéger la réputation de la famille.

— Alors Herb et Lenny...

— Chut, ma chérie! Il est tout juste derrière vous...

Avec un sourire dédaigneux, Lenny s'éloigna.

Plus loin, il aperçut le jeune Joël Rothman en conversation avec la jeune femme à lunettes sombres et chevelure noire que l'on venait d'annoncer comme une « visiteuse d'Angleterre ». Joël était le seul autre membre de la famille Rothman présent à la réception. Fils d'Alexandra Rothman, il allait avoir dix-huit ans. Ses lunettes cerclées d'écaille lui donnaient peut-être un air un peu trop sérieux, mais ce grand blond élancé avait cependant belle apparence.

Lenny entendit la jeune femme lui dire :

— J'ai tout appris de vous par l'intermédiaire de votre grand-père. Je sais qu'il tient à vous comme à la prunelle de ses yeux. Un jour, vous serez à la tête de tout l'empire Rothman.

Joël passa son index dans le col de sa chemise blanche.

— J'aimerais mieux que les gens ne parlent pas d'empire, dit-il. C'est une entreprise familiale comme une autre.

— Votre grand-père dit que vous avez toutes les qualités pour devenir un bon journaliste.

— Il a sans doute fait allusion aux remarques que j'ai

récemment émises sur la façon dont on se sert de la langue anglaise de nos jours. J'ai terminé un travail de session là-dessus. Je me suis servi d'arguments que j'avais déjà avancés dans mon journal intime, dit Joël. Je n'ai donc pas eu grand effort à faire.

— Ah! Vous tenez votre journal?

— Oh, oui, j'y écris chaque fois que j'en ai l'occasion, ce qui ne m'arrive pas très souvent, ces derniers temps.

— Il est rare, selon moi, qu'un jeune homme de votre âge tienne son journal. J'aurais plutôt pensé qu'à votre âge vous passiez vos loisirs à courtiser les femmes, beau comme vous l'êtes. Pensez-vous devenir écrivain?

— Eh bien, je suis d'une famille d'éditeurs, dit-il en rougissant.

— C'est vrai. Et même très connus. D'ailleurs, je ne me sens pas tout à fait à ma place, ici.

— Pas à votre place? Pourquoi?

— Tous ces gens célèbres. Personne ne me connaît. En fait, je n'ai même pas été invitée et je ne voulais même pas venir. Mais votre grand-père a insisté pour que je l'accompagne.

Lenny avisa un homme debout à côté de lui. Le sourcil levé, désignant le jeune couple d'un léger signe de tête, il s'enquit:

— Qui est-ce?

— Elle s'appelle Fiona Fenton, murmura l'homme. Lady Fiona Fenton. C'est une amie de Herb. Elle vient de Londres.

— Je vois.

— Cet homme est-il de vos amis?

Lenny avait entendu la jeune femme poser cette question à Joël en désignant l'homme costaud en complet brun placé derrière lui. Il tendit l'oreille pour mieux en écouter la réponse.

— Ce n'est qu'Otto, souffla-t-il, faisant un signe du pouce par-dessus son épaule.

Il rougit de plus belle.

Fiona Fenton lui tendit la main droite, mais celui-ci ne réagit pas. Impassible, il continuait à regarder fixement devant lui. La fonction d'Otto n'avait rien à voir avec les relations publiques. Elle consistait à garder constamment ses mains libres, pour actionner l'alarme accrochée à sa ceinture, ou, si nécessaire, se servir du revolver fixé à sa poitrine qu'on pouvait deviner sous le veston boutonné de son complet brun.

— J'ai un garde du corps, grommela Joël. Voilà pourquoi je n'ai aucune vie privée.

Lenny s'éloigna en quête d'autres conversations.

Joël et sa mère avaient eu une violente discussion, le matin même, au sujet d'Otto. Quatre ans auparavant, Herbert Rothman avait reçu par la poste un billet grossièrement rédigé exigeant dix millions de dollars contre la vie du plus jeune héritier mâle des Rothman. D'ordinaire, de telles exigences n'auraient pas été prises au sérieux. Les gens de la condition de Herbert Rothman recevaient assez souvent de telles menaces. Ils les signalaient alors au FBI et les oubliaient. Mais il s'était avéré qu'un des petits-fils d'Henry Ford II avait subi de semblables menaces. En Angleterre, Buckingham Palace avait même dénoncé officiellement une telle tentative contre le prince William, l'héritier du trône. On demandait la même rançon en livres sterling. Le FBI avait décidé de prendre la chose très au sérieux. Un réseau international de ravisseurs était probablement à l'œuvre. On avait fait appel à Interpol. On conseilla ainsi à Herbert Rothman d'engager quelqu'un pour protéger Joël. Ce fut Otto Forsthoefel, un ancien employé de la société Pinkerton.

Ce matin-là, au déjeuner, Alex avait dit à Joël :

— Eh bien, « Fiston », as-tu décidé de ce que tu veux comme cadeau d'anniversaire?

Depuis son tout jeune âge, Alex et Steven l'appelaient ainsi.

— Oui, répondit-il d'une voix sombre.

— Laisse-moi deviner, dit-elle. Une Porsche? Une

Mercédès? Une BMW?

— Je veux qu'on me débarrasse d'Otto. C'est la seule chose que je désire, maman.

Elle avait froncé les sourcils et posé sa cuiller à pamplemousse.

— Maman, sais-tu ce que c'est que d'avoir ce type constamment sur les talons? En as-tu la moindre idée? Sais-tu comment ça se passe à l'école? On ne m'accepte plus dans l'équipe de rugby! J'étais quart arrière, et lors d'une partie importante contre Andover, un gars m'a illégalement plaqué. Je suis tombé. Le damné Otto est entré sur le terrain et a interrompu la partie! Nous allions gagner, bon sang! Sais-tu que je voulais jouer au hockey cet hiver, mais que je n'ai pas pu parce que ce damné Otto ne sait pas patiner? Sais-tu que les gars n'arrêtent pas de m'asticoter à l'école à cause de lui? Sais-tu comment les filles m'appellent? « Le gars dans sa bulle! » Enfin, maman, personne ne va m'enlever! Personne ne va me tuer! Personne n'a même essayé. Si tu veux mon avis, maman, ces damnés billets n'étaient au début qu'un canular jusqu'à ce que le FBI s'en mêle. Et je vais te dire une chose, maman : je n'irai pas à Harvard avec ce damné Otto dans mes valises. Voilà, c'est tout ce que j'avais à dire!

— Ça suffit avec ces « damnés », « Fiston », dit-elle. Est-ce ainsi qu'on t'enseigne à parler à l'école?

— Enfin, maman, as-tu entendu un « damné » mot de ce que j'ai dit?

Elle se mordit la lèvre.

— Mais je m'inquiète à ton sujet. Tu es ma seule vraie famille. Tu es l'homme de la maison. Tu es...

— Alors, maman, si je suis l'homme de la maison, pourquoi ai-je besoin d'un damné garde du corps?

— Et si quelque chose devait...

— Il ne m'arrivera rien, maman. Regarde. Je vais avoir dix-huit ans. J'ai l'âge de conduire. Je vais avoir le droit de vote. S'il y a une guerre et qu'ils font une damnée conscription, je ne serai pas trop jeune pour la faire. Seigneur! Que vas-tu faire? M'envoyer à l'armée avec ce damné Otto pour porter mon barda?

— Mais il n'y a ni guerre ni conscription.

— Ce que je suis en train de te dire, c'est que je vais être légalement adulte.

— Tu as raison, bien sûr. Mais n'oublie pas qu'Otto, c'était l'idée de ton grand-père, non la mienne.

— Écoute, maman, devons-nous faire tout ce que dit Grand-père? Est-ce que nous lui appartenons ou quelque chose comme ça?

— Bien sûr que non. Nous n'appartenons à personne.

— C'est mon dernier mot. Si je dois aller à Harvard avec ce damné Otto sur les talons, je — n'irai — tout — simplement — pas!

— Que veux-tu dire? Tu as été accepté et...

Il secoua sa crinière blonde.

— Comment je vais faire? Facile! Quand je serai à Harvard, je ne ferai rien. Je raterai tous les examens! À la fin du premier semestre, j'aurai complètement échoué. Qu'en penses-tu?

Elle rit de bon cœur.

— Fiston, tu deviens un vrai Rothman. Tu sais manipuler les gens comme tous les autres. C'est d'accord, marché conclu. Otto va partir. Je suis d'accord avec toi : la présence d'Otto est devenue ridicule. Dès que j'en aurai l'occasion, j'en parlerai à Herb.

— Accorde-moi une autre faveur, dit-il.

— Que veux-tu?

— Cesse de m'appeler Fiston.

Elle le regarda.

— D'accord, dit-elle calmement. D'accord, Joël. Nous sommes toujours amis, n'est-ce pas?

Il haussa les épaules.

— Oui, bien sûr.

Alex n'avait pas encore trouvé le temps d'en parler avec Herb, de sorte que, ce soir, Otto était encore à son poste.

Mona Potter s'était approchée de Joël. C'était elle qui, un jour, avait espéré être directrice de *Mode*. En ce moment, elle tenait une chronique pour le *Daily News*. Myope, Mona dévisagea Fiona Fenton de près. Quand elle réalisa qu'il s'agissait de quelqu'un qu'elle ne reconnaissait pas, donc de quelqu'un sans importance, elle l'ignora et se tourna vers d'autres invités.

Quelques couples s'étaient mis à danser, chose de plus en plus rare lors des réceptions données à New York ces derniers temps, car il y avait trop d'affaires sérieuses à régler et trop de gens en vue à entreprendre. Lenny allait parmi les invités, ces sauvages à la mode. Il les écoutait, gavés de cocktails et de champagne, dominer l'orchestre.

— C'est réussi quand on la prend de face. Mais sous n'importe quel autre angle, elle a l'air de Noriega sous les verrous.

— À propos d'horreur, voici Molly Zumwalt. On dirait qu'on l'a laissée sortir de l'asile pour la soirée.

— Molly Zumwalt a un certain style, mais elle n'a pas de goût.

— Son mari s'est fait transplanter un pénis. Puis il s'est fait faire une vasectomie. Que veut-il au juste ?

Était-ce toujours aussi ignoble ? se demandait parfois Lenny. Y avait-il toujours eu autant de cruauté, de venin, de colère, de jalousie, d'avidité ? « Des lames de rasoir », c'est ainsi que Lenny qualifiait ces femmes dont la majorité étaient minces à mèches blondes. À partir d'un certain âge, à New York, toutes les femmes portaient des mèches blondes. Il les avait baptisées lames de rasoir bien avant que Tom Wolfe les appelât des rayons-X. Un rayon-X était transparent, blanc, noir et plat. Mais une lame de rasoir pouvait couper, tailler, trancher et tuer. Il y avait également des lames de rasoir masculines, tout aussi dangereuses et jamais satisfaites tant que le sol n'était pas couvert de sang.

La réponse était négative. Les choses n'avaient pas toujours été ainsi. Quand Lenny était arrivé à New York la première fois alors qu'il avait juste trente ans, tout était très différent. La ville, palpitante, respirait la vie et le plaisir. On allait partout. Les temps étaient difficiles, bien sûr, mais les choses commençaient à s'améliorer. On était heureux d'être en vie et ensemble. On s'entraidait. Puis étaient arrivées les années de guerre qui avaient été les meilleures de toutes. Lenny s'était débrouillé pour être réformé. Il s'était plongé avec ardeur dans l'euphorie de ces années durant lesquelles tout le monde se serrait les coudes.

À l'époque, il y avait de vrais magasins, non pas des monstres tout clinquants comme Bloomingdale's, mais de vrais magasins. Il y avait les hôtels, les restaurants et les boîtes de nuit où tous se rassemblaient. Ils dansaient dans des endroits comme Chez Larue, dont le plafond était illuminé de petites lampes bleues qui scintillaient telles des étoiles, ou comme le Monte Carlo et le Copa. Ils buvaient au Stork Club ou à l'ancien El Morocco avec ses banquettes rayées et ses palmiers. Ils étaient alors tous tellement innocents et libres. Lenny se rappelait avoir commandé son premier martini, bien avant d'avoir l'âge requis, en disant au serveur : « Très sec, s'il vous plaît et sans eau ». Ah ! le rire que ces mots avaient déchaîné chez ses amis.

Quand ils étaient sans le sou, ils dînaient à l'Automate ou chez Childs. Quand ils se sentaient un peu plus riches, c'était chez Longchamps. Ou encore ils prenaient le thé dans une merveilleuse petite bonbonnerie sur Fifth Avenue qui s'appelait *Rosemarie de Paris*. Ah ! son odeur suave de chocolat à la menthe, ses serveuses en uniformes noirs, en bonnets et tabliers de dentelle blanche empesée, passant les plateaux de pâtisseries françaises. C'est là qu'il avait appris que le seul cas où il n'était pas grossier de montrer quelque chose du doigt, c'était quand il s'agissait de pâtisseries françaises. Mais pas plus de deux. Lenny aurait pu manger le plateau entier parce qu'à l'époque il avait souvent faim, bien qu'il fumât des cigarettes coûteuses. Personne n'avait alors d'argent, mais on fréquentait pourtant tous ces lieux. La mentalité était alors de cueillir toutes les occasions, à cause de la guerre. Tous voulaient vivre plus intensément, aimer au maximum, jusqu'à l'extase, et profiter de la vie. Au très chic Cotillion Room, le prix d'entrée était d'un dollar, une fortune. Au Stork Club, les consommations se vendaient cinquante sous, à moins de bien connaître Sherm Billingsley, car dans ce cas elles étaient souvent gratuites.

Après une nuit au Stork, vous cherchiez la chronique mondaine de Walter Winchell pour voir si votre nom n'y figurait pas ; il s'y trouvait parfois. Le Ritz Carlton était l'hôtel le plus cher : sept dollars pour une nuit ! On pouvait donc tout se permettre. Lenny se remémorait plus d'une nuit joyeuse et coûteuse dont il s'était réveillé à l'aube avec une de ces gueules de bois. Et, certaines nuits, ils descendaient tous en ville pour écouter du jazz chez Eddie Condon, ou à Harlem où l'on se rendait à l'époque en étoles d'hermine et bijoux. Il y avait là une petite boîte de nuit tout à fait spéciale où dansaient sur la scène de vrais apollons. Au petit matin, on prenait tous le métro jusqu'au bac de Staten Island, pour cinq sous aller et retour. On pouvait alors voir le soleil se lever sur les Brooklyn Heights et y éprouver une telle plénitude qu'on se sentait en harmonie avec le monde entier. Il existait alors une certaine bonté, une certaine politesse, une certaine gentillesse. Des gens que vous connaissiez à peine vous donnaient un dollar pour vous permettre de rentrer chez vous. C'était il y a longtemps, à l'époque où le monde était encore jeune, plein de promesses et d'espoir.

Lenny s'était habitué à la façon dont tout avait évolué. Il s'était peu à peu endurci au contact de cette cruauté nouvelle qui avait remplacé la bonté d'antan. Il avait appris à jouer en accord avec l'âpreté des nouvelles règles qui s'étaient imposées à ce monde autrefois béni dans lequel ils pataugeaient tous. L'état de grâce avait disparu. L'avidité s'était installée et c'était Wall Street qui avait changé tout cela. Wall Street et les gnomes qui fixaient les taux d'intérêt : ils tenaient désormais la ville. C'était Wall Street qui avait fait taire les cloches du dimanche matin et les avait remplacées par le son strident des ambulances et des sirènes de police. Mais Lenny s'y était fait; il s'était habitué à ce nouveau rythme. C'était désormais un vétéran. Il avait l'habitude qu'on lui en veuille et qu'on l'envie pour le mystérieux pouvoir qu'il exerçait auprès des Rothman. Après tout, il avait survécu au sein de la société beaucoup plus longtemps que n'importe quel autre, de sorte que le cher vieux Lenny avait pris l'habitude d'être détesté. Il pouvait tout envisager avec le cynisme glacé qu'il fallait pour enjamber les cadavres quand ils tombaient.

Par contre, il s'interrogeait souvent au sujet d'Alex. Avait-elle conscience du vice de ces êtres qui la saluaient ce soir une flûte de son Dom Perignon à la main, puis la poignardaient dans le dos? Parfois il avait l'impression qu'elle le sentait; à d'autres moments, il en était moins sûr. Sous cette carapace assurée, derrière ce sourire confiant, par-delà ce rire aigu, cette chevelure caramel, derrière l'argent facilement dépensé, il y avait sûrement une autre femme, innocente, vulnérable, trop longtemps protégée par Ho Rothman et qui ne pourrait jamais être assez clairvoyante pour soupçonner le danger qui la menaçait. Il décida de la chercher dans la foule et de l'avertir une fois encore.

Comme il se frayait un chemin parmi les élégantes, pressant son dos contre celui de Jacqueline Onassis, il entendit une conversation qui le choqua par sa dureté. Une voix masculine disait :

— Qui a plus de quarante ans dans ce genre d'entreprise a fait son temps et elle a fait son temps, avec ou sans ses cinq millions d'exemplaires.

Lenny trouva Alex en pleine conversation. Il la prit à part.

— Qu'y a-t-il, chéri?

— Mes espions ont bien fait leur travail. Ils ont appris deux ou trois choses. Tout d'abord que notre ami Herbert n'a pas du tout apprécié ta couverture de juin. Souviens-t'en, je t'avais avertie que cela pourrait être le cas.

— Il ne m'en a pas parlé.

— Deuxièmement, j'ai appris qu'il n'a pas goûté non plus

l'annonce de ce matin dans le *Times*.

— Nous avons atteint cinq millions. Nous devions l'annoncer, n'est-ce pas ? Voulait-il que nous gardions pour nous le fait que nous avions désormais un nouveau tarif de base pour nos annonceurs ?

Il se pencha et prit la main d'Alex du bout des doigts.

— Je voulais juste t'avertir, mon amour, dit-il. Ho est, semble-t-il, très malade ; il n'en a peut-être plus pour très longtemps. Il y a une fille ici ce soir qui vient d'Angleterre, celle que j'ai surnommée Mlle Anna Rexia. Elle semble en très bons termes avec ton beau-père. Si l'on ajoute deux et deux, comme je l'ai dit plus tôt, je pense qu'on pourrait avoir un beau feu d'artifice ici ce soir.

Elle retira rapidement sa main.

— Ne parle pas ainsi, Lenny. Tu m'effraies. Il n'y a rien que Herb puisse qui pourrait nous affecter, n'est-ce pas ?

— Nous ? dit-il, presque automatiquement. Je ne parle pas de nous. Je parle de toi.

Les serveurs se déplaçaient sur la terrasse, en faisant tinter de petits triangles argentés, ping, ping, ping, pour indiquer qu'il était temps de se mettre à table. Lenny prit le bras d'Alex pour l'y accompagner.

4

Si quelqu'un s'était donné la peine de poser à Lenny Liebling les questions concernant Alex Rothman qui ce soir-là brûlaient la langue des lames de rasoir et de leurs époux, il aurait aisément pu leur répondre. Son âge, par exemple. Alex était née le 30 septembre 1944, ce qui lui donnait près de quarante-six ans. Un lifting? Jamais. Ce ne lui était jamais venu à l'idée, pas plus qu'aux gens qui la regardaient avec objectivité.

— Attends d'avoir cinquante-cinq ans avant de commencer à y penser, chère Lexy, lui avait dit un jour Lucille Withers. Cinquante-cinq ans, c'est l'âge où le visage d'une femme commence à avoir besoin d'être un peu tiré. Dans le même temps, les hommes, de quarante à soixante-dix ans, semblent à peine prendre de rides. Où est la justice?

Quant à cette histoire dont on parlait beaucoup, au sujet d'une liaison entre Alex et Ho Rothman, le fondateur de la société, elle était par trop absurde. Ho Rothman était le grand-père du mari d'Alex, enfin! pensait Lenny. Les relations entre Alex et Ho étaient fondées sur le respect et, bien sûr, sur le fait qu'Alex avait permis à *Mode* de réaliser des profits. Et, cela, Ho Rothman l'appréciait par-dessus tout. De plus, Ho et tante Lily Rothman avaient eu un mariage heureux, avec des hauts et des bas inévitables, pendant soixante-huit ans, un exploit par les temps qui courent.

Quant à la différence d'âge entre Alex et Mel Jorgenson, son amant depuis deux ans, Mel ayant quarante-trois ans, elle s'avérait peu importante en l'An de grâce 1990, pensa Lenny. Il aurait pu faire jaillir la vérité pour chacun de ces stupides cancans, mais il n'était pas dans sa nature d'agir ainsi. De plus, les lames de rasoir et les mines de crayon semblaient trop jouir de leurs mesquines hypothèses pour qu'il se donnât la peine de les détromper ; ils n'auraient plus rien eu sur quoi redire et jaser, ce qui aurait été trop cruel, mais facile. Laissons-les mijoter dans leur propre jus, se disait-il souvent. Quant à lui, il se considérait comme un saucier. Il s'emparait de ce qui était ennuyeux et banal et il y ajoutait du piment. Lenny ne s'intéressait pas aux ragots, ni aux histoires d'alcôves. Mais il s'intéressait aux secrets. Les secrets, c'étaient là son arme et la source de son pouvoir.

Par exemple, Lenny ne faisait rien pour nier les histoires qui circulaient dans le milieu, selon lesquelles Alex recevait à titre gracieux des vêtements de couturiers et de manufacturiers, même si rien ne pouvait être plus loin de la vérité. Dans une industrie empoisonnée par les pots-de-vin, la corruption, le graissage de pattes et les dessous-de-table, aucun membre du personnel de *Mode* n'avait l'autorisation d'accepter de cadeaux, ni même de réductions de la part des couturiers, fabricants, publicistes ou d'ailleurs. Alex en avait fait une règle absolue et, comme tout le monde, elle payait tout intégralement.

La seule exception à cette règle, c'était Carol Duffy, la directrice de la section des cosmétiques. Elle ne pouvait échapper à la pratique courante dans l'industrie des produits de beauté de faire cadeau d'« échantillons » et ne pouvait endiguer le flot qui parvenait à son bureau de la part de Revlon, Estée Lauder, Arden et bien d'autres. Nombre de boîtes de rouges à lèvres, de vernis à ongles, de défoliants, de parfums, de nettoyeurs, de toniques et autres élixirs et panacées arrivaient quotidiennement au bureau de Carol, en une telle quantité qu'une femme n'aurait pu en venir à bout en passant sa vie entière devant son miroir. La solution d'Alex fut simple. Un grand panier décoré de rubans rouges fut placé près de la porte, près du bureau de Carol. Les échantillons y étaient déposés et les membres du personnel pouvaient y prendre ce qu'ils voulaient. Ce qui restait à la fin de la semaine était envoyé à l'Armée du Salut.

À l'encontre de certains directeurs de revues que Lenny aurait pu nommer, Alex refusait de courir les agences de publicité. Il aurait également pu dire que, contrairement à certaines revues, *Mode* n'offrait pas de remises substantielles à ses plus importants annonceurs. Il aurait pu dire que le grand Ho Rothman en personne l'avait violemment désapprouvée quand elle avait annoncé cette politique et il aurait pu ajouter que cela semblait, que les annonceurs l'aient ou non apprécié, avoir jusqu'ici donné des résultats.

L'intégrité ne figurait pas très haut sur la liste des vertus prônées par Lenny, mais il était prêt à la reconnaître chez les autres. Il se devait d'admettre qu'Alex tenait à son intégrité beaucoup plus que la plupart des autres dans cette jungle où elle se débattait.

Mais ce qui agaçait le plus Lenny était que Herb Rothman eût affirmé, que cela fût vrai ou non, qu'Alex était devenue une directrice à « trucs ». C'était, selon lui, s'en prendre à son sens du métier. Alex était une directrice qui croyait en la puissance visuelle des images. À titre de directeur des projets spéciaux, il avait contribué à créer certaines de ces images. Il n'était pas directeur artistique, ce poste appartenant à un Irlandais, nommé Bob Shaw, qu'il trouvait à la fois rustre et sympathique.

Lenny se percevait comme un styliste. Il laissait Bob Shaw faire ses arrangements pour les mises en scène particulières qui étaient habituellement très bonnes, mais quand venait le temps de prendre les photos, c'était lui qui avait l'œil sur les petits détails, les petites touches, un foulard déplacé, par exemple, ou un pied mal cadré, un menton trop relevé, un fil sur une jupe. C'est surtout cette perspicacité qui avait contribué à constituer l'équipe exceptionnelle qu'Alex et lui formaient.

Pour un article intitulé « La haute couture parisienne est-elle morte ? », Alex avait eu l'idée de photographier ses mannequins dans les allées du Père-Lachaise, le long des tombeaux de Frédéric Chopin, Oscar Wilde, Édith Piaf et Coco Chanel. Pour un article sur l'architecture moderne, Alex avait installé ses mannequins sur des échafaudages d'un gratte-ciel en construction. Puis, il y avait eu son fameux numéro sur les sérails, à une époque où le Moyen-Orient était en vogue dans les milieux de la mode. Tous les mannequins semblaient appartenir au harem d'un sultan. Sur un cliché d'un effet vraiment érotique, l'un d'eux offrait une grappe de raisin pourpre à la bouche gourmande d'un sultan. De tels numéros étaient devenus objets de collection. Alex découvrit que certains lecteurs les conservaient de la même façon que certains se refusaient à jeter des exemplaires du *National Geographic*.

Il était parfois arrivé que les réalisations d'Alex aient un véritable impact social. Au cours d'une période qui se caractérisait par une certaine décadence fin de siècle, elle avait demandé à Richard Avedon de photographier ses mannequins sur fond grotesque d'automobiles rouillées, dans le sud de la Californie. C'était une entreprise risquée, car elle pouvait irriter les annonceurs de Détroit qui auraient pu y voir une référence au caractère éphémère de leurs produits. Il en fut tout autrement. Les photographies déchaînèrent la colère des lecteurs d'Encino. Ils avaient reconnu leur montagne d'acier tordu, avaient mené une campagne et réussi à faire enterrer ces vieilles carrosseries qui gâchaient le paysage.

C'est tout cela qui avait contribué à atteindre le chiffre de cinq millions d'exemplaires et permis l'annonce dans le *Times* que Herb, semble-t-il, n'avait pas appréciée, même si Lenny l'avait trouvée brillante. L'annonce qui remplissait la dernière page avait été préparée par une agence de publicité cliente. L'idée avait été la leur et non celle d'Alex. L'illustration, par le caricaturiste Roz Chast, représentait une baleine à l'air mutin qui fendait les eaux et projetait un immense jet dans les airs. La légende disait seulement :

ELLE A ATTEINT SON BUT !
5 000 000 D'EXEMPLAIRES

Le seul autre élément visuel était une petite photo de la couverture de juin de *Mode* dans le coin gauche au bas de la page. À l'origine, Chast avait dessiné un petit bateau à l'horizon, avec un matelot, une longue-vue à la main, montrant la hune du doigt. Mais même dans une publicité conçue pour annoncer sa revue, Alex Rothman réussissait à mettre sa touche personnelle. Quand le directeur adjoint de l'agence avait, la toute première fois, dévoilé l'ébauche de l'annonce, elle avait immédiatement caché de la main l'image du petit bateau.

— Nous sommes la baleine, d'accord ? avait-elle dit. Nous ne voulons pas qu'elle paraisse sur le point de se faire harponner, d'accord ? On garde la baleine et on laisse tomber le petit bateau.

Puis elle avait pris un crayon gras et donné à la baleine de longs cils recourbés.

— Nous sommes une revue féminine, n'est-ce pas ? Nous allons donc mettre notre baleine au féminin. Et nous sommes une revue de style ; alors nous allons donner du style à notre baleine. Nous allons suggérer à Mme Chast de faire en sorte que la baleine fasse un clin d'œil aux lectrices. Nous dirons ainsi à l'industrie que, même si nous sommes fières, nous ne nous prenons pas trop au sérieux. Nous savions que nous allions y arriver, n'est-ce pas ?

C'est ainsi que, ronchonnant quelque peu, Chast était retournée à sa planche à dessin, tout en admettant qu'Alex avait raison en ce qui concerne le message que l'annonce voulait transmettre.

— Bien sûr qu'elle a raison, merde ! avait dit Roz Chast.

L'agence avait à ce point aimé l'annonce qu'elle l'avait soumise au jury pour la Clio Awards. Pourquoi Herb s'y était-il opposé ? Lenny n'arrivait pas à le comprendre. Quelque chose commençait à transparaître, un complot se dessinait, mais Lenny était encore incapable de savoir avec certitude ce qui se tramait.

La couverture de juin tant controversée, c'était une autre affaire. Lenny avait eu la certitude que Herb s'y objecterait et il en avait averti Alex. Bob Shaw, lui aussi, y était opposé mais, comme d'habitude, l'opinion d'Alex avait prévalu.

— La revue existe depuis près de cent vingt ans, avait-elle dit. Ne serait-il pas temps que nous fassions quelque chose de vraiment audacieux, de différent?

Une heureuse coïncidence s'était alors produite. La couverture de juin avait été photographiée plusieurs mois auparavant, mais lors de sa parution, aucun événement ne s'était produit, ni à Washington, ni à New York, ni à Moscou, ni à Tokyo et encore moins sur la place Tiananmen. Faute d'autre matériel à utiliser, semble-t-il, les journaux et les revues d'actualités avaient repris un vieux débat sur ce qui oppose l'art et la pornographie. La controverse avait rebondi après une exposition photographique de Robert Mapplethorpe dans une ville du Midwest. La couverture de juin de *Mode* l'avait alimentée. Il y avait eu des articles dans le *Times* et dans le *Wall Street Journal*. *Newsweek* avait même publié une photo de la couverture de *Mode*. Alex elle-même n'aurait pu compter sur une telle publicité qui avait certainement contribué à augmenter les ventes en kiosque. Tout cela relevait de la plus pure coïncidence. Mais c'était un monde dans lequel il fallait toujours oser et saisir la chance quand elle passait.

Sur les tables, il n'y avait pas de cartons, de sorte que Lenny pût s'asseoir à côté de Mona Potter. Même si on ne pouvait pas toujours s'y fier, Mona était souvent une source de potins. Il ne l'aimait pas beaucoup ; Alex Rothman non plus d'ailleurs. Mona en retour n'aimait pas Alex, car elle continuait à croire qu'elle lui avait ravi son poste dix-sept ans plus tôt. En fait, on pouvait affirmer que personne à New York n'aimait vraiment Mona Potter, mais, grâce à sa chronique qui paraissait trois fois par semaine, elle était devenue une force. Il fallait compter avec elle et l'inclure dans sa liste d'invités lors d'une réception comme celle d'Alex. On disait que la position sociale d'une femme à New York pouvait se mesurer au nombre de fois où elle était mentionnée dans « La scène de la mode » et ce, mensuellement.

Les allusions que faisait Mona à Alex Rothman étaient inévitablement sarcastiques et acerbes. Elle parlait de « la vénérable directrice de *Mode* », de « la directrice expérimentée de *Mode* », de « la tenace directrice de *Mode* », de « la toujours jeune éditrice de *Mode* », ou, quand Mona se sentait particulièrement venimeuse, de « la directrice toujours bien conservée de *Mode* ». Ces petites assertions sournoises auraient normalement dû exaspérer Alex Rothman mais, si elles touchaient au but, Alex n'en laissait rien paraître. Elle l'avait ce soir accueillie aussi chaleureusement que ses autres invités.

Mona venait de porter son regard de myope sur Lenny.

— Dis-moi, mon trésor, maintenant que la revue a atteint les 5 000 000, la rumeur prétend qu'Alex va prendre sa retraite. Y a-t-il du vrai là-dedans?

Lenny lui fit un sourire peu amène.

— Je n'ai rien entendu de tel, mais il n'y a là rien de vrai, Mona chérie.

— Mais comment pourra-t-elle se dépasser maintenant, mon cœur? Cinq millions, n'était-ce pas ce que Herb désirait? Maintenant qu'il a réussi à les lui faire produire, que peut-elle faire d'autre pour lui? On ne peut rien tirer d'une source tarie. C'est ce qu'on dit.

— Vraiment? Je me demande d'où ça vient?

— Écoute, j'ai entendu dire qu'il se tramait quelque chose au trentième étage de l'immeuble Rothman. Pourquoi Herb aurait-il annulé un dîner au « Quatre-Saisons » et se serait-il fait livrer un pastrami à son bureau? Que se passe-t-il?

— J'aimerais savoir comment tu es au courant de tout cela, Mona, dit Lenny. Je suppose qu'Émilio, au « Quatre-Saisons », est de ceux que tu arroses. Comment as-tu su qu'il avait commandé un pastrami? Hein? Sais-tu d'où venait ce sandwich?

— Ha! Je n'ai pas à te révéler mes sources. Allons.

Détends-toi, mon cœur, et donne-moi un tuyau pour ma chronique.

Sur la terrasse, Mel Jorgenson s'était approché d'Alex. Il se pencha sur son épaule et murmura :

— Je suis désolé, chérie, de t'abandonner avant ton spectacle, mais je dois me rendre au studio.

— Je sais, chéri.

— Je verrai le tout sur NBC. Crois-tu que tu seras encore d'attaque quand j'aurai fini de présenter les nouvelles ? Et si je revenais vers minuit ?

— J'en suis sûre, chéri. Je vais demander à Coleman de nous préparer des sandwiches au poulet et nous prendrons un dernier verre.

— C'est une réception du tonnerre, murmura-t-il. Mes félicitations ! Tu es superbe. Je t'aime.

Il l'embrassa rapidement sur le front et disparut.

Herbert Rothman s'approcha à son tour de la table d'Alex. Il n'avait pas la réputation d'être très démonstratif, mais il prit la main d'Alex entre les siennes.

— Alex, Alex, je voulais juste que tu saches à quel point je suis fier de toi.

— Merci, Herb.

— Toi et moi, nous avons eu nos différends dans le passé, je le sais. Certains d'entre eux ont peut-être été de ma faute. Mais ce soir, ce soir, je voulais simplement te dire que c'était ton heure de gloire, vraiment ton heure de gloire.

— Merci, Papa Ours, dit-elle.

C'était une expression dont elle ne s'était pas servie depuis des années, pas depuis Tarrytown, alors qu'ils vivaient tous sous un même toit, qu'ils s'efforçaient d'être une famille heureuse et qu'elle tentait de s'attirer l'amitié de son beau-père. Sous cette apparence réservée, avait-elle décidé, il y avait un côté tendre qu'il laissait paraître à l'occasion. Après tout, il n'avait pas eu une vie si heureuse. Elle lui sourit.

— Embrasse-moi, dit-elle, pour nous prouver que nous

sommes vraiment réconciliés. De plus, ça fera une bonne photo.

Il rougit légèrement, se pencha et effleura sa joue d'un baiser. Caméras et photographes immortalisèrent ce moment.

5

Les serveurs en veston rose enlevaient les assiettes à dessert; l'orchestre venait d'achever un morceau. Alex s'approcha du maestro :

— Dès que les serveurs auront terminé leur ouvrage, dit-elle, faites jouer les premières notes des « Jours heureux ». C'est ce qui permettra à Coleman de donner le signal des feux d'artifice. Alors vous prendrez le micro et direz : « Mesdames et messieurs, si vous voulez bien tous vous lever et regarder vers Riker's Island, quelque chose vous y attend. » Jouez alors un bref morceau de cuivres et les feux pourront commencer, d'accord, trésor ?

Le chef d'orchestre approuva :

— Oui, madame Rothman.

Alex retourna à la table où Lenny l'avait rejointe. Elle lui murmura :

— Croise tes doigts. J'espère que tout va bien se passer.

Mais Herbert Rothman venait de s'approcher du micro.

— Mesdames et messieurs... commença-t-il. Mesdames et messieurs, mes chers amis, j'aimerais dire quelques mots...

Peu à peu le silence se fit. L'ingénieur de l'éclairage de NBC dirigea son projecteur sur Herb Rothman. Le technicien installa sur son épaule sa caméra portative pour enregistrer ce que le président des Publications Rothman et l'éditeur de *Mode* allait déclarer.

Face aux caméras et dans le crépitement des flashes, il commença :

— Mesdames et messieurs, vous savez tous pourquoi nous sommes réunis ici ce soir, pour célébrer le succès incroyable que vient de réaliser *Mode,* succès qu'aucun de nous, chez Rothman, n'avait cru possible et pour applaudir au triomphe de sa directrice, Alexandra Rothman, ma bru préférée...

Les caméras saisirent brièvement le visage d'Alex qui sourit machinalement tout en disant :

— Merci, Herb.

Il y eut des applaudissements polis.

— Il n'a qu'une seule bru, murmura quelqu'un.

Herb Rothman leva son verre.

— À Alex, dit-il. Comme je te l'ai dit tout à l'heure, Alex, c'est ton heure de gloire. Je ne pouvais laisser passer ce moment historique sans prendre la parole, poursuivit-il. Alors que nous entrons dans une nouvelle décennie, la décennie des années quatre-vingt-dix, nous abordons une période de profonds changements qui se feront sentir dans le monde de la mode, comme ailleurs. Nous devons être prêts à toute éventualité. Aux Publications Rothman, nous avons déjà commencé à nous y préparer. Ici, à la revue *Mode,* nous nous tournons vers le futur et non vers le passé...

Quelques membres de la presse consacrée à la mode sortirent leurs crayons et leurs carnets.

— Zut ! il est en train de tourner ma réception en conférence de presse, murmura Alex.

— Je ne suis pas un historien, continua-t-il, mais regardons les choses en face. Le début des années soixante-dix, lorsqu'Alexandra Rothman s'est jointe à nous — cela me semble déjà si loin — se caractérisait par une période de calme et un sérieux qu'on retrouvait dans la revue. Cette période coïncida avec l'arrivée en force des femmes sur le marché du travail. C'est un des thèmes qui nous a motivés, et il était essentiel pour nos lectrices. Pourtant, de maintes façons, son aspect idéologique et politique s'est adouci. Les changements culturels à venir seront profonds. Nous connaissions exactement les grands axes de la haute couture et du prêt-à-porter...

— Avez-vous la moindre idée de ce qu'il veut dire ? chuchota quelqu'un.

Alex Rothman se tourna pour murmurer au chef d'orchestre qui semblait contrarié :

— Je vous prie de m'excuser, mais je ne savais pas qu'il y aurait des discours. Dès qu'il en aura terminé, attaquez « Les jours heureux ».

Il fit un signe d'approbation.

Dans sa chambre, au 720 Park Avenue, à quelques rues de là, le vieil homme gisait sur son lit d'hôpital. Sa respiration était régulière. Dans un coin de la chambre, l'infirmière de nuit, Evelyn Roemer, était assise devant un téléviseur allumé dont elle avait coupé le son. Tout en jetant de temps à autre un regard sur l'écran, elle lisait un roman d'amour.

Soudain son patient se releva sur les coudes et s'écria :

— Montez le son !

— Bien, dit-elle.

Elle monta le volume.

— C'est une réception qui a lieu en ville. Plutôt ennuyeux.

Une voix disait :

— ...de la haute couture et du prêt-à-porter. Je pense que ces axes sont moins évidents maintenant. Que les changements des années quatre-vingt-dix seront aussi radicaux que...

— C'est mon fils ! s'écria le vieil homme. C'est Herbie ! Allez chercher ma femme !

— Allons, allons, vous savez que Mme Rothman est montée se coucher. Recouchons-nous pour passer une bonne nuit.

— ...le passage des années soixante aux années soixante-dix. Il y a eu...

— Allez chercher ma femme ! Comme je vous l'ai demandé ! Tout de suite !

Il était maintenant tout droit dans son lit.

— Allons, allons, nous allons prendre notre pilule pour notre tension.

— Allez chercher ma femme ! C'est un ordre ! Allez chercher ma femme !

— Bien ! monsieur Rothman, à l'instant, dit-elle.

Elle se leva, claqua son livre et se dirigea vers la porte.

— ...reconnaissance de ce fait dans l'édition d'une revue. Je pense...

Herbert Rothman poursuivait sous l'œil des caméras :

— Je pense qu'au milieu des années soixante-dix, il s'est opéré un changement radical dans notre mode de vie et dans l'attitude des gens à l'égard de la mode, de la culture et de la santé. On se détournait des années soixante et de l'érotisme de l'Angleterre...

— De l'Angleterre ? L'érotisme ? murmura Lenny à l'oreille d'Alex.

— Excusez-moi, je voulais dire l'exotisme, rectifia Herb.

Un petit rire nerveux traversa l'auditoire.

— À plus d'un titre, les Anglais sont les chefs de file de la mode. À plus d'un titre, les Anglais sont entrés dans les années quatre-vingt-dix avant nous...

— C'est la meilleure de la semaine, marmonna Lenny.

— À plus d'un titre, les Anglais étaient déjà entrés dans les années quatre-vingt-dix depuis les années soixante-dix et quatre-vingt. La meilleure façon de s'en apercevoir, c'est d'analyser les faits. Nous sommes maintenant dans les années quatre-vingt-dix et nous y sommes pour y rester, au moins au cours des dix prochaines années. Nous sommes prêts à faire face à toutes les éventualités qui se présenteront dans le monde de la mode jusque dans un avenir lointain. Croyez-moi, j'ai consulté tous les experts et, en quelque sorte, j'en suis même devenu un moi-même.

— Par-delà l'au-delà, murmura rêveusement Lenny.

— Mais revenons au présent, où nous sommes aujourd'hui, et à l'avenir de *Mode,* notre avenir. Rejetons les fantômes d'un passé révolu. Nous savons que nous sommes ici pour célébrer comme il se doit l'excellent travail d'une grande professionnelle de la mode. C'est ce qu'est Alexandra Rothman. Elle nous a montré la voie et nous a prouvé qu'une grande revue peut se développer. Je ne fais même pas allusion au tirage. Toutes les étapes de cette croissance et toutes ces longues, longues années de labeur ont puisé sérieusement dans les réserves d'énergie d'Alexandra Rothman. Elle peut ne pas le reconnaître, mais nous savons tous quel prix elle a payé. Le poids des responsabilités, des tâches et des devoirs d'Alexandra n'a fait que croître, au point qu'une simple femme ne peut les affronter seule.

À ces mots, l'auditoire retint un instant son souffle. Lenny Liebling ferma les yeux. Il tenta de saisir de son auriculaire celui de la main gauche d'Alex qu'elle s'empressa de retirer. Elle était assise sur le bout de sa chaise et regardait intensément Herb. Il se tourna encore une fois vers elle et lui dit :

— De sorte que, Alexandra Rothman, tu vas être récompensée de toutes ces années de labeur. Ce soir, j'apporte ta récompense. Je sais que ça te fera plaisir : je t'offre quelqu'un pour travailler à tes côtés. Je viens de créer aujourd'hui un nouveau poste à la tête de *Mode,* celui de codirectrice en chef qui t'apportera l'aide dont tu as tant besoin. La jeune femme que j'ai choisie pour remplir ce poste nous arrive avec d'excellentes références. Elle a fait ses armes pour une des revues d'avant-garde de Londres. Puis, plus récemment, elle a présidé aux destinées d'une maison de haute couture, au cœur de Sloane Street, et répondu aux attentes de toutes les femmes de goût d'Angleterre. Y compris, m'a-t-on dit, de celles de la princesse Diana qui prend rarement une décision concernant sa garde-robe sans consulter cette spécialiste. Elle se joindra à nous dès le premier juillet. Mesdames et messieurs, je vous présente la nouvelle codirectrice en chef de *Mode,* Mlle Fiona Fenton.

La petite femme aux verres gigantesques et à l'épaisse chevelure noire s'avança et, après une brève révérence, sourit nerveusement aux caméras. Herb Rothman demeura au micro. Il semblait attendre des applaudissements qui ne vinrent pas. L'auditoire s'était mis brusquement à bourdonner de conversations fébriles, tandis qu'Alex, de glace, restait figée sur sa chaise. Dans la confusion, Lenny aperçut le sac à main de Fiona laissé à l'abandon sur une table. Il se dirigea rapidement dans sa direction.

Dans la semi-obscurité de la chambre du 720 Park Avenue, l'épouse de Ho Rothman, tante Lily, l'avait rejoint, en robe de chambre, le visage recouvert de crème, le menton retenu par une sangle, ses cheveux blonds en papillotes. Tous deux fixaient l'écran.

Tante Lily fut la première à parler.

— Je t'avais dit que cette espèce de fou allait tenter quelque chose de ce genre.

L'infirmière, qui boudait dans son coin, répéta :

— Il est temps de prendre votre cachet pour la tension.

— Taisez-vous, dit tante Lily. S'il vous plaît.

Il y avait, bien sûr, des gens chez Alexandra ce soir-là qui la détestaient cordialement. Ils avaient souhaité sa chute, prié pour qu'elle échouât et pensaient, au fond d'eux-mêmes, qu'ils auraient pu faire aussi bien qu'elle, sinon mieux. Ce qu'ils venaient d'apprendre de la bouche de Herbert Rothman était cependant ahurissant. Une des leurs venait de subir une humiliation publique et ce, de la manière la plus vile. Devant deux cent cinquante personnes, on venait de lui jeter au visage qu'elle n'était plus capable de faire son métier toute seule. Une vague de sympathie, la dernière chose que désirait Alex, déferlait sur elle en ce moment, tandis que des voix s'élevaient sous le choc et la consternation.

— Pauvre Alex, quelle façon de lui dire qu'elle est finie !

— Vous avez entendu ? Une femme seule ne peut...

— C'est bien le style de Herbert Rothman. Son père était peut-être un salaud, mais il n'aurait jamais agi de la sorte !

— Qui est cette nouvelle venue ? Est-ce que quelqu'un en a déjà entendu parler ?

— Mona Potter vient encore de se faire avoir.

— Pauvre Alex, avait-elle le moindre soupçon ?

— Choquant... ignoble... du plus mauvais goût...

— Herb Rothman est un goujat.

— C'est l'âge, c'est tout. À la place d'Alex, je le poursuivrais en justice.

Alex saisit au passage certaines de ces réflexions. Si ses yeux viraient au bleu-vert sous certains éclairages et au noisette sous d'autres, en colère, ils prenaient une teinte noire de braise. Elle se tenait rigide sur sa chaise, les poings serrés, les lèvres blanches, le regard fixe, triste parodie de sourire qu'elle savait peu convaincante. À côté d'elle, Lenny souffla :

— C'est pire que je ne le croyais. Ne laisse rien paraître, Alex. Reste froide, Alex. Rappelle-toi qui tu es...

Quel contraste entre les invités de marque et les membres de la presse ! La plupart des journalistes et des photographes ne portaient pas de tenue de soirée ; ils avaient des complets bleus ou gris finement rayés, sur chemises blanches avec cravates. Mais ce qui choquait le plus, c'étaient leur air égaré, leur expression déroutée, signes que ces hommes et ces femmes n'avaient pas l'habitude de fréquenter des lieux si cossus.

Il n'y avait pas que des employés de grands quotidiens de la métropole, de revues hebdomadaires, de *Spy* et de *Vanity Fair*. Il y avait également des journalistes et des photographes des journaux de banlieue, de Long Island, de Westchester, du Connecticut et du New Jersey. Et même de quelques villes comme Boston, Washington, Baltimore ou Philadelphie. Ces gens savaient qu'ils avaient été invités, ou simplement convoqués, à cette réception parce que leur hôtesse voulait faire autant de tapage que possible autour de sa revue. La soirée, après tout, n'avait pas d'autre but.

Les grandes dames de la presse, telles Bernadine Morris, Enid Nemy, Aileen Mehle, Mona Potter et Liz Smith, se comportaient comme des célébrités. Elles laissaient le docteur Kissinger les embrasser d'une accolade amicale ; elles envoyaient des baisers à Brooke Astor et s'appelaient l'une l'autre « chérie ». Mais les autres, celles dont personne ne connaissait le nom, que personne ne reconnaîtrait jamais nulle part, elles avaient passé la majeure partie de la soirée à se faire toutes petites. Elles avaient rôdé à l'arrière-scène, sur la pointe des pieds, gribouillé dans leur calepin les noms des invités célèbres, noté les robes des grands couturiers et soupesé la valeur des bijoux. Ne sachant interroger les vedettes, elles avaient tendance à s'interroger les unes les autres. Celles qui n'osaient demander à Jackie Onassis quel couturier avait conçu sa robe posaient la question à leurs consœurs. Un journaliste de South Norwalk qui avait raté l'entrée de Brooke Astor tentait d'apprendre, de ses confrères, où se trouvait la grande dame. Quand le dîner fut servi, tout le monde de la presse se rassembla autour de quelques tables au bout de la terrasse afin de se serrer les coudes.

Dès que Herbert J. Rothman s'éloigna du micro, ces professionnels comprirent immédiatement qu'ils étaient les témoins de quelque chose dont ils avaient l'habitude, mais qu'ils n'auraient jamais pu espérer trouver au cours d'une telle soirée, qu'ils tenaient un scoop. Comme un seul homme, ils se levèrent, jouant des coudes pour approcher l'éditeur et la nouvelle directrice. D'un seul coup, ils passèrent de l'état de poulettes à la recherche çà et là de petits grains à celui de meute glapissante sur la piste d'un « événement » et même d'un grand titre. Crayons levés et caméras au poing, ils se frayaient un chemin vers les deux protagonistes déjà sous les projecteurs de la télévision. Ils hurlaient leurs questions, interpellant même par leurs prénoms les principaux intéressés.

— Hé, Herbie, Regardez ici, Herbie ! Est-ce que ça veut dire qu'Alex va prendre sa retraite ?

— Pas de commentaire.

— Hé, Fiona, par ici, Fiona ! Souriez, Fiona. Faites un large sourire ! Enlevez ces damnées lunettes noires, Fiona, qu'on puisse vous voir !

— Quel âge avez-vous, Fiona ? Combien pesez-vous ? De chez qui vient votre robe, Fiona ? Êtes-vous mariée ? Fiancée ? Parlez-nous de vos amours !

— Herb, est-ce que ça veut dire qu'en fin de compte vous prenez les rênes des Communications Rothman ? demanda la journaliste de *Women's Wear Daily*.

De toute évidence, la question l'ennuyait. C'était l'expression « en fin de compte » qui lui rappelait que près de soixante-dix ans de sa vie s'étaient écoulés avant que ne lui soit vraiment reconnu un réel pouvoir.

— M. H. O. Rothman est très âgé et très malade, répondit-il sèchement.

— Qu'en est-il de l'enquête du Ministère du revenu contre les Communications Rothman ? demanda la même journaliste. Comment votre père a-t-il réagi ?

— Je doute que mon père en soit conscient, dit Herb. De plus, je n'ai pas le droit d'en parler pour le moment.

— Nous avons entendu prononcer le chiffre de huit cents millions de dollars. Avec les amendes et les intérêts, ça peut faire dans les...

— Je n'ai pas le droit d'en parler.

— Herb, vous dites que vous avez consulté des experts qui ont prévu l'avenir de la revue. Pouvez-vous nous donner des noms précis et nous expliquer en détail pourquoi ils ont une boule de cristal ?

— Herb, pourquoi avez-vous choisi de ne pas nommer quelqu'un de l'intérieur à ce nouveau poste ? Pourquoi une étrangère ? Pourquoi une inconnue ?

— Oui, pourquoi une Anglaise, Herb ? Pourquoi pas une Américaine ?

— Fiona, quel est le nom de cette revue anglaise pour laquelle vous travailliez ? *Lady Fair ?* Jamais entendu parler. Qui l'édite ? Qui en est propriétaire ? Qui ? Jamais entendu parler.

— Fiona, quel était le nom de votre boutique, sur Sloane

Street ?

— Qui vous coiffe, Fiona ?

— Fiona, est-ce que ça veut dire que vous vous préparez à prendre la succession d'Alex ? Qu'est-ce qui vous fait penser que vous pourrez prendre sa place ?

— Fiona, avez-vous une philosophie de la mode ?

— Enlevez vos lunettes noires, Fiona, qu'on puisse vraiment vous voir.

— Comment épelez-vous « Fiona » ?

Dans la cohue, Mona Potter hurla quelque chose et insista plus fort encore :

— De quoi a-t-elle l'air ? Est-elle jolie ? Je ne puis la voir d'ici.

— Très maigre, pas de formes, cria quelqu'un.

Entre-temps, tandis que Herb Rothman s'éloignait du micro, le chef d'orchestre, comme on le lui avait ordonné, fit résonner les premiers accords des « Jours heureux ». Personne bien sûr, pas même Alex, ne l'entendit, sauf Coleman, dans l'appartement qui attendait ce signal. Le maestro hurla dans le micro :

— Mesdames et messieurs... mesdames et messieurs, si vous voulez bien vous lever et regarder Riker's Island. Quelque chose de particulier pour vous...

Coleman pressa le bouton qui déclenchait les feux d'artifice.

— Oh, mon Dieu, les feux, dit Alex.

Elle se leva brusquement. Lenny en fit autant.

— Les feux ! cria-t-il. Les feux d'artifice ! Regardez tous par là !

Cependant, seule une poignée d'invités vit les premières fusées s'élever et retomber en cascade dans le ciel nocturne en une fontaine de lumière colorée.

— Des feux d'artifice ! Des feux d'artifice ! cria Lenny.

Pendant ce temps, Alex fixait, incrédule, le fiasco de sa réception.

— Quel âge avez-vous dit que vous aviez, Fiona? Quel est votre tour de taille? Est-ce que ce sont vos vrais cheveux ou bien est-ce une perruque?

Une seconde salve s'éleva de la barge, explosa et resta suspendue dans les airs pour former le mot *MODE,* avant que les lettres ne se dissolvent et ne retombent dans le fleuve.

Une troisième s'élança dans un bruit assourdissant et le nombre de 5 000 000 apparut dans le ciel.

Enfin, dans un vacarme encore plus assourdissant, le bouquet final aux teintes multicolores retomba lentement.

Cette dernière explosion attira quelques autres curieux au bord de la terrasse, mais les questions continuaient d'assaillir Fiona Fenton. Cependant ses réponses à peine chuchotées, inaudibles, semblaient énerver davantage les journalistes, de plus en plus hostiles et indiscrets.

— Hé, Fiona, quel est votre couturier préféré?

— Combien Rothman vous paie-t-il, Fiona?

— Fiona, voulez-vous enlever ces damnées lunettes noires?

— Dormez-vous nue, chère Fiona? Regardez par ici, Fiona.

Soudain un cameraman bouscula un journaliste :

— Pousse-toi de là; tu m'empêches de passer.

— Va au diable!

On sortit les poings. Le journaliste vola contre un pilier du belvédère près du bar. On entendit un bruit de verre brisé. Une table de service venait de se renverser. Des femmes, installées à proximité, tentaient de se protéger. Un homme de grande taille, fort bien vêtu, s'empara d'une chaise et la brandit au-dessus de sa tête pour parer à toute attaque. Une jeune femme en robe du soir de couleur écarlate signée Scaasi tenta de ramper à quatre pattes en direction des portes françaises qui donnaient sur l'appartement. Pendant ce temps, l'orchestre qui faisait de son mieux pour empêcher la réception d'Alex de tourner à l'émeute s'était aventuré dans une version accentuée de « N'est-elle pas délicieuse? »

Fiona Fenton avait réussi à se frayer un chemin à travers

la foule qui se bousculait, hurlante, jusqu'à côté d'Alex qui, debout, impuissante, regardait la scène avec horreur. Alex vit des larmes couler sur le visage de la jeune femme. Elle fut soudain saisie d'une grande pitié pour cette pauvre débutante qui ne devait guère avoir plus de vingt-trois ou vingt-quatre ans et qui n'avait certainement pas pensé causer tout ce gâchis. C'était Herbert, et seulement Herbert, qui en était responsable. Mais il avait soudain disparu.

— Je vous en prie, madame Rothman, dit la fille en pleurs. J'ai supplié M. Rothman de ne pas l'annoncer de cette façon, pas ici, chez vous. Il a insisté car il prétendait que cela vous ferait une belle surprise, mais il en fut tout autrement, n'est-ce pas ?

Alex aurait pu dire que rien de ce que faisait Herbert Rothman ne la surprendrait jamais, mais elle se ravisa :

— Ne vous inquiétez pas. La première chose à faire, c'est de reprendre la direction des opérations.

— Il a dit qu'il pensait que vous et moi, nous pouvions faire du bon travail. Il a dit que nous pourrions faire équipe, mais je m'y refuse si vous ne voulez pas de moi ! Il a dit que ça pouvait marcher et je veux croire que c'est possible, parce que j'admire beaucoup votre travail. Je vous en prie, dites-moi que vous croyez que nous pouvons au moins essayer de travailler ensemble. Je vais essayer. Je vais vraiment essayer d'apprendre...

Une fois encore, Alex fut sur le point d'exprimer sa colère. Elle aurait pu dire qu'il y avait des choses dans la vie dont elle avait appris à se méfier, entre autres, les paroles de Herbert Rothman. Mais la fille semblait dans un tel désarroi qu'elle dit simplement :

— Si nous devons faire équipe, aidez-moi à trouver un moyen de faire cesser cette bagarre ! Pour l'amour du ciel, cette réception est télévisée !

La situation s'envenimait. Un des journalistes avait marché sur le pied de Carolyne Roehm. Elle avait hurlé de douleur. Son mari, Henry, avait immédiatement enlevé son veston et remonté les manches de sa chemise pour entrer dans la danse. Puis, on avait entendu un autre fracas, car quelqu'un venait de renverser une des tables nappées de rose. Verres, couverts, lampes, oiseaux de porcelaine, tout s'était brisé en tombant.

— Je vous en prie, s'écria Alex ramassant une aile d'oiseau. Arrêtez. Je vous en prie.

L'aide survint, comme une intervention divine, d'où on ne l'attendait pas.

Les invités de la partie nord de la terrasse étaient loin de réaliser l'ampleur de l'échauffourée qui avait éclaté à l'est autour du belvédère. Seule la puissance soudaine de la musique les avait surpris, et ils avaient trouvé un autre pôle de distraction. Juste avant le début des feux d'artifice, un petit bateau de plaisance était apparu sur le fleuve. C'était une petite embarcation qui fendait les eaux de sa fine étrave. Elle laissait derrière elle un double sillon d'écume comme une longue traîne nuptiale. Comme elle approchait la pointe nord de Roosevelt Island, les feux d'artifice crépitèrent. Elle ralentit semblant les regarder s'échapper de la barge. Puis, ayant peut-être réalisé qu'il y avait un lien entre ce spectacle et le vacarme émanant de la haute terrasse, le pilote avait dirigé son embarcation de ce côté de la rivière, pour en avoir le cœur net.

Il n'était pas courant de voir un hors-bord sur cette partie du fleuve ; en fait, c'était interdit car ça gênait la circulation fluviale. Il y avait donc là quelque chose d'exceptionnel qui symbolisait à la fois l'innocence, l'amour, la jeunesse, le plaisir et l'insouciance et ravivait aux yeux des invités le souvenir des jours où eux aussi, ils avaient été jeunes et fous. Comme le petit bateau luttait contre le courant, ses passagers au nombre de trois, donnèrent l'impression de lever leurs cannettes de bière à la santé des gens penchés par-dessus le parapet. Ces derniers y répondirent en levant à leur tour leur coupe de champagne.

Mais il se produisit soudain quelque chose d'anormal. Le petit bateau prit du gîte, de droite, puis de gauche. Ses passagers s'agrippaient à leur siège et aux rampes. On pouvait percevoir leurs cris du vingtième étage, alors que le pilote luttait avec la barre pour reprendre le contrôle de son embarcation. Alors la proue du runabout fit un violent écart et le bateau se mit à tourner, à tourner en cercles de plus en plus rapides, comme s'il était emporté dans un maelström. Des cris jaillirent de la terrasse. On entendait :

— Oh, mon Dieu ! Aidez-les ! Ils sont en train de couler ! Appelez le neuf-un-un ! Appelez la garde côtière !

Penchés par-dessus le parapet, tous scrutaient l'eau noire du fleuve tandis que l'équipe de la télévision, consciente d'une nouvelle catastrophe, accourait.

Ce qu'ils virent, c'est le petit hors-bord se faire littéralement avaler par le fleuve. La surface sembla se gonfler, puis éclater dans un tourbillon. Le petit bateau tournait au centre du gouffre sans fond qui allait s'élargissant, sinistre gueule happant le frêle esquif. Il disparut dans une vague d'écume. Le tout s'acheva aussi rapidement que cela avait commencé. Le fleuve sembla se gonfler à nouveau, puis s'aplatir. Aucune surface de la tragédie ne subsistait à la surface.

Un cameraman lança un cri de triomphe :

— Je l'ai ! J'ai tout !

— Oh, mon Dieu, aidez-les ! cria quelqu'un. Aidez-les !

— Appelez neuf-un-un !

— Non, appelez la garde côtière !

— Appelez la police !

— Comment fait-on pour appeler la garde côtière ?

— Pour l'amour de Dieu, appelez la police ! Appelez tout simplement la police...

Plus tard ce soir-là, aux nouvelles de vingt-trois heures, Mel Jorgenson allait annoncer l'accident qui devait faire la une de tous les journaux télévisés de New York.

Deux semaines plus tard, les corps de deux adolescents furent repêchés à quelques kilomètres du lieu de la tragédie. Aucun autre corps ne fut jamais retrouvé, pas plus que le petit bateau.

Pendant ce temps, ahuris par ce dont ils venaient d'être témoins, les invités d'Alex se pressaient le long de la balustrade, glacés d'horreur. Ils regardaient fixement l'eau sombre, espérant — et peut-être même priant — voir ressurgir les rescapés à la surface, tandis que les caméras continuaient à ronronner pour saisir l'éventuelle issue. Mais il ne se produisit rien et le fleuve demeura lisse. En bas, on pouvait entendre hurler les sirènes de la police tandis que des scaphandriers s'apprêtaient à plonger.

Otto Forsthoefel, l'ancien détective, avait pris l'initiative de contrôler la foule sans cesser d'assurer la sécurité de Joël Rothman. Alors que la majorité des invités se pressait et jouait des coudes pour mieux voir ce qui se passait sur le fleuve, Otto hurlait des ordres :

— Reculez ! Il n'y a rien à voir ! Reculez ! Ne poussez pas ! Dispersez-vous ! Retournez à vos tables ! Laissez la police faire son travail ! Reculez... !

Joël se trouva par hasard face à la jeune Anglaise. Elle sanglotait :

— Aidez-moi ! Faites-moi sortir d'ici. C'est un cauchemar. Je n'arrive pas à retrouver votre grand-père. Je vous en prie, ramenez-moi chez moi. Maintenant.

Lançant un regard en direction d'Otto, il dit tristement :

— Mais comment ? Avec ce gorille sur le dos.

Elle se tourna rapidement et saisissant Otto par le revers de son veston :

— C'est une conspiration. C'est une diversion pour détourner votre attention. Il y a un homme sur le toit.

— Où ça ?

— Là-haut, sur le toit. Regardez ; il nous a vus ! Il vient de se glisser derrière cette saillie. Attention, il est armé.

Otto s'empressa de tirer son revolver de son étui. Il hurla :

— Que personne ne bouge ! Restez où vous êtes.

L'arme au poing, il fonça à travers la foule vers les portes qui donnaient sur l'appartement, puis emprunta l'escalier qui menait sur le toit. Si l'hystérie collective a jamais existé, c'est bien sur la terrasse d'Alex Rothman avec cet homme armé. Les hommes en cravates noires levaient les mains, les femmes poussaient des cris perçants en protégeant leurs bijoux.

L'Anglaise dit à Joël :

— Et maintenant, vite.

— Vite ?

Elle le prit par la main.

— Oui ! Par la cuisine, puis par l'ascenseur de service. Allons ! Montre-moi le chemin.

Alex Rothman s'était isolée dans le coin le plus retiré de la terrasse. C'est là que Lenny Liebling la retrouva, une expression absente sur le visage.

— Quelle est la suite du programme ? lui demanda-t-elle d'une voix posée. Penses-tu qu'il peut arriver quelque chose de pire ? Tu as une idée, chéri ?

— Oui, dit-il.

Il désigna les portes françaises, par lesquelles quatre policiers new-yorkais en uniforme venaient tout juste d'émerger.

Alex se mit à rire. D'un rire si fort qu'il semblait ne jamais devoir cesser. Tant et si bien qu'elle en eut le hoquet et que ses yeux s'embuèrent de larmes.

— Cher vieux Lenny...

C'est tout ce qu'elle réussit à dire. Puis d'une voix rauque, elle ajouta :

— Je voudrais le tuer !

6

La dernière limousine venait de quitter l'allée du 10 Gracie Square. Alex Rothman et Lenny Liebling étaient seuls dans la bibliothèque. Son portrait fait par Bouché la regardait. Elle marchait nerveusement de long en large. Elle lui demanda :

— Savais-tu que cela allait arriver, Lenny ? Dis-moi la vérité.

Il leva la main droite.

— Je n'en avais pas la moindre idée. Je ne connais pas cette femme. Bien sûr, depuis la dernière attaque de Ho, je craignais que quelque chose pût se produire et j'ai bien essayé de te mettre en garde.

— Je vais en parler à Ho. Il va faire cesser ce micmac. Ho et moi, nous avons peut-être eu des différends, mais il m'a toujours respectée.

— Ma chère Alex, soupira Lenny, je déteste parler de lui au passé, mais c'est ce que nous allons bientôt devoir faire. Ho Rothman te respectait. Mais il n'est plus en état de respecter qui que ce soit maintenant. Son règne est fini : il nous faut l'accepter.

— Et tante Lily ? Elle a une main sur la société. Non Herbert.

— Bien sûr, dit prudemment Lenny. Il nous faudra être tout particulièrement gentils avec elle... Le seul problème, c'est que...

— Elle ne laisserait pas sa vipère de fils prendre le contrôle de la société. Elle le connaît trop bien.

— Mais n'oublie pas que Herbert est sa vipère. C'est une femme, Alex, et elle est mère. Forcée de choisir ses aspirations et les tiennes, elle pourrait choisir...

— ...ce que veut sa vipère.

— Lily a toujours été le défaut de la cuirasse. Souvent utile, mais faible.

— Elle peut être redoutable quand elle le veut !

— Elle pouvait l'être. J'insiste. Nous devons parler encore une fois au passé. Elle pouvait être redoutable quand Ho était derrière elle. Mais tante Lily n'est pas un second Ho. Il n'y en aura jamais d'autre.

— Qu'en est-il de... ?

Mais elle s'arrêta brusquement et se mordit la lèvre. Elle allait demander : « *Mais toi, Lenny ? Tu as toujours semblé avoir une influence particulière sur les Rothman, sur tous les Rothman, y compris Herbert.* » Or, elle ne voulait rien lui devoir. Elle savait dans quel monde et dans quelle ville elle évoluait. Il ne fallait rien demander à qui que ce soit... à moins de pouvoir « rembourser ». C'était un univers où la confiance n'existait pas, pas plus avec Lenny qu'avec un autre.

— Tu allais me demander ce qui allait m'arriver ? Laisse-moi te dire simplement que, depuis le tout début, j'ai sérieusement préparé mes arrières. Je t'ai demandé plus tôt ce soir, si tu avais une assurance. Dès que j'ai commencé à travailler avec le clan, j'ai compris la nécessité d'une assurance-vie contre ce que j'appellerais la rothmanie. C'est une autre façon de désigner l'abus du pouvoir. Les Rothman ont acquis leur richesse par ce biais ; ils en sont devenus experts. Mais, avec les années, je me suis assuré qu'ils ne pourraient jamais abuser de leur pouvoir contre leur « cher vieux Lenny ».

— C'est du chantage.

Il soupira à nouveau.

— Quel vilain mot ! Je préfère « levier ». J'ai développé des leviers contre les Rothman. Un levier, c'est un instrument dont on se sert pour déplacer des objets. « Donnez-moi un levier, a dit Archimède, et je déplacerai le monde ». Mes leviers sont bien sûr très modestes, mais ils ont été assez puissants pour répondre à mes besoins. As-tu un levier quelconque contre la famille?

— Pas de ce type-là.

Il soupira une fois de plus, retourna s'asseoir dans le grand fauteuil de cuir et fixa le plafond.

— Je vois, dit-il. Aimerais-tu que je me serve de mon levier en ta faveur? Je ne promets rien, mais je peux essayer. Si tu le désires, la seule chose que tu aies à faire, c'est de le demander.

Elle cligna des yeux.

— Non, dit-elle. Sais-tu pourquoi? Parce que je ne te fais pas confiance, Lenny. Je ne t'ai jamais fait confiance. Je t'aime bien, mais je n'ai pas confiance en toi. Tu es un de mes amis les plus chers, mais tu es sournois et fricoteur. Lenny ne s'intéresse qu'à ce que veut Lenny.

— Et Alex ne s'intéresse qu'à ce que veut Alex... si je comprends bien le fond de la conversation? Ma chère, je ne vois vraiment aucune différence entre nous deux. Chacun veut ce qu'il veut.

— Mais j'ai une meilleure façon de l'obtenir.

Il fixa distraitement le plafond.

— Oh? Et quelle est-elle, je t'en prie?

— Je vais poursuivre le petit salaud en justice. Il ne va pas s'en tirer comme ça. J'ai tout de même un contrat avec les Publications Rothman. Et c'est lui qui l'a signé. Il tient encore pour les deux prochaines années. Ce contrat stipule que je suis directrice en chef. Il ne dit rien d'une codirectrice en chef. Il ne va pas s'en tirer comme ça.

D'une voix lasse, il lui fit remarquer :

— Alex, Alex. Ce n'est pas la bonne façon d'affronter Herbert. Il a une cinquantaine d'avocats qui travaillent pour lui en ce moment contre la poursuite du ministère du Revenu. Ils ne vont pas tolérer une autre poursuite concernant un ridicule petit contrat. Ils vont te balayer du revers de la main.

— Un contrat est un contrat !

— On va trouver un trombone dans ton sac à main et prétendre que tu l'as volé à la société et l'on te congédiera. Non, non, Alex, ce n'est pas la bonne façon. Non, selon moi, il y a deux façons de procéder.

— Oui ? Quelles sont-elles ?

— Premièrement, tu peux donner ta démission. Il vient de te donner d'assez bonnes raisons pour le faire. Si tu démissionnes demain, tous ceux qui sont dans le milieu vont te comprendre. En fait, j'imagine que c'est ce qu'il espère, que tu démissionnes.

— Et renoncer à la fin de mon contrat ?

— Au diable ton contrat, ma petite chérie. Tu n'as pas besoin d'argent. Tu es assez riche. De plus, avec ta réputation, il n'y a pas une revue, un éditeur, un couturier, une société ou une agence de publicité en ville qui ne te ferait immédiatement une offre, et deux fois plus importante. Ou une chaîne de télévision. Dans le métier, tout le monde te réclamerait. Il n'y a pas une industrie prestigieuse dans cette ville qui ne voudrait offrir un poste prestigieux à la prestigieuse Alex Rothman. Si tu démissionnes, tu ne seras pas à la rue. Rappelle-toi qui tu es, Alex. Tu es Alex Rothman, une grande prêtresse de la mode. Une légende. Démissionne et ton téléphone sonnera jour et nuit.

— Mais, Lenny, je ne peux pas faire ça. Je ne le peux pas. Comprends-tu ? Herb est imbécile ! Il va détruire *Mode*. Je ne peux pas le laisser faire ça. Je ne peux laisser cet imbécile démolir tout ce que j'ai construit. Ça représente dix-sept ans, Lenny. Regarde...

Elle désigna les volumes reliés sur les tablettes.

— Dix-sept ans, plus de deux cents numéros, tous plus réussis les uns que les autres. C'est moi qui vis dans ces pages, Lenny. C'est moi. Si je le laisse détruire *Mode,* c'est moi qu'il va détruire.

— Alors, dit-il calmement, la seule autre chose que tu

puisses faire est de ne pas démissionner. Il te faudra simplement te faire à l'idée que nous avons, toi et moi, un nouveau patron, que Ho Rothman est en train de faire son dernier voyage et que Herbert Rothman est désormais à la barre de ce navire. Et, si tu restes, il te faudra jouer selon les nouvelles règles, ravaler ta fameuse morgue et espérer pour le mieux. On ne sait jamais !

Du poing, elle frappa le manteau de la cheminée.

— Non, dit-elle. J'ai toujours dirigé la revue selon mes propres règles. Je ne vais pas la diriger selon les siennes. Je vais appeler mon avocat demain matin. Je vais le poursuivre. Ce salaud ne peut pas me faire ça. C'est moi qui ai fait de cette revue ce qu'elle est devenue. *Mode* est à moi. *Mode* ne serait rien sans moi. Il le sait et tout le monde le sait. As-tu entendu ce que ce salaud a dit de moi ce soir ? « Des responsabilités trop grandes pour une femme seule... le prix terrible que ces années lui ont coûté. » Il m'a traitée de femme dépassée et vidée. Je ne vais pas accepter ça, Lenny. Bien sûr, c'était son style, à Herb, typique de la petite vipère, d'attendre que son père soit pratiquement sur son lit de mort avant d'oser faire le moindre mouvement. D'attendre que son père soit trop faible pour intervenir. Et puis, après avoir fait sa déclaration, où est-il passé ? Il a tout simplement disparu, trop lâche pour affronter la controverse. Eh bien, il aura assez tôt des nouvelles de mes avocats !

Lenny secoua la tête, sans rien dire.

— Qui est-elle d'ailleurs ? Je n'en ai jamais entendu parler, personne d'autre non plus. Et cette « revue de mode anglaise d'avant-garde » où elle est censée avoir travaillé. Quelque chose comme *Lady Fair*. En as-tu déjà entendu parler ? Moi, jamais, alors que toutes les revues de mode publiées au monde me parviennent. J'ai un ami détective. Je vais l'appeler demain matin et lui demander d'enquêter sur elle. C'est de toute évidence une petite amie avec laquelle il a une aventure. Voilà sa façon de la récompenser !

— Si c'est le cas, rassure-toi. Aucune des petites amies de

Herb ne tient jamais très longtemps. Il y en aura une autre dans une semaine ou deux.

— Elle semble quand même de bonne volonté, reprit-elle. Elle a paru vraiment choquée par son comportement. Mais je sais ce qu'il a voulu dire. Je peux lire entre les lignes. Toi aussi, n'est-ce pas ? Il a dit qu'elle était la suivante sur les rangs pour me remplacer. C'est ce qu'il a dit. Eh bien, je suis loin d'être prête à faire place nette.

— Ton nom va tout de même continuer à être en tête.

— Mais je ne vais pas partager avec elle, qui qu'elle soit. Je ne vais pas le laisser me faire ça ! Je ne vais pas le laisser détruire ma revue. Herb Rothman est un imbécile. Quiconque a entendu le discours de ce soir sait qu'il écoutait un imbécile. Même son père savait qu'il l'était. Il s'est constamment opposé à Herb. Eh bien, moi aussi, je suis une batailleuse. Je vais lui tenir tête.

— Mais, malheureusement, Herb semble avoir tous les atouts dans son jeu en ce moment.

Des larmes brillaient dans ses yeux.

— Le salaud ! Oh, je sais, ça fait des années qu'il attend pour me faire ça. Il m'a toujours détestée.

— Pourquoi t'a-t-il toujours détestée, Alex ? Je sais que tu as raison, mais pourquoi ?

— Tu sais pourquoi. Je n'ai jamais été assez bien pour Steven. Pegeen et lui n'ont jamais pensé que j'étais assez bien pour leur fils.

Lenny dit prudemment :

— J'ai toujours pensé qu'il devait y avoir autre chose.

— De la jalousie. Parce que Ho m'écoutait plutôt que lui. Parce que Herb voulait que Mona Potter obtienne le poste et que Ho me l'a donné.

— Herb avait une aventure avec Mona à l'époque, tu sais.

— Ce qui la rendait éminemment qualifiée pour diriger une revue ! Ho avait bien vu son jeu.

Lenny insistait :

— Je persiste à penser qu'il y a autre chose. Cherche au

fond de toi-même, Alex.

Elle secoua la tête. Il y eut un silence et finalement Lenny reprit :

— Réfléchis, Alex. À fond.

— Non, dit-elle. Je ne vois pas. Ce ne peut être que la rancune de Herb.

Il avait toujours l'air sceptique. Il ajouta :

— Et Tarrytown ?

— Et quoi ?

— Que s'est-il passé le vingt septembre dix-neuf cent soixante-treize ? N'y a-t-il pas là quelque chose qui puisse te fournir un quelconque levier ?

Elle le regarda.

— Pourquoi ? Tout le monde sait ce qui est arrivé. Ce fut dans tous les journaux à l'époque.

— Je parle de ce qui est vraiment arrivé. De ce qui n'était pas dans les journaux.

— Je ne sais pas de quoi tu parles, dit-elle brusquement.

— Je pense que tu le sais. Mais je crois comprendre que tu ne veux pas en parler. Je crois comprendre aussi que tu n'as pas envie d'utiliser certains leviers.

— Non, c'est vrai.

— Même si ces leviers peuvent fournir la meilleure solution à ce petit problème. Hein ?

— Je t'ai dit comment j'avais l'intention d'agir, dit-elle. Je vais lui montrer qu'il ne peut pas me faire ça.

Lenny ne répondit pas. Il fixa ses souliers de crocodile et le tapis vert sombre. À quoi pensait Lenny ? Alex le savait. Il pensait : « *Il ne peut pas te faire ça ! Mais, en fait, il te l'a déjà fait.* »

Lenny était parti. Alex restait seule dans la bibliothèque à ruminer de sombres pensées. Tarrytown, pensa-t-elle. C'était bien Lenny de toujours laisser sous-entendre qu'il en savait plus que les autres sur ce qui s'était passé cet après-midi-là à Tarrytown. Mais c'était impossible. Les seules personnes qui savaient la vérité étaient alors sur les lieux. L'une d'entre elles était morte et les deux autres n'en avaient jamais parlé à âme qui vive. C'était leur secret. De plus, à qui ce secret pourrait-il être utile ? Supposons qu'Alex aille voir tante Lily et dise : « J'ai décidé de dire la vérité sur Tarrytown », qu'est-ce que ça donnerait ? Alex perdrait tout simplement l'affection de tante Lily, ce qui n'améliorerait certainement pas la situation. Elle passa ses doigts dans ses cheveux et jeta un bref regard au cadre ovale. « *Tu n'es pas moi* », pensa-t-elle.

« *Vous êtes moi.* » Elle se dirigea vers les étagères où s'alignaient les volumes reliés de marocain rouge. Elle effleura de son index le dos des volumes aux lettres d'or : *Mode* 1973; *Mode* 1974. Au fur et à mesure, ils étaient matériellement plus importants. Il allait m'arracher cette partie essentielle de moi-même, se dit-elle.

Elle pensa : « *Chaque impulsion que j'ai jamais eue, chaque sentiment que j'ai jamais éprouvé, tout est en quelque sorte présent dans ces volumes. Je ne suis pas une légende, je suis simplement une femme qui a travaillé dur pour quelque chose qu'elle a aimé. Je suis simplement une femme qui voulait tirer parti d'un amour déçu. C'est tout. C'est ce que j'ai créé. C'est ce qui m'a recréée.* »

Il y a des années, Lenny lui avait dit :

— Fais la paix avec ton beau-père. Voilà ta principale priorité. Ho et Lily sont avec toi. C'est très bien. Mais maintenant tu dois signer une sorte de paix avec Herbert. Ce ne sera pas facile. Mais tu dois le faire, Alex.

Mais comment une femme pouvait-elle faire la paix avec un homme comme lui ?

— Un héritier. Un héritier mâle. C'est la seule et unique chose que la famille attend encore de toi, lui avait dit Herbert ce jour-là à Tarrytown.

Cela lui avait semblé tellement pompeux, tellement Vieille France, tellement vieux jeu, cette idée d'une dynastie, qu'elle s'était mise à rire.

Il lui serra le poignet.

— Je suis on ne peut plus sérieux. Si tu as des problèmes avec Steven, je peux t'aider.

— Comment ? Comment ça, m'aider ? Je t'en prie, lâche-moi. Tu me fais mal.

Mais il avait maintenu son étreinte et répondu :

— Comment ? Tu ne sais pas comment on fait un enfant ? Laisse-moi te montrer.

Comment, comment une femme pouvait-elle faire la paix avec un type comme celui-là ?

Les choses auraient-elles été différentes si elle l'avait laissé faire ? Impossible de trouver réponse à cette question.

Elle entendit Mel rentrer. Il pénétra dans la bibliothèque et la prit dans ses bras.

— Oh, ma chérie. Quelle nuit épouvantable !

— Tu as entendu ?

— J'ai entendu. J'ai vu. À la télévision.

— Le discours de Herb ? Ils l'ont passé aussi ?

— Tout. Puis l'accident, sur le fleuve. Ce fut le seul sujet dans « Ici New York ». Eh bien, si c'est ça New York, quittons ce dépotoir. Je suis sérieux, Alex. Épouse-moi et éloignons-nous de tous ces Rothman. Ils puent. Je ne vais pas te laisser continuer plus longtemps.

— J'ai réalisé ce soir que Herb avait attendu depuis longtemps pour me faire ce genre de coup.

— Eh bien, il a bien choisi son moment, n'est-ce pas ?

Il se dirigea vers la table roulante, laissa tomber quelques cubes de glace dans un verre et se versa un whisky bien tassé.

— Je dois dire que je n'arrivais pas à le croire, dit-il, le dos tourné. Je n'arrivais pas à croire ce que ces salauds te faisaient avaler.

Il se tourna vers elle. Son visage était livide.

— Seigneur, Alex, tu n'es pas en colère ? Tu n'es pas furieuse ? Tu n'as pas envie de tuer ces salauds de Rothman ?

— Si, je suis vraiment en colère. Mais je me sens également désarmée.

— Ce salaud vient à ta réception, réception qui est censée

souligner ce que tu as fait pour lui et pour sa revue et, sur ta terrasse, il s'installe devant tes invités, y compris les gens qui travaillent pour toi et avec toi, plus la moitié de la presse de cette ville et il dit à tout le monde que tu ne peux plus continuer à assumer ton rôle, que la tâche est devenue trop lourde pour toi et qu'il a trouvé une inconnue d'origine britannique pour t'aider. En fait, c'est ainsi que les Rothman manifestent leur gratitude, en te flanquant une gifle en pleine figure ! Et en public ! Devant les caméras !

— Je sais pourquoi ces ordures ont agi ainsi : parce qu'ils sont beaucoup trop lâches pour te le dire en face. Ils ont besoin de monde autour d'eux pour se protéger. Je vais te dire une chose au sujet de ta belle-famille, Alex, une chose que je voulais te dire depuis très, très longtemps. Ils sont méprisables. Épouse-moi et je te donnerai une belle-famille où les gens sont décents, pour l'amour de Dieu ! Ils sont petits, tous ! et ça inclut Ho, l'homme aux deux visages et la chère vieille tante Lily qui a une caisse enregistreuse à la place du cœur. Est-ce que tu sais à quel point les Rothman sont détestés dans cette ville, Alex ? Vraiment détestés ? Comment as-tu fait pour endurer cette famille aussi longtemps ? Je ne comprends pas, Alex. Ils ne t'ont jamais manifesté de reconnaissance, tu le sais. Et maintenant, l'apothéose ! L'insulte ! L'humiliation ! Tout ce qu'il te reste à faire maintenant, c'est démissionner, Alex. Il t'a finalement fait une fleur, en te donnant une chance en or de faire ce que tu aurais dû faire depuis longtemps : quitter ce nœud de vipères pour aller là où tes talents seront finalement appréciés à leur juste valeur. As-tu entendu de quelle façon NBC a annoncé ta réception ? « Bienvenue dans le monde d'Alexandra Rothman qui, ce soir, reçoit l'élite de la mode new-yorkaise. » L'élite de la mode ? Des ivrognes ! Des drogués ! Des brasseurs d'affaires louches ! Des lèche-cul ! C'est tout ce qu'ils sont.

Il s'arrêta pour reprendre haleine, puis reprit :

— Voilà. J'ai dit ce que j'avais à dire.

Il sourit et leva son verre.

— Santé ! À ta nouvelle liberté ! Tu es désormais libérée des Rothman, de toute cette vermine. Épouse-moi. Nous partirons n'importe où pour fêter ça. Au soleil pour nous détendre, nous faire bronzer et prendre le temps de vivre notre amour.

Elle se redressa, les bras croisés sur la poitrine et murmura :

— J'ai un contrat.

— Un contrat ? As-tu perdu la tête, trésor ? Vas-tu respecter un contrat avec un type qui t'envoie en pleine figure, en public, que tu n'es plus capable de faire ton métier ? Qui est cette inconnue d'origine britannique, à propos ?

— Je n'en ai aucune idée.

— Une intrigante qui s'est attachée à Herb. Non, il vaut mieux que tu abandonnes tout cela, ma chérie. Il vaut vraiment mieux que tu t'en ailles. Si tu veux mon avis, c'est la plus belle occasion de ta vie.

Elle frissonna.

— J'ai beaucoup de difficulté à voir les choses sous cet angle, dit-elle.

— Je ne dis cela que par amour pour toi, dit-il. En fait, si je ne t'aimais pas, je m'en balancerais. Mais, après tout, tu es Alexandra Rothman. Tu es la plus grande directrice de revue de mode du pays et tout le monde le sait. Tu t'es emparée d'un torchon qui était pratiquement moribond dans les années soixante-dix et tu en as fait un succès, tu l'as complètement transformé et, d'un perdant, tu as fait un gagnant. Cinq millions d'exemplaires ! Tu es un as ! C'est à cela que tu es parvenue, ma chérie. Tu as fait tes preuves à la face du monde. Maintenant il est temps que tu passes à autre chose. Au diable les Rothman !

— J'ai toujours travaillé avec Ho.

— Oui et où était-il ce soir ? Ho est sûrement derrière tout ça. Ho Rothman ne laisse jamais son imbécile de fils sortir de son bureau, sans lui avoir donné ses instructions. Ho est derrière tout ça. Il laisse simplement Herbie faire le sale boulot à sa place. C'est typique des Rothman.

— Non, ce n'est pas vrai, Mel. Ho est plus malade que nous ne le pensions. Il a eu une autre attaque. Il ne peut plus voir personne.

— Il fait probablement semblant. Je connais bien ce vieux salaud.

— Chéri, souviens-toi que Ho a quatre-vingt-quatorze ans.

— Et il est dans le coma ?

— Semble-t-il. C'est difficile à croire, mais Lenny dit que c'est vrai.

— C'est le grand ménage chez les Rothman. Ils se sont procuré un nouveau balai, pire que l'ancien. Mais quelle différence y a-t-il ? C'est toujours le même jeu, mais avec des règles plus sournoises et un arbitre plus retors. De toute façon, il est temps de saluer tout le clan des Rothman et de tirer sa révérence. En fait, ça pourrait t'amuser de les observer, depuis les coulisses... et de compter les points.

Il riait maintenant.

— Pense à tout cela, chérie ! Ça pourrait vraiment être amusant.

— Amusant ?

— Bien sûr. Regarde : tout le monde en ville sait que Herb Rothman ne connaît absolument rien de l'édition. Son vieux avait peut-être du génie. Je le lui accorde. Mais l'autre, c'est son fils et son fils n'est pas le vieux. Aussi, ce pourrait être amusant de s'asseoir et de regarder Herb Rothman et son inconnue se noyer avec *Mode*.

Elle fit un geste vague en direction des exemplaires reliés de la revue.

— À peu près aussi amusant que de voir mourir son fils, dit-elle.

— Regarde, dit-il d'un ton sérieux, je sais ce que *Mode* représente pour toi, comprends-moi bien. Mais, tout compte fait, ce n'est qu'un emploi, n'est-ce pas ? Mon emploi consiste à travailler devant une caméra de télévision et il n'y a pas qu'une caméra au monde. Concevoir une revue, c'est concevoir des textes et des images, mais il existe d'autres revues que

Mode. Tu auras d'autres occasions de prouver que tu fais brillamment ce que tu as à faire, que tu es une réelle professionnelle.

Il déposa son verre et, debout derrière elle, posa ses mains sur les épaules d'Alexandra.

— Écoute, je sais ce que fut ta soirée, un enfer. Tu es encore en état de choc. Peut-être ne devrions-nous plus parler de ça ce soir. Nous sommes tous les deux fatigués.

Il l'embrassa sur le front.

— Je t'aime, Alex, dit-il. À propos, je n'ai rien pris pour déjeuner. J'ai faim, faim de nourriture et faim de toi. Tu sais ce que ma grand-mère juive avait l'habitude de dire ? « Si tu as un problème qui peut se régler avec un petit peu d'amour ou un petit peu d'argent, eh bien, ce n'est pas un problème. » Tu sais, ce n'est pas donné à tout le monde d'être l'amant d'une grande-prêtresse.

Elle se leva.

— J'ai oublié de dire à Coleman de nous préparer des sandwiches au poulet, dit-elle d'un ton las. Mais voyons ce qu'il y a dans le réfrigérateur. Peut-être quelques restes.

À la cuisine, ils s'attablèrent l'un à côté de l'autre, assis sur des tabourets.

— Tu penses vraiment que je devrais démissionner ? demanda-t-elle.

Mâchonnant une côtelette de veau, il répondit :

— Oui. Absolument. C'est la seule façon de te sortir de tout cela avec un reste de dignité, avec un reste de fierté.

— J'aimerais me battre contre lui, tu sais.

— Non, ce serait indigne de toi. Tu as de la classe. Te battre contre Herb Rothman, ce serait aussi relevé qu'une rixe de trottoir.

— Peut-être ne suis-je pas aussi fière que cela, dit-elle. Après tout, c'est toute ma vie qui est en jeu.

Il déposa sa côtelette.

— Toute ta vie ? Et quel est mon rôle là-dedans ? Je me le

demande.

— Tu sais ce que je veux dire. Toute ma vie professionnelle.

Il la regarda dans les yeux.

— Je vais te dire une chose, si tu te lances dans ce genre
de rixe avec cet imbécile, tu vas perdre une grande partie du
respect que je te dois.

7

Alex avait appris très rapidement à transiger avec le grand-père de son mari, Herbert Oscar Rothman, qu'on appelait habituellement « Ho ». Il n'y avait rien de vraiment compliqué chez lui, une fois qu'on avait découvert ce qui le motivait, le stimulait, l'inspirait, et qui pouvait se résumer en un seul mot : le pouvoir. Elle avait découvert qu'il n'y avait pas en lui d'intelligence particulièrement aiguë. Il n'y avait pas en lui « ce sentiment intuitif de ce qui faisait vibrer l'Amérique ». Il n'y avait ni sophistication, ni sensibilité, et peu d'instruction. Ho, avait-elle réalisé en peu de temps, comprenait très peu en quoi consistaient les communications ou l'édition, même s'il dirigeait ce qu'il convenait d'appeler « un empire de communication et d'édition ». Mais il savait ce qu'était le pouvoir, comment s'en servir et surtout en abuser. Lenny avait raison.

Il était tout petit, presque frêle et semblait avoir rétréci avec les années. Quand Alex l'avait rencontré, il pesait à peine plus de cinquante kilos. Mais on décelait le pouvoir dans la longue signature tarabiscotée, « H. O. Rothman » qui paraphait toutes les directives émanant de son bureau, au trentième étage de l'édifice Rothman. Le pouvoir était manifeste dans les dimensions mêmes de ce bureau de chêne, alors que ceux des autres directeurs se limitaient à des parois amovibles. C'est là qu'il trônait, assis dans un fauteuil monté sur une tribune, un cigare éteint entre les dents.

Face à lui étaient installés deux sofas de cuir noir, si profonds qu'une fois le visiteur installé, il avait de la difficulté à s'en relever. De plus, ces sofas semblaient avoir été, à dessein, placés de façon que les rayons du soleil frappent les yeux du visiteur, si bien qu'il avait de la difficulté à percevoir le président et directeur général des Communications Rothman qui, pour sa part, pouvait le fixer tout à loisir.

Un des murs du bureau était recouvert d'une énorme carte des États-Unis. Elle était hérissée d'étoiles dorées qui rappelaient les villes où les Rothman possédaient journaux, stations de radio et de télévision ou bureaux divers. Quand Alex avait rencontré pour la première fois le grand-père de son mari, il y en avait 119. Aujourd'hui,171. La carte indiquait sans nuance que le pays était le domaine de Ho Rothman; son pouvoir s'étendait partout.

Il faut avouer que, dans l'industrie des communications, on détestait Ho Rothman. Comme beaucoup, il avait son lot d'ennemis. Et bien qu'Alex eût admis que Ho pouvait être un « caméléon », elle était sûre qu'il n'était pas un mauvais bougre, tout simplement parce que ses « arcanes » étaient si évidents qu'ils en étaient rassurants et presque attachants.

Elle l'avait vu opérer pour la première fois lors d'un dîner à « Rothmere », peu de temps après son mariage avec Steven. On avait invité un jeune éditeur que Ho venait d'engager pour diriger un journal récemment acheté à Taunton dans le Massachusetts. La conversation portait sur le président Franklin D. Roosevelt, mort depuis peu. Ho frappait sur la nappe avec son poing gauche pour donner plus de force à ses paroles et il pointait un doigt maigrichon en direction du jeune directeur qu'il semblait accuser d'un point de vue opposé au sien. Ho Rothman voyait Roosevelt comme un traître, un apostat, un Judas.

— C'était un communiste! disait-il. Il a vendu des millions de gens à Staline! C'était un agent russe, un espion russe! Il aurait dû être pendu pour trahison! Il a vendu son pays!

— Il était encore pire que cela, approuva le jeune directeur. C'était un salaud, un adultérin de la pire espèce!

— C'était un menteur, un fraudeur! Dans son pays même, il s'est vendu aux syndicats et à la mafia. En Russie, il a vendu son propre pays à Staline.

Il frappait si fort que la table en tremblait.

— Quelle honte! dit le jeune directeur. Le pays ne se remettra jamais de ce que Roosevelt a fait. Je pourrais vous raconter des choses...

— En dix-neuf cent trente-cinq, il a sauvé le pays de la révolution, poursuivit Ho sur le même ton. Tu ne te rappelles pas dix-neuf cent trente-cinq, mais ce pays aurait connu la révolution, s'il n'avait pas été là! Il a sauvé l'Amérique! Il faut remercier Dieu de nous avoir donné Roosevelt. Sans lui, tout le pays serait communiste. C'était un saint.

— Vous avez raison, monsieur Rothman, dit le jeune directeur.

Il approuva énergiquement de la tête.

— Il n'y a aucun doute, il fut le plus grand président que les États-Unis aient jamais eu.

— Le plus grand, dit Ho en frappant encore une fois la table de son poing.

Dans un premier temps, Alex s'était demandé si le renversement soudain de point de vue de Ho avait eu pour intention de donner une subtile leçon aux directeurs, pour leur démontrer qu'ils devaient être capables, avec de bons arguments, de défendre leurs opinions, dans n'importe quelle discussion politique. Puis elle avait réalisé que ce n'était qu'une mise en scène destinée à rappeler à ceux qui en avaient été témoins — elle y compris, elle n'en doutait pas — que la force de Ho était telle qu'il pouvait se contredire de façon radicale devant n'importe qui sans perdre contenance. Peu importe le point de vue qu'il adoptait, c'était le bon, quand bien même il exprimait successivement deux positions diamétralement opposées.

Cette foi puérile en sa puissance avait quelque chose d'attachant. Ayant découvert ce point faible, elle était capable de le faire passer d'un point de vue à un autre avec une relative facilité.

Au cours des années, ils avaient eu un certain nombre de discussions animées qu'Alex avait appris à apprécier et même à rechercher. La plupart concernaient le type de publicité que la revue pouvait envisager. En vendre, c'était après tout le point fort de Ho. De là venait sa fortune. Alex disait souvent qu'il aurait fait la promotion d'imperméables dans le Sahara ou de bikinis en Antarctique, s'il avait trouvé des agents pour en payer la facture. Selon lui, la publicité était une vaste escroquerie. Tous les publicitaires étaient des menteurs. Mais s'ils payaient une page d'annonce — avec un chèque certifié, évidemment — leur publicité était bonne.

Mais *Mode* était une revue spécialisée, avec une clientèle avisée. Il était donc nécessaire qu'Alex amenât Ho à son point de vue et qu'elle le persuadât que certains annonceurs, bien que solvables, ne correspondaient pas à sa clientèle ou à l'image particulière que sa revue voulait afficher. Elle refusait, par exemple, les publicités de produits d'hygiène féminine ou de laxatifs et avait opposé un non catégorique à celle qui présentait June Allyson sur le pont d'un bateau portant une couche pour adultes. Il en allait de même avec les cigarettes, au demeurant une excellente source de revenus. Elle acceptait des annonces d'Armani, de Calvin Klein et de Bulgari, mais pas celles de Jaclyn Smith conçues pour des magasins à bon marché. Elle acceptait la publicité savamment érotique d'un Calvin Klein montrant deux corps nus entrelacés, et non l'étalage de la nudité féminine pour vanter un émollient. Elle avait soigneusement épluché un projet pour un analgésique car elle refusait tout ce qui se référait à « douleur », « inflammation », « souffrance », « mal », « malaise » ou « irritation ».

Naturellement, cela n'était pas pour emballer Ho Rothman. Il voyait là une perte inutile de revenus. Et quand Ho n'était pas d'accord avec quelqu'un, il jouait la prima donna outragée, lançait des imprécations, s'arrachait presque les cheveux, frappait du poing sur son bureau et lançait même des objets à travers la pièce.

— Comment peux-tu proférer de telles insanités ? hurlait-il. Mais tu es folle, Alex ! Tu veux me ruiner ! Tu essaies de me rendre fou ! Tu es bonne pour la camisole de force !

Et il levait les yeux au ciel et semblait prendre quelque dieu à témoin de l'absurdité de ce monde.

— Je suis entouré de cinglés ! criait-il.

Elle avait tenté d'expliquer qu'il n'était pas possible de concevoir un numéro qui n'annoncerait que des produits pour milliardaires. Les études de marché montraient que nombre de ses lectrices étaient loin d'être riches. Ce qui était en cause, c'était ce qu'elle appelait « le cran ».

— Nous sommes une revue qui promeut le cran, lui disait-elle. Nous tentons d'attirer des lectrices en leur disant que nous sommes fiers de nous. Nous voulons que ces lectrices acquièrent à notre contact un peu plus de confiance en elles. Aucune publication n'est digne d'exister si elle ne stimule pas l'estime de soi.

Inutile de dire que cet argument n'avait été d'aucun poids.

Elle avait tenté de lui faire comprendre que l'argent de la publicité perdu dans certains secteurs était largement récupéré dans d'autres. Dans l'automobile, par exemple. À Détroit, c'était autrefois un article de foi de dire que l'achat de l'automobile familiale incombait à l'homme. Et Détroit refusait tout ce qui ne s'adressait pas à un auditoire masculin. Alex avait réussi à changer tout cela. Elle avait commandé des études qui montraient que même dans les foyers où l'homme tenait les cordons de la bourse, le femme avait son mot à dire quand il était question de choisir la marque, la couleur et le type de la voiture. L'une d'elles prouvait même que les femmes étaient trois fois plus enclines que les hommes à financer l'achat d'une automobile, ce qui était un facteur déterminant.

Avec un clin d'œil, elle avait dit, lors d'une réunion dans un club de Détroit :

— Nous, les femmes, nous avons la réputation d'entasser les factures. Mais puisque dans quatre-vingt pour cent des foyers américains, c'est la femme qui fait les comptes, nous savons ce que nous pouvons ou non payer.

Elle démontra, statistiques à l'appui, que la majorité des fortunes personnelles en Amérique étaient entre les mains de femmes. Elle se servit également d'une enquête qui révélait que les Américaines faisaient plus de kilomètres que les hommes, car il leur fallait faire les courses, conduire les enfants à l'école ou prendre leur mari à la gare. Résultat, *Mode* était la revue incontournable pour la publicité automobile.

Les arguments logiques, froids et bien fondés n'avaient aucune prise sur Ho. Par contre, il était facile de jouer sur ses phobies, ses superstitions ou ses préjugés les plus irrationnels. Mais il était essentiel de ne pas oublier que, pour faire accepter une idée à Ho Rothman, il fallait le persuader qu'elle venait de lui.

Quand il avait explosé à propos des cigarettes, Alex s'était rappelée que Ho avait un mépris presque obsessionnel pour ce qu'il appelait les « intellectuels », en fait, tous ceux qui semblaient plus instruits que lui. Elle lui avait dit :

— Regardez, ces pubs pour les cigarettes sont conçues pour des intellectuels. Elles sont bonnes pour les bandes dessinées destinées aux collégiens, où l'industrie du tabac cherche une clientèle.

— Des intellectuels, ragea-t-il. Ces messieurs je-sais-tout. Mais ce sont des millions de dollars que tu jettes par la fenêtre, Alex. Des millions de dollars !

Puis elle se rappela à quel point il se méfiait des médecins. Elle insista donc sur la mise en garde obligatoire du chirurgien général qu'on doit trouver en évidence sur chaque paquet de cigarettes.

— Il nous faudra l'inclure, dit-elle. C'est un règlement fédéral.

Il lut un à un les mots en remuant les lèvres.

Son poing s'écrasa sur le bureau.

— Le chirurgien général ! hurla-t-il. Qui est ce chirurgien général ? Et il faudrait lui faire de la publicité gratuite ? Les médecins sont déjà assez riches comme ça ! Et si cet oiseau-là a été nommé chirurgien général, c'est qu'il est le plus riche de tous. Applique bien ce principe : aucune publicité gratuite pour les médecins. Ils sont déjà bien assez riches.

Une autre fois, alors qu'elle venait de refuser une pub pour un produit contre les hémorroïdes, il l'avait mise au défi encore une fois.

— Mais, Ho, avait-elle dit, vous avez établi une règle. Aucune publicité gratuite pour les médecins dans nos colonnes!

— Tu as raison, avait-il répondu. Je voulais m'assurer que tu t'en souvenais.

En affrontant Ho, il fallait jouer sur sa fierté et sa puissance. Alex appelait cela « tenir compte du facteur Ho ». Et Lenny avait parfaitement raison : il était unique.

Affronter son fils, Herbert Joseph Rothman, était une tout autre histoire. Le problème avec lui, Alex l'avait perçu depuis longtemps, c'était qu'il détestait beaucoup trop de choses depuis beaucoup trop longtemps. Il détestait être le fils de son père ; il avait détesté devoir grandir et vivre si longtemps dans l'ombre immense que lui faisait son père, malgré sa taille.

Il haïssait sa propre taille. Comme son père, il était court sur pattes, et ce n'était qu'à la troisième génération que cela avait changé chez les Rothman. Herb n'avait supporté de voir son fils le dépasser d'une quinzaine de centimètres. Il avait tenté d'y remédier en travaillant ses muscles : il fallait voir la salle de culture physique de River House. Il était fier, à soixante-sept ans, de son ventre ferme, de ses bras, de ses épaules et de ses pectoraux. Il avait espéré ainsi améliorer son image auprès des femmes. Mais il savait très bien que tel n'était pas le cas et qu'il était loin d'être un don Juan.

Haineux de nature, il détestait même sa fortune : elle lui avait fait perdre son temps à décliner les innombrables demandes d'aide philanthropique qui lui étaient adressées! Ces douze dernières années, pour des raisons qu'Alex avait refusé d'analyser, Herb s'était mis à haïr sa femme si bien que Pegeen et lui avaient chacun leur chambre aux deux extrémités de River House, avec ascenseurs séparés afin de ne pas avoir à se croiser.

Il détestait son jeune frère, Arthur. Il détestait les étrangers. Il détestait probablement les femmes en général. Alex en particulier. Elle savait pourquoi.

— Laisse-moi te faire un enfant, lui avait-il dit. Mon sperme est de bonne qualité et en quantité suffisante. Cet enfant aura les gènes des Rothman. C'est tout ce que souhaite la famille. Tu sais, Steven est impuissant.

En un sens, s'il avait tenté de la séduire, l'idée lui aurait semblé moins odieuse. Mais il lui avait seulement offert un échantillon de la banque de sperme des Rothman. Son cri de rage pour toute réponse avait assurément suscité cette haine. Même en enfer, il n'aurait pas sa place!

— Fais la paix avec lui, lui avait dit Lenny. Un jour il le faudra bien, Alex.

Il semblait que ce jour était venu.

Elle avait besoin des conseils de Lenny. Comment une femme pouvait-elle faire la paix avec un tel homme? Que pouvait-on faire avec un tel homme?

Une revue. Qu'était-ce après tout? se demanda-t-elle allongée sur son lit, scrutant les ténèbres, incapable de trouver le sommeil. Mel avait bien raison! Ce n'étaient que des images et des mots imprimés sur du papier glacé. Elle ne se faisait aucune illusion. *Mode* n'avait rien de la Chapelle Sixtine. Elle n'était pas immortelle; ce n'était même pas une œuvre d'art. Ses lectrices pouvaient en conserver certains numéros, elles finissaient toujours par les mettre à la poubelle un jour ou l'autre. Comme une comédie musicale, elle avait eu son heure de gloire. Mais il fallait quitter la place. Dans peu de temps, on aura même oublié les paroles.

Or, les paroles étaient des êtres vivants, accouplés avec amour. Oui, c'était ça! Elle venait de revenir à l'amour une fois encore. Une revue devait susciter une histoire d'amour, des millions d'histoires d'amour avec ses lectrices. Comme un amant avisé, elle devait flirter. Elle devait séduire. Elle devait conspirer et partager ses petits secrets. Elle devait murmurer, flatter, inspirer, exciter ou amuser, au bon moment, au bon endroit. Comme l'amant parfait, elle devait se faire désirer. Tel l'amant parfait, elle ne devait jamais être ennuyeuse, s'installer dans la routine, être prévisible. Comme l'amant parfait, elle ne devait jamais être froide, indifférente, négligente ou infidèle. L'amant parfait est toujours surprenant. Il est constant, ne se plaint jamais. De plus, l'amant parfait se doit d'être prodigue. Il est fort; il tient à ses idées, toujours prêt à les défendre, même à se battre pour elles. Mais l'amour n'était pas le jardin d'Éden, plutôt un paysage désolé, dangereux. L'amour demandait des sacrifices et surtout, une confiance et un respect profonds et durables.

S'il est vrai qu'il n'y a pas d'amants parfaits, ni d'aventures amoureuses parfaites, il n'y a pas non plus de revues parfaites. Il n'y en aura d'ailleurs jamais. Alex Rothman était la première à le reconnaître. Mais il fallait continuer à trimer, à transpirer, à s'épuiser dans cette impossible quête.

Combien de personnes aimaient vraiment leur métier? Si peu, reconnaissait Alex. Voilà un bon sujet pour un sondage. Oui, combien?

Quel était son rôle dans cette affaire? Une sorte d'intermédiaire entre ceux qui écrivaient et celles qui tournaient le papier glacé.

— Je suis une sorte d'entremetteuse, avait-elle dit une fois, ou, comme disent les Français, une mère maquerelle. Mais j'essaie d'être une honnête mère maquerelle.

Lors d'une session organisée pour des étudiants en journalisme, Lenny Liebling avait dit un jour :

— Réaliser une revue comme *Mode,* c'est donner chaque mois le jour à un enfant.

Alex n'avait pas apprécié.

— C'est facile d'avoir un bébé, avait-elle dit. Réaliser une revue, c'est comme réinventer la roue.

8

Le téléphone sonna à côté de son lit. Une petite lampe rouge lui indiqua qu'on l'appelait sur sa ligne personnelle. Malgré le grognement bourru de Mel, elle prit le récepteur.

— Allô?

Lily Rothman était une de ces New-Yorkaises qui, quand elles vous appelaient, ne se donnaient jamais la peine de se présenter. Elles débitaient leur message et, quand elles en avaient fini, reposaient simplement le récepteur sans même prendre congé.

— Alex, dit-elle, j'ai vu à la télé ce qui s'est passé. Je sais ce que tu penses et ce que tu dois ressentir. Mais n'abandonne pas !

— Il ne m'a pas laissé le choix, répliqua Alex.

— Ne lâche pas. Je t'en prie. Ne vois-tu pas que c'est ce qu'il cherche. Tu vas jouer. Laisse-le te mettre à la porte.

— Je n'aime pas particulièrement cette perspective, tante Lily !

— Ce que je te demande, c'est de lui laisser croire que c'est lui qui va devoir te licencier. Parce qu'il ne peut pas te licencier, du moins pas maintenant.

— Pourquoi pas ?

— À cause des bénéfices. Tu le sais bien, voyons. Les bénéfices. Tu n'ignores pas ce que tu dois toucher. Près de trois millions de dollars ! S'il te licencie, il devra te les verser

intégralement, et sur-le-champ. Mais il ne peut pas se le permettre. Pas maintenant. Tout est gelé du fait de la poursuite du
ministère du Revenu. À titre de trésorière de la société, je ne
peux débloquer une telle somme. Les avocats ne me laisse-
raient pas faire. Mais si tu démissionnes, il n'aura pas à te
verser un sou. C'est pourquoi il espère que tu vas tout lâcher.
Alors ne le fais pas.

— Mais Lily, je...

— Écoute-moi. Je te l'interdis. Tu comptes beaucoup pour
nous. Pour moi. Pour Ho.

— Comment va-t-il, Lily?

— Ne m'en parle pas. Il est souvent inconscient. Les
médecins disent qu'il a un cœur d'adolescent et une constitu-
tion à toute épreuve. Mais c'est sa tête qui est partie. Je ne suis
même pas sûre qu'il me reconnaisse.

— J'aimerais venir le voir.

— Oh, non. Les visites font monter sa tension. Les médecins disent que c'est par déception, déception et colère, parce
qu'il ne peut plus parler et qu'il ne reconnaît plus les gens. Tu
ne supporterais pas de le voir tel qu'il est maintenant, Alex.
Garde cette image de lui tel qu'il était, quand il était fort, plein
de vie, conquérant. Rappelle-toi celui que nous avons toutes les
deux aimé. Non tel qu'il est en ce moment, vieilli, ruiné, déçu.
Et souvent inconscient. C'est le ministère du Revenu qui l'a
rendu ainsi, tu sais. La goutte d'eau. Un homme qui a conseillé des présidents! Et maintenant le gouvernement lui tourne
le dos. C'est écœurant, voilà tout. Si Ho en meurt, je les
attaquerai pour homicide involontaire. Tu paries? Les avocats
sont en train d'en étudier l'éventualité.

— Je suis vraiment désolée, tante Lily.

— Alors ne démissionne pas. Promets-moi de ne pas
démissionner. Fais suer Herb pendant quelque temps. Il sait
qu'il ne peut pas se débarrasser de toi. Pendant ce temps, je
vais essayer de réfléchir.

— Ma décision est pratiquement prise...

— Non. Ne bouge pas. Ne fais rien. Promets-le-moi.

Rappelle-toi tout ce que tu me dois, Alex. Je te dois beaucoup, moi aussi. On se doit beaucoup de choses l'une l'autre. Nous sommes dans le même bateau, toi et moi, c'est pourquoi nous ne devons pas le laisser couler.

— Y a-t-il une possibilité de s'en débarrasser, Lily?

Après un bref silence, elle répondit :

— Pas maintenant, je ne peux pas. En ce moment, nous avons besoin de Herbie, également. Pour cette enquête du Ministère, je te le répète. C'est trop compliqué pour que je te l'explique maintenant. Crois-moi, nous avons besoin de lui. Mais promets-moi de ne pas démissionner et je vais réfléchir. Mais ne démissionne surtout pas. Rappelle-toi ce que j'ai fait pour toi.

Elle raccrocha.

Dans son appartement de Gainsborough, Lenny Liebling, étendu sous sa lampe solaire, écoutait un concerto de Mozart. C'était un rituel. Ces vingt minutes de bronzage, avant d'aller se coucher, lui permettaient de se garder en forme au physique comme au mental.

Le cher vieux Lenny. C'est ainsi qu'on l'appelait, même ceux qui ne le pensaient pas. Tout le monde ne le portait pas dans son cœur, mais n'était-ce pas ce qu'il cherchait?

Quel âge avait-il, ce cher vieux Lenny?

— Il doit avoir soixante-quinze ans, si ce n'est plus, disait-on.

Naturellement, Lenny ne révélait jamais son âge. Il était certainement plus vieux que Herbert Joseph Rothman, car il faisait souvent allusion à certains débordements de l'adolescence de Herbert. Pourtant, avec ses cheveux champagne soigneusement teints — grâce à au moins deux liftings — Lenny réussissait à avoir l'air considérablement plus jeune que lui.

Combien de fonctions Lenny Liebling avait-il assurées aux Publications Rothman pendant toutes ces années? Il ne le savait pas lui-même. En ce moment, il était directeur des projets spéciaux pour *Mode,* poste vraiment difficile à définir. Quelle était la tâche d'un directeur de projets spéciaux? Ça dépendait. Chez Rothman, de toute façon, il y avait toujours de la place pour lui. Toujours. On disait qu'il devait savoir où étaient enterrés quelques cadavres, sinon comment expliquer cette situation privilégiée?

Au cours des années, Lenny avait travaillé, à droite, à gauche, pour presque toutes les publications de Rothman, qu'il s'agisse des journaux ou des revues. Pour en arriver là, il lui avait fallu faire preuve d'une certaine souplesse. Mais persistance serait un mot plus adéquat. Une mystérieuse persistance.

Et il s'était tout de même fort bien débrouillé pour un petit gars d'Onward, Mississipi, débarqué il y avait près de soixante ans, sans connaître qui que ce soit, sans diplôme, avec à peine quinze dollars en poche et les souliers percés. Il était rapidement devenu le chouchou des Rothman. Il s'était transformé, en un rien de temps, semblait-il, en un Lenny Liebling élégant, sophistiqué, brillant. Son nom apparaissait régulièrement dans les chroniques de Liz Smith, de Cindy Adam et de Mona Potter. Aucune de ces dames pourtant ne savait la moindre chose de son passé. C'était désormais sans importance.

N'était-il pas étrange, disait-on, que Lenny Liebling et sa patronne, Alexandra Rothman, soient tous les deux issus de petites villes de Midwest et du sud dont personne n'avait jamais entendu parler. Mais c'était un fait que bon nombre des gens qui avaient réussi à New York venaient d'obscurs patelins. Il devait y avoir quelque chose dans ces petites bourgades qui poussait les gens brillants et ambitieux à partir à la conquête de la grande ville, où il fallait vouloir pour tenter sa chance. Peut-être était-ce leur exiguïté ou, à l'inverse, l'immensité de la campagne. Quoi qu'il en soit, ils se sentaient attirés par les trottoirs bondés et les gratte-ciel surpeuplés, où ils semblaient s'épanouir. Du moins les plus chanceux d'entre eux.

Certes, tout le monde savait comment Alex y était parvenue. Elle avait épousé un Rothman. D'abord obscur mannequin, elle avait gagné un concours et s'était retrouvée en couverture de *Mode,* et sa beauté avait séduit l'œil du jeune Steven Rothman. Mais elle avait fait plus que cela. Elle ne s'était pas contentée, comme tant d'autres jeunes femmes, d'être l'épouse d'un homme riche, un élément de son décor domestique. Elle avait réussi à devenir la directrice de la revue de son mari. Ce qui voulait dire que, si elle avait eu de la chance, son ambition n'y était pas pour rien. Peu étonnant que certaines femmes la détestent.

Mais comment Lenny Liebling avait-il procédé? Personne ne le savait, de sorte que le moulin à rumeurs de l'organisation Rothman allait bon train :

Il était le fils illégitime de Ho Rothman. Mais non, celui de tante Lily! Pardon, l'amant de Herbie. Plutôt celui d'Alexandra... et le père de Joël. Celui-ci n'était-il pas blond, alors que son père avait les cheveux bruns?

Et bien d'autres choses encore. Lenny était au courant de toutes ces rumeurs et il ne faisait rien pour les démentir. En fait, il s'en amusait. Quand on tentait de lui extirper une vérité, il se faisait délibérément très vague. Un journaliste, par exemple, lui avait demandé comment il passait ses journées aux Publications Rothman.

— À monter, avait-il répliqué avec un geste de la main.

— À monter?

— Juste à monter. N'est-ce pas ce que nous voulons tous, monter? Ne voulez-vous pas être plus haut demain que vous ne l'êtes aujourd'hui?

Lenny n'en disait jamais plus. Il acceptait certes de défrayer les chroniques. Mais quand les journalistes tentaient d'écrire des articles « plus personnels », il savait fort bien brouiller les pistes et les laisser le bec dans l'eau.

En fait, il n'était pas vrai que Lenny savait où étaient enterrés certains cadavres. Alors pourquoi le gardait-on? D'abord il était une source habituellement crédible d'informations. Ses oreilles traînaient toujours partout et, comme il le disait, il avait ses espions. Qui étaient les espions de Lenny? Personne ne le savait au juste, mais il était permis de s'en douter. Les gens du courrier en faisaient partie. Presque tous les employés des Publications Rothman commençaient dans ce service et les gars qui y travaillaient avaient envie de gravir les échelons comme tout le monde. Pour se mettre au courant de situations, en constante évolution, ou des rapports entre les personnels des services, eux aussi d'une grande mobilité, les gars du courrier lisaient toutes les lettres, toutes les notes, même et surtout celles qui portaient la marque « personnel » ou « confidentiel ». C'est d'ailleurs au service du courrier que Lenny lui-même avait débuté chez Rothman.

Puis, il y avait Wally, le cireur qui faisait sa tournée quotidienne à tous les étages de la direction. La plupart des gens ne lui portaient aucune attention quand il s'accroupissait devant sa boîte à cirage. Ils poursuivaient leurs conversations d'affaires comme devant un meuble. Et Lenny avait découvert que Wally aimait non seulement écouter, mais également parler et qu'il adorait qu'on l'écoutât à son tour. Il était étonnant de voir quel portrait Lenny était capable de brosser à partir des bribes que Wally pouvait recueillir.

Il y avait aussi les gens que Lenny appelait « les taupes de la production », jeunes gens au visage sérieux qui sortaient de Yale ou Princeton, de Smith ou Wellesley, tous passés du service du courrier au service de la production, l'échelon supérieur. Ils étaient prêts à continuer à travailler pour presque rien parce que, après tout, n'étaient-ils pas dans une industrie prestigieuse ? Cela leur permettait de se prévaloir devant leurs amis qu'ils avaient de bons emplois « dans l'édition ». Mais Lenny, dans son ascension vers les hautes sphères, avait réussi à éviter cet échelon-là. Il n'avait donc aucune idée de ce que ces taupes pouvaient bien faire. Certains semblaient passer leurs journées devant des ordinateurs à contempler des lignes imprimées en vert. D'autres à compter les gommes et les crayons. Ils parlaient un jargon qu'ils étaient les seuls à saisir. Lenny n'y comprenait rien. La seule chose qu'il savait, c'était qu'une « veuve » n'était pas l'épouse d'un sténotypiste décédé. Quand les taupes parlaient de collages, d'épreuves ou de placards, Lenny réalisait qu'elles évoquaient le domaine le plus salissant, la « mécanique ». C'est ainsi que l'on appelait la phase ultime de l'impression. Les taupes étaient des mécaniciens. Leurs ongles en portaient la trace.

Lenny éprouvait une profonde pitié pour les taupes qui travaillaient toutes ensemble dans une grande pièce sans fenêtres, penchés sur des bureaux en désordre. Le plancher était jonché de papiers froissés d'ordinateurs. Les tubes fluorescents donnaient à leurs visages une pâleur morbide. Les taupes avaient peu de crédit auprès de leurs supérieurs. « La production a un ennui à propos de cet article » signifiait qu'un rédacteur devait le couper, ou, pis encore, le délayer pour remplir l'espace disponible et qu'Alex Rothman allait encore devoir réviser le tout. Personne ne remerciait jamais les taupes pour leur travail, sauf Lenny, même s'il ne comprenait pas en quoi il consistait. Personne ne tendait une oreille compatissante aux taupes quand elles récitaient, sans y avoir été invitées, la litanie des maux qui leur étaient infligés par leurs supérieurs dont elles espéraient naturellement occuper un jour le poste. Seul Lenny, même s'il était en train d'organiser un prochain voyage en Europe, les écoutait parler. Les taupes recueillaient parfois des informations intéressantes et Lenny dressait alors l'oreille. C'était d'une taupe, par exemple, qu'il avait appris que Herbert Rothman avait qualifié de « fond de poubelle » la couverture de juin conçue par Alex.

Comment Lenny payait-il ses espions ? Surtout en promesses. Il pouvait dire à l'un d'entre eux :

— Tu as l'air d'un gars brillant. J'en toucherai un mot la prochaine fois que je verrai Ho Rothman.

Tout le monde savait que Lenny Liebling avait ses entrées chez Ho Rothman, en fait chez tous les Rothman, y compris Herbert qui le détestait.

Il n'aurait jamais pu payer ses espions en argent liquide, même s'il l'avait voulu. Car c'était la triste réalité de Lenny : en dépit de ses bons et loyaux services et en dépit de son pouvoir apparent dans la société, Lenny ne touchait pas un salaire très élevé. Tout le monde le savait, aux Communications Rothman, on avait du mal à desserrer les cordons de la bourse. Même Alex Rothman, la directrice en chef, appelée la grande-prêtresse de la mode américaine, gagnait à peine plus de 200 000 $ par année, ce qui était peu, selon les critères habituels. De plus, il lui avait fallu dix-sept ans pour y arriver. Chez Rothman, les primes étaient rares et toujours distribuées avec parcimonie. La conception que Ho Rothman se faisait d'une promotion se traduisait par l'attribution d'un titre un peu plus ronflant, d'un bureau un peu plus grand avec, parfois, sur la porte une plaque à votre nom. Mais une augmentation de salaire, c'était une rareté. Lenny Liebling n'avait jamais gagné plus de 55 000 $ par année. Et Lenny s'en ouvrait souvent à Charlie Boxer, son compagnon depuis des années :

— À New York, en dix-neuf cent quatre-vingt-dix, cinquante-cinq mille, c'est à peine suffisant pour nourrir Bridget.

Bridget était leur canari.

Ce n'était pas suffisant non plus pour payer l'appartement que Lenny et Charlie partageaient à Gainsborough, ni pour leur permettre leur train de vie. Ils aimaient les draps fins, les serviettes de grand luxe autant que leur vue sur Central Park. Charlie contribuait autant qu'il le pouvait, bien sûr, mais il avait bien fallu trouver d'autres sources de revenu.

En Angleterre, ça s'appelait « la combine ». Presque tous ceux qui travaillaient à la pige pratiquaient la combine. C'était tellement courant que les employeurs en tenaient compte dans leurs calculs. En Amérique, c'était un peu plus difficile, mais pas impossible.

Un directeur de projets, par exemple, devait effectuer des déplacements pour faire des recherches et, depuis des années, Lenny avait fait payer à la société ses tickets de première classe alors qu'il voyageait en économique. Tante Lily, qui avait débuté dans la société comme comptable et qui en était toujours la trésorière, s'était mise à exiger des justificatifs. La situation était devenue délicate, les sociétés aériennes ne délivrant pas de faux ! Cette combine avait alors avorté.

Mais il y a toujours plus d'une façon d'arriver à ses fins. Oui, plus d'une. Les hôtels, par exemple. Quand Lenny se rendait à Paris, et il le faisait deux fois par an pour les salons de prêt-à-porter, il descendait au Georges Cinq, au Plaza Athénée ou au Bristol, tout comme les autres membres de la société. Mais Lenny avait réussi à prendre ses dispositions avec le Georges Cinq. Contre un modeste pourboire, le concierge prenait ses messages téléphoniques et son courrier. Il le traitait comme un client en bonne et due forme. Et quand Lenny repartait, ce même employé lui préparait une belle grosse facture qu'il présentait avec ses autres dépenses. Pendant ce temps, il occupait une « piaule » tout à fait confortable, rue de la Chapelle, près de la Gare du Nord. Ce n'était pas de la meilleure fréquentation, bien sûr, mais la chambre ne lui coûtait pratiquement rien.

Il en allait de même au Claridge à Londres. Les Anglais étaient particulièrement compréhensifs, puisqu'ils avaient inventé le système. Mais d'autres hôtels à Rome, à Milan et à Tokyo avaient aussi fermé les yeux.

Les restaurants, eux aussi, coopéraient, même les plus chics. En retour d'une petite marque de sympathie, le gérant gonflait la facture. Lenny se faisait rembourser par la société et empochait la différence, même si certains gérants exigeaient leur part de profit.

Il y avait également les repas que l'on faisait livrer de l'extérieur. C'était le cas quand les réunions excédaient une durée décente à l'heure du déjeuner. Il y avait un petit restaurant au coin de la rue où la société avait compte ouvert. Lenny avait réussi à s'arranger avec le propriétaire. Tous les mois, on alourdissait la facture de quelques repas imaginaires. À dix pour cent près, Lenny empochait la différence. Parfois le propriétaire, un monsieur Bogardus, se montrait plus gourmand.

— Vous n'êtes pas le seul en ville, se contentait de répondre Lenny.

Certains clients aimaient prendre un verre avant le repas.

La salle de réunion possédait un bar bien garni. Lenny s'était également arrangé avec le marchand de spiritueux.

Pourtant, c'était avec les taxis ou les livreurs qu'il faisait les meilleures affaires. À New York, tous n'étaient pas équipés de mouchards. Il était donc aisé de gonfler les courses et ce, régulièrement. Il lui arrivait même d'aller à pied, de prendre l'autobus ou le métro et de se faire rembourser un déplacement en taxi. Tante Lily ne se donnait jamais la peine d'analyser les comptes de la caisse noire. Mais de toute façon, ce que Lenny pouvait en tirer était dérisoire.

C'était la combine établie avec les sociétés de livraison qui était la plus lucrative. Comme bien d'autres entreprises new-yorkaises, les Communications Rothman travaillaient avec un de ces nombreux services dont la flotte de voitures reliées par radio quadrillait les rues. Chaque service détenait un carnet à souches dont les factures atterrissaient à la comptabilité de Rothman. Celle-ci faisait un règlement global. Lenny, pour sa part, en tirait un bénéfice de deux ou trois mille dollars par mois, exonéré d'impôts.

Il vivait donc avec Charlie Boxer aux Studios Gainsborough, au-dessus du parc, dans un des édifices les plus huppés du Manhattan d'avant-guerre. Leur appartement avait figuré dans *Architectural Digest* en 1986. On y parlait du salon qu'ils tenaient assidûment les dimanches après-midi, sorte d'institution dans la vie new-yorkaise. Sans invitations, il va sans dire. Tout le monde pouvait s'y rendre, à moins de n'être poliment évincé par un portier prénommé Pierre « doté » de pouvoirs discrétionnaires. Là se croisaient toute une brochette de célébrités. Au nombre de celles-ci, Gloria Vanderbilt et Bobby Short, Walter et Betsey Cronkite, Ivana Trump, Melina Mercouri, Rex Reed, Bobby Zarem, Doris Duke, Barbara Walters, Roger Mudd, de même que Walter et Lee Annenberg. Dans un coin, Candice Bergen et Rudolf Noureïev jouaient au trictrac, tandis que d'autres partageaient les anecdotes amusantes de leurs pygmalions et feignaient d'apprécier le beaujolais nouveau, seule boisson que servaient Lenny et Charlie.

Brave Lenny, disaient-ils. Charmant Lenny. Merveilleux Lenny. Car c'était toujours lui qui avait appris les petits détails du dernier scandale, entendu les racontars les plus pimentés, surtout sur le clan Rothman, qui savait qui en voulait à qui, et pourquoi.

Et c'était ce Lenny qui, ce matin même, avait décidé, du fait de certains recoupements, que le temps était venu d'accorder un peu plus d'attention à tante Lily.

9

Le téléphone sonna de nouveau. Elle tendit la main en direction du récepteur.

— Pour l'amour du ciel, décroche-le, murmura Mel. Les gens vont t'appeler toute la nuit si ça continue.

— J'aimerais savoir qui c'est, dit-elle. Allô ?

Elle reconnut la voix de Lucille Withers :

— Lexy ! J'ai tout vu à la télévision. Tu as été superbe. Quand ce vieux Herb Rothman t'est tombé dessus, ton visage avait exactement l'expression qu'il fallait, fâché, mais inflexible. Tu avais le menton relevé tel que je te l'ai appris sur la rampe. Tu as vraiment rendu ta vieille Lulu fière de toi ce soir. Alors, qu'est-ce que ça fait d'être la femme la plus courue de New York ?

— En ce moment, je me sens la femme la plus malheureuse de New York.

— Oui, mais quel beau malheur : en or. À partir de maintenant, le tout-New York va te courir après, Lexy. Tout ce qu'il te reste à faire, c'est attendre et diriger les enchères. La chasse vient tout juste d'ouvrir. Je les vois déjà en rang à ta porte, des offres à la main. Eh bien, fais-les attendre, ma chérie, et laisse monter les prix. Puis tu choisis la plus intéressante. Chérie, tu tiens le bon bout.

— Pour le moment, je n'ai pas encore pris de décision, répondit Alex.

Il y eut un bref silence. Puis Lucille Withers reprit :

— Eh bien, tu vas démissionner, n'est-ce pas ? Seigneur, il faut que tu démissionnes !

— Je ne sais pas encore, Lulu.

— Allons ! chérie. Si tu ne démissionnes pas après ce qu'il vient de te faire, tu auras l'air d'une véritable idiote. C'est lui qui doit en subir les conséquences.

— Il y a d'autres éléments à considérer, Lulu. Il y a un contrat et...

— Un contrat, un contrat ! Prends ce contrat et fais-le-lui avaler. Ton heure est arrivée, chérie. Ton heure, tu comprends ? Au diable tous les foutus Rothman qui ne t'ont jamais payée le dixième de ce que tu valais. Devine qui, entre autres, est sur les rangs en ce moment.

— Qui ?

— Rodney McCulloch. Qu'en dis-tu ? Tu sais qui c'est, j'imagine.

— Oui, répondit Alex, je ne l'ai jamais rencontré, mais je sais qui il est.

— On parle de milliards, dit Lucille Withers. Avec Rodney McCulloch, on parle de grosses sommes. À côté de Rodney, les Rothman ont l'air de minables. C'est une énorme affaire, ma chérie. De toute façon, Rodney est un de mes vieux amis et il sait que je te connais. Dès la fin de l'émission, il a pu me joindre à mon hôtel. Il voulait ton numéro personnel. Il voulait t'appeler sur-le-champ. Et à minuit ! Mais, bien sûr, je ne le lui ai pas donné. Je lui ai dit de t'appeler au bureau ce matin.

— Merci, Lulu. Je ne pense pas que j'aurais pu l'affronter ce soir.

— Tu veux rire ! Ne me remercie pas. Je ne donnerais ton numéro personnel à qui que ce soit, même pas à la reine d'Angleterre. À l'agence, il m'est arrivé souvent de devoir dire non à des types qui voulaient le numéro personnel d'une fille. Ça les rendait fous ! Si tu savais à quel point ! Mais, Dieu, quel plaisir j'ai éprouvé, Lexy, à dire non à un homme comme Rodney McCulloch.

— Merci, Lulu.

— De toute façon, j'ai pensé qu'il valait mieux t'avertir. Tu vas avoir des nouvelles de Rodney dès ce matin. Il veut passer avant les autres. Mais encore un mot : quand tu parleras affaire avec lui, ma chérie, n'accepte pas sa première offre. Ni la deuxième. Laisse-le mijoter. Crois-le ou non, Rodney adore qu'on le fasse attendre. Il apprécie les gens qui ne se laissent pas faire. Il en joue. Ça l'amuse. Vraiment, chérie, ça m'é-moustille !

— Mais, Lulu, dit-elle, on dirait que tu penses que je vais quitter *Mode*.

Il y eut un autre silence à l'autre bout du fil.

— Ma chérie, sois raisonnable, finit-elle par dire. Bien sûr que tu vas tout lâcher. Tu le dois. Et puis, quelle sortie ! Sur un tapis rouge.

— Je pèse la situation, dit-elle calmement.

— Alors, laisse-moi te dire une dernière chose, Lexy chérie. Il y a pas mal de femmes dans ce milieu qui vont t'envier. Tu as tiré le gros lot. Mais je ne suis pas jalouse, Lexy. Au contraire. Je suis fière de toi. Tu m'as dit ce soir que tu me considérais comme celle qui t'a découverte et j'ai dit que c'étaient des mots. Mais quand j'ai vu ton visage à l'écran alors que ce petit salaud était en train de te vomir sa haine au visage, tu avais l'air tellement fière, tellement inflexible, que j'ai eu envie d'ouvrir mes fenêtres et crier sur les toits que c'est moi qui t'avais découverte.

— Merci, Lulu !

— Et embrasse Rodney McCulloch de ma part. Il faut dire que tu auras du mal à l'embrasser, parce qu'il n'est vraiment pas beau, mais quand tu penses à sa fortune, il devient Tom Cruise. Bonne nuit, ma chérie. Je t'aime. Et mes félicitations !

— Je t'aime aussi, Lulu, dit-elle.

Elle posa le récepteur en soupirant.

Elle s'appuya contre les oreillers et remonta les draps jusqu'au cou.

— Que vais-je faire ? chuchota-t-elle.

Mais Mel s'était retourné et rendormi. Elle tendit la main et débrancha le téléphone.

Ailleurs, dans une autre chambre obscure, non loin de là, la jeune femme s'appuya sur le coude et murmura :

— Je n'aurais pas dû te laisser faire.

— Faire quoi ? demanda le jeune homme.

— Me plaire.

— Mais c'était merveilleux, ma chérie. J'ai adoré faire l'amour avec toi et j'aurais voulu que ça n'ait pas de fin. Pas toi ?

— Si, mais... j'ai eu tort. Je sais que j'ai eu tort. Je ne le voulais pas, mais j'étais angoissée. Jamais de ma vie — jamais vraiment je n'avais vu tant de méchanceté. Il y avait tant de rage, tant de jalousie, tant de haine. Il fallait que je parte. Et tu étais là pour me ramener chez moi.

— Mais c'est toi qui m'y as obligé. Tu te rappelles, Otto et son revolver ? C'était vraiment comique.

Tout en fredonnant quelques notes, il éclata de rire.

— Tu es très beau, lui dit-elle.

D'un doigt, elle effleura la fine toison de sa poitrine.

Deuxième partie

LE FACTEUR HO

10

LA DYNASTIE DES ROTHMAN DEVRAIT
900 000 000 $ À L'IMPÔT
SELON LE MINISTÈRE
En tenant compte des amendes et de l'intérêt,
le montant pourrait atteindre le milliard.
Le *New York Times*, 1er mai 1990

Pour Alex Rothman, il y avait quelque chose de surréaliste dans de tels chiffres. Il était impossible de les prendre au sérieux. On se croirait à une partie de Monopoly. Elle était dans le bureau de Ho Rothman, le jour où ses avocats avaient téléphoné pour l'avertir qu'une vérification était en cours. Il avait poussé un juron, puis il avait saisi le fil du téléphone, l'avait arraché du mur et lancé l'appareil contre la carte des États-Unis, où il avait arraché plusieurs étoiles au sud de la Floride avant de s'écraser en mille miettes. Tant pis, semblait-il dire.

Plus tard, elle avait reçu l'assurance qu'il n'y avait pas lieu de s'inquiéter. Les avocats avaient la situation bien en main. Le Ministère, lui avait-on dit, prend souvent pour cible des contribuables bien en vue dans le seul but de rassurer le public, pour lui démontrer qu'il faisait bien son devoir en s'en prenant aux plus fortunés. Au moment opportun, avec une amende symbolique. Ce n'était qu'une mise en scène de la part du Fédéral. Tout cela procédait de la politique fiscale sur le gel des impôts. Son administration devait faire la preuve qu'elle avait d'autres moyens d'équilibrer le budget. Une semaine plus tard, un télégramme parvint de la Maison-Blanche pour le quatre-vingt-quatorzième anniversaire de Ho. On pouvait lire : FÉLICITATIONS. BON ANNIVERSAIRE — GEORGE ET BARBARA. Il agita triomphalement le télégramme devant son personnel et s'écria :

— Vous voyez? Il me souhaite bon anniversaire, tandis que ses sbires veulent ma peau.

Dans le même temps, Alex souriait de voir les journaux parler du clan Rothman comme d'une « dynastie », quelque chose comme les Rothschild ou les Habsbourg alors qu'en fait, tout avait commencé en 1910, à Newark dans le New Jersey. Et Ho Rothman n'était qu'un immigrant d'à peine quatorze ans.

Celui qui était devenu Herbert Oscar Rothman n'avait que de très vagues souvenirs de ses parents. Il s'était retrouvé orphelin à cinq ans. Il se rappelait une voix qui lui fredonnait des chansons. Était-ce sa mère? Peut-être. Mais le souvenir le plus vivace de son enfance, c'était une maison en flammes dont on l'avait tiré par miracle. Il en avait gardé l'image persistante de flammes qui sortaient par la porte, par les fenêtres et par le toit. On lui avait dit que cela s'était produit une veille de Noël, alors que les soldats russes avaient reçu des rations supplémentaires de vodka et qu'on les avait encouragés à piller le quartier juif de la ville. Il avait supposé que ses parents avaient péri tous deux dans cet incendie. Avait-il eu des frères et sœurs? Il ne le sut jamais. La maison avait-elle été brûlée lors d'un pogrom ou était-ce un incident isolé? Il ne le sut jamais non plus.

Au cours de l'année qui suivit, il fut recueilli dans un village polonais par un couple qui faisait peut-être partie de sa famille. Il se rappelait une rivière jaunâtre et une route boueuse qui la longeait. L'été, les femmes y faisaient leur lessive. En compagnie d'autres enfants, il s'amusait avec des bateaux faits de feuilles et de brindilles. Il se rappelait la petite maison, avec ses murs en torchis de couleur ocre. Il se revoyait en hiver, dessinant de ses ongles des formes sur la cloison givrée.

Il se rappelait aussi une femme assise au rouet à la lueur d'une chandelle. Elle lui racontait l'histoire de ses ancêtres, hommes fiers qui vivaient dans les montagnes. Ho Rothman avait souvent rêvé de retourner un jour en Pologne à la recherche de ce village perdu. Il n'avait, bien sûr, jamais réalisé son rêve.

Il lui arrivait autrefois, à « Rothmere », certains jours de nostalgie, de s'asseoir après le dîner, avec un verre de cognac et un cigare, et de se rappeler les souvenirs diffus de son enfance.

Il s'appelait alors Itzhak. À l'âge de huit ans, on lui avait dit que la famille était devenue trop nombreuse pour la petite maison — il semblait y avoir un nouveau bébé chaque année — et qu'il lui fallait aller vivre ailleurs. D'où venaient les bébés? demandait-il souvent.

Sa seconde mère lui disait :
— De la rivière.

Régulièrement, semblait-il, elle descendait à la rivière et ramassait un nouveau bébé. Il se rappelait lui avoir demandé pourquoi, puisqu'il y avait trop d'enfants, trop de bouches à nourrir comme elle le disait elle-même, elle continuait à descendre à la rivière pour aller en chercher d'autres.

On lui avait dit qu'un nouveau foyer l'attendait à Londres, où des cousins éloignés avaient accepté de le recueillir. Du voyage à travers l'Europe, qui lui avait paru si long avec ces stations bondées, ces frontières à traverser, il se souvenait fort peu. L'angoisse de l'inconnu y était pour quelque chose. Pourtant l'image qui subsistait, c'était son billet épinglé sur son manteau et qu'il désignait pour qu'on lui indiquât la direction à prendre. Et des soldats, partout, des soldats, l'arme à la bretelle, canalisant la foule. On parlait de guerre, de terrorisme, d'émeutes, de grèves, de tueries, de bains de sang. Il avait tout de même réussi à se rendre à Dieppe d'où il avait traversé la Manche. Il s'était finalement retrouvé chez ses cousins à Whitechapel.

Ils s'appelaient Belsky. Au cours des deux années qui suivirent, il porta le nom d'Itzhak Belsky. Les voisins ne parlaient pratiquement que le yiddish, pourtant c'est à Londres que le futur Ho Rothman apprit ses premiers rudiments d'anglais.

La vie en avait fait un enfant têtu et difficile à élever. Personne ne pouvait le supporter. Deux ans après son arrivée, les Belsky lui dirent, une fois de plus, qu'ils ne pouvaient plus joindre les deux bouts et qu'on allait l'envoyer chez d'autres cousins là-bas, aux États-Unis. Ils demeuraient en un lieu que les Belsky appelaient Manhattan Island City. Pour lui faire comprendre qu'il y retrouverait son compte, les Belsky lui affirmèrent que les rues de Manhattan étaient pavées d'or. Il n'y avait qu'à se baisser, lui avait-on assuré, pour faire fortune. De l'argent, il y en avait partout. Comme ils étaient bons et généreux, semblait-il, en plus de son billet, ils lui avaient offert un peu d'argent de poche.

Il débarqua ainsi chez Sam et Sadye Rothman. Ils habitaient un troisième étage. Loin d'être riches, ils n'étaient pas pauvres non plus et, comme le soulignait souvent Sadye, plus à l'aise que la plupart des gens du voisinage. Qui plus est, ils n'avaient pas d'enfant, de sorte que, pour la première fois de sa vie, le petit garçon eut sa propre chambre. La relative prospérité des Rothman reposait sur le fait que Sadye tenait un commerce. Au rez-de-chaussée, elle occupait une petite boutique où elle vendait bonbons, cigares et cigarettes. Mais outre des journaux imprimés en yiddish, elle proposait son « comptoir spécial », des bijoux étalés sur un présentoir de verre éclairé par une petite lampe électrique. Ho était fasciné par ces colifichets de verre coloré. Il s'imaginait qu'il s'agissait d'émeraudes et de diamants, de rubis, de saphirs et de perles.

Itzhak Belsky, ce n'était pas un nom, lui avait-on dit. Cela ne faisait pas assez « américain ». Itzhak Belsky... non, décidément, ça n'allait pas. Surtout pour obtenir ce qu'on appelait ici du « crédit ». Telle fut la première leçon qu'il reçut sur le fonctionnement du système capitaliste américain. Pour « se faire un nom », il fallait qu'on eût confiance en vous. Cette notion laissa à Ho la nette impression que « se faire un nom » signifiait qu'on pouvait choisir celui qu'on voulait. Voilà qui allait lui être très utile à l'avenir.

On arrêta le choix de son nom américain sur Herbert Oscar Rothman. Pourquoi Herbert, mystère. Mais il était sûr de la provenance d'Oscar. Sadye s'estimait « musicienne » et au cours de leurs promenades dominicales, elle avait montré à son jeune pupille la magnifique Maison de l'Opéra de Harlem que le grand imprésario Oscar Hammerstein avait fait construire sur la 125e Rue. Puis on avait inscrit Herbert Oscar Rothman dans une école de la rue Rivington. Il était beaucoup plus âgé que ses condisciples, bien qu'à peine plus grand qu'eux.

Au seuil de l'adolescence, il était de plus en plus impatient, de plus en plus indépendant d'esprit et, de ce fait, difficile à diriger. Il semblait déjà déterminé à vivre sur un territoire plus vaste que celui très étroit étouffé par les rues Rivington et Henry. À la même époque, Sadye commença à remarquer qu'il y avait des trous dans sa caisse. Rien de grave, dix sous un jour, vingt-cinq le lendemain. Elle avait bien quelques soupçons... Un jour, un zircon disparut de son petit écrin. Ho était alors âgé de quatorze ans. Une rousse nommée Rachel lui fit de l'œil et l'attira dans une ruelle sombre entre deux immeubles de la rue Rivington. Déjà experte, elle initia le jeune néophyte aux plaisirs de l'amour. Il apprécia cette première rencontre suivie bientôt par des séances quasi quotidiennes. Et Ho Rothman la remerciait en « prélevant » bonbons et articles divers au magasin de Sadye.

Puis, un après-midi du printemps 1910, Rachel l'accueillit, un petit air de satisfaction sur le visage.

— Devine ? Je suis enceinte, l'informa-t-elle.

Son amant étonné, qui croyait encore que les bébés venaient de la rivière, s'enquit :

— Qu'est-ce que cela veut dire ?

— Ça veut dire qu'il va y avoir un heureux événement, lui

lança-t-elle d'une voix impertinente, et que c'est toi le père. Ça veut dire que tu vas devoir m'épouser.

— Mais je ne peux pas, protesta-t-il. Je dois terminer mes études.

— Tu le dois, dit-elle. Tu n'as pas le choix. Tu m'as donné cette bague, n'est-ce pas ? Ça veut dire que nous sommes fiancés, au cas où tu l'aurais oublié, mon vieux. Si tu ne m'épouses pas, j'irai dire à tes parents que tu m'as engrossée. Alors, eux vont t'obliger à m'épouser. Je sais que tes parents sont riches.

Il ne lui était pas venu à l'esprit que cette fille offrait ses faveurs à des dizaines d'autres partenaires et qu'elle l'avait choisi comme victime simplement pour la situation financière de ses parents adoptifs. Complètement secoué, il promit de la retrouver à l'endroit habituel le lendemain. Ils se rendraient à l'hôtel de ville dont, lui avait-elle dit, elle connaissait le juge de paix.

Ce même jour, Sadye Rothman avait décidé de mettre les choses au net : après l'argent, la bague. Cela suffisait. Mais elle n'en eut jamais l'occasion. Ce soir-là, après avoir attendu la fermeture du magasin afin d'en vider la caisse, il s'enfuit de la maison.

Il ne revit jamais Sam et Sadye Rothman, ni ne sut ce qu'il était advenu d'eux. Il ne sut jamais non plus ce qui était advenu de l'intrigante Rachel, ni de son enfant, si c'était vraiment le sien ou s'il y en avait même eu un. Il va sans dire que l'épisode Rachel n'appartenait pas à la biographie habituelle de Ho Rothman quand, au cours du dîner familial, il racontait ses premières armes à New York, tandis qu'Auguste, le majordome, versait le claret dans les verres en cristal. Mais parfois, après de longues soirées à jouer aux cartes avec ses amis, il leur racontait cette aventure, expurgée, cela s'entend, de l'épisode de la caisse, ce qui ne manquait pas de provoquer de grands éclats de rire. Il hurlait en martelant de son poing la table à jouer :

— Sans elle, je ne serais jamais parvenu où je suis.

11

Cette nuit-là, le jeune Ho Rothman prit la route de l'ouest. Il traversa l'Hudson sur un bac en direction de Newark. Il avait escompté, non sans raison d'ailleurs, qu'un changement d'État le placerait hors d'atteinte des griffes de Rachel. Il passa sa première nuit sur un banc du terminus cherchant dans son insomnie à déterminer ce qu'il allait faire. Sa seule expérience, avait-il décidé, était dans le commerce des bijoux. Il s'imagina pouvoir se faire passer pour un ex-employé de la Bijouterie Sadye Rothman à Manhattan. Le lendemain matin, il acheta un journal pour éplucher les annonces classées. La chance lui souriait. Une bijouterie de Passaic Avenue recherchait un commis.

Il partit donc, dans cette ville tout à fait inconnue, en quête de ladite adresse. Il ne la trouva jamais. Au coin d'une rue, il tomba nez à nez avec un groupe d'hommes en colère qui portaient des pancartes. On pouvait y lire : « JUSTICE POUR LES EMPLOYÉS DE TIMES-UNION ! » Ils le regardèrent d'un air menaçant. Il essaya de se frayer un chemin à travers leurs rangs. Des cris fusèrent : « Un briseur de grève ! Un briseur de grève ! » Pour leur échapper, Ho s'engouffra dans une porte tournante. Quelqu'un le saisit au collet et lui dit :

— Entre vite ! Ces gars pourraient te faire un sort. Tu as traversé leurs rangs ! Que sais-tu faire ? Es-tu capable de disposer des caractères ?

— Les messages... commença Ho. La bijouterie. Sadye Rothman.

— D'accord, tu peux être utile dans la salle du courrier, lui dit l'homme. Mais rappelle-toi, il te faudra rester ici jusqu'à ce que ces gars renoncent et rentrent chez eux. Ou qu'ils décident de reprendre le travail. Cinq dollars par semaine.

C'est ainsi que H. O. Rothman débuta dans le monde du journalisme, comme briseur de grève au vieux *Newark Times-Union*.

La salle du courrier ! C'était l'endroit le plus prometteur pour un jeune homme ambitieux qui voulait débuter dans n'importe quelle entreprise. C'est là qu'avaient fait leurs premières armes des gens réputés comme Lenny Liebling, l'hôte des présidents américains. Et au moment opportun, alors que le syndicat des typographes refusait de reprendre le travail et que la direction tentait de faire paraître le journal. Rapidement, Ho sut qui étaient les gens d'importance de l'entreprise, ce que faisait chacun, quel rôle ils jouaient, qui prenait les décisions. Et comme briseur de grève, il travaillait coude à coude avec les directeurs, les rédacteurs et les journalistes que, dans des circonstances normales, il lui aurait fallu des mois pour rencontrer. Il s'était également trouvé un refuge où dormir, parmi des rouleaux de papier journal, à même le sol de la salle du courrier.

Le travail était pénible et les heures bien longues. Mais en moins de deux semaines — temps qu'avait duré la grève, avant que les typographes ne reprennent, contraints, le travail, sans avoir obtenu quoi que ce soit — le jeune Ho Rothman avait appris ou pensait avoir appris tout ce qu'il fallait savoir pour être opérationnel au *Times-Union*. De plus, le jeune et alerte commis lisait également tout le courrier, toutes les notes internes et même les lettres estampillées « CONFIDENTIEL ». C'était une lecture particulièrement instructive de sorte que, après à peine six mois, il avait déjà une bonne perception des points forts et des faiblesses de la publication.

C'est au *Times-Union* qu'il acquit pour la première fois le surnom de « Ho » qui devait lui rester sa vie durant. Il arborait un badge avec H. O. Rothman imprimé dessus. Quand il allait d'un bureau à l'autre dans ses rondes quotidiennes, on le saluait par des « Ho, ho, ho, voici Ho! » Il s'amusait de ces taquineries parce qu'il savait que c'était amical. Dans le même temps, il s'attirait des sympathies. Au cours de la grève, alors que tous se serraient les coudes face au syndicat, alors que tous les employés unissaient leurs efforts pour sortir le journal des presses jour après jour, il s'était créé un esprit de franche camaraderie. Tous finirent par se connaître par leurs prénoms. Même le propriétaire et rédacteur en chef du journal, James Meister III, qu'on n'appelait que « monsieur Meister » ou « J.M. », devint « Jim » pour la durée de la grève. Une fois terminée, la plupart des employés retrouvèrent une façon plus formelle de s'adresser au descendant d'une des familles les plus anciennes et les plus riches de Newark. Aux yeux de Ho, ceci semblait parfaitement dérisoire. De sorte que, désormais, quand le puissant James Meister III croisait Ho Rothman dans un corridor et qu'il le saluait d'un « Allô-ho, Ho! » enjoué, Ho Rothman lui rendait la pareille d'un sonore : « Allô-ho, Jim! »

Certains des plus anciens étaient assez choqués d'une telle témérité de la part de l'employé de fraîche date. Mais ils n'y pouvaient rien et James Meister III ne semblait pas s'en formaliser. Il paraissait même légèrement amusé par une telle hardiesse. Et cela n'allait pas sans un certain rapport avec son exploit initial.

La plus grande force du *Times-Union,* selon Ho, résidait dans ses nouvelles installations, l'équipement le plus moderne pour l'époque. James Meister III s'était inspiré des innovations de M. Henry Ford sur ses chaînes de Détroit. Le *Times-Union* était capable de tirer ses journaux plus rapidement que n'importe quel autre journal de l'est du pays. Mais cette grande force avait ironiquement son revers de médaille. Pour financer toutes ces améliorations, M. Meister semblait s'être sérieusement endetté. Il faut se rappeler que 1910 fut une année de grande récession économique. Wall Street avait subi une de ses « paniques » habituelles et les annonceurs avaient coupé dans leurs frais de publicité. En lisant des lettres et des notes confidentielles, Ho apprit qu'un certain nombre de banques avaient réclamé des remboursements ou exigé davantage de garanties.

Comme les mois passaient, Ho réalisa que le *Newark Times-Union* s'enlisait de plus en plus dans les difficultés financières. Les banquiers ou leurs avocats envoyaient des lettres de plus en plus pressantes. Ils voulaient savoir ce que M. Meister avait l'intention de faire face à son endettement, quand ils pouvaient compter sur le versement des intérêts. M. Meister ne trouvait pas de réponse à ces problèmes. Le commis ne pouvait pas ne pas remarquer la pile de messages sans réponse accumulés sur le bureau de l'éditeur. Désormais, quand il croisait son patron dans les couloirs, le visage de Jim Meister restait sombre et préoccupé. Ho Rothman se désolait pour son ami empêtré dans cette situation insoluble.

Un autre grand vice du journal, selon Ho, était lié à son contenu. Du fait de considérations budgétaires, sans aucun doute, le journal avait décidé de concentrer son approche sur les nouvelles locales. Or, à cette époque, Newark était loin d'être la ville qu'elle est devenue aujourd'hui. De nos jours, elle atteint l'un des taux de crimes les plus élevés du monde. Il se passe rarement une journée sans un meurtre, une tuerie liée aux stupéfiants ou la mise à jour d'un réseau de prostitution. Mais en 1910 et 1911, Newark était un endroit paisible où se produisaient peu d'événements dignes d'intérêt. Les nouvelles locales dénotaient un profond ennui.

Les nouvelles de la grande ville, de l'autre côté de l'Hudson, étaient laissées aux quotidiens de Manhattan. Le *Times-Union* n'avait aucun bureau extra-muros. Les nouvelles internationales étaient recueillies dans d'autres quotidiens et rapportées, le lendemain, dans le *Times-Union*. On avait dû dénoncer les abonnements aux différents services télégraphiques et laisser tomber les réseaux de distribution de bandes dessinées. Seule l'une d'elles, produite par un artiste local, continuait de paraître. L'horoscope était rédigé — disons plutôt inventé — par la secrétaire de James Meister. L'article le plus lu était probablement la chronique du cœur. Tout cela contribua à ce que le nombre de lecteurs se fût réduit au cours des années précédant l'arrivée de Ho. Moins de lecteurs, moins de revenus engendrés par la publicité. En fait, toute l'entreprise semblait engagée dans l'inexorable spirale du déclin.

Durant la nuit, dans la petite chambre que Ho avait réussi à louer pour un dollar par semaine, avec accès à la cuisine, le jeune commis prit l'habitude de composer des unes imaginaires annonçant des événements inventés de toutes pièces susceptibles d'attirer l'attention des lecteurs du *Times-Union*. Cela aurait dû sortir les habitants de Newark de leur léthargie et leur donner envie d'acheter le quotidien rien qu'en l'apercevant.

Les premières nouvelles vraiment inquiétantes concernant les emplois parurent dans une note de service au début de juin 1911, note dont Ho Rothman fut, bien sûr, des premiers à prendre connaissance. Il allait être nécessaire, annonçait l'éditeur, de procéder à une réduction de personnel. Une angoisse l'étreignit car, étant entré parmi les derniers, il était sûr qu'il serait parmi les premiers à en sortir. Mais quand les réductions furent officielles et que les mises à pied furent affichées, son nom n'y figurait pas. Elles touchaient le haut de la pyramide, soit les membres les plus anciens et les mieux payés du personnel. À partir de ce moment, annonçait la note, certaines tâches allaient désormais « se fusionner ». Celle qui rédigeait la chronique du cœur allait également couvrir le carnet mondain, signer la chronique vétérinaire et s'occuper des faits divers. Le chroniqueur sportif aurait également à répertorier les événements culturels, préparer la page économique, la chronique des décès et le calendrier des activités religieuses. La secrétaire de James Meister allait « faire » la chronique médicale en plus des horoscopes. Entre autres. Mais un commis, semblait-il, resterait toujours un commis.

Le choc suivant survint près de six mois plus tard, en décembre. Dans une autre note, l'éditeur annonça qu'« à cause de problèmes incombant à la comptabilité », le versement du salaire des employés serait différé « de quelques jours ». Il ne faut pas être grand clerc pour s'imaginer comment le personnel déjà démoralisé réagit à la nouvelle qui lui apprenait quelques semaines avant Noël, cette suspension de salaire. Dans le même temps, on semblait négliger l'éditorial. Les « quelques jours » devinrent deux semaines. Mais, au grand soulagement de tous, les salaires furent finalement honorés.

Pourtant, la pire des nouvelles survint un mois plus tard, le 23 janvier 1912. Ho n'allait jamais oublier cette date et toujours se rappeler l'horoscope du jour, bien qu'il n'y ajoutât pas foi : « Aujourd'hui la chance frappe à votre porte. Soyez franc : vous en percevrez les bénéfices. » Ce matin-là, on avait apporté de l'hôtel de ville une grande enveloppe brune, par courrier spécial. Ho fut évidemment le premier à en prendre connaissance. Elle était scellée, mais son aspect officiel si chargé de menaces incita Ho à en humecter le rabat et à l'ouvrir.

C'était une mise en demeure du département des Finances de la ville de Newark. Malgré les formules ampoulées du document, le message était clair. À moins d'un règlement dans un délai de dix jours des taxes locales, les biens du *Times-Union* seraient saisis et mis aux enchères publiques pour « satisfaire aux exigences de la ville ».

Cet après-midi-là, Ho Rothman reçut un appel téléphonique de la secrétaire de James Meister.

— J.M. voudrait deux cafés noirs, un café ordinaire et trois beignes au miel. Il est en conférence.

Ho partit en courant, sans même mettre son manteau pour se protéger du froid hivernal. Il se rendit à la pâtisserie du coin, sentant l'imminence d'une crise. Il passa la commande et décida de prendre pour son ami quelque chose d'autre qu'il paya de sa poche.

Quand il revint, il trouva James Meister assis derrière son bureau, face à deux hommes vêtus de complets sombres. Ho nota tout de suite à quel point Jim Meister avait l'air fatigué. Ses traits étaient tirés et ses yeux injectés de sang. On aurait dit qu'il avait bu. Il servit les cafés et les beignes aux trois hommes. Puis, se tournant vers son patron :

— Je vous ai apporté quelque chose, Jim.

— Oh ? Qu'est-ce que c'est ?

Il lui remit un sac de papier.

— C'est une crème aux œufs.

Jim Meister souleva le couvercle du pot et le huma.

— Hum ! Une crème aux œufs. Faite avec quoi ? De la crème et des œufs, j'imagine.

— Pas de crème, pas d'œufs. Mais ça s'appelle une crème aux œufs.

— Quel goût ça a ?

Il en prit une cuillerée.

— Hum ! C'est... en fait, c'est unique. C'est onctueux !

— Chez nous, on dit qu'une crème aux œufs, c'est bon pour l'âme.

Il sourit faiblement et reprit :

— Bon pour l'âme. Eh bien, dans un certain sens, cela ne pouvait tomber mieux, si on considère les affaires que nous tentons de régler. Ho, ces messieurs sont mes avocats. Nous sommes en train de rédiger mon testament.

Les deux hommes, un peu raides, gênés, se levèrent et lui tendirent la main.

Jim Meister lui demanda :

— Ho, à qui laisserais-tu un bien en totale débandade ? À qui céderais-tu une propriété hypothéquée à cent pour cent ? Pas à ton pire ennemi, je suppose. Pourtant, comme je suis sur le point de déclarer faillite, il semble préférable de songer à mon testament et de « léguer » mes dettes à quelqu'un, du moins c'est ce que me disent ces deux messieurs. À qui laisserais-tu tout cela, Ho ?

Il secoua la tête. Il n'en avait pas la moindre idée.

— Pourtant, il faut que je fasse un testament, dit-il. Je n'ai ni femme, ni enfants. J'ai bien quelques neveux et nièces assez riches et qui se réjouiraient difficilement d'hériter de mes dettes.

Il se passa la main sur le visage.

— Et si je te laissais le tout, Ho? Et si je te laissais mes dettes? Les accepterais-tu?

— Oui.

Il sourit

— Non, ce n'était pas sérieux, ni très drôle en plus. Non, Ho, je ne te ferais pas un tel coup.

Il prit une autre gorgée de sa crème aux œufs et fit une grimace.

— Une crème aux œufs, dit-il.

— Il y a pas mal de choses que je pourrais faire avec un journal, Jim.

— Des choses? Quelles choses?

— Des choses. Des tas de choses.

Meister sourit à nouveau. Il ajouta :

— Eh bien, messieurs, pourquoi pas? Qu'ai-je à perdre? Laissons tout à Ho Rothman ici présent.

Il se fit un silence. Puis, s'éclaircissant la gorge, un des avocats osa :

— Ce n'est pas sérieux, James.

— Si, c'est sérieux. Tout à fait sérieux. Terriblement sérieux.

Il eut un rire amer.

— James, dès que nous aurons réglé cette question de faillite, vous pourrez remettre l'entreprise sur pied en un rien de temps.

— Vraiment? Je me le demande.

— Mais si. Vous êtes jeune, James.

— Je me le demande, reprit-il. Mais, c'est décidé. Laissons tout à Ho.

— James, votre testament n'est qu'une question technique à ne pas prendre à la légère. C'est sérieux, James.

— Mais je suis sérieux.

— James, nous ne pouvons pas vous laisser faire de ce jeune garçon sans expérience — excusez-moi, Rothman — votre héritier.

— Mais c'est mon testament, non? répliqua-t-il.

— Bien sûr, James, mais...

— Et puis, qui vous dit qu'il n'a pas d'expérience?

Son regard s'était tourné vers Ho.

— Je vois sur le visage de ce garçon quelque chose que je voyais dans mon miroir quand j'avais son âge. Du courage, de l'intelligence, de la détermination et... quelque chose. Oui, quelque chose que je pensais voir sur mon visage. Que je voulais voir sans doute... qui sait? Ho, es-tu sûr de vouloir hériter de ce guêpier?

— James, nous...

— Taisez-vous! Laissez-le répondre!

— Oui, fit Ho.

— Fort bien, messieurs, dit-il. Écrivez : « Je cède tous mes biens à Ho Rothman pour avoir forcé le piquet de grève. » Non, attendez! Mettez plutôt : « À Ho Rothman pour m'avoir offert une crème aux œufs. »

Et c'est ainsi que fut libellé le testament, en présence des deux avocats qui, cet après-midi-là, servirent de témoins.

Le même soir, James Meister III, petit-fils du fondateur du journal dont le bronze dominait l'entrée avec l'inscription : « Dans la vérité et l'intégrité, se trouve la lumière » — mots que le premier des Meister n'avait sûrement jamais prononcés — s'enferma dans la bibliothèque du grand manoir d'East Orange et se tira une balle dans la tête.

À titre de légataire universel des dettes des Meister, il y avait deux choses qu'Ho se savait devoir faire. Mettre le manoir d'East Orange en vente, bien que la maison elle-même fût lourdement hypothéquée. Mais, Ho avait la certitude qu'une maison d'une telle ampleur ne se vendrait pas rapidement à un prix proche de sa valeur. Et surtout empêcher que le journal ne fût vendu aux enchères dans les dix jours pour non-paiement des taxes. Comment il y parvint, c'est ce qu'il aimait raconter à la table à « Rothmere ».

Voici ce qu'il fit. Le matin même où il reçut son héritage, il se rendit à l'hôtel de ville de Newark et offrit de reprendre pour dix mille dollars la société Times-Union. Il était sûr de n'avoir aucune chance d'obtenir gain de cause tant son offre était faible. Mais quelque part dans l'esprit de Ho, existait le pressentiment qu'il pouvait réussir. Il l'emporta effectivement. Sous pli, il reçut un avis selon lequel le *Times-Union* lui appartenait, de même que les installations et les bureaux adjacents. Les « dix jours ouvrables » d'usage lui furent accordés pour produire la somme sous forme de chèque certifié. Sinon, on se tournerait vers l'enchérisseur suivant.

Mais... dix mille dollars ! Il travaillait au journal depuis un peu moins de deux ans. Il avait épargné près de deux cents dollars. Contre de menus travaux dans la maison, sa logeuse avait réduit son loyer à cinquante sous par semaine, une aubaine. Mais deux cents dollars, c'était loin de dix mille. Comment, en dix jours, pouvait-il amasser la différence ?

C'est bien simple. il l'avait dérobée. Dans les banques.

À ce tournant de son histoire, il s'arrêtait toujours pour produire un effet dramatique. Ses auditeurs, peu importe le nombre de fois qu'ils l'avaient entendue, se devaient d'en avoir le souffle coupé. Avec un petit rire malicieux, il ajoutait :

— Je n'étais pas Bonnie & Clyde, mais pas loin !

Il avait eu, dans une banque, une aventure qui, semble-t-il, l'avait marqué. À un guichet, quelques mois auparavant, il avait demandé de changer un billet de vingt dollars pour de petites coupures. À son grand étonnement, il avait vu l'employée négligente laisser le billet de vingt dollars sur le comptoir, compter les vingt coupures d'un dollar qu'elle posa par-dessus et pousser le tout dans sa direction. Il était entré à la banque avec vingt dollars et ressorti avec quarante. Il avait doublé la somme ! Il venait surtout d'apprendre que les banques pouvaient commettre des erreurs.

Au début, il avait pensé utiliser ce système, en augmentant

la valeur des billets. Mais, après quelques essais, il s'était aperçu que les caissiers étaient dans l'ensemble plus méticuleux que celle qui lui avait remis ses vingt dollars supplémentaires. Il abandonna donc cette technique et décida d'adopter une autre tactique.

Sadye Rothman avait toujours insisté sur l'importance du crédit. Pour avoir du crédit, il fallait d'abord et avant tout avoir un compte de banque. De sorte que Ho Rothman, avec ses deux cents dollars, se rendit à une banque de Newark et ouvrit un compte de banque. Avec son carnet de chèques en poche, il prit le bac pour Manhattan. Changer d'État, s'était-il dit, rendrait les ficelles de son plan un peu moins aisées à découvrir et il avait eu raison. Dans une banque de New York, il fit un chèque de deux cents dollars tiré sur la banque de Newark et ouvrit un second compte de banque. On lui remit un autre carnet de chèques. Dans ces deux banques, il avait maintenant quatre cents dollars, le double de son argent, du moins tant que ses chèques n'auraient pas été mis en compensation, ce qui, à l'époque, pouvait prendre jusqu'à une semaine.

Alors, il retourna à la première banque, où il toucha son argent, puis à la seconde pour en faire tout autant. Il fit la navette, s'adressant toujours à des organismes différents et se servant également de noms et d'adresses fantaisistes parce qu'aux États-Unis, le nom avait peu d'importance et qu'il n'existait pas encore de numéros d'assurance sociale. Dans un petit carnet, il notait les pseudonymes qu'il avait empruntés de même que les raisons sociales des différentes banques. Au fur et à mesure qu'il traversait le fleuve, son argent doublait. Quatre cents dollars devinrent huit cents ; huit cents devinrent seize cents ; seize cents devinrent trois mille deux cents...

Il est sûr qu'avec nos ordinateurs, le plan de Rothman ne fonctionnerait plus de nos jours, si tant est qu'on ait l'idée de le mettre à exécution, mais c'était une autre époque, moins stricte.

Bref, il fallut moins d'une demi-douzaine de traversées en

bac d'à peine dix minutes chacune pour que Ho Rothman ait son chèque certifié de dix mille dollars, avec même un bonus de quelques centaines de dollars.

Quand il en faisait le récit, comme cela lui arrivait souvent, Ho prenait toujours soin d'ajouter que, une fois devenu riche, il avait ressorti son petit carnet, écrit à toutes les banques qu'il avait fraudées cette semaine-là, leur donnant les noms qu'il avait employés et offrant de leur rembourser les sommes détournées ainsi que les intérêts. Là, certains semblaient un peu sceptiques quant aux remboursements, mais aucun n'osait jamais faire de remarques. Au contraire :

— Quelle merveilleuse histoire, Ho !

— C'était mieux que Bonnie & Clyde, non ? Sans arme !

Quand il était devenu le propriétaire légal du *Newark Times-Union,* le journal était déjà fermé. Pourtant, ce dut être un moment particulier quand Ho descendit Bergen Street pour contempler sa première acquisition : un journal défunt, des bureaux vides et des presses silencieuses. Il s'était demandé ce qu'il allait pouvoir en faire.

— Personne au New Jersey, disait-il à ses auditeurs, n'était plus affolé que moi.

Il n'avait pas encore tout à fait dix-sept ans.

Et maintenant, dans son vaste appartement du 720 Park Avenue, le vieux Ho Rothman, âgé de quatre-vingt-quatorze ans, reposait calmement dans son lit de douleur. Ses yeux étaient clos, sa respiration faible, mais régulière. De temps à autre, son infirmière personnelle — celle du jour s'appelait Agnès O'Sullivan — lui prenait le pouls. Elle le faisait d'une façon mécanique, indifférente. C'était toujours le même geste. Puis, elle continuait son ouvrage.

Dans son petit boudoir, tante Lily, la femme de Ho, savourait son premier martini. Elle avait besoin d'un petit remontant à ce moment de la journée pour chasser « ce petit sentiment d'angoisse » qu'elle éprouvait au milieu de la matinée. De plus, Lenny Liebling devait venir dans environ une demi-heure et il leur faudrait discuter d'affaires importantes. Après la première gorgée, elle se sentait déjà beaucoup mieux.

Dans la cuisine, le majordome faisait l'argenterie. Même si l'on ne l'utilisait que très rarement ces jours-ci, tante Lily insistait pour qu'elle brillât. Le cuisinier faisait la sieste dans sa chambre. Il était trop tôt pour penser à préparer le plateau de M. Rothman. À part la salle de télévision, la maison était tranquille. L'appartement, tout comme le « Rothmere », était rempli de souvenirs — réceptions, dîners dansants, mariages, décès — et ces souvenirs trottaient dans la tête de tante Lily et, peut-être, dans les rêves de Ho Rothman.

12

Toute revue possède ce qu'on appelle « sa période de démarrage », temps qui s'écoule entre le choix du contenu et sa rédaction et la publication elle-même. Pour les revues hebdomadaires ces périodes sont très courtes. Souvent leur sommaire n'est arrêté que dans les dernières heures qui en précèdent la publication. Le rédacteur d'un hebdomadaire politique, par exemple, peut avoir trois ou quatre articles déjà composés pour la une, prêts à imprimer, avant de décider, à la dernière minute, lequel utiliser.

La directrice d'une revue mensuelle comme *Mode* profitait d'une période de démarrage beaucoup plus calme. En fait, Alex Rothman aimait, en général, commencer à planifier chaque numéro de sa revue au moins six mois à l'avance. De sorte que, au cours des années, les réunions bimensuelles de son comité de rédaction avaient fini par prendre le pli. La première réunion s'appelait rencontre d'exploration. Habituellement, les rencontres d'exploration étaient plus ou moins fondées sur le « remue-méninges » qui avait joui d'une certaine popularité dans le monde des affaires dans les années soixante. Lors de ces réunions, on lançait toutes sortes d'idées à l'emporte-pièce, suivant qui veut qu'une idée folle pouvait s'avérer brillante chez votre voisin. En théorie, du moins. En pratique, cela fonctionnait rarement ainsi. Alex Rothman considérait le « remue-méninges » comme une perte de temps et de talent, car les idées idiotes étaient toujours plus nombreuses que les idées intéressantes. De sorte que ces rencontres d'exploration débutaient toutes avec ce qu'elle appelait « une piste » ou un thème. Si le thème d'un numéro devait être Paris par exemple, alors Paris devenait le centre des discussions. (Et si on mettait la tour Eiffel en couverture? entendait-on. Et les protestations de fuser autour de la table de conférence.)

Puis, deux semaines après la rencontre d'exploration, lorsque les suggestions apportées à la réunion avaient été triées, explorées et au moins en partie développées, se déroulait ce qu'on appelait la rencontre de « mise en forme » au cours de laquelle la revue prenait forme, le sommaire était établi et les directeurs se voyaient désigner des projets spécifiques.

La rencontre de ce matin concernait l'exploration pour le numéro de janvier de l'année suivante.

Alex avait déjà eu une matinée chargée. Comme d'habitude, Coleman avait apporté les journaux du matin avec son plateau à déjeuner et elle les avait rapidement parcourus. Si l'accident insolite du fleuve avait fait la une du *Times,* l'annonce de son beau-père à la réception avait été reléguée, à sa grande satisfaction, aux oubliettes des annonces classées de la section affaires.

— Joël n'est pas encore levé, dit Coleman. Dois-je le réveiller?

— Non, laissez-le dormir, chéri, dit-elle en buvant son café à petites gorgées. Il doit souvent se lever assez tôt pour aller à l'école. Laissez-le récupérer.

Elle prit le combiné à côté de son lit et appela son avocat, Henry Coker. Elle arrêta un rendez-vous pour le lendemain matin. Puis elle téléphona à son ami, Mark Rinsky.

Mark et elle avaient une amitié « téléphonique », car ils ne s'étaient jamais rencontrés. Mark dirigeait une agence privée de détectives et Alex avait utilisé ses services à différentes reprises pendant des années, surtout pour vérifier la provenance de mannequins qu'elle avait l'intention de présenter dans la revue, mais dont les curriculum vitae étaient douteux. Tout cela avait commencé en 1982 avec un sujet mémorable qui, avait-on découvert, vivait aussi de ses charmes et qui avait un casier judiciaire. Suite à cet épisode, Alex était devenue beaucoup plus prudente.

— Mark, disait-elle maintenant, son nom est Fiona Fenton. Elle vient d'Angleterre et elle s'appelle aussi Lady Fiona Hesketh-Fenton. J'aimerais que tu trouves tout ce que tu peux à son sujet. Et même au sujet de la revue pour laquelle elle prétend avoir travaillé et qui s'appellerait *Lady Fair*. Essaie de trouver tout ce que tu peux.

Elle sourit d'un air satisfait, se sentant encore une fois dominer la situation. Elle repoussa son plateau et se leva pour prendre un bain.

Avant de quitter l'appartement, elle jeta un bref coup d'œil dans la chambre de Joël. Il était étendu sur son lit et dormait profondément. Il n'était couvert que d'un drap léger. Pendant un instant, elle fut tentée de lui donner un baiser sur sa blonde chevelure ébouriffée, mais elle préféra ne pas le déranger et poursuivit en direction de l'ascenseur.

Il y avait là Otto, assis, raide sur une des chaises à dossier droit qui ornaient l'antichambre. Il attendait Joël.

— Ah, Otto, dit-elle. Je voulais vous parler. À partir d'aujourd'hui, nous devrons nous passer de vos services.

Otto sauta sur ses pieds.

— C'est à cause de la nuit dernière, n'est-ce pas ? C'est à cause de ce qui est arrivé la nuit dernière !

— Non, ça n'a rien à voir avec la nuit dernière. C'est juste que...

— C'est elle, c'est cette femme. Elle m'a dit qu'il y avait un homme sur le toit, mais il n'y avait personne !

— Je suis désolée, Otto, votre travail n'est pas en cause. Nous sommes très satisfaits et je suis prête à...

— Je suis monté sur le toit ! Il n'y avait personne ! C'était une mise en scène !

— ...prête à vous donner d'excellentes références. Mais je

sens que Joël n'a plus besoin de vous. Et c'est vrai qu'il n'a plus besoin de vous. Et vous aussi, vous vous en êtes aperçu, Otto.

De son doigt, elle pressa le bouton de l'ascenseur.

Il la regarda attentivement.

— Est-ce que M. Herbert Rothman est au courant?

— C'est ma décision, Otto.

— J'ai été engagé par M. Herbert Rothman, dit-il. Il a seul le pouvoir de me congédier. Pas vous! Je ne prends pas d'ordres d'une femme!

Elle le regarda froidement.

— Vos arrangements avec Herbert Rothman ne regardent que vous deux. S'il souhaite vous engager pour une autre tâche, ça le regarde. Mais quoi qu'il en soit, Joël est mon fils et c'est ici chez moi. Je vous demande donc d'avoir quitté les lieux avant mon retour ce soir.

— C'est à cause de ce qui s'est produit hier soir. Eh bien, ça ne se passera pas comme ça!

— On verra, dit-elle.

La porte de l'ascenseur s'ouvrit. Elle s'adressa au liftier.

— Frank, je vous prie d'aider monsieur...

Pendant un instant, elle chercha en vain le nom de famille d'Otto.

— ...monsieur Otto, de l'aider à ramasser ses effets personnels et de voir à ce qu'il ait quitté les lieux avant cinq heures ce soir.

— Bien, madame.

Elle pénétra dans l'ascenseur. La porte se referma et l'engin commença sa descente.

Il y eut un bruit sourd. Otto, semblait-il, venait de frapper la porte.

— Il vaudrait mieux pour lui qu'il n'ait pas laissé de marque sur ma porte d'acajou, s'inquiéta Frank. Ne vous en faites pas, madame. Je verrai à ce qu'il soit parti avant cinq heures ce soir.

— S'il vous cause des ennuis, appelez les agents de sécurité.

— Pardon, madame. À propos de ce qui était dans le journal ce matin. Est-ce que ça veut dire que vous allez prendre votre retraite, comme le dit Mlle Mona?

— Pas du tout.

— C'est merveilleux, la retraite. Sûr que j'aimerais prendre la mienne. À Fort Myers, en Floride. C'est là que je voudrais aller. C'est le paradis, Fort Myers. La pêche à la mouche. Eh bien, nous y voici, madame. Bonne journée!

— Merci, Frank.

Alex Rothman sortit de l'ascenseur. Une nouvelle journée ensoleillée l'attendait.

Elle remarqua immédiatement l'absence de la limousine de la société qui l'attendait toujours dans l'allée.

Charlie, le portier, avait l'air inquiet.

— Votre voiture n'est pas arrivée aujourd'hui, madame Rothman.

— Tant pis, Charlie. Je prendrai un taxi.

Il porta son sifflet à la bouche.

Elle avait décidé de considérer cette journée comme n'importe quelle autre. Il n'y avait rien d'autre à faire. Elle était sûre que ses employés allaient lui poser des questions inquiètes mais, comme elle n'avait pas de réponse à fournir, elle n'en tiendrait pas compte. Elle allait passer cette journée — Dieu merci, c'était un vendredi — comme si effectivement rien ne s'était passé. Il lui faudrait montrer de la détermination et jouer un rôle, mais elle savait qu'elle pourrait s'en tirer.

— Marche la tête haute, Lexy.

C'était le conseil que lui avait donné Lucille Withers quand elle lui avait appris son métier de mannequin.

— Marche la tête haute, vois grand et regarde droit devant toi. Relève le menton. Ton menton! Les pieds légèrement vers l'extérieur quand tu marches! Rappelle-toi que les épaules et les hanches doivent être dans le prolongement, comme pour une skieuse. Pense que tu es une skieuse. Marche à pas légèrement plus allongés. Garde une expression heureuse sur ton visage, pas de grand sourire. C'est du théâtre, ma chérie, et les vêtements que tu portes constituent ton texte... Voilà, c'est mieux... Dans ce vêtement noir, tu n'es plus une femme. Tu es une panthère qui traque sa proie...

Elle portait une tunique de soie noire signée Ungaro, ce jour-là, la panthère.

Elle savait également que Herb Rothman attendrait un appel de sa part, pour une explication. Eh bien, si telles étaient ses attentes, il allait être déçu. S'il voulait une confrontation, il allait devoir monter le décor lui-même et écrire le texte — du moins pour le moment. Il avait dit que Fiona se joindrait à elle le premier juillet. Il lui restait donc du temps pour s'organiser et mettre au point sa stratégie. Entre-temps, elle allait vivre cette journée, et les suivantes, exactement comme n'importe quelle autre. Ça s'appelait dominer la situation.

Lorsqu'elle sortit de l'ascenseur au quatorzième étage — depuis la réception et tout au long du couloir qui longeait les bureaux — la tension était palpable. Tout le monde ici avait évidemment lu la chronique de Mona Potter. Les saluts enjoués d'Alex ne rencontrèrent que des yeux baissés et des sourires nerveux. Clic, clic, clic faisaient ses hauts talons sur les dalles de vinyle alors que, le menton levé, elle traversait le corridor qui menait à son bureau.

Le sourire de Gregory Kittredge, son assistant, était lui aussi nerveux. Elle lui dit d'un ton léger :

— Bonjour, Gregory !

La pile de messages qu'il y avait sur son bureau était plus imposante que d'habitude. Elle les feuilleta. Le *New York Times* avait appelé, *Women's Wear* également, de même que le *Washington Post*.

— Presque tous proviennent de M. Rodney McCulloch, dit Gregory. Il a appelé toutes les dix minutes depuis neuf heures, en laissant à chaque fois un numéro différent où on pouvait le joindre.

Il regarda sa montre.

— En ce moment, il doit être au cinq-cinq-cinq-zéro-deux-

148

zéro-deux, et ce jusqu'à dix heures quinze. Voulez-vous que je l'appelle pour vous ? Il a dit que c'était extrêmement urgent.

— Non, non, dit-elle d'un geste de la main. Je n'ai pas le temps de parler à M. McCulloch en ce moment.

Les yeux noirs de Gregory s'écarquillèrent.

— Vous n'avez pas le temps de parler à Rodney McCulloch ? Savez-vous qui il est, Alex ?

— Bien sûr que je sais qui est Rodney McCulloch. Je n'ai tout simplement pas le temps de lui parler maintenant. Je n'aurais pas le temps de parler à la reine d'Angleterre si elle m'appelait, ajouta-t-elle, en se rappelant l'expression de Lulu.

Gregory resta ébahi. Alex crut qu'elle venait de le blesser.

— C'est tout simplement parce que nous avons une réunion à dix heures trente, tu te rappelles ? dit-elle. Je veux m'y préparer, Gregory.

La lumière d'une des lignes téléphoniques d'Alex clignota. Gregory pressa le bouton et prit le récepteur.

— Le bureau de Mme Rothman, dit-il. Attendez un instant, s'il vous plaît. Laissez-moi vérifier.

Il pressa le bouton de mise en attente.

— C'est Rodney McCulloch ! s'écria-t-il. En personne !

Elle secoua la tête.

— Pas d'appels.

— Je suis désolé, monsieur, elle est en réunion... Oui, oui, laissez-moi prendre ces numéros...

Gregory resta là, à griffonner des chiffres. En replaçant l'appareil, il dit :

— Eh bien, il m'a donné son emploi du temps pour toute la journée. Ce type se déplace constamment, semble-t-il.

Elle sourit.

— C'est ce qu'on prétend.

— Il dit qu'on pourra le déranger de n'importe quelle réunion quand viendra votre appel. Ça semble important.

Il ajouta :

— Mais qu'est-ce qu'il veut ?

— Je n'en ai pas la moindre idée.

Il hésita.

— Je pense que je le sais, dit-il.

— Oh, oui ? Qu'est-ce que c'est ?

— Je pense qu'il veut savoir ce que tout le monde veut savoir. Ce qu'il va se passer ici. Ce que M. Rothman a en tête. Ce qui risque d'arriver. Franchement, Alex, tout le monde ici est très, très inquiet.

— Inquiet à quel sujet ?

— Pour leur emploi, d'abord. Avec cette nouvelle... femme.

— Écoute bien, chéri, dit-elle. Il n'y a vraiment pas matière à s'inquiéter. J'ai les choses en main. Aucun poste n'est en danger. Tout va bien se passer.

Certes, elle était loin d'être certaine que ce qu'elle disait avait du sens. Elle tâta son triple rang de perles et se dit : « Traverse cette journée. Mets un pied devant l'autre, les orteils vers l'extérieur, le menton levé. »

— Et maintenant, laisse-moi, mon chéri. Il faut vraiment que je revoie mes notes avant la réunion de ce matin.

Alex s'assit à son bureau et regarda les murs. C'était un petit bureau. Elle était sûre que sa mère s'attendait à la trouver dans une sorte de décor pour *La dame en noir,* meublé de Louis XV, un antique téléphone sur son bureau et de lourds rideaux pendant à ses fenêtres. Certainement pas dans ce bureau d'apparence banale, à fenêtre unique affublée d'un store vénitien et recouvert d'une moquette neutre. De plus, le jour de sa visite, Alex portait un tailleur de tweed, des souliers plats et... un crayon fixé derrière l'oreille. Mais, elle avait réussi à donner à son petit bureau un cachet tout à fait personnel.

À l'origine, les murs étaient peints en blanc. Pendant long-temps, elle avait contemplé ces blancs murs dénudés, en se demandant comment elle pourrait les égayer un peu. Un jour, une solution s'était soudain présentée. Alors qu'elle arpentait un couloir, elle avait croisé un manutentionnaire traînant sur un chariot des piles de vieilles revues. On nettoyait les archives, semblait-il. On se débarrassait des vieux numéros de *Mode,* depuis leur création en 1874. Ils avaient tous été reproduits sur microfiches et ces revues étaient envoyées au rebut pour faire de la place. Alex avait sauvé les couvertures de ces vestiges et en avait fait recouvrir ses murs d'un savant collage. Certaines d'entre elles étaient extraordinaires. Elles représentaient des dessins de mode par des artistes tels que Edward Penfield, Paul Helleu, Grace Wiederseim, Harrison Fisher, Kate Greenway, Sir John Millais et John Singer Sargent. Puis elle les avait fait laquer. Quel résultat! Même si elle n'avait pas le plus grand bureau de l'immeuble, le sien était de loin le plus original et le plus coloré. Herb Rothman avait froncé les sourcils en pénétrant pour la première fois dans le bureau fraîchement redécoré. C'était le genre d'extravagance peu courant aux Communications Rothman Inc. Mais il ne pouvait réellement se plaindre. Le travail n'avait rien coûté à l'entreprise et tout le matériel était de toute façon destiné à l'incinérateur.

Quand il avait vu ce qui deviendrait « le petit écrin d'Alex », Lenny Liebling avait dit :

— Seigneur, j'aurais aimé y avoir pensé.

— Ne te gêne pas, avait répondu Alex. Il en reste des centaines.

— Je ne peux le faire quand toi, tu l'as fait, avait-il repris d'un ton bourru. Ce ne serait pas original. Ce ne serait qu'une copie. Après tout, j'ai une certaine réputation d'originalité à préserver.

Elle contemplait maintenant son écrin. Toutes ces couvertures représentaient près de douze décennies de travail, de réflexion et d'imagination. Durant toutes ces années, il y avait eu à *Mode* plus d'une douzaine de directrices. Certaines avaient été brillantes, d'autres plus ternes. Certaines extravagantes, certaines plus mesquines. Certaines innovatrices, certaines moins imaginatives. Certaines avaient duré à peine quelques mois; d'autres étaient restées en poste pendant des années. Une directrice avait déclaré que le bikini était « la plus grande invention de l'humanité depuis celle de la roue » et y avait consacré tout un numéro. Il y avait eu celle qui, un après-midi, sans raison aucune, mit son manteau et son chapeau, puis sauta de la fenêtre de son propre bureau pour s'écraser cinquante mètres plus bas sur le trottoir de Fifth Avenue, tuée sur le coup. Cette pièce, pensait maintenant Alex, ne renfermait pas seulement le goût et le talent des différentes directrices. Elle était également pleine de fantômes. À l'exception de Steven Rothman, il n'y avait eu que des femmes.

Mais il n'y avait jamais eu de codirectrice de *Mode*. Et, comme pour se rassurer, elle se promit qu'il n'y en aurait jamais.

Elle fit son entrée dans la salle de conférence, un mince porte-documents de chez Hermès sous le bras, le menton volontaire. Elle sourit à chacun et prit place au bout de la table. Elle jeta un regard circulaire et demanda :

— Où est Lenny ?

— Il est allé d'urgence chez le dentiste, répondit-on. Je pense qu'il a perdu une couronne.

— Eh bien, nous nous débrouillerons sans lui.

Bob Shaw, le directeur de la section artistique, leva les yeux et dit :

— Mais vous, vous n'avez pas perdu votre couronne, n'est-ce pas, Alex ?

Il y eut un bref silence embarrassé devant cette blague d'un goût douteux. Alex lui décrocha un regard acéré tout en se demandant s'il n'avait pas bu. Elle s'avança sur sa chaise, ouvrit son porte-documents. Elle en sortit un bloc de papier et une poignée de crayons à bille.

— J'ai pensé à des pique-niques, commença-t-elle. J'ai pensé à tout ce que pouvait être un pique-nique.

— Des pique-niques, pour un numéro de janvier ? demanda-t-on.

— Janvier est un mois terne, dit-elle. Je pense à quelque chose d'excitant pour janvier, comme des pique-niques. Et je ne pense pas seulement à des pique-niques extérieurs, bien qu'on puisse en faire dans les Caraïbes. Je pense au pique-nique comme style de vie des années quatre-vingt-dix. Il me semble que les gens ne préparent plus de repas élaborés désormais. Ils font des pique-niques, même dans leur appartement de luxe. Avez-vous regardé les étalages de votre supermarché récemment? Ils sont remplis de produits essentiellement conçus pour un pique-nique. Je ne parle pas des vieux repas congelés, où se mêlent une tranche de viande trempée dans de la sauce, des pommes de terre en purée et des pois au beurre. Je parle des mets préparés de très belle apparence que l'on peut trouver maintenant dans les supermarchés — salade de homard en brioche, brochettes de crevettes, soufflés de toutes sortes, galantines de bœuf, de canard et même de caille ou de faisan. De la nourriture pour pique-nique. Je pense que la mode a également un esprit « pique-nique » — élégante, jolie, mais confortable et amusante — rapide, étonnante. Je vois le pique-nique comme un état d'esprit. Ce mot vient du français et veut dire « prendre une petite chose », « se servir de quelque chose qui convient ». Je pense que nous pouvons beaucoup puiser dans cette notion. Est-ce que quelqu'un se souvient de cette scène merveilleuse dans *Citizen Kane,* lorsque la seconde femme de Kane se plaint qu'elle s'ennuie et que Kane décide d'emmener tout le monde en pique-nique? Et ils s'y rendent en une longue file de limousines conduites par des chauffeurs. J'imagine qu'on pourrait en tirer une épreuve et s'en servir de façon originale dans notre numéro. D'autres suggestions?

Un silence se fit. Puis quelqu'un osa :

— Des fourmis. Ce ne serait pas un pique-nique s'il n'y avait les fourmis.

Alex fronça le nez.

— Je ne crois pas que les fourmis soient très excitantes, à l'intérieur comme à l'extérieur.

Elle réalisait que sa réunion s'ouvrait sur une mauvaise note et qu'elle allait devoir dépenser plus que sa dose normale d'énergie pour contrôler les débats ce matin-là.

— Parlant d'insectes, dit un autre, je me rappelle un pique-nique estival chez ma grand-mère, près d'un lac. Nous étions tous assis sur la pelouse lorsque ma grand-mère se mit soudain à hurler. Une grosse araignée s'approchait d'elle. Mon grand-père, qui portait toujours un pistolet, le sortit et tira.

Il n'y eut aucun commentaire sur cette anecdote qui semblait ne mener nulle part.

Puis Gregory Kittredge prit la parole.

— Ça me rappelle un pique-nique alors que j'étais enfant, dit-il. Nous nagions dans la rivière. Ma mère, qui avait de longs cheveux noirs, était assise sur la rive en train de les sécher. Soudain une abeille se posa sur ses cheveux, puis une autre et encore une autre. En fait, tout un essaim d'abeilles se retrouva sur sa chevelure.

— Seigneur, quelle horreur! Elle n'a pas été piquée à mort?

Il sourit.

— Ma mère était une femme d'expérience, répondit-il. Elle nous expliqua que les abeilles en essaim ne piquent jamais si on ne les dérange pas. Elle garda son calme et nous dit d'en faire autant. Une quinzaine de minutes plus tard, elles s'étaient toutes envolées.

— Elles sont juste en train de choisir leur nouvelle reine, conclut-elle.

Plus tard, elle nous dit que le fait de sentir des abeilles essaimer dans ses cheveux fut pour elle comme une expérience religieuse.

Les yeux d'Alex s'illuminèrent.

— Quelle merveilleuse image! dit-elle. Vous savez à quel point mon esprit fonctionne par images. Est-ce que cela ne ferait pas une belle une? Des abeilles essaimant dans une chevelure de femme?

— Vous ne trouverez jamais de fille qui accepterait de le faire.

— J'en ai une. Elle s'appelle Mélissa. C'est une beauté et

ses cheveux sont d'un blond miel. N'est-ce pas idéal? Des abeilles essaimant dans une telle chevelure? J'ai une de ses photos à la maison et j'ai demandé à son agence à Kansas City de m'en envoyer d'autres.

— Vous et vos mannequins de Kansas City, dit quelqu'un.

— J'aime l'air du Midwest. Et elles sont fraîches...

— Et bon marché.

— Et elles en veulent. Elles en veulent suffisamment pour laisser des abeilles essaimer dans leur chevelure, pour qu'on puisse en prendre des photos, dit Alex.

Elle se tourna vers Bob Shaw.

— Bob, trouve ce qui fait essaimer les abeilles. Si on y arrive, on pourrait avoir une couverture inoubliable.

— Seigneur Jésus! dit Bob Shaw. Je suis directeur artistique d'une des plus grandes revues de mode au monde. Et qu'est-ce qu'on me demande? De trouver ce qui fait essaimer les abeilles!

— Je n'arrive toujours pas à concilier les pique-niques et le mois de janvier, fit remarquer quelqu'un.

— Mais nous allons présenter des tenues assorties. Les tenues sont des pique-niques en elles-mêmes. La vie est un pique-nique, un incessant...

— Non!

C'était Carol Duffy, la directrice de la section esthétique, qui n'avait encore rien dit. En frappant la table de son poing, elle cria une nouvelle fois :

— Non! Ce n'est pas de cela qu'il faut parler, Alex! Je veux que tu nous dises ce qui va arriver. Je veux savoir ce que Herb Rothman est en train de faire.

Elle avait les larmes aux yeux.

Alex la regarda sans broncher.

— Nous sommes ici pour préparer notre numéro de janvier, Carol, dit-elle. Et le thème, ce sont les pique-niques.

— Je n'ai pas envie de pleurer. Et je ne vais pas te laisser me faire pleurer, lui avait-elle dit des années auparavant, à

155

Tarrytown, dans l'abri à bateaux.

— Je ne veux pas te faire pleurer. Je t'aime, lui avait-il
répliqué.

13

On avait jusqu'ici fait très peu de publicité au sujet du litige entre le Ministère et Ho Rothman. Et, comme la cause n'avait pas encore été portée devant les tribunaux, il n'y avait aucun moyen de savoir quelle preuve le Gouvernement avait l'intention d'utiliser. On en était encore à la phase préliminaire.

Mais, selon Lenny, elle se réduisait à ceci : Les Communications Rothman Inc. avaient toujours été une organisation familiale aux liens très serrés. Il en résultait que ses opérations comptables avaient toujours joui du plus grand secret. En fait, Lily Rothman, qui avait commencé à travailler pour la société à titre de comptable, portait toujours les titres de vice-présidente et de secrétaire-trésorière. Il n'y avait là rien de répréhensible. Mais le Gouvernement prétendait que, depuis la création de la société, H. O. Rothman en avait été le seul propriétaire et que toutes les décisions avaient toujours été et étaient encore prises unilatéralement par lui. L'entreprise, selon les accusations du Gouvernement, était la chasse gardée de Ho Rothman. De sorte qu'il réclamait que l'ensemble des gains annuels soient considérés comme un revenu individuel de Ho Rothman. Toutes les sommes versées aux autres membres de la famille, prétendait le Gouvernement, l'avaient été sous forme de dons, comme un patriarche généreux offrirait des

157

étrennes à ses enfants et petits-enfants.

Le cynisme du Gouvernement en ce qui avait trait au moment choisi était évident. Si la preuve était faite, à ce stade avancé de la vie de Ho, que personne d'autre que lui n'avait jamais été propriétaire de la société et que personne d'autre que lui ne l'avait contrôlée, il pouvait intervenir, au moment de sa mort, et taxer ses propriétés au maximum. Les avocats des Rothman craignaient même que le Gouvernement ne fût en train de s'organiser de manière que cette cause ne pût venir devant les tribunaux avant la mort de Ho. Il pourrait en conséquence réclamer non seulement les arriérés d'impôt, mais également d'énormes taxes sur les propriétés acquises au cours de sa vie.

Les avocats des Rothman — il y en avait actuellement 126 en provenance des bureaux de Waxman, Holloway, Goldsmith & McCarthy attachés à cette affaire — se fondaient sur un point de vue tout à fait différent. Les Communications Rothman, prétendaient-ils, n'étaient pas et n'avaient jamais été entre les mains d'un seul homme. Ils affirmaient que la société appartenait à un consortium familial d'actionnaires. Selon les avocats, la société n'était pas régie comme une monarchie, mais comme une démocratie, avec des assemblées régulières qui prenaient les décisions par vote majoritaire. Les décisions concernant les acquisitions, les ventes et toutes les transactions importantes n'étaient pas prises au sommet, mais à la suite de discussions animées et souvent enflammées entre actionnaires. De toute évidence, la question de savoir si Ho Rothman détenait ou non la totalité des parts de l'entreprise était importante. Si le Gouvernement obtenait gain de cause, il pouvait s'attendre à récupérer 600 000 000 $ en arriérés d'impôts, plus 450 000 000 $ en amendes, peines et intérêt. Le Gouvernement ne courait pas après des miettes. Lenny Liebling était assis près de tante Lily Rothman dans son boudoir aux tentures rouge et or au 720 Park Avenue, une tasse de Sèvres en équilibre sur son genou.

— Oui, les gens disent que je suis remarquable, affirmait-elle. Un remarquable spécimen pour une femme de mon âge. J'imagine qu'ils ont raison. Regardez-moi. Ma vue est parfaite, mon ouïe est parfaite. J'ai encore toutes mes dents et ma taille est encore svelte. C'est la couleur naturelle de mes cheveux.

Elle effleura ses boucles d'un blond cendré.

— Je ne dirais pas que je ne leur donne pas un petit coup de main à l'occasion, mais c'est quand même ma couleur naturelle et c'est ce qui importe. Ce n'est pas juste, n'est-ce pas, que je sois en parfaite santé, tandis que le pauvre Ho est en train de s'en aller peu à peu... de s'en aller par morceaux. Ce n'est vraiment pas juste, mais la vie ne l'est tout simplement pas.

— Elle ne l'est vraiment pas, dit Lenny.

— Tu te souviens certainement de lui quand il était en pleine force de l'âge. L'énergie, la puissance, le magnétisme personnel qu'il dégageait, et quelle intelligence ! La force qu'il avait ! Le talent, la créativité ! Il avait tout cela, et maintenant c'est fini. C'est pourtant cet homme que le Ministère accuse d'être actuellement le seul cerveau de toute l'affaire, quand tout le monde sait qu'il y a nombre d'actionnaires qui ont tous le droit de vote. J'ai dit à nos avocats ce matin que, s'il était possible de le déplacer, nous devrions l'emmener devant la Cour fédérale. Le transporter sur une civière et dire aux gens du Ministère : « Voici l'homme que vous appelez le magnat de la presse, le roi des communications, le despote de l'empire Rothman ! Regardez-le, ce roi, gisant depuis des jours, le cerveau éteint. » Les avocats estiment que c'est une très bonne idée.

— Le supportera-t-il, Lily ?

— Non. Ça le tuerait probablement. Mais nous pourrions poursuivre le Ministère pour homicide.

— Ah ? Je ne savais pas qu'il était possible de poursuivre le Ministère pour meurtre.

— On verra bien. Ce n'est qu'une idée, mais les avocats la trouvent intéressante. Nous n'en viendrons là que dans le pire des cas. Ses médecins disent qu'il est fort comme un bœuf. Le cœur d'un adolescent et la force d'un bœuf. Mais c'est l'esprit qui est parti, totalement parti.

— J'aimerais entrer le voir, dit Lenny.

— Non, non. Les ordres sont formels. Pas de visiteurs. Rien que les médecins, les infirmières de garde et moi. Toute autre visite peut faire monter sa tension.

— Il est curieux qu'un homme avec le cœur d'un adolescent puisse avoir des problèmes de tension, dit Lenny.

— Ordre des médecins, reprit-elle. De toute façon, ce n'est pas son cœur qui est en cause, comme je t'ai dit. Ce sont ses artères. Elles sont complètement durcies. Ce sont les artères qui causent la tension et les artères n'ont rien à voir avec le cœur.

— Hum! dit Lenny. C'est curieux, d'un point de vue médical.

— Bon, je ne t'ai pas fait venir pour discuter de la santé de Ho. Il y a quelque chose que je voudrais que tu fasses, Lenny.

— Ah, dit-il en posant sa tasse. Nous y voilà.

— Exactement, dit-elle. Comme je l'ai déjà dit, il y a toujours eu plusieurs actionnaires dans cette société. Mais le problème, c'est que nous n'avons jamais émis de titres. Nous avons toujours été trop occupés pour le faire, j'imagine. Mais maintenant, avec cette poursuite, je pense qu'il est temps que nous le fassions. Si nous pouvions produire des titres réels, nous pourrions prouver qu'il y avait des actionnaires individuels depuis le début. Et la poursuite tomberait.

— Je vois, dit Lenny.

— Voici ce que je veux que tu fasses. Je veux que tu fasses imprimer des tas de titres. Qui porteraient différentes dates, refléteraient les divisions de parts et caetera, et caetera, à partir de dix-neuf cent trente-trois, l'année de la naissance de Herbie. Fais-les imprimer de différentes couleurs. Tu sais à quoi ressemblent des titres. Certains en jaune, d'autres en vert, d'autres en bleu, ainsi de suite. Et de différents montants. De plus, je veux que certains d'entre eux aient vraiment l'air usés. Fais-en imprimer sur un papier spécial qui ait l'air ancien.

— Tu sais que les papiers et l'encre peuvent être analysés pour en déceler l'âge, dit Lenny.

— Ha! Les bozos de l'impôt ne savent pas ça. Et je tente le pari. Quand ils auront vu ces titres, ils vont abandonner leur poursuite.

— Hum! dit Lenny. En avez-vous parlé avec vos avocats, Lily?

— Bien sûr que non! C'est mon idée. Tu sais ce que Ho disait toujours des avocats. « Plus tu en dis à un avocat, plus ça te coûte cher. » Au diable les avocats.

— Je vois, dit Lenny. Je crois qu'il y a un terme pour ce que vous avez en tête, Lily. Ça s'appelle de la fraude.

— Non, ça s'appelle de la remise en ordre. C'est une chose que Ho aurait dû faire depuis longtemps, mais qu'il n'a pas faite. Il s'en occupe maintenant, mais le Ministère n'a pas besoin de le savoir. C'est une affaire entre toi et moi.

— Je vois, dit Lenny.

— Maintenant voici de quelle façon je veux que tout soit divisé, dit-elle.

Elle tira un morceau de papier de son corsage.

— J'ai tout mis sur papier. Vingt pour cent de l'entreprise appartiennent à Herbert Oscar Rothman, c'est-à-dire à Ho. Quinze pour cent des titres à Anny Lily Rothman, c'est-à-dire à moi. Herbie en détient quinze et sa femme, la Pegeen, dix; pourtant ça me tue de lui en donner tant. Quinze pour cent pour Arthur. Et nous en mettons vingt au nom de Steven Rothman. Cette partie sera déposée en fidéicommis pour Alex et Joël. De plus, on laisse cinq pour cent dans un fonds séparé pour Joël quand il aura atteint trente ans. Jusque-là, c'est sa mère qui aura le droit de vote. Tu as bien compris? Tout ceci prouvera au Ministère que personne dans cette famille n'a jamais possédé plus de vingt pour cent de cette société, ce qui correspond à ce que prétendent nos avocats. C'est pas mal, non?

— Je vois, dit Lenny. Mais je me demande, Lily, pourquoi tu m'as choisi pour faire ce travail.

161

— Parce que je ne peux me fier qu'à toi, dit-elle.

— Ou plutôt, dit-il, ne serait-ce pas parce que, comme on dit, si quelqu'un un jour doit payer pour ça, ce ne devra pas être un membre de la famille Rothman? C'est Lenny qui écopera, n'est-ce pas? Si jamais la combine est découverte. Quoi qu'il en soit, on m'accusera.

— Quelle horreur! Personne n'aura à payer. Personne ne sera accusé. J'ai tout prévu. De plus, si tu te fais prendre — et je suis sûre que ça n'arrivera pas — tu ne risques rien. Tu n'as pas de casier. Tandis que Herbie...

— Oui, dit-il. Vous savez pourtant que ce que vous demandez est illégal.

— Ce n'est que de la remise en ordre, qui aurait dû avoir été faite depuis des années.

— Je présume que Herbert n'est pas au courant de ce... rattrapage?

— Absolument pas! C'est vraiment entre toi et moi, Lenny.

— Eh bien, je ne pense pas pouvoir m'engager là-dedans, Lily, dit-il. Je suis désolé, mais c'est trop risqué. Pas pour vous, peut-être, mais pour moi. Après tout, j'ai à préserver une certaine réputation d'intégrité.

— Bon, dit-elle. Et si, en tant que trésorière de la société, je vérifiais certaines de tes dépenses personnelles? Entre autres, auprès du magasin d'alcool de Forty-sixth Street. Le bar, celui de la salle de conférence, semble avoir assez souvent besoin d'être approvisionné. Bizarre, n'est-ce pas?

— Vraiment, Lily, je ne te suis pas.

— Je rêve éveillée, dit-elle. C'est tout. Et le petit kiosque de sandwiches de Forty-fourth Street. Il ont livré tant de repas ces derniers temps. On semble beaucoup aimer les sandwiches à la dinde. Curieux, non?

— C'est possible. Mais Ho a une telle réputation.

Il essuya discrètement la sueur perlant sur sa lèvre supérieure.

— Oui, sans doute. Nos avocats tentent de rester en bons

termes avec les gens du Ministère. Ils seraient trop contents d'avoir quelque chose à se mettre sous la dent. De toute façon, un défaut de déclaration de revenu, c'est grave, tu sais. Ça peut mener en prison. Dieu merci, ils ne nous accusent pas de cela. Ils ne remettent en cause que notre système comptable. Mais si on pouvait leur offrir une proie qui a vraiment négligé de déclarer un revenu — sait-on jamais? Ça pourrait nous servir de monnaie d'échange. Ça ne nous nuirait pas. Ça pourrait même nous aider.

Lenny s'éclaircit la gorge.

— Vous dites que vos avocats ne sont pas au courant de cette histoire de titres?

— Non. Absolument pas.

— Comment pensez-vous qu'ils vont réagir?

— Je vais m'en occuper. N'oublie pas. C'est moi qui tiens les comptes pour cette entreprise depuis soixante ans. Je vais simplement leur remettre les bordereaux et dire : « Voilà, vous voulez la preuve qu'il y a plus d'un propriétaire dans cette société? Voici la preuve. » Ils ne vont pas poser de questions à la trésorière, à celle qui paie leurs honoraires! Ils pourront alors montrer les titres au Ministère. C'est pourquoi je veux tant de titres, Lenny, et que ces titres remontent à très, très loin. Je veux des masses de titres, assez pour en remplir au moins deux camions. C'est comme ça qu'il faut agir avec les bureaucrates — les étouffer de papiers!

— Je me demande comment je vais procéder pour imprimer ces titres, dit-il.

— Nous avons des presses, n'est-ce pas? Ce sera enfantin.

— Il faudra graisser certaines pattes.

— Certaines pattes ont déjà été graissées. Pour les autres, je pense que tu n'as pas besoin de dessins.

Il approuva, l'air absent.

— Je veux que ces titres soient imprimés le plus vite possible, dit-elle. Et tu es exactement l'homme qu'il faut pour le faire.

Il approuva encore une fois et dit tranquillement :

— C'est bizarre ! Quand vous avez dit que vous vouliez me voir, j'ai pensé que ce pouvait être au sujet de cette nouvelle femme que Herb est en train d'installer à la tête de *Mode,* la nouvelle codirectrice.

— Ha ! dit-elle. La nouvelle maîtresse de Herb, tu veux dire ? C'est ce qu'elle est, n'est-ce pas, sa nouvelle maîtresse ? Vois-tu, Herbie pense que maintenant que son père est comateux, il peut prendre la direction de l'entreprise. Mais je ne vais pas le laisser faire. Il pense qu'il peut forcer Alex à partir, sans même avoir à la congédier et donner le poste à sa nouvelle amie. C'est ce qu'il essaie de faire, la forcer à résilier son contrat.

— Il ne lui rend vraiment pas la vie facile.

— Mais je ne vais pas le laisser faire ça non plus.

— Vous avez toujours beaucoup aimé Alex, n'est-ce pas, Lily ?

— Elle nous a fait gagner beaucoup d'argent. Quand on a une équipe gagnante, on ne se débarrasse pas de son étoile. On ne tue pas la poule aux œufs d'or. Je ne vais pas le laisser faire.

— Je vous avertis, Lily, Herb joue les durs maintenant.

— Je peux jouer les durs, moi aussi !

Elle se leva et lui fit face.

— Les titres que tu vas faire imprimer seront un atout maître. Examine les pourcentages.

Elle tapota le morceau de papier.

— Une fois que nous aurons les titres de ce que chacun détient, nous réunirons les actionnaires au sujet de cette nouvelle maîtresse. J'ai les procurations de Ho, ce qui signifie que je peux voter pour lui. Ainsi Ho, Alex, Joël et moi, nous détenons soixante pour cent de la société. Herb sera minoritaire. En toute légalité ! Même si Arthur et Pegeen votaient pour Herb — je suis tout à fait certaine qu'ils ne le feraient pas — il perdrait tout de même ! Hein ? Tu vois ce que je veux dire ? Ça s'appelle faire d'une pierre deux coups.

Lenny se leva.

— Vous êtes remarquable, tante Lily, dit-il, un peu las.

— En effet. Vue parfaite, ouïe parfaite, taille svelte, toutes mes dents, ma couleur naturelle de cheveux et toute ma tête, Lenny. C'est ce qu'il y a de plus beau dans tout cela. J'ai peut-être quatre-vingt-cinq ans, mais j'ai toute ma tête !

— Un mot, dit-il. Qu'est-ce que Herb sait de Tarrytown ?

— Rien ! Absolument rien !

— En êtes-vous sûre ?

— Tout à fait !

— Bon, alors...

Dans la chambre de son mari, après le départ de Lenny, tante Lily Rothman dit à l'infirmière qui avait remplacé Agnès O'Sullivan et était en poste depuis quelques heures :

— Mademoiselle, vous pouvez descendre à la cuisine vous faire une tasse de café. Je vais rester avec M. Rothman.

L'infirmière partie, Ho se redressa sur ses coudes et demanda :

— Eh bien, qu'est-ce qu'il a dit ? Est-ce qu'il va le faire ?

— Bien sûr, dit tante Lily. Lenny sait où est son intérêt.

— Bon, dit-il.

Il releva ses oreillers.

— Seigneur, Lily, je suis fatigué de ces damnées infirmières.

— Allons, allons ! dit-elle. Tu sais qu'il le faut jusqu'à ce que nous ayons démontré que tu n'es pas en état de témoigner. Tu sais ce que disent les avocats au sujet du parjure. C'est un délit majeur. Nous ne pouvons nous permettre d'avoir cela en plus sur le dos, n'est-ce pas ?

— Quel lit ! dit-il.

Il frappa le matelas de son poing.

— Je déteste ce lit. Un lit à barreaux, comme un bébé. Je veux retrouver mon lit.

Avec un clin d'œil, il ajouta :

— Avec toi.

Elle lui tapota la main.

— Allons, allons ! dit-elle. Dès que le Ministère aura retiré sa plainte, tu guériras miraculeusement. Et ça va arriver plus vite que tu ne le penses.

Les yeux de Ho se mirent à briller.

— Ma chère Lilykins, dit-il. T'ai-je déjà dit quelle épouse merveilleuse tu as été pour moi ? Comment aurais-je pu vivre toutes ces années sans toi, Lilykins ?

14

La première décision que le jeune Ho Rothman, âgé de moins de dix-sept ans, prit en arpentant l'immeuble désert et en contemplant les machines clinquantes de sa première acquisition, c'est que, s'il devait diriger un journal, il devrait tout faire tout seul. Avec la superbe confiance en soi de la jeunesse, il sentait qu'il en savait assez sur le journalisme pour y parvenir. Il allait devoir rédiger tous les articles, faire la composition typographique, vendre les abonnements, concevoir toute la publicité et livrer les journaux à cinq sous l'exemplaire. Le travail ne serait pas aisé, mais les quelques centaines de dollars qui restaient de ses emprunts bancaires rendaient hors de question l'embauche du moindre employé. Ce serait le travail d'un seul homme.

Il pourrait tout faire lui-même, décida-t-il, s'il publiait son journal sur une base hebdomadaire plutôt que quotidienne. Il décida également que, puisque feu le *Times-Union* avait une piètre réputation, il allait donner à sa nouvelle entreprise un nom nouveau. On l'appellerait le *Newark Explorer*. Pour lui, le mot *Explorer* avait toutes sortes de connotations emballantes, aventureuses. Il suggérait l'exploration de mondes nouveaux, un nouvel univers journalistique. Il suggérait l'au-delà, le grand inconnu, des océans inexplorés, des énigmes non résolues, des mystères, des événements fantastiques. Ho Rothman avait lu les populaires récits fantastiques de H. G. Wells, *La machine à voyager dans le temps, La guerre des mondes,* et bien d'autres. Il se demandait pourquoi un journal tel que son nouvel *Explorer* devrait-il s'interdire de savoir s'il y a des hommes sur la lune, si le monstre du Loch Ness existe, si l'abominable Homme des neiges parcourt l'Himalaya, si le Sasquatch et Bigfoot vivent dans le Wild West et si les morts viennent hanter les vivants. Il allait, en d'autres termes, proposer un journal qui non seulement rapporterait les faits établis, mais également aborderait le monde des hypothèses. Son journal allait entraîner ses lecteurs bien au-delà des frontières ennuyeuses de la ville de Newark, au New Jersey.

Sur les étagères de la Bibliothèque publique de Newark, Ho avait découvert un livre intitulé *Monstres et déments,* d'un auteur peu connu du dix-neuvième siècle, C. E. Lahniers. Quelques nouvelles se fondaient plus ou moins sur des faits authentiques. D'autres se basaient sur des légendes ou des ouï-dire ; le reste enfin semblait créé de toutes pièces. C'est avec plaisir que Ho nota que ces récits n'exigeaient plus de droits d'auteur. Chaque numéro de son hebdo, décida-t-il, contiendrait au moins un récit de monstres et de déments, qu'il pouvait piquer, pratiquement tel quel, de l'ouvrage de Lahniers. Il étalerait ce récit en caractères géants à la une.

Alors, quand il préparait et montait ses numéros, il concevait des titres comme celui-ci :

UNE MÈRE DONNE NAISSANCE À UN BÉBÉ À TROIS TÊTES
Puis elle le vend à un cirque
pour un dollar

Les lecteurs de ce récit n'étaient pas à proprement parler floués. On pouvait lire, dans un texte savamment camouflé en page intérieure, que la naissance anormale s'était produite en Roumanie en 1801. Mais il ne faisait aucun doute que des en-têtes comme celles-ci attireraient l'attention. Dès son premier numéro qui parut en mars 1912, l'*Explorer* se vendit bien dans les kiosques. Ho fut également très heureux de voir arriver les unes après les autres les demandes d'abonnement.

L'*Explorer* y allait toujours de titres-chocs :

ADOLESCENTE DE 14 ANS
TUÉE PAR UN GORILLE DANS UN ZOO !

UN PÈRE FAIT BOUILLIR SON FILS
ILLÉGITIME DANS DE L'HUILE

UN AÉROSTIER VOIT DIEU
ET LUI PARLE !

Et ainsi de suite. La plupart des articles étaient tirés, mot pour mot, de *Monstres et déments*.

Mais, du fait de l'attrait qu'exerçait H. G. Wells sur Ho, celui-ci faisait aussi du pseudo-scientifique, tel que :

DES HOMMES DE SCIENCE
DÉCRIVENT LES MARTIENS !

Des hommes de science réputés ont affirmé à l'EXPLORER aujourd'hui que, s'il y avait des hommes sur Mars, leur corps ne consisterait pratiquement qu'en une paire de poumons, à cause de la légèreté de l'atmosphère de la planète rouge...

Inutile de dire que les « hommes de science réputés » n'étaient autres que Ho Rothman en personne. Il faut également remarquer que, même si Ho parlait encore à l'époque un anglais un peu difficile, à l'accent russe très prononcé, il n'en écrivait pas moins une prose journalistique tout à fait convenable.

Il était également habile à reprendre des faits divers relativement insignifiants parus dans d'autres journaux et à les transformer en articles dignes de la une de son tabloïd hebdomadaire. La mort d'un résident âgé de Des Moines qui, semblait-il, s'était étouffé avec sa crème à raser, devint à la une de l'*Explorer* :

UNE NOYADE DANS DE LA CRÈME À RASER CONFOND LA POLICE !

Il fut même capable d'en fournir la suite à la une du numéro de la semaine suivante :

LES EXPERTS MÉDICAUX DÉCRIVENT LES SOUFFRANCES
DE LA NOYADE DANS DE LA CRÈME À RASER !

Une fois de plus, les « experts médicaux » n'étaient nul autre que le jeune directeur.

Mais, à son crédit, il fallait tout de même lui accorder qu'il commençait à ajouter aux pages de l'*Explorer* des éléments qui s'avéraient à la fois novateurs et utiles. Il avait entrepris de concevoir un hebdomadaire qui non seulement rapporterait des nouvelles, mais également fournirait un « service » à ses lecteurs. Jusqu'alors, les journaux américains étaient considérés comme un moyen de communication destiné aux hommes. Ils étaient presque uniquement rédigés par des hommes pour des hommes. Pour l'éditeur américain, le lecteur type, c'était l'homme de la maison qui lisait son journal tandis que sa femme préparait et servait son déjeuner. Il l'emportait ensuite avec lui pour en poursuivre la lecture dans le train ou le tramway qui le conduisait à son travail. Exception faite de l'inévitable courrier du cœur ou peut-être le calendrier religieux, rien dans ces journaux n'était destiné aux femmes. Les lectrices n'avaient à « se mettre sous la dent » qu'un petit nombre de revues féminines, dont la vénérable revue de mode dénommée précisément *Mode*.

Ho Rothman avait commencé à fréquenter, de façon plus ou moins régulière, une jolie jeune fille de son âge, Sophie Litsky. Sophie était loin de ressembler à la perfide Rachel.

Fille de rabbin, elle avait reçu une éducation sérieuse. Sa mère, Bella Litsky, aimait bien le jeune Ho. Puisqu'il semblait ne pas avoir de famille, elle l'invitait souvent à sa table. Ce qu'il appréciait beaucoup. Il avait compris rapidement pourquoi la mère de Sophie était réputée dans le voisinage pour sa cuisine. Elle s'était vantée, un jour, de pouvoir préparer un repas substantiel avec ce qu'elle trouverait dans n'importe quel garde-manger. Pour la taquiner, plus qu'autre chose, Ho l'avait mise au défi. Et avec la coopération d'une aimable voisine, Bella Litsky l'avait relevé. Elle était entrée dans la cuisine de sa voisine où elle avait trouvé quelques oignons, une carotte, deux tomates, une pomme de terre, une tasse de crème fraîche, un peu de fromage et un demi-poulet rôti. Elle avait transformé le tout, si l'on en croit Ho, en un succulent ragoût. Bella l'avait baptisé superbement le « ragoût hopalong ».

Ho décida d'utiliser les talents de Mme Litsky dans l'*Explorer*. Il présenta une chronique régulière qu'il intitula « Les trouvailles culinaires de Mme Litsky ». Le nombre des ventes s'accrût sensiblement et des lectrices commencèrent à s'abonner. Ho s'empressa de rebaptiser sa chronique « La cuisine de Mme Litsky » et y inclut non seulement des recettes, mais également des trucs pour l'entretien de la maison, le magasinage et la tenue du budget. Plus tard, occupant désormais une pleine page, « Le coin de Mme Litsky » semblait attirer plus de lectrices que n'importe quelle autre chronique. Ho Rothman laissa même entendre qu'il pourrait faire d'elle sa première correspondante rémunérée. Mais il était loin d'être prêt à faire un pas aussi décisif. Pour le moment, Bella Litsky se contentait d'avoir sa photographie dans le coin supérieur gauche de la page et de jouir d'une certaine célébrité locale.

Bien sûr, de nos jours, presque tous les journaux américains ont leurs pages féminines. Mais celui de Ho Rothman en fut vraiment le pionnier.

Le seul endroit du journal où l'on trouvait la signature de Ho Rothman était l'éditorial qui apparaissait sous un titre général :

QUESTIONS DIVERSES !
par
H. O. Rothman
ÉDITEUR ET RÉDACTEUR

Le ton général de la page éditoriale était celui de la contestation, même si Ho avait une marge de manœuvre étroite. Les gens concernés par ces questions que l'*Explorer* analysait étaient vivants et Ho connaissait les lois américaines concernant la diffamation. Il pouvait cependant, sans risque, poser des questions sur la pertinence d'un contrat de construction pour un nouvel hôpital municipal accordé au beau-frère du maire. Il pouvait en toute sécurité fulminer contre le Congrès américain pour avoir réduit la journée de travail des fonctionnaires à huit heures tandis que, dans l'industrie privée, la plupart des travailleurs faisaient encore de dix à douze heures par jour, six jours par semaine.

Mais il était beaucoup plus à l'aise quand il prenait à partie des individus et des institutions éloignés, qui ne tombaient pas sous le coup de la loi. Au printemps 1912, Ho Rothman qui lisait régulièrement les « vrais » journaux, fut agacé par la pompeuse publicité en provenance d'Angleterre vantant un luxueux paquebot que les lignes britanniques White Star devaient lancer à la mi-avril. Tout dans cette entreprise lui semblait grossièrement exagéré. En plus d'être le plus luxueux, ce paquebot serait le plus gros et le plus lourd du monde, d'une longueur de 270 mètres et pesant 46 328 tonnes. En plus de ce que Ho traitait d'outrageuse arrogance, le nouveau paquebot était qualifié d'« insubmersible ». Même son nom, le *Titanic,* le frappa pour sa démesure.

Dans une série d'éditoriaux acerbes, Ho Rothman s'en prit au projet de la White Star qu'il appelait « le paquebot des riches » ou « la folie de White Star ». Il fit remarquer que la société anglaise n'avait fourni de canots de sauvetage que pour répondre aux besoins des passagers de première classe. Mais si le bateau insubmersible devait couler, les passagers de deuxième classe, ceux de la classe touriste, de même que ceux de troisième classe, allaient devoir se débrouiller tout seuls.

Tout cela, écrivit Ho, lui paraissait un arrogant défi à Dieu et à la nature. S'appuyant sur sa propre expérience lorsqu'il avait traversé les brumes de l'Atlantique Nord, il doutait qu'un quelconque bateau qui naviguait dans ces eaux pût se proclamer insubmersible. Il raconta comment il s'était trouvé lui-même à bord d'un puissant vapeur qui tanguait sous les coups de boutoirs de vagues d'une douzaine de mètres de haut. Il décrivit le gémissement des planches et des traverses alors que la coque semblait prête à voler en éclats sous l'impact des trombes d'eau. Il raconta sa propre terreur. Il rappela la menace des icebergs, ces géantes pointes spectrales qu'il avait vues flotter parmi les vagues. Il savait que ces pointes représentaient d'énormes et imprévisibles dangers qu'il était impossible d'évaluer.

Il prépara même, tout en espérant que son pessimisme ne fût pas justifié, un titre sur cinq colonnes ainsi composé :

LE TITANIC SOMBRE !
On craint des milliers de morts

Il le mit de côté, au cas où.

Dans le même temps, il avait fallu que Ho Rothman se trouvât un autre emploi afin de se procurer un revenu régulier jusqu'à ce que, la chance aidant, son journal naissant commençât à générer un profit stable. On l'avait embauché dans un grand magasin, Bamberger, comme commis et garçon de course, pour sept dollars par semaine. Il passait maintenant ses journées à courir entre son journal et le magasin. Si certains Américains travaillaient alors de dix à douze heures par jour, six jours par semaine, Ho Rothman en travaillait de dix-huit à vingt, pendant sept jours.

Ses activités chez Bamberger étaient plus ou moins bien définies. Parfois, on lui demandait de balayer les bureaux et de vider les corbeilles à papier avant l'arrivée des cadres.

Ailleurs, on lui demandait d'aider les décorateurs à dresser les vitrines et à habiller les mannequins. Un jour, on pouvait l'envoyer au département d'imprimerie. Le lendemain pouvait le retrouver en train de porter les affiches du département de publicité aux bureaux des acheteurs afin d'obtenir leur approbation. Finalement, il se rendit vite compte qu'il en savait autant sur l'organisation d'un grand magasin que sur celle d'un journal.

Même s'ils travaillaient dans des petits recoins étroits et sans fenêtres, il réalisa rapidement que les acheteurs étaient les vrais moteurs du magasin. Il remarqua également que certains d'entre eux étaient nettement plus importants que d'autres. Au sommet de la hiérarchie, trônait M. Gossage, l'acheteur de meubles. Quand le grand Eldridge J. Gossage traversait son « domaine », ses subalternes le saluaient bien bas ou s'arrangeaient pour avoir l'air affairés. Ensuite venait M. Rubin, celui des gros appareils électriques. L'éminence de ces deux hommes reposait sur deux facteurs : leur marchandise était parmi les produits les plus coûteux et leur département occupait les deux plus grandes surfaces de vente du magasin. Les meubles de M. Gossage nécessitaient tout le septième étage.

Il observa d'autres particularités sur la façon de diriger un grand magasin. Une fois l'an, par exemple en octobre, Bamberger organisait une vente anniversaire. Mais les autres magasins de la région métropolitaine de New York en faisaient autant. Est-ce que cela signifiait que tous avaient ouvert en octobre ? Ou n'était-ce pas plutôt lié au ralentissement des ventes qui se produisait régulièrement entre la rentrée scolaire et Noël ?

En transportant des annonces entre le département de la publicité et les bureaux des acheteurs, Ho en lisait les textes. Il apprit certains trucs qui allaient plus tard lui être fort utiles. Il se rendit compte que la plus grande partie de la publicité du magasin était trompeuse, sinon carrément mensongère. Un jour, il lut : « Ce magnifique ensemble de salle à manger signé Héritage sera vendu demain — pour un jour seulement — au prix ridiculement bas de 129,95 $. » Il connaissait l'ensemble en question. Il le voyait tous les jours. Son prix courant était de... 129,95 $.

Ce jour-là, il eut l'occasion de rencontrer M. Eldridge J. Gossage. Ho prit la liberté de lui parler de l'ensemble de salle à manger. Il eut l'air ennuyé et murmura que les autres magasins en faisaient autant. Mais Ho voulait savoir ce qui arriverait si la presse faisait un jour mention de ce genre d'activité. Par exemple, dans le nouveau journal, le *Newark Explorer,* qu'il éditait lui-même. Est-ce que la confiance des clients de Bamberger ne serait pas entamée s'ils apprenaient que le principal grand magasin de Newark utilisait de tels procédés? Surtout si l'*Explorer* décidait de publier la nouvelle en première page?

Eldridge J. Gossage avait du mal à se contenir.

— Freluquet, dit-il, compte sur moi pour obtenir ce que tu mérites!

M. Gossage tint parole. Dès la semaine suivante, une page complète de publicité pour le département de meubles de Bamberger parut à l'endos du tabloïd de Ho. Ce fut son premier annonceur régulier.

En 1912, la radio était quelque chose de tout à fait nouveau, une nouveauté, une bagatelle, un jouet. Il n'était encore venu à l'idée de quiconque que la radio puisse jamais servir comme moyen de communication pour diffuser des nouvelles, de la musique, des événements sportifs ou d'autres formes de divertissement. Ce n'était qu'un gadget. Mais l'intérêt du public pour l'invention de Marconi était tel que Bamberger décida d'installer un petit studio de radio dans une sorte de vitrine au dernier étage du magasin. Le but de la station de radio était visiblement de transmettre de l'information entre Bamberger et d'autres magasins du groupe, tels que Macy's à Manhattan et Abraham & Straus à Brooklyn, sans avoir à payer de frais d'interurbains. Elle servait également à envoyer des messages dans tout l'immeuble : « Attention, mesdames et messieurs... en ce moment, à notre département de lingerie du troisième étage, et pour une période très courte seulement, vous trouverez des slips et des chemisiers de luxe, à des prix incroyablement bas... » Mais son vrai but était d'attirer les clients curieux vers les étages supérieurs du magasin les moins fréquentés. Les clients s'agglutinaient autour de la cabine, le nez contre la vitre. Ils regardaient et écoutaient l'opérateur qui envoyait ou recevait des messages par ce moyen miraculeux.

Le soir du 14 avril 1912, on avait demandé à Ho Rothman de s'occuper de la station de radio tandis que l'opérateur attitré allait se restaurer à la cafétéria. Il n'y avait pas grand-chose à faire. Ça signifiait simplement mettre des écouteurs, ajuster le micro et déplacer quelques touches, boutons ou interrupteurs. C'est dans cette cabine vitrée que Ho Rothman était assis lorsque, manipulant ces interrupteurs et ces boutons, il capta un signal faible mais distinct en provenance de l'Atlantique Nord : « S.S. *Titanic*... frappé un iceberg... Nous coulons... »

Il fit une chose qu'il n'avait jamais faite de sa vie. Il abandonna son poste, courut aux presses de son journal où la plaque était déjà prête. En vingt minutes, son texte était rédigé. Et une heure plus tard, il parcourait les rues de Newark, colportant son édition spéciale. Il criait : « Édition spéciale ! Le naufrage du *Titanic* ! »

Ho Rothman n'était pas peu fier de ce qu'il avait alors écrit en un temps record :

Tel que l'EXPLORER l'avait prédit il y a trois semaines, le S.S. *Titanic* a sombré, causant de nombreuses pertes, victime de ce que les Grecs appelaient l'*hubris,* ou le péché d'orgueil. La catastrophe de ce soir, dans laquelle des milliers de gens ont trouvé une fin horrible, prouve que l'homme, ou ses créations, ne devrait pas défier les forces de Mère nature, mais redouter la vengeance cruelle d'un océan tout-puissant. Le *Titanic* eut la suprême audace de se proclamer « insubmersible ». C'est ce qui a causé sa perte...

Bien sûr, les détails du désastre qui suivaient n'avaient rien à voir avec la réalité, car Ho les avait tout simplement fabriqués. Mais ça n'avait pas d'importance. Au cours des semaines qui suivirent, tous les articles concernant la tragédie étaient confus et déformés, pleins d'erreurs et d'interprétations erronées. À ce jour, de nombreux détails de ce qui s'est vraiment produit ce soir-là demeurent encore sujets à caution. Nombre d'énigmes pourraient ne jamais trouver réponse.

Ho était également fier des dernières lignes de son article :

> Les officiers et les dirigeants de la White Star n'ont pas tenu compte des avertissements de l'EXPLORER. Peut-être, même s'il est trop tard, vont-ils en tenir compte maintenant.

Ce qui importait le plus, c'était que le petit tabloïd hebdomadaire de Ho Rothman ait été le premier journal du monde à rapporter le naufrage du S.S. *Titanic*. Ce qui n'avait été qu'« avertissement » devint « prédiction ». Et, dans les jours qui suivirent, le jeune H. O. Rothman, âgé de dix-sept ans, se trouva être le journaliste le plus célèbre des États-Unis.

15

En vérité, sa journée s'était mieux passée qu'elle ne l'avait prévu. Des plans pour le numéro consacré aux pique-niques avaient été ébauchés. On avait décidé que toutes les photos seraient prises en extérieur. C'était le genre de petit détail que la plupart des lectrices ne remarqueraient peut-être pas, mais qui ajouterait un fini particulier et une atmosphère spéciale au numéro. On y trouverait des pique-niques conventionnels — un pique-nique sur la plage, un autre sur le pont d'un voilier ou même à un tournoi de polo — et des pique-niques moins conventionnels : un pique-nique dans une serre, un autre sur la banquette arrière d'une limousine, à la sortie d'un théâtre. En d'autres termes, le numéro aurait comme sous-thème : l'aventure loin de la maison, l'évasion...

— Je veux que ce soit le plus beau de nos numéros, avait-elle dit. Je veux que tout y soit attrayant. Je veux des paysages. Des paysages qui donnent sur l'océan et d'autres dans les montagnes. Peut-être même un pique-nique dans un téléphérique.

Oui, tout s'était bien passé. De plus, elle n'avait pas eu le moindre signe du bureau de son beau-père au trentième étage.

À seize heures, Bob Shaw entra tout essoufflé, se vautra sur son sofa et dit :

— Eh bien, croyez-le ou non, j'ai trouvé ce qui fait

essaimer les abeilles. En réalité, c'est très simple. Elles essaiment quand la ruche est trop peuplée. Pour fonder une nouvelle colonie et se choisir une nouvelle reine, comme le disait Gregory. Tout ce que nous avons à faire, c'est de trouver un apiculteur qui ait une ruche surpeuplée. Nous aurons ainsi les conditions de l'essaimage. Il reste à savoir où elles vont décider d'essaimer. Les apiculteurs peuvent avoir un certain contrôle là-dessus, mais je ne sais pas encore s'il est possible d'amener les abeilles à essaimer dans les cheveux d'un mannequin. À la bibliothèque, on fait des recherches sur la question. Les abeilles qui avaient essaimé dans la chevelure de la mère de Gregory étaient sauvages et il y a toujours une abeille précise qui guide les autres vers le point d'essaimage. Comme la mère de Gregory venait de nager dans la rivière, il y avait peut-être un minéral dans l'eau qui aurait attiré cette abeille.

— Fascinant, dit-elle. Bon travail, Bob.

— Maintenant, tout ce qu'il nous reste à faire, c'est de trouver un mannequin aux nerfs d'acier qui accepterait de laisser une nuée d'abeilles essaimer dans ses cheveux.

— Je vais m'en occuper, répliqua-t-elle. C'est étonnant ce qu'une fille peut accepter de faire pour figurer sur la couverture de *Mode*.

— Voilà pour les abeilles, dit-il. Mais, puisqu'on parle insectes, que sommes-nous censés faire de cette nouvelle reine qui va se joindre à vous à la direction? Les gens aimeraient bien le savoir, Alex.

Elle lui fit un clin d'œil.

— Pas de commentaires.

Il secoua la tête et fixa le revers de ses mains, disant :

— Je n'aime pas ça. Je n'aime pas ça du tout. Nous formions une équipe ici et maintenant...

— Ne te fais pas de bile, dit-elle. Promis?

Il était seize heures trente passées et il n'y avait toujours pas le moindre signe en provenance du trentième étage. De toute évidence, Herb Rothman s'attendait à ce que ce soit elle qui fasse un pas, mais elle n'était pas prête à le faire. Laissons-le se demander ce que je mijote, se dit-elle. Laissons-le mariner un peu.

Puis elle reçut un appel de Mark Rinsky.

— Ce n'est qu'un rapport préliminaire, dit-il. Voici ce que j'ai trouvé jusqu'à présent. Elle réside au Westbury Hotel, dans une de leurs plus belles suites, avec cheminée. Elle voulait un piano dans son boudoir. L'hôtel lui a fourni un piano à queue. Elle a pris la location en mai, avec un bail de deux ans, à douze mille dollars par mois. Elle doit donc avoir de l'argent.

— Peut-être! Ou bien quelqu'un lui en fournit.

— Ouais. Je vais voir de ce côté-là. Mais en attendant elle semble mener une vie très calme. L'hôtel s'inquiétait un peu au sujet du piano et des soirées tardives, entre autres. Mais jusqu'ici elle est une cliente parfaite. Aucune exigence insensée. Les employés l'apprécient, ce qui signifie qu'elle leur donne de bons pourboires, j'imagine. Elle sort peu, seulement de temps à autre. Elle reste seule et reçoit peu de visiteurs.

— Pas d'aventure romanesque en particulier?

— Rien pour le moment. Un jeune homme l'a reconduite l'autre soir et est monté avec elle. Le chasseur les a vus entrer. Mais il a quitté son service peu après, de sorte qu'il ne sait pas combien de temps celui-ci est resté. Personne ne l'a vu partir.

— Un jeune homme?

— Oui. De son âge ou plus jeune. Un gars à lunettes, pense le chasseur. Il va la surveiller de plus près à partir de maintenant.

— Ce n'était pas Herbert Rothman?

— Herb Rothman est dans la soixante avancée, non? Ce gars avait son âge ou peut-être moins et elle a...

— Le *Times* affirme qu'elle a vingt-huit ans.

— Ouais, mais il est difficile d'évaluer l'âge d'une femme de nos jours. Surtout derrière les énormes lunettes noires qu'elle porte. Voyons... quoi d'autre? Comme je l'ai dit, ce doit être une solitaire. Elle descend rarement à la salle à manger de l'hôtel. La plupart de ses repas sont servis dans sa chambre. L'hôtel trie ses appels, mais la standardiste affirme qu'elle n'en reçoit pas beaucoup. Par contre, elle s'est fait installer une ligne privée avec un répondeur.

— Et en ce qui concerne l'Angleterre? Avez-vous trouvé quoi que ce soit?

— Il est près de vingt-deux heures en ce moment à Londres. Mais j'y ai un associé que je vais tenter de joindre tôt lundi matin. J'entrerai en contact avec vous dès que j'aurai quoi que ce soit.

— Merci, Mark...

Il était à peine dix-sept heures. Alex rangeait dans son porte-documents quelques dossiers qu'elle prévoyait étudier au cours du week-end. Le lendemain matin, Mel et elle devaient se rendre à la maison qu'il possédait à Sagaponack. Elle entendit le téléphone sonner, comme il l'avait fait toute la journée. Gregory parut à la porte, l'air anxieux.

— C'est M. Herbert Rothman. Il veut vous voir.

Elle fut sur le point de dire :

— Dis-lui que ça attendra lundi.

Mais elle pensa : Oh! s'il doit y avoir une confrontation, mieux vaut que ce soit maintenant. De la façon la plus désinvolte possible, elle dit seulement :

— D'accord, dis-lui que je monte, chéri.

Dans l'ascenseur, elle se rappela : le menton levé. Peu importe ce qui allait se produire, elle ne devait pas se mettre en colère. Cela ne lui réussissait pas. De plus, ses colères n'avaient jamais réussi à égaler celles de Herb Rothman. Elle pénétra dans le bureau après avoir salué la secrétaire de Herb d'un geste de la main. Elle referma la porte derrière elle.

Il était assis à son bureau et déplaçait des dossiers, comme s'il cherchait un document important. Il semblait ne pas s'apercevoir de sa présence.

— Bonjour, Herb, dit-elle d'un ton amène.

Elle s'installa dans un des deux fauteuils de cuir qui lui faisaient face. Il ne la regardait toujours pas et continuait à déplacer des papiers.

Le bureau de Herb Rothman n'était pas plus grand que le sien, mais il était d'apparence plus austère. Une vitrine renfermait ses trophées sportifs : polo, golf, tennis et voile — et constituait le seul élément décoratif. Jeune homme, Herb Rothman avait été « pas mal ». Il en avait conservé quelque chose. Une belle chevelure, désormais d'un gris acier et une mâchoire déterminée. De taille petite, tout comme son père, il gardait la forme grâce à des exercices réguliers. Il parcourait encore en courant la quinzaine de rues qui séparaient son bureau de sa résidence de River House. Alex était habituée à tout cela, bien sûr, et ne s'amusait plus guère de ce manque de naturel. Elle connaissait trop bien son beau-père. C'était là sa défense : contre son propre père et contre un monde cruel. Elle glissa ses pieds sous le fauteuil, tâta son triple rang de perles et posa son menton sur son poing, en attendant qu'il lui porte attention. Elle savait déjà quels seraient les premiers mots qu'il prononcerait.

Toujours sans la regarder, il posa la question rituelle :

— Quelle heure est-il ?

Elle regarda sa montre.

— Dix-sept heures quinze, dit-elle.

Puis, elle ajouta :

— J'espère que ce ne sera pas trop long, Herb. Je rentrais à la maison. Je dois faire les valises. Nous allons à la campagne demain matin.

En guise de réponse, il pressa un bouton sur son bureau et dit :

— Mademoiselle Lincoln, enregistrez cette conversation.

C'était de l'intimidation. Alex sourit et fit remarquer :

— C'est très bien.

— Qu'est-ce qui est très bien ?

— Le fait d'enregistrer notre dialogue, répondit-elle. Je n'y vois pas d'objection, Herb. Ça ne fait qu'ajouter une certaine... solennité à l'occasion, n'est-ce pas ?

— Je ne veux pas qu'il y ait la moindre ambiguïté plus

tard.

— Je comprends.

Il y avait une copie du *Daily News* du matin sur son bureau. Il le tapota de la main et dit :

— C'est très regrettable.

— Qu'est-ce qui est regrettable ?

— L'accident de bateau.

— Ça oui. Mais que pouvait-on faire ?

— Mona écrit que l'accident a été causé par tes feux d'artifice.

— C'est bien Mona — elle rapporte toujours tout de travers. *Mode* peut faire beaucoup de choses, Herb, mais il ne nous est pas possible de créer un tel tourbillon.

— N'est-il pas vrai que le bateau s'est approché pour mieux voir les feux d'artifice ?

Elle répondit prudemment :

— Oui, mais regarde les choses sous cet angle, Herb. Si tu n'avais pas décidé de faire ton petit discours, les feux d'artifice n'auraient pas été retardés et le bateau n'aurait pas été dans les parages lorsqu'ils ont explosé. Je pense qu'on pourrait affirmer que c'est toi qui es responsable de l'accident.

Il fronça les sourcils et dit :

— Très drôle. Mais c'est une publicité très regrettable. Très regrettable pour nous, en ce moment particulier.

— Je suis d'accord, s'empressa-t-elle de faire remarquer.

— Est-ce que Mona doit faire paraître un démenti ?

— J'y ai pensé, dit-elle. Mais je ne crois pas que ce serait très malin. Quand on veut qu'un journaliste se rétracte, tout ce qu'on obtient, c'est une autre publication de l'information erronée.

— J'aimerais qu'elle le fasse.

— Alors demande-le-lui. Moi, je n'en ai pas l'intention.

Il fronça une nouvelle fois les sourcils et dit :

— Des feux d'artifice. Combien cette réception nous a-t-elle coûté en fait ?

— Ça ne nous a rien coûté, dit-elle. C'est moi seule qui ai

payé pour cette réception.

— En es-tu sûre ?

— Évidemment, j'en suis sûre. Si tu veux, je peux t'en montrer les factures.

— Tu as tant d'argent ? J'imagine que tu as l'intention de déduire cette dépense de tes impôts.

— Je n'y avais pas pensé, mais comme le but était de promouvoir la revue, j'imagine que je pourrais le faire.

Il s'avança sur sa chaise et dit :

— Tu vois, Alex, voilà qui est regrettable et mal avisé, surtout en ce moment. Nous faisons face à une poursuite par le ministère du Revenu. De sorte que toute réception promotionnelle qui requiert de grosses sommes d'argent déductibles d'impôt envoie un message négatif aux agents du fisc. C'est ce genre de message que tu as envoyé. J'en ai parlé à nos avocats ce matin. Je dois te dire qu'ils sont consternés, absolument consternés. Et quelle publicité ta réception a reçue !

Elle était à peu près certaine qu'il s'agissait d'un mensonge, mais elle avait décidé de ne pas s'y arrêter. Toutes les publications du pays, quand elles avaient quelque chose d'important à annoncer, donnaient une réception, y compris *Mode*. Or, elle se rappela soudain avec un frisson une autre soirée donnée par *Mode,* en 1971, qui s'était terminée par une tragédie. Mais c'était Steven qui l'avait organisée.

Herb poursuivit :

— J'imagine que maintenant tout le monde sait que toi et moi nous ne partageons pas les mêmes idées.

— C'est vrai, dit-elle. Mais grâce à cet accord dans le désaccord, nous avons réussi à sortir un produit populaire, hein ? Tu sais bien qu'en tablant sur ce désaccord, nous avons créé un partenariat qui fonctionne. Tu me laisses mes coudées franches et j'en fais autant.

— Peut-être, dit-il. Mais je dois dire que je trouve dégoûtante ta couverture de juin.

Elle sourit.

— Nos lectrices semblent penser autrement. Les ventes en

kiosques ont augmenté de douze pour cent par rapport à celles de mai. C'est un bon baromètre.

Il renifla.

— L'attrait lubrique, sans doute.

— Alors, la poste ne nous a causé aucun problème. Tu ne trouves pas que c'est beau, un corps de femme ? Moi, si.

— Là n'est pas la question.

— Je pense que si. Les chiffres le démontrent. Ton père a l'habitude de dire : « On ne retire pas sa mise d'un cheval gagnant. »

— J'espère tout simplement que tu n'as pas l'intention de recommencer.

— Me suis-je jamais répétée, Herb ?

— Dégoûtant, reprit-il. Mais laissons cela. Ce n'est qu'un détail de plus. J'aimerais examiner maintenant une autre question.

Il prit un autre journal. C'était l'édition de la veille du *New York Times*. Il étala l'annonce de la baleine.

— Cette annonce.

— Elle t'a plu ? s'anima-t-elle. L'agence l'a soumise pour le Clio Award. Ils pensent pouvoir gagner.

— Que je l'aime ou non, là n'est pas la question, dit-il. Mais puisque tu me le demandes, je ne l'aime pas. Encore une fois, je ne l'aime pas parce qu'elle envoie des signaux négatifs au Ministère. Nous nous vantons du tirage de notre revue et de son succès financier. Le moment est fort mal choisi.

— Nous nous devons de dire à nos annonceurs qu'ils en ont pour leur argent.

Il déposa le journal avec une expression de dégoût et dit :

— Peut-être. Était-ce ton idée ou celle de l'agence ?

— Nous avons tous deux travaillé dessus.

— Tu sais, bien sûr, que tout ce qui intéresse l'agence, ce sont les commissions. Mais tu n'as pas répondu à ma question, Alex. Qui a eu l'idée de faire passer cette annonce ?

— C'est moi.

Il ramassa une feuille de papier.

— Je vois, dit-il. Ce qui m'amène à ceci. J'ai en main le budget de promotion publicitaire de *Mode* pour l'année fiscale en cours. Je ne vois rien ici qui prévoie une pleine page dans le *New York Times* du jeudi, vingt et un juin.

Elle se mordit la lèvre.

— Ça semblait important, dit-elle. Il fallait que nous passions cette publicité. Nous pensions...

— Tu prends des décisions d'ordre budgétaire maintenant, Alex ? Je pensais que les décisions budgétaires étaient prises par l'éditeur et l'éditeur, c'est moi. Je crois que tu as ignoré un échelon important dans la hiérarchie. Je me trompe ?

— Je suis désolée, commença-t-elle. Je suppose que dans l'enthousiasme... cinq millions... je suppose que nous...

— Alors tu admets que tu as fait une erreur, dit-il. Une erreur très coûteuse. Sais-tu combien coûte l'endos de l'édition nationale du *New York Times* ?

— Bien sûr que je le sais.

— Trente-cinq mille dollars. Où ton éditeur trouvera-t-il l'argent dans le budget de publicité ? À moins que tu n'aies décidé d'assumer les fonctions d'éditeur ? Mais tu dois admettre que tu as sérieusement dépassé tes prérogatives ?

— Oui, dit-elle. Je suppose que, dans l'enthousiasme général, j'ai oublié de te consulter là-dessus. Mais l'agence n'aurait-elle pas dû...

— N'essaie pas de blâmer l'agence. On ne peut pas se fier à une agence. Tout ce qui intéresse l'agence, c'est de dépenser notre argent et de prélever ses quinze pour cent.

Il se pencha vers elle. Son attitude devint paternaliste.

— Vois-tu, Alex, dit-il. Tu continues à commettre des erreurs. D'abord, tu étales à la une d'un numéro une fille presque complètement nue. Ensuite, tu dépenses sans autorisation de l'argent de la publicité. Tu as l'air fatiguée, Alex. Tu as l'air fatiguée et débordée. Je pense que tu aurais besoin de longues vacances ou peut-être même d'un congé. Je t'accorderais volontiers ce congé, si cela devait t'aider à supporter ta ménopause. Après tout, aucun de nous ne rajeunit.

— Je ne suis pas fatiguée. Je ne suis pas débordée et je ne suis pas ménopausée !

— C'est ce qu'elles disent toutes. Mais c'est la raison pour laquelle j'ai demandé à Lady Fiona Fenton de t'aider. Elle est jeune ; elle est pleine d'énergie et d'idées nouvelles. De plus, comme elle a déjà travaillé dans la vente au détail, elle a un sens des affaires qui te fait défaut, tu l'as toi-même admis. En fait, tu n'as rien dit de l'arrivée de Lady Fiona à la direction de *Mode*.

— Ce que j'en pense ? Je suis consternée, voilà ce que j'en pense.

Elle ressentit une pointe de colère dans sa voix. Attention, se dit-elle. La colère n'est pas le meilleur moyen de faire face à cette situation.

Il prit un crayon jaune et le fit rouler entre les paumes de ses mains.

— C'est une façon de trouver un meilleur équilibre entre le département de la publication et celui de la rédaction, dit-il. Entre la façon dont la revue est produite et celle dont elle est annoncée, vendue et distribuée. Fiona Fenton servira de liaison entre les rédacteurs et le personnel de la mise en marché qui, soit dit en passant, n'était absolument pas au courant de l'annonce publicitaire d'hier dans le *New York Times*. Je t'assure, elle a de grandes aptitudes pour les affaires et nous en avons bien besoin. Avec ses relations...

Elle réalisa soudain qu'il tenait cela d'une coupure de journal.

— Je ne sais où tu as l'intention de la mettre. Il n'y a pas le moindre espace disponible au quatorzième étage, dit-elle.

— Qu'en est-il de... de la directrice de la section de beauté ? Je ne me rappelle jamais de son nom.

— Carol Duffy.

— Est-elle vraiment utile ? J'ai entendu dire que tout ce qu'elle faisait, c'était de recopier la publicité que lui envoient les entreprises de cosmétiques.

— Carole est un rouage essentiel ! Elle fait beaucoup plus

que cela.

— Et ton directeur de la section artistique, M. Shaw. Il boit, n'est-ce pas ?

— Bob Shaw est le meilleur directeur de section artistique de New York !

— Eh bien, Fiona s'attend à trouver beaucoup de bois mort. Je m'attends à ce que nous devions faire un peu d'élagage, une compression de personnel et que nous nous débarrassions du bois mort. Il y a ici des gens qui occupent leur poste depuis trop longtemps.

— Je n'arrive pas à le croire, dit-elle. Cette femme n'a même pas mis les pieds dans l'entreprise et elle est déjà en train de se mêler de déplacer mon personnel. Mon personnel.

— Fiona a déjà proposé des coupures indispensables dans les dépenses.

— Comme supprimer ma voiture de fonction ? Elle n'était pas là quand je suis sortie pour le bureau ce matin. Mais ça va. Je peux prendre un taxi ou l'autobus.

Il écarta ce point d'un geste de la main.

— Autre chose, tu as demandé où Fiona allait s'installer. Pour le moment, du moins, j'ai l'intention de lui laisser utiliser ce bureau. C'est une bonne idée, puisqu'elle travaillera directement avec l'éditeur. Et que je vais très bientôt emménager dans l'ancien bureau de M. H. O. Rothman, qui est libre en ce moment.

Elle le regarda.

— Ainsi, dit-elle, tu prends vraiment la direction des Communications Rothman. Tout simplement !

— Disons que j'assume les responsabilités que H. O. Rothman n'est plus en état d'assumer. Après tout, il faut que quelqu'un le fasse. Une société comme la nôtre ne peut rester sans direction, comme un cheval sans cavalier. Disons simplement que j'accomplis ma destinée, ma destinée dans cette famille et dans cette entreprise. Et oui, vois-tu, tout comme, un jour, ton fils accomplira la sienne.

Il montra du doigt tout ce qui l'entourait.

— Un jour, tout cela lui appartiendra.

— Mon fils n'a rien à voir avec cela. Je ne sais pas si Joël prévoit de travailler un jour parmi nous. Et s'il me demandait mon avis, je lui conseillerais certainement de ne pas le faire.

— Mais c'est le destin de Joël. Il ne peut pas s'y opposer. C'est toujours ce à quoi Joël a été destiné.

— Joël n'a été destiné à rien du tout. Personne n'est destiné à quoi que ce soit.

— Ce qui m'amène à un autre point, dit-il. Joël est le seul héritier mâle des Rothman. La société lui appartiendra un jour. Il doit être protégé. Sa vie a été menacée. Et pourtant je crois que tu as pris sur toi-même de congédier le lieutenant Otto Forsthoefel ce matin.

— Oui, je l'ai fait!

— Le lieutenant Forsthoefel a été engagé pour protéger Joël. C'est moi qui l'ai engagé. Je paie son salaire. Il ne t'appartient pas, Alex, de congédier un de mes employés.

— Je me fous de savoir qui paie son salaire, dit-elle. Joël est mon fils. Otto ne va désormais plus suivre mon fils dans toutes ses allées et venues et il ne va plus traîner autour de ma maison. C'est tout.

— Eh bien, on verra, dit-il. Mais tu admets ne pas avoir l'autorité de congédier le lieutenant Forsthoefel. C'est la troisième erreur que tu admets cet après-midi, Alex.

Il compta sur ses doigts.

— D'abord, la controversée couverture de juin. Deuxièmement, une dépense de publicité non autorisée. Troisièmement, le congédiement d'un employé de la société Rothman. Tu vois, c'est ce qui m'inquiète. Tu fais de plus en plus d'erreurs, les unes après les autres. Tu perds ton acuité, Alex.

C'en est assez, pensa-t-elle. La soupape de secours venait de sauter. Elle savait maintenant pourquoi sa femme ne lui adressait plus la parole, même si elle ne comprenait pas pourquoi Pegeen restait avec lui. Sans doute pour l'argent, ce qui était le cas. Si je t'avais laissé me prendre il y a des années, se disait-elle, comme tu le voulais, les choses auraient-elles été différentes? Elle fut sur le point de lui poser la question, mais se retint. Si j'avais eu un fils de toi, est-ce que cela aurait satisfait ton stupide ego? Elle voulut le lui demander, mais ne le fit pas. Non, les choses n'auraient guère été différentes; ça n'aurait rien changé. Elle se leva d'un bond et dit :

— Maintenant, écoute-moi, espèce de salaud. Tu ne t'en tireras pas comme ça. J'ai un contrat avec cette société qui dit que je suis la directrice en chef de cette revue. Pas la codirectrice ou quoi que ce soit d'autre. Mon contrat est encore en vigueur pendant deux années, et la prochaine fois que tu entendras parler de moi, ce sera par l'intermédiaire de mon avocat, Henry Coker.

Il se leva lui aussi. Comme celui de son père, le bureau de Herbert Rothman était surélevé si bien que le petit homme la dominait.

— Tu veux dire que tu as l'intention de me résister? dit-il d'une voix qui était davantage un grognement.

— Tu peux être sûr que je vais le faire!

— Je t'avertis! N'essaie pas!

— Oh! si, je vais essayer! Il y a longtemps que tu cherches cette bataille, n'est-ce pas, Herbert? Tu vas l'avoir, mon cher!

— Défie-moi et je te ruinerai, Alex Rothman!

— Tu ne peux pas me ruiner! Même si tu me congédies, tu devras tout de même me payer la fin de mon contrat, plus ma part de bénéfices. C'est difficilement compatible avec les exigences des agents du fisc. Et avec celles de ta nouvelle petite amie?

— Je ferai en sorte que tu ne puisses plus jamais travailler à New York.

— Absurde. Il n'y a pas un éditeur en ville qui n'aimerait me voir travailler pour lui. En fait, il y en a déjà un qui a essayé.

Ses yeux se rétrécirent.

— Tarrytown. Que dis-tu de Tarrytown? demanda-t-il.

— Qu'est-ce que j'en dis? Tout le monde sait ce qui s'y

est produit. Tarrytown est une affaire classée depuis des années.

— Il n'y a pas de prescription pour les meurtres, Alex. Cette affaire pourrait être rouverte n'importe quand.

— Mais il n'y a pas eu de meurtre. Alors, au diable tes menaces !

— Ah, il n'y en a pas eu ?

Ses yeux se rétrécirent encore davantage.

— Et si on découvrait une nouvelle preuve, Alex ?

— Quelle sorte de nouvelle preuve ?

— On verra.

— Tu bluffes, bien sûr. Il n'y a pas de nouvelle preuve. S'il y en avait eu, tu t'en serais immédiatement servi contre moi. Je te connais, Herb. Tu m'as toujours détestée. Tu as voulu mon départ de la revue depuis le tout début. S'il y avait eu le moindre moyen légal de le faire, s'il y avait eu le moindre moyen de passer par dessus Ho, tu l'aurais fait depuis longtemps. Mais maintenant que Ho est vieux et malade, tu penses que tu peux me forcer à démissionner avec tes menaces, tes manigances, tes insinuations et tes histoires de nouvelle preuve. Eh bien, ça ne marchera pas, mon vieux !

— Fais bien attention à ce que tu dis, Alex, parce que cette conversation est enregistrée.

— Eh bien, tu peux arrêter ta damnée enregistreuse, parce que cette conversation est terminée.

Elle se dirigea vers la porte.

— Je t'avertis, Alex, dit-il. Si tu me poursuis, tu vas te retrouver dans ton minable petit village natal, si vite que tu ne sauras pas ce qui t'est arrivé. Tu vas te retrouver dans un Greyhound en direction de Paradis, Missouri, comme ça ! Et sans un sou en plus !

— Et Joël avec moi !

— Sans Joël ! Joël nous appartient !

— Va au diable !

Elle passa la porte, en résistant à l'envie de le gifler.

Mis à part ce dernier juron, elle était fière d'elle-même, fière, hilare, heureuse même. Son cœur battait la chamade, elle avait la bouche sèche, ses mains tremblaient. Quand les portes de l'ascenseur se refermèrent, elle reprit son souffle. Et pas une larme. Des années de frustration, des années à tenter de se dire qu'il était le père de son mari, elle venait de tirer un trait dessus. Elle avait à nouveau ses dix-huit ans, comme lorsqu'elle était tombée amoureuse pour la première fois. Ah, que c'était merveilleux ! Que c'était merveilleux !

Au quatorzième étage, les bureaux étaient déserts, merveilleusement vides, remplis d'un silence ineffable et tout à elle, puisque presque tout le personnel était parti pour le week-end. Sauf Gregory, qui ne s'en allait jamais avant sa patronne.

Son visage bien proportionné exprimait toute l'anxiété du monde. Les réunions d'Alex avec l'éditeur duraient rarement plus d'une minute ou deux. Celle-ci avait duré plus d'une demi-heure. Elle regarda Gregory et elle sut qu'il savait exactement ce qu'elle ressentait. Cher Gregory.

Elle dit soudain :

— Oh, Gregory, tu es si gentil. Vraiment. Si tu peux encore le joindre, j'aimerais maintenant parler à M. Rodney McCulloch.

Elle enleva ses souliers et s'assit à son bureau.

16

Dans leur appartement des Studios Gainsborough sur Central Park South, Lenny Liebling et son vieil ami, Charlie Boxer, se préparaient à passer un vendredi soir très calme à la maison. Les vendredis et samedis soirs ne sont pas très animés à New York ; tout le monde s'en va à la campagne. Il en résulte que les week-ends sont des moments paisibles en ville et la paix s'installe dès le coucher du soleil, le vendredi. Elle se faisait déjà sentir alors que les premières lumières commençaient à briller dans le parc. Charlie, qui préparait presque toujours les repas, avait préparé une ratatouille. Accompagnée d'une bouteille de Beaujolais nouveau, elle allait constituer leur dîner.

Charlie avait quelques années de moins que Lenny. Il était petit, rond et grassouillet alors que Lenny était grand, mince et élégant. On comparait parfois Charlie à un chérubin. Presque chauve, il n'avait que quelques fils de cheveux fins sur son crâne rosâtre, alors que Lenny, on le sait, cette magnifique chevelure onduleuse couleur champagne.

Charlie avait eu autrefois de l'argent. Une vieille tante de Boston lui avait laissé 200 000 $, ce qui semblait une fortune à l'époque, de sorte qu'il n'avait jamais éprouvé le besoin de travailler. L'argent s'était volatilisé depuis, dépensé, bien sûr, pour tout et pour rien, en majeure partie pour rien. Lenny maintenant l'entretenait, toujours sans rien dire. Après tout, aux yeux d'un homme qui n'avait jamais travaillé, le simple concept de travail était incompréhensible. De toute façon, qu'est-ce que Charlie aurait bien pu faire ? De plus, Lenny avait, il est vrai, aidé Charlie à dépenser les 200 000 $.

Leur appartement était un fouillis agréable, composé d'objets hétéroclites qu'ils avaient ramassés des années durant dans des boutiques d'antiquités et d'occasion, à travers le monde, ou dans d'obscures petites brocantes de quartiers retirés de la ville.

Sur une longue table de réfectoire poussée contre un mur s'étalait ce que leurs amis appelaient le Sanctuaire. Il était consacré à leur défunt ami, Adam Amado. Consacré, au vrai sens du mot, à un échec, même si Lenny et Charlie préféraient ne pas en parler en ces termes. À leurs yeux, Adam Amado serait toujours une grande étoile à jamais méconnue.

Comme ils étaient entourés de grandes stars et de célébrités, Lenny et Charlie avaient longtemps entretenu le rêve de révéler leur propre étoile. Ils étaient convaincus qu'en Adam Amado, ils avaient trouvé leur astre potentiel. C'était un gars de la rue, d'une certaine manière, même s'il avait l'apparence d'un John Wayne ressuscité. Il aurait pu être tellement plus !

Adam Amado n'était pas son vrai nom, bien sûr. Qui se rappelait de son nom de baptême ? Ce nom, c'est Lenny qui en avait eu l'idée, avec l'aide de Charlie, après mûre réflexion. Adam faisait, bien sûr, référence au « premier homme » et Amado, d'origine italienne, suggérait « le bien-aimé ». Lenny et Charlie étaient sûrs qu'en combinant le physique et le pseudonyme, ils avaient ce qu'il fallait pour fabriquer une idole de l'écran ou de la scène. S'ils y étaient parvenus, à titre d'agents, ils auraient fait fortune et n'auraient pas eu besoin de l'aide des Rothman.

Au départ, ils avaient travaillé à leur découverte dans le plus grand secret, puisque leur plan était de lancer Adam dans le monde comme un artiste accompli. Devant leurs amis, au cours de cette période, ils faisaient mystérieusement allusion à l'existence d'Adam, comme d'« un certain projet auquel ils travaillaient ». Pendant ce temps, ils avaient fait suivre à Adam des leçons d'élocution, d'art dramatique, de chant, de danse, d'escrime. Et même des cours de karaté. Au cours de cette période, ils le nourrissaient également et le vêtaient, car Adam n'avait pas de revenus. Ils lui firent redresser les dents pour améliorer son sourire. La chirurgie esthétique fit disparaître une petite bosse qu'il avait sur le nez et ses cheveux prirent une teinte plus foncée. Ils créèrent une coiffure qui lui donna l'allure d'un Rudolph Valentino nouveau style. Bien que son corps fût parfait, Lenny et Charlie surveillaient quotidiennement ses exercices. Rapidement, Lenny et Charlie se dirent qu'ils avaient découvert un nouveau « Tab Hunter », une nouvelle idole pour les adolescents. Ils avaient peut-être oublié que Tab Hunter était une créature des années cinquante, comme Valentino avait été celle des années vingt.

En définitive, pourrait-on dire, le problème était qu'Adam apprenait trop vite, qu'il était trop impatient de voir son nom briller en haut d'une affiche. Une fois sa diction, son allure, sa démarche améliorées, une fois qu'il eut appris à bien utiliser ses mains et à sourire devant la caméra sans cligner des yeux, il ne voyait pas pourquoi il ne pourrait pas atteindre immédiatement au panthéon des stars. Il refusait d'écouter les conseils avisés de Lenny qu'il lui fallait du temps, de la patience et de l'abnégation.

— Je ne poserai jamais pour une publicité de dentifrice, tonnait-il. Surtout pas en slip.

— Mais tu as un corps superbe, Adam. C'est ce qu'on appelle « se faire connaître ».

— Et je ne vais pas prêter ma voix à une publicité de voitures d'occasion qui ne serait pas diffusée à l'échelle nationale.

— Ils vont te donner deux mille dollars.

— Je ne le ferai pas pour moins de vingt mille.

Au moment où Lenny et Charlie se sentirent prêts à lancer Adam, grâce à des amis bien placés en mesure de l'aider, il était devenu prétentieux, capricieux, exigeant. Et même si tout le monde disait qu'Adam était superbe dans les tenues que Lenny et Charlie lui avaient offertes, la plupart des gens le trouvaient insupportable. Lenny l'inscrivit alors dans une école de maintien, mais plus tard il découvrit qu'Adam n'avait jamais assisté aux cours. Il avait même réclamé le remboursement des frais de scolarité payés par Lenny et, semble-t-il, empoché l'argent.

À la même époque, Lenny et Charlie se demandèrent si Adam n'avait pas développé progressivement une dépendance envers certains calmants. Il prenait des pilules pour se réveiller le matin, des pilules pour se mettre en forme et des pilules pour dormir le soir. Même s'ils ne l'avaient jamais mentionné, des amis avaient remarqué que, quand les deux amis amenaient Adam à leur réception, leur pharmacie personnelle se vidait des flacons de valium, de lithium et de dexedrine.

Adam s'était mis à boire sérieusement. Les deux amis s'en étaient aperçus quand ils avaient réalisé à quelle vitesse diminuaient leurs propres provisions d'alcool. Il devint rapidement nécessaire de dissimuler les alcools, mais un alcoolique déterminé finit toujours par les trouver. Tous deux commencèrent à penser en secret qu'ils avaient élevé un monstre. Cependant, comme ils s'étaient déjà engagés publiquement à faire le succès d'Adam, il leur semblait trop humiliant d'avouer leur échec.

Tout ce temps, il occupait leur chambre d'amis. Beaucoup supposaient qu'ils avaient des relations sexuelles. Mais tel n'était pas le cas. Et si Charlie et Lenny étaient tous deux dévoués à Adam, c'est qu'ils continuaient à espérer envers et contre tout que quelque chose finirait par changer.

Il avait toutes sortes de comportements erratiques. Il arrivait en retard ou ne se pointait pas du tout aux auditions que Lenny avait organisées pour lui. Il arriva, complètement saoul, à une entrevue télévisée où Lenny avait réussi, à force de supplications, à le faire inviter. Il y eut souvent bien pire. Pourtant les deux amis persistaient dans leur rêve, dans leur vision...

C'est Mona Potter, finalement, qui sonna l'alarme contre

Adam Amado. Dans une chronique sur une élégante réception d'East Side, Mona écrivit :

> Les festivités de la soirée furent plus ou moins gâchées par un inconnu de Manhattan qui se prétend acteur, mais dont le meilleur rôle semble celui d'ivrogne. Il circulait parmi les invités en leur disant qu'il serait le prochain Rock Hudson. Pouach !

Même si son nom n'avait pas été mentionné, tout le monde savait de qui il s'agissait.

En une soirée, Adam Amado devint un paria, sauf pour Lenny et Charlie qui lui demeurèrent attachés. Pourquoi ? Tout d'abord, parce qu'on ne s'était pas ennuyé du temps d'Adam, comme ils désignaient souvent cette période de leur vie. En fait, ils regrettaient parfois l'euphorie de cette époque, où personne n'entrevoyait l'issue tragique. Ils étaient comme deux médecins, condamnés à trouver le remède à quelque incurable maladie. Ils continuaient d'espérer que, d'une façon ou d'une autre, quelque part, la formule magique allait leur apparaître et tous leurs efforts seraient récompensés. Mais ils savaient aussi que leurs amis riaient dans leur dos et les traitaient de fous. Ce fut Marlene Dietrich qui leur permit de garder la tête haute malgré le ridicule de la situation.

Chère Marlene. Lenny pensait souvent que si elle n'avait pas possédé la beauté nécessaire pour devenir une grande vedette de cinéma, elle serait devenue infirmière. Marlene était attirée par les malades. Elle les recherchait même. Elle s'enthousiasmait à l'idée de s'occuper des mourants. C'était une pharmacie ambulante. Son volumineux sac à main était toujours plein de pilules et de potions, de remèdes à base de plantes, d'élixirs exotiques et de panacées des quatre coins de la planète.

— Ce garçon est très malade, avait-elle dit à Lenny et à Charlie. Il a besoin de votre aide. Le Seigneur vous a donné pour mission de vous occuper de ce garçon. C'est sacré. C'est la raison pour laquelle Dieu vous a mis sur terre, Charles et

Lenny. Vous êtes comme Albert Schweitzer en Afrique ! Vous êtes comme le père Damion chez les lépreux ! Vous êtes des saints, Charles et Lenny. Tous les deux ! Des saints !

Ainsi canonisés par Marlene, saint Lenny et saint Charlie reprirent leur chemin de croix et continuèrent leur mission avec une diligence et une estime de soi renouvelées.

Au fond, ils aimaient Adam dont la compagnie pouvait être très amusante, surtout lorsqu'il ne buvait pas.

Malheureusement les périodes de beuverie étaient beaucoup plus fréquentes que celles de sobriété.

Pendant quatre longues années de torture, tous deux le firent vivre et l'endurèrent. Ils n'avaient jamais su son âge exact. Il prétendait d'ailleurs ne pas le savoir lui-même. Mais, durant cette période, il vieillissait plutôt mal. Ils n'en continuaient pas moins à lui verser une rente et à lui prêter de l'argent quand ils le pouvaient. Ils l'emmenaient dîner, tentaient de l'empêcher de boire et soignaient ses lendemains de beuverie. Ils le mirent dans des centres de désintoxication et l'en firent sortir. Quand il fut jeté en prison, ils payèrent la caution. Ils le conseillèrent dans ses démêlés avec la loi.

— Si une voiture de police te prend en chasse, cours dans la direction opposée au sens unique.

Quand son permis de conduire lui fut enlevé, ils lui servirent de chauffeurs. Même quand ils réalisèrent qu'il leur volait de l'argent, ils lui pardonnèrent. Jusqu'à l'heure de sa mort tragique, ils le défendirent. Bien sûr, les circonstances de sa mort, si horribles, eurent cependant un côté positif, comme ils allaient le découvrir plus tard. Le dernier jour où Lenny avait vu Adam vivant, ce dernier avait dit :

— Garde-moi ces papiers. Au cas où il m'arriverait quelque chose.

Et il lui avait tendu une grosse enveloppe brune scellée.

Puis, ce qu'il avait semblé appréhender se produisit.

Malgré tout, Lenny et Charlie avaient continué à défendre Adam Amado et sa mémoire, jusqu'à maintenant, de sorte que la période d'Adam leur semblait la meilleure de leur existence.

Ce qui expliquait le Sanctuaire. Sur une table espagnole, étaient disposés les souvenirs de leur idole déchue : la paire de lunettes d'aviateur qu'il portait souvent, un crucifix plaqué d'argent à chaîne fine, son portefeuille qu'il n'avait pas emporté avec lui le jour fatal et ce qui semblait sa bague de fin d'études secondaires, bien que la date et l'inscription en aient été effacées. C'était étrange, mais il n'y avait pas de photographies d'Adam. Elles étaient trop pénibles à regarder, surtout l'extraordinaire série où il posait nu. Elles étaient rangées et, depuis la mort d'Adam, personne d'autre que Lenny et Charlie ne les avait vues.

Peut-être les objets les plus extraordinaires, appuyés contre le mur, étaient-ils deux vitraux en provenance d'une église de campagne d'Angleterre qu'Adam leur avait mystérieusement laissés dans son testament. Ce dernier, avec d'autres documents, se trouvait dans la grande enveloppe brune, tout comme le reçu d'entreposage desdits vitraux. Il en avait coûté trois cent cinquante dollars d'impayés à Lenny et à Charlie pour en prendre possession. Mais comment quelqu'un comme Adam, qui semblait sans foyer ni famille, pouvait-il posséder ces objets ? C'était une autre énigme, un autre mystère qui ne serait jamais résolu.

Le seul sujet sur lequel ils se querellaient, c'était l'argent. Le manque d'argent, plutôt. Charlie parlait parfois encore de « son héritage ». Mais il avait fondu depuis longtemps. Quand il était en colère, il le rappelait parfois à Lenny, car Adam avait été une idée de Lenny. Sans Adam, semblait insinuer Charlie, il serait encore riche. C'était insensé, parce que, si Charlie n'avait pas dépensé son argent de cette façon, il l'aurait dilapidé d'une autre. Désormais, aucun d'eux n'était riche. Ils vivaient assez bien malgré tout avec ce dont disposait Lenny. Mais ils étaient toujours quelque peu endettés.

— J'imagine qu'il ne te viendrait jamais à l'idée de travailler, murmura Lenny. Il y a des gens qui travaillent pour gagner leur vie, mon trésor. Je viens tout juste de passer une semaine particulièrement épuisante au bureau.

— Travailler? Mais c'est un travail à temps plein que d'entretenir cette maison pour toi, mon chéri, répondit Charlie.

— À propos d'entretien, ces cadres sur le piano auraient besoin d'être dépoussiérés.

— Je viens à peine de terminer trois lavages, presque uniquement ton linge, d'ailleurs.

Cela pouvait s'envenimer. Lenny chercha un moyen de changer de conversation. Avec un léger frisson, il pensa : est-ce possible que Charlie ait fini par se lasser de moi après toutes ces années? Il parlait très peu avec Charlie de ce qui se passait dans l'entreprise. Les fascinantes intrigues de couloir ne fascinaient nullement Charlie. Elles l'ennuyaient. Comme il n'avait jamais travaillé dans un bureau, Charlie n'arrivait pas à les comprendre. C'était pour lui terra incognita. Lenny ne pouvait pas discuter de la menace que faisait peser Fiona. Il ne saisirait pas en quoi elle consistait. La nouvelle voulant qu'Alex Rothman fût en état de siège l'aurait ennuyé. Il ne pouvait pas parler non plus du plan de reconstitution de titres. Charlie n'y aurait rien compris. De plus, quand plus de deux personnes partageaient un secret, ce n'en était plus un. Et Charlie était un bavard notoire.

Au même moment, à quelques rues de là, Joël Rothman marchait dans Madison Avenue en direction de Westbury, d'un pas léger, ses pieds semblant à peine toucher terre, l'adrénaline au plus haut niveau. Il était libre! Maman avait tenu parole et Otto était parti! Parti à tout jamais! Il y avait eu toute une scène et Frank, le liftier, la lui avait racontée. Il avait fallu trois agents de sécurité pour maîtriser Otto et le traîner dehors. Il avait tapé du pied, hurlé, juré et brandi son insigne périmé d'officier de police. Joël riait en se représentant la scène et regrettait de n'avoir pu y assister.

Il s'arrêta pour juger de son effet dans la vitrine d'un magasin. Pas mal! Il avait passé l'après-midi à magasiner. Chez Stuart, il avait acheté un chandail bleu pâle à col roulé, une cravate rayée bleu et vert. Fiona était le genre de fille qui remarquait ces choses et c'est pourquoi il les portait en ce moment. Il avait pris un soin particulier à choisir ses sous-vêtements. Il portait également son nouveau veston bleu et un pantalon gris en daim. Elle l'avait taquiné à propos de ses lunettes, de sorte que ce soir il portait ses verres de contact. Il avait également trouvé le temps de se faire couper les cheveux. Ce soir, c'était le grand soir.

Elle avait semblé particulièrement enthousiaste quand il lui avait téléphoné plus tôt dans la journée :

— Fais un saut chez moi vers dix-neuf heures, avait-elle dit. Nous boirons un peu de champagne.

— Puis je t'emmène dîner.

— Oh, magnifique ! s'était-elle exclamée.

Il regarda sa montre et s'obligea à ralentir le pas. Il était près de dix-neuf heures. Il ne voulait pas être en avance, ni en retard d'une seule minute. Il avait donc tout calculé très soigneusement.

À dix-neuf heures, arrivée ; de dix-neuf heures à dix-neuf heures vingt, un peu de champagne ; puis, une heure entre les draps !

Le temps de prendre une douche et de s'habiller, il restait quelques minutes pour se rendre au Cirque où il avait réservé une table. Le Cirque semblait l'endroit idéal où inviter une femme comme Fiona. C'était là que celles mentionnées dans la chronique de Mona Potter descendaient toujours, quand ce n'était pas chez Mortimer, mais le Cirque était tellement plus vaste que chez Mort. Et plus cher, bien sûr, mais ça n'avait pas d'importance. Comme récompense pour son diplôme, son grand-père lui avait offert sa propre carte American Express en or, avec une marge de crédit de cinq mille dollars. Ce soir, il allait s'en servir pour la première fois.

Il s'était arrêté au coin d'une rue, chez une fleuriste où il avait choisi une douzaine de roses rouges à longue tige. Il vérifia encore une fois sa montre. Deux minutes avant dix-neuf heures, il passait les portes tournantes du Westbury. Il se dirigea directement vers l'ascenseur.

— Ne te fais pas annoncer, avait-elle dit. Monte directement.

Il pressa le bouton du dix-huitième étage.

À la porte de l'appartement 1815, il pressa la sonnette et tendit l'oreille, espérant entendre des pas s'approcher de la porte.

À l'intérieur de l'appartement, il entendit un téléphone sonner. Mais personne ne répondit et la sonnerie continua. Après une minute ou deux, il pressa la sonnette une nouvelle fois.

Un second téléphone se fit entendre. Il avait une tonalité différente. Les deux téléphones sonnaient maintenant, leurs timbres alternant tour à tour. Joël compta les coups... dix... onze... douze... Il pressa la sonnette une troisième fois, mais toujours sans succès. Joël pressa la sonnette une nouvelle fois, puis il tenta de tourner la poignée de la porte. Celle-ci était verrouillée. Joël se demanda tout d'un coup si elle n'avait pas eu un malaise. Il tambourina sur la porte et appela :

— Fiona ! Êtes-vous là ?

Deux femmes entre deux âges, en pantalon, les bras chargés de sacs, sortirent de l'ascenseur et empruntèrent le couloir dans sa direction. En passant près de lui, elles parurent lui jeter des regards étranges. Il pressa impatiemment la sonnerie à plusieurs reprises. Les deux femmes se retournèrent pour le regarder et l'une d'entre elles murmura un mot à l'oreille de l'autre.

Il descendit et se rendit à la réception pour demander :

— Est-ce que Mlle Fenton est à son appartement ?

— Mlle Fenton ? Non, elle est sortie vers seize heures et je crois qu'elle est partie pour le week-end. Elle avait des bagages.

— N'a-t-elle pas laissé un message pour moi ? Pour M. Rothman ?

Le commis, dont le regard lui sembla singulier, le fixa par-dessus ses lunettes et dit :

— Non, monsieur, rien du tout.

17

Henry Coker était l'un des hommes les plus collet monté qu'elle ait jamais connus. Même sur sa terrasse ensoleillée, un samedi matin où il n'avait pas pu se rendre à son bureau de Wall Street, il était vêtu comme d'habitude, d'un complet bleu foncé à très fines rayures et d'une cravate bleu foncé. Il était grand et ses cheveux blanchis prématurément donnaient à son visage un air étrangement juvénile. Selon Alex, Henry devait avoir son âge. Mais quel contraste ! Elle portait un jean usé, des sandales à semelles de corde et une des vieilles chemises de Joël dont elle avait attaché les pans à la taille. Elle avait tiré ses cheveux en une queue de cheval retenue par un fichu rouge, prête à prendre la route pour Long Island.

Henry Coker déposa sa tasse à café et referma son porte-documents.

— Eh bien, comme je le disais, votre contrat est clair, dit-il. Votre titre et vos fonctions sont bien définis. Ce contrat est loin de laisser place à l'interprétation...

Il sourit imperceptiblement en poursuivant :

— J'ai contribué à en rédiger les différentes clauses... De sorte que je ne prévois aucune difficulté. Je suis sûr de pouvoir persuader Herbert Rothman que ses exigences sont en contradiction avec les termes du contrat que vous avez signé tous les deux. Et je crois pouvoir régler ce différend avec M. Rothman ou avec ses avocats à l'amiable, sans avoir à brandir une poursuite en justice de votre part. Du moins, c'est ce que j'espère, Alex.

— Je vous avertis, Henry. Mon beau-père n'est pas dans de très bonnes dispositions à mon égard en ce moment.

Il soupira.

— Disputes de familles, dit-il. Ce sont toujours les plus pénibles, n'est-ce pas ? Il y a tant de petites choses qui peuvent diviser une famille. Des petites choses comme...

— L'argent.

— Effectivement.

— Et le pouvoir.

— Bien sûr, cela aussi. Eh bien, laissez-moi voir ce que je peux faire, Alex, à ce premier stade des négociations.

— Dites-moi, Henry, dit-elle. Combien est-ce que je possède ?

Il eut l'air étonné de la question.

— Combien vous possédez ? Eh bien, je...

— C'est une chose à laquelle je n'ai jamais prêté beaucoup d'attention, mais je sais que votre bureau s'occupe de mes investissements et prépare mes déclarations d'impôt. Je commence à penser qu'il serait bon que je sache où j'en suis financièrement. Ce que je veux dire, c'est que si je dois finir par démissionner — ce que certains pensent que je devrais faire alors que d'autres pensent le contraire — il faut que je sache où j'en suis.

Il griffonna une note sur un calepin.

— Je vais demander à notre département des finances de préparer un rapport complet de vos avoirs, dit-il.

— Par exemple, remarqua-t-elle, il est censé y avoir quelque chose qui s'appelle « le fonds Steven Rothman ». C'était dans le testament de Steven au moment de sa mort — un fonds qui avait été établi pour Joël et pour moi. C'est délibérément que je n'y ai jamais touché. Comme je n'en avais pas besoin... Mais je n'ai aucune idée des sommes qui y ont été déposées. Pouvez-vous faire une recherche ?

Il prit une autre note.

— Je ne crois pas avoir jamais vu de copie de ce document, dit-il.

— Moi non plus.

— Je vais voir ce que je peux trouver, reprit-il.

Il embrassa du regard le belvédère où ils étaient assis.

— En termes d'avoirs, poursuivit-il, un des plus importants, c'est sûrement cet appartement.

— Les McPherson, au quatorzième, viennent de vendre le leur pour trois millions et demi.

— Et le vôtre est situé au-dessus. La vue y est plus belle.

— Et puis, il y a la terrasse.

Elle haussa les épaules.

— J'imagine que je n'ai plus besoin de tant d'espace. Joël va partir pour le collège à l'automne et, après le collège, il voudra sûrement vivre ailleurs. J'imagine que je devrais sérieusement penser à vendre cet appartement. Mais la terrasse va me manquer. J'ai probablement passé plus de temps, d'énergie et d'argent à l'organiser et à l'entretenir qu'à m'occuper de l'appartement lui-même.

— Laissez-moi vérifier avec notre département de l'immobilier pour voir si nous pouvons en obtenir une évaluation. Il ne serait pas mauvais de savoir combien il peut valoir.

— Il y a autre chose, Henry. Il se pourrait que je me marie.

Il fronça les sourcils.

— Ah?

— Rien de définitif. Mais je me demandais si cela aurait quelque effet sur le fonds de Steven.

— C'est vrai, dit-il. C'est bien possible. Cela pourrait avoir un sérieux effet. Mais je dois d'abord analyser les documents du fonds pour voir en quels termes il est formulé. Il pourrait stipuler que vous ne pourriez bénéficier du fonds que si vous n'êtes pas remariée.

— Et Joël? Si je devais me remarier, est-ce que la part de Joël pourrait en être affectée?

— Encore une fois, il faudrait que j'analyse les documents, Alex.

— Je ne voudrais en aucun cas risquer de ruiner Joël en me remariant.

— Bien sûr que non. Je comprends. Avez-vous la moindre idée de l'endroit où je pourrais me procurer ces documents ?

— Non, aucune.

Il gribouilla d'autres notes sur son calepin.

— Eh bien, laissez-moi voir ce que je peux faire, dit-il. Bien sûr, dans les circonstances actuelles, ce pourrait être...

— Quoi ?

— Puisque je devrai avoir affaire avec les autres membres de la famille Rothman, ou leurs avocats, et que nous sommes en ce moment en train de discuter des termes du contrat qu'ils ont signé avec vous, il se pourrait qu'ils ne soient pas très coopératifs en ce qui concerne les documents du fonds. Jusqu'à ce que le litige soit réglé, du moins.

— Oui, j'ai pensé aussi à cela.

— Mais j'ai déjà eu de bonnes relations avec les gens de Waxman et Holloway. Je ne prévois pas de difficultés majeures.

— Il reste encore une chose, Henry.

— Qu'est-ce que c'est ?

— Qu'en serait-il si Steven n'était pas le père de Joël ?

Il la regarda longuement.

— Que dites-vous, Alex ?

— Je dis... je dis que... si quelqu'un était capable de prouver que Steven n'était pas le père de Joël, est-ce que cela affecterait le fonds ?

Il resta un moment sans rien dire.

— J'imagine que Steven Rothman est enregistré comme étant le père sur le certificat de naissance de votre fils, finit-il par dire.

— Oh, oui.

— Eh bien, c'est tout ce dont j'ai besoin. Je ne veux rien savoir d'autre. Il y a des années, au cours de ma première année de droit à Yale, une des premières choses qu'on m'a enseignée fut : « Ne laissez jamais votre client vous en dire trop. » De sorte que je ne me rappelle pas que vous m'ayez posé cette question. Et je pense qu'il en va de même pour vous.

— Oui, dit-elle posément, je n'ai rien dit.

— Bien, dit-il.

Il rouvrit son porte-documents, y laissa tomber son calepin et le referma. Il dit en se levant :

— Très bien, je vous appellerai dès que j'aurai quelque chose.

— Merci, Henry.

Elle l'accompagna jusqu'à l'ascenseur. Coleman apparut et lui dit :

— M. Jorgenson vous attend en bas.

Un week-end dans les Hamptons ! Le rêve de tout New-Yorkais. Bien sûr, cette fois-ci, Mel et elle avaient dû retarder leur départ. Ils quittaient habituellement la ville le vendredi après-midi et il était onze heures, le samedi matin. Qui sait quelle circulation ils allaient trouver sur l'autoroute à ce moment de la journée ? C'était là le seul problème pour les Hamptons. Les gens planifiaient leurs allers et retours comme de vraies expéditions militaires pour déjouer l'ennemi, la circulation. Le voyage pouvait prendre de deux à six heures, ça dépendait.

En bas, Mel attendait dans sa BMW rouge décapotable qu'il avait baptisée Scarlett O'Hara. Charlie, le portier, aida Alex à ranger son sac sur le siège arrière. Mel lui donna un baiser rapide et ils partirent.

— Eh bien, comment ça s'est passé ?

— Bien, je pense. Henry dit que mon contrat est sans faille.

— Bien. Maintenant rappelle-toi notre promesse. Nous n'en parlerons pas durant tout le week-end. On s'en va pour se détendre, s'amuser, ne penser à rien.

Il posa la main sur son genou.

— Je t'aime, lui dit-il.

— Je t'aime, moi aussi.

— Regarde, on roule sans problème, dit-il.

— Sans problème, reprit-elle.

Elle mit son coude à la portière. Elle se sentait heureuse d'être avec lui en cette belle journée et de quitter la ville en sa compagnie.

Mel ralentit. On approchait d'un poste de péage. Il glissa sa main dans la poche de sa chemise et en sortit en billet de vingt dollars.

— As-tu de la monnaie?

— Désolée. Je n'ai que des billets de vingt moi aussi. C'est la seule chose que donnent les guichets automatiques.

Il s'arrêta à la guérite et tendit le billet à la préposée.

Elle comptait la monnaie qu'elle allait lui tendre lorsqu'elle le fixa attentivement. Il portait une casquette et des lunettes noires, mais cette timide tentative de se camoufler n'avait pas réussi.

— Hé! Je vous reconnais! avait crié l'employée. Vous êtes Mel Jorgenson, le gars des nouvelles!

Il acquiesça et lui fit son fameux sourire télégénique.

— Attendez que ma belle-sœur Lucille entende ça! dit-elle Elle ne voudra jamais me croire! Vous êtes son idole! Puis-je avoir votre autographe pour lui prouver que c'est vrai?

— Bien sûr, dit-il.

Après une pause, il reprit:

— Avez-vous quelque chose sur quoi je puisse écrire?

— Les vedettes ne sont-elles pas censées avoir du papier et un crayon pour donner leur autographe? Je n'ai rien.

— Voici, dit Alex.

Un peu choquée, elle avait ouvert la boîte à gants pour y prendre un stylo à bille et un calepin.

Il griffonna sa signature sur une feuille qu'il tendit à la jeune femme.

— Ma belle-sœur Lucille ne voudra quand même pas le

croire. Mettez la date à côté pour le prouver.

— Voyons, nous sommes le...

— Le vingt-trois juin, dit-Alex, de plus en plus énervée.

— Et en haut de la page, écrivez « à Marsha Bernice Apfelbaum »... Merci et bonne journée, Mel. Je vais dire à Lucille que vous lui dites bonjour.

— D'accord, dit-il.

Alex s'appuya sur le genou de Mel et dit :

— Pouvons-nous avoir notre monnaie, s'il vous plaît?

— Oh oui, j'avais presque oublié, dit-elle. Qu'en ai-je fait? Je ne vous l'ai pas rendue?

— Je vous ai vu la remettre dans votre tiroir quand vous avez pris son autographe, dit Alex.

— Vraiment? Vous m'avez donné un billet de dix, n'est-ce pas? Voici... sept dollars cinquante.

— Nous vous avons donné un billet de vingt dollars, dit Alex.

Les yeux de la femme se rétrécirent.

— Vous m'avez donné un billet de dix dollars, dit-elle.

— Ça va, dit Mel d'un ton blagueur, je vous ai donné vingt dollars, mais ça n'a pas d'importance. Si vous avez dix dollars de trop à la fin de votre journée, vous saurez qu'ils m'appartiennent. Vous me les enverrez à la station.

— Vous m'avez donné dix dollars, s'entêta-t-elle. Vous autres, les vedettes, vous êtes toutes pareilles. Vous tentez toujours de tirer de l'argent des autres. S'il me manque dix dollars à la fin de ma journée, on le prend sur mon salaire. Dix dollars, ce n'est rien pour vous. Pour moi, c'est énorme.

— Mel, partons, dit Alex.

— Qui c'est? dit la femme en regardant Alex.

Puis, elle poursuivit :

— Je ne l'ai jamais vue à la télé. C'est à vous que je parle et non pas à elle.

— Voulez-vous lever la barrière que nous puissions partir, dit-il.

— Les vedettes! Toutes les mêmes! Se moquent comme de

leur première chemise du pauvre monde qui a besoin de travailler pour vivre !

La barrière se leva et ils poursuivirent leur route.

— Seigneur ! dit Alex.

Il fredonnait un petit air discordant, en reprenant l'autoroute. L'épisode du péage ne semblait pas l'avoir perturbé, mais pour Alex, cela lui avait ôté une partie de son enthousiasme et terni quelque peu sa journée. Pourquoi éprouvait-elle du ressentiment devant des incidents comme celui-ci ? Cela se produisait souvent quand elle était en public avec lui. Ce n'était certainement pas de la jalousie. La directrice d'une revue de mode — même d'une revue de mode qui venait d'atteindre les 5 millions d'exemplaires — ne s'attendait pas à ce qu'on reconnaisse immédiatement son visage, sauf dans des cercles restreints. Par contre, lui, il était présentateur de télévision. Son visage pénétrait dans des millions de foyers, soir après soir. C'était une vraie vedette. Elle ne devait pas éprouver de ressentiment, et pourtant, c'est ce qui se produisait. Elle s'en voulait, car c'était mal placé, illogique et inacceptable.

— Eh bien, dit-elle finalement, je suis sûre que sa belle-sœur Lucille ne la croira pas.

Mais sa remarque n'était pas drôle. Elle ajouta :

— Dieu merci, c'était le dernier poste de péage. Jackie passe toujours au guichet automatique.

— Jackie ?

— Onassis. Quand elle va dans le New Jersey, elle passe toujours au guichet automatique. Elle a un de ces petits porte-monnaie toujours plein de pièces de vingt-cinq sous. Sinon, les préposés passeraient leur temps à lui demander un autographe. Je t'en achèterai un pour ton anniversaire.

— Oh, ça ne me dérange pas, dit-il. Cela a probablement transformé sa journée. De plus, elle n'avait rien d'autre à faire. Comme tu peux le voir, il n'y a pas vraiment de circulation. Elle devait s'ennuyer. Ce n'est pas un travail très passionnant.

— Travail idéal pour une sociopathe, dit-elle.

C'était une autre chose qu'elle avait tendance à oublier. Il aimait être reconnu. Il aimait être populaire. C'était la raison pour laquelle il ne s'inquiétait pas que les choses puissent tourner mal, comme cela arrivait parfois. Les dangers de la célébrité ne le tourmentaient pas. Il ne se souciait pas que ce qui était arrivé à Jack et à Bob Kennedy, ou même à John Lennon pût lui arriver.

Il continuait à fredonner. Il lui fit soudain remarquer :

— Ce n'est pas croyable ! Absolument pas de circulation !

Elle l'aimait d'une façon toute simple. C'était comme une vieille robe de chambre. Ce n'était pas un amour à risque, comme celui qui lui avait laissé un glaçon au cœur ou comme Steven qui avait été davantage un arrangement. C'était tout à fait différent. Comme une vieille robe de chambre et une paire de pantoufles usées. Elle passa sa main au creux du coude de Mel.

— Oh Seigneur !

Elle s'était encore mise à rêvasser, sans accorder la moindre attention à la route. Elle venait de sentir qu'il avait freiné. Soudain les trois files de voitures qui les précédaient semblaient une mer de feux rouges qui s'étendait à l'infini. La BMW ralentit, puis s'arrêta complètement.

— C'est difficile à croire, se plaignit-il. Qu'est-ce qui se passe ?

— Je pense que nous avons parlé trop vite. Il doit y avoir un accident un peu plus loin.

La circulation dont ils faisaient maintenant partie avança de quelques centimètres, puis s'arrêta une fois encore.

— Bon Dieu de bon Dieu ! dit-il.

Il en fut ainsi au cours des vingt minutes suivantes : quelques centimètres, puis un arrêt de cinq ou six minutes.

— Veux-tu sortir de l'auto pour voir ce qui se passe devant ? suggéra-t-il.

C'est ce qu'elle fit. Ce fut comme le signal pour d'autres automobilistes : ils descendaient de leur véhicule et s'étiraient le cou en se protégeant les yeux du soleil. Ils scrutaient,

au-delà de cette mer luisante, l'autoroute désormais trans-
formée en parc de stationnement. Elle se laissa retomber sur la
banquette.

— Ça semble s'étendre sur des kilomètres, dit-elle.

En vingt-cinq minutes, ils avaient à peine franchi une trentaine de mètres.

— On irait plus vite à pied, dit-il.

— Oh, nous ne sommes pas particulièrement pressés.

Elle tentait d'avoir l'air enjouée, mais sans succès.

Un peu plus tard, il dit :

— Le moteur va chauffer.

Il se parlait à lui-même. Plusieurs automobilistes s'étaient
déjà arrêtés sur l'accotement. Ils avaient soulevé leur capot et
restaient là, impuissants, les poings sur les hanches.

— Coupe l'air conditionné, se dit-il.

Il obéit à ses propres ordres et tourna le commutateur.

— On baisse la capote ? D'accord ?

— Bien sûr, dit-elle.

Il baissa le toit de l'auto. Il faisait de plus en plus chaud.
Au lieu d'air conditionné, ils respiraient les vapeurs d'essence.
L'autoroute longeait d'interminables rangées de duplex hor-
ribles. Tout désormais lui paraissait horrible.

Alex dénoua le fichu rouge de sa chevelure pour mieux
profiter de la brise, mais il n'y avait pas de brise. *Tu vas te
retrouver à Paradis, Missouri, sans un sou !* lui avait dit Herb.
Mais elle s'était promis de ne penser à rien de tout cela. Elle
préférait plutôt penser à son numéro sur les pique-niques. La
mode et le pique-nique...

Après un certain temps, elle demanda :

— Si on mettait un peu de musique ? Ou bien la radio
risque-t-elle de faire chauffer le moteur ?

— Bien sûr que non ! répliqua-t-il.

— Je m'y connais très peu en automobile...

Elle alluma le poste et réussit à trouver une station de
musique classique. On jouait le Concerto pour piano no 5 en
ré majeur de Mozart.

— La musique adoucit les mœurs, dit-elle.

Une fois de plus, la petite auto avança de quelques centi-mètres, puis s'arrêta. De plus en plus d'automobilistes étaient maintenant arrêtés sur l'accotement, le radiateur bouillant, alors que le soleil dardait ses rayons sous un ciel de plomb.

Il caressa la colonne de direction de l'auto en disant :

— Bonne petite Scarlett. Tu ne vas pas te mettre à chauf-fer, n'est-ce pas ? Tu ne me ferais pas ça, n'est-ce pas ?

Le concerto de Mozart se termina dans un tonnerre d'applaudissements. Le commentateur amorçait sa savante dissertation sur l'histoire de ce morceau et sur son importance pour le monde de la musique. Alex manipulait le bouton à la recherche de quelque chose d'aussi intéressant que le concerto de Mozart. Mais tout ce qu'elle obtint, ce furent des stations où l'on jouait du rock et une femme interviewant un auteur qui venait d'écrire un livre sur les cathédrales françaises.

— Regarde si tu peux trouver l'état des routes, dit-il. Ça nous renseignerait sur le temps qu'il nous reste à moisir ici.

Elle essaya, mais sans succès. Elle éteignit la radio. Après quelques minutes, elle dit :

— Et si on prenait la prochaine sortie pour emprunter Sou-thern State ? Un tas de gens passent par là.

— La Southern State est toujours pire, dit-il furieux. De plus, on n'a pas vu de panneau de sortie. Pas moi en tout cas.

Elle ne dit rien. Quand il était d'une telle humeur, elle savait que la meilleure chose à faire, c'était de se taire.

— Nous devrions bientôt arriver au niveau de l'accident, dit-il.

Mais aucun signe sur l'autoroute ne semblait étayer une telle affirmation. Ils étaient maintenant tous deux de mauvaise humeur.

— Seigneur, trouve-moi l'état des routes, dit-il.

— Trouve-le toi-même, répondit-elle. C'est ta satanée radio. Et c'est à ta baraque des Hamptons que l'on va.

Il se tourna vers elle.

— Tu veux qu'on fasse demi-tour, hurla-t-il. D'accord,

bon Dieu ! Nous allons faire demi-tour et rentrer en ville, si c'est ce que tu veux !

Mais, bien sûr, changer de direction au beau milieu d'une route congestionnée sur Long Island Expressway était hors de question. Mel essuya simplement la sueur sur son front du revers de la main et ajouta :

— Merde !

Elle demanda d'une voix calme :

— Pourquoi nous querellons-nous ? Je pensais que ce week-end, nous devions nous détendre, nous amuser et ne nous soucier de rien.

— Seigneur, je n'y suis pour rien ! C'est toi qui es agressive !

Elle eut soudain les larmes aux yeux, ouvrit la boîte à gants, fouilla en tâtonnant et dit d'une voix basse :

— Y a-t-il des Kleenex là-dedans ?

— Qu'y a-t-il ?

— Rien... mes sinus... cette chaleur... cet air....

Elle sentait la chaleur du fichu rouge qu'elle avait noué à son cou. Elle le dénoua et se passa les doigts dans les cheveux.

— Qu'as-tu l'intention de faire ? Te moucher avec ce fichu ? C'est un Hermès que j'ai acheté spécialement pour toi ! Sais-tu combien il m'a coûté ? Trois cent cinquante dollars !

Elle lança le fichu par-dessus la portière.

— Que diable...

La voiture ne bougeait pas. Mel tira le frein, ouvrit la porte, sortit et passa devant l'auto pour ramasser le fichu tombé sous la porte, côté du passager. Comme il revenait, elle se rappela qu'elle avait choisi de le porter ce matin parce qu'il le lui avait offert et qu'il était assorti à la couleur de sa BMW.

— Qu'est-ce qui te prend, Alex ? demanda-t-il en s'asseyant dans l'auto. Qu'est-ce qu'il t'arrive ?

Il posa le fichu presque avec tendresse sur les genoux d'Alex. Puis il dit :

— Je suis désolé, chérie. C'est cette circulation...

Elle sentit deux larmes couler sur ses joues.

— Non. C'est cette bonne femme.

— Quelle femme?

Tu vois? se dit-elle. Il a déjà oublié.

— La femme du péage! Si elle ne t'avait pas retenu pour te faire la causette, nous n'aurions pas été pris dans cet embouteillage.

— Ne blâme pas cette pauvre femme, dit-il.

Elle savait qu'il y avait plus que Marsha Bernice Apfelbaum qui était responsable de ses larmes. Il y avait également Herbert, Joël, Otto, Henry Coker, Mark Rinsky, Fiona Fenton, Mona Potter et le fiasco de sa superbe réception. Il y avait également les gens du bateau engloutis sous leurs yeux et tout le reste. *Tous les grands de la ville vont te courir après, Lexy,* lui avait dit Lucille Withers. Elle devait déjeuner avec Rodney McCulloch lundi et ce n'était certainement pas pour rien. Elle avait pris la direction de *Mode* alors qu'elle était encore dans la vingtaine. Elle avait maintenant plus de quarante ans et se sentait trop vieille pour tout recommencer.

Mel lui tendit son mouchoir.

— Voilà, mouche-toi bien. Je suis vraiment désolé, chérie. Vraiment. Je ne voulais pas te gronder. Je t'aime, Alex.

Elle prit le mouchoir en disant :

— Eh bien, je suis contente de te l'entendre dire.

Elle se moucha bruyamment et la voiture avança de quelques centimètres.

Elle devina soudain pourquoi il était de mauvaise humeur. Si elle n'avait pas eu de rendez-vous avec Henry Coker ce matin-là, ils auraient pu partir au moins deux heures plus tôt et s'épargner tout cela. Ce n'était pas la faute de la préposée. C'était encore une fois sa carrière qui interférait avec la vie de Mel. Il bougonnait en regardant la circulation à l'arrêt devant eux.

— Je suis désolée, s'empressa-t-elle de dire. J'ai agi comme une idiote. Pardonne-moi.

— J'ai seulement peur que la voiture ne chauffe. Là, nous

serions vraiment dans de mauvais draps.

— Je sais.

— Regarde, dit-il d'une voix inquiète. Il est maintenant quinze heures trente. Nous sommes encore dans Rego Park. Les Van Zuylen nous attendent à dix-neuf heures. Que dirais-tu si, quand nous sortirons de cet embouteillage, nous nous rendions directement à Southampton chez les Van Zuylen sans nous arrêter à Sagaponack? Nous y gagnerions une heure.

— Ainsi vêtus? dit-elle en tirant son chemisier. En jeans et avec une des vieilles chemises de Joël?

— C'est une « beach party ». Très informelle. En costume de bain. T-shirts. Pieds nus.

Elle fut sur le point de dire qu'après le long trajet qu'ils venaient de faire sous la chaleur, elle aurait aimé prendre un bain, mais elle ne dit rien. Puis, comme s'il avait lu dans ses pensées, il dit :

— Tu pourras plonger dans la piscine à notre arrivée. Maggie a toujours des costumes de bain supplémentaires dans son vestiaire.

— J'en ai mis un dans mon sac.

— De plus, je pense que, peu importe ce que porte la directrice en chef de *Mode,* ça devient automatiquement de mise.

— La codirectrice de *Mode,* dit-elle.

— Rappelle-toi notre promesse.

Ils semblaient s'approcher de la cause de cet infernal embouteillage.

— Mon Dieu! s'écria-t-il. Regarde ça. Est-ce possible?

Ils s'étaient attendus tous les deux à un accident colossal, à des douzaines d'automobiles embouties ou renversées, à des voitures de police, des camions d'incendie, des ambulances, des sirènes. Ce n'était qu'une Toyota bleue sur le terre-plein central avec un pneu crevé à l'arrière gauche. Deux femmes à l'air désemparé — l'une plus âgée, l'autre plus jeune — étaient descendues du véhicule. La jeune femme tenait dans ses bras un bébé qui braillait en agitant ses petits poings fermés. Il voulait de toute évidence son biberon. C'était sûrement la grand-mère, la mère et son bébé de trois mois.

— C'était donc ça! geignit Mel.

Il frappa la paume de ses mains contre le volant.

— La circulation a été ralentie pendant des heures, parce que des gens regardaient deux femmes avec un pneu à plat! Et personne ne les aiderait! Penses-tu que je devrais m'arrêter? Je peux changer un pneu en cinq minutes, si elles en ont un de rechange.

— Tu crois, chéri? dit-elle. Ce que je veux dire, c'est que si on apprend que Mel Jorgenson est en train de changer un pneu sur Long Island Expressway, il y aura des gens qui s'arrêteront pour te demander un autographe. Et l'embouteillage se répercutera jusqu'au New Jersey.

— Tu as peut-être raison. Mais je vais faire quelque chose.

Il prit son téléphone cellulaire et se mit à composer un numéro. Déjà, comme ils avaient dépassé la scène du désastre, le trafic reprenait son rythme de croisière...

— Allô, Al? dit-il.

Elle comprit qu'il appelait un garagiste qu'il connaissait.

— Al, ici Mel Jorgenson, je suis sur Long Island Expressway — oui, je vois une sortie — je suis à un kilomètre et demi de la sortie de Grand Avenue à Rego Park. Il y a deux femmes avec un pneu à plat sur le terre-plein. Il s'agit d'une Toyota bleue. Peux-tu envoyer quelqu'un aussi vite que possible pour s'en occuper? Sers-toi de tout ce qui est possible, ta sirène, ton gyrophare — et mets tout cela sur mon compte.

Ils accéléraient. À cause du vent qui jouait dans ses cheveux, Alex renoua le fichu de soie rouge pour refaire sa queue de cheval. Elle sentait revenir sa bonne humeur. Tous les problèmes que la ville lui avait récemment causés disparaissaient peu à peu, car elle commençait à sentir l'odeur de l'océan.

Ils quittèrent bientôt l'autoroute pour se diriger vers les Hamptons.

— C'est merveilleux, ce que tu as fait, dit-elle.

— Qu'ai-je fait?

— Tu as envoyé quelqu'un pour aider ces deux femmes. Personne d'autre que toi ne l'aurait fait.

— L'une des deux avait un bébé, que diable!

— Quand tu agis comme cela, je redeviens amoureuse de toi, dit-elle. Rien ne semble plus aller de travers.

— On va directement chez les Van Zuylen?

— Oui, directement. Nous serons légèrement en retard.

Ils ne ralentirent plus avant d'avoir aperçu le portail des Van Zuylen à Southampton. Il était dix-neuf heures quinze. Ils avaient roulé pendant huit heures, ce qui constituait assurément un record pour se rendre dans les Hamptons.

18

« Le Finistère », le domaine des Van Zuylen à Southampton, était une des résidences de rêve de la rive sud de Long Island. Tout avait changé depuis que Maggie Van Zuylen avait acheté cette propriété dans les années soixante, à un prix ridiculement bas.

La maison principale était somptueuse et, derrière la piscine, s'étendait l'océan. Au bord de la plage, il y avait un chalet, une sorte de miniature de la maison principale, avec une loggia en forme d'arc face à la mer. Ce chalet servait de vestiaire pour hommes et pour femmes. On l'utilisait également pour les invités, avec deux suites, chacune équipée d'une chambre à coucher et d'une salle de bains, d'un salon, d'une salle à manger et d'une cuisinette.

Maggie avait conçu « Le Finistère » pour recevoir et le domaine tout entier avait été organisé de sorte que ceux qui y venaient pour la première fois, aillent de surprise en surprise, que ce soit au plan architectural ou au plan de l'aménagement paysager. Et Maggie s'attendait à ce qu'on s'émerveille à chaque recoin de la maison, à chaque nouvelle vue sur le jardin. Les invités, ce soir, avaient gagné la maison principale par l'allée de gravier. Ils avaient gravi l'escalier de marbre, passé entre les colonnes de marbre blanc et pénétré dans le hall d'entrée aux dalles luisantes. Puis ils avaient traversé les principales pièces du rez-de-chaussée où ils avaient pu s'arrêter pour admirer quelques-uns des tableaux de la collection de Maggie : quatre natures mortes de Braque, l'*Arlequin au Violon* de Picasso, le *Portrait de fille* de Modigliani, *Les baigneuses* de Seurat, *La Orana Maria* de Gauguin, *L'Éstaque* de Cézanne, *Raisins et pommes* de Monet ainsi qu'un des joyaux de la collection, suspendu dans la salle à manger aux murs tendus de soie mauve, la fameuse *Danseuse sur la Scène* de Degas. La version qui était exposée au Louvre, se plaisait à expliquer Maggie, n'était qu'une copie.

Puis, en passant par le chalet, ils se rendirent à la plage où avait lieu la réception de ce soir, sous les étoiles.

On y avait dressé des tables, éclairées par des torches hawaïennes. Sous une tente blanche, une piste de danse avait été aménagée. Un quintette jouait du jazz, tandis que des musiciens ambulants circulaient parmi les invités avec des guitares hawaïennes.

Plus loin, sur une broche, on rôtissait un porc entier que faisaient tourner des domestiques, pieds nus, vêtus d'un veston blanc. Ailleurs, on avait creusé un grand trou dans le sable. Tout au long de la journée, on avait fait chauffer des pierres sur du charbon jusqu'à ce qu'elle soient à blanc. On les avait ensuite placées au fond du trou et sur ses parois, puis couvertes d'algues fraîchement pêchées qui grésillaient et dégageaient des bouffées de vapeur odorantes dans l'air. Sur les algues fumantes, d'autres hommes aux pieds nus et revêtus de vestons blancs plaçaient des homards vivants, des poignées de moules et de clams, des épis de maïs frais, des morceaux de poulet et des pommes de terre en robe des champs. Puis venait une autre couche d'algues et le tout était finalement recouvert d'une dernière rangée de pierres chauffées.

— Un simple petit pique-nique, fit remarquer quelqu'un.

Alex prenait mentalement des notes, pour pouvoir peut-être s'en servir dans son magazine.

— Alex chérie, dit Maggie Van Zuylen, j'ai une surprise toute particulière pour toi ce soir. Mais j'ai l'impression de l'avoir perdue pour le moment. Je vais voir si je peux la retrouver.

D'autres hommes aux pieds nus et aux vestons blancs circulaient parmi les invités, passaient les plateaux de hors-d'œuvre et prenaient commande des consommations. Alex accepta une coupe de champagne.

— Elle utilise son Baccarat sur la plage, entendit-elle chuchoter. Parmi la foule, elle remarqua la cage métallique à boucles orange qui appartenait à Mona Potter. Quelque part sur le sable, on avait installé un filet de volley-ball et un groupe de jeunes gens en maillot venaient de commencer une partie.

Mais Alex observait particulièrement ce que portaient les femmes. C'étaient, comme l'avait annoncé Mel, surtout des jeans taillés en shorts et des T-shirts de coton.

Le soleil baissait à l'horizon et une odeur de fruits de mer flottait dans l'air. Avec beaucoup de soin, les hommes en veston blanc retiraient les pierres chauffées avec des râteaux à longs manches. Certains allumaient des torches hawaïennes, tandis que d'autres continuaient à faire tourner sur sa broche le porc dont la graisse sifflait et s'enflammait au contact des braises.

Mel effleura le bras d'Alex.

— J'ai apporté un enregistrement spécial que m'avait demandé Maggie. Mais je l'ai oublié dans l'auto. Je vais le chercher et je reviens tout de suite.

— Qui êtes-vous? demandait Mona Potter.

Elle en était à sa quatrième coupe de vin et elle regardait de ses yeux myopes un invité qu'elle n'avait pas reconnu immédiatement.

Mel Jorgenson passa à travers les différents jardins. Des projecteurs éclairaient des bosquets de rhododendrons tandis qu'un éclairage invisible illuminait des parterres de buis. D'autres lampes lançaient leurs jets de lumière sur les troncs et sur le feuillage d'arbres plus imposants. On était très loin des pique-niques de son enfance où il mangeait des œufs bouillis dans des assiettes de carton posées sur une couverture pleine de sable à Coney Island. Il sentait encore le sable grincer sous ses dents. Sa mère lui disait alors :

— Il te faut manger un kilo de sable avant de mourir.

Dans la lumière évanescente, il lui fut aisé de repérer Scarlett O'Hara parmi les quelque deux cents autos sur le parc de stationnement du « Finistère ». Il se dirigea vers elle et ouvrit la porte, côté conducteur.

Il recula brusquement et laissa tomber son verre qui éclata sur le sol à ses pieds. Une masse de tissu scintillant s'étalait sur le siège avant. Elle bougeait.

Il réalisa alors que c'était le corps d'une femme affalée sur le fauteuil et qui sanglotait sans pouvoir se retenir.

— Je vous demande pardon, dit-il.

Puis, il ajouta :

— Puis-je faire quelque chose ?

Elle poussa un petit cri de surprise en levant vers lui des yeux ruisselants. Elle tendit prestement la main vers la paire de lunettes noires qui était à côté d'elle. Elles les mit et c'est alors qu'il la reconnut.

— Mademoiselle Fenton, dit-il.

— Oh, je vous en prie, pleura-t-elle. Pardonnez-moi, je vous en prie ! Je ne savais pas où aller. Votre auto était la seule dont l'une des vitres était restée baissée. Il me fallait quitter cette réception. Je ne savais où aller. Je me suis réfugiée ici.

— Que s'est-il passé ?

— Regardez-moi ! pleura-t-elle.

Elle s'assit et désigna la robe du soir, parsemée de paillettes d'or et d'argent, qu'elle portait.

— Regardez-moi !

— Qu'est-ce qui ne va pas ?

— C'est ma nouvelle robe Chanel. Je l'ai achetée précisément pour cette réception. Et regardez mes souliers !

Elle souleva sa robe longue pour lui montrer ses souliers, des sandales dorées à fins talons hauts.

— Regardez-moi! Je suis censée... je suis censée travailler pour une des plus importantes revues de mode du monde et c'est ainsi que je me suis habillée. J'ai l'air d'une folle. J'ai l'air d'un clown!

— C'est une très belle robe.

— Mais avez-vous vu ce que les autres portaient? Des jeans. Des costumes de bain. Ils étaient pieds nus. Je ne pouvais même pas enlever mes souliers car je porte un collant!

Elle recommença à pleurer.

— Une « beach party », dit-elle. Je n'avais aucune idée de ce qu'elle voulait dire par « beach party ». Nous n'avons pas de « beach parties » en Angleterre. De sorte que c'est ainsi vêtue que je suis arrivée!

— Je pense que c'est très joli, dit-il.

— Les gens riaient dans mon dos. Je le sais. Il fallait que je me sauve. L'hôtesse, Mme Van Zuylen, je ne la connais même pas!

Elle se tamponna les yeux derrière ses lunettes noires.

— C'est vraiment trop humiliant.

Puis elle ajouta :

— Pardonnez-moi. Je n'aurais pas dû m'asseoir dans votre auto.

— Je suis simplement venu chercher quelque chose.

— Je dois partir, dit-elle. Il faut que j'appelle un taxi. Mais je ne sais pas où se trouve le téléphone. Je ne peux pas retourner dans cette maison, ainsi vêtue.

Mel regarda brièvement le téléphone, dans sa voiture. Puis il dit :

— Aimeriez-vous que je vous reconduise chez vous?

— Oh, vous feriez cela? dit-elle, la voix pleine d'espoir. Ce serait très gentil de votre part, monsieur Jorgenson! Ce serait on ne peut plus gentil.

— Où logez-vous?

— C'est à un endroit qui s'appelle Gurney's Inn, répondit-elle. C'est, je crois, sur Montauk Road.

— Je connais Gurney's Inn, dit-il.

Il regarda sa montre. Gurney's Inn était à environ vingt-cinq minutes en auto. Il s'installa à côté d'elle.

— D'accord, allons-y.

— Vous êtes vraiment très gentil, dit-elle.

— N'en parlons plus.

Il sortit de l'aire de stationnement et emprunta la longue allée des Van Zuylen pour se diriger vers Gurney's Inn.

— Vous voyez, dit-elle, je ne connais ni M. ni Mme Van Zuylen, et c'est ce qui aggrave tellement la situation, d'être arrivée chez quelqu'un qu'on n'a jamais rencontré, vêtue de façon inadéquate. C'est du moins ainsi que je me sens. Et qui plus est, je suis censée connaître les rudiments de l'étiquette. Cela ne vous semble-t-il pas une forme stupide de la vanité féminine, monsieur Jorgenson? Pouvez-vous comprendre la vanité féminine?

— J'imagine que je le peux, dit-il. Mais comment savez-vous mon nom?

— Seigneur, je vous vois presque tous les soirs à la télé. Je vous ai tout de suite reconnu!

— Ah! fit-il.

— Elle m'a appelé tout simplement comme cela hier, cette Mme Van Zuylen, poursuivit-elle. Pour m'inviter à la réception de ce soir. Tout simplement comme cela. Je ne savais absolument pas qui elle était.

— Ça se produit souvent à New York, dit-il. Une fois que votre nom figure dans la chronique de Mona Potter, tout le monde désire vous rencontrer. Qu'ils vous connaissent ou non n'a aucune importance. On vous invite pour voir qui vous êtes.

— Vous voyez? C'est ce que je voulais dire. Je savais bien qu'on voulait voir qui j'étais, ce soir. C'est la raison pour laquelle je ne pouvais supporter de rester, ainsi vêtue. J'avais appelé mon ami, M. Herbert Rothman. Il m'a dit que cette Mme Van Zuylen était l'une de vos plus brillantes hôtesses et que je devais à tout prix accepter cette invitation. Il a cependant négligé de me dire ce qu'on portait à une « beach party ».

— Herb Rothman n'était pas invité?

— Si, il l'était. Mais M. Rothman est à San Francisco ce week-end, en voyage d'affaires. Il m'a pressée de venir seule. C'est lui qui m'a suggéré de descendre à Gurney's Inn.

Il emprunta le Montauk Highway. Elle resta silencieuse un moment.

— Parlez-moi de vous, mademoiselle Fenton, finit-il par demander.

— Je vous en prie, appelez-moi Fiona.

— D'accord, parlez-moi de vous, Fiona.

— Oh, vous ne voulez pas sérieusement que je vous parle de moi, monsieur Jorgenson ?

— Mon nom est Mel.

— Vous ne voulez pas sérieusement que je vous parle de moi, Mel ?

— Mais si, je le veux.

Elle sembla hésiter.

— Eh bien! J'ai eu une enfance anglaise normale, j'imagine. Élevée de façon stricte par des nounous, dans un petit village pittoresque. Ces nounous m'ont soigneusement protégée des réalités de la vie. Deux parents qui m'ont gâtée et — oh !

Il réalisa soudain qu'elle s'était remise à pleurer.

— Qu'est-ce qui ne va pas ? lui demanda-t-il.

— Je ne peux pas — je ne peux tout simplement pas, sanglota-t-elle.

— Vous ne pouvez pas quoi ?

— Je ne peux pas continuer à raconter de tels mensonges, Mel !

— Des mensonges ? Quels mensonges ?

— Les mensonges que j'ai racontés à tout le monde... les mensonges que j'ai racontés à M. Rothman. Le mensonge que j'ai fait de ma vie... Je ne peux pas continuer...

— Avez-vous envie de m'en parler ? demanda-t-il, intéressé.

— Si je vous dis la vérité — la vérité vraie — la vérité que je n'ai jamais dite à âme qui vive, me promettez-vous de n'en parler à personne ? Me promettez-vous de ne pas en parler à

M. Rothman ?

— Promis, dit-il.

— Parce que ce n'est pas une très belle histoire.

Elle se tamponna les yeux et se moucha.

— Jusqu'à quel point connaissez-vous l'Angleterre, Mel ? lui demanda-t-elle alors.

— Je suis allé souvent à Londres. Mais le reste de l'Angleterre, je ne le connais pas très bien.

— Avez-vous déjà entendu parler du vicomte de Hesketh ?

— Non.

— Le nom des Hesketh est très connu en Angleterre, mais on en sait très peu sur l'homme lui-même. Il vit en reclus et ne quitte à peu près jamais Hesketh Castle où il demeure. Peu de gens en dehors de sa famille l'ont jamais vu. J'imagine qu'on peut le décrire comme l'un de nos fameux excentriques anglais. C'est un personnage fort mystérieux.

— Hum ! exprima Mel.

— Le vicomte de Hesketh est mon père.

— Ho ! fit-il.

— Ma mère l'a quitté alors que j'étais toute petite. Je n'ai pratiquement pas de souvenirs d'elle, mais j'en ai quelques photographies. Elle l'a quitté, elle s'est sauvée. Peut-être en Espagne. C'est ce que nous croyons, mais nous n'en sommes pas certains. Elle a disparu. Personne n'en a plus jamais entendu parler.

— Un autre homme ?

— Peut-être. Nul ne sait. Mais nous pensons qu'elle l'a quitté parce qu'elle a découvert ce qui se passait.

— Oh ! Que se passait-il donc ?

— J'ai une sœur plus âgée, Bridget. Elle a deux ans de plus que moi. Elle vit maintenant en Australie. Elle s'est sauvée aussi. Je n'ai pas eu cette chance. Le tout a commencé avec Bridget. Puis ce fut mon tour.

— Qu'est-ce qui a commencé ?

— Les choses ont commencé alors que nous étions de toutes petites filles — d'abord Bridget, puis moi. Je ne me rappelle pas quand exactement ; j'étais si jeune. J'avais peut-être trois ans. Il me demandait de le toucher à certains endroits. Puis il m'a demandé de faire d'autres choses intimes, des choses qui étaient — disons — ignobles.

— C'est horrible ! dit-il d'une voix calme.

— Mais non, dit-elle. Non ! Ce n'était pas horrible ! J'aimais mon père ! Je le vénérais ! Je l'adorais. Je pensais que c'était un dieu ! C'était le vicomte de Hesketh, comte de Langdon ! Il ne pouvait rien faire de mal ! Personne n'a, bien sûr, jamais su ce que nous faisions ensemble. C'était notre secret, à Père et à moi. J'aimais ces choses secrètes que nous faisions ensemble. Je les aimais de plus en plus, à mesure que le temps avançait. Je suis sûre que Bridget les aimait, elle aussi. J'attendais avec impatience les moments que nous allions passer ensemble. Je les espérais ! Je pensais qu'il était le père le plus extraordinaire qu'une fille pût avoir. Je pensais que j'étais la fille la plus chanceuse au monde d'avoir un père qui m'aimait tant et d'une façon si particulière ! Ce n'est que plus tard, beaucoup plus tard, que j'ai appris que ce que nous faisions était mal, que c'était un péché aux yeux de Dieu et des hommes et qu'il y avait un mot pour cela, l'inceste. Et qu'aux yeux de toutes les sociétés civilisées du monde, mon père adoré était un dégénéré, un perverti de la pire espèce.

Il la regarda et, à la lueur des lumières du tableau de bord, il vit briller ses larmes.

— Puis la culpabilité s'est installée, la culpabilité de savoir que j'avais aimé mon péché, que j'avais consenti au mal, que j'avais encouragé le mal, que j'avais aidé le diable à entrer dans notre maison. Je sentais que j'allais être écrasée sous le poids de la culpabilité ! Pouvez-vous comprendre ce que je ressentais ?

Il fit un signe d'approbation.

— Oui, je le peux.

— Bridget avait déjà franchi les mêmes étapes. Elle avait pris la fuite. Je savais que je devais me sauver de cette demeure hantée par le diable. J'ai essayé. J'avais dix-sept ans.

Je suis partie pour Londres où j'ai trouvé un emploi et où j'ai tenté de me cacher de lui, du passé, de tout. Mais je savais qu'il me poursuivait, qu'il avait mis des détectives à mes trousses pour me ramener. Puis...

— Puis ?

— Puis, à Londres, j'ai rencontré le plus merveilleux des hommes. C'était un soldat, en poste à Aldershot. Nous sommes tombés amoureux et j'ai alors pensé être enfin libérée. Il m'a demandé de l'épouser et nous nous sommes mariés civilement. Nous nous aimions tant. Ces quelques mois passés ensemble ont été les plus heureux de ma vie. Mais mon père a tout découvert. Même si la plupart des gens pensaient qu'il était un vieil excentrique sans malice, il avait des amis haut placés dans l'Armée. Il avait de l'influence. Après tout, il était le vicomte de Hesketh, comte de Langdon. Il était un des pairs du Royaume ! Il était reçu de l'Ordre de la Jarretière ! Tous ses condisciples d'Eton faisaient partie de l'état-major de l'armée. En Angleterre, les liens établis au cours des études comptent beaucoup — plus que la vie elle-même, parfois. C'était tout juste avant la guerre des Falklands de sorte que, quand elle a débuté, mon père s'est arrangé pour qu'Éric y soit envoyé et qu'il soit placé en première ligne. Voilà pourquoi mon cher époux n'est jamais revenu des Iles Falklands. Ils l'ont enterré là-bas et ils m'ont fait parvenir son uniforme dans une boîte enveloppée du drapeau britannique. C'est tout ce qui me reste de lui, son uniforme avec le drapeau qui recouvrait son cercueil.

— Quelle histoire affreuse, Fiona, dit-il. Je suis vraiment désolé.

— Pourquoi est-ce que je vous raconte tout cela ? Je n'ai jamais parlé de mon père à Éric. J'étais sûre que si je lui disais quoi que ce soit, il allait cesser de m'aimer, que j'allais le dégoûter, qu'il allait penser que j'étais une moins que rien. Puis la culpabilité s'est à nouveau emparée de moi. Même encore aujourd'hui. Parfois, quand j'y pense trop, j'ai l'impression que tout mon être va exploser. Et, de plus, je suis aussi coupable de la mort d'Éric, car si je ne l'avais pas épousé, il serait encore vivant.

— Il ne faut pas raisonner ainsi, Fiona.

— Mais c'est ainsi que je raisonne! Pourquoi est-ce que je vous raconte tout cela à vous qui m'êtes presque un étranger?

— Il est parfois utile de partager sa douleur avec quelqu'un d'autre.

— Peut-être est-ce parce que vous avez été assez gentil de me laisser pleurer dans votre auto et que vous avez offert de me reconduire chez moi, dit-elle. De toute façon, après la mort d'Éric, j'ai trouvé un autre emploi. J'ai travaillé pour un petit magazine de mode appelé *Lady Fair* qui n'était rien comparé à *Mode*. Puis, pendant un certain temps, dans une boutique de vêtements sur Sloane Street. C'est là que j'ai commencé à apprendre les rudiments de la mode. En décembre dernier, j'ai par hasard rencontré M. Herbert Rothman à Londres où il était en voyage d'affaires. Il semble m'avoir appréciée — rien de romanesque bien sûr — mais il a semblé s'intéresser à ma philosophie de la mode qui est quelque peu différente de celle des autres. Il m'a demandé si j'aimerais aller aux États-Unis travailler pour *Mode*. J'étais bien sûr très enthousiaste! La chance de travailler avec la grande Alexandra Rothman dont la réputation n'est plus à faire. M. Rothman m'est apparu comme ma planche de salut, mon sauveur. Il s'est occupé de tout. Je n'avais pas de passeport, ni de permis de travail pour les États-Unis; il a pris soin de tout. Soudain, c'était comme si j'avais un parrain tout-puissant. Je pouvais enfin m'échapper. Je pensais que si je mettais un océan entre ma culpabilité et moi, peut-être arriverais-je à m'en libérer. Je me trompais.

— Vous y parviendrez avec le temps, Fiona. Vous n'étiez qu'une enfant. Ce qui est arrivé n'est pas beau, mais ce n'était pas de votre faute.

— Vous êtes le fiancé d'Alexandra Rothman, n'est-ce pas? demanda-t-elle.

Il rit doucement.

— Fiancé est un mot bien pompeux pour un homme de

mon âge.

— Son galant, alors. Vous savez, j'étais tellement enthousiasmée à l'idée de travailler à ses côtés que je n'ai pas beaucoup pensé à la manière dont les choses se feraient. Mais maintenant, il semble que ça ne fonctionnera pas. Je sais qu'elle est tout à fait bouleversée, j'ai pu le remarquer sur son visage le soir de sa réception. Ce fut vraiment ignoble. Parfois, malgré ses grandes qualités, Herbert Rothman manque d'une certaine dose de sensibilité.

— Oui, approuva-t-il d'un ton bourru.

— Je l'ai supplié de ne pas agir ainsi, mais il m'a assuré qu'elle en serait très heureuse. Elle était loin de l'être. Alors, j'imagine que c'en est fini de mon rêve. Et je vais repartir bientôt pour l'Angleterre.

Il ne disait rien, mais regardait fixement les faisceaux de ses feux sur Montauk Highway.

— Je pensais que si je pouvais la voir à la réception de ce soir, je pourrais lui parler et lui expliquer à quel point je me sens mal face à tout cela et à la manière dont les choses ont été menées. J'ai pensé que nous pourrions nous entendre. Mais rien ne semble me réussir, n'est-ce pas ?

Il continuait à ne rien dire.

— Ce que je veux dire, c'est qu'il n'est pas nécessaire que je sois codirectrice, ni rien d'aussi important. Même si je n'étais qu'une petite assistante de rédaction, ça me suffirait. Le seul fait de travailler pour elle et d'apprendre à ses côtés me comblerait.

— Laissez-moi lui parler, dit-il. Peut-être est-il possible d'arranger les choses.

— Vous feriez cela ?

Elle lui toucha le bras.

— Ce serait terriblement gentil de votre part. Je me sentirais tellement mieux après. Le simple fait de savoir qu'elle connaît ma version des choses me ravirait. Vous êtes un homme très gentil, Mel. Alexandra Rothman a beaucoup de chance d'avoir un homme comme vous.

Il tourna dans l'allée de Gurney's Inn.

— Eh bien, nous y voici, dit-il.

— Merci beaucoup, Mel.

Il arrêta l'auto.

— Ma chambre est juste là, dit-elle.

— Je vais vous y accompagner. Cette allée est assez sombre...

— Et moi, avec mes stupides talons hauts !

Ils remontèrent l'allée en silence.

— Je vous inviterais bien à prendre un verre, mais...

— Je dois retourner à la réception.

— Bien sûr, dit-elle. Merci beaucoup. Merci de m'avoir écoutée. Je n'oublierai pas ce que vous m'avez dit.

— Qu'est-ce que je vous ai dit ?

— Vous m'avez dit qu'il était parfois utile de partager ses sentiments avec quelqu'un d'autre. C'est vrai. J'ai partagé les miens avec vous et ça m'a aidée. Vous êtes bon, Mel, et j'avais besoin de bonté ce soir. Merci.

Elle lui effleura le menton et l'embrassa très légèrement sur la joue. Il remarqua soudain l'odeur de gardénia que dégageait son parfum.

Elle ouvrit rapidement et pénétra dans sa chambre dont elle referma la porte.

Mel s'éloigna lentement en direction de son auto.

19

Au printemps et au début de l'été 1912, fort de sa nouvelle célébrité et de celle de l'*Explorer,* Ho Rothman se vit inondé de nouvelles souscriptions. Des distributeurs de journaux de Manhattan, de Brooklyn et du Bronx, réclamaient désormais le tabloïd pour leurs kiosques. Ho se retrouva dans une position de force unique et il le réalisa rapidement. Les journaux se vendaient alors, comme la plupart encore aujourd'hui, avec reprise des invendus. En d'autres termes, les vendeurs pouvaient les renvoyer à l'éditeur qui les leur créditait. Ho informa les détaillants que, s'ils souhaitaient vendre son journal, il leur faudrait désormais payer comptant et sans possibilité de reprise. Cette nouvelle politique rencontra beaucoup d'hostilité, mais Ho se montra inflexible.

— Vous commandez, je fournis. Pas de reprise, disait-il.

Cette politique s'applique encore aujourd'hui pour toute la chaîne de distribution des Publications Rothman.

Inutile de dire que, pour répondre à cet essor dans ses affaires, Ho dut faire face à de sérieux problèmes de distribution, mais il n'était pas encore disposé à prendre du personnel supplémentaire. Heureusement, sa nouvelle amie, Sophie Litsky, et la famille de celle-ci vinrent à sa rescousse. L'*Explorer* était mis sous presse le jeudi soir et distribué le vendredi matin. Très tôt, tous les vendredis, avant l'école,

Sophie se chargeait de deux des tournées de livraison de Ho à Newark. Elle trimballait les journaux d'un trottoir à l'autre dans une voiturette rouge. Comme il possédait une bicyclette, son frère Morris, de deux ans son aîné, couvrait une surface plus importante. Le vendredi matin, Mme Bella Litsky elle-même dénouait son tablier pour rejoindre Ho sur le bac en direction de Manhattan où elle l'aidait à la distribution. Même Rabbi Lisky, pris par l'enthousiasme de l'entreprise, se joignait à eux dans leur traversée vers New York où ils prenaient le tramway et se dispersaient dans toutes les directions de la cité et de ses environs, portant les liasses ficelées de journaux.

Les raisons pour lesquelles tous les membres de la famille Litsky aidaient si volontiers leur jeune ami n'étaient pas uniquement altruistes. Bella et son mari avaient bien noté que cet ambitieux et diligent jeune homme, ce héros national et cette célébrité du moment avait été le premier à rapporter le pire désastre de l'histoire de la marine marchande. Il l'avait également prévu. Il s'avérait donc être un excellent choix comme époux pour leur Sophie, quand l'heure serait venue. Ho de son côté n'avait pas les mêmes vues. Mais il se garda bien de leur en faire part.

Pourtant, même avec l'aide des Litsky, Ho n'avait que deux ou trois heures de sommeil par jour. Pendant les courtes traversées du bac, il n'était pas rare de voir le petit Ho Rothman recroquevillé sur un des inconfortables bancs d'osier du navire, une pile de journaux comme oreiller. Il dormait jusqu'à ce que l'éveille la cloche qui annonçait l'accostage.

Il avait fait suivre ses articles sur le *Titanic* d'une série de profils de certains des grands hommes qui avaient péri avec le paquebot : Benjamin Gugenheim, Isidor Straus, Harry Elkins Widerner. Certains d'entre eux lui furent d'un profit particulier. Par exemple, il avait titré : « JOHN JACOB ASTOR — UN GRAND HÉROS AMÉRICAIN ! » Son récit de l'héroïsme de M. Astor était un mélange de faits réels et de détails qu'il avait lui-même inventés. Il raconta comment le « colonel » Astor avait aidé sa femme enceinte à descendre dans un canot de sauvetage et comment il lui avait promis de la suivre plus tard dans un autre canot, ce qui correspondait à la vérité. Il avait ajouté que ce colonel avait passé ses derniers moments à veiller à ce que les petits enfants soient chaudement enveloppés dans des manteaux et qu'ils soient munis de mitaines et de foulards avant d'être descendus dans les canots sur la mer glacée. Ho trouvait que ces détails ajoutaient une belle note dramatique à son récit.

Peu de temps après la parution de cet article, il reçut une lettre de la secrétaire personnelle de la veuve du colonel Astor qui désirait le voir.

Vêtu de son meilleur habit, il se présenta à la porte du manoir Astor au 840 de la Fifth Avenue où il fut accueilli par un majordome en queue de pie et gilet rayé or et blanc. Celui-ci l'escorta jusqu'à un boudoir d'inspiration vénitienne où Madeleine Astor était assise sur une sorte de trône. C'était une petite femme, à l'air délicat dont la grossesse était dissimulée par un châle doré qui lui couvrait le ventre et les genoux. Elle tendit sa main à Ho qui s'inclina.

— Je voulais vous remercier de ce que vous avez écrit au sujet de mon époux, lui dit-elle. J'ai toujours su qu'il était un héros, mais je ne savais pas qu'il avait passé ses derniers moments à s'occuper de la sécurité des petits enfants. C'est tellement lui ! J'ai été profondément émue.

Elle lui avait alors remis un chèque de mille dollars.

À la même époque, comptant sur sa réputation de journaliste visionnaire, Ho ajouta dans son journal une chronique régulière qu'il intitula : « La boule de cristal de l'*Explorer* ». Cette nouvelle chronique se spécialisa dans la prédiction d'événements sinistres et devint rapidement l'une des plus lues. Il n'était pas important que nombre des prédictions de Ho ne se réalisent pas. Elles ajoutaient du piquant au contenu de l'hebdomadaire.

Les pages de publicité augmentèrent avec le tirage. Pour ses annonceurs, Ho commença à utiliser un système de « rabais ». L'idée était simple. Plus une entreprise annonçait, plus grand était le rabais qui lui était accordé. Cette tactique est largement utilisée de nos jours, mais Ho là aussi fut précurseur.

Ho savait déjà qu'il devrait faire un jour de son *Explorer* un quotidien plutôt qu'un hebdomadaire, mais il décida d'être prudent et de prendre son temps. C'est avec sagesse qu'il décida également de garder son emploi chez Bamberger où, au lieu d'être congédié pour avoir abandonné son poste en ce fameux soir d'avril, on le traitait maintenant comme l'enfant chéri du magasin. Son exploit journalistique avait servi de publicité gratuite pour la société. Le désormais bienveillant M. Gossage avait invité Ho Rothman à devenir acheteur-assistant de meubles, au salaire de vingt-cinq dollars par semaine. De plus, Ho aidait M. Gossage à préparer les annonces peu honnêtes de ventes spéciales qui allaient paraître à l'endos de son journal.

Même si les heures de travail étaient épuisantes, il y avait maints avantages à tenir en même temps les deux emplois. D'abord, à titre d'acheteur-assistant, Ho avait maintenant à son usage un bureau et une machine à écrire. À son bureau, au magasin, Ho pouvait rédiger des articles. Si M. Gossage avait des objections à cette utilisation singulière de son temps de travail, il ne le dit jamais. D'un autre côté, le magasin offrait à ses employés des remises sur la marchandise, trente pour cent sur les vêtements et vingt pour cent sur tout le reste. À son journal, tous les meubles avaient été confisqués et vendus aux enchères lors de la saisie judiciaire. Peu à peu, Ho fut en mesure de remeubler son bureau au journal. Il réussit également à faire affaire avec certains des fournisseurs du magasin et à acheter, à prix de gros, certains articles qu'on ne trouvait pas chez Bamberger : des classeurs, par exemple, pour ranger la pile croissante des documents. Les fournisseurs faisaient aussi des cadeaux aux acheteurs, parfois sous forme de ristournes ou encore de marchandises vendues comptant et dont l'acheteur pouvait empocher l'argent. Ho fut également capable de persuader M. Gossage d'augmenter le budget de publicité confiée à l'*Explorer*. En retour, Ho prit soin de faire nombre d'allusions au magasin dans ses articles. Plus tard, les publications Rothman furent réputées pour ce genre de pratique.

Par-dessus tout, le passage de Ho chez Bamberger lui apprit qu'il n'y avait pas vraiment de différence entre vendre des publicités et vendre des meubles. Il s'agissait toujours de persuader le client qu'il faisait une bonne affaire. Il offrit à ses annonceurs des « ventes » périodiques et des prix spéciaux pour « une journée seulement ». À la fin de mai 1913, Ho Rothman avait 7 145,83 $ en banque. Il commença à se considérer comme un homme riche. Pourtant, même s'il veillait toujours à ce que ses chemises soient propres et ses souliers bien cirés, il n'agissait pas, ni ne vivait comme s'il était nanti. Cela viendrait plus tard.

C'était une époque de superlatifs, d'extravagance, d'exubérance, de vantardise et d'optimisme non fondé, alors que le jeune siècle achevait ses années dix et entamait ses années vingt. Tout ce qui paraissait était non seulement le plus nouveau, mais aussi le plus gros, le meilleur, le plus grand, le plus cher. Les trains roulaient alors plus vite, sur des rails plus brillants. Les aéroplanes volaient, sans jamais s'écraser. Les automobiles remplaçaient les chevaux, parce qu'elle étaient plus faciles à entretenir et moins coûteuses à nourrir. Même la température était plus clémente, parce que l'air était rempli d'espoir et de promesses. Les chansons étaient plus entraînantes. Les livres, les pièces de théâtre et les films étaient à la portée de tous. Même les crimes étaient plus parfaits. On pouvait se tirer de n'importe quoi. La guerre en Europe était loin et présentait peu d'intérêt aux yeux des Américains et quand les États-Unis finirent par s'en mêler, leur implication fut de courte durée, juste assez pour stimuler un peu de ferveur patriotique et pour générer un ou deux héros. La prohibition était enivrante, car les Américains buvaient désormais plus que jamais. Même les femmes commençaient à se soûler en public.

Dans cette atmosphère stimulante, Ho Rothman s'épanouissait. Les gens commençaient à remarquer que, même s'il était petit de taille, il était un sacré beau garçon. Il y avait une lueur dans ses yeux quand il descendait la rue entre ses deux lieux de travail. Les jeunes femmes qui croisaient son regard se mettaient à rougir. Ce qui éclatait le plus, c'était sa confiance en lui-même. Il avait l'impression de diriger le monde. Il ne pouvait se tromper, il était invincible. Son compte en banque qui grossissait sans cesse le lui prouvait. À la fin de novembre 1919, il se chiffrait à 29 176,42 $.

Il décida alors qu'il était grand temps de penser à se donner des héritiers. Sophie Litsky, malgré sa douceur et sa vaillance, ne lui paraissait guère l'instrument idéal pour accomplir ce genre de mission. Mais il savait qu'il finirait par trouver quelqu'un et se mit sérieusement en campagne.

Extrait du journal de Joël Rothman :

Dimanche, le 24 juin 1990

15 h 00

Je savais qu'il devait y avoir une façon d'expliquer pourquoi Fiona n'avait pu respecter notre rendez-vous de vendredi soir. Elle vient de me téléphoner, toute chose, pour me dire ce qui est arrivé. Il semble que sa sœur Brenda qui vit au Connecticut soit entrée d'urgence à l'hôpital vendredi après-midi pour un calcul rénal. Fiona a dû se rendre à toute vitesse à Greenwich pour s'occuper de ses neveux. Elle a bien sûr tenté de m'appeler, mais je me suis absenté tout l'après-midi pour faire des courses ! De toute façon, le calcul de sa sœur est « passé » et Fiona est de retour. Elle veut me voir ce soir ! Chez elle à 19 h 00. J'ai donc fait une autre réservation au Cirque pour 21 h 30, suivant le même horaire que vendredi !

Ils étaient maintenant tous les deux couchés dans les draps de satin bleu de Fiona. Ils venaient de faire l'amour quand le téléphone se mit à sonner. Elle tendit le bras vers le récepteur en disant :

— Je pense qu'il vaut mieux que je réponde. Ce pourrait être ma sœur; Allô, chérie... Tu es de retour de San Francisco? Mais je ne t'attendais pas avant mardi... Tout s'est bien passé?... Tu es en bas? Non, tu ne peux vraiment pas monter.

J'aurais aimé que tu m'appelles, chérie, pour m'annoncer ton arrivée... Non, je ne peux tout simplement pas. J'ai la pire des migraines et je fais de la fièvre. J'espère que ce n'est pas la grippe... Non, je ne suis finalement pas allée dans les Hamptons... mais chez ma sœur au Connecticut... Non, je suis absolument désolée, chérie, pas ce soir... Je me sens très mal et j'ai une tête de déterrée. En fait, le médecin est à mes côtés en ce moment.

Elle fit un clin d'œil à Joël.

— Il vient de me faire une piqûre.

Elle lui fit un autre clin d'œil.

— Appelle-moi demain, chérie. Si je vais un peu mieux, on pourra se voir. Je t'embrasse. À bientôt.

Elle replaça le récepteur.

— C'est mon amie, Georgina, de Londres, dit-elle. C'est une fille très directe. Elle ne prévient jamais. Elle arrive simplement, à l'improviste et s'attend à ce que je laisse tout tomber.

Joël allait dire que c'était une voix d'homme qui lui était parvenue. Comme si elle avait lu dans ses pensées, elle dit :

— Georgina a une drôle de voix basse. Comme ça.

Elle l'imita et se mit à rire.

20

— Achetez-les malades, rendez-leur la santé — et s'ils ne font pas de profit assez rapidement, vendez-les !

C'était ainsi que Ho Rothman avait une fois expliqué à un journaliste comment il avait réussi à ériger son empire de communications qui, à l'époque, consistait en plus d'une centaine de journaux et de revues, sans parler des stations de radio et de télévision et qui occupait le troisième rang au pays. Pour souligner comment il avait acquis sa réputation de « magnat absent de la presse », il avait ajouté :

— Il n'est pas nécessaire d'être sur place pour diriger un journal. D'autres peuvent le faire pour vous.

Le bilan financier de ses affaires lui donnait les seules informations dont il avait besoin. Pour le reste, ses directeurs pouvaient imprimer et publier à peu près tout ce qu'ils voulaient. Il avait appliqué au journalisme la même approche qu'Eldridge J. Gossage pour les meubles : si un article faisait vendre, il fallait l'imprimer ; s'il ne faisait pas vendre, il ne devait pas l'être. À cette époque, c'est-à-dire au début des années soixante-dix, il était de notoriété publique que Ho Rothman possédait des publications dans des villes où il n'avait jamais mis les pieds et qu'il dirigeait tout depuis son bureau du trentième étage dont la carte des États-Unis couvrait un des murs. À ce moment-là, il importait peu à Ho que les opinions et la philosophie de ses directeurs coïncident avec la sienne.

Mais il en allait tout autrement en 1921, quand Ho était encore le seul à travailler à son hebdomadaire, le *Newark Explorer*. Il avait maintenant vingt-quatre ans et il dirigeait le journal depuis neuf ans. Il avait depuis deux ans quitté son emploi chez Bamberger, en conservant, bien sûr, la clientèle des annonces publicitaires de M. Gossage. Mais il résistait toujours à l'idée d'engager des employés. Son tirage était maintenant de quinze mille exemplaires, ce qui lui semblait énorme. Il ne voyait aucune raison de changer ce qui s'était avéré une fort bonne méthode. Il résistait également aux insistantes suggestions du père de Sophie Litsky selon qui la meilleure chose que pouvait faire Ho, c'était d'épouser la jeune Sophie. En fait, Rabbi Litsky s'était récemment fait presque menaçant. Il avait laissé entendre que sa femme, ses enfants et lui-même ne pourraient plus continuer indéfiniment à livrer les journaux de Ho sans rémunération à moins que... Ho était capable de garder les Litsky à son service, mais à distance, en offrant à la famille une petite « part des profits » tirée des recettes hebdomadaires. Mais ces pressions le rendaient nerveux. Il avait presque été forcé de se marier une fois auparavant, de sorte qu'il vivait avec beaucoup de discrétion sa relation avec Sophie, sans prendre de risques ni faire de promesses.

C'est alors que, de nulle part, surgit à l'horizon de Ho un sauveur qui allait le libérer à tout jamais des exigences de la famille Litsky.

Le nom de ce sauveur était Moe Markarian. Tout le monde savait qui était Moe Markarian. On disait que faire fortune lui avait pris quinze minutes. Le temps qu'il lui avait fallu pour faire sa demande en mariage à Mme Markarian. C'était la fille du riche Hymie Weiss, dont le vrai nom était Earl Wajchiechowski, arrivé à Chicago quelques années auparavant et qui avait fait nom et fortune dans une nouvelle profession fort lucrative, la contrebande d'alcool. En fait, cette activité, dans le Midwest, était désormais contrôlée par quatre hommes :

Hymie Weiss, Dion O'Banion, Johnny Torio et un autre jeune Américain d'origine italienne appelé Alphonse Capone. Avec le temps, bien sûr, la compétition dans ce commerce illégal allait éliminer trois d'entre eux, mais en 1921, la fille de Hymie Weiss était considérée comme « une vraie affaire » pour Moe Markarian.

Avec l'argent de sa femme, il avait acheté plusieurs journaux en Pennsylvanie, à Wilkes-Barre, à Pittsburgh, à Lancaster et à Harrisburg et un de Staten Island appelé l'*Advocate*. De tous ceux acquis par Markarian, seul ce dernier s'était avéré déficitaire. À cette époque, Staten Island était un coin retiré et paisible constitué surtout de petites fermes. C'était devenu la retraite préférée de petits bureaucrates new-yorkais, de pompiers, de policiers et d'autres employés municipaux.

En 1921, la population de Staten Island semblait régresser, car les bureaucrates à la retraite avaient commencé à mourir en grand nombre et leurs enfants ou leurs petits-enfants partaient pour des horizons plus prometteurs. La rumeur prétendait que Moe Markarian allait mettre l'*Advocate* en vente. Dans le même temps, il s'était fait construire deux luxueuses résidences, une à Southampton et l'autre à Palm Beach. Il mettait la dernière main à une troisième dans la région de Westchester. Markarian surveillait également avec intérêt ce que Ho Rothman faisait avec l'*Explorer* à Newark. Il lui écrivit pour lui ménager une rencontre.

C'était un homme volumineux. Tout en parlant, il roulait entre ses doigts massifs un cigare éteint. Il avait amené sa femme avec lui. Contrairement à lui, elle était squelettique. Ses cheveux étaient d'un brun cuivré et elle portait de nombreux diamants qui scintillaient sur sa gorge, à ses doigts, à ses poignets, sur le lobe de ses oreilles et même à une de ses maigres chevilles. Mme Markarian était la deuxième femme riche que Ho rencontrait, la première ayant été Mme Astor. Il fut frappé par leur contraste. Mme Astor était pâle, douce, presque puérile. Mme Markarian était toute en os et il y avait en elle quelque chose qui le perturbait.

— Votre visage m'est familier, madame Markarian, dit-il. Est-il possible que nous nous soyons déjà rencontrés ?

Mme Markarian lui répondit de sa voix hautaine :

— J'en doute fort. Je ne crois pas connaître qui que ce soit qui vienne de Jersey.

M. Markarian alla droit au but. Il était intéressé, disait-il, à ajouter l'*Explorer* à sa collection.

— Combien m'offrez-vous ? demanda Ho.

M. Markarian regarda sa femme.

— Cinquante mille, s'empressa-t-elle de répondre.

Ils avaient certainement remarqué l'éclat des yeux de Ho lorsqu'elle avait donné ce chiffre. C'était plus d'argent qu'il n'en avait jamais eu de toute sa vie. Mais Ho était suffisamment au courant de la façon dont marchaient les affaires en Amérique pour savoir que la première offre n'était pas nécessairement la meilleure.

— Je vais y penser, dit-il. Je vous tiendrai au courant.

Une semaine plus tard, il téléphona à Moe Markarian.

— Mon prix est de cent mille, dit-il.

— Je dois consulter certains de mes associés, répondit Markarian.

Il faisait, bien sûr, allusion à sa femme. Un peu plus tard, il le rappela pour lui dire :

— C'est d'accord, Rothman.

Mais lorsque Moe Markarian arriva dans le bureau de Ho le lendemain, il déposa sur le bureau de Ho un chèque qui n'était que de 75 000 $. Il dit :

— Voilà. Ma dernière offre. Comptant. À prendre ou à laisser.

Ho ralluma son cigare en examinant le chèque, là, devant lui. Puis il prit le chèque par un des coins et approcha son allumette d'un autre. Le papier s'enflamma et, quand les flammes furent sur le point d'atteindre ses doigts, il en laissa tomber les cendres dans son crachoir.

Moe Markarian souleva son énorme masse de son fauteuil et d'un pas furieux gagna la porte.

— Il y a des gens qui ont beaucoup de cervelle. D'autres ont beaucoup de chance. J'ai les deux.

C'est ce que Ho Rothman s'amusait à dire, des années plus tard, quand il racontait ce qui allait suivre.

À Chicago, quelques semaines plus tard, Dion O'Banion — un des quatre qui contrôlaient la contrebande de l'alcool dans le Midwest et qui tenait également une boutique de fleuriste comme couverture — s'occupait d'un arrangement de fleurs quand deux hommes entrèrent dans sa boutique. L'un d'eux lui serra la main tandis que l'autre le descendait de plusieurs balles.

Il ne restait maintenant plus que trois têtes à l'hydre de la contrebande d'alcool à Chicago. Nul autre que Hymie Weiss prit la relève auprès des gars d'O'Banion pour s'opposer à Johnny Torio et à Al Capone dans cette lutte sans merci. Weiss et Torio allaient plus tard subir le même sort que Dion O'Banion. Al Capone, à l'âge de vingt-six ans, allait devenir le chef suprême et ajouter le jeu illégal, la prostitution et les salles de danse à la liste de ses entreprises lucratives.

Les funérailles de Dion O'Banion alimentèrent toutes les conversations de Chicago et furent l'occasion d'un étalage inouï de tape-à-l'œil. Dix mille orchidées en couvraient le cercueil. Dans son panégyrique, l'archevêque s'épancha sur la perte de ce bon jeune Irlandais. À l'extérieur de la cathédrale, une foule évaluée à cent mille curieux tentait d'apercevoir les célébrités au fur et à mesure qu'elles montaient les marches pour assister à la grand-messe de Requiem. Un cordon de police avait été mis en place pour la maintenir. On aperçut Hymie Weiss parmi l'assistance, mais les deux autres rivaux, Torio et Capone, étaient manifestement absents. Ce qui occasionna plus d'une question.

Un jeune reporter entreprenant de la *Tribune* avait pourtant réussi à débusquer Capone dans une suite au Palmer House. Pendant cinq jours, il avait assiégé la porte de la suite d'hôtel où se trouvait le gangster. Pendant ces cinq jours, rien ne s'était vraiment passé de particulier, à l'exception du va-etvient des plateaux de service minutieusement vérifiés par l'un ou l'autre des hommes de Capone. Puis, le sixième jour, Al sortit avec une jeune femme à son bras. Le reporter les prit en photo.

Malgré cet exploit, on ne trouva aucun intérêt au cliché du visage poupin de Capone, qui avait l'air de tout, sauf d'un gangster, même accompagné d'une inconnue, de sorte que le directeur de la *Tribune* la refusa. Les autres directeurs en firent autant, quand on essaya de la leur vendre.

— Qui est cette fille? Où est l'article? Désolé.

Mais quand la photographie atterrit sur le bureau de Ho Rothman, il vit immédiatement comment il pourrait en tirer profit. Il s'empressa de prendre le téléphone et d'appeler Moe Markarian.

— Je suis prêt à faire affaire, dit-il.

Lorsque Markarian arriva, Ho fit glisser la photographie sur son bureau. L'autre la regarda, reprit son souffle, pâlit et s'assit lourdement dans son fauteuil. Puis il s'empara de la photo, prêt, semblait-il, à la déchirer.

— Gardez-la, dit Ho avec aisance. J'en ai une copie.

— Vous oseriez la publier?

— C'est possible, dit Ho.

— Qu'en diriez-vous?

— Qu'en dirais-je? Qu'il semble bizarre que, lors des funérailles de Dion O'Banion et pendant les cinq jours qui suivirent, la fille de Hymie Weiss, Mme Moe Markarian, ait vécu dans une chambre d'hôtel en compagnie d'Al Capone, son pire ennemi.

— Vous n'oseriez pas!

— Oh si!

— Je ferais n'importe quoi pour sauver la réputation de ma Rachel!

— C'est ce que je pensais, dit Ho.

À cet instant, il sut pourquoi le visage de Mme Markarian lui semblait familier. Il ne dit pas qu'il pourrait également écrire comment il avait autrefois connu cette Mme Moe

Markarian dans une ruelle obscure de Rivington Street, car elle avait de nombreux amis et Ho ne voulait pas aller trop loin.

Il avança alors ses exigences. Pour 100 000 $, il vendrait à M. Markarian quarante-neuf pour cent des parts de l'*Explorer*. Il en conserverait cinquante et un. De plus, il accepterait le *Staten Island Advocate* dont Moe ne pouvait hésiter à se défaire, étant donné son déficit.

— Une dernière chose, ajouta Ho.

— De quoi s'agit-il? demanda Markarian, malade.

— La maison que vous achevez de construire à Westchester.

— Oui...

— Je la prends aussi.

C'est ainsi que la résidence somptueuse de Moe Markarian à Tarrytown devint « Rothmere ».

Une fois déménagé à Staten Island, Ho Rothman ne revit plus jamais la famille Litsky. Mais, il faut dire que lorsque le mariage de Sophie fut annoncé deux ans plus tard, il lui envoya une commode style Louis XV achetée chez Bamberger comme cadeau de noce. Et bien que Ho ne travaillât plus pour le magasin, M. Eldrige J. Gossage lui accorda gracieusement une remise de vingt pour cent. La commode resta fièrement dans l'entrée de Sophie pendant des années et ses amis avaient peine à croire qu'elle lui avait été offerte par le grand H. O. Rothman.

À cette nouvelle acquisition, s'ajoutait un personnel de six employés à temps plein : un directeur, deux journalistes, un directeur de production, un directeur de publicité et une très jolie petite comptable du nom d'Anna Lily Wise. Cinq ans plus tard, il y avait vingt-sept employés pour produire le *Staten Island Adventurer*. À ce moment-là, bien sûr, Ho avait déjà acquis des journaux à Altoona, à Bridgeport, à Winston-Salem, à Fort Wayne, à Akron et à Chattanooga. Anna Lily Wise était devenue Mme H. O. Rothman et leur fils, Herbert Joseph Rothman était déjà né.

Extrait du journal de Joël Rothman :

Dimanche, le 24 juin 1990
22 h 00

« Je pense que nous allons essayer autre chose ce soir », m'a dit Fiona et j'ai tout gâché ! Vraiment ! Nous avions fait l'amour et nous nous apprêtions à recommencer quand elle m'a donné quelque chose à respirer. J'en avais bien sûr entendu parler, mais je n'avais jamais essayé. Je me suis soudain mis à vomir. Elle était furieuse. Ses beaux draps de satin bleu. Ils ont besoin d'un nettoyage. J'ai tenté de lui dire à quel point j'étais désolé et que j'allais payer pour le nettoyage des draps. Ça l'a rendue encore plus furieuse. Elle m'a dit que nous, les Américains, nous étions tous les mêmes, que nous pensions pouvoir tout arranger avec de l'argent. Puis elle m'a dit de m'en aller, qu'elle ne voulait plus jamais me revoir. Je me suis habillé. Je ne cessais de lui dire à quel point j'étais désolé. Je l'ai supplié de m'accorder une autre chance. Comme je sortais, elle m'a dit : « Eh bien, peut-être. » Peut-être aurai-je une autre chance. Mais je me sens si mal ce soir ! Je l'aime tant ! Pourquoi faut-il que je fasse des choses aussi stupides ? Qu'est-ce qui m'arrive ? C'est vraiment le pire moment de ma vie. J'ai tellement honte. Elle m'a dit, et c'est la chose la plus difficile à avaler : « Je savais que je ne devais pas m'amuser avec des enfants. »

J'ai vraiment envie de me tuer ce soir.

Elle le trouva dans la cuisine, tôt, le lundi matin. Il mangeait distraitement des céréales.

— Eh bien, comment s'est passé ton week-end, chéri ? lui demanda-t-elle. Comment te sens-tu de ne plus avoir Otto à tes trousses ?

Elle s'assit face à lui.

— Est-ce que tu veux m'en parler ?

— Bien sûr.

Il y eut un silence, puis elle dit :

— Eh bien ?

— Eh bien quoi ?

— Tu viens de me dire que tu allais me parler de ton week-end, Joël.

— Que veux-tu que je t'en dise ?

— Je pense que tu n'as pas envie de parler.

— Non.

Il prit une autre cuillerée de céréales.

— Voilà, je suis assise devant toi à poser les questions auxquelles tu réponds à peine.

— Je t'ai répondu, dit-il. Je viens de te dire trois mots.

Son regard était sombre.

— Te sens-tu bien, Joël? Tu as l'air pâle. Tu as de la fièvre?

Elle se leva et posa sa main sur son front.

Il laissa tomber sa cuiller.

— Pour l'amour du ciel, maman, veux-tu me laisser en paix? Veux-tu me laisser respirer? Veux-tu me laisser un peu d'espace? D'abord, c'était le damné Otto et maintenant, c'est toi. Je me sens étouffé ici. Je suffoque. Quand ce n'est pas l'un, c'est l'autre. Un mot encore. Quand je vais aller à Harvard, veux-tu s'il te plaît ne pas me téléphoner tous les jours, comme tu l'as fait au cours des quatre dernières années? Les gars du dortoir riaient de moi en disant : « C'est la maman qui appelle son petit garçon. » Parce que si tu me fais ça au collège, maman, je te le jure, je me tue. Et je le ferai!

Il sauta sur ses pieds et courut à sa chambre.

— Joël, ne me parle plus jamais ainsi, cria-t-elle.

Pour toute réponse, elle n'entendit que le claquement de la porte de sa chambre.

Les superbes rives du fleuve Hudson furent à tout jamais gâchées au dix-neuvième siècle par les rails de la New York Central Railroad que possédait William H. Vanderbilt. Il avait l'habitude de dire : « Au diable le public! ». Les affreux rubans d'acier qui longeaient le fleuve prouvaient qu'il était sérieux.

Cependant, la plupart des riverains obtinrent des droits d'accès au fleuve. À l'emplacement qui allait devenir « Roth-mere », Markarian avait fait construire une maison fluviale. On y accédait par un tunnel qui passait sous les rails de M. Vanderbilt. Moe avait eu l'idée, au début des années vingt, d'acheter un yacht pour ses déplacements entre Tarrytown et son bureau. Ho Rothman avait lui aussi imaginé un yacht. Mais les vifs souvenirs qu'il avait gardés de sa pénible traversée de l'Atlantique au début du siècle l'en avaient dissuadé. De plus, il se rappelait fort bien ce qui était arrivé au *Titanic*. La vraie raison, c'était en fait que Ho n'avait jamais appris à nager. Même si, des années plus tard, il allait s'envoler sans la moindre crainte pour les quatre coins du monde dans le 727 de sa société, il eut toujours peur de l'eau. De sorte que, au cours des années, la maison fluviale de « Rothmere » resta, la plupart du temps, inhabitée.

Elle allait cependant devenir la scène de deux tragédies familiales distinctes, mais liées l'une à l'autre.

Troisième partie

LA GRANDE PRÊTRESSE

21

Au *Bernardin* où Alex avait suggéré qu'ils se rencontrent pour le déjeuner, on les escorta jusqu'à leur table. Avant de s'asseoir, Rodney McCulloch enleva son veston et le déposa sur le dossier de sa chaise. Puis il s'assit. Un directeur s'approcha d'eux et leur dit :

— Monsieur, la maison exige que les messieurs portent le veston dans la salle à manger.

McCulloch lui lança un regard du style « Vous ne savez donc pas qui je suis ? ». Alex regarda la scène avec un sourire amusé.

— Je suis désolé, nul ne peut y déroger, monsieur, reprit-il, ennuyé.

Lentement, Rodney McCulloch se leva et remit son veston. Puis il se rassit et murmura :

— Quel genre d'endroit est-ce ?

— Coté quatre étoiles dans le *New York Times,* chuchota Alex.

M. McCulloch étudia le menu.

— N'y a-t-il rien d'autre que du poisson ? demanda-t-il.

— Nous sommes un restaurant exclusivement de fruits de mer, répondit poliment le maître d'hôtel. Puis-je vous suggérer notre entrée de thon frais pour commencer ?

Alex avait beaucoup entendu parler de Rodney McCulloch

et lu de nombreux articles sur cet entreprenant et fougueux jeune Canadien, récemment arrivé de Toronto et désormais prêt à prendre New York d'assaut. Il se révélait un homme bien bâti, costaud, âgé d'à peine quarante-deux ans, les cheveux poivre et sel partant dans tous les sens et de pétillants yeux bleus. Il avait fait fortune en fabriquant des sucettes pour bébés. Puis il avait continué avec une chaîne de salons de bronzage. Il avait ensuite investi dans une compagnie de pétrole, mais s'en était retiré juste avant que le marché ne s'effondre. Enfin, il était en train de devenir un des leaders du monde de l'édition. Il avait commencé, tout comme Ho Rothman l'avait fait deux générations auparavant, en achetant de petits journaux, d'abord au Canada et plus tard aux États-Unis. La rumeur largement répandue voulait qu'il soit à ce moment-là à la recherche de quelque chose à New York. Alex le regardait, presque sûre que le geste d'enlever son veston avait été un pied de nez à ce restaurant réputé. Elle dut admettre qu'elle appréciait assez son style.

Les Rothman faisaient peut-être partie du monde de l'édition depuis beaucoup plus longtemps, mais Rodney McCulloch était devenu quelqu'un dont il fallait tenir compte. Avant sa dernière attaque, Rothman avait parlé de lui comme de « son ennemi ».

— Écoutez. Je sais tout ce que ce satané petit Herb Rothman essaie de vous faire, lui dit-il après qu'ils eurent commandé. Il essaie de vous forcer à démissionner pour donner la place à sa petite Anglaise. Vous allez le laisser faire ?

— Eh bien, je...

— Cette canaille aurait besoin de se faire frotter les oreilles. Si vous voulez mon avis, il se prend pour Napoléon. Lui et son frère Arthur.

Elle avait remarqué deux choses au sujet de Rodney McCulloch. C'était le genre d'homme qui allait droit au but, sans faire de tra la la et quand il posait une question, il attendait rarement de réponse.

— Ce sont deux petites canailles, poursuivit-il. Je les vois dîner ensemble au *Four Seasons*. C'est la raison pour laquelle je vous ai dit que nous pouvions déjeuner ensemble n'importe où, sauf là-bas. Ils y vont pour élaborer leurs petits plans en échangeant leurs petits secrets. Ils font évidemment semblant de ne pas me remarquer.

Il parlait entre chaque bouchée.

— Maintenant écoutez-moi. Leur père, le vieux Ho, était peut-être un salaud, il était peut-être un escroc. Mais au moins c'était un brave salaud et un honnête escroc. Ses fils, surtout Herbert, ce sont des salauds vicieux et des escrocs pourris. Et, croyez-moi, il y a toute une différence entre un honnête escroc et un escroc pourri. Alors quand allez-vous dire à ce salaud d'aller au diable? Quand allez-vous les envoyer promener et venir travailler pour moi?

— Que ferais-je avec vous, monsieur McCulloch?

Il avala une bouchée et s'essuya les lèvres avec une serviette.

— Appelez-moi Rodney, dit-il. Comme tout le monde le fait, même si je préférerais qu'on m'appelle Rod. Mais revenons à nos moutons. Ce que je veux dire, c'est qu'après tout ce que vous avez fait pour cette revue, Herb Rothman devrait être à quatre pattes devant vous et lécher le sol sur votre passage! Sans vous, cette revue aurait cessé d'exister. Tout le monde sait cela. Et quelle superbe idée, cette baleine! Je l'ai beaucoup aimée. Peu importe ce qu'en pense Herb. J'ai aussi beaucoup aimé la couverture de juin.

Elle avala une bouchée de thon et demanda :

— Dites-moi, Rodney, comment avez-vous su que Herb et moi, nous ne partagions pas le même point de vue sur ces deux points?

Il hésita avant de lui répondre :

— Vous avez un garçon de course? Disons que j'ai un garçon de course. Les garçons de course se parlent tous entre eux. C'est une petite ville. Arrêtons là. Vous avez entendu parler des gars de Bay Street?

— Non, je ne...

— Les gars de Bay Street sont de Toronto. C'est un genre de club. On l'appelle le Club de Bay Street. Ils sont riches, l'élite, l'avant-garde. La haute finance, les Eaton, les propriétaires de grands magasins, et d'autres types, tous en vue. Ils me snobent et ils snobent ma femme, Mado. Ils ne m'ont jamais invité à être des leurs. Vous savez pourquoi ?

Elle resta silencieuse. Il poursuivit :

— Eh bien, je suis un catholique d'origine irlandaise et au Canada, c'est loin d'être bien vu. J'ai décidé de montrer une chose ou deux à ces gars de Bay Street. Je vais montrer à ces gars de Bay Street qu'on ne snobe pas les bons catholiques irlandais. Ils vont voir. Je vous dis ceci parce que vous devez savoir d'où je viens si nous devons être partenaires.

Puis, en baissant les yeux sur le nouveau plat qui venait d'être déposé devant lui, il demanda :

— Pour l'amour du ciel, qu'est-ce que c'est ?

— Votre flétan grillé, monsieur, dit le serveur.

Il jeta un œil sinistre sur le plat et dit :

— Il faut bien mourir de quelque chose.

Il leva les yeux et regarda Alex.

— Hé, dites, vous paraissez mieux en personne que sur vos photos ! Est-ce un compliment ou est-ce que ça veut dire que vous n'êtes pas photogénique ? Hé bien, je ne le sais pas, mais c'était un compliment, de toute façon. Comprenez-moi bien. Je n'essaie pas de vous faire tomber. Je suis heureux en ménage. Mado et moi, nous sommes mariés et heureux depuis dix-huit ans. Sept marmots. J'imagine que vous pouvez dire que je suis tout à fait domestiqué. Mais revenons à nos moutons. Combien comptez-vous soutirer de ce petit salaud ? Vous n'allez tout de même pas vous laisser faire, n'est-ce pas ?

— Attendez une minute. Vous avez parlé d'être partenaires. Partenaires en quoi ?

— Vous êtes censée être une dure à cuire, dit-il. Lucy Withers m'a dit que vous en étiez une.

Elle rit.

— Lucille est une vieille amie, dit-elle.

— Et dure, elle aussi, dit-il. Elle a la meilleure agence de mannequins de Kansas City, mais qu'est-ce que ça signifie? Si elle avait été un tout petit peu plus entreprenante et si elle avait visé Los Angeles ou New York, elle aurait eu la meilleure du pays. Mais elle n'était pas assez audacieuse. Vous l'avez été. Je sais tout de vous, que vous venez de Paradis, au Missouri et tout le reste. J'imagine que vous devez admettre que j'ai bien fait mes devoirs, n'est-ce pas?

— Disons tout simplement que je viens effectivement du Missouri, que je n'ai pas beaucoup d'instruction et que tout ce que je sais de cette entreprise, je l'ai appris toute seule.

— C'est ce qui vous rend crédible. Dites-moi, que feriez-vous si vous aviez tout l'argent du monde pour mettre sur pied votre propre revue? Je parle d'une toute nouvelle revue. Qu'en feriez-vous?

Elle rit à nouveau.

— Tout l'argent du monde?

Il déposa sa fourchette.

— C'est ce que je vous offre, dit-il.

Il leva sa main.

— Laissez-moi continuer. Je vous ai regardée agir et j'ai apprécié ce que vous avez fait avec votre revue. Et pour réussir, vous avez dû lutter sans cesse. Que feriez-vous si vous n'aviez plus à vous battre? En recommençant à zéro, avec tout l'argent du monde à votre disposition. Vous créeriez une revue encore plus réussie que *Mode,* n'est-ce pas? C'est ce que je gage. Et j'ai l'argent pour le faire.

— Eh bien, Rodney, dit-elle prudemment, voilà une offre... considérable!

— Je ne plaisante pas. Maintenant parlons argent. Combien faudrait-il pour mettre en œuvre une nouvelle revue? Comme vous aimeriez le faire, selon vos critères personnels. Je parle d'une revue qui éclipserait *Mode,* et Herb Rothman avec. Qu'en pensez-vous? Cinquante millions? Cent millions? Hé, dites-moi. Je m'en balance. J'ai assez d'argent.

— Il faut beaucoup plus que de l'argent pour démarrer une

259

nouvelle revue. Il faut de la réflexion, beaucoup de recherches...

— Je mettrai tout cela entre vos mains. Vous en seriez tout
à la fois directrice et éditrice. Vous seriez votre propre patron.
Je vous laisserai entièrement libre. La seule chose que je ferai,
ce sera de payer les factures.

— Eh bien, je dois vous répéter que c'est une offre considérable, dit-elle.

— Bien sûr, dit-il. Maintenant laissez-moi vous parler de
mes plans. Laissez-moi d'abord vous dire ce qui va arriver aux
Rothman. Le vieux Ho Rothman était un vieux salaud, très
rusé, mais il a commis deux erreurs qu'il est sur le point de
payer. D'abord, il n'a jamais délégué la moindre autorité à qui
que ce soit au sein de la société. Il est toujours le seul à
prendre toutes les décisions importantes. De plus, il n'a jamais
cru au crédit. Il n'a jamais vraiment fait confiance aux
banques. La grande majorité de ce qu'il a qui n'a pas été
acquis par des moyens illégaux, il l'a acheté comptant. Ce qui
est une erreur parce qu'on juge un homme à son niveau de
crédit. Un homme ne vaut pas plus que ce qu'il est capable
d'emprunter. C'est ainsi que je suis devenu riche, parce que je
comprends ce que c'est que le crédit. Votre crédit, c'est votre
crédibilité. Le crédit. La crédibilité, c'est du pareil au même.
Le vieux a des ennuis avec le fisc, mais quand ils disent que
tout son empire a été dirigé par un seul homme, ils ont tout à
fait raison. Et ils vont gagner. Cette prétendue sénilité dont il
s'amuse à jouer ne va certainement pas l'aider.

— Prétendue sénilité ? Qu'est-ce qui vous fait dire ça ?

— Ciel, Ho Rothman est à peu près aussi sénile que vous
et moi. Je connais les gars de la firme d'avocats qui travaille
pour lui. Ce sont eux qui ont imaginé cette mise en scène. Ils
veulent l'amener au tribunal sur une civière pour qu'il fasse
son numéro devant les gens de l'impôt. Ils veulent pouvoir
montrer Ho et dire :

— Comment pouvez-vous accuser ce pauvre vieillard, qui
n'a plus sa tête, de manipuler...

— Intéressant, fit-elle. Très intéressant.

— Pour quelle autre raison ne laisseraient-ils personne d'autre le voir que son médecin, ses infirmières et sa femme, bien sûr?

— Très intéressant, reprit-elle.

— Hé, vous ne croyez tout de même pas que c'est du vrai sang qu'Imelda Marcos a craché devant la cour, non? C'était du ketchup que ses avocats lui avaient donné. Elle l'a craché au moment choisi, tout juste au bon moment du procès. Et ça a marché pour elle. Les membres du jury ont été troublés. Ils ont pensé : « Oh, cette pauvre veuve, vieille et malade » et ils l'ont acquittée. Mais la même mise en scène ne va pas marcher pour Ho, vous savez pourquoi?

— Pourquoi?

— Parce que, tout d'abord, il y a trop d'argent en cause. Parce que, même si Ho n'est pas sénile, il a certainement plus de quatre-vingt-dix ans et qu'il va mourir un jour ou l'autre. De plus, si le fisc peut prouver que sa société n'a toujours appartenu qu'à un seul homme, ce qui est vrai et on va le prouver, ils pourront alors entrer en scène au moment de sa mort et imposer tous les avoirs de l'entreprise. Alors qu'est-ce qui va se produire quand Ho va perdre son procès? Il est question de neuf cents millions à remettre, avec les intérêts et les amendes, ça fera même plus d'un milliard. On parle donc de très gros sous. Alors la société va avoir besoin d'argent frais, d'accord? Ils n'ont pas de crédit. Pour trouver cet argent, ils vont devoir vendre certains de leurs avoirs. Ils vont sûrement vendre *Mode*.

— Pourquoi vendraient-ils *Mode*?

— Parce que je vais leur faire une offre qu'ils ne pourront pas refuser, voilà pourquoi. Je vais acheter leur revue et puis je vais la fermer. Entre-temps, j'aurai votre nouvelle revue, d'accord? Et votre nouvelle revue aura le champ libre. Sans compétition. Le petit salaud ne me snobera plus. Je vais écraser Herbert Rothman, comme un insecte.

— Ce qui me laisse devant un drôle de choix, dit-elle. Ou

bien je laisse Herb Rothman détruire ma revue ou bien je me joins à vous pour vous aider à la détruire.

— C'est toute la beauté du geste, fit-il remarquer.

— Mais si vous voulez acheter *Mode,* pourquoi ne pas plutôt y investir votre argent? Pourquoi le dépenser dans une entreprise très risquée en créant une toute nouvelle revue?

— Ouais, j'y ai pensé, mais j'aime le risque. J'ai toujours aimé prendre des risques. De plus, *Mode* est un vieux produit. Ce que je veux dire, c'est que *Mode* a à peu près cent vingt ans. C'est comme prendre une vieille auto et la rénover. Vous pouvez obtenir un beau résultat. C'est ce que vous avez fait avec *Mode.* Vous avez remis en état une vieille auto. Mais, au bout du compte? Vous avez toujours une vieille auto. Ce que je veux faire, c'est produire une auto entièrement neuve. C'est à cela que je veux attacher mon nom à New York, à quelque chose qui n'a jamais été fait auparavant. Et je veux y attacher également votre nom. Alors qu'en dites-vous? Vous marchez dans l'affaire?

— Laissez-moi y penser, dit-elle.

— N'y pensez pas trop longtemps. Nous n'avons pas beaucoup de temps. Le procès est prévu pour bientôt. Mais je comprends qu'il vous faille y réfléchir. Prenez donc un peu de temps. Je n'attendais pas de réponse définitive aujourd'hui. Mais hâtez-vous. Le temps joue contre ce genre d'entreprise.

— Il y a une chose qui me chiffonne, dit-elle.

— Quoi donc?

— Votre comparaison avec la voiture d'occasion.

— C'est pourtant vrai. Cette revue circule depuis fort longtemps. Vous n'avez pas créé *Mode.* Vous en avez hérité de votre mari. Vous en avez pris la direction parce que votre mari ne savait pas comment faire.

— Un instant. Steven dirigeait très bien *Mode,* mais ça ne lui plaisait pas du tout. Il n'était pas à l'aise à la direction d'une revue féminine. Mais son père...

— Ça n'a pas d'importance. Ce n'était qu'une façon de parler. Je vous donne la chance de créer quelque chose de tout à fait nouveau, quelque chose que personne n'a jamais vu auparavant, quelque chose qui va porter votre signature personnelle. La vôtre et la mienne. La nouveauté, c'est tout ce qui compte dans un tel jeu, madame. Voulez-vous savoir comment j'ai fait mon premier million? C'étaient, bien sûr, des sucettes pour bébés, ouais, et les sucettes existaient depuis longtemps, mais mes sucettes présentaient une différence. Elles avaient des saveurs : orange, fraise, framboise, pomme, chocolat, guimauve et vanille. La cerise sauvage et les prunes ne se vendaient pas, pour je ne sais trop quelle raison. Mais mes sucettes étaient une nouveauté. Je savais qu'elles seraient un succès parce que je les avais essayées sur mes enfants et mes enfants les aimaient. Alors sortons *Mode* de son parc à voitures d'occasion.

L'image était tellement saugrenue qu'elle se mit à rire. Puis, elle dit :

— C'est bon. Comme je l'ai dit plus tôt, je vais y penser.

— Prenez votre temps, mais pas trop.

Puis il attaqua ce qui restait dans son assiette. Il jeta un regard rapide sur sa Rolex en or. Les affaires de Rodney McCulloch étaient terminées. Il n'y avait rien d'autre à faire du poisson que de le terminer. La fine cuisine de Gilbert Coze, le légendaire chef du *Bernardin,* n'était plus qu'un élément nutritif à assimiler rapidement et aussi efficacement que possible. En pensant à tout le plaisir qu'il semblait tirer de ce repas, Alex se disait qu'ils auraient tout aussi bien pu aller chez MacDonalds.

— L'entrée de thon était délicieuse, fit-elle remarquer.

Il haussa les épaules en disant :

— Ouais. Pour du poisson c'était bon.

Vraiment, Rodney McCulloch était un des hommes les moins ordinaires qu'elle avait jamais rencontrés.

— Garçon, cria-t-il. L'addition, s'il vous plaît!

Elle pensa également qu'elle devait trouver un moyen de rencontrer Ho Rothman !

22

— Qu'y a-t-il? demanda Alexandra à sa mère. Qu'est-ce qui ne va pas?

— Ce n'est rien... rien.

Elles étaient sur le point de commander des cornets de crème glacée chez Standish, dans la rue Principale de Paradis. C'était d'ailleurs la seule rue en ville.

En ce lourd après-midi d'août, alors qu'Alex avait onze ans, sa mère avait dit :

— Allons acheter des cornets de crème glacée.

Et elles étaient parties dans la Plymouth noire que sa mère possédait à l'époque. Elles étaient descendues au village, chez M. Standish. Alex savait déjà quel parfum elle allait choisir, une double boule de glace aux pépites de chocolat. Elles étaient devant le comptoir et attendaient d'être servies, lorsqu'un homme bizarre, grand, aux cheveux blonds, se détournant du présentoir à revues avait porté sur Alex et sa mère un regard surpris et perplexe. Puis il s'était approché d'elles et le mot Lois avait semblé se former sur ses lèvres. Alex se rappelait encore le regard interrogateur qu'il y avait dans ses yeux bleus.

Sa mère l'avait immédiatement prise par le coude et chuchoté :

— Vite! Il faut qu'on parte!

En tenant toujours le coude d'Alex, elle l'avait dirigée en

hâte vers la porte du magasin, en était sortie à toute vitesse et l'avait fait monter dans la Plymouth.

— Qu'y a-t-il, maman? Qu'est-ce qui ne va pas?

— Rien... rien.

Elle avait mis le contact. La voiture s'était éloignée du magasin de M. Standish et avait projeté derrière elle une gerbe de gravier en sortant de l'aire de stationnement pour s'engager dans la rue Principale.

— Mais ma crème glacée? avait gémi Alex.

— Ne t'en fais pas. Pas maintenant. On verra plus tard. Ou on en prendra ailleurs.

Elle avait continué à regarder dans le rétroviseur, comme si l'étrange homme blond pouvait les suivre.

Or, il n'y avait aucun autre endroit en ville où l'on vendait des cornets de crème glacée. Alex le savait aussi bien que sa mère.

— C'est à cause de cet homme, n'est-ce pas? Il semblait nous connaître. Il voulait nous parler.

— Quel homme? avait répondu sa mère. Je n'ai vu personne. Je ne sais pas de quoi tu parles.

Mais le visage de sa mère avait pâli et ses doigts, agrippés au volant, étaient blancs. Et sa mère conduisait beaucoup plus vite que d'habitude.

— Cet homme dans le magasin, dit Alex.

— Ne t'en fais pas.

— Maman, qui était cet homme? Que voulait-il?

— Occupe-toi de tes affaires! avait rétorqué sa mère. De plus, il n'y avait pas d'homme.

Bien sûr qu'il y en avait eu un et sa mère s'était mise inexplicablement en colère. Elles étaient rentrées en silence à la maison.

C'était une étrange chose, pensait souvent Alex, que d'avoir grandi dans la petite ville de Paradis, dans le Missouri. Lenny et elle en riaient souvent, parce que le décor propre aux petites villes était une chose qu'ils partageaient. Elle avait des souvenirs de Paradis et lui, ses récits d'enfance à Onward, au Mississipi.

— Nous étions la seule famille juive de la ville. On nous considérait avec curiosité.

— Nous nous considérions comme des intellectuels. Ce qui nous rendait encore plus étranges.

Aux yeux des pionniers du dix-neuvième siècle qui avaient fondé l'endroit, sur une petite colline à l'est de la Platte, elle devait effectivement ressembler au paradis. La rivière, comme son nom le laissait entendre, coulait, tranquille et peu profonde en une gracieuse suite de méandres. Les maisons de ferme étaient éloignées et soigneusement entretenues, la plupart en bois blanc avec des pignons vert foncé. Chacune était flanquée d'une grosse grange, d'un silo massif et d'un grenier à maïs. Chaque ferme semblait former un petit domaine.

Les fermiers cultivaient surtout du maïs. À la mi-juillet, les champs devenaient dangereux pour les enfants. La mère d'Alex lui avait interdit de jamais pénétrer entre les rangs, parce qu'un enfant pouvait facilement s'y perdre. Il n'y avait rien pour se guider, sinon le son des plants agités par le vent. Alex avait fini par apprendre cette règle : toujours suivre le même rang ; il menait toujours quelque part.

Certains fermiers cultivaient de l'avoine, du blé, du sorgho, du soja, de l'orge ou du tabac. D'autres élevaient des bovins pour la viande et le lait, des moutons et des sangliers et, au plus bas de l'échelle sociale, de la volaille. Et puis, sur les terres de quelques heureux fermiers, une autre source intéressante de revenu venait d'être découverte : le gaz naturel.

La maison familiale d'Alex n'était pas comme les autres. Ce n'était pas une ferme ; il n'y avait ni grange, ni silo, ni grenier à maïs. Elle occupait une surface restreinte, cernée sur trois côtés par des centaines d'acres de maïs qui appartenaient aux voisins. Elle n'était pas faite de bois blanc, mais de pierre locale équarrie. Les Lane l'avaient eux-mêmes fait construire dans un style qu'on connaît maintenant sous le nom de ranch californien. Elle ne semblait pas à sa place et les voisins s'en servaient pour donner des directions :

— Vous allez laisser, à votre gauche, une maison moderne à l'air bizarre. Nous sommes à deux kilomètres de là, à droite.

La maison avait d'autres particularités. Elle était attenante à un garage pour deux autos, ce qu'il n'y avait sur aucune autre ferme des environs. À l'arrière, s'ouvrait un patio, mot peu familier à Paradis. La maison était entourée de haies fleuries. La mère d'Alex avait, en outre, semé tout autour une bordure d'iris et de chrysanthèmes. Personne d'autre n'avait de plantes vivaces ainsi disposées. Il y avait également une pelouse soigneusement entretenue en gazon « zoysia » dont le père d'Alex était particulièrement fier. Quand Jeffrey Lane parlait de son gazon « zoysia », ses voisins avaient l'air perplexes. Le « zoysia » était une variété que jamais personne n'avait cultivée à Paradis. Ils avaient l'habitude de dire :

— Ça semble du gazon ordinaire !

À cette époque, toutes les filles de l'École régionale de Paradis-Smithville avaient des noms comme Marie, Jeanne, Bettie et Anne. Il y avait aussi quelques noms composés : Marie-Lou, Bettie-Anne et Suzie-Anne. Mais personne ne s'était jamais appelé Alexandra.

— Où as-tu pris ce nom bizarre ? lui demandaient ses camarades.

— C'est le nom de la dernière impératrice de Russie, expliquait-elle.

— Es-tu russe ?

D'autres différences isolaient les Lane de leurs voisins à Paradis. Le père d'Alex ne se rendait pas au travail en salopettes, par exemple, mais en costume bleu foncé à fines rayures, en chemise blanche et cravate. Il parcourait quarante-cinq kilomètres par jour pour se rendre à Kansas City où il était l'un des partenaires d'une firme de comptables. Sa mère lui achetait également des vêtements à Kansas City, tandis que les femmes des fermes avoisinantes magasinaient encore dans le catalogue de Sears et Roebuck. « Tu t'habilles différemment ». lui disaient souvent ses compagnes. Quand Alex leur demandait ce qu'elles voulaient dire par là, leur réponse était évasive.

— Tu ne t'habilles pas comme les gens d'ici, disaient-elles. Tu t'habilles comme quelqu'un d'ailleurs.

Quand Alex demandait à sa mère ce qu'elles voulaient dire par là, elle lui répondait toujours d'un ton léger :

— Ça veut dire qu'elles sont ignorantes.

Alex aurait fait n'importe quoi, au cours de ces années-là, pour ne pas être considérée comme « différente ».

Derrière presque chaque maison de ferme de Paradis, se trouvait une caravane qui était, chaque hiver, attelée à une camionnette. Le fermier et sa famille partaient alors pour quelques semaines vers la Floride ou le golfe du Texas. Les Lane n'en possédaient pas et aux yeux de la jeune Alex, c'était là une cause supplémentaire d'humiliation. Toutes ses amies en avaient. Posséder une caravane semblait le comble du luxe.

Elle se demandait souvent pourquoi ses parents avaient choisi Paradis pour y vivre, y construire leur demeure et y élever leur seule enfant, car c'était un endroit qu'ils jugeaient très inférieur. Ils étaient entourés de voisins ignorants et de dangereux champs de maïs. Ce fut toujours un mystère pour Alex. Tout ce qui intéressait ses parents (les musées, l'orchestre symphonique, le théâtre, le ballet, la bibliothèque, les beaux magasins) était concentré en ville. C'était là une énigme de plus. « On ne peut bien sûr pas trouver cela ici, disait sa mère d'une voix méprisante. Il faut aller à Kansas City pour trouver cela. » Alors pourquoi vivaient-ils dans un endroit aussi retiré ? Pourquoi s'étaient-ils aménagé un petit coin de banlieue parmi les champs de maïs ? Alex avait fini par croire que c'était à cause du « bon air de la campagne », car à l'époque une bonne partie de Kansas City était encore empuantie par l'odeur des parcs à bestiaux.

Plus tard, elle réalisa qu'il y avait d'autres raisons qui permettaient de comprendre pourquoi sa famille s'était installée à Paradis. L'une d'entre elles était sûrement l'argent, ou son absence. Jeffrey Lane n'aurait certainement pas pu se permettre de se construire une maison dans une des banlieues huppées de Kansas City. La situation n'était d'ailleurs pas sans ironie. Leurs voisins considéraient que les Lane étaient non seulement snobs, mais qu'ils étaient également des « gens riches ». En réalité, plusieurs de leurs voisins fermiers étaient beaucoup plus riches qu'eux, car une récolte de maïs pouvait rapporter cent mille dollars.

Il y avait cependant une autre raison de choisir Paradis. La mère d'Alex tentait d'y oublier un secret douloureux laissé à Kansas City.

Depuis qu'elle était une toute petite fille, s'était formée dans la tête d'Alex la certitude qu'un jour, d'une façon ou de l'autre, elle allait quitter Paradis.

L'attitude de sa mère envers leurs voisins, au cours de l'enfance d'Alex, était généralement supérieure et condescendante.

Petite fille, Alex la considérait comme la plus belle, la plus merveilleuse femme du monde. Mais elle apprit rapidement que, pour les gens de Paradis, sa mère ne correspondait pas du tout aux normes locales. Au lieu de porter ses cheveux frisés ou roulés en un chignon, Lois laissait ses longs cheveux raides flotter dans son dos. Parfois elle les lissait. À d'autres moments, elle les attachait en queue de cheval retenue par un ruban ou elle les tressait en une longue natte, coiffures qui semblaient si peu orthodoxes qu'elles frôlaient l'hérésie. Aux amples robes de ménage, tabliers et surtouts que portaient les fermières, Lois préférait un jeans serré qui soulignait sa mince silhouette. Souvent, elle se promenait autour de la maison, les pieds nus. On disait même qu'il lui était arrivé de conduire ainsi.

Elle fumait cigarette sur cigarette.

On l'avait vue, sur sa véranda, en jeans coupés, pieds nus, attendant son mari en fin de journée, deux martinis et un shaker sur un plateau.

Elle était abonnée au *New Yorker,* à *Mode* et à une revue

française appelée *Mon plaisir* qui montrait des nus masculins et féminins. (Cette information venait d'Eulalie Staples, la maîtresse de poste de Paradis, qui lisait toutes les cartes postales et feuilletait toutes les revues qui lui passaient entre les mains).

Elle promenait son gros chien au bout d'une laisse, tandis que les gens de Paradis laissaient les leurs en liberté. On lui demandait :

— Redites-moi de quelle race est votre chien ?

— C'est un barzoï femelle, répondait Lois.

Les gens secouaient la tête, car les Lane avaient en plus affublé leur chienne d'un nom étranger. Elle s'appelait Anna Karénine.

Inutile de dire que la famille ne faisait partie d'aucune des deux églises locales, Lois et son mari étant athées.

Certains laissaient entendre, sous le manteau, que Lois était « facile », ajoutant que personne ne savait d'où elle venait. Avec ses pieds nus, il était impossible de ne pas remarquer ses orteils vernis de couleur vive. Elle concoctait également d'étranges tisanes. À six ans, Alex savait qu'on considérait sa mère comme « une femme bizarre ».

Lois avait posé sa candidature à l'élection du conseil de gestion de l'école locale. Elle avait fait campagne en utilisant le slogan : « De meilleures écoles pour Paradis ». Elle avait subi une cuisante défaite. Plus tard, on sut que Lois avait perdu l'élection en grande partie à cause de la rumeur qu'avait fait courir son adversaire. Il prétendait que les Lane étaient communistes. En se fondant sur les affirmations de Lois qui disait que son mari et elle étaient athées, sur le nom russe de leur chienne, et sur le nom, également russe, de leur fille, les gens s'étaient mis dans la tête qu'ils étaient « des rouges ». Quand Lois entendit parler de ces rumeurs, elle fit remarquer que c'était suffisant pour prouver — si besoin était — à quel point les gens de cette ville étaient primitifs.

Elle s'était par la suite mise à écrire des pièces de théâtre. Alex se demandait souvent si sa mère, auteur dramatique, comme elle se présentait souvent elle-même, réalisait qu'elle portait le même nom que la petite amie de Superman et si cette information aurait suffi pour dissuader sa mère de ce qui allait devenir son obsession : voir son nom en grosses lettres affiché à Broadway. Et puis, aucune des mères de ses camarades n'était auteur dramatique. Tandis que toutes s'affairaient dans leur cuisine à préparer les repas pour leur famille, la mère d'Alex s'asseyait à sa machine à écrire dans son « studio » et écrivait ses pièces.

Oh, maman, maman, pensait parfois Alex, pourquoi n'ai-je pas eu la sagesse ou l'intuition de voir que tu perdais la tête et que Paradis te rendait folle ? Ou peut-être alors étions-nous en train de devenir fous tous les trois, maman, papa et moi, à Paradis.

Elle en avait tous les symptômes. Quand les gens désormais parlaient de sa mère, ils vissaient leur index sur leur tempe d'un air entendu.

Peut-être les pièces de théâtre de sa mère n'étaient-elles que des variations d'un même scénario. Alex n'en fut jamais sûre. Il lui arrivait parfois le soir d'entendre sa mère lire des scènes à voix haute à son père, après le dîner.

Pour que sa mère n'ait pas à cuisiner et qu'elle puisse consacrer plus de temps à fignoler ses œuvres pour des producteurs qu'on ne trouverait jamais, son père, qui ne comprenait rien de ce qui se passait, rapportait de Kansas City des pizzas et des mets chinois. C'était encore une autre chose qui distinguait les Lane.

— Alex, j'ai le cœur brisé, lui disait sa mère.

Plus tard, alors qu'elle entrait dans l'adolescence, Alex se perdait dans ses propres rêves. Elle se voyait, ayant depuis longtemps quitté Paradis, à New York, Paris, Madrid et Rome où elle était devenue une dessinatrice de haute couture internationalement célèbre, du même niveau que Gabrielle Chanel et Cristobal Balenciaga.

Elle étudiait les différentes modes dans les revues de sa

mère et, au crayon, elle dessinait ses vêtements sur un cahier de brouillon. Depuis la première année, sa meilleure amie était une fille appelée Annie Merritt dont la famille vivait dans une ferme avoisinante. Les deux filles prenaient l'autobus scolaire au même carrefour. Annie Merritt savait très bien faire fonctionner la machine à coudre de sa mère. Lois ne la tenait pas en très haute estime, ni sa famille. Mais, maintenant qu'elle était devenue auteur, elle ne portait plus grande attention aux relations de sa fille. Leur amitié avait persisté.

Ensemble, se servant des tissus qu'elles pouvaient récupérer dans leur grenier, les deux filles s'étaient mises à fabriquer leurs robes d'après les esquisses d'Alex. Un jour, celle-ci arriva à l'école avec un boléro de velours et une jupe de ballerine de taffetas noir de sa propre conception qu'elle avait fabriqués avec l'aide de son amie. En y repensant, Alex se disait avec un sourire qu'elle devait ressembler à une danseuse tsigane. Ses camarades s'étaient moquées d'elle. En pointant son doigt sur une de ses tempes et dessinant des cercles, l'une d'entre elles s'était écriée :

— Quel accoutrement !

— Tu ne sais même pas ce que c'est que la haute couture, avait répliqué Alex.

À cette époque, elle savait qu'elle n'était pas bien vue et elle ne s'en formalisait plus.

Elle continuait à accumuler les bonnes notes en classe, ce qui était loin d'augmenter sa popularité, alors que les autres enfants se contentaient de résultats médiocres. Le cas d'Annie Merrit était différent, car on la disait attardée. L'expression dont on usait à Paradis était simple d'esprit.

Mais, aux yeux d'Alex, son amie avait une certaine sagesse et une certaine compréhension des humains qu'elle était incapable d'exprimer verbalement, mais qui transparaissaient dans l'expression de son regard. Parfois, Annie pouvait y faire passer des dialogues d'une intensité que seule Alex pouvait comprendre. Pour elle, Annie était une sorte de génie.

Annie Merritt était donc une perpétuelle écolière de

première année. L'école attendait patiemment qu'elle eût atteint l'âge au-delà duquel l'état de Missouri ne serait plus obligé de tenter de l'éduquer. Des années durant, elle resta en première année où, aidée d'Alex, elle luttait pour mémoriser son alphabet.

Son seul talent visible restait son habileté à faire fonctionner une machine à coudre. Alors que les années passaient, les formes de l'écolière de première année se développaient. La ville se montra même tolérante quand Annie fut la première écolière de première année de son histoire à tomber enceinte, car sa mère était considérée comme une citoyenne modèle.

Alex était alors en septième année. Même si elle savait qu'Annie subissait une épreuve, elle resta fidèle à son amie qu'on appelait maintenant à l'école Annie Crétine. Comme sa taille s'arrondissait, son amie tenta de concevoir un style flatteur qui dissimulerait quelque peu sa silhouette. Parfois, quand elles travaillaient ensemble, Annie prenait un morceau de tissu et s'exclamait :

— Comme j'aime tâter le coton !

Puis, elle fourrait son nez dans le tissu et elle ajoutait :

— Comme j'aime l'odeur du coton !

Elle demandait alors à Alex :

— Tu n'aimes-tu pas l'odeur du coton ?

Alex admettait qu'il y avait quelque chose de merveilleux dans l'odeur et le contact du coton. Mais leurs meilleurs moments de communication se produisaient quand leurs têtes étaient religieusement penchées l'une vers l'autre au-dessus de la machine à coudre. À Paradis, elles étaient devenues deux « exotiques », deux « bizarres » qui n'y seraient jamais à leur place.

Ses camarades de septième année toléraient son amitié pour Annie Merritt. Après tout, ils avaient commencé l'école ensemble et d'une certaine façon ils considéraient encore Annie comme une des leurs. Mais, pour une raison ou pour une autre, les élèves de huitième année leur reprochaient cette amitié. Ils étaient agressifs et insolents. Ils se sentaient supérieurs, sachant qu'ils auraient bientôt leur diplôme et passeraient à l'énorme bâtiment qui abritait l'École secondaire régionale de Clay County.

Cette année-là, il y avait onze élèves en huitième, sept filles et quatre garçons. L'un d'eux, Dale Smith, était le meneur. Il avait redoublé deux années de sorte qu'il était encore en huitième, bien qu'il eût seize ans et qu'il fût plus grand et mieux développé que les autres. On prétendait que, quand Dale Smith prenait une fille dans ses bras, elle pouvait difficilement s'en dégager. Un après-midi, Dale Smith arrêta Alex dans la cour d'école et lui demanda :

— Pourquoi es-tu toujours avec Annie Crétine, espèce de prétentieuse ?

Les autres élèves de huitième firent cercle autour d'eux.

— Ouais, pourquoi ? reprit une fille du nom de Maybelle Klotter.

— Tu penses que tu vaux mieux que nous, n'est-ce pas ?

— Tu te prends pour une princesse, n'est-ce pas ?

— Avec tes beaux vêtements !

— Snob !

— Anormale !

— Communiste !

— Fille de traînée !

— Qui a engrossé Annie Crétine ?

— Je parie que ce n'est pas une fille, dit Dale Smith. Je parie que c'est un garçon qui fait pipi sous ses robes.

— Enlevons-lui sa culotte !

Alex tenta de s'enfuir, mais Dale Smith était trop grand et trop rapide pour elle. Elle avait tressé ses cheveux brun roux ce jour-là et Dale Smith l'attrapa par ses nattes et la jeta au sol. Les autres enfants se jetèrent sur elle tandis qu'elle se débattait en hurlant.

— On va bien voir si c'est une fille ou non ! s'écria Dale Smith.

— Ouais !

Elle sentit de nombreuses mains remonter ses jupes et descendre sa culotte jusqu'à ses genoux.

— C'est une fille, dit Maybelle Klotter d'une voix dégoûtée. Laissons-la partir.

Elle se demandait parfois ce qui serait arrivé si les garçons de huitième avaient été plus nombreux que les filles.

Cet après-midi-là, quand elle arriva chez elle, couverte de bleus, les cheveux et les vêtements en désordre, sa mère voulut savoir ce qui lui était arrivé. Elle lui répondit simplement :

— Les plus grands s'en sont pris à moi.

Après s'être assurée qu'elle n'était pas sérieusement blessée, sa mère secoua tristement la tête et dit :

— On peut difficilement s'attendre à autre chose de la part de ces fermiers.

Et elle retourna à sa machine à écrire.

Plus tard, Alex se rendit chez Annie, en traversant un champ de maïs fraîchement coupé. Sans rien dire, elles glissaient des morceaux de coton sous le pied de biche de la machine à coudre. Annie avait appris ce qui était arrivé dans la cour d'école. D'ailleurs, toute l'école était au courant sauf, bien sûr, les maîtresses. Elle savait qu'elle en était la cause et Alex pouvait le lire dans ses yeux qu'elle le savait. Mais il n'était pas nécessaire d'en parler.

Tout d'un coup, Annie repoussa son ouvrage et ouvrit le tiroir de la table de couture de sa mère. Elle en retira une antique aiguille à chapeau d'une vingtaine de centimètres de long. Elle la tendit à Alex sans dire un mot.

Celle-ci sut immédiatement ce qu'elle voulait lui dire. Les yeux éloquents d'Annie le lui disaient. Le garçon qui l'avait mise enceinte était Dale Smith.

Le lendemain, Alex s'approcha de lui, la longue aiguille à chapeau dans sa main droite.

— Éloigne-toi de moi ! lui cria-t-il.

— Non.

Elle lui enfonça l'aiguille dans le torse, juste assez pour qu'une petite tache de sang apparaisse sur son tee-shirt blanc. Elle lui dit :

— N'appelle plus jamais mon amie Annie Crétine.

— Tu m'as fait mal! sanglota-t-il.

Puis, il hurla :

— Au secours!

Mais ses camarades restèrent à l'écart, les yeux baissés. De leurs pieds, ils jouaient avec le sable. Ils regardaient sans regarder. Ils attendaient.

Elle le piqua une seconde fois. Une deuxième tache de sang apparut.

— À genoux! lui dit-elle.

Il tomba à genoux. Des larmes coulaient sur ses joues. L'aiguille à chapeau était maintenant à hauteur de son œil gauche.

— Lève ta main droite, dit-elle.

Il lui obéit et elle dit :

— Maintenant répète après moi : « Je jure devant Dieu que je n'appellerai plus jamais Annie Merritt Annie Crétine. »

— Je jure devant Dieu... répéta-t-il.

Quand il eut terminé, elle se retourna et s'en alla, le laissant agenouillé et en larmes.

Cela n'améliora pas sa réputation, mais celle de Dale Smith non plus.

Quelques semaines plus tard, quand l'état d'Annie ne put plus être dissimulé, les Merrit quittèrent la ville dans leur caravane. Ils ne revinrent jamais. Leur ferme fut vendue et Alex ne revit jamais son amie.

Mais elle conserva l'aiguille à chapeau.

Il y avait d'autres leçons à retenir de Paradis. Il y avait la terreur qu'elle avait perçue dans les yeux de sa mère en ce lourd après-midi de 1955 lorsqu'elles étaient sorties en courant du magasin de M. Standish sans son cornet à double boule de pépites de chocolat. Cette terreur avait été causée par un homme grand aux cheveux blonds qui s'était soudain approché d'elles, un regard perplexe et interrogateur dans ses yeux bleus. Pendant des années, elle avait rêvé de lui à plusieurs reprises. Elle revoyait son pas en avant, ses grands yeux et son regard étonné, comme s'il avait vu un fantôme tandis que le prénom de Lois se formait sur ses lèvres.

Ce ne fut que bien des années plus tard qu'elle apprit que cet homme était son vrai père et non celui qu'elle appelait Papa.

C'était là la raison pour laquelle sa famille avait quitté Kansas City pour s'installer à Paradis. Elle sut alors que sa mère lui avait toujours menti, depuis ce jour où, dans le magasin de M. Standish, cet homme aux cheveux blonds avait tenté de s'approcher d'elles. Cet homme dont sa mère avait, ce jour-là, nié farouchement l'existence.

— M. Henry Coker aimerait que vous l'appeliez, lui dit Gregory, son secrétaire, quand elle revint de son rendez-vous avec Rodney McCulloch.

— Bien, répondit-elle. Essayez de le joindre tout de suite.

— J'ai eu une rencontre assez positive avec les avocats de chez Waxman et Holloway ce matin, lui dit-il quand elle entra en contact avec lui. J'ai expliqué que nous avions l'intention de nous en tenir à la lettre de votre contrat avec les Rothman et que, suivant les termes de ce contrat, vous étiez la directrice en chef de *Mode* jusqu'au trente et un décembre dix-neuf cent quatre-vingt-douze. J'ai ajouté qu'il n'était nullement fait mention de responsabilités partagées avec une codirectrice. En fait, le contrat écarte même clairement une telle éventualité. Votre contrat dit : « Alexandra Lane Rothman, et personne d'autre, sera... » J'ai traité toute l'affaire comme si c'était un simple malentendu de la part de Herbert Rothman. J'ai ajouté que vous et moi, nous espérions beaucoup qu'il ne soit pas nécessaire d'intenter une poursuite pour bris de contrat à ce sujet. Je pense qu'il vaut mieux procéder de façon élégante en ce moment et ne sortir nos gros canons que lorsque nous en sentirons le besoin.

— Je suis d'accord, dit Alex.

— Ils vont me donner de leurs nouvelles et je vous appellerai dès que j'en aurai. Maintenant, pour les autres points dont nous avons discuté...

— Oui ?

— J'ai questionné les gens de notre département des finances au sujet de vos avoirs. Ils me disent qu'au taux actuel, si on tient compte des bons et des parts, vous possédez environ un demi-million, à un ou deux milliers de dollars près. Un belle petite somme, selon moi.

— Pas si énorme selon les critères de Rothman, n'est-ce pas ?

— Non, mais une belle petite somme tout de même, au cas où vous songeriez à vous retirer.

— Ce n'est pas le cas, fit-elle remarquer.

— Bien sûr, s'empressa-t-il d'ajouter. Il y a, en outre, la troublante question du soi-disant fonds Steven Rothman. Les gens de Waxman et Holloway disent qu'un tel fonds existe. Du moins en ont-ils entendu parler. Mais personne n'a vu la moindre trace de document, de sorte qu'il est difficile d'en connaître les termes. Le problème, c'est la façon très spéciale dont Ho dirige ses affaires. Beaucoup de choses ne sont que dans sa tête.

— Vous pensez que c'est là que se trouve également le fonds ?

— Je l'ignore. Je vais continuer mes investigations. Mais j'ai appris qui étaient les deux administrateurs du fonds.

— Qui sont-ils ?

— L'un d'eux est Ho Rothman lui-même. L'autre est Herbert Rothman, le père de Steven.

— Je vois, dit-elle. L'un d'eux est un homme que personne ne peut voir et l'autre est...

— ...l'homme que vous devrez peut-être finir par poursuivre, continua-t-il. Ce qui présente certaines difficultés, Alex.

Elle ne répondit pas.

— Et là, dit-il, je crains d'avoir de mauvaises nouvelles pour vous.

— Quoi donc ? dit-elle.

— Votre appartement à Gracie Square. Il est la propriété des Communications Rothman, Inc.

— Quoi ? Mais je paie...

— C'était un arrangement passé entre feu votre mari et la société. L'occupant devait payer les frais d'entretien. Mais l'appartement appartient aux Communications Rothman. Personne ne vous l'a jamais dit ?

— Non.

— C'est très regrettable, dit-il.

— En d'autres termes, ils peuvent m'expulser quand ils le voudront.

— Techniquement oui. Mais ils ne le feront pas, bien sûr, à moins que...

— À moins qu'ils en aient envie, poursuivit-elle.

— Eh bien... oui.

Plus tard, sur sa ligne privée, elle appela tante Lily.

— Lily, y a-t-il moyen de voir Ho ?

— Quoi ? Oh, absolument pas, Alex. Il ne peut voir personne. Ce sont les ordres du médecin. Aucun visiteur, absolument aucun. Sa tension artérielle, tu sais.

— Il est à ce point malade ?

— Hélas, oui. Selon moi, son état s'est encore aggravé cette semaine. En fait...

Elle eut un sanglot dans la voix.

— J'ai terriblement peur que nous le perdions, Alex. Il est là inerte, pratiquement inconscient. Mais je sais ce qui t'inquiète, Alex. Rappelle-toi tout simplement ce que je t'ai dit. Ne démissionne pas. Si Herbie pense qu'il va pouvoir te congédier pour se débarrasser de toi, il se trompe, car il n'en a pas les moyens. Pas en ce moment, de toute façon. Et, pour l'instant, je suis en train d'élaborer un petit plan...

Alex déposa le récepteur avec un léger soupir.

23

— Où est notre Alexandra?

— Comment le saurais-je? J'ai travaillé dans mon bureau tout l'après-midi.

Sa mère ne l'avait même pas entendue rentrer une heure plus tôt.

— T'arrive-t-il encore de t'occuper de ta fille?

— Elle n'est plus une enfant. Elle a seize ans et elle peut se prendre en charge.

Ils se querellaient une fois de plus.

Au cours des deux années qui s'étaient écoulées depuis le départ d'Annie Merritt, un certain nombre de choses avaient changé. Pour commencer, il n'y avait plus de machine à coudre disponible. De plus, les revenus familiaux avaient baissé. Alex avait compris que ça ne tournait pas rond pour le cabinet comptable où travaillait son père. Il n'était plus question de l'envoyer dans un pensionnat sur la côte est. Elle était maintenant finissante à l'École secondaire régionale de Clay County. Sa mère délaissait ses fleurs qui poussaient maintenant parmi les mauvaises herbes. Son père continuait, par contre, à soigner son précieux gazon « zoysia ». Il se plaignait de l'état de la maison qu'il reprochait à sa mère de négliger. Elle l'entendait rugir :

— Cet endroit est sale. Ces assiettes traînent dans l'évier depuis jeudi soir ! Et je suis fatigué de me coucher dans un lit qui n'a pas été fait.

— J'ai travaillé à ma pièce ! criait-elle.

Leur avenir entier semblait désormais suspendu à la pièce.

— Le problème, c'est que je dois me trouver un agent. Il est inutile d'essayer de se faire produire sur Broadway sans avoir un agent, tout le monde sait cela !

— Ne serait-il pas mieux de trouver quelqu'un pour nettoyer cette saloperie de maison ?

— Tu sais qu'on ne peut s'offrir une femme de ménage ! Mais quand ma pièce sera jouée et que ce sera un succès...

— Regarde cette table. Il y a une semaine, avec mon doigt, j'y ai écrit la date dans la poussière. Regarde, c'est encore là ! On la voit encore ! Dans la poussière !

— Et toi, dit-elle d'une voix sarcastique, tu ne lèverais pas le petit doigt pour m'aider, non ? Oh, non, ce serait trop te demander. Toi et ta foutue pelouse !

— Je paie les factures, non ? Je mets du pain sur la table, non ? Je paie les factures pour toi et pour la petite.

Quand ils parlaient de la sorte, elle n'avait plus de prénom. Elle devenait simplement « la petite ». Quand ils se querellaient, ils semblaient ne pas se soucier de savoir si Alex était ou non dans la maison. Ils ne semblaient pas non plus s'inquiéter de la minceur des cloisons et de la puissance de leurs voix. Elle porta ses mains à ses oreilles et tenta de dormir, malgré les cris. Le lendemain, il rapporta ironiquement à la maison une caisse pleine de produits d'entretien. Des détergents, de l'eau de Javel, de la cire.

— Puis-je t'aider à tondre la pelouse, Papa ?

— Non... non. Il faut la tondre avec soin. Ce serait trop long à te montrer...

Elle se mit distraitement à arracher de grosses touffes de mauvaises herbes parmi les fleurs abandonnées de sa mère.

— As-tu remarqué que j'ai épousseté le salon et que j'ai

fait les lits, Papa?

Mais il semblait ne pas l'entendre.

La voix de son père parvint jusque dans sa chambre :

— Quand j'ai accepté de t'épouser, Lois, et quand j'ai accepté de prendre la petite, je n'ai pas réalisé que j'allais devoir l'élever tout seul, sans ton aide!

Qu'est-ce que cela voulait dire, « accepté de prendre la petite »?

— Pourquoi penses-tu que j'écris cette pièce? Pour t'aider, pour aider Alex, pour nous permettre à tous les trois de sortir de ce trou où tu nous as amenés vivre!

— Je vous ai amenées vivre ici? S'installer ici, c'était ton idée, Lois, afin de l'empêcher de nous suivre pour...

— Je parle de ma pièce!

— Au diable ta pièce! Je parle de...

— Tout ce qu'il me reste à rédiger, c'est la dernière scène.

— Je parle de ta fille. Où va-t-elle toute la journée? Jamais tu...

— Elle va à l'école!

— Nous sommes en juillet, Lois. Elle est en vacances depuis la fin mai. Où passe-t-elle ses journées? Tu ne t'occupes pas d'elle. Tu veux qu'elle devienne une traînée comme...

— Comme qui, Jeffrey? Comme qui?

— Euh... Qu'y a-t-il pour dîner?

— Tu n'as pas rapporté de pizza ou quelque chose d'autre?

— Seigneur, Lois, c'est aujourd'hui samedi. Tu ne sais même pas quel foutu jour nous sommes, encore moins quel mois! Je ne vais pas au bureau le samedi, tu t'en souviens? Où trouverais-je une pizza, pour l'amour du ciel? N'y a-t-il rien à manger dans cette foutue maison?

— Je peux faire une omelette, sans doute. Mais nous devrons attendre Alex.

— Qu'elle aille au diable! Si elle ne peut être à la maison à l'heure du dîner, qu'elle aille au diable!

Mais je suis à la maison, pensait Alex dans sa chambre. Vous ne m'avez tout simplement pas remarquée.

Elle entendit sa mère sangloter et, comme cela arrivait souvent quand les parents d'Alex se querellaient, Anna Karénine se mit à aboyer, à émettre des jappements plaintifs.

Elle entendit son père implorer :

— Ne pleure pas. Je t'en prie, ne pleure pas, Lois. Tu sais que je ne peux pas supporter de te voir pleurer. Je t'en prie...

— Je veux divorcer !

Coincée dans sa chambre, Alex savait que ses parents ne devaient pas soupçonner qu'elle les avait entendus. Il n'y avait qu'une solution. Elle ouvrit la fenêtre, se hissa sur la bordure et se laissa doucement tomber sur le gazon. Puis elle contourna la maison, grimpa l'escalier qui menait à la porte principale et entra en courant. Elle cria d'un ton enjoué :

— Salut, tout le monde, me voici !

— Les Lunt ! entendit-elle sa mère crier. Les Lunt vivent à Genesee Depot, dans le Wisconsin. Si je leur envoyais mon manuscrit ? S'ils l'aiment, ils pourront le remettre à leur producteur ! Qu'en penses-tu ? Et si je le leur apportais moi-même ? Le Wisconsin n'est pas si loin. Je suis sûre qu'ils aimeraient en rencontrer l'auteur. C'est ce que je vais faire ! Je vais me rendre à Genesee Depot ! Qu'en dis-tu ? Ils pourront lire la pièce ; nous pourrons en discuter chaque scène. S'ils veulent faire quelques petits changements, j'accepterais de...

— Voudrais-tu d'abord te laver les cheveux, avant de chercher à joindre M. et Mme Lunt à Genesee Depot, au Wisconsin ? Depuis combien de temps tu ne t'es pas lavé les cheveux ? Depuis combien de temps tu n'as pas pris de bain ? Regarde la plante de tes pieds. Elle est noire, parce que tu te promènes pieds nus toute la journée. Il ne faut pas s'étonner que les gens te trouvent bizarre, qu'ils te traitent de communiste, puisque tu marches pieds nus comme une paysanne...

— Je parle de la production de ma pièce !

— Personne ne va monter ta pièce. Elle n'est pas bonne,

Lois. Que t'ont dit tous ces agents ?

— L'un d'eux m'a dit qu'elle avait besoin d'être récrite, n'est-ce pas ? Et ne l'ai-je pas récrite, de fond en comble ?

— Elle n'est quand même pas bonne.

— Je sais pourquoi tu dis cela, cria-t-elle. C'est parce que tu ne veux pas que je réussisse ! Parce que toi-même tu as échoué ! Parce qu'on ne t'a pas donné de promotion ! Parce que c'est un plus jeune que toi qui l'a eue. Raté !

— Tu sais pourquoi c'est lui qui l'a eue ? Parce que tu as écrit à l'un des directeurs et que tu lui as demandé cent mille dollars pour monter ta pièce. C'était complètement fou ; et en plus, tu l'as fait derrière mon dos.

— Raté ! Raté !

Elle entendit alors son père frapper sa mère qui se mit à hurler. Elle l'entendit tomber en heurtant une chaise de la cuisine.

Elle enfouit sa tête dans son oreiller.

Elle s'éveilla au son d'une musique qu'on jouait dans la maison. Sur la pointe des pieds, elle se rendit à la porte de sa chambre, l'entrouvrit et vit un étrange spectacle. Tandis qu'une valse de Strauss s'élevait du phono, ils dansaient lentement en tournant autour du salon. Son père portait son smoking. Sa mère était vêtue d'une longue robe rouge ornée de perles, sans bretelles. Elle avait lavé et lissé sa longue chevelure brune qui se balançait doucement dans son dos au rythme de la musique.

Le lendemain, elle trouva son père assis sur les marches de la véranda. Il avait sorti sa tondeuse, mais sans la faire fonctionner.

— Où est maman ? demanda-t-elle.

— Elle est partie, répondit-il.

— Vas-tu divorcer, Papa ? J'y ai réfléchi et je pense que c'est une solution.

— Non, c'est trop tard.

— Pourquoi ?

— Elle est partie, répondit-il d'une voix monotone.

— Où ? s'inquiéta-t-elle.

— Pour un endroit qui s'appelle la clinique Menninger à Topeka, au Kansas. Ta mère fait une dépression nerveuse, Alexandra.

— Combien de temps restera-t-elle partie ?

— Quelques semaines, peut-être. Nous ne le savons absolument pas, en ce moment. On est venu la chercher très tôt ce matin.

Il contemplait sa pelouse. Presque distraitement, il dit en la pointant du doigt :

— Regarde.

Tout d'abord, elle ne vit pas ce qu'il lui désignait. Puis, en s'approchant, elle aperçut de nombreuses plaques jaunes au milieu du gazon vert foncé. Où qu'elle regardât, il y en avait partout.

— Papa, qu'est-il arrivé à ton gazon ? sanglota-t-elle.

Il pointa son index et c'est alors qu'elle vit plusieurs bouteilles d'eau de Javel qu'on avait lancées contre une rangée d'arbustes.

— Regarde ce qu'elle a fait, dit-il d'une voix morne. C'est arrivé la nuit dernière. Je la tenais dans mes bras. J'essayais de la calmer. Elle a sauté soudain hors du lit et s'est mise à courir dans la nuit. Je n'ai pas pu l'empêcher de le faire.

Ce fut à ce moment précis qu'elle décida que, d'une façon ou d'une autre, elle devait quitter cette maison où elle n'arriverait jamais à rien. L'étonnante simplicité aussi bien que le caractère terrifiant de cette décision l'étonnèrent. Dix-sept ans, c'était un âge douloureux pour une fille qui avait été trahie par sa mère et perdu son père, du fait de sa veulerie et de son désespoir. C'était un âge terrible, mais en même temps l'âge parfait pour viser quelque chose de grand, de brillant, de dangereux, d'indéfinissable et de très lointain.

Comment Alex avait-elle passé ses journées au cours de cet été-là ? Aussi étrange que cela puisse paraître, elle avait fait de l'auto-stop. Elle ne parlait pas beaucoup de cette période de sa vie, probablement parce qu'elle ne pouvait pas vraiment la comprendre. Certains jours, elle quittait la maison, où il n'y avait de toute façon rien à faire. Elle marchait jusqu'à la grand-route pour se rendre jusqu'à Kansas City. Pourquoi Kansas City? Simplement parce que c'était la ville la plus proche. Il ne lui vint jamais à l'esprit qu'il puisse y avoir là le moindre danger. Le Missouri était considéré comme un état sûr. Personne n'avait entendu parler de drogues à l'époque. La porte des Lane n'était jamais verrouillée. Parfois les gens qui la faisaient monter étaient des voisins en route pour la ville où ils allaient magasiner, mais c'était aussi bien souvent des étrangers. C'est ainsi qu'elle avait rencontré Skipper.

— Monte, dit-il.

Il s'était penché sur le siège de sa Corvette jaune pour lui ouvrir la porte. Il lui avait tendu la main.

— Mon nom est Jim Purdy, avait-il dit avec aisance, mais appelle-moi Skipper. C'est comme ça que tout le monde m'appelle.

Pendant un moment, elle pensa que c'était le même grand blond, mais un peu plus âgé, qu'elle avait vu quand elle était avec sa mère dans le magasin de M. Standish. Il était certes grand et blond, avec d'étranges yeux bleus. Puis elle se dit qu'il ne présentait qu'une forte ressemblance avec l'homme qui avait effrayé sa mère. Mais, à tout hasard, elle lui demanda :

— Connaissez-vous Lois Lane?

— Non, je ne vois pas, répondit-il. Devrais-je la connaître?

— Elle est auteur de théâtre, à Paradis.

— Un auteur au Paradis! Seigneur, que c'est curieux!

— Paradis est le nom de notre toute petite ville, dit-elle.

Elle ajouta un peu maladroitement :

— Lois Lane est ma mère.

— Je ne peux pas dire que je connais ta mère, dit-il. Je ne suis pas des environs. Je ne suis à Kansas City que pour un travail d'une quinzaine de jours. C'est ma journée de congé. J'ai pensé me promener un peu pour voir le coin. Mais j'aime ces mots : un auteur au Paradis.

Tout en conduisant, il se mit à chantonner :

— Prends ma main... je suis auteur au Paradis...

Il avait une voix plaisante, douce et mélodieuse.

— Où vas-tu ?

— À Kansas City, lui répondit-elle.

— C'est là que je retourne. Il y a un spectacle ce soir.

— Que faites-vous, monsieur Purdy ?

— Appelle-moi Skipper, comme tout le monde. Je fais du cheval.

— Du cheval ?

— Pour le rodéo : se maintenir sans selle sur un cheval sauvage, prendre un jeune taureau au lasso, se battre contre un bouvillon pour lui lier les pattes, ce genre de trucs.

— Vous faites tout cela ?

— Pas en même temps, dit-il en riant. Mais je peux faire tous ces trucs. Ce qu'on fait chaque soir dépend du tirage au sort.

— Le tirage au sort ?

— Pour chaque numéro, il y a un tirage au sort. C'est ça qui détermine ce que chaque gars fait chaque soir. Le tirage est important parce que certains numéros paient plus que d'autres. En fait, ce sont les plus dangereux. Alors on espère que le tirage nous sera favorable, mais on ne le sait jamais à l'avance.

— Ça semble passionnant.

— Passionnant ? Eh bien, c'est un travail qui est dur, mais la paye est bonne. Il vaut mieux qu'elle soit bonne, parce que quand on commence à dépasser les quarante ans, on est fini. Es-tu déjà allée voir un rodéo ?

— Jamais.

— Veux-tu venir ce soir ? Avec une amie ? On me donne deux billets gratuits pour chaque spectacle.

— On m'attend à la maison ce soir pour dîner, dit-elle.

— Si jamais tu peux obtenir de ta mère la permission de te laisser sortir tard en ville, appelle l'arène et demande Skipper Purdy. Je m'arrangerai. Nous y sommes jusqu'au quatorze.

— Merci, Skipper, dit-elle.

Comme ils approchaient de la ville, il lui dit :

— Dis-moi où tu veux que je te laisse descendre.

— Oh, n'importe où.

Il lui jeta un regard interrogateur.

— N'importe où ?

— Oui. Ça n'a pas d'importance. J'aime marcher. Parfois je fais les magasins. Parfois j'aime monter sur le promontoire et contempler le confluent des deux rivières.

Ils s'arrêtèrent à un feu rouge. Elle sentait son étrange regard sur elle alors qu'elle fixait la route.

— Ça ne te fait pas peur, de faire de l'auto-stop ? dit-il. Il y a des types dangereux sur la route. Ils peuvent te ramasser.

— Il n'y a personne de dangereux dans les alentours, dit-elle.

Elle savait cependant que ce n'était pas tout à fait vrai. Elle ne lui dit pas non plus qu'elle avait une épingle à chapeau de vingt centimètres dans son sac.

L'auto avança.

— Tu ne m'as pas l'air du genre de fille à faire de l'auto-stop, lui dit-il.

Puis, il ajouta :

— Puis-je t'offrir un café ?

— Pourquoi pas ?

Il s'arrêta sur l'aire de stationnement d'un Dairy Queen.

Une fois entrés, il commanda du café noir. Elle demanda un Coca-Cola. Ils s'assirent l'un face à l'autre à l'une des petites tables. Elle sentait encore les yeux bleus qui l'étudiaient.

— C'est bizarre, dit-il, mais tu me sembles une jeune personne qui n'a pas de projets.

— Oh, j'ai des projets, dit-elle.

Elle aurait difficilement pu lui dire en quoi ils consistaient.

— J'ai une théorie en ce qui te concerne.

— Oh ? Quelle est-elle ?

— Je suis persuadé que tu rêves de quelque chose de

grand. Quelque chose te retient, mais ce n'est pas ce que tu veux. Je pense que tu aurais besoin de te faire « renarder » un peu.

— De me faire renarder ? Qu'est-ce que ça veut dire ?

— C'est une expression dont on se sert sur le circuit. Tu sais ce que c'est qu'une lavette ? Tu sais ce que c'est qu'un pliant ?

— Non.

— Eh bien, une lavette, c'est d'abord un cheval sauvage et un pliant, un bouvillon, mais une lavette, ce peut être soit un cheval sauvage, soit un bouvillon qui refuse de faire ce que vous voulez. Vous savez, quand un cowboy monte à cru sur un cheval sauvage, on s'attend à ce qu'il y ait un peu d'action. Tu peux penser que la foule applaudit le cowboy, mais ils applaudissent également le cheval. Ils l'espèrent voir venir à bout de son cavalier. La foule est venue pour voir le cheval balancer son cowboy. Mais il arrive que le cheval ne bouge pas. On l'appelle une lavette. Même chose pour le bouvillon. Quand vous vous battez contre un bouvillon, la foule veut que le bouvillon se batte aussi contre vous. Quand il refuse de le faire, lui aussi, c'est une lavette. Parfois un vieux bœuf s'agenouille simplement devant vous, doux comme un agneau. C'est ce que nous appelons un pliant. Quand on a un animal dont on sait qu'il ne donnera pas à la foule un spectacle digne de ce nom, quand il s'agit d'une lavette ou d'un pliant et qu'un gars comme moi doit faire quelque chose pour le stimuler et pour l'enflammer, nous appelons cela le renarder.

— Comment faites-vous cela, Skipper ?

— Eh bien, avec un poney qui manque d'énergie, on peut se servir de ses éperons. Ça suffit habituellement pour le faire démarrer. Avec un bouvillon dans la même situation, eh bien, c'est une autre histoire.

— Que faites-vous avec un bouvillon ?

Il rit et baissa les yeux.

— Euh ! Ce n'est pas tout à fait le genre d'histoire que je raconterais à une jeune fille bien élevée, dit-il.

— Dites-le-moi tout de même.

— Eh bien, si on croit qu'on a un bouvillon qui va se conduire en lavette ou en pliant, il y a quelque chose qu'on peut faire juste avant qu'il quitte l'enclos pour le renarder. Ce qu'on fait, c'est...

Son air sembla soudain plus qu'enjoué. Rusé.

— Écoute, dit-il, il n'y a qu'une façon de présenter les choses. Voici ce qu'on fait : juste avant qu'il quitte l'enclos, on lève la queue du bouvillon et on lui frotte le derrière avec un peu de térébenthine, ce qui le rend pratiquement fou. Ça le renarde vraiment. C'est comme une morsure de renard au derrière. Maintenant, dis au vieux Skipper ce qui pourrait te renarder.

Il n'y avait pas de sous-entendu particulier dans cette invitation inattendue. Pourtant, d'une certaine manière, il y en avait un. Elle sentit ses joues s'enflammer ; ses oreilles bourdonnèrent. Une soudaine inquiétude lui étreignit la gorge et descendit au creux de son estomac. Ce n'était pas vraiment une sensation de peur, même si la peur était présente. C'était plutôt une sensation d'irritation. Le danger de pénétrer en quelque sorte dans quelque monde nouveau et inconnu. Elle respira profondément, mais aucun son ne sortit de sa gorge.

Il s'appuya contre son dossier, étira ses jambes et joignit les mains derrière sa tête. Il lui sourit langoureusement, les paupières mi-closes. Elle le regardait, ébahie. Il n'était pas ce qu'on appelle beau, mais son visage avait une sorte de beauté rugueuse et musclée. Sur sa chaise en équilibre, il n'était que muscles. Ceux de ses bras gonflaient le léger tissu de sa chemise à carreaux. Ceux de ses jambes tendaient le denim serré de son jeans. Elle était consciente du gonflement de son sexe. Elle fut soudain certaine qu'elle sentait son sexe et sa chaude odeur de lait. À bien y penser, ce n'était probablement que l'odeur habituelle du Dairy Queen. Maintenant encore, elle ne pouvait passer devant un Dairy Queen sans se rappeler cette odeur particulière et ce moment de violente confusion qui l'avait envahie. N'était-il pas étrange, pensait-elle parfois, que tout un pan de la vie puisse être polarisé par une simple image? Sa première expérience sexuelle serait toujours reliée à cet après-midi-là où tout avait paru se produire en même temps, même si rien ne s'était vraiment produit.

Elle se mit à parler très vite, comme si le fait de parler pouvait la soulager de la sensation d'étourdissement qu'elle éprouvait. Elle se mit à parler de tout. Elle lui parla de Paradis, d'Annie Merritt et de la machine à coudre de sa mère, des vêtements qu'elle dessinait et qu'Annie et elle cousaient. Elle lui parla de son père et de son gazon zoysia, de la candidature de sa mère au conseil de gestion de l'école et de son échec, de l'homme qu'elles avaient vues chez Standish des années auparavant et qui ressemblait beaucoup à Skipper, sans lui ressembler vraiment, de sa mère et de ses pièces de théâtre et de la difficulté qu'elle avait eue à se trouver un agent, des Lunt à Genesee Depot au Wisconsin qui avaient renvoyé la pièce de sa mère, sans même avoir ouvert le paquet. Elle lui parla des querelles domestiques tenant à la pièce de théâtre et à l'argent. Elle lui parla de tout, sauf de l'épisode avec Dale Smith quand elle s'était fait enlever sa culotte dans la cour d'école et de l'internement de sa mère dans un hôpital psychiatrique. Quand elle lui eut tout dit, elle s'arrêta, hors d'haleine.

Il se balançait toujours sur sa chaise et souriait langoureusement à travers ses paupières mi-closes.

— Oh oui, j'aimerais vraiment te renarder, dit-il.

Il n'y avait plus moyen de se tromper sur ce qu'il voulait dire.

Il se pencha en avant sur sa chaise et lui effleura le dos de la main du bout de son doigt. Il y traça un « z » et Alex pensa pendant quelque temps qu'elle allait s'évanouir.

— Que faites-vous ? demanda-t-elle dans un souffle.

— Je te marque, dit-il. C'est un S, comme Skipper. Tu portes maintenant ma marque.

Elle regarda le dos de sa main et, pendant un instant, elle vit, ou elle pensa voir, la lettre S s'inscrire sur sa peau en une grande cicatrice rouge.

— Regarde, lui dit-il d'un ton léger, il est presque dix-sept heures.

Elle n'avait pas réalisé qu'ils avaient parlé pendant près de deux heures.

— Mon numéro commence à vingt heures, mais je ne veux pas que tu te promènes sur cette route à faire de l'auto-stop à la nuit tombante. Je vais te ramener dans cette petite ville où tu habites...

— Paradis !

Le mot lui avait échappé en un soupir.

— Je vais te ramener à Paradis. J'ai le temps de faire l'aller-retour avant mon numéro. Allons-y.

Ils firent la route en silence, mais elle avait l'impression d'entendre une sorte de grésillement, comme un courant électrique passer entre eux.

Comme il s'arrêtait devant la maison de ses parents, il dit :

— Demain, je peux venir te prendre à la même heure, au même endroit. Nous irons faire un tour. Je veux que tu me montres l'endroit où les deux rivières se rencontrent.

— D'accord, dit-elle.

Il siffla doucement.

— Belle maison que vous avez là.

— C'est notre gazon zoysia, dit-elle. C'est le seul en ville.

Elle remercia la tombée de la nuit, car il ne pouvait pas voir les taches qui avaient viré au jaune, au brun, puis à un blanc sinistre.

Comme elle agrippait la poignée de la porte, il lui saisit soudain la main gauche et la pressa contre sa bouche. Elle pensa une fois de plus qu'elle allait s'évanouir. Puis, il lui dit :

— À demain.

Elle sortit de l'auto et s'engagea dans l'allée.

Il descendit sa vitre et l'appela :

— Hé ! Tu ne m'as pas dit ton nom.

Elle se retourna.

— C'est Alexandra, dit-elle, et elle leva la main.

Il répondit avec un petit geste désinvolte qui ressemblait à un salut et démarra.

Elle reprit le chemin de la maison, en escalada les marches et entra. Elle savait que son père serait assis seul dans la cuisine, une bouteille de bière à la main, enfoncé dans le puits sans fond de ses regrets. Elle alla directement à sa chambre et s'étendit sur son lit.

Elle savait ce qui s'était produit. Elle était tombée amoureuse. Mais elle n'avait jamais pensé que l'amour viendrait si soudainement et avec une force si terrifiante. Tout son corps en frémissait. C'était comme ce bourdonnement d'oreilles et cette douleur sourde à la base du crâne. Ça venait de sa bouche également. Elle avait la langue lourde et la gorge sèche. Mais c'était surtout ce picotement à la commissure de ses paupières qui lui brouillait la vue. Sa respiration était rapide, comme si elle avait tenté de parler sans pouvoir y parvenir. Pourquoi personne ne lui avait-il jamais dit que c'était cela, tomber amoureuse et que l'amour perturbait ainsi ? De ses doigts, elle tâta les points de son corps qui brûlaient d'amour. Elle pensait : ça fait mal ici, et ici. Et ici.

C'était une sensation qu'elle n'avait jamais éprouvée auparavant. N'était-ce pas étrange, pensait-elle, qu'un amour si intense et dévastateur, aussi violent et passionné que ce premier amour, puisse s'être transformé en haine ?

— C'est tout simplement superbe, disait Mel.

Il arpentait sa bibliothèque, un verre de whisky à la main.

— Quelle chance tu as, Alex ! Quelle belle façon de dire aux Rothman d'aller au diable ! McCulloch a vraiment tout l'argent du monde. Penses-y ! Une nouvelle revue qui serait à toi, à toi toute seule !

— Eh bien, je ne sais pas, dit-elle en s'asseyant. Une nouvelle revue, ça semble superbe, mais on ne commence pas une revue en disant simplement « hocus pocus », voici une nouvelle revue. Une nouvelle revue exige un projet et je n'ai pas de projet pour une nouvelle revue.

— Tu en auras un le moment voulu.

— Vraiment? J'aimerais en être aussi sûre que toi. Et si j'en ai un, qu'arrivera-t-il si...

— Si tu échoues? Comment peux-tu échouer? Tu es Alexandra Rothman, la meilleure dans ce domaine. Qu'as-tu fait de cette confiance en toi, ma chérie?

— Mais le problème est que je suis à l'aise à *Mode*. Je m'y sens chez moi. C'est...

Il se retourna, fit claquer ses doigts encore une fois et pointa son index en direction d'Alexandra.

— C'est le moment ou jamais de changer pour quelque chose de nouveau, ma chérie. Quand ton travail n'est plus qu'une simple routine, c'est le moment de te lancer un nouveau défi, non? De sorte que cette offre ne pouvait pas tomber plus à propos.

— Vraiment?

— Bien sûr que oui!

Elle n'avait pas l'air convaincue.

— Si j'avais encore vingt ans, je n'hésiterais pas un instant. Oui, je foncerais. Mais tel n'est pas le cas, Mel. J'ai quarante-six ans. Sais-tu combien de temps il faut pour mettre une nouvelle revue sur pied, même quand tu as un projet? Au moins un an, probablement deux. Et alors il faut encore deux ans avant de savoir si on a réussi ou non. Ne serait-il pas mieux que je me batte pour poursuivre ce que j'ai déjà réussi? Si je m'engage dans le projet de Rodney, j'aurai cinquante ans avant de savoir si c'est un succès ou un échec. C'est ce qui me préoccupe, Mel. Je me sens trop vieille pour ce genre de chose.

Il la regarda, incrédule.

— Ne me dis pas que tu finis par croire ce qui est dans la chronique de Mona Potter, dit-il.

— C'est juste la réalité, dit-elle découragée. De la simple arithmétique.

24

— Dis-moi, d'où viennent les deux cours d'eau ?

— Celui qui vient de l'ouest, c'est le Kansas.

Elle le désigna du doigt et poursuivit :

— Celui qui vient du nord, c'est le Missouri.

— C'est magnifique, dit-il.

Ils étaient assis dans l'auto sur le promontoire.

— Quand deux rivières se rencontrent comme celles-ci, il n'y a rien au monde qui puisse les séparer. Mais les humains ne sont pas comme les rivières. Ils doivent parfois se séparer.

Elle approuva. Elle savait ce qu'il voulait dire. C'était sa dernière soirée à Kansas City.

— Demain, Wichita, lui rappela-t-il.

— Je sais, dit-elle. C'est à quelle distance ?

— Environ trois cents kilomètres à vol d'oiseau. Quatre à cinq heures de route.

Elle soupira. Ça lui semblait très loin.

— Y a-t-il une chance que tu reviennes ?

— Pas de sitôt. Dans quelques années peut-être. On ne sait jamais dans ce métier. Vois-tu, quand on atteint les trente-cinq ans, on n'est pas loin de ne plus pouvoir faire quoi que ce soit. À quarante ans, on est complètement usé. Des gars plus jeunes s'amènent et ils peuvent faire un tas de trucs dont vous n'êtes plus capable. Il faut donc que je pense à mon avenir, parce que

297

j'ai déjà vingt-sept ans.

C'était la première fois qu'il mentionnait son âge. La différence entre eux ne sembla soudain pas si grande. Elle lui demanda :

— Qu'allez-vous faire ensuite ?

— C'est à ça qu'il faut que je pense. À la possibilité d'une petite affaire qui m'appartiendrait. Un bar ou un petit café. J'ai même trouvé un nom, *El Corral*. Qu'en penses-tu ?

— J'aime bien, dit-elle.

— J'accrocherais quelques photos sur les murs, dit-il.

Il gesticulait, transformant l'intérieur de la Corvette en un lieu imaginaire appelé *El Corral*.

— Ici, j'accrocherais des photos de moi à cheval, là des photos de moi en train de maîtriser des bouvillons. J'ai des séries de photos que j'ai amassées au cours des années. Je les ferais encadrer, vois-tu, et on pourrait les mettre aux murs. Dans ce coin, j'installerais un piano droit, car la musique, c'est vraiment important. Et là, derrière le bar, il y aurait des vitraux, pour donner un peu de cachet.

Au fur et à mesure qu'il en faisait la description, elle pouvait s'en faire une idée de plus en plus nette.

— Je pourrais vous aider, dit-elle.

— M'aider ?

— Je suis bonne en décoration. Je suis bonne dans la couture. Oui, je pourrais vous aider à décorer *El Corral*.

— J'ai de l'argent de côté, dit-il. Combien penses-tu que j'ai réussi à économiser ?

— Combien ?

— Trente-deux mille dollars. Encore quelques années, si j'ai de la chance, et je pense approcher les quarante mille.

Elle approuva, impressionnée.

— Et j'ai tout cela ici, dit-il.

Il se tapota le ventre.

— Où ?

— Dans une ceinture. Je n'ai pas confiance dans les banques. Des hommes comme moi qui se déplacent constamment ne peuvent pas faire confiance aux banques. Alors, tu viens avec moi? Je peux te faire vivre.

— Aller avec vous? Où?

— À Wichita.

— Oh non, je ne pourrais pas, dit-elle.

— Pourquoi pas?

— Parce que...

Mais elle ne put, sur le coup, trouver aucun motif valable pour ne pas le suivre.

— Regarde, dit-il. Ta mère est chez les fous, tu ne sais pour combien de temps.

Elle avait fini par lui en parler.

— Ton père? Il me semble qu'il est déjà assez débordé, sans avoir à se soucier de toi par-dessus le marché. Si tu viens avec moi, tu vas pratiquement lui enlever une épine du pied.

Elle ferma les yeux. Ce n'était pas loin d'être vrai. Elle voulut ajouter :

— Mais...

— J'ai l'intention de t'épouser. Si tu dis oui, je t'emmène à l'hôtel de ville dès demain et on se marie. Qu'en dis-tu?

Elle se sentit étourdie, presque malade.

— Mais je n'ai pas terminé mon secondaire. Je n'ai que dix-sept ans.

— À l'hôtel de ville, on dira que tu en as dix-huit. De plus, tu as l'air de les avoir.

— N'aurons-nous pas à présenter nos papiers?

— Non. Ils ne vous les demandent jamais. Tout ce qu'il faut, c'est cinq piastres pour le permis. Je te servirai de preuve. Regarde bien : à part moi, tu n'as personne pour s'occuper vraiment de toi. Tu m'as dit que tu avais un projet. Je peux t'aider à le réaliser, parce que j'aime bien les gens qui ont des projets. J'admire ce genre de personne.

Il tapota à nouveau la ceinture qui contenait son argent.

— La moitié de ce qui m'appartient sera à toi pour t'aider à réaliser ton rêve, parce que je n'aurai pas besoin de quarante mille dollars pour ouvrir le genre de petit café que j'ai en tête.

Ne crois pas que j'essaie de te persuader avec mon argent. Je ne fais que t'en montrer les avantages. En réalité, j'aime ton style. Tu as beaucoup de détermination. La seule chose que tu as à faire, c'est de quitter ce foutu petit enclos où tu es enfermée avec la folle qui écrit des pièces et cet homme qui est amoureux de son gazon. Et puis, la solitude commence à me peser de plus en plus. Je n'ai personne au monde non plus, sauf quelques copains de rodéo, personne pour qui j'ai vraiment de l'importance. Alors que je pense que j'en aurais pour toi. De toute façon, je pars pour Wichita demain. Si tu ne viens pas avec moi, il y a de grandes chances qu'on ne se revoie jamais. Je te fais une proposition honnête. C'est à prendre ou à laisser.

— Mais je ne vous connais que depuis deux semaines.

— Quelle différence ça fait? Je ne vais pas changer. Je suis tel que tu me vois.

Mais il manquait quelque chose. Quelque chose d'essentiel. Elle l'attendit en vain. Elle resta comme suspendue, se dandinant, maladroite, dans l'attente d'un baiser qui ne venait pas.

— M'aimes-tu, Skipper? finit-elle par demander.

Il répondit par un soupir. Puis il dit :

— Viens, marchons.

Comme ils avançaient le long d'un sentier, elle sut que si elle ne lui disait pas oui rapidement, elle ne le reverrait jamais plus. Ses yeux se remplirent de larmes. Chaque fois qu'elle repensait à lui, elle se rappelait l'odeur douce et envahissante de cet après-midi-là.

Il s'accroupit soudain.

— Regarde ce pissenlit. Regarde comme il a poussé dans la fente d'un rocher. Sans terre, sans eau. Tout ce dont il a eu besoin, c'est d'une fente dans un rocher. C'est ainsi que j'ai grandi, comme ce pissenlit sauvage, dans la petite fente d'un rocher. On ne parlait pas d'amour là où j'ai grandi. On parlait de mort, d'enfer, de péché et de damnation. Mon père était un pasteur baptiste. Il savait ce que c'était que le péché. Était péché tout ce qui était bon. On m'a traité de pécheur. On m'a traité de mauvais garçon. De suppôt de Satan. Il semble que chaque jour je méritais le purgatoire. On me disait que j'allais rôtir en enfer. J'ai fait ma part de mauvais coups quand j'étais enfant, rien de sérieux, des sottises de gamin, comme voler des bonbons ou des cigarettes à l'épicerie, des choses de ce genre. « À genoux, prie pour ta rédemption. » Et on me battait durement. À quatorze ans, je me suis sauvé. Tu vois, je ne sais pas comment j'ai fait, mais j'ai survécu en me battant comme ce petit pissenlit dans la fente d'un rocher. Je ne te mens pas. Je n'ai jamais dit à une femme que je l'aimais. Ce n'était pas uniquement parce que je ne voulais pas me sentir attaché ou prisonnier. J'étais effrayé. J'avais peur de l'amour. Pour moi, l'amour, ça n'existait pas. C'était comme le Dieu dont parlait mon père. Il ne pouvait pas exister s'il avait mis mon père sur cette terre pour lui servir de messager. Il y a une chose que je savais pourtant. Que tout le monde avait un jour ou l'autre besoin de quelqu'un. Et j'ai toujours cherché quelqu'un sans savoir qui c'était. Peut-être que le fait d'avoir besoin de quelqu'un est beaucoup plus important que d'aimer. Puis par hasard, alors que je me promenais dans ma Corvette, j'ai vu cette fille qui faisait de l'auto-stop. Elle avait le pouce levé, et le menton... J'ai été séduit. Elle avait un nom de princesse russe. J'ai tout de suite pensé que c'était peut-être celle que je cherchais. Je ne crois pas en l'amour, mais je crois que nous avons tous deux besoin l'un de l'autre. Il semble que nous avons été seuls trop longtemps. Il semble que toi et moi nous nous sommes rencontrés et que nous nous sommes fondus l'un dans l'autre tout comme ces deux rivières. Si tu m'acceptes, tu n'auras pas l'Eldorado, mais tu auras un homme qui a besoin de toi. Est-ce suffisant?

Il lui tendit les bras.

— Je t'ai dit que j'aimerais te « renarder », dit-il. J'en ai encore envie, mais seulement si tu m'épouses. Parce que tu n'es pas comme les autres filles. Tu es le genre de fille que je ne voudrais « renarder » qu'après le mariage et c'est ce qui te rend différente, vois-tu? Mais crois-moi, quand je vais le faire, tu ne pourras jamais l'oublier. Alors viens avec moi.

Elle sentit ses bras autour de ses épaules. Il l'embrassa. Elle s'aperçut qu'elle pleurait à la fois de bonheur et de crainte.

Elle écrivit :

Cher Papa,

Je pars en voyage. Il se peut que je ne sois de retour avant longtemps. J'espère que tu ne m'en voudras pas, mais il me semble depuis que maman est partie, je suis pour toi davantage un fardeau qu'un soutien. Tu as tellement de problèmes en ce moment que je suis persuadée que tu seras content de ne plus avoir à te soucier de moi par-dessus le marché. Je pense que ce que j'ai décidé de faire, c'est vraiment la meilleure chose pour toi et moi...

Quand tu verras maman, dis-lui que je l'aime.

Adieu
Alexandra

Elle posa la lettre sur la table de la cuisine le lendemain matin, après le départ de son père pour le bureau, sur le paquet intact qui contenait le manuscrit de sa mère.

Skipper lui avait dit d'emporter le moins de choses possibles. Il lui achèterait le nécessaire à leur arrivée à Wichita. Elle mit rapidement quelques effets dans une petite valise et sortit attendre que la Corvette jaune se pointe au carrefour.

Quand elle la vit, elle courut dans sa direction, lança sa valise sur la banquette arrière et s'installa à côté de Skipper. Puis elle cria :

— Allons-y !

— Hé ! Ne pleure pas, dit-il. Je déteste te voir pleurer. On va mener une belle vie, toi et moi. Tu verras.

— Je pars, pleura-t-elle. Je pars vraiment.

Elle frappa le tableau de bord de ses poings.

— Sûr que tu pars et c'est une très bonne chose que tu fais. Alors ne pleure pas...

Elle reposa sa tête contre le dossier et essuya ses larmes.

Ils se dirigeaient vers Kansas City.

Un peu plus tard, elle lui dit :

— Tu sais, je suis assez bonne couturière. Je dessine et je fais presque tous mes vêtements. Penses-tu qu'une fois arrivés à Wichita, je pourrais avoir une machine à coudre ?

— La seule règle, c'est de savoir si elle entre dans le coffre de l'auto.

— Une machine à coudre portative ne prend pas beaucoup de place.

— Alors je t'en achèterai une.

— Je pourrais en faire pour toi aussi. Je sais coudre des vêtements pour hommes. Je t'assure.

— Hé ! J'aimerais bien, dit-il. Je déchire un ou deux jeans par semaine au rodéo.

À l'hôtel de ville, la cérémonie fut aussi simple et rapide qu'il l'avait prévu. Ils remplirent quelques formulaires et signèrent un registre. Alex avait soustrait une année à sa date de naissance. Puis ils prononcèrent les formules requises. Le juge de paix demanda à Skipper de répéter après lui :

— Par cette alliance, je te prends pour épouse.

À sa grande surprise, Skipper sortit de sa poche un mince anneau d'or. Malgré sa finesse, Alexandra pensa que c'était le plus beau et le plus précieux anneau qu'elle avait jamais vu. Plus tard, il lui montra l'intérieur où il avait fait graver « J.P.-A.L. ».

— Je vous déclare mari et femme, dit le juge de paix.

Il se tourna ensuite vers Skipper et lui dit :

— Vous pouvez embrasser la mariée.

Ce fut le deuxième vrai baiser qu'il lui donna.

Puis le juge de paix remplit un parchemin, le signa d'une fioriture et le marqua d'un sceau doré. Il le tendit à Skipper, en remarquant :

— La petite dame a l'air un peu triste.

— La nervosité, j'imagine, dit Skipper en faisant un clin d'œil.

C'était le 20 août 1961.

— Comment se sent-on d'être devenue madame Skipper Purdy ? dit-il.

Ils venaient de quitter la ville et se dirigeaient vers l'autoroute.

— Je ne sais. Je n'y suis pas encore habituée, répondit-elle.

Il lui tapota la main posée sur le siège à côté de lui.

Une pancarte annonça qu'ils quittaient le Missouri. Je l'ai fait, pensa Alex. Je me suis sauvée de chez moi et je me suis mariée. Désormais ma vie m'appartient. Une centaine de mètres plus loin, une autre pancarte souhaitait aux automobilistes la bienvenue au Kansas.

— C'est la première fois que je quitte le Missouri, dit-elle.

— Tu vas voir beaucoup d'autres états, dit-il. Après Wichita, la prochaine étape, c'est Omaha. Il se mit à chanter : « Tu es mon soleil, mon seul soleil. Tu me rends heureux quand le ciel est gris... »

Elle se mit à rire.

— Oups !

Soudain Skipper écrasa la pédale de frein et s'arrêta sur l'accotement. Quelques centaines de mètres plus loin sur l'autoroute, après une légère courbe, il semblait y avoir trois ou quatre autos-patrouilles dont les phares orange scintillaient. Skipper fit demi-tour en traversant le terre-plein gazonné pour repartir dans la direction opposée.

— Que se passe-t-il ?

— Les flics. Ils adorent me mettre des contraventions, parce qu'ils trouvent cette Corvette jaune trop voyante.

Il jeta un regard rapide dans son rétroviseur.

— Ne nous ont pas vu, dit-il. De plus, avec toi qui n'as pas encore l'âge légal, les policiers pourraient nous poser des questions. Ton père a peut-être déjà donné l'alerte.

— Mon père n'aura pas ma lettre avant six heures ce soir.

— Il vaut mieux ne pas prendre de risque, si tu vois ce que je veux dire. Nous allons donc prendre les petites routes de campagne et voir du pays. Il y a plus d'une façon de noyer un chat, non ?

Dans une ville appelée Lamont, ils s'arrêtèrent pour manger un morceau. Skipper semblait préoccupé et demeura taciturne pendant tout le repas.

— Ça prend un peu plus de temps par ces routes de campagne, dit-il. Mais nous ne sommes pas pressés. Je ne travaille que demain soir.

Mais elle sentait que quelque chose l'ennuyait.

Il était près de vingt-trois heures ce soir-là quand ils arrivèrent à Wichita. Ils s'arrêtèrent à un motel où une chambre avait été réservée à son nom par le gérant du rodéo. Elle le regarda inscrire leur nom : « M. et Mme James R. Purdy ». Elle réalisa qu'elle ne savait pas à quoi correspondait le « R. », mais se trouva soudain trop timide pour le demander.

Dans la chambre, ils se sentirent tous les deux étrangement calmes. Ils défirent lentement leurs valises, ouvrant et fermant tranquillement les tiroirs de la commode. Alex se dirigea la première vers la salle de bains, se dévêtit et mit sa chemise de nuit. Puis elle retourna dans la chambre et se glissa rapidement sous la couverture. Il entra à son tour dans la salle de bains au moment où Alex éteignait la lumière.

Elle entendit l'eau couler pendant longtemps. Il finit par sortir et elle l'entendit s'approcher de l'autre lit. La chambre était maintenant silencieuse. On ne percevait que le son de la respiration de Skipper et, d'une radio quelque part, les accords étouffés d'une musique locale.

— Skipper, murmura-t-elle finalement.

— Euh ?

— Est-ce qu'on va... tu sais ?

Elle l'entendit se tourner vers elle.

— Penses-tu ? Je croyais qu'il valait mieux attendre, y aller doucement, se connaître un peu plus l'un l'autre, être davantage habitués l'un à l'autre. Ne penses-tu pas ? Après tout, tu n'es qu'une enfant.

— Non, je veux, chuchota-t-elle.
— Es-tu sûre ?
— Oui.
— As-tu déjà...
— Jamais. Mais je veux. Maintenant.
— Si tu es sûre.
— Tout à fait.

25

Le jeudi matin suivant, Coleman venait d'apporter le plateau à déjeuner d'Alex sur la terrasse du 10 Gracie Square. Quand il faisait beau, elle aimait y prendre son petit déjeuner. Il avait apporté ses quatre quotidiens habituels : le *Times,* le *Daily News,* le *Wall Street Journal* et le *Women's Wear Daily.* Elle avait l'habitude de les lire dans l'ordre, d'abord le *Times,* pour les nouvelles internationales, ensuite le *Daily News,* surtout pour voir ce que cette écervelée de Mona Potter pouvait bien avoir écrit, le *Wall Street Journal,* qui présentait souvent de bons articles sur le monde de l'édition qui était, comme à l'accoutumée, dans une situation délicate et, finalement, *Women's Wear.*

Elle les feuilleta rapidement.

— Où sont le *Times* et le *Journal* ?

Coleman avait l'air inquiet.

— Ce matin, il y a dans chacun de ces deux journaux une annonce que vous risquez de ne pas aimer.

— Laisse-moi voir ça, chéri.

— C'est une annonce émanant de M. Herbert Rothman, dit-il.

— Raison de plus pour que je la voie. Qui a peur du grand méchant loup ?

— J'ai pensé qu'il valait mieux vous avertir.

Il rentra dans l'appartement et revint avec les journaux. Le *Times* était ouvert à la rubrique des affaires. Il déposa les deux journaux à côté du plateau à déjeuner. Elle prit ses lunettes tandis qu'il s'éloignait.

— Non, reste, dit-elle.

Plein d'attentions, il s'approcha.

Cela représentait, dans le coin en haut à droite, la main tendue d'un homme, qui versait du champagne. Dans le coin en bas à gauche, une main féminine ornée de bijoux tenait une coupe dans laquelle coulait le liquide. Les reliant sur deux pages, figurait en très gros caractères le titre suivant :

FÉLICITATIONS, ALEXANDRA ROTHMAN !

Elle déposa tranquillement sa tasse de café sur la soucoupe et lut :

En ce jour du 26 juin 1990, Alexandra Rothman entame sa dix-huitième année comme directrice en chef de *Mode*. C'est presque incroyable, mais elle a occupé le poste le plus important à la tête de *Mode*, plus longtemps que n'importe qui au cours des cent seize années d'existence de la revue. Même la légendaire Consuelo Ferlinghetti qui avait dirigé *Mode* pendant quatorze ans n'avait pas réussi à faire preuve d'une telle longévité !

Quand elle est arrivée chez *Mode*, il y a eu dix-sept ans hier, Alexandra était jeune... inexpérimentée... mais avec une réserve illimitée d'idées nouvelles... d'enthousiasme... d'entrain... d'énergie que seuls les jeunes peuvent avoir. Il faut pourtant penser à quel point le monde a changé depuis 1973 ! La nation commençait à peine à entendre parler du Watergate. Et maintenant presque tous ceux qui ont figuré dans ce grand scandale sont décédés !

Après dix-sept ans, ces idées... cet enthousiasme juvénile... cette énergie ont été payants. Elle a fait de *Mode* plus qu'une revue de mode. Elle en a fait une revue pour la femme accomplie. La preuve : le dernier numéro s'est vendu à plus de 5 000 000 d'exemplaires.

Mais dans sa grande sagesse, Alexandra Rothman sait qu'une

revue ne peut rester jeune et pimpante que dans la mesure où on lui insuffle des idées jeunes et fraîches. Pour y parvenir, elle a fait appel à une jeune expert britannique du monde de la mode, FIONA FENTON. Celle-ci entrera en fonction le mois prochain à titre de codirectrice en chef.

Alors, félicitations, Alexandra, pour cette mission bien accomplie. Puisses-tu jouir d'un repos bien mérité ! Et bonne chance à toi et à ta nouvelle partenaire, FIONA FENTON !

HERBERT J. ROTHMAN
Président-directeur
Les publications Rothman

Elle déposa le journal avec un petit soupir et tapota l'annonce en disant :

— Alors maintenant c'est moi qui ai eu l'idée de Fiona Fenton. Très futé, n'est-ce pas, notre petit Herbert ?

Coleman avait vraiment l'air soucieux.

— C'est la guerre des nerfs, chéri, dit-elle. Il essaie de me forcer à démissionner. Mais il n'est pas près d'y parvenir, du moins pas dans les termes auxquels il pense. Mais ne t'inquiète pas. J'ai encore quelques cordes à mon arc et j'ai l'intention de les utiliser. S'il veut se débarrasser de moi, ça va lui coûter cher, bien plus cher qu'une annonce dans le *New York Times*.

— Et dans le *Wall Street Journal*.

— Et dans le *Journal*.

— Puis-je vous poser une question, Alex ?

— Bien sûr.

— Ce ne sont pas mes affaires. Mais je sais que M. Herbert Rothman vous a toujours détestée. Pourquoi donc ?

Elle lui jeta un regard candide.

— Il faut dire qu'il y a plusieurs raisons. D'abord, il avait une autre femme en tête à qui il voulait donner le poste, mais son père s'y est opposé. Mais la vraie raison, c'est qu'il y a un certain nombre d'années, il m'a fait des avances d'une façon tout à fait inconvenante. Je lui ai ri au nez. Il ne me l'a jamais pardonné. Il n'y a rien de plus dangereux qu'un Rothman qui se croit méprisé.

— J'ai pensé que ce devait être quelque chose de ce genre, dit-il.

— Tu avais bien vu.

— Et maintenant que son père est malade...

— Mourant, dit-elle. Je crains que Ho Rothman ne soit en train de mourir ou du moins est-ce ce qu'ils veulent bien laisser croire.

Il fit un signe d'approbation.

— ...le fils va se permettre un bel abus de pouvoir.

— En effet.

Le téléphone sonna. Alex prit sa tasse de café, mais s'aperçut qu'il était froid.

Coleman revint avec le téléphone au bout de son long câble.

— M. McCulloch, dit-il.

— Bonjour, Rodney, dit-elle d'une voix enjouée.

— Bon, bon, bon ! dit-il. Est-ce que cette annonce dans les journaux de ce matin signifie que tu es à moi, toute à moi ? Ha Ha ! Ha !

— Je n'ai pas vraiment eu le temps de penser à votre proposition, Rodney, dit-elle. Après tout, ça fait moins de vingt-quatre heures...

— Quoi ? Tu n'as pas encore remis ta lettre de démission ? Après une telle annonce ? Et dans le *New York Times* ?

— Et dans le *Wall Street Journal*.

— La pire saloperie que j'aie jamais lue. Je pensais que Herbert avait déjà ta démission sur son bureau.

— Il est clair que c'est ce qu'il souhaite. Mais il y a dans mon contrat certains problèmes techniques que je veux régler d'abord. Mes avocats s'en occupent en ce moment.

— Eh bien, pousse davantage tes avocats. Plus ils prennent de temps, plus la facture est élevée. J'en sais quelque chose.

Au centre-ville, dans son bureau du 530 Fifth Avenue, le téléphone de Lenny Liebling sonnait.

— Allô, trésor, quoi de neuf? dit la voix de Mona Potter. Est-ce qu'elle a démissionné?

— Je n'ai rien entendu dire pour le moment, Mona, dit-il.

— Tu as vu cette annonce ce matin, bien sûr.

— Bien sûr. Mais...

— Alors quand va-t-elle partir? J'ai besoin de le savoir aujourd'hui, mon trésor, parce que je lui consacre toute ma chronique de demain.

— Je ne le sais absolument pas, Mona.

— Penses-tu que je peux écrire qu'elle va tout lâcher au cours de la journée, trésor? Il faut que je le sache.

— Je n'en sais pas plus que toi, Mona chérie.

— Qu'est-ce qu'elle mijote avec Rodney McCulloch?

— Avec qui?

— Rodney McCulloch, chéri. Tous deux ont été vus ensemble, hier, au lunch chez *Bernardin*. Un des serveurs m'a passé l'information. Il m'a dit que ça semblait une rencontre très sérieuse.

— Je n'en sais absolument rien, dit-il.

Il était vexé de ce qu'elle ait trouvé une information avant lui.

— Il dit qu'ils ont parlé argent. Qu'en penses-tu? Penses-tu qu'il lui a offert un quelconque marché?

— Je n'en sais rien, Mona, dit Lenny.

— Penses-tu que je puisse dire qu'ils sont en train de préparer quelque chose? Tout le monde sait que McCulloch est à la recherche d'une propriété à New York. Dis-moi quelque chose, trésor. Il faut que j'aie un scoop pour la chronique de demain.

— Je ne sais pas, lui répéta-t-il.

— Eh bien, je pense qu'on peut dire qu'il lui a offert un marché, dit-elle. De toute façon, fais-le-moi savoir dès que tu entendras parler de quoi que ce soit. Tu sais que je ne te cite jamais. Tu n'es qu'une source digne de foi haut placée aux Publications Rothman. Au revoir.

— Au revoir, dit Lenny.

Alex, en longeant le couloir ce matin-là, tenta d'afficher son assurance habituelle, le menton levé, les mains dans les poches de son ensemble. Sa jupe se balançait et elle avait jeté avec désinvolture son sac sur son épaule. Elle était consciente, alors qu'elle passait devant la porte de chaque bureau, d'un léger murmure chargé d'appréhension. Aujourd'hui, elle s'était promis de ne pas avoir l'air différente des autres jours.

Tandis que Gregory venait à sa rencontre à la porte de son bureau, elle remarqua tout d'un coup l'énorme pile de messages téléphoniques sur sa table.

— La plupart d'entre eux viennent des médias, dit-il. Ils veulent savoir ce que sont vos projets pour l'avenir. Pensez-vous que nous devrions préparer une déclaration à remettre à la presse?

Elle lança son sac sur une chaise.

— Je ne crois pas, dit-elle. Je pense que nous devons laisser toutes les déclarations à Herbert Rothman pour le moment. Il semble y exceller.

— Je suis d'accord, dit-il.

— S'ils appellent à nouveau, dis-leur simplement que je ne suis pas disponible, ou que je suis en réunion, quelque chose de ce genre.

— C'est précisément ce que je leur ai dit.

— Ne dis surtout pas : « Pas de commentaires ». J'ai toujours pensé que cette expression était celle, maladroite, de quelqu'un sur la défensive.

— Il y a eu un appel de Mlle Lucille Withers de Kansas City. Elle a dit : « Je viens de parler avec le Canadien. Fonce. » Elle a ajouté que vous alliez comprendre l'allusion.

— Oui, dit-elle.

— De plus, M. Mark Rinsky a téléphoné. Il voudrait que vous le rappeliez dès que vous en aurez le temps.

— Bien. Vois si tu peux le joindre.

Gregory jeta un coup d'œil à sa montre.

— Et nous avons le défilé de mode de Scaasi au Saint-Régis à onze heures trente, ajouta-t-il.

— En effet, dit-elle.

— Mark ? dit-elle quand elle l'eut au bout du fil.

— Alex, j'ai parlé avec mes correspondants à Londres. Certaines choses prétendues par notre amie se trouvent confirmées. Mais un bon nombre d'entre elles ne concordent pas et nous nous heurtons à des impasses. Pour commencer, il semble qu'elle a travaillé en Angleterre pour une publication qui s'appelle *Lady Fair*. Ce n'était pas une grosse affaire, juste un petit truc publicitaire gratuit, avec quelques conseils sur la mode, tiré dans le sous-sol d'une certaine Jane Smiley, à Maida Vale. C'est elle qui, avec notre amie Fiona, l'avait mise sur pied. De toute façon, *Lady Fair* a cessé ses activités il y a deux ans. Jane, qui travaille maintenant pour un journal dans le nord de l'Écosse, ne sait pas ce qu'il est advenu de Fiona Fenton. Elle a peu de choses à en dire, si ce n'est qu'elle était travailleuse. Elle réussissait bien, semble-t-il, dans la vente d'espaces publicitaires. Mais les deux femmes ont, paraît-il, eu un différend je ne sais trop à quel sujet.

— Hum ! fit Alex.

— Autre chose. Fiona prétend qu'elle a dirigé une petite boutique de vêtements de luxe, rue Sloane et qu'elle a même eu la princesse de Galles comme cliente. Nous n'arrivons pas à en obtenir la confirmation. Aucun des boutiquiers de la rue Sloane ne semble avoir entendu parler d'elle ni de sa boutique. Quant à Buckingham Palace, on n'y répond jamais aux questions de ce genre. Ils refusent de dire où la princesse achète ses vêtements, sauf pour les fournisseurs attitrés. De sorte qu'en ce qui concerne la boutique de vêtements, nous ne parvenons à aucun résultat.

— Qu'en est-il de sa famille ? A-t-on trouvé quoi que ce soit de ce côté ?

— Encore une autre impasse, Alex. Elle affirme que son père est le comte de Hesketh. Ce personnage existe vraiment. Mais c'est un solitaire endurci qui vit seul, avec un domestique, dans un château en ruines dans le Surrey. Il n'en est pas sorti une seule fois depuis des années. La plupart de ses voisins n'ont jamais vu Sa Grâce, mais ils savent qu'il y habite parce qu'ils voient son serviteur aller et venir chaque semaine pour faire les courses. Celui-ci ne parle à personne. Nul ne sait son nom. Il n'y a pas de téléphone au château et l'endroit est gardé par d'énormes dobermans. Nul au village ne sait quoi que ce soit de la famille du vieil aristocrate. Même pas s'il a déjà eu une femme et des enfants.

— De sorte que si Lady Fiona Fenton a choisi un des pairs pour jouer le rôle fictif de père, elle a choisi le bon, fit remarquer Alex.

— C'est exactement ce que je pense, Alex. De sorte que les résultats sont maigres.

— Maigres, en effet.

— Mais ne vous inquiétez pas. Nous poursuivons nos recherches. Nous creusons le créneau « boutique de vête-ments », si elle a jamais existé.

— Eh bien, merci, Mark.

Il y eut une pause à l'autre bout de la ligne. Puis, il dit :

— L'annonce dans les journaux de ce matin, c'était vrai-ment un coup fourré, Alex.

Elle rit doucement.

— Oui, c'était un coup fourré, reprit-elle.

— Ça lui ressemble bien.

Elle répondit spontanément :

— Absolument !

Bob Shaw, son directeur artistique, l'attendait à la porte de son bureau. Lui aussi, il faisait de son mieux pour ne pas avoir l'air crispé et nerveux.

— J'ai trouvé des renseignements sur la vie sexuelle des abeilles, dit-il. J'en ai parlé avec un apiculteur de Long Island. Il semble que ce soit l'acide tannique qui attire un essaim. C'est pourquoi les abeilles essaiment habituellement sur les branches ou le tronc de certains arbres. Ce gars pense que si on peut mettre de l'acide tannique dans les cheveux d'un mannequin et si on peut amener quelques abeilles à quitter leur ruche et à se poser sur elle, il pourrait obtenir qu'un essaim s'y forme.

Gregory était aux anges.

— Ma mère venait de nager dans une rivière, dit-il. L'eau de rivière contient souvent beaucoup d'acide tannique.

— Voulez-vous encore creuser cette idée ? demanda Bob Shaw.

— Moi, je pense que cela vaut vraiment la peine d'essayer. Pas toi ? lui demanda-t-elle.

— Eh bien, j'y ai pensé, dit Bob Shaw. Qu'est-ce que cette photo est censée dire ? Qu'est-elle censée vouloir dire ? Des abeilles qui essaiment dans la chevelure d'une femme, ça semble assez bizarre, non ? Je n'arrive vraiment pas à me représenter la scène.

— Tu as raison, bien sûr, dit-elle. Je n'ai jamais vu des abeilles essaimer dans la chevelure d'une femme, moi non plus. Ça ressemble à quoi, Gregory ?

— J'avais trouvé cela... très beau, dit-il. Ça peut aussi être singulier, exotique, dangereux même. Un essaimage dure environ vingt minutes, de sorte que nous aurions le temps de prendre nos clichés sous différents angles. À qui pensais-tu pour la photographie, Bob ?

— À Helmut Newton ? dit-il d'un air interrogateur.

— Parfait !

Elle applaudit.

Il hésita.

— Ne ferions-nous pas mieux d'attendre pour voir ce que Fiona Fenton en pense ? s'inquiéta-t-il.

Elle lui jeta un coup d'œil rapide.

— Mlle Fenton ne fait même pas encore partie de notre organisation, Bob, dit-elle.

Il eut un signe d'approbation et baissa les yeux vers le tapis.

Elle reçut un appel de Mlle Lincoln, la secrétaire de

Herbert Rothman.

— Je voulais tout simplement vous présenter mes meilleurs vœux, madame Rothman, lui dit-elle.

— Vos meilleurs vœux pour quoi, mademoiselle Lincoln ?

— Nous sommes tous très tristes ici au trentième d'apprendre que vous quittez la revue.

— De qui tenez-vous la nouvelle ? demanda Alex.

— Oh... mais c'est ce qu'on nous a laissé entendre, dit Mlle Lincoln.

— Il n'y a rien de vrai là-dedans, mademoiselle Lincoln, dit Alex.

Elle déposa le récepteur.

Il était l'heure de partir chez Scaasi. Gregory lui apporta son porte-documents.

En route vers Saint-Régis, Alex dit :

— C'est sa collection pour la saison de sports d'hiver qu'Arnold présente. Alors, pense en termes de pique-niques d'hiver.

Gregory approuva.

Tous ces défilés de mode sont pratiquement pareils, pensa Alex : la musique, l'éclairage, les fleurs, les modèles émaciés, la grande banalité des commentaires que personne n'écoute. Chaque collection s'ouvre par quelques petites robes d'après-midi, passe ensuite à des robes de soirées ou de bal et prend fin immanquablement sur le genre robe de mariée à laquelle nul ne prête la moindre attention et que, bien sûr, nul n'achète. À combien de ces défilés avait-elle assisté au cours des années? À des centaines certainement. Mais elle se faisait un devoir d'y assister, toujours à la recherche de détails qui pourraient inté-resser ses lectrices, qui pourraient être assez nouveaux et originaux pour être inclus dans sa revue. Chaque fois qu'elle voyait une robe singulière ou un ensemble particulier qui sem-blait pouvoir obtenir l'approbation de *Mode,* elle touchait légèrement l'épaule de Gregory et lui disait :

— Celle-ci.

Et il en prenait note.

Arnold Scaasi aimait bien ajouter quelque petites touches de luxe quand il présentait ses collections, pour leur donner du cachet. Aujourd'hui, par exemple, au lieu d'aligner son auditoire en rangs d'oignon sur de petites chaises dorées, il avait disposé dans la salle du Saint-Régis des tables rondes pour dix personnes, avec des nappes de couleur pastel, sur lesquelles étaient servis des canapés, tandis que des serveurs offraient du champagne. Il y avait aussi de petites cartes gravées pour indiquer la place de chaque invité. Toutes ces dépenses visaient à donner aux clientes l'envie de délier les cordons de leur bourse. Après tout, Scaasi était des derniers dessinateurs de haute couture des États-Unis.

Le collection débuta sur un éclair, suivi du roulement du tonnerre. Un mannequin noir, portant un pyjama de plage de mousseline parsemé de taches léopard, arpentait l'estrade d'un pas alerte, un jaguar vivant en laisse. Il y eut des murmures d'approbation, suivis d'applaudissements. Le défilé suivait son cours.

Pour parachever la réussite de la manifestation, l'emphase avait été mise exclusivement sur les vêtements, grâce à l'éclairage de l'estrade. Après que chaque mannequin eut terminé son passage, il descendait circuler parmi les tables afin que les femmes dans l'auditoire puissent toucher les tissus. Scaasi présentait beaucoup de mousseline aujourd'hui. Aux poignets, aux coudes, à la taille et au dos. Suzette Bergerac, la directrice de chez Scaasi, faisait remarquer la prépondérance de la soie. Les tons citrouille seront à coup sûr la couleur de cet hiver, précisa-t-elle à son auditoire. Comment le savait-elle ? Comment Arnold Scassi le savait-il ? Une musique douce et langoureuse, d'origine vaguement latine, s'échappait des haut-parleurs. Les mannequins défilaient sur l'estrade, tournaient, tournoyaient, puis descendaient se joindre au public au rythme sensuel d'un flamenco.

On passa d'autres petits sandwiches et on versa encore du

champagne. Les modèles-vedettes, élancés, à l'air indifférent ou insolent, avançaient sur l'estrade l'un à la suite de l'autre, s'arrêtaient pour qu'on les admire, puis passaient parmi les tables afin qu'on les touche et qu'on s'extasie devant leur mise. Elles se glissaient ensuite dans les coulisses survoltées où des filles à moitié nues quittaient une tenue pour en revêtir une autre. Des fermetures éclairs se coinçaient, des boutons sautaient, remplacés par des épingles.

Pendant ce temps, invisible, mais capable de tout observer, le dessinateur surveillait minutieusement le défilé et grommelait à voix basse contre les inévitables petits incidents que le public ne voyait d'ailleurs habituellement pas. Scaasi ne se montrerait pas pour saluer, avant la fin. Il espérait qu'à ce moment-là, la salle allait applaudir à tout rompre, l'ovationner et lui envoyer de nombreux baisers.

Suzette poursuivait son commentaire :

— Des mètres et des mètres d'organdi froncé... parfait pour la plage par une nuit de pleine lune... coupe jeune, avec dans le dos un décolleté plongeant... la petite robe noire dont chaque femme a besoin, pour les cocktails en ville ou sur une terrasse dans les Hamptons... cette fois-ci avec une petite jupe espiègle... un audacieux pantalon de soie pour une soirée tropicale... remarquez la finesse de la broderie le long de l'ourlet... une ceinture sertie de pierreries... de petites bretelles fines, presque invisibles, donnent un air de jeunesse...

La jeunesse était de toute évidence un des thèmes de la collection présentée aujourd'hui. Alex pensa qu'il y avait là une certaine ironie, puisque la plupart des femmes qui pouvaient s'offrir une Scaasi, son public d'aujourd'hui, en étaient sorties depuis longtemps. Elles avaient au moins son âge.

Quand elle est arrivée à Mode, il y a dix-sept ans aujourd'hui, Alexandra était jeune...

De l'autre côté de la table, une femme dont elle reconnut le visage sans se rappeler son nom, envoya un baiser à Alex et lui dit :

— Ma chère, je ne savais pas que vous étiez à *Mode* depuis

si longtemps !

Alex répondit par un sourire automatique.

...inexpérimentée... mais avec une réserve illimitée d'idées nouvelles... enthousiasme... entrain... l'énergie que seuls les jeunes peuvent avoir. Elle eut tout d'un coup la certitude que c'était Fiona qui avait rédigé cette annonce.

Une idée intéressante pour un moiré froissé... séduisant... jeune... sexy... bleu, d'un bleu pâle, la couleur la plus jeune de la saison... la juvénile énergie du coton plissé... tulle doré, reflet d'enthousiasme renouvelé et d'énergie quand on en vient aux couleurs audacieuses... jeune... fraîcheur printanière... une idée nouvelle... éternelle jeunesse...

Gregory effleura l'épaule d'Alex et la regarda d'un air interrogateur.

— Celle-ci? chuchota-t-il.

C'était une jupe de soirée à volants de mousseline blanche, au genou, avec un corsage en forme de cœur émaillé de paillettes brillantes et de minuscules perles.

Alex fit un signe d'approbation. Gregory la prit en note dans son calepin. De l'allée latérale où il était caché, Arnold Scaasi remarqua la scène et sourit de plaisir, car il imaginait cette robe non seulement dans les pages de *Mode,* mais aussi dans les boutiques de grand luxe. Il pensa qu'il devait inviter le jeune Gregory Kittredge à déjeuner. Alex réalisa ce qui venait de se produire et, avec un petit frisson, s'aperçut que, même si elle avait écouté le commentaire de Suzette, elle n'avait porté aucune attention à la description des vêtements.

Elle se demanda s'il était possible que Herbert Rothman eût gagné la guerre des nerfs qu'il lui avait déclarée.

De retour à son bureau cet après-midi-là, elle trouva sur sa table une série d'épreuves pour le numéro d'octobre, attendant son approbation. Mais au-dessus des épreuves, il y avait quelque chose d'autre, une carte pliée en quatre sur laquelle quelqu'un du département des arts avait dessiné une rose rouge à longue tige. Elle la déplia et lut :

Chère Alex,

Ce n'est que pour vous dire que, quoi qu'il advienne, nous vous aimons et nous vous aimerons toujours.

Plusieurs signatures suivaient. Alors qu'elle laissait courir son doigt sur la page, elle s'avisa que la carte avait été signée par chacun des cent vingt-quatre membres de son personnel.

Ses yeux se brouillèrent.

— Gregory, demanda-t-elle, est-ce ton idée ?

Il mit sa main droite sur son cœur.

— Je jure que ce n'est pas moi. C'est Billy Greenfield.

— Billy Greenfield ? Je ne crois pas le connaître.

— C'est un des garçons de la salle d'expédition, dit-il.

26

Alex faisait sans cesse le même rêve. C'était un cauchemar qui commençait toujours de la même façon, avec un vacarme de poings furieux qui frappaient contre la porte et des cris de « Police ! Ouvrez ! » Elle s'éveillait inévitablement, incapable ensuite de retrouver le sommeil, car elle se rappelait ce qui était arrivé...

« Police ! Ouvrez ! » On frappait violemment à la porte. Il était très tôt ce matin-là de leur seconde semaine au motel à Wichita. Skipper sauta du lit et passa son pantalon. Alex s'assit sur le lit et se couvrit les épaules avec le drap.

« Police ! Ouvrez ! »

Elle le regarda, torse nu, traverser la chambre obscure en direction de la porte dont il tira le loquet. Elle alluma une des lampes. Deux officiers trapus de la police du Kansas surgirent dans la pièce, le revolver au poing.

— O.k., Johnson, ça suffit, dit l'un d'eux. Tu es en état d'arrestation.

L'autre poursuivit :

— Mets ta chemise et tes souliers, Johnson. Tu viens avec nous.

Au dehors, à la lumière naissante de l'aube, elle pouvait voir le clignotement des gyrophares.

— Arrêtez ! cria-t-elle. Que faites-vous ? Vous faites une

terrible erreur ! Son nom n'est pas Johnson !

Le deuxième officier l'ignora et tourna son revolver en direction de Skipper.

— Tu m'entends ? Mets tes souliers et ta chemise, Johnson. Plus vite que ça !

— Arrêtez ! cria-t-elle à nouveau. Il n'a rien fait !

Elle le regarda mettre docilement sa chemise et la rentrer dans son pantalon. Puis il s'assit sur le bord du lit et mit ses bottes de cowboy. Il se leva. Le premier officier lui prit les bras et lui passa les menottes aux poignets derrière le dos.

— Mais qu'a-t-il fait ? sanglota Alex.

— Il est accusé de meurtre, dit le premier officier.

Alex se pencha sur le lit, le drap autour du cou.

— Mais son nom n'est pas Johnson ! pleura-t-elle. Il s'appelle Skipper Purdy !

— C'est le nom qu'il utilise ? Désolé, ma petite dame.

— Mais c'est mon mari ! Je suis sa femme ! C'est mon mari, Skipper Purdy !

Le deuxième officier lança un regard oblique à Skipper.

— Une autre ? Écoutez, ma petite dame, ce gars-là a presque autant de femmes qu'il a de noms. Il a des femmes partout, d'ici jusqu'au Colorado. Viens, Johnson, allons-y.

— Attendez... attendez... ! pleura-t-elle.

Debout, aussi digne que possible, Skipper demanda :

— Officier, puis-je dire adieu à ma femme ?

Les deux agents échangèrent un regard et approuvèrent d'un signe de tête.

Skipper s'approcha d'elle et l'embrassa maladroitement sur les lèvres ; ce n'était pas facile avec les bras entravés dans le dos. Il lui dit à voix basse :

— C'est une erreur. Je t'expliquerai plus tard. Retourne chez tes parents pour le moment. Je te ferai signe. Je t'aime.

Puis, il se pencha à son oreille et murmura :

— Sous le matelas !

— Oh, Skipper... Skipper...

Mais il était déjà parti. Il était sorti de leur chambre entre les deux agents. Tout s'était passé tellement vite qu'elle n'avait pas eu le temps de réaliser ce qui s'était produit.

Elle sauta hors du lit et se vêtit à toute allure, tout en pleurant encore de peur et de rage. Puis elle se rappela les mots de Skipper : « sous le matelas ». Elle en souleva un, puis l'autre. Sous le deuxième était glissée la ceinture qui contenait son argent. Elle la saisit et fut surprise de la trouver si lourde. Elle en défit la fermeture et vida le contenu sur le lit. Il y avait là un grand nombre de billets pliés dont la plupart étaient de cent dollars. Elle s'assit et entreprit de compter l'argent. Elle réalisa rapidement qu'il lui serait plus facile d'en faire des piles de mille dollars. Quand elle eut finalement terminé, elle avait compté la somme de 34 974 $. C'était davantage qu'il lui avait avoué. Elle allait avoir besoin de cet argent, bien sûr, pour assurer la défense de Skipper. Et puis, il lui fallait payer la facture du motel.

À l'extérieur, sur l'aire de stationnement, la Corvette jaune était encore là. Elle savait que les clés étaient cachées sous le tapis de la voiture. Elle les y trouva. Dans la boîte à gants, elle mit la main sur les papiers d'immatriculation. L'auto était enregistrée au nom de William J. Cassidy, 314 Elm Street, Lafayette, Indiana. Alors elle remarqua pour la première fois que les plaques étaient du Wisconsin. Rien de tout cela n'avait le moindre sens. *Je vais avoir bientôt de ses nouvelles, pensa-t-elle. Il va m'écrire ou m'appeler.*

Toutes sortes d'idées coupables traversèrent son esprit. Elle se demanda pourquoi elle n'avait pas au moins demandé où ils l'emmenaient, sous quel nom ils le détenaient. Mais, même si je savais où il était et si j'étais capable de le retrouver, le fait que je suis une mineure ne lui causerait-il pas davantage d'ennuis ? À la fin, il ne lui sembla n'y avoir rien d'autre à faire que ce qu'il lui avait conseillé : rentrer chez elle. Et attendre un mot de sa part.

Alex savait plus ou moins comment conduire une auto. Elle avait appris chez elle en déplaçant l'auto de sa mère dans l'allée, mais il lui faudrait s'habituer à la commande de vitesses de la Corvette. De plus, elle n'avait jamais conduit sur une vraie route et elle n'avait pas de permis de conduire.

Ce jour-là, elle revint à Paradis très lentement et avec beaucoup de précautions. Il faisait presque nuit lorsqu'elle parvint à la maison entourée de son précieux gazon brûlé. En route, elle s'était persuadée qu'elle aurait bientôt des nouvelles.

L'auto de son père était dans l'allée.

— D'où diable viens-tu ? lui demanda-t-il. Réalises-tu que j'ai mis la police de trois états en alerte ?

C'était peut-être ainsi que la police avait retrouvé Skipper au motel tandis qu'ils étaient à sa recherche.

— J'ai passé quelques jours avec un ami, dit-elle.

— À qui appartient cette voiture ?

— À cet ami qui m'a demandé de la lui garder pendant quelque temps.

— Tu étais partie avec un homme ?

Elle fit un signe d'approbation.

Elle entendit son père marmonner :

— Telle mère, telle fille.

Puis il disparut dans la cuisine.

J'aurai bientôt de ses nouvelles.

Sa mère revint de la clinique. Il n'était désormais plus question de pièces de théâtre. Elle avait été placée sous médicaments. Ces pilules étaient censées la stimuler. Mais elles ne semblaient pas très efficaces. Elles paraissaient plutôt la rendre somnolente et distraite. Elle éclatait parfois d'un grand rire, même si personne n'avait dit ou fait quoi que ce soit de particulièrement drôle. Mais elle ne parlait jamais avec son mari.

Je vais avoir de ses nouvelles aujourd'hui, se répétait-elle pour se rassurer à l'aube de chaque journée. *Aujourd'hui, il va se manifester. Il y aura une lettre ou un coup de téléphone. Aujourd'hui.*

Les jours passaient.

— Pendant combien de temps la voiture de ton ami va-t-elle rester dans notre allée ?

— Il a dû partir pour l'étranger. Il m'a demandé s'il

pouvait la laisser ici jusqu'à son retour.

— Où est-il parti ? Sur la lune ?

C'est ce qu'elle commençait à croire.

— J'ai tenté de la faire démarrer ce matin. La batterie est à plat.

J'aurai de ses nouvelles aujourd'hui. C'est ce qu'elle s'était dit le jour où la lettre qu'elle avait écrite à William J. Cassidy, 314 Elm Street, Lafayette, Indiana, lui revint avec la mention : « Inconnu à cette adresse. Retour à l'expéditeur. »

— *Il faut que j'aie bientôt de ses nouvelles !* se répéta-t-elle à voix haute dans l'obscurité de sa chambre.

Mais les jours continuaient à s'égrener. Elle retourna à l'école, toujours sans nouvelles de Skipper.

À l'École secondaire régionale de Clay County, une grande femme élancée du nom de Lucille Withers, directrice de l'Agence de mannequins du même nom, vint parler aux filles de la possibilité de faire carrière dans ce métier. Après sa conférence, elle s'approcha d'Alex et lui dit :

— Je vous ai remarquée dans l'auditoire. Je pourrais peut-être faire quelque chose pour vous. Vous sortez de l'ordinaire.

— J'ai toujours pensé que mon menton était trop petit.

— Mmm... peut-être. Mais un bon mannequin a besoin d'avoir un défaut quelconque suffisamment accentué. De plus, j'aime votre façon de vous vêtir. Votre ensemble est très chic et bien pensé. J'aime ce mélange de carreaux et de rayures. Vous avez du style. Voici ma carte. La prochaine fois que vous viendrez en ville, passez me voir.

— Un message pour moi, maman ?

— Non, chérie.

— Aucune lettre pour moi ?

— Non, chérie.

Je n'aurai plus jamais de ses nouvelles, pensa-t-elle. Et peu à peu, elle eut la sensation que la lumière qui avait brillé dans sa vie au cours de cet été-là et le grand souffle qui avait semblé l'animer et donner une impression de légèreté, avaient commencé à s'estomper. À leur place grandissait une fine pointe, froide et amère qui lui pénétrait lentement le cœur.

Qu'il aille au diable, se dit-elle.

Mais ce n'était guère facile. Une chose était de l'envoyer au diable dans sa tête, mais c'en était une autre que de l'oublier. Se libère-t-on jamais de ce premier grand amour dont la fin nous a mis à l'agonie? Au mois d'octobre, elle fit recharger la batterie de la Corvette jaune. Elle s'entraîna sérieusement. Elle passa environ une heure par jour sur les routes de campagne avoisinantes. À la fin du mois, elle décida de faire des démarches pour obtenir son permis de conduire. Elle se rendit à Kansas City où elle plaça l'argent de Skipper dans un compte d'épargne. Mais, parce qu'il le lui avait promis, elle conserva assez d'argent pour s'acheter une machine à coudre portative. Elle se remit à dessiner et à fabriquer ses propres vêtements.

Elle alla à Topeka, la capitale du Kansas, où elle gagna le quartier général de la police de l'état. Mais il n'y avait pas la moindre trace d'une arrestation, au mois d'août précédent, d'un nommé James R. Purdy, ou William J. Cassidy ou Johnson. L'officier lui suggéra de s'adresser au bureau de police de la ville de Wichita. Ce qu'elle fit. On lui suggéra de vérifier dans les dossiers... à Topeka. Le rodéo avait depuis longtemps quitté Wichita. Elle téléphona à Omaha, l'étape suivante. Mais le rodéo était déjà parti et personne ne savait quelle était sa destination.

Au début des vacances de Noël, elle se rendit encore une fois à Kansas City, mais pour se présenter aux bureaux de l'Agence de mannequins Lucille Withers. Elle fut agréablement surprise en réalisant que Mlle Withers se souvenait d'elle.

La directrice de l'agence portait un pince-nez retenu par une longue cordelette de soie. Elle le plaça sur son nez qu'elle avait fin et pointu.

— Lève-toi. Marche que je te voie de face et de dos. C'est bien. Maintenant tourne-toi. Tourne un peu plus tes pieds vers l'extérieur quand tu marches. Oui, comme ça, mais pas trop.

Tout en parlant, Lucille Withers prenait des notes sur un bloc de papier jaune.

— Maintenant, tourne-toi. C'est ça. Balance un peu les épaules tout en marchant. Fais de plus petits pas. Tourne sur ton talon. Laisse-moi regarder tes mains. Bien. Maintenant mets tes mains dans tes poches. Essaie de faire saillir un peu tes hanches, rentre les fesses. C'est ça. T'es une belle fille. Sexy Lexy.

Personne ne l'avait jamais appelée ainsi. Elle aimait ce surnom.

— Nous allons travailler ensemble et nous serons amies, dit Mlle Withers. Je veux que tu m'appelles Lulu. C'est un privilège que je réserve à certaines personnes pour qui j'ai une certaine considération. Je veux également que tu me tutoies. Maintenant laisse-moi voir comment tu t'assois. Assieds-toi lentement. Croise les jambes. Quel âge as-tu?... Combien pèses-tu?... Quelle taille de vêtements portes-tu?... Ta taille?... Ton tour de taille?... De poitrine?... De hanches?... La pointure de tes souliers?... De tes gants?...

Lulu Withers prit tous ces chiffres en note. Finalement, elle regarda Alex une nouvelle fois de la tête aux pieds à travers son pince-nez et dit :

— Oui, tu as un certain style. Et, comme je te l'ai déjà dit, j'aime ta façon de t'habiller. Ce tailleur où tu as mêlé des tons prune et orange, c'est très chic, très attrayant. Où achètes-tu tes vêtements, dis-moi? Certainement pas à Paradis.

— J'ai fait la jupe moi-même.

— Vraiment? Où t'en es-tu procuré le patron?

— C'est moi qui l'ai conçu.

— Vraiment? répéta-t-elle, l'air impressionnée. Ça veut dire que non seulement tu as le sens de la composition, mais que tu as aussi le sens de la mode. C'est très rare, tu sais. Malheureusement il faut reconnaître que c'est ce qui manque à la plupart de mes filles. Il est rare de trouver un mannequin qui ait un vrai sens de la mode. Elles pensent uniquement à ce que leur corps apporte à un vêtement. Elles ne pensent pas à ce que le vêtement leur apporte. Ton sens du vêtement peut t'aider à façonner ta carrière. Je suis bien certaine de pouvoir faire quelque chose de toi. Je vais te proposer dans les petites annonces comme mannequin adolescent. Mais je dois d'abord t'envoyer chez un de mes amis photographe.

Elle griffonna rapidement un nom et une adresse sur une feuille de papier.

— Il va prendre plusieurs photos de toi. Nous nous en servirons pour en faire un montage.

— Combien gagnent les mannequins? demanda Alex.

— Dans cette ville, au maximum vingt-cinq dollars de l'heure pour de la photo. Moins pour les défilés. Nous ne sommes ni à New York, ni à Los Angeles et encore moins à Chicago, je le regrette. Je pourrais te faire débuter à quinze ou vingt dollars. On verra. Mais dis-moi, Sexy Lexy. Que veux-tu vraiment faire?

— Faire?

— Euh! Disons dans dix ans. Que veux-tu devenir?

Alex regarda fixement sa nouvelle amie.

— Je veux devenir la femme la plus célèbre et la plus adulée du monde, dit-elle. C'est tout.

Lucille Withers applaudit.

— Bravo! dit-elle. Oui. Lexy chérie, j'aime vraiment ton style.

Oui, qu'il aille au diable, se répéta-t-elle une nouvelle fois. À ce moment précis, elle se fit une deuxième promesse solennelle. Mon Dieu, se dit-elle, mon Dieu, si vous existez, je vous jure qu'à partir de ce moment et pour le reste de ma vie, la seule personne sur qui je vais compter, ce sera moi.

Dans son bureau du trentième étage, Herbert J. Rothman conversait au téléphone tandis qu'un cireur polissait ses chaussures. Il était en train de placer dans des cartons les nombreux objets personnels qui décoraient son bureau.

— Comment va ta migraine? demanda-t-il.

— Vraiment pas mieux, dit la voix au fort accent britannique. Ce sont mes nerfs, tu sais. Ça ne va vraiment pas. C'est toute cette inquiétude, cette attente. Je ne sais pas combien de temps je pourrai encore tenir, Herbert. Je ne le sais pas. Ne pas savoir...

— Je t'en prie, sois patiente, ma chérie. Puis-je te voir ce soir ?

— Je n'arrive pas à croire qu'elle n'ait pas encore démissionné ! Après cette annonce dans les journaux d'aujourd'hui. Mais tu dis qu'elle n'a pas...

— Pas encore. Pas un mot. Alors je t'en prie, sois...

— J'ai discuté avec Mona Potter plus tôt ce matin. Elle trouve absolument incroyable qu'elle n'ait pas démissionné. Elle ne comprend pas. Elle dit que cette femme doit avoir une peau de rhinocéros. Elle dit...

— Mona Potter est de notre bord, fit-il remarquer.

— Oui, mais combien de temps encore, Herbert ? Combien de temps dois-je encore poireauter, tandis que cette foutue...

— Ne t'en fais pas, ma chérie. Puis-je te voir, ce soir ?

— J'ai les nerfs en boule. Pourquoi ne la congédies-tu pas ? Tu m'as dit que tu pouvais le faire, Herbert ? Pourquoi ne pas la renvoyer tout simplement ?

— Je ne peux pas le faire, ma chérie, dit-il. Elle a déjà vu ses avocats. Ils ont fait valoir certaines clauses de son contrat. Ils posent des questions sur un certain fonds. Je ne peux pas me permettre un autre procès en ce moment. Je t'ai parlé de cette histoire avec le fisc. Nos avocats affirment qu'une autre poursuite en ce moment serait...

— Alors, dis-moi, qu'as-tu l'intention de faire ?

— Je fais tout ce que je peux, mais en respectant certains paramètres que mes avocats m'ont suggérés pour l'amener à démissionner.

— Mais ça ne marche pas, n'est-ce pas ?

— Chérie, je suis l'avis de mes conseillers légaux. Ils ont recommandé une approche psychologique, le retrait progressif de ses avantages, par exemple. J'ai déjà mis fin à son service de limousine. Je viens de faire passer cette annonce, telle que tu l'as rédigée...

— Mais rien ne marche ! Elle n'a absolument pas bougé !

Une note d'irritation parut dans la voix de Herbert qui lui dit :

— Fiona, je t'en prie, ne me houspille pas. Tu n'es pas belle quand tu me houspilles. Tu n'as plus de charme quand tu me houspilles. Tu me fais alors penser à...

— À ta femme ? C'est cela que tu veux dire ! Que je te fais penser à ta femme ? Une femme que tu affirmes détester ?

— Voyons, chérie, ce n'est pas ce que j'ai dit, dit-il d'une voix plus calme. Je ne dirai jamais ça. Je dis simplement que, suite aux suggestions de mes conseillers légaux, en tenant compte de nos problèmes avec le fisc, nous essayons de la miner jusqu'à ce qu'elle soit forcée, si elle a le moindre sens de la dignité, de remettre sa...

— Oh, en ce qui me concerne, ton fisc et tes avocats peuvent bien aller au diable !

— Prends patience, Fiona ! Nous avons prévu d'autres étapes dans notre campagne pour briser cette dame. Par exemple, demain, je m'installe dans l'ancien bureau de mon père. Ceci devrait clairement l'avertir que l'ère de Ho Rothman est désormais achevée et qu'une nouvelle ère est en train de s'installer.

— Et si ça ne marche pas ? Qui te dit que ça va marcher ?

— Ensuite, je vais faire repeindre son bureau. Celui qu'ils appellent son petit écrin, avec toutes ces couvertures de revue sur les murs. Je vais demander qu'on les enlève toutes et que la pièce soit remise à neuf. Y aurait-il une couleur particulière que tu aimerais pour ce bureau ? Il sera bientôt le tien, ma chérie.

— Rouge mandarin, dit-elle. Et son appartement aussi. N'oublie pas que tu m'as promis aussi son appartement. Je commence à ne plus supporter de vivre à l'hôtel.

— C'est l'étape suivante. Je vais la faire évincer du 10 Gracie Square. Je le peux sans violer les termes de son contrat et sans crainte qu'elle entreprenne des poursuites judiciaires. Tu vois, notre plan, c'est de la miner, peu à peu, jour après jour, jusqu'à ce qu'elle craque et que ses nerfs flanchent.

— J'ai l'impression que ça va prendre une éternité.

— Je t'ai fait une promesse, ma chérie. Je te demande seulement d'être patiente. Ces choses-là prennent du temps. Crois-moi, je désire me débarrasser d'elle autant que toi.

Le ton de Fiona resta nerveux.

— Pourquoi leur faut-il tant de temps? Tu sais, tu m'as dit un jour que tu avais suffisamment de preuves pour la renvoyer dans son petit village natal, sans rien dans les poches. Suffisamment de preuves pour qu'elle ne puisse plus jamais travailler dans le domaine de l'édition. Des preuves au sujet de l'homme qu'elle a tué. Pourquoi ne t'en sers-tu pas? Maintenant.

— Malheureusement, tu as mal compris ce que je t'ai dit, ma chérie. Je n'ai pas parlé de preuves. J'ai parlé de soupçons. De forts soupçons. Mais pas vraiment de preuves. Disons plutôt que j'ai la moitié d'une preuve, ce qui est insuffisant. L'autre moitié manque.

— Alors trouve-la.

— C'est plus facile à dire qu'à faire, mon amour.

— On peut acheter une preuve.

— Mais où? De qui?

Elle demeura un moment silencieuse. Puis elle dit :

— As-tu pensé à Lenny Liebling? On prétend qu'il sait où vous enterrez tous vos cadavres. Essaie de ce côté. On peut certainement l'acheter.

Il siffla doucement.

— Tu sais, il y a peut-être là une ouverture. C'est une brillante idée. C'est une suggestion qui frôle le génie, ma chérie. Tu viens de me donner une autre raison pour vouloir que tu sois la prochaine directrice en chef de *Mode,* tout comme la prochaine madame Herbert Rothman.

— Alors utilise-la tout de suite.

Le cireur donna un dernier coup de chiffon aux souliers de Herbert Rothman et fit un signe pour indiquer qu'il avait terminé. Herb posa un pourboire sur le coin de son bureau.

— Puis-je te voir ce soir, ma chérie?

Elle sembla hésiter. Puis, elle dit :

— Non, mes nerfs sont trop à vif. Demain soir, peut-être. Appelle-moi, on verra.

— Oh, mon amour... mon amour...

— À bientôt.

Le cireur rangea son matériel dans sa boîte et sortit.

— Bonsoir, Wally, dit Lenny d'un ton enjoué.

Le petit cireur venait d'entrer dans son bureau. Il déposa sa boîte sur le plancher et entreprit d'en sortir son nécessaire à cirer. Lenny tendit son pied gauche et dit :

— C'est du crocodile. Alors fais bien attention qu'il ne reste pas de poussière dans les petites fentes du cuir.

Wally brandit sa brosse.

— Je viens d'entendre une conversation intéressante au trentième, monsieur Liebling.

— Ah, fit Lenny, d'un air satisfait. Raconte tout à l'oncle Lenny. Et n'oublie pas que je ne t'oublierai pas dans mon testament.

27

Assise sur un sofa dans sa chambre d'hôtel, la jeune femme à la chevelure sombre disait :

— C'est très gentil de votre part d'être venu ici ce soir, Mel. Je dois dire que dès que je vous ai vu, j'ai su que vous étiez l'homme le plus charmant que j'aie jamais rencontré. C'est bizarre, mais j'ai des antennes qui me permettent de détecter les gens comme vous. Je les reconnais tout de suite. De plus, je pense que je n'oublierai jamais ce que vous m'avez dit le soir où nous nous sommes rencontrés.

— Oh ? Je crains de l'avoir oublié. De quoi s'agissait-il ?

— Mel ! Comment pouvez-vous l'avoir oublié ? Vous m'avez dit : « Il est parfois utile de partager vos sentiments avec quelqu'un d'autre. » C'est tellement vrai. Il m'a alors été utile et il m'est encore utile en ce moment de partager mes sentiments avec vous.

— J'en suis heureux, Fiona.

— Si vous pouviez simplement l'amener à renvoyer ses avocats. Car une fois que les avocats s'occupent d'un problème, tout ne fait qu'empirer.

— Croyez-moi, je sais ce qu'il en est des avocats.

— Bien sûr, avec ce divorce dont vous avez tant souffert ! Mais dans la situation présente, si elle persiste à recourir à ses avocats, cela ne fera qu'accentuer les dissensions profondes qui existent déjà dans la famille. Je sais que Herbert et Alex ne se sont jamais beaucoup entendus l'un l'autre, mais si elle poursuit Herbert devant les tribunaux, qu'adviendra-t-il des relations entre Herbert et son petit-fils? Herbert adore Joël et il veut le voir un jour à sa place à la tête de l'entreprise. Mais une poursuite judiciaire pourrait empoisonner définitivement ces relations. Elle pourrait également empoisonner celles de Joël avec la chère vieille tante Lily. Une famille si réduite. La voir déchirée par un procès, ce serait un vrai drame.

— Je sais ce que vous voulez dire.

— Bien sûr que vous le savez! Vous avez vu votre propre famille déchirée pour les mêmes raisons. Vous pouvez également imaginer ma position, au milieu de tout ceci. Tous ces problèmes, c'est moi qui en suis la cause! C'est pourquoi j'aimerais voir cette situation se régler sans les foutus avocats.

— Bien sûr. Mais le point de vue d'Alex, c'est que...

— Herbert est un homme très déterminé. Il est déterminé à me voir à la tête de sa revue. Il l'a déjà annoncé publiquement. Il pense qu'il ne peut faire marche arrière. Sinon, ce serait un coup terrible à sa fierté face aux médias. Les gens diraient qu'il s'est fait posséder par sa belle-fille. Il serait la risée de tous. De sorte que, étant donné la situation, il serait bien préférable pour tous ceux qui sont concernés qu'Alex Rothman et moi nous nous rencontrions pour tenter de trouver une solution à notre coexistence dans la société. Je suis prête à écouter ses suggestions. Je suis une personne très conciliante, Mel.

— J'en suis persuadé, Fiona. Mais je ne crois pas que vous réalisiez à quel point cette revue est importante pour Alex. Ce fut, au cours des vingt dernières années, l'essentiel de sa vie.

— J'en suis sûre. Ça crève les yeux quand on regarde ce qu'elle a réussi à en faire. Elle a consacré près du tiers de sa vie à *Mode,* probablement même aux dépens de son propre fils. Il est vrai que je ne devrais pas dire ça, puisque je ne le connais pas. Mais je suis sûre que la revue, c'est l'un des grands amours de sa vie.

— Elle a travaillé dur pour obtenir les termes du contrat qu'elle a actuellement, dit-il. Elle a le sentiment, justifié d'ailleurs, que les termes de ce contrat doivent être respectés.

— Je suis d'accord. Mais je pense que ces choses doivent être réglées sans les foutus avocats pris de part et d'autre qui ne font qu'accroître les divisions entre les membres de la famille. Il y a des façons plus humaines de régler les différends, sans faire appel aux hommes de loi et à leurs sommations. C'est comme les différends entre les nations, n'est-ce pas? N'est-il pas préférable de les régler par le biais de la diplomatie, plutôt que par la guerre? C'est une guerre qui a coûté la vie à mon époux.

— Je vais lui parler, dit-il. Je verrai ce que je peux faire. Mais je ne suis pas sûr que ce que je vais lui dire pourra faire évoluer son point de vue. Elle est très furieuse contre Herb Rothman. Elle a l'impression qu'il est en train de la trahir et c'est également ce que je crois.

— Vous lui parleriez? Ce serait tellement gentil. Même si ça ne donne pas de résultats, ça ne peut pas être négatif. Tout ce que je veux, c'est qu'elle accepte de nous laisser régler cela entre nous, sans les avocats. Je vous serais très reconnaissante, si vous lui parliez, car je ferais n'importe quoi, vraiment n'importe quoi, pour voir cette pagaille se régler. J'imagine que j'ai été naïve, mais quand j'ai accepté l'offre de Herbert, j'étais tellement enthousiaste... Je n'avais pas la moindre idée de la pagaille que j'allais causer. Ces derniers jours ont été très durs pour moi. Vous n'avez pas idée de la tension que je subis. La presse me harcèle. Je suis pratiquement prisonnière dans cet hôtel.

— J'ai vu votre interview dans la chronique de Mona Potter.

— C'est la seule interview que Herbert a accepté que je donne, parce que Mona est une amie intime. Par-dessus tout, toute cette publicité a permis à mon père de me retrouver. Il menace d'envoyer des détectives à ma recherche. Tout le monde semble m'en vouloir, y compris Alex Rothman que j'admire tellement. Mel, vous n'avez pas idée de ce que je vis. C'est un véritable enfer.

— Oui, j'imagine.

— Je ne suis pas vraiment effrayée. Je suis sûre que mon père ne peut pas me nuire en Amérique. C'est pourtant inquiétant, terriblement inquiétant. La pensée de détectives à mes trousses. Par-dessus le marché.

— Laissez-moi vous poser une seule question, Fiona ?

— Oui ?

— Si tout cela est devenu est tel cauchemar pour vous...

— Ça l'est ! Ça l'est !

— Alors pourquoi ne vous retirez-vous pas ? Pourquoi ne dites-vous pas que tout cela fut un terrible malentendu ? Que vous n'aviez pas perçu la complexité de la situation, telle que vous pouvez la juger maintenant. Vous pourriez refuser l'offre de Herb. De cette façon, son fameux orgueil n'en souffrirait pas et vous vous en sortiriez comme une grande dame. Vous pourriez viser quelque chose d'autre.

— Vous voulez dire retourner en Angleterre ? Avec toutes les horreurs qui m'y attendent ?

— Herb Rothman pourrait vous trouver autre chose dans une autre de ses revues.

Elle hésita.

— Il y a plusieurs raisons pour lesquelles je ne pourrais faire cela, dit-elle après un moment d'hésitation. D'abord, j'ai donné ma parole à Herb que je prendrais ce poste. Il voulait me le voir précisément occuper, alors... Je suis une femme qui respecte toujours ses engagements. Puis, il y a le fait que j'ai toujours voulu travailler pour *Mode*. C'était là mon unique ambition, travailler pour la revue de mode la plus célèbre du monde. C'est une chance que j'ai attendue toute ma vie. Quand Herbert me l'a offerte, j'ai senti que je ne pouvais absolument pas refuser. De plus, à part mon ambition personnelle, je crois que je peux apporter beaucoup. J'espère que vous me permettrez de dire que je crois en mon talent et que *Mode* est le meilleur endroit, et le seul, où je puisse briller. Je crois que

Mode est une revue merveilleuse et que je peux la rendre plus merveilleuse encore. Herbert le croit également. J'estime que je ne peux, en conscience, trahir l'espoir et la confiance que Herbert a mis en moi. Mais pour finir, il y a, bien sûr, ma petite Primrose.

— Votre petite Primrose?

— Ma fille, Primrose. À dessein, je ne vous ai pas parlé de Primmy, parce que c'est une chose tellement pénible. Voyez-vous, quand Éric s'est fait tuer dans les Falklands, j'étais enceinte de six mois. Primmy est née trois mois plus tard. C'est une enfant merveilleuse, mais malheureusement elle est handicapée. Les médecins incriminent le choc que j'ai subi à la mort d'Éric. Primmy fréquente actuellement une école spécialisée en Suisse. Pendant des années, presque chaque sou que j'ai gagné est allé à Primmy. Quand Herbert Rothman m'a offert ce poste à *Mode,* j'étais pratiquement sans ressources! C'est pourquoi ce fut un cadeau du ciel! Si cette offre n'était pas arrivée à ce moment-là, j'allais devoir la retirer de cette institution. La seule solution envisageable aurait alors été de ramener Primmy dans la maison de mon père. J'aurais vécu dans une terreur constante car mon père aurait pu tenter de faire à Primmy ce qu'il m'a fait.

Elle essuya une larme.

— C'est pourquoi j'ai tellement besoin de ce poste. Pour Primmy. Je sais que vous avez deux filles, Mel. Je pense que vous comprenez. J'ai besoin de cet argent, Mel. J'ai désespérément besoin de cet argent pour m'occuper de Primmy.

Mel balaya des yeux la suite qu'elle occupait. Elle sembla percevoir sa muette interrogation, car elle dit:

— Ces lieux luxueux sont loués pour moi par les Publications Rothman. Ça faisait partie de nos arrangements, quand Herbert m'a amenée ici. Je voulais un petit appartement modeste, mais Herbert a insisté. Je devais vivre selon les standards d'une directrice de mode de renom. Herbert est un homme très déterminé. Je suis au courant de toutes les rumeurs qui prétendent que je suis sa maîtresse. C'est tout à fait ridicule, car Herbert est plus âgé que mon père. Quant à moi, je ne le trouve pas très attirant. Mais c'est Herbert qui a décidé de cet endroit. Je suis donc recluse ici, à attendre depuis trois semaines le premier versement de mon salaire.

Elle se tamponna les yeux avec son mouchoir.

Elle s'approcha de lui sur le sofa. Une bretelle de sa longue robe de mousseline glissa sur son épaule. Elle attendit un moment avant de la relever. Une fois encore, il fut saisi par la forte odeur de gardénia que dégageait son parfum.

— Je suis contente de vous avoir parlé de Primmy. J'en ai parlé à bien peu de gens. Mais vous êtes différent, Mel. Je peux vous dire des choses que je n'ai dites à personne. Je crois que c'est parce que vous êtes l'homme le plus gentil que j'aie jamais rencontré. Que vous êtes également l'homme le plus attirant que j'aie jamais connu. Je vais vous dire ce qui m'est arrivé l'autre soir après notre rencontre. Lorsque vous êtes venu à ma rescousse et m'avez ramenée à la maison.

— Eh bien, Fiona ?

Elle rit doucement et effleura la manche de Mel.

— Je me suis mise à rêver. J'ai désiré être avec toi, te parler, être dans tes bras, faire l'amour avec toi.

Elle déposa sa joue contre l'épaule de Mel et murmura :

— Mel, je ne me suis jamais sentie comme cela. Je pense que je dois être honnête envers toi. Je pense que je dois partager mes sentiments avec toi. Je ne peux les garder pour moi, n'est-ce pas ?

— Non, Fiona. J'imagine que vous ne le pouvez pas.

Il se leva.

— Je t'en prie, ne pars pas, mon chéri, dit-elle. Laisse-moi remplir ton verre.

— Non, merci, dit-il. Il faut que je parte.

— Oh, je t'en prie. Je suis si seule !

— Bonsoir, Fiona.

— Tu n'oublieras pas ta promesse, n'est-ce pas ?

28

Lorsque Ho Rothman avait racheté *Mode* en 1961, son intention était claire. Il voulait ajouter classe et respectabilité à l'ensemble de ses publications qui avaient à l'époque la réputation d'être des journaux à sensation. Le *New York Times* avait ainsi titré : « ROTHMAN TENTE DE CHANGER SON IMAGE ». Ce n'était qu'une part de vérité. Herbert, son fils, âgé à ce moment-là de trente-huit ans, venait d'être nommé président des Publications aux Communications Rothman Inc. Lui et sa femme, Pegeen, avaient espéré que l'acquisition d'une revue telle que *Mode* les aiderait à se faire accepter et à trouver leur place dans la haute société de New York. Mais, mieux encore, l'essentiel était que la publication d'une revue de mode de grand renom comme *Mode* allait les aider à trouver un parti intéressant pour leur fils unique, Steven, qui venait d'entrer à Princeton. Or, à la revue, de nombreuses jeunes filles occupaient des postes peu définis à des salaires insignifiants.

Il était évident que si la famille n'avait pas acquis *Mode,* Steven et Alex ne se seraient sûrement jamais rencontrés. Alexandra Lane était loin d'avoir le statut social que Herbert et Pegeen avaient en tête. À cette époque-là cependant, certaines circonstances avaient amené les parents de Steven à réviser considérablement leurs exigences.

Mode n'avait réalisé aucun profit depuis des années. Voilà pourquoi la revue avait été mise en vente. Elle avait pourtant une très grande réputation acquise de longue date. Depuis 1872. Elle avait publié les photos des robes de bal des épouses des différents présidents américains. Elle avait initié les Américaines à la vogue de la tournure. Elle avait encouragé le port du couvre-tout pour les dames, aux premiers jours poussiéreux de l'automobile. Elle avait été la première à publier les dessins de Charles Dana Gibson. Enfin, *Mode* avait été la première à présenter aux Américaines la nouvelle mode créée par Christian Dior en 1947.

Mais depuis le début des années soixante, *Mode* paraissait démodée. Le tirage et les revenus publicitaires étaient en régression. On trouvait la revue principalement dans des salles d'attente de médecins et de dentistes, dans des salons de beauté et dans quelques clubs. Considérée pourtant comme essentielle dans le monde de la confection, *Mode* était devenue une sorte de Bible. Personne ne la lisait vraiment, mais on considérait qu'il était séant d'en avoir un exemplaire à la maison, même s'il s'agissait d'un numéro de l'année précédente.

Comme les Rothman étaient réputés pour leur absence de scrupules et leur volonté de gravir les échelons de la haute société, inutile de dire que l'acquisition d'une publication d'aussi grande classe que *Mode* fut accueillie avec consternation. Tant par les professionnels que par les amateurs. Consuelo Ferlinghetti, sa directrice en chef, autoproclamée pendant des années grande prêtresse de la mode américaine, avait dit :

— Je ne vois pas comment je pourrais travailler pour ces gens-là. Ils vont probablement convertir la revue en roman-photo axé sur la mode.

Son nom se retrouva en tête d'une pétition signée par quarante-neuf autres directeurs, membres du personnel et collaborateurs de la revue pour protester contre cette vente. La pétition disait :

Nous, soussignés, jugeons intolérable la vente d'une revue qui a la renommée et la réputation de *Mode* à un éditeur de journaux à sensation dont le mépris pour l'intégrité bafoue les traditions et les standards d'excellence qui ont toujours été la marque de *Mode*.

Nous dénonçons unilatéralement...

Nous demandons unilatéralement...

La pétition n'eut évidemment aucun impact, puisque la vente de la revue était déjà un fait accompli. Mais plus d'un était persuadé que, largement diffusée, elle serait suivie d'un exode massif des membres du personnel. En réalité, il n'y eut aucune démission. Tous restèrent, même si ce fut à contre-cœur.

Les cris d'indignation contre la vente de la revue avaient toutefois été tels que Herb Rothman avait jugé nécessaire de faire une déclaration à la presse:

Mon père, H. O. Rothman, et moi-même, trouvons particulière-ment odieux d'entendre parler des Publications Rothman comme d'un ramassis de journaux à sensation, de revues osées et de bandes dessinées.

S'il est vrai que nous éditons des bandes dessinées et quelques séries à caractère aguichant, nous publions également des revues sérieuses dans le domaine de l'habitation, *La maison de rêve* et *Le jardin de rêve,* qui jouissent d'une excellente réputation dans les meilleurs milieux. Pour la gouverne de nos détracteurs, Mme John F. Kennedy, la Première dame du pays, est une fidèle à ces deux revues; le Prince Phillip d'Angleterre est un lecteur assidu de *Au grand air* ; enfin *Les tout-p'tits* a reçu le tant convoité prix Helen J. Pritz, pour son travail journalistique exceptionnel auprès des plus jeunes...

Nous sommes une entreprise qui élargit constamment ses centres d'intérêt, à la recherche de produits d'une qualité de plus en plus élevée. Quand *Mode* nous a été proposé, nous avons saisi la chance d'ajouter le domaine de la haute couture dans le champ de nos publi-cations.

Mode est un magazine de renom. Cette revue a une longue histoire. Nous n'envisageons aucun changement qui pourrait ternir ou altérer sa réputation. Au cours de rencontres et de conversations avec Mlle Ferlinghetti, nous lui avons affirmé qu'elle continuerait de jouir de la plus totale autonomie en ce qui concerne la politique éditoriale de la revue. Elle pourra également continuer à la diriger et à la produire selon ses vœux.

Quand nous avons acquis *Mode,* on a invoqué la cupidité. Même si rien n'a transpiré, on a prétendu que nous avions pu mettre la main dessus pour une somme ridicule. Je voudrais ici rappeler que *Mode* ne réalise aucun profit depuis nombre d'années. C'est une revue coûteuse à produire. Son personnel et ses correspondants sont parmi les mieux payés aux États-Unis. Son tirage est restreint (moins de 200 000). Ses annonces sont limitées à dix pour cent de son contenu total.

Nous continuerons à respecter ces traditions et ces politiques depuis longtemps établies, à servir le nombre restreint de nos lecteurs et annonceurs...

La déclaration de Herbert contenait un certain nombre d'informations erronées. Le personnel de *Mode* était loin d'être très bien payé. En réalité, ce personnel, depuis Mlle Ferlinghetti jusqu'aux plus humbles employés, avait récemment accepté une réduction de salaire de vingt pour cent afin de diminuer les coûts de production. Cela avait rendu l'achat de la revue plus intéressant aux yeux de Ho Rothman. Quant aux correspondants, il n'y en avait plus au moment où l'affaire fut conclue. Ils avaient tous été avisés que la revue serait désormais rédigée par le personnel de base, dans le cadre d'une politique de réduction des coûts. La limite de dix pour cent réservée aux annonces fut immédiatement abandonnée par Ho dans le but d'augmenter les revenus. Les annonceurs habituels des autres publications Rothman se virent offrir de sérieux rabais s'ils annonçaient dans *Mode.* Quant à Jackie Kennedy et au Prince Phillip qui recevaient tous deux des exemplaires gratuits des revues mentionnées, ils ne pouvaient être honnêtement considérés comme des abonnés.

Quand Consuelo Ferlinghetti, alors âgée de quatre-vingt-trois ans, fit une malencontreuse chute sur un trottoir, elle fut immédiatement remplacée par le fils de Herbert Rothman, Steven, qui venait tout juste de sortir de Princeton. Il fut nommé directeur en chef.

Un beau jour de l'automne 1966, Lucille Withers lui avait dit :

— Le salaire est ridiculement bas. Tout le monde sait bien que les Publications Rothman ne paient que de tout petits salaires. Par contre, tes photos seront largement répandues et ce sera un atout intéressant pour ta carrière. Laisse-moi te lire ce qu'ils disent.

Elles étaient assises dans le bureau de Lulu Withers. Celle-ci prit la lettre sur son bureau et se mit à lire :

— « Pour une publication prévue pour l'été 1967, nous recherchons une jeune femme, âgée de dix-huit à vingt-deux ans, pour présenter les créations d'un jeune dessinateur de l'Indiana, Bill Blass. Elle aura le visage frais et naturel, blonde de préférence, pour mettre en valeur les tenues de sport de Blass, ainsi que des vêtements plus sophistiqués. Nous aimerions que ce soit un visage « nouveau » encore inconnu des publications nationales. Nous désirons de simples photos d'extérieur aussi bien que d'élégantes photos d'intérieur. Ainsi la personne choisie devra être capable de paraître aussi bien à une soirée de collégiens qu'à un dîner de grande classe. Envoyez vos photos, etc... etc... Nous pourrions utiliser l'une d'elles comme page couverture. » J'ai immédiatement pensé à toi, Lexy, dit Lucille en reposant la lettre. J'ai donc envoyé un ensemble de photos et — tu es assise, Lexy ? — tu es l'une des dix finalistes. À cette étape-ci, ils veulent une interview. Je n'ai pas voulu t'en parler auparavant, afin que tu n'entretiennes pas de faux espoirs. Ils ont analysé les candidatures de mannequins de cinquante agences différentes. Je n'étais pas sûre que tu aies une chance, mais tu as attiré leur attention. Penses-y, Lexy. Tu as une chance de faire la page couverture de *Mode* !

Alex resta assise pour se laisser pénétrer par une telle idée. Au cours des quatre années précédentes, Lucille Withers lui avait procuré pas mal de travail. Elle avait surtout posé pour de la publicité locale. Elle avait fait quelques affiches pour une banque du coin. Et défilé à plusieurs reprises également. Elle avait fait, de plus, des annonces à la télévision et prêté sa voix à la radio locale. On la connaissait dans la région, elle avait ainsi obtenu un remplacement à la météo quand celle qui occupait régulièrement cette fonction était en congé. Lucille Withers avait réussi à lui obtenir jusqu'à trente-cinq dollars de l'heure pour des photos en noir et blanc et jusqu'à quarante dollars pour des photos couleur. Elle s'était pris un petit appartement à Kansas City et pouvait subvenir convenablement à ses besoins sans avoir à puiser dans le compte d'épargne qu'elle considérait encore comme l'argent de Skipper.

— De toute façon, ils seront en ville lundi. J'ai pris rendez-vous pour ton interview à quatorze heures, suite quatre cent dix à l'Alameda Plaza.

— Qui sera en ville ?

— Quelques membres importants de la revue, ma chère. Le directeur en chef lui-même, Steven Rothman. Le directeur de la section artistique dont le nom est Sigourney Frye. Sigourney Frye est une femme, soit dit en passant. Il y aura également un des directeurs de la photo.

— Quel genre de questions vont-ils me poser, d'après toi ?

Lucille Withers rit. Avec son pince-nez, elle dessina un grand arc dans les airs.

— Ma chérie, je n'en sais pas plus que toi, dit-elle. Je n'ai jamais été aussi près de voir une de mes filles poser pour *Mode*. Tu devras te débrouiller par tes propres moyens, car ils ont bien précisé qu'ils ne voulaient pas que je t'accompagne. Mais à ta place, je n'aurais en tête qu'un seul mot jusqu'à ton interview.

— Lequel, Lulu ?

— Le maintien, dit-elle. Jusqu'à lundi après-midi, ne pense qu'au maintien.

— Que penses-tu que je devrais porter ?

— J'y ai pensé. Pourquoi ne porterais-tu pas quelque chose que tu as dessiné toi-même ? Cet ensemble vert mousse avec les boutons assortis ? Je pense qu'il a beaucoup de classe. Au cours de l'interview, pourquoi ne laisserais-tu pas tomber que tu dessines toi-même la plupart de tes vêtements ? Qui sait ? Ils pourraient peut-être même te photographier dans une de tes créations, avec les productions de ce Bill Blass qui m'est totalement inconnu.

— Oh, j'en ai entendu parler, dit Alex. Il est nouveau mais il sera très célèbre.

— Ne t'excite pas trop, dit Lucille Withers. Rappelle-toi qu'il y a neuf autres filles dans la course. Il se pourrait que ce ne soit pas toi qui sois choisie.

— Oh, ils vont me prendre, dit Alex en souriant. Ne t'inquiète pas. Ils vont me prendre.

— Encore autre chose. S'ils te choisissaient, il y aurait une clause morale dans le contrat. C'est chose courante. Alors il n'y a rien dans ta vie personnelle, disons dans ta vie sexuelle, susceptible de constituer des embarras, n'est-ce pas?

Elle hésita avant de répondre :

— Non.

— Bien. Il n'y a pas à s'inquiéter, dit Lucille Withers. Ne porte pas trop de maquillage. Juste un peu de rouge à lèvres et peut-être une légère trace de fard sur les joues. Ne touche pas à tes yeux. Rappelle-toi, ils sont à la recherche d'un visage nouveau, ouvert et naturel.

Elle s'était demandé s'il était sage d'accepter son invitation à dîner, ce soir-là. Les mannequins se retrouvaient souvent dans des situations singulières. Lucille Withers l'avait avertie.

— Juste un conseil de femme mûre, avait-elle dit. Je ne peux pas jouer au chien de garde avec mes filles, mais je peux t'avertir de faire attention aux hommes qui te promettent un emploi si tu leur accordes un petit supplément.

Quand Steven Rothman lui avait demandé de le rejoindre pour le dîner ce soir-là au restaurant de l'hôtel, elle avait hésité. Mais il lui avait, au premier regard, donné l'impression d'être un jeune homme correct et honnête. Au cours de l'interview, ses questions sur ses loisirs, ses penchants, ses goûts, avaient été intelligentes et courtoises. De plus, il avait fort belle apparence; il était grand et mince, les cheveux et les yeux foncés, une fossette au menton et un agréable sourire légèrement en coin. Alex avait tout de suite été séduite.

— C'est vous que nous avons choisie, lui dit-il.

Il lui fit un petit sourire en déposant sa serviette sur ses genoux.

— Vous avez le poste. Vous correspondez exactement à ce que nous cherchons. Tout le monde est d'accord. Nous allons dire aux autres filles que nous avons fait notre choix. Nous reviendrons prendre des photos le mois prochain. Eh bien, comment vous sentez-vous maintenant ?

— C'est magnifique !

— Attention, je ne peux pas vous promettre la page couverture. Tout dépendra de ce que donneront les photos. Je ne peux pas vous promettre non plus que nous allons nous servir de l'une ou de l'autre de vos créations. Il ne faut pas oublier que le numéro sera centré sur Bill Blass. Il le faut, parce que... oublions les raisons pour lesquelles il le faut.

— Parce que vous voulez que Bill Blass fasse de la publicité chez vous ?

Il lui jeta un regard interrogateur et retroussa son nez.

— Comment pouvez-vous savoir cela ? demanda-t-il. De toute façon, je vais demander à mes directeurs de jeter un coup d'œil sur vos créations et de me dire ce qu'ils en pensent. Moi, je ne connais rien de la mode. Je suis spécialiste en économie.

Elle remarqua qu'il était vraiment très jeune pour être directeur en chef d'une revue comme *Mode*. En fait, il n'avait que vingt-deux ans, le même âge qu'elle.

Il retroussa à nouveau son nez.

— Je suis un membre de la dynastie des Rothman, dit-il d'un air faussement sérieux. Il y a des avantages et des inconvénients à être membre d'une dynastie. Celle des Rothman a été créée par mon grand-père, H. O. Rothman que tout le monde appelle Ho. Puis vient mon père, Herbert Rothman. Je suis le suivant. Quand je suis sorti de Princeton, il était essentiel qu'on me donne une position quelconque au sein des Communications Rothman. On m'a abandonné la plus basse possible, celle de directeur en chef de *Mode*.

— La plus basse ?

— Oh, oui. Sans aucun doute. *Mode* a beaucoup de prestige, mais cette revue ne fait pas d'argent. En vérité, elle continue à en perdre. Mon grand-père essaie de changer cela, mais il n'y est pas encore parvenu, du moins pas jusqu'à présent. C'est pourquoi il voulait quelqu'un qui ait fait des études en économie. Je lui ai dit : « Grand-père, je ne suis pas un directeur. » Il m'a répondu : « N'importe quel idiot peut diriger une revue comme *Mode*. » De sorte que c'est moi, l'idiot qu'il a choisi. Je déteste mon travail.

— Vraiment ?

Elle le regarda, étonnée.

— Oh, oui, dit-il. Je le déteste vraiment. Je perds mon temps ici, jusqu'à ce que les détenteurs du pouvoir, c'est-à dire mon père et mon grand-père, décident que je suis prêt pour autre chose de plus important. Voyez-vous, je ne m'intéresse même pas aux vêtements féminins. Bien sûr, je peux aider quelqu'un comme Sigourney à choisir le bon mannequin pour un article de mode. Je m'intéresse certes aux jolies femmes. Mais la mode ? C'est une femme qui devrait diriger une revue féminine, ne croyez-vous pas ? C'est un peu particulier pour un homme, non ? En fait, il m'arrive de penser que mon père et mon grand-père m'ont mis là pour me punir.

— Pour vous punir ? Pour quoi ?

Il lui jeta un regard un peu distant et répondit :

— Je ne sais pas. Peut-être parce que je ne suis pas assez intelligent.

— Qu'arriverait-il si vous rendiez la revue plus intéressante, plus rentable ?

Elle se rappelait lui avoir posé cette question naïve, mais elle avait alors l'excuse de la jeunesse.

Il leva les bras.

— On peut acheter le tirage, dit-il. Il y a toutes sortes de combines : rabais, primes, offres spéciales, ristournes aux vendeurs de journaux pour qu'ils mettent en évidence votre revue.

Mais personne dans la société ne veut dépenser d'argent, pas avant que ça ne rapporte suffisamment au chapitre de la publicité. C'est essentiellement ce que je suis, un vendeur d'espace pour annonces. Bien sûr, ce dont j'aurais absolument besoin, si nous voulons vraiment que *Mode* devienne une bonne revue, c'est d'une très bonne assistante de rédaction, qui connaît la mode et qui sait comment produire une revue féminine.

— Alors pourquoi n'en engagez-vous pas une ? demanda-t-elle innocemment.

Il roula les yeux.

— Encore une fois l'argent. Personne ne veut avancer le moindre sou pour ma pauvre petite revue. De plus, personne ne se préoccupe vraiment du contenu des articles qui y sont publiés. Personne ne se soucie des lectrices. L'apport des abonnements est dérisoire. Il n'y a que les annonceurs. De sorte que je perds mon temps et j'attends que les princes de la dynastie des Rothman décident que le petit Steven est prêt pour quelque chose de mieux.

Ses yeux eurent encore une fois une expression triste et lointaine. Il lui dit :

— Savez-vous que vous êtes la première femme que j'aie jamais rencontrée qui semble un peu s'intéresser à ce que je fais ? Quand les femmes apprennent que je suis le nouveau directeur de *Mode,* elles s'approchent toutes, désireuses de savoir ce qu'il y a de nouveau et d'excitant à Paris. Quand elles réalisent que je l'ignore et que je m'en fous, elles s'éloignent.

— Si j'étais la directrice de *Mode,* je voudrais que ce soit la revue de mode la plus grande, la plus belle et la plus importante du monde. Je n'aurais de cesse de la « renarder » encore et encore.

Il rit.

— De la « renarder » ? Qu'est-ce que cela veut dire ?

— Simplement de lui ajouter de petits extras, de nouvelles surprises, à chaque numéro, des choses qui tiendraient les lectrices en haleine, qui les rendraient vigilantes, qui les obligeraient à tourner les pages, qui leur feraient acheter les numéros suivants.

— Bien, dit-il. Et comment réaliseriez-vous ces petits miracles ?

Elle réfléchit un moment. Elle pensa à quelque chose qu'elle avait remarqué quand elle défilait pour les magasins locaux.

— Je pense que je rendrais les modes présentées dans la revue plus accessibles aux lectrices, dit-elle. Je lis *Mode,* par exemple. J'y ai souvent vu des vêtements que j'aimerais avoir ou, du moins, essayer. Mais en magasinant dans les environs, j'ai réalisé que personne n'en vendait. Cet article sur Bill Blass! Quand il sera publié l'été prochain, est-ce que les femmes de Kansas City pourront en acheter les modèles dans les magasins des environs ?

— Nous envoyons des brochures aux détaillants, leur annonçant le contenu des prochains numéros. Mais il appartient aux clients de décider s'ils veulent ou non commander les vêtements. Ça, nous ne pouvons pas le contrôler.

— Vous le pourriez, si vous donniez l'exclusivité au magasin le plus en vogue dans chaque grande ville. Alors, dès l'instant où *Mode* paraîtrait, ce magasin, et lui seul, pourrait présenter ces vêtements dans ses vitrines.

Il avait les yeux brillants.

— Poursuivez, dit-il.

— Prenons un magasin d'ici comme Stix. Les femmes sauraient que le seul endroit de Kansas City où elles puissent acheter les modes proposées par la revue serait Stix. Les femmes en seraient ravies, les magasins aussi, de même que les annonceurs. Et Stix se mettrait probablement à acheter des encarts.

— Tout au cours de la semaine, j'ai essayé de leur en vendre une page. Ce fut très ardu.

— Ne serait-ce pas plus facile si vous faisiez de Stix le magasin officiel de *Mode* à Kansas City ?

Il la regardait encore avec intensité.

— Que feriez-vous d'autre?

— Si vous pouvez rendre ces modes présentées par la revue plus accessibles aux femmes, vous pourriez également rendre la revue elle-même plus difficile à trouver.

— Vous voulez dire en augmenter le prix?

— Pourquoi pas? Un dollar cinquante me semble un prix trop bas pour une revue comme *Mode*. Doublez-en le prix. Rendez-la plus exclusive, comme les magasins exclusifs qui vendraient les vêtements de *Mode*. Les frais de poste de tous ces abonnements doivent être coûteux.

— En effet. Le moyen le plus coûteux et le moins efficace pour distribuer un produit, ce sont les postes américaines.

— Et s'il n'y avait plus d'abonnements? Si les seuls endroits où l'on puisse acheter *Mode,* c'étaient ces magasins particuliers?

Il la fixa encore plus longuement.

— Vos idées sont très brillantes, vous savez, dit-il finalement. Vous êtes une femme très intelligente. Je m'attendais à rencontrer un joli mannequin à cervelle d'oiseau, mais c'est loin d'être le cas.

— Ces magasins feraient la promotion de *Mode* et *Mode* ferait la promotion de ces magasins.

Il lança alors sa serviette en l'air. Elle retomba sur la table.

— Je peux imaginer ce que vont dire mon père et mon grand-père. Combien cela va-t-il coûter, d'essayer quelque chose de ce genre? Combien cela va-t-il coûter? La revue ne peut se le permettre. Non, vos idées sont brillantes et originales, mais personne ne va changer d'un iota parce que personne n'a envie de faire le moindre changement. Savez-vous pour quelle raison Papa a voulu acheter *Mode*? Parce que maman s'est plainte qu'elle était l'épouse d'un homme qui publiait des revues à bon marché. Elle pensait que, s'il éditait une revue comme *Mode,* elle aurait l'air plus à la mode. Et Papa, pour d'autres raisons, voulait que maman le laisse tranquille. Mes parents sont... eh bien, c'est une autre histoire.

Mode n'est à leurs yeux qu'une façon de sauver les apparences. Ce n'est que cela. Tout juste quelque chose pour améliorer leur image.

— Mais même si c'est pour sauver les apparences, ne serait-il pas intéressant de pouvoir rendre également la revue rentable ?

— Assurément. Mais mon grand-père, qui contrôle l'argent, ne croit pas en la revue. Les innovations comme celles dont vous parlez impliquent que l'on risque une part de capital et mon grand-père n'est pas prêt à prendre de tels risques. Il veut d'abord que la revue réalise des bénéfices. Tant que je ne lui produirai pas de profits, *Mode* va se traîner de la même façon qu'auparavant. Alors, je cours les rues, je cherche des annonceurs à qui j'offre des rabais...

Emportée par ses propos, elle se pencha vers lui :

— Regardez. Si vous pouviez d'abord rendre la revue attrayante pour les lectrices, elle le serait aussi pour les manufacturiers qui sont vos annonceurs à l'échelle nationale. Les manufacturiers en feraient autant avec les détaillants. À leur tour, les détaillants contribueraient à la rendre encore plus attrayante pour les clientes que sont vos lectrices.

Elle fit un cercle avec le pouce et l'index de ses deux mains.

— C'est comme un cercle, n'est-ce pas ? Ou une boule de neige. Il faut commencer avec les lectrices. Je pense que votre grand-père aborde le tout en partant dans une mauvaise direction.

Il soupira et dit :

— Essayez de dire cela à Grand-père.

— Si vous pouviez faire de *Mode* une réussite, ne cesseraient-ils pas de vous punir ?

Il la regarda.

— Seriez-vous prête à m'aider ? s'empressa-t-il de demander.

— Vous aider ? Comment pourrais-je vous aider ?

Et soudain, comme il la regardait, l'atmosphère se chargea

d'électricité, s'alourdit de pensées tacites et de questions sans réponses. Elle pensa : c'est la partie visible de l'iceberg. Je n'ai fait qu'effleurer la pointe de l'iceberg avec cet homme ; il y a quelque chose de beaucoup plus complexe en-dessous de tout cela. Elle se sentit tout à coup intimidée, comme si elle l'avait surpris en train de commettre un acte vil et honteux. Elle baissa les yeux et dit :

— Je ne vais quand même pas vous dire comment diriger votre entreprise.

— Pourquoi pas ? Personne d'autre ne l'a jamais fait.

Puis il ajouta :

— Je ne sais comment vous le dire, Alexandra, mais je vous estime beaucoup. À la revue, les gens qui travaillent pour moi font ce que je leur demande, mais je sais qu'aucun d'entre eux n'a le moindre respect pour moi. Je sais qu'ils me détestent même parce que je suis le petit-fils du patron et que sans cela, je ne serais pas là où je suis. Mais vous êtes différente. Je pense que vous avez de la considération pour moi. Je retourne à New York demain. Pensez-vous que je pourrais vous écrire ou vous téléphoner de temps en temps, seulement pour parler ?

— Bien sûr, dit-elle.

Elle lui avait donné son adresse et son numéro de téléphone. Très rapidement, il en vint à l'appeler chaque jour. Il y avait quelque chose chez ce jeune homme triste et compliqué qui prétendait détester son emploi et qui s'y sentait pourtant enchaîné, qui le rendait pitoyable et qui incitait Alex à vouloir l'aider. Elle sentait qu'il avait besoin d'être protégé. Elle imaginait déjà ses parents froids, durs, revêches et insensibles, vision qui s'était révélée remarquablement exacte.

Il lui avait téléphoné de New York le soir même, puis bientôt tous les soirs. La chose dont elle se rappelait le mieux, c'était que, la plupart du temps, il parlait et elle l'écoutait. Mais il n'y avait rien là d'égocentrique. Elle eut plutôt l'impression que personne n'avait jamais écouté Steven Rothman et que, malgré la fortune de sa famille, il n'avait jamais eu qui que ce fût avec qui converser. Il lui parla du domaine familial, le « Rothmere » sur la rivière Hudson, où ses parents, ses grands-parents, son oncle et sa tante vivaient tous ensemble comme « une grande famille à l'air faussement heureux ».

— Pourquoi n'est-elle pas heureuse? lui demanda-t-elle.

— Vous verrez, répondit-il. Je vous y amènerai un de ces jours. Les familles heureuses sont toutes les mêmes. Chaque famille malheureuse l'est à sa façon.

— *Anna Karénine,* dit-elle.

Elle put pratiquement imaginer sa surprise au silence soudain qui se fit au bout de la ligne. Comment une fille du Missouri pouvait-elle connaître Tolstoï? Elle se demanda un instant s'il n'était pas de ces hommes qui n'aimaient pas les femmes cultivées.

— Ma mère était obsédée par la Russie d'avant la Révolution. Nous avions même un chien qui s'appelait Anna Karénine, croyez-le ou non.

Il rit. Le lendemain, par livraison spéciale, arriva un exemplaire de la nouvelle biographie du comte Léon Tolstoï avec cette dédicace : Chaque fille du Missouri est différente à sa manière.

Il écoutait donc ce qu'elle lui disait et il aimait les femmes intelligentes.

Il l'appela pour lui parler de la première d'un nouveau spectacle auquel il avait assisté, *Cabaret,* qui l'avait beaucoup enthousiasmé. Il ne pensait pas que la critique du *New York Times* lui rendait justice.

Elle fit remarquer que ce journal n'était pas livré à Kansas City. Le lendemain, un abonnement au *Times* était dans sa boîte aux lettres. Peu de temps après, il lui envoya l'album qui contenait l'original du spectacle. Puis il l'appela pour lui demander ce qu'elle en pensait.

— Je l'ai beaucoup aimé, dit-elle.

Il aimait la musique, classique et populaire. Il lui arrivait de jouer sur sa guitare des morceaux des Beatles, au téléphone, pour elle. Il aurait aimé être un musicien, mais sa famille avait mis le holà.

Il se mit à lui envoyer des fleurs. Les premières furent un bouquet de violettes. Lorsqu'elle le remercia, il demanda :

— Étaient-elles assorties?

— Assorties à quoi?

— À vos yeux. Je leur ai dit que je voulais des fleurs aux teintes bleu-vert.

Elle rit.

— J'ai les yeux d'une couleur étrange.

— Bleu-vert sous certaines lumières, bruns sous d'autres.

— Vous avez remarqué?

— Oh oui...

— Qu'est-ce qui vous l'a fait remarquer?

— Je vous considère comme ma meilleure amie, dit-il.

— Mais nous ne nous sommes rencontrés qu'une seule fois.

— C'est sans importance. Je n'ai jamais eu de véritable ami, vous savez.

Il y avait une note de tristesse dans sa voix. Elle se sentait flattée de ce que ce jeune homme poli et adorable, d'une famille si puissante, ait pu lui trouver quelque chose. Puis, elle réalisa qu'elle attendait impatiemment ses appels, soir après soir.

Il revint à Kansas City en novembre prendre les photos pour le numéro consacré à Bill Blass. Il était en compagnie du directeur artistique, du photographe et de ses assistants. Des éclairagistes, des coiffeurs, des maquilleuses et du couturier lui-même. Il y avait en plus les malles de vêtements, chaussures et accessoires. Tout ce qu'il fallait pour un week-end de photographie. Elle remarqua qu'il avait commencé par lui demander son avis au sujet des poses.

Elle se figurait que cela ennuyait le photographe et elle était certaine que cela ennuyait aussi Sigourney Frye, la directrice artistique.

— Qui est directrice artistique de cette production, elle ou moi ? entendit-elle Frye demander brusquement à Steven.

— Je veux seulement qu'Alex soit à l'aise lors de la séance, dit-il.

— Et j'aimerais qu'elle pose selon les plans prévus, rétorqua Sigourney Frye.

— Je ne veux pas paraître miner l'autorité de Sigourney, lui dit-elle plus tard.

— Ne vous inquiétez pas, je suis encore le directeur en chef, dit-il. Cet emploi est une étape importante dans votre carrière. Je veux être sûr que vous serez vraiment à votre avantage.

Après une séance de photos particulièrement longue, Alex s'était effondrée sur le sofa de la caravane dont ils se servaient comme salon d'habillage.

— Pauvre de vous, vous devez être épuisée, lui dit-il. Laissez-moi vous masser le dos.

Il s'agenouilla sur le plancher à côté d'elle et commença gentiment à lui pétrir et à lui masser les muscles endoloris des épaules, du cou, des avant-bras et du bas du dos.

— Je suis réputé pour mes massages dorsaux, dit-il.

— Mm, c'est bon, murmura-t-elle. Comment avez-vous fait pour devenir si célèbre pour vos massages dans le dos ?

— Ma mère avait souvent les nerfs à vif, dit-il. Dès qu'elle avait une attaque nerveuse, elle me demandait de lui masser le dos.

Ils dînèrent ensemble chaque soir dans la salle à manger de l'Alameda Plaza, où elle résidait. Le dernier soir des photos, pour célébrer l'événement, il commanda du champagne. Il leva son verre en direction d'Alex.

— À nous, dit-il.

Elle remarqua qu'il la regardait avec intensité et qu'il n'avait pas touché à sa nourriture.

— Vous êtes tellement belle, dit-il.

Elle réalisa soudain que Skipper ne le lui avait jamais dit. Mais Skipper ne lui avait jamais dit non plus qu'il l'aimait.

C'est ce que fit alors Steven Rothman, quand il lui murmura à l'oreille :

— Je vous aime, Alex.

Puis il glissa la main dans la poche de son veston d'où il sortit une petite boîte bleue. S'y trouvait un saphir d'Orient serti de diamants.

— Assorti à vos yeux, dit-il. C'est à ce moment qu'il lui demanda de l'épouser. Il était tombé amoureux d'elle, au téléphone, avoua-t-il.

— Mais toi, tu l'aimes, Lexy ? lui demanda Lucille Withers lorsqu'elle lui montra la bague.

— Ça s'appelle un saphir d'Orient, dit-elle. Les saphirs figurent parmi les pierres précieuses les plus lourdes. Les émeraudes figurent parmi les plus légères. Le savais-tu, Lulu ? C'est Steven qui me l'a dit. Il sait toutes sortes de petites choses étranges et merveilleuses.

— Tu ne réponds pas à ma question, Lexy, dit-elle. Je t'ai demandé si tu l'aimais. Ou si tu n'es amoureuse que de son argent ?

— Il est très gentil, dit Alex. C'est l'un des hommes les plus gentils, les plus généreux, les plus attentionnés que j'aie jamais rencontré. Je l'aime beaucoup, beaucoup.

— Tu ne réponds toujours pas à ma question.

Alex fronça les sourcils. Elle savait où Lulu voulait en venir. Elle voulait savoir si elle aimait suffisamment Steven. Peut-être n'était-ce pas la même chose avec Skipper, mais était-ce nécessaire que ce le fût ? Peut-être cela viendrait-il plus tard ? Sûrement après leur mariage, comme cela arrivait fréquemment une fois que les gens étaient mariés, ou même après.

— Allez ! dis-le-moi. C'est lui... ou c'est l'argent des Rothman ? On prétend que son grand-père vaut deux millions de dollars. (Il faut se rappeler que c'était en 1967, et que deux millions de dollars, ça représentait beaucoup d'argent...)

— J'y ai pensé, dit-elle avec prudence. Le problème, c'est

que l'argent des Rothman, c'est une partie de lui-même. Comment puis-je séparer l'argent de Steven? L'argent n'est qu'un aspect de l'homme que je commence à apprécier de plus en plus. Celui que j'ai décidé d'épouser s'avère être un homme riche. Il n'y a pas grand-chose que je puisse y faire, non? Ce que je veux dire, c'est que je crois que j'aurais les mêmes sentiments à son égard s'il était pauvre. Je ne peux tout de même pas dissocier mes sentiments de ce qui fait partie de sa vie?

Lucille Withers secoua la tête et dit :

— Je n'aime pas ça, Lexy. Je n'aime pas ça du tout. Je me moquerais totalement de qui tu veux épouser, si je ne me souciais pas vraiment de toi...

— Elle ne convient pas du tout. C'est totalement inacceptable, dit Herbert Rothman à sa femme, Pegeen.

Ils étaient assis dans le salon de l'appartement de River House cet après-midi-là.

— Oh, non, elle ne convient pas du tout. Ce n'est qu'une petite aventurière sortie d'une petite ville du Missouri dont personne n'a jamais entendu parler. Elle pense certainement que c'est une affaire, même si tel n'est pas le cas. J'ai fait quelques petites investigations à son sujet, car Steven, dans sa hâte d'épouser la première fille qui s'intéresserait vraiment à lui, ne s'en est évidemment pas donné la peine. Son père est un petit comptable qui travaille dans une firme où il vient de se voir refuser une promotion en faveur d'un homme plus jeune. La famille n'a pas bonne presse dans la petite ville de Paradis, au Missouri. Ses parents sont considérés comme de petits intellectuels de gauche — des communistes — par leurs voisins. Le père boit. La mère fait de constants séjours en hôpital psychiatrique. On dit que la fille est un peu facile. Quand elle était adolescente, elle a souvent été vue en train de faire de l'auto-stop aux alentours de Kansas City, en se faisant ramasser par Dieu sait qui. Imagine! De l'auto-stop. Elle est inculte, sans éducation et n'a qu'un diplôme d'école secondaire. On prétend même qu'elle serait illégitime.

Pegeen Rothman brodait, au petit point, sur un canevas, un papillon se posant sur un champ de zinnias aux couleurs chatoyantes. Elle tira un fil doré à travers le bord de l'aile du papillon.

— Elle est très jolie, dit-elle.

— Mon Dieu, rugit-il, est-ce tout ce que nous voulons pour la femme de notre fils? N'importe qui, pourvu qu'elle soit jolie.

Pegeen Rothman tira un autre fil à travers l'aile du papillon, le fixa et le noua. Puis elle posa le canevas sur ses genoux et l'examina.

29

Gregory se tenait sur le pas de la porte. Il lui dit :

— M. Herbert Rothman aimerait vous voir dans son bureau. Il dit que c'est très urgent.

Elle se leva.

— Il est maintenant installé au 3000, ajouta Gregory.

Le 3000 était, bien sûr, l'ancien bureau de Ho Rothman.

Ce fut un choc pour elle de le voir assis derrière le bureau de Ho, dans l'immense pièce ornée de la carte des États-Unis piquetée d'étoiles symbolisant l'empire Rothman. Il ne se leva pas pour l'accueillir. Il avait à la main la toute dernière chronique de Mona qui mentionnait le repas qu'Alex avait pris en compagnie de Rodney McCulloch. Du bout du doigt, il tapota le journal et dit :

— Je n'en ai pas pour longtemps, Alex. Ton avocat m'a parlé d'un présumé bris de contrat. J'aimerais dire une seule chose au sujet de ce contrat. Il contient une clause de loyauté. Cet article me laisse entendre que tu as déjeuné avec Rodney McCulloch, notre concurrent. Il est également notre ennemi. Si, tel que l'indique Mona, tu mijotes quelque chose avec lui, je considérerai ça comme un manque de loyauté envers notre société. Si tu conclus la moindre entente avec McCulloch, c'est toi qui auras brisé le contrat. Ce sera matière à licenciement, sans aucun droit, y compris ta part de bénéfices, et tout le reste. C'est tout ce que j'ai à dire.

— Tout le monde sait que tu tentes de te débarrasser de moi, Herbert, y compris Rodney McCulloch. Il m'a fait une offre que je n'ai pas acceptée.

— Ni rejetée?

— Ni rejetée.

— Alors je t'avertis. Toute autre négociation avec notre ennemi sera considérée comme un manque de loyauté et sera cause de renvoi immédiat de notre société. Sans bénéfices. J'en ai discuté avec mes avocats. Ils m'assurent que j'agirais en toute légitimité, en vertu de notre contrat. Bonne journée.

Il détourna son regard vers d'autres dossiers qui attendaient sur son bureau.

Après le départ d'Alex, Herbert Joseph Rothman essaya de joindre Lenny Liebling.

— Je suis désolée, monsieur Rothman, mais M. Liebling n'est pas en ville cette semaine, lui dit la secrétaire de Lenny.

— Où diable peut-il bien être?

— Je crois qu'il s'est rendu à nos imprimeries à Paramus, New Jersey, monsieur Rothman.

— Aux imprimeries? Que diable peut-il faire là-bas?

— M. Liebling est notre directeur de projets spéciaux, dit la secrétaire. Je crois qu'il travaille précisément à un projet particulier.

— Eh bien, tâchez de le joindre et dites-lui que je veux le voir.

— Je suis désolée, monsieur Rothman, mais M. Liebling a demandé qu'on ne le dérange pas.

— Écoutez-moi bien, dit-il. Trouvez M. Liebling et dites-lui que Herbert J. Rothman désire le voir immédiatement.

— Je vais faire mon possible, monsieur Rothman, dit-elle.

— Je l'espère pour vous!

Elle n'ajouta pas qu'aux imprimeries des Rothman à Paramus, qui couvraient deux cents acres et employaient deux mille cinq cents employés répartis en vingt-six secteurs différents, elle n'avait aucune idée de la façon dont elle pouvait dénicher Lenny Liebling dont la présence n'était connue que d'une seule autre employée.

— Joël, chéri! cria-t-elle.

Elle lui passa les bras autour du cou et l'embauma de son parfum de gardénia.

— C'est tellement bon de te voir, et je peux dire à l'expression de ton visage que tu m'apportes de bonnes nouvelles.

Il eut quelques instants l'air gêné.

— Moi?

— Tu as parlé à ta mère et elle a renvoyé ses avocats.

— En vérité, je ne l'ai pas encore fait, avoua-t-il.

Elle s'écarta de lui.

— Alors tu n'as pas tenu ta promesse, fit-elle remarquer.

— Je vais le faire, Fiona, mais maman a été terriblement occupée et...

D'une voix glaciale, elle ajouta :

— Ouais, occupée à manigancer pour me renvoyer en Angleterre sans emploi, sans argent, sans rien. Si elle y parvient, tu sais ce que cela signifie. Tout sera fini entre toi et moi.

— Je vais lui parler, Fiona. Je t'assure.

— Tout ce que je demande, c'est qu'elle renvoie ses fichus avocats. Et qu'elle me laisse expliquer mon point de vue. Et que nous mettions fin à ce combat sans merci.

— Je vais le faire, je te le promets.

— Tu me le promets? Tu me l'as déjà promis une fois. Tu sais ce qui arrive quand on brise deux fois une promesse?

— Non. Quoi?

— Tu verras bien, dit-elle, sinistre.

Puis, elle le regarda d'un œil soudain bienveillant et lui dit :

— Mais si c'est une vraie promesse, alors j'ai une petite surprise toute particulière pour toi ce soir. Pour toi, mon Joël chéri.

— Est-ce...

— Tu verras bien, dit-elle, sinistre.

Elle lui prit la main et le mena à sa chambre.

— Tu m'as manqué, Joël, lui dit-elle.

— Moi... aussi..., bégaya-t-il.

— Je ne t'ai pas offert à boire, parce que je pense que c'est ce qui t'a rendu malade la dernière fois. L'alcool et la drogue. Mais ceci... ceci devrait produire sur toi un effet tout à fait différent, un effet presque paradisiaque, je te le promets.

Du tiroir supérieur de sa commode, elle retira une petite boîte ronde dont elle dévissa le couvercle. S'y trouvait une poudre blanche.

— Qu'est-ce que c'est?

— De la cocaïne. Elle est très bonne, très pure. Un de mes copains me l'a envoyée de la Bolivie. Tu n'as jamais essayé, Joël?

— Non, dit-il, penaud.

— Eh bien, tu devrais. Ça va te rendre tout simplement rêveur. Ne t'inquiète pas. Ce n'est pas du tout dangereux. De plus, contrairement à ce qu'on dit, il n'y a aucun risque de dépendance. Voici comment on fait...

Elle lui en mit un tout petit peu sur les lèvres.

— Le sens-tu, ce léger picotement?

— Euh.

— Maintenant, nous allons en respirer un tout petit peu. Pas une grande respiration; une très légère. Plus tard, tu vas en vouloir davantage, mais il vaut mieux commencer par une toute petite dose.

Elle mit son index sur une de ses narines, inhala brièvement, puis lui présenta celui où elle avait déposé la poudre. Il inhala et, immédiatement, sentit un étourdissement l'envahir et atteindre ses yeux. Sa vision se brouilla. Puis il éternua.

— Idiot, tu as tout rejeté, dit-elle. Essaie encore une fois. Juste un tout petit peu.

Elle lui présenta encore une fois le bout de son doigt. Il respira à nouveau la poudre. D'une voix endormie, il lui dit :

— Je t'aime, Fiona.

— Voilà qui est mieux, dit-elle. Maintenant on peut faire l'amour.

Mais il regardait ébahi son sexe pendant qui reposait sur sa cuisse.

— Qu'est-ce qui t'arrive ? demanda-t-elle brusquement.

— Je ne sais pas... je suis désolé, dit-il d'une voix pâteuse.

— Qu'est-ce qui ne va pas ? C'est censé exciter un homme.

— Je ne sais pas... Je... Peut-être que je ne peux...

— Pour l'amour du ciel ! dit-elle en sautant sur ses pieds. Tu en as pris tellement peu.

— Qu'est-ce qui m'arrive, Fiona ? demanda-t-il, d'un ton misérable. Je t'aime vraiment, mais...

— Dieu seul sait ce qui t'arrive !

Elle arpentait la chambre, si petite sous sa sombre crinière.

— Tout ce que je sais, c'est qu'une fille attend autre chose de la part d'un homme, d'un vrai, j'entends.

— Je t'en prie, Fiona. Je suis désolé. Peut-être que je ne peux pas...

Elle revêtit une robe bleu foncé et le regarda dans les yeux.

— Oui. Peut-être ne peux-tu pas avec une femme. Ce doit être ça. C'est ce que je pense depuis le début. Tu es homosexuel. Remets tes vêtements et va-t'en. J'ai un rendez-vous ce soir avec un homme. Un vrai.

— Je t'en prie, Fiona...

— Ton père aussi en était, tu sais !

— Il était quoi ?

— Homosexuel !

Joël, de sa chambre, entendit la porte de l'appartement s'ouvrir, puis se refermer. Ce devait être sa mère qui arrivait. Rapidement, il referma son journal intime. Puis, debout sur sa chaise, il fit glisser une tuile acoustique du plafond, la troisième du mur ouest, la sixième du mur sud. Sa mère les avait fait installer quand, plus jeune, il s'était brièvement mis à la batterie. Il avait découvert cette tuile creuse et, dans l'espace qu'elle occupait, il avait caché les cahiers de son journal, loin des regards indiscrets. Il l'y glissa et sauta de sa chaise.

Sa mère frappa doucement à la porte.

— Puis-je entrer, mon chéri ?

— Oui, entre !

Elle l'embrassa sur les joues et le tint par les épaules.

— Chéri, tu sens les gardénias ! dit-elle. Est-ce ta nouvelle lotion ? Je n'aime vraiment pas ça.

Puis elle s'assit au coin de son lit. Il pensa qu'il ne l'avait jamais vue aussi belle.

— Joël, dit-elle, tu sembles d'humeur très sombre depuis quelque temps. Qu'est-ce qui te tracasse ? Une nouvelle amie ? Veux-tu que nous en parlions ? Puis-je faire quelque chose ?

— Tu devrais renvoyer tes foutus avocats.

Voilà. Il l'avait fait. Il avait tenu sa promesse.

— Hem ? Oh, tu parles d'Henry Coker ? Je ne savais pas que tu étais au courant. C'est juste un petit litige au sujet du contrat que j'ai avec ton grand-père. Dans une situation comme celle-là, il est habituellement préférable de laisser un avocat s'en occuper. Je ne veux pas que tu t'inquiètes de cela. Je veux parler de toi, Fiston. Pourquoi as-tu l'air tellement déprimé ? Je parie qu'il s'agit d'une fille.

— Merde, maman, je t'ai demandé de ne pas m'appeler Fiston ! cria-t-il.

Elle le regarda :

— Je suis désolée. Ça m'a échappé. Mais je t'en prie, dis-moi de quoi il s'agit.

— Ça ne te regarde pas !

30

À l'été de 1971, Ho et Lily Rothman avaient organisé une soirée qui resta célèbre. L'occasion en était le centième anniversaire de la conception de *Mode*.

La première idée avait été de publier un numéro spécial. Le projet consistait à offrir aux annonceurs des rabais encore plus importants que d'habitude pour les espaces publicitaires de ce fameux numéro.

Mais la soirée, c'était Alex. Steven et elle étaient alors mariés depuis quatre ans. Elle travaillait à ses côtés pour tenter d'amener la revue à réaliser les précieux bénéfices qu'attendait son grand-père. Les bilans annuels montraient que l'on se rapprochait de plus en plus de ce sommet, que *Mode* n'arrivait cependant pas à atteindre. Le projet d'Alex pour la soirée anniversaire était né d'une idée qui lui était venue et consistait à publier un article mensuel consacré aux voyages.

Comme toujours, Ho Rothman avait commencé par s'y opposer. En frappant son bureau de son poing, il avait rugi :

— Des voyages ? Nous sommes une revue de mode. Qu'est-ce que les voyages ont à voir avec la mode ?

— Les gens qui suivent la mode voyagent, Ho, avait-elle fait remarquer. Ils veulent connaître les différentes modes qui correspondent aux différents climats qu'on rencontre dans différentes parties du monde.

— Nous ne sommes pas des étrangers. Nous sommes des Américains !

— De plus, un article mensuel consacré aux voyages nous aiderait à attirer les annonceurs de ce milieu : les compagnies aériennes et automobiles, les hôtels, les stations de sports d'hiver, les fabricants d'articles de voyage...

— Non ! Ce n'est pas de cela dont il s'agit. Ce dont il s'agit, c'est du fait que les gens qui suivent la mode voyagent. C'est pourquoi nous avons besoin d'une chronique voyages, comme je te le dis depuis le début.

— Au lieu d'un numéro spécial pour fêter notre centième anniversaire — ou peut-être en plus de ce numéro spécial — que diriez-vous d'une merveilleuse soirée pour célébrer cette occasion ? À Paris. Paris est la capitale du monde en ce qui concerne la mode.

— Non ! Pas de Français. Ils ont dit oui à Hitler pendant la guerre.

— Pensez aux annonceurs français que nous pourrions attirer. Nous n'inviterions pas seulement les grands noms des maisons de couture. Nous inviterions les têtes dirigeantes d'Air France, de Citroën, de Peugeot, les grands fabricants de tissus et de dentelles, les parfumeurs, les modistes, les grands vignerons français. N'oubliez pas, la France a été notre principale alliée lors de la Révolution américaine. Lafayette...

— Les Français sont des saints ! dit-il. Sans les Français, nous paierions encore des taxes au roi d'Angleterre. C'est pourquoi je veux que cette soirée ait lieu à Paris. C'est le seul endroit convenable.

C'était la seule façon d'obtenir quelque chose de Ho. Organiser ce gala du centième anniversaire devint à partir de ce moment-là la préoccupation majeure d'Alex.

La soirée eut lieu en juin, sous une tente rayée de bleu, blanc et rouge, installée dans les jardins du Palais de Chaillot, face à la Seine. À l'intérieur, quarante grands « ficus » étaient parés de huit mille bougies scintillantes. Il y avait trois orchestres et huit bars. Un millier d'invités dînèrent de côtelettes d'agneau, de saumon écossais accompagné de caviar iranien, d'œufs de cailles, de petits ortolans. Pour dessert, on leur servit des fraises des bois arrosées de crème fraîche. Ils burent près d'une centaine de caisses de Dom Perignon. Des mimes costumés firent des galipettes parmi les invités. Des diseuses de bonne aventure circulaient en lisant dans la paume de leur main.

Naturellement, tous les Rothman s'y étaient rendus : Steven et Alex, Ho et Lily, Herb et Pegeen, ainsi que le frère de Herb, Arthur, accompagné de sa femme, Doris, et de leurs deux filles, Muffie et Nikki. On y vit aussi Lenny Liebling, déjà bien installé dans le cercle des Rothman. Les grands couturiers parisiens avaient envoyé leurs mannequins les plus en vue pour présenter un spectacle ininterrompu tout au long de la soirée. Eux-mêmes étaient présents, bien sûr — Yves Saint-Laurent en smoking noir à paillettes — quelques membres de la famille Rothschild, le comte de Paris et la presse internationale. Josephine Baker, en hommage à Piaf, chanta « La vie en rose », « Non, je ne regrette rien » et une version fort appréciée de « Bonne fête, *chère Mode* ». Elsa Schiaparelli sortit de sa retraite pour faire une entrée remarquée. Le président Georges Pompidou et son épouse y firent une brève apparition et portèrent un toast à « *La grande dame de la couture américaine* ». Ho Rothman allait de l'un à l'autre. Il avait l'air resplendissant et répétait à qui voulait l'entendre à tous qu'il était le seul responsable de ce succès.

— Chaque invité m'a coûté huit cents dollars, ne cessait-il de dire.

Puis, ce fut minuit, moment choisi pour apporter un gigantesque gâteau d'anniversaire au centre de la tente. On tamisa les lumières. Ho Rothman s'approcha du micro pour prononcer des paroles de bienvenue.

— Notre revue de mode américaine ne pourrait pas exister aujourd'hui sans les brillants talents des grands couturiers de France.

Avec son accent russe, il avait presque l'air d'un Français. Bien sûr, certains prétendirent que Steven Rothman, à titre de directeur en chef de *Mode,* aurait dû agir comme maître de cérémonie et que la contribution d'Alex Rothman au succès de la revue et de la fête aurait dû au moins être soulignée. Mais telles n'étaient pas les manières de Ho.

Au fur et à mesure qu'on allumait une à une les grandes bougies sur le gâteau, Ho comptait les années.

— Un... deux... trois... quatre...

Les lumières des ficus pâlissaient imperceptiblement. Tout à coup, elle s'éteignirent complètement et le seul éclairage sous la tente émana seulement de l'énorme gâteau.

— Quatre-vingt-dix-sept... quatre-vingt-dix-huit... quatre-vingt-dix-neuf, continua Ho.

On avait allumé toutes les bougies. Un murmure gêné s'éleva parmi les invités assis à proximité du gâteau. Lenny Liebling avait été chargé de se lever à ce moment-là et de crier :

— Oups ! Il semble qu'il manque une bougie, Ho !

— Attendez ! répliqua Ho. At-ten-dez !

Il leva alors la main qu'il pointa en direction du ciel.

Le pan sud de la tente s'ouvrit alors et un énorme rayon de lumière s'éleva du haut de la tour Eiffel, de l'autre côté du fleuve. Il éclairait à plusieurs centaines de mètres et s'accrochait aux nuages sombres de la nuit. Ho s'écria triomphalement :

— Cent !

L'effet était saisissant. Pendant un moment, les invités restèrent muets. Puis, la tente éclata de cris de joie et d'enthousiasme. Tout le monde se leva quand les trois orchestres firent retentir les premières mesures de « La Marseillaise » suivie de l'hymne national américain. La main de Ho se porta sur sa poitrine.

— Merci, Paris, dit Ho, merci, Paris !

Il fit quelques pas au son de la musique.

Cette dernière touche était son idée. Elle avait même

totalement pris Alex Rothman de court. Ça n'avait pas été facile à réaliser. À l'origine, Ho voulait des feux d'artifice — une énorme chandelle qui se serait consumée au sommet de la tour — mais les autorités de la ville s'y étaient opposées, car ils représentaient un danger pour les toits des édifices environnants. Même l'autorisation pour le rayon lumineux n'était pas parvenue avant dix-huit heures ce soir-là et il était certain que certaines pattes avaient été graissées pour l'obtenir.

La soirée parisienne avait fait la une du *Women's Wear Daily* à New York le lendemain, sous le titre :

LE GALA DE *MODE* ÉBLOUIT PARIS !

Six pages de photographies lui étaient consacrées à l'intérieur.

Le *Times,* comme d'habitude, s'était montré plus réservé :

LES PARISIENS HABITUELLEMENT BLASÉS, IMPRESSIONNÉS PAR UNE RÉCEPTION CONSACRÉE À LA MODE

La réception marqua un tournant dans la vente des encarts publicitaires. Au cours des mois qui suivirent, de nouveaux annonceurs remplirent les carnets de commandes.

Cependant, dans les coulisses de cette réception, un tout autre scénario s'était joué. Il semble que — peut-être à cause de préparatifs de dernière minute — l'interrupteur servant à contrôler les jeux de lumière de la tour ait apparemment été mal relié à la terre. Lorsque le jeune ingénieur, du nom de Jean-Claude Lautier, avait actionné la manette qui devait envoyer cinquante mille watts de lumière dans le ciel nocturne de Paris, il fut instantanément électrocuté. Son corps s'écrasa trois cents mètres plus bas dans une contre-allée.

Quand on apprit discrètement à Ho Rothman la nouvelle de l'accident, un conseil de famille fut immédiatement convoqué dans l'un des petits salons du palais. Alex en fut exclue. Il fallut d'ailleurs plusieurs mois avant qu'elle n'apprît la tragédie qui avait marqué cette nuit-là. Elle supposa qu'elle avait été exclue parce qu'elle n'était pas une « vraie » Rothman et qu'elle n'avait aucune responsabilité au sein de la revue. La vraie raison en était que Ho Rothman ne pouvait se résigner à admettre que le seul moment de la réception qu'elle n'avait pas personnellement organisé avait connu une issue tragique. Steven lui avait tout simplement dit qu'on devait discuter de questions qui ne regardaient que la famille et qu'il la retrouverait plus tard à l'hôtel. Aux dernières heures de cette nuit mémorable, dans une des salles du Palais de Chaillot, les Rothman s'invectivaient. Steven arpentait la pièce et tirait furieusement sur une cigarette :

— La seule chose à faire, c'est une déclaration pour exprimer notre sympathie à la famille Lautier et leur offrir une compensation...

— Quoi ? cria Ho. Et nous estimer responsables ? Quel idiot tu fais, Steven ! C'est uniquement la faute des Français.

— Mais le projecteur, c'était votre idée, Grand-papa. Vous avez insisté...

— Pourquoi ne pas s'en prendre à la ville de Paris ? suggéra Herb Rothman. C'est leur saleté d'électricité qui en est la cause. Ce sont eux qui ont fait l'installation. Fichu système électrique. Je ne peux même pas faire fonctionner mon rasoir électrique dans ma salle de bains.

Pegeen ajouta :

— Et au Ritz ! Mes rouleaux électriques ne fonctionnent pas non plus.

— Vos rasoirs ! Vos rouleaux ! rugit Ho. Espèces d'idiots. J'ai dépensé un million de dollars ce soir. Et voilà ce que j'obtiens en retour !

— Ho aurait pu recevoir la Légion d'honneur pour avoir organisé cette soirée, dit tante Lily. Un des hommes de l'Élysée me l'a dit.

— En effet, dit Ho. Le Légion d'honneur ! La plus importante décoration du monde. (Plus tard, il la reçut effectivement.)

— Et moi là-dedans? pleurnicha Pegeen. Ce devait être la réception du siècle. Ce devait être mon entrée dans le monde, non seulement dans la société new-yorkaise, mais également dans la société internationale.

— Oh, tais-toi, Pegeen, lui dit sa belle-sœur, la femme d'Arthur Rothman. Crois-tu que ce qui t'arrive intéresse qui que ce soit?

— Herbert, vas-tu la laisser me parler de cette façon?

— Ne parle pas ainsi à ma femme, Doris, dit Herb.

— J'ai été photographiée ce soir avec la baronne de Rotschild.

— On se fout de la baronne de Rothschild, Pegeeen, dit Doris Rothman.

— Je suis à un cheveu d'être invitée à faire partie du conseil d'administration du Metropolitan.

— Toi? dit tante Lily. Toi, au conseil du Metropolitan? J'aimerais bien voir cela.

— Herbert, as-tu l'intention de laisser ta mère me parler de cette façon?

— Ne parle pas ainsi à ma femme, dit-il. Pegeen et moi, nous avons une certaine réputation à soutenir.

— Je lui parlerai comme bon me semblera, dit tante Lily. Tu parles d'une réputation!

— Mesquine!

— Arriviste!

— Il ne faut surtout pas qu'il y ait la moindre publicité autour de cela, dit Herb Rothman. Aucune publicité, est-ce clair?

— Mais comment est-ce possible qu'il n'y ait aucune publi- cité, Papa? demanda Steven. Il y a mort d'homme.

— Mais je suis l'éditeur de *Mode*. S'il y a la moindre publicité, on me tiendra pour responsable. En fait, c'est de la faute d'Alex. Elle a tout organisé.

— Mais comme peux-tu dire cela, Papa? dit Steven. C'est Grand-papa qui a voulu le rayon de lumière. Il voulait faire une surprise à Alex!

— Nous pourrions dire qu'elle est jeune, inexpérimentée, peu éduquée. Une jeune fille venue de la campagne...

— Alex n'a rien à voir avec le rayon, Papa!

— C'est elle qui a voulu que la soirée ait lieu à Paris. Ho ne le voulait pas, n'est-ce pas, Papa?

— En effet! J'ai dit : Pas chez les Français! Les Français ont dit oui à Hitler...

— Vous voulez dire que vous avez dépensé un million de dollars pour une soirée que vous ne vouliez pas donner?

— En effet!

Steven secoua la tête, l'air désespéré.

— Voyons, Ho chéri, dit tante Lily, tu sais bien que cette soirée, c'était ton idée. Tu me l'as dit toi-même.

— En effet.

— Chaque idée importante dans la société est de toi.

— En effet.

— Et tu voulais que la soirée ait lieu à Paris.

— En effet. De Gaulle est un héros. Il a tenu tête à Hitler. Il a sauvé des millions de vies.

— Et c'est toi qui as voulu le rayon, dit Steven.

— En effet. Je l'ai obtenu. Ça m'a coûté un million de dollars ce soir. Ce qui est arrivé, c'est la faute des Français. Le Français qui a manipulé ce matériel électrique français aurait dû le savoir. Finalement, c'est un suicide.

— Pourrions-nous prétendre que ce fut un suicide? s'enquit tante Lily.

Herb Rothman dit à son tour :

— Dites, pourquoi a-t-on, en fait, donné cette soirée? Pour la publicité, non? Pour une bonne publicité, une publicité qui puisse attirer les annonceurs. Mais imaginez ce que la presse nous fera si elle met la main sur cette histoire. Ils disent déjà que le prix Helen J. Pritzl pour le *Monde des tout-p'tits* n'existe pas.

— Helen Pritzl était une femme très bien! Elle m'a enseigné la langue anglaise.

— Et si nous gardions la tête haute et que nous disions que

nous sommes navrés? dit Steven. Une terrible erreur a été commise. Par qui? On ne le sait pas. Nous la regrettons amèrement. Ne serait-ce pas de la bonne publicité?

— Bien sûr que non, idiot, dit son père. On dirait que tu n'es pas au courant de ce que les journalistes essaient de nous faire. Ils laissent déjà entendre que l'incendie de notre imprimerie d'Ingleside a été délibérément allumé pour que nous touchions l'assurance, bon sang!

Steven Rothman jeta un regard oblique à son père à qui il demanda :

— Ce n'est pas le cas?

— Tais-toi, espèce d'idiot! Tu devrais savoir ce que nos adversaires peuvent nous faire! Qu'en est-il des rumeurs de *Women's Wear* sur ton compte? Ils disent que tu n'es que le minable commis de ta fichue femme, voilà ce qu'ils disent. Si tu veux faire quelque chose pour cette famille, tu pourrais mettre ta femme enceinte et nous donner un héritier. C'est tout!

— En effet.

— Voyons, Ho chéri, ils essayent, dit doucement tante Lily.

— Qu'est-ce donc que je vous dis depuis le début? dit Ho Rothman. Payez-les. Payez-les tous, tous les Français. Payez-les et dites-leur de se taire. Aucune publicité.

— Merci, Papa, dit Herbert. Voilà ce que j'espérais vous entendre dire.

Ho Rothman haussa les épaules. Il était évident qu'il n'était pas content.

— Un autre million, qu'est-ce que c'est? dit-il.

Tante Lily qui ne perdait jamais son esprit comptable s'écria :

— Mais ne leur verse pas trop d'argent. Fais une offre la plus basse possible. Ne leur laisse pas croire que nous sommes de riches Américains.

— Est-ce que quelqu'un parle français ici? demanda Herb Rothman.

— Moi, dit Steven d'une voix triste.

Il s'alluma une autre cigarette.

— Moi aussi, dit Lenny Liebling.

Il n'avait absolument rien dit jusqu'ici. Il faisait comme d'habitude lors de rencontres de ce genre : il écoutait, il observait, il prenait mentalement des notes.

Herb, Steven et Lenny, telle fut, finalement, la délégation envoyée, cette nuit-là, pour négocier avec la famille de Jean-Claude Lautier : sa mère dont il était responsable, sa veuve et ses quatre jeunes enfants. Lenny et Steven menèrent les négociations, tandis que Herbert s'occupait du carnet de chèques. Dans leur détresse, les demandes des Lautier s'avérèrent modestes; en fait, ils semblaient s'être déjà ralliés à la thèse de l'accident. Ils paraissaient surpris que ces étranges Américains aient tenté de leur offrir de l'argent. Mais, l'essentiel était que, dans la renonciation qu'ils signèrent, se trouvât l'affirmation selon laquelle la mort de Jean-Claude n'avait aucun lien avec la soirée des Rothman et que, en fait, ce jour-là, Jean-Claude avait parlé de se suicider.

L'opération fut loin de coûter un autre million à Ho Rothman. Il ne déboursa que six mille dollars : mille dollars pour chacun des héritiers de Jean-Claude.

Seule dans leur suite au Ritz, Alex Rothman était couchée, sans pouvoir dormir. Elle attendait le bruit des pas de son mari dans l'antichambre. Elle n'avait pas la moindre idée de l'endroit où il pouvait se trouver, ni de ce qu'il pouvait faire. Elle était là, à Paris. D'après ce qu'elle avait entendu dire, sa soirée était un franc succès. L'idée du rayon de lumière était un trait de génie, le genre de génie qu'elle devait reconnaître chez Ho Rothman. Encore excitée par la soirée, elle n'arrivait pas à trouver le sommeil.

Elle était là, à Paris, la Ville lumière, la cité du plaisir et du péché, mais elle était sûre que, peu importe où il était, il n'était à la recherche ni du plaisir, ni du péché. Après quatre ans, elle s'était presque habituée au fait que leur mariage était, selon l'expression consacrée, un mariage blanc. Ils étaient des partenaires ; ils étaient des amis ; ils appréciaient leur présence mutuelle. Ils se faisaient souvent rire l'un l'autre. Ils se disaient qu'ils étaient faits l'un pour l'autre, qu'ils se rendaient heureux. Il lui avait dit que, grâce à elle, il trouvait sa vie et son travail beaucoup plus agréables qu'auparavant. Le cadeau de mariage de Ho Rothman avait été l'appartement du 10 Gracie Square, avec sa magnifique terrasse et son extraordinaire vue sur le fleuve. Alex avait passé presque deux années à le décorer et à agencer les plantes et le belvédère de la terrasse. Alex et Steven y recevaient souvent. On les invitait partout.

Selon toute apparence, ils formaient un couple idéal : brillants, beaux, jeunes, avides et très amoureux. Ils figuraient souvent dans la chronique de Mona Potter ces derniers temps et Mona, qui n'avait alors aucune raison d'être jalouse d'Alex, les avait baptisés « les ravissants Rothman ».

Ils semblaient un couple merveilleusement bien assorti.

Sauf pour...

Dans le calme de la chambre à coucher de l'hôtel, ses pensées s'assombrirent.

— Il y a des hommes qui sont tout simplement asexués, lui avait dit le docteur Richard Lenhardt. C'est rare, mais pas inhabituel. Ce n'est pas de l'impuissance. Le sexe ne les intéresse tout simplement pas.

— Mais comment est-ce possible ? Tout le monde me dit qu'il a beaucoup de sex-appeal. Les femmes lui tombent dans les bras. Elles...

— Oui. Jusqu'à ce qu'elles découvrent sa personnalité. C'est probablement dû à un traumatisme de l'enfance, étant donné le père et le grand-père très dominateurs dont vous m'avez parlé. C'est vraiment à vous, Alex, de décider ou non de poursuivre cette union sans amour.

— Oh, il y a de l'amour. Je l'aime vraiment beaucoup. D'une certaine manière, nous sommes fous l'un de l'autre. Nous n'épuisons jamais nos sujets de conversation. Nous passons de bons moments ensemble, mais...

— J'aurais dû dire sans sexe, dit-il. C'est ce qu'on appelle un mariage blanc. Il y a eu d'autres mariages blancs comme le vôtre qui ont réussi. Il y a des mariages sans sexe.

— Mais...

— Mais quoi ?

— Je déteste vraiment parler de tout cela.

— Mais vous devez en parler ! Il est important que vous manifestiez vos sentiments, Alex.

— Mais il y a du sexe. Parfois. Pas très souvent. Il ne semble pas en jouir beaucoup et il en résulte que je n'en jouis pas beaucoup non plus. Et je...

— Oui ?

— Et s'il y a du sexe, c'est moi qui dois toujours en prendre l'initiative.

— La personnalité asexuée, avait-il répété. Un cas typique. Vous devez donc bien peser vos choix. D'un côté, vous avez un mari très attentionné. Vous avez l'honneur et le plaisir de travailler pour une importante revue de mode, ce qui vous permet de rencontrer et de connaître des gens célèbres et importants. Vous avez un bel appartement en ville. Vous avez un superbe domaine à Tarrytown pour les week-ends. Vous avez plus d'argent que vous n'en avez jamais eu auparavant. Mais, d'un autre côté, vous avez aussi ce mariage blanc, sans sexe. Qu'est-ce qui est le plus important pour vous ? C'est ce que vous devez décider. Surtout quand vous projetez l'avenir de ce mariage.

— Mais les enfants ? La famille a clairement indiqué qu'elle s'attendait à ce qu'on lui donne un héritier, un fils de préférence, puisque Arthur, l'oncle de Steven, n'a que deux filles.

— Un héritier pour la dynastie des Rothman. Avez-vous songé à l'adoption ?

Elle avait frissonné.

— Je ne pense pas que la famille l'accepterait. Un enfant adopté ne serait pas un vrai Rothman.

— Avez-vous pensé à prendre un amant? Il est sûr que, étant donné les circonstances, votre mari ne pourrait pas s'y objecter.

— Je ne pourrais jamais faire cela. Ça le blesserait beaucoup trop. Je l'estime vraiment. Je l'aime beaucoup, voyez-vous, et je ne pourrais pas supporter de lui faire du mal.

— Est-ce que la dimension sexuelle de votre relation vous manque tellement?

— Oh, oui, avait-elle admis. J'imagine que c'est parce que — eh bien, il y a un homme dont j'ai été amoureuse il y a très longtemps — eh bien, ce fut tellement merveilleux à ce moment-là, tellement profond, passionné.

— Ce qui ne se produit pas dans ce mariage.

— Non. C'est sûr.

Il avait jeté un coup d'œil à sa montre pour lui indiquer que leur heure était presque écoulée.

— Je pense que vous désirez beaucoup poursuivre cette union, Alex.

Elle avait approuvé d'un signe de la tête.

Elle entendit la clé de Steven tourner dans la serrure. Le soleil commençait à filtrer à travers les rideaux tirés de sa chambre. La porte s'ouvrit et se referma derrière lui. Il marchait à pas feutrés sur l'épais tapis de l'antichambre. Était-ce son imagination ou sa démarche semblait-elle fatiguée? C'était son imagination. En retenant son souffle, elle se retourna de son côté du lit et pressa les gros oreillers de duvet contre sa joue. C'était le moment ou jamais.

Sa silhouette apparut dans l'encadrement de la porte. Il était encore en smoking. Il s'arrêta et alluma une cigarette. Ils avaient des chambres séparées, à l'européenne.

Elle s'assit dans le lit.

— Où étais-tu, mon chéri? lui demanda-t-elle. Je commençais à m'inquiéter.

— Un problème de famille, dit-il. Mais c'est réglé maintenant.

— Qu'est-ce qui ne va pas?

— Ce n'était rien. Je t'en parlerai plus tard.

Elle tapota les draps à côté d'elle, en disant :

— Viens, mon chéri, que nous parlions de la soirée. Je suis encore tellement excitée que je n'ai pas réussi à fermer l'œil.

Avec un petit soupir, il traversa la chambre et s'assit à côté d'elle. Elle se pencha pour défaire sa cravate noire.

— Reprenons tout du début jusqu'à la fin, mon chéri, dit-elle. Il y a du champagne frappé dans le boudoir.

— Non, merci, dit-il. Je suis vraiment fatigué.

— Qu'est-ce qui ne va pas? Tu ne crois pas que tout s'est déroulé à la perfection?

— Oui, à la perfection, dit-il d'une voix morne.

Votre mari est enclin à de profondes dépressions. C'est symptomatique d'une personnalité asexuée.

Mais il ne l'est pas ! Il y a un côté cynique à sa personnalité, mais je ne l'ai jamais vu déprimé.

Les dépressions sont symptomatiques d'une personnalité asexuée, Alex.

Je vous en prie, cessez d'utiliser ce mot. Il ne définit absolument pas Steven.

Alors peut-être est-il bisexuel.

À votre avis, docteur ?

— Je t'ai vu en train de danser avec la princesse de Polignac, dit-elle. Que t'a-t-elle dit?

— Elle a dit que c'était une magnifique soirée.

— Et je pense que ton toast à ton grand-père était parfait, chéri. Tout à fait. Tu lui as fait vraiment honneur.

— Je pensais qu'il aurait dû souligner ton rôle. Après tout, c'est toi qui as tout fait.

Elle rit.

— J'en ai l'habitude, dit-elle. Ça ne me dérange pas de lui laisser tout le crédit. Il paie toutes les factures!

Il ne dit rien.

— Tu étais très beau, ce soir, dit-elle.

— Merci.

— As-tu vu ma révérence au président Pompidou ?

— Oui. Tu l'as fort bien réussie.

— Je me suis beaucoup entraînée !

— Et le rayon de lumière comme centième bougie sur le gâteau ! Je ne pouvais en croire mes yeux. Comment Ho a-t-il pu penser à cela ? Et combien de pattes lui a-t-il fallu graisser pour organiser cela — je n'ose l'imaginer. La tour Eiffel ! Le symbole de Paris ! Il m'arrive parfois de penser que ton grand-père est un génie. C'était réellement spectaculaire !

— Oui. Spectaculaire. Mais je ne veux pas parler de la soirée, Alex.

Elle se tut pendant un moment, puis elle ajouta :

— Que t'arrive-t-il, chéri ? Ne penses-tu pas que c'était la soirée la plus parfaite qui ait été donnée, dans le monde ?

— Oui. Mais je suis terriblement fatigué, Alex.

Elle effleura sa main.

— Passe la nuit avec moi, chéri, dit-elle.

— La nuit ? Le jour est déjà levé.

— Passe la journée, alors. Nous le méritons tous les deux, ne crois-tu pas ? Après une telle nuit. Déshabille-toi et installe-toi à côté de moi.

Il s'étendit sur le lit, encore tout habillé. La pointe incandescente de sa cigarette brillait dans la chambre obscure. Elle vit qu'il avait fermé les yeux.

— Où est le problème, Steven ? dit-elle. Qu'est-ce qui ne va pas ?

— Rien. Je t'ai dit que ce n'était rien, Alex. Rien de sérieux. Tout est arrangé maintenant.

— Je parle de nous deux, Steven. Qu'est-ce qui ne va pas entre nous deux ? lui demanda-t-elle.

Quatrième partie

TARRYTOWN, 1973

31

— La prison a-t-elle été si éprouvante?

Lenny venait de poser cette question au jeune homme allongé nu sur le lit, alors que les derniers rayons de soleil filtraient à travers les rideaux de sa chambre.

— Oh, ce n'était pas si affreux, après tout, dit-il. Dis, c'est un beau petit coin que tu as là. C'est un peu comme un musée, avec tous ces objets.

— Mon ami et moi, nous aimons collectionner les bibelots. Nous voyageons pas mal.

— Tu as un ami régulier?

— Oh, oui.

— Il habite ici avec toi?

— Oui.

Le jeune homme se souleva sur un coude.

— Il pourrait arriver d'une minute à l'autre? Il vaut mieux que je parte au plus vite.

— Mais non. Il est parti pour le week-end rendre visite à l'une de ses tantes, une tante de qui il espère beaucoup d'argent. C'est une visite importante. Non, nous avons tout l'après-midi devant nous.

Lenny se leva et revêtit sa robe d'intérieur en soie. Jetant un coup d'œil à son visiteur, il ajouta :

— Ou tout le week-end, si tu préfères.

Le jeune homme réfléchit.

— Il se peut bien que je te prenne au mot, dit-il. Je ne sais où aller et je suis complètement fauché.

— Tu es le bienvenu, dit Lenny avec un petit clin d'œil.

Il avait rencontré ce jeune homme dans un bar de la Huitième Avenue et l'avait invité à le suivre chez lui. Maintenant, il se sentait de plus en plus attiré.

— C'est tout à fait ridicule, mais j'ai oublié ton nom, dit Lenny.

— Johnny, dit le jeune homme. Johnny Smith.

Lenny sourit.

— Bien sûr, tu n'as pas à me dire ton vrai nom, dit-il. Johnny Smith fait l'affaire.

— Mais moi, je sais fort bien qui tu es, dit le jeune homme. Tu es Lenny Liebling.

— Comment le sais-tu? lui demanda-t-il.

— Hé, tu es connu. J'ai vu ta photo dans le journal il n'y a pas très longtemps, dans la chronique de Mona Potter. C'est ainsi que je t'ai reconnu dans le bar et que j'ai décidé d'y entrer pour te parler. Et maintenant, hé, je viens de faire l'amour avec une vraie célébrité!

Lenny baissa modestement les paupières.

— Une très petite célébrité, je t'assure, dit-il.

— Tu travailles pour *Mode*.

— C'est exact.

— La revue qui est dirigée par Alexandra...

— Alexandra Rothman, oui. Alex et son mari, Steven.

Le jeune homme siffla.

— Ma première vedette, dit-il.

— C'est vraiment extraordinaire, dit Lenny.

— Qu'est-ce qui est extraordinaire?

— Que quelqu'un comme toi lise la chronique de Mona Potter.

— Hé, qu'est-ce que tu veux dire par là? dit le jeune homme. Quelqu'un comme moi.

D'une voix apaisante, Lenny reprit :

— Ce que je voulais dire, c'est que je n'avais pas réalisé que la chronique de Mona intéressait un si vaste public.

— Hé, je sais lire, dit le jeune homme.

Lenny commençait à réaliser qu'il était de plus en plus fou de ce jeune homme.

— Et qu'est-ce que tu fais, Johnny Smith? lui demanda Lenny.

— Qu'est-ce que je fais? Il y a des tas de choses que je sais faire, dit-il. En fait, il n'y a pas grand-chose que je ne sache pas faire. Le problème, c'est de me trouver un emploi. Mais les week-ends ne sont guère favorables pour ce genre d'activité.

— Oui, je suppose que les week-ends sont même un mauvais moment, dit prudemment Lenny.

— Ces Rothman, dit le jeune homme, j'imagine qu'ils sont pas mal riches.

— Oh, oui, dit Lenny.

— Et cette Alexandra, tu la connais?

— Certainement, c'est une bonne amie.

— Alexandra, dit-il. Ce n'est pas un prénom très courant. J'ai connu une fille qui s'appelait Alexandra.

— Oui? fit Lenny. En tout cas, tu sembles très intéressé par les Rothman.

— H. O. Rothman est propriétaire du journal de cette petite ville de l'Ouest d'où je viens.

— C'est fort possible. Il possède un grand nombre de journaux.

— Il faut dire que personne en ville ne l'a jamais vu.

Lenny s'assit dans un fauteuil en face du lit où s'étirait le jeune homme. Juste à ce moment-là, un rayon de soleil frappa directement son visage et l'éclaira comme un projecteur. Quand Lenny se rappelait ce rayon de lumière, comme cela lui arrivait souvent, il pensait que c'était ce qui avait marqué le début de ce qui allait devenir une inspiration et, plus tard, une obsession.

— Tu sais, tu es très beau, dit-il, sauf...

— Ouais ? Excepté quoi ?

— Eh bien, je pense que tu serais encore plus beau si tu avais les cheveux plus foncés. Avec une chevelure noire, tu ressemblerais à Valentino.

Lenny fait un mouvement du doigt, comme s'il dessinait un portrait sur une toile.

— Et je ferais enlever cette petite excroissance de mon nez. Je me ferais, bien sûr, redresser les dents.

— Ouais, je ne me peux pas me payer tout cela.

— Non, mais moi, je le peux, dit Lenny.

Le jeune homme s'assit tout droit dans le lit.

— Tu veux dire que tu ferais cela pour moi, un type que tu viens à peine de rencontrer ?

— Je pensais seulement à haute voix, dit Lenny. Pygmalion et Galatée.

— Qui ?

— Ne t'occupe pas. As-tu déjà pensé à faire carrière dans le théâtre ? Je pourrais peut-être t'aider. Mon ami Charlie et moi-même, nous avons des tas d'amis dans le métier.

— Tu veux dire que tu penses que je pourrais devenir un acteur ? siffla le jeune homme. Eh bien, j'imagine que je connais quelques petites choses du monde du spectacle.

— Tu le pourrais, dit Lenny. Tu as une bonne voix. Il faudrait la travailler, bien sûr. Il faudrait subir les petits changements cosmétiques que je viens de mentionner. Il faudrait que tu prennes des leçons de diction, que tu travailles avec un directeur dramatique, que tu prennes peut-être des leçons de danse, des leçons de chant, peut-être même des leçons d'escrime, quelque chose comme ça.

— Ouais, mais je ne peux pas me le permettre.

— Peut-être pas, mais moi, je te dis que je le peux.

— Tu ferais tout cela pour moi ?

— Je pourrais, dit Lenny avec un autre clin d'œil, si tu me promets d'être un bon élève.

— Hé, tu dois être riche toi aussi.

— Disons simplement que je suis à l'aise, dit Lenny. Mais

que penses-tu de mon idée?

— Hé, j'essaierais bien n'importe quoi — en ce moment je suis tout simplement désespéré. Si tu veux vraiment essayer. Mais ton ami? Que va-t-il penser? Tu sais — à notre sujet?

— Charlie est très tolérant, très compréhensif. Et, le connaissant comme je le connais, je pense que le défi l'amusera, dit Lenny.

Et ce fut ainsi que débuta la carrière de celui qui allait devenir Adam Amado.

— Hé, tu es vraiment gentil, dit le jeune homme. Je veux dire que tu es le seul homme âgé que j'ai côtoyé qui ait fini par se montrer gentil.

Lenny sourit. Puis il se leva et s'assit sur les genoux du jeune homme.

— Tu es un vrai diamant brut, dit-il.

Quel fou j'étais il y a vingt ans, pensa Lenny. Et maintenant, loin d'être fou, il entrait dans le bureau de Herbert Rothman, suite 3000, au 530 Fifth Avenue.

— Je vois que tu as pris l'ancien bureau de Ho, dit-il. Très intelligent. Encore une fois tu as été plus rapide que ton frère, Arthur. Félicitations, Herbert.

Herb ignora cette remarque.

— Assieds-toi, Lenny, dit-il.

— Ta carte n'est pas à jour, dit Lenny en examinant le mur. Je ne vois pas d'étoile dorée sur Boise.

Herb Rothman agita sa main.

— Je fais redécorer tout ce bureau, dit-il. La carte tombe en ruine.

— C'est dommage, dit Lenny. Je l'ai toujours trouvée si merveilleusement intimidante. Tellement symbolique du pouvoir des Rothman.

Herb changea de sujet.

— Je n'ai pas pu te joindre de la semaine, dit-il. Puis-je te demander ce que tu faisais à nos imprimeries de Paramus?

— Certainement. Alex pense à une série d'articles sur la

préparation de la revue. C'est moi qui fais les recherches pour elle.

— Idée stupide. Typique d'Alex. Qui s'intéresse à un tel sujet ?

Lenny joignit ses doigts comme pour en faire une flèche.

— Alex est ma directrice en chef, dit-il.

— Oui. Pour le moment. Mais occupons-nous de nos affaires, Lenny. Te rappelles-tu cet incident à Tarrytown en septembre dix-neuf cent soixante-treize ?

— Bien sûr. Il s'agit d'une question tragique. Et qu'il vaut mieux oublier.

— J'ai en ma possession la photocopie d'une certaine lettre. Elle apporte un indice sur ce qui semble s'être produit cet après-midi-là. Malheureusement, elle n'en offre que la moitié. L'autre moitié manque. Vois-tu, la lettre que j'ai est une réponse à une invitation à « Rothmere ». Ce que je cherche, c'est l'invitation elle-même.

— Vraiment, Herbert, je ne sais pas de quoi tu parles. Quelle invitation ? De quoi diable veux-tu parler ?

— Que le présumé intrus et agresseur y a en fait été invité. Par Alex. Et j'ai de bonnes raisons de croire que tu es en possession de cette invitation, Lenny.

Lenny écarquilla les yeux.

— Pourquoi ? dit-il. Pourquoi moi ?

— C'est ce qui nous a semblé le plus probable, si on tient compte de tes relations avec le défunt.

— Je ne sais vraiment pas de quoi tu parles, Herbert.

— Si tu avais cette lettre, Lenny, j'y mettrais le prix.

Les yeux de Lenny se rétrécirent.

— Vraiment ? Combien ?

Herbert hésita.

— Voyons, combien demanderais-tu pour ça ?

— Cinq millions de dollars. Attention, je ne dis pas que j'ai une telle lettre. Puisque je présume que cette conversation est enregistrée, j'aimerais que l'on souligne ceci. Je dis simplement que si j'avais une telle lettre, qui atteindrait probablement

Alex et détruirait à tout jamais sa carrière et sa vie, je demanderais cinq millions de dollars en échange. C'est tout.

Le visage de Herb s'enflamma.

— Beaucoup trop, dit-il. C'est hors de question. La société ne peut se permettre de payer une telle somme. Les problèmes avec le fisc nous coûtent...

— Les problèmes qu'a l'entreprise avec le fisc ne me concernent pas, dit Lenny. Et je ne suggérais pas que les fonds de la compagnie soient utilisés dans ce cas. J'estime que, si tu veux à ce point une telle lettre, tu devrais être prêt à puiser dans tes propres poches. Si, bien sûr, elle existe.

— Deux millions et demi, dit Herb. Mais seulement après avoir pu examiner la lettre et m'assurer de son authenticité.

Lenny se leva.

— Cinq millions semblent dérisoires pour la vie d'une femme, dit-il. Ça semble mesquin de la part d'un homme aussi riche que toi. Mais je vais te dire quelque chose, Herbert. Je n'ai jamais aimé faire affaire avec toi. Surtout en ce moment. En fait, de ta part, je n'ai jamais rien pu supporter, pas plus, je dois le dire, que toi en ce qui me concerne. Nous avons réussi à nous supporter l'un l'autre — à peine — toutes ces années. Nous nous comprenons. En fait, je te déteste, Herbert, et je n'ai aucunement l'intention de te faire de fleurs, ni à toi, ni à ton amie, Fiona. Steven, lui, était d'une autre trempe. J'ai adoré Steven — le fils que vous avez fait mourir.

Herbert bondit.

— Espèce de salaud !

— Bon après-midi, Herbert, dit-il. On reste en contact.

Une fois Lenny parti, Herbert Rothman prit le téléphone.

— Ma chérie ? Je le tiens. Tu avais raison — je suis sûr qu'il a la lettre.

— Combien veut-il ?

— Beaucoup trop. Mais je vais l'amener à baisser son prix.

— Oh, donne-lui ce qu'il demande, Herbert, et qu'on en finisse.

— Mon amour, on n'accepte jamais la première exigence. Tu lui en offres la moitié et tu transiges quelque part entre les deux. Mais laisse-moi poursuivre les négociations. Lenny a faim et je sais comment le manipuler. Puis-je te voir ce soir, ma chérie ?

Elle hésita.

— Peut-être. Mais je t'avertis ; mes nerfs sont à bout.

— Pas les miens, dit-il.

Il parla plus bas.

— En fait, tu sais, j'ai envie de toi.

Elle ricana.

— Vers dix-neuf heures, dit-elle.

De temps à autre, des années durant, Lenny Liebling et Charlie Boxer passaient à leur coffre du Manufacturers Hanover Trust pour jeter un coup d'œil sur leur lettre. Ils faisaient glisser le coffret de sûreté numéro 369 hors de son espace. Ils le portaient dans l'une des petites pièces aveugles où se trouvaient une table et des chaises. Puis ils l'ouvraient pour en vérifier le contenu : leur testament respectif (chacun cédait ses biens à l'autre), quelques bons d'épargne, La lettre, de même qu'un document en provenance du palais de justice de Jackson County, Missouri.

Ce jour-là, dans la pièce aveugle de la salle des coffres, Lenny prit l'enveloppe bleu pâle et la tendit à Charlie.

— Va-t-il t'en donner le prix que tu lui as réclamé ?

— J'en suis à peu près sûr. Il risque une poursuite très onéreuse s'il ne le fait pas. Il semble qu'il ait la lettre écrite en réponse à celle-ci, ce qui lui rend notre lettre beaucoup plus précieuse, n'est-ce pas ? Oui, tellement plus précieuse.

— Ce sont les deux pièces d'un casse-tête, dit Charlie.

— Disons plutôt les deux clés qu'il faut pour ouvrir un coffre.

Il sourit.

Charles tenait l'enveloppe bleu pâle par un coin, avec précaution, entre ses doigts. Il s'assurait que la feuille de papier bleu pâle était encore à l'intérieur, avec le reçu du coffre. Il n'était pas nécessaire de la sortir pour la lire. Lenny et Charlie en savaient tous deux les phrases par cœur. De plus, le papier sur lequel elles étaient écrites était très fragile, surtout si on le dépliait et si on le repliait trop souvent.

— Le cachet de la poste, tout y est, dit Charlie. Est-ce que ses empreintes y sont encore d'après toi ?

— Peut-être, dit Lenny. Après dix-sept ans, je ne sais pas. Mais peut-être. Je pense que tu ne devrais pas quitter l'appartement au cours des prochains jours, au moins le temps des négociations.

— Ah ? Pourquoi pas ?

— Maintenant que Herbert a deviné que nous avons cette lettre, il pourrait lui venir à l'idée d'engager quelqu'un pour nous faire le coup du Watergate.

— Mon Dieu ! Tu as raison !

— Herbert va jouer serré à partir de maintenant. De plus, l'Anglaise le harcèle. C'est ce que disent mes espions.

Soigneusement, Charlie replaça l'enveloppe bleue dans le coffret et en referma le couvercle.

C'est lui qui avait eu l'idée de conserver la lettre dans le coffre de la banque. Il était trop dangereux de la cacher, disons dans un tiroir de bureau à l'appartement de Gainsborough. On pouvait les dévaliser. À New York ces temps-ci, même les mieux gardés l'étaient souvent.

La salle des coffres de la Manufacturers Hanover Trust était la plus récente et la plus sûre de la ville. Ce fut également l'idée de Charlie de conserver la clé de ce coffret dans un autre coffret, dans une banque différente — la Chase Manhattan, sise non loin de là. Charlie savait que si on avait une clé et si on connaissait la banque et le numéro du coffre de quelqu'un, il était ridiculement facile d'avoir accès à ce coffre. Les commis se donnaient rarement la peine de vérifier les signatures sur les petits formulaires. Il était souvent allé au coffre de sa chère tante Jeanne et personne n'avait jamais réagi quand il signait d'un nom de femme.

Ce fut aussi l'idée de Charlie de louer les deux coffrets uniquement sous son nom. Après tout, bien que Lenny ne révélât jamais son âge, il lui fallait admettre qu'il avait quelques années de plus que lui et qu'il allait probablement être le premier à partir. Tous deux avaient accepté de ne jamais faire photocopier la lettre. Ce serait trop dangereux si une copie tombait un jour ou l'autre entre les mains de qui que ce soit. La possession exclusive de l'original constituait leur unique capital, car ni Lenny ni Charlie n'avaient souscrit la moindre assurance-vie. Lenny avait toujours dit que cette lettre aurait un jour de la valeur, même s'il ne savait pas quand. Maintenant ce jour ne semblait plus très loin.

Il y avait également le document du palais de justice de Jackson county. Dans son cas, la situation était nettement différente, puisqu'il en existait d'autres copies. Tous les intéressés pouvaient facilement se rendre au Bureau des statistiques de Kansas City et en obtenir un exemplaire. Mais, sans la lettre, ce document n'avait pas la moindre importance. Sans la lettre, le lien entre les deux papiers ne pouvait guère être fait. La lettre était essentielle et valait beaucoup plus, tellement plus, que son propre poids en or.

— Je me demandais, dit Charlie, si Herbert Rothman est prêt à payer autant pour l'avoir, combien Alex en donnerait?

— Tu parles de mettre cette lettre aux enchères? De la céder au plus offrant?

— Quelque chose comme ça.

Lenny ébouriffa ce qui restait de la chevelure clairsemée de son ami.

— Ne sois pas trop avide, mon chéri. Je ne crois pas qu'Alex ait autant d'argent.

— Aha! dit Lenny, en mettant la main dans son porte-documents. J'ai quelque chose pour toi. Tout frais sorti des presses.

Il l'ouvrit et en tira une feuille parcheminée.

— Les premiers titres des Communications Rothman. Je les

ai fait faire à ton nom — un millier de titres.

Il la lui tendit. Elle l'examina soigneusement.

— Note la date, dit-il. Dix-neuf cent vingt-deux. Tu peux dire que ce fut le cadeau de mariage de Ho. N'est-ce pas gentil de sa part? J'aime particulièrement l'effigie de Mercure en haut — Mercure aux pieds ailés. Il était le messager des dieux. Mercure — les communications. Tu vois? J'aime aussi le dessin le long de la bordure. C'est imprimé sur quelque chose qu'on appelle du papier vieilli — du papier neuf qui ressemble à du vieux. Si tu es d'accord, j'en ferai imprimer d'autres. De différentes dénominations, au nom de différentes personnes, à des dates différentes, comme nous étions convenus.

— Et les gens à l'imprimerie? Est-ce que quelqu'un est au courant de ce que nous faisons?

Il sourit.

— Heureusement, j'ai trouvé un pressier qui n'est pas très malin.

Il se frappa la tête.

— C'est mon seul complice.

— Je n'aime pas le mot complice, Lenny.

— Alors, mon assistant.

Elle approuva.

— Laisse-moi les étudier plus attentivement, dit-elle. Je t'appellerai demain matin.

Quand Lenny fut parti, tante Lily se rendit rapidement jusqu'à la chambre de son mari.

— Pourquoi ne descendez-vous pas prendre un café, madame Zabriskie? suggéra-t-elle. Je vais rester quelque temps avec M. Rothman.

Mme Zabriskie ramassa son tricot et se leva.

Quand elle fut partie, Ho Rothman ouvrit les yeux et se hissa lui-même sur les coudes.

— Fichu bassin, dit-il. Qui a inventé ces fichus bassins?

Il poussa l'objet hors de sa vue.

— O.K. Qu'est-ce que tu tiens?

Il désignait le morceau de parchemin.

— Trois millions, dit la voix de Herb Rothman au téléphone.
— Trois millions de quoi ? dit Lenny.
— Trois millions de dollars. Pour la lettre, espèce d'idiot. C'est ma dernière offre.
— Mon cher ami, je n'ai aucune idée de ce dont vous voulez parler, dit Lenny.
Il raccrocha.

Au même moment, Alex recevait un appel de Rodney McCulloch.
— Je pense que nous avons à parler, dit-il. On pourrait déjeuner ensemble.
Elle hésita.
— Notre dernière rencontre nous a valu un mot de Mona Potter dans sa chronique. Si vous pensez qu'une nouvelle réunion est nécessaire, il vaudrait peut-être mieux que vous veniez chez moi. Mais je dois vous avertir. Je n'ai pas encore pris de décision concernant votre offre, Rodney.
— Écoute, tu mènes un combat inégal, dit-il. Tout le monde dans cette fichue ville sait que c'est perdu d'avance. Pourquoi insister ? Pourquoi ne pas serrer la main de Rothman et sortir de l'arène ? Pourquoi attendre qu'il y ait du sang ?

32

— J'essaie habituellement de lire le courrier de mes admiratrices, dit Mel Jorgenson, mais au rythme où sont allées les choses cette semaine, je n'y suis pas parvenu. Heureusement, l'une de mes secrétaires a pensé que cette lettre pouvait avoir une certaine importance pour moi. Je veux que tu la lises.

Ils étaient dans la bibliothèque d'Alex. Il glissa la main dans sa poche et en sortit une lettre qu'il lui tendit. Elle lut :

Cher monsieur,

Mon nom ne vous dira rien, mais le vôtre signifie beaucoup pour moi. Et, puisque vous m'avez rendu un service particulièrement aimable, je vous écris non seulement pour vous en remercier, mais aussi, j'espère, pour vous rendre à mon tour un service signalé.

Je ne sais pas si vous vous en souvenez, mais au cours d'un récent week-end, ma fille, ma petite-fille et moi-même, étions coincées sur l'autoroute de Long Island, un pneu à plat. Soudain une dépanneuse survint à notre secours. Le mécanicien changea la roue en moins de rien. Quand j'ai offert de payer ce gentleman, il m'a répondu que tout était réglé. Il m'a expliqué qu'au moment où vous nous aviez dépassé sur l'autoroute, vous l'avez appelé, lui avez exposé notre problème et l'avez enjoint de vous envoyer la facture. Votre geste fut extraordinaire. Deux femmes alors démunies, ma fille et moi-même — sans compter ma petite-fille qui réclamait son biberon — vous serons toujours extrêmement reconnaissantes de votre gentillesse. Je suis anglaise, en visite aux États-Unis. Partout où je suis allée, j'ai été impressionnée par l'extraordinaire gentillesse et par la courtoisie des Américains. Mais vous, monsieur, vous êtes ce qu'on appelle un bon Samaritain.

Ce qui m'amène au second objet de cette lettre. Comme je vous l'ai dit, je suis anglaise. Je rendais visite à ma fille et à son mari, qui vivent à New York et j'étais venue connaître ma nouvelle petite-fille. En lisant récemment des journaux américains, je suis tombée sur le nom et la photographie d'une jeune femme qui prétend se nommer Lady Fiona Hesketh-Fenton. Je me demandais si vous saviez réellement qui elle était. Pour commencer, son prénom est en effet Fiona, mais je ne suis pas sûre que son nom soit Fenton. Comme mon nom de jeune fille est Fenton, la seule chose que je puisse dire sans équivoque, c'est qu'elle ne fait pas partie de notre branche des Fenton, qui est plutôt restreinte. En Angleterre, je crois qu'elle portait un autre prénom, quoique je ne puisse me rappeler lequel, mais je suis bien certaine qu'elle ne porte pas le titre de « Lady ». Mais ce dont je suis tout à fait sûre, c'est qu'elle n'est pas la fille du comte de Hesketh. Le comte de Hesketh est, en fait, un de mes lointains cousins (les familles Hesketh et Fenton se sont alliées à la fin du dix-septième siècle). De plus, il est mon voisin, puisqu'il vit près de Reigate dans le Surrey, où je possède un petit cottage. Je ne l'ai cependant jamais rencontré. Le vicomte est l'un de ces fameux « Anglais excentriques ». C'est une sorte de reclus et de misanthrope.

Mais j'ai consulté l'arbre généalogique des Hesketh et celui des Fenton. Comme je me le figurais, le vicomte de Hesketh n'a pas de fille. Il avait, par contre, un fils qui a été tué lors de la guerre des Falklands. De plus, s'il avait eu une fille, elle aurait dû normalement porter le titre de marquise, ce qui n'est pas le cas.

Par ailleurs, il est vrai que jusqu'à il y a peu, cette jeune femme travaillait dans une boutique de vêtements à Knightsbridge, quoique n'en étant pas la propriétaire, comme je l'ai lu dans vos journaux. Il semble fort peu probable, considérant sa position, qu'elle ait jamais conçu ni choisi des robes pour la princesse de Galles, ni pour la duchesse de York. Ce n'est là que pure invention.

Je dois également vous dire qu'au moment où cette jeune femme a quitté l'Angleterre, c'était dans des circonstances plus que nébuleuses. En fait, je crois que, si elle devait y revenir, elle aurait à faire face à des poursuites criminelles, pour détournements de fonds dans cette boutique de vêtements. J'avoue ne pas avoir tous les détails de cette affaire, mais on prétend qu'elle a prélevé dans la caisse des sommes considérables. La propriétaire de la boutique est une certaine Mme Alcok, si cette précision peut vous servir.

Je n'aurais pas été plus loin, cher monsieur, si je n'avais également ment lu dans les journaux américains que cette jeune femme avait été récemment engagée comme coéditrice de la revue américaine *Mode,* dont l'autre coéditrice, Alexandra Rothman, est souvent citée comme étant de vos amies. On souligne même parfois qu'il s'agit de votre fiancée. J'ai cru de mon devoir de vous avertir, vous et Mlle Rothman, que la femme qui se fait appeler aux États-Unis Lady Fiona Hesketh-Fenton n'est pas ce qu'elle prétend.

J'espère que Mlle Rothman et vous, vous accepterez cette lettre dans le même esprit que je l'ai conçue, celui de vous aider, comme vous l'avez si généreusement fait, au moment où ma fille et moi étions dans le besoin. Je ne saurais encore vous en remercier suffisamment.

Elizabeth Fenton Hardinge

Alex déposa la lettre et dit :

— Elle est un peu vague et certains détails restent flous, mais je vais l'envoyer dès demain matin à Mark Rinsky. Peut-être pourra-t-il en dégager quelques indices supplémentaires.

— Je commence à penser que cette fille est une fautrice de troubles.

— Oh ! dit Alex. C'est ce que je pense depuis longtemps.

— Elle m'a dit qu'elle avait une sœur qui habitait en Australie. Elle m'a affirmé que sa sœur et elle avaient été abusées par leur père quand elles étaient petites. Elle m'a parlé d'un mari qui aurait été tué dans la guerre des Falklands, d'une fille retardée qui vit en Suisse. Désormais, je ne crois plus rien de tout cela.

— Je n'avais pas réalisé que tu la connaissais si bien, Mel !

— J'imagine que j'ai éprouvé de la sympathie à son endroit quand je l'ai ramenée chez elle. Mais je vais t'en dire plus.

— Oui ?

— Je ne voulais pas te l'avouer, mais j'ai changé d'idée. Elle a tenté de me draguer.

— Non ! Ce soir-là ?

— Environ deux jours plus tard. Elle m'a invité à prendre un verre chez elle au Westbury. Elle voulait que j'essaie de te persuader de renvoyer tes avocats. Elle m'a dit qu'elle voulait que je l'aide à faire la paix avec toi. Puis elle a tenté de me séduire. Littéralement.

— Qu'as-tu fait ?

— Je me suis levé et je suis parti, bien sûr. J'ai alors senti qu'elle mentait sur toute la ligne.

— Oh, Mel ! dit-elle. C'en est trop ! Prépare-moi un verre, mon chéri.

Elle sauta sur ses pieds et se retrouva devant son portrait peint par René Bouché.

Mel, debout près de la desserte sur laquelle se trouvait l'alcool, reprit :

— Il y a autre chose, Alex. Je sais ce que tu supportes en ce moment. Mais, peu importe la tournure des choses, je ne veux pas que tu t'inquiètes pour ton avenir. Je ne veux pas que tu t'inquiètes de savoir où se trouve le fonds de Steven, ni que tu te demandes si tu vas perdre ton emploi. Pas même si l'appartement te sera repris, parce que je suis là ! Dès que ce gâchis sera réglé, je vais t'épouser et ton avenir sera notre avenir. Ensemble. C'est tout.

— Mais tu ne crois pas que je vais tout lâcher, Mel ? Pas maintenant, quand je commence soudain, depuis que tout cela a débuté, à m'en amuser pour la première fois ?

Il fallut une seconde ou deux avant qu'Alex réalise qu'il venait juste de lui demander de l'épouser, à sa façon, et qu'il en avait choisi la date.

Elle courut vers lui et le prit dans ses bras, tandis qu'il versait du whisky dans leurs verres.

— Oh, Mel, c'est merveilleux ce que tu viens de dire.

— Voyons ce qu'on peut faire de cette ordure, dit-il d'un ton bourru.

— Alors, c'est elle, Alexandra Rothman, dit Adam Amado.

C'était 1971. Adam vivait avec Lenny et Charlie depuis bientôt deux ans. Lenny venait de rentrer de Paris. Ils étaient en train de revoir les coupures de presse relatives au gala du centième anniversaire de *Mode*.

— Oui, c'est elle, dit Lenny. Adorable, n'est-ce pas?

— Le mari aussi paraît très bien.

— Oui, mais il n'est malheureusement pas disponible, hélas! soupira Lenny.

— Il est assez grand. Regarde-le à côté de son père.

— En fait, c'est son grand-père, dit Lenny. C'est le grand Ho Rothman en personne. Mais le père de Steven est également petit. Voici une photo de Ho et de Herbert Rothman côte à côte.

Il désigna une coupure de journal.

— Ils ont l'air très petits, comparés au fils.

— Oui, c'est bizarre, n'est-ce pas? Mais j'ai remarqué que les enfants de la seconde génération d'une famille de nouveaux riches grandissent soudainement. C'est, je crois, le résultat d'une meilleure alimentation.

Adam se retourna vers la photographie d'Alex faisant la révérence devant le président Georges Pompidou.

— Quel était son nom de jeune fille?

— Lane. Alexandra Lane.

— D'une petite ville du Midwest?

— D'une petite ville appelée Paradis, dans le Missouri. Tu imagines?

— Elle a fait du chemin, n'est-ce pas? Elle a rencontré le roi de France.

— Le président, corrigea Lenny.

— Ouais, dit Adam. C'est la fille que je connaissais. Elle porte les cheveux un peu plus courts maintenant. Mais elle est encore plus jolie qu'auparavant.

Lenny leva les yeux, étonné.

— Tu connaissais Alex Rothman?

Il fit un signe d'approbation.

— À Paradis.

— Si tu es un vieil ami, pourquoi ne lui fais-tu pas signe?

— Le terme d'ami n'est pas tout à fait bien choisi, dit Adam.

— Ce serait très facile. Steven et elle passent leurs week-ends à Tarrytown, mais je peux les inviter à boire un verre un soir de semaine. Toi et elle, vous pourriez ainsi vous revoir et parler de Paradis.

Adam rit.

— Non, je ne crois pas qu'elle serait très heureuse de me revoir maintenant. Ce serait réveiller trop de malheureux souvenirs.

— Ah? dit Lenny.

Il parut soudainement très intéressé.

— Quelle sorte de mauvais souvenirs?

— Je ne tiens pas à en parler, dit Adam. De plus, elle ne me reconnaîtrait plus maintenant, avec mes nouveaux cheveux noirs, mon nouveau nez, mes nouvelles dents et ma nouvelle voix. Lenny, ce n'est pas une bonne idée.

Il y eut une étincelle dans l'œil de Lenny.

— Quand tu es arrivé le premier jour, tu as dit t'appeler Johnny Smith, dit-il. J'ai entendu Alex parler d'un garçon de Paradis dont le nom était Dale Smith. J'ai compris que Dale Smith était la brute du pays. Alex le détestait. Était-ce toi, Adam?

Il lui fit un clin d'œil.

— C'était toi, Adam? Je parie que oui.

— Non, je ne connais aucun Dale Smith.

— As-tu connu Alex avant ou après ton séjour en prison? lui demanda Charlie Boxer quelques jours plus tard.

— Avant.

— Tu sais, Adam, tu ne nous as jamais dit pour quelle raison tu étais allé en prison. Serait-il indiscret de te le demander?

— Ils ont tenté de m'accuser de meurtre au deuxième degré, mais ils n'y sont pas parvenus. Ils se sont repliés sur « homicide involontaire ».

— Tu veux dire que tu as tué un homme? dit Charlie. C'est très excitant! Comment est-ce arrivé?

Adam sourit d'un air penaud.

— Rixe de bar, dit-il. Un gars m'a dit quelque chose que

je n'ai pas aimé. Je l'ai frappé. Il s'est heurté la tête contre le bord du bar. Je ne voulais pas le tuer, mais ce que le gars m'a dit m'avait vraiment rendu furieux.

— Que t'avait-il dit?

— Il m'a dit que j'aimais passer d'un sexe à l'autre, que j'aimais faire l'amour avec les gars comme avec les filles. Ça m'a vraiment rendu furieux.

— Oh, mon Dieu! En effet, je vois pourquoi.

— De toute façon, c'était il y a longtemps. Je suis quelqu'un d'autre maintenant, grâce à vous deux.

Lenny traversa la pièce, une copie du *Monde de la scène* en main. Il dit:

— Demain, il y a une audition pour le deuxième rôle masculin dans une nouvelle production musicale sur Broadway, Adam. Je pense que tu devrais t'y présenter.

— Seulement le deuxième rôle? Pas le premier?

— Le deuxième rôle est très important.

— Je n'ai pas très envie de jouer une comédie musicale, dit Adam.

— Vraiment, Adam, dit Lenny.

Il y avait plus qu'une pointe de regret dans sa voix.

— Je pense que tu devrais te donner un peu plus de mal à te chercher un emploi. Les rôles ne viendront pas à toi, tu sais. Tu dois faire un effort.

Adam se leva et s'étira.

— Eh bien, peut-être irai-je faire un tour demain, dit-il. Pour voir de quel genre de rôle il s'agit.

Auguste, qui à cette époque était le majordome de la famille, apparut dans son veston blanc au portillon qui menait à la piscine.

— Il y a un appel téléphonique pour vous, madame Rothman, dit-il. L'homme ne veut pas dire son nom, mais il affirme qu'il est un vieil ami de Paradis.

Alex fronça les sourcils.

— C'est bien, je vais le prendre, Auguste.

— Aimeriez-vous que je vous apporte le téléphone jusqu'ici, madame Rothman?

— Non, merci. Je vais le prendre à l'intérieur.

Elle se leva et noua une serviette de plage autour de sa taille. Elle remonta l'allée du jardin en direction de la maison, Auguste sur ses talons.

À l'autre bout du salon de « Rothmere », il y avait une petite pièce où se trouvait le téléphone. On pouvait en fermer la porte pour préserver son intimité. Alex saisit le récepteur et dit :

— Allô?

— Ils ont fini par nous mettre en relation, dit une voix d'homme.

— Qui est-ce?

— C'est Skipper Purdy.

33

Chez HoBo, sur la 44th Street West, Lenny Liebling était assis au comptoir. Il mangeait une salade de thon tout en tentant, dans le même temps, de régler un léger désaccord avec M. Howard Bogardus, le propriétaire. Celui-ci essayait de son côté de prendre les commandes de ses clients. Il aboyait les commandes dans un petit micro relié à la cuisine.

— Deux œufs brouillés... Pastrami, pain de seigle. Beaucoup de moutarde... Deux frites.

— Voyez-vous, mon bon ami, disait Lenny, nous étions convenus que vos livraisons à la salle de conférences pour le mois dernier seraient de vingt hamburgers au fromage, dix-sept sandwiches au thon, vingt-huit au bœuf, dix au fromage grillé et soixante mixtes à la dinde. Il y a toute une différence entre six et soixante. Et la différence pour moi se chiffre à...

— Sandwich au bœuf saignant, avec frites... Désolé, monsieur Liebling, mais c'est ce que disent mes livres.

— Quatre cent quatre-vingt-trois dollars et trente cents.

— Désolé, monsieur Liebling... Salade aux œufs sans mayo.

— Je vais devoir vous demander de préparer une nouvelle facture, monsieur Bogardus.

— Deux frites avec sauce. Bœuf à point, avec rondelles d'oignon.

— Votre restaurant n'est pas le seul en ville, monsieur Bogardus, lui rappela Lenny.

— Sandwich au fromage... Porc et fromage sur pain de seigle... Deux cafés noirs...

— Avez-vous entendu ce que je viens de dire, monsieur Bogardus ?

— Écoutez, pourquoi ne revenez-vous pas quand je serai moins occupé ? Peut-être pourrons-nous arriver à nous entendre... Porc et fromage suisse...

Une femme s'assit sur le tabouret à côté de Lenny. L'air se remplit soudain d'une odeur de gardénia. Il se retourna.

— Fiona, quel curieux endroit pour se rencontrer.

— C'est le restaurant le plus proche de votre bureau, dit-elle. J'ai pensé que j'avais une chance de vous retrouver ici à l'heure du repas.

— En fait, habituellement je ne viens pas ici. J'ai l'habitude de me faire livrer un hamburger. Mais aujourd'hui j'avais des affaires personnelles à régler.

— Disons que j'ai de bons pressentiments, dit-elle.

— Pour vous, madame ? demanda M. Bogardus.

— Juste un café, s'il vous plaît.

— De douze heures à quatorze heures, c'est cinq dollars minimum.

— Ça me va. Un café noir.

— Un noir ! commanda M. Bogardus.

— Herbert me dit que vous nous causez certaines... difficultés, dit-elle.

— Vraiment ? Je me demande ce que Herbert veut dire par là, répondit Lenny.

— Au sujet d'une certaine lettre.

— Une lettre ? Quelle lettre ?

— Une lettre qu'Alex a écrite il y a des années. À l'un de vos amis.

— Eh bien, Alex et moi, nous partageons un certain nombre d'amis. Je suis sûr qu'Alex a écrit des tas de lettres au cours de sa vie. Mais je n'ai pas la moindre idée de quelle lettre il s'agit ou de quel ami vous parlez.

— Cet ami est mort.

— J'ai atteint l'âge où plusieurs de mes amis sont morts, dit-il. Hélas, nous sommes tous mortels.

— Je pourrais vous causer des ennuis, dit-elle.

— Vraiment? Comment?

— Joël Rothman et moi sommes devenus très proches.

— Vraiment? Je ne le savais pas.

— Eh si! La mère de Joël a été tellement... préoccupée ces derniers jours qu'elle n'a pas eu beaucoup de temps à lui consacrer. Alors, Joël m'a dit des choses... des choses qu'il n'aurait normalement dites qu'à sa mère.

— Quelle sorte de choses?

— Que vous lui auriez fait des avances sexuelles.

— Mais c'est absolument faux, dit-il en mangeant sa salade.

— Mais Herbert est très sensible à ce que je lui dis. Si je devais lui rapporter que — que vous avez fait des avances sexuelles à son petit-fils, l'héritier mâle des Rothman — Herbert n'en serait pas très heureux, n'est-ce pas? Ça pourrait signifier la fin de votre longue alliance si rentable avec les Rothman, non? Voyez-vous, Herbert est vraiment très amoureux de moi.

— Oh, j'en suis très conscient, dit Lenny. C'est si évident depuis que vous êtes apparue dans le décor, en provenance d'on ne sait où. Il est aussi évident que vous en faites ce que vous voulez.

— Herbert ferait n'importe quoi pour moi. Il croira tout ce que je lui dirai. Et si je venais à lui parler des relations qu'il y avait entre le père de Joël et vous, je pense que cela mettrait effectivement fin à la carrière de Lenny Liebling.

— Peut-être. Mais ça ne lui procurerait pas sa fameuse lettre, non plus. Vraiment, Fiona, vous me décevez. Je m'attendais à ce que vous ayez quelque chose de plus original que cela.

Fiona fixa rageusement sa tasse intacte de café tandis que

Lenny avalait une autre bouchée de salade.

— Mais parlons un peu de vous, Fiona Stanfill.

— Quoi ? Qu'avez-vous dit ?

— Fiona Stanfill.

— Comment...

Il déposa sa fourchette.

— À la soirée d'Alex l'autre soir, sur sa terrasse, après que Herbert eut fait son petit discours et vous eut présentée, Herbert et vous étiez très occupés par la presse et les caméras de la télévision. Vous répondiez à toutes leurs questions ridicules. J'ai remarqué que vous aviez laissé traîner votre sac à main à votre place, à la table. Un beau sac, en passant, un Chanel, en alligator noir. Je l'ai ouvert et j'ai trouvé votre passeport. Alex a un détective en train de vérifier vos origines. Il s'appelle Mark Rinsky. Ses correspondants en Angleterre n'ont pas été en mesure de trouver grand-chose sur les origines de Fiona Fenton. Mais ils cherchent dans la mauvaise direction. S'ils cherchaient les origines de Fiona Stanfill, ils en découvriraient davantage, n'est-ce pas ? Oui, beaucoup plus. Et quelqu'un pourrait les mettre sur la bonne piste. Ah, je comprends pourquoi vous êtes si pressée de vous débarrasser d'Alex.

Il jeta un coup d'œil à sa montre.

— Je dois retourner au bureau.

Il se leva et laissa tomber sa serviette de papier dans son assiette.

— Il vaut mieux ne pas jouer avec Lenny, mademoiselle Stanfill. Il vaut mieux ne pas jouer avec ce cher vieux Lenny.

— Il faut que je te voie, Alex.

D'une main, elle poussa la porte.

— J'ai de l'argent pour toi, dit-elle. L'argent qui était dans ta ceinture. Je l'ai mis en banque, sans jamais y toucher. Avec les intérêts de toutes ces années, la somme a probablement augmenté quelque peu. Je vais te poster le livret, peu importe où tu es.

— Je suis à New York. Mais je ne t'appelle pas pour cela. Je me fiche de l'argent, Alex, mais il faut que je te voie.

— J'ai fini par vendre la Corvette jaune. Il y a eu un petit problème au sujet des papiers, mais j'ai réussi à la vendre. J'ai ajouté cet argent au compte de banque.

— Je me fiche de tout cela. J'ai besoin de te voir. Quand puis-je te voir ?

— As-tu d'autres problèmes, Skipper ?

— Non ! Pas du tout. J'ai une toute nouvelle vie, une nouvelle carrière. Dis-moi juste quand je pourrai te voir.

— Ce sera difficile, dit-elle. Parce que, moi aussi, j'ai une tout autre vie, maintenant.

— Je sais. Je suis au courant de tout. Mais j'ai besoin de te voir. Il y a des choses que je dois te dire. Des choses dont il faut que nous parlions. Ce ne sera pas long.

— Ça fait plus de dix ans, Skipper.

— Je sais, je sais. Tu auras probablement de la difficulté à me reconnaître maintenant. Mais il faut que je te voie, Alex. Je t'en prie. Pour l'amour de ce qui s'est passé entre nous. Pour tout ce que nous étions l'un pour l'autre. Pour les après-midi passés sur le promontoire, là où les deux rivières se rejoignent. Je t'en prie.

Elle se sentit vaciller.

— Il faudrait que ce soit un jour de semaine, quand le reste de la famille est en ville, tu comprends, dit-elle.

— Bien sûr. Dis-moi seulement quand.

— Jeudi. Les domestiques sont de sortie le jeudi après-midi. Je vais te rencontrer à la maison fluviale.

— C'est bon. Dis-moi tout simplement comment m'y rendre.

— Quand tu passes la barrière, ne prends pas l'allée de droite, car elle conduit à la maison principale. Prends l'allée de gauche, celle qui descend la colline et qui longe la piscine et le court de tennis. Elle se termine en un rond-point où tu peux stationner. Il y a un passage souterrain, sous les voies ferrées. Il mène à la maison fluviale.

Il rit.

— C'est un vrai domaine que tu sembles avoir là.

— En effet, dit-elle. Il s'appelle « Rothmere ». Tu ne peux pas le rater. Quand tu roules sur l'ancienne route d'Albany, juste avant le village de Tarrytown, il y a d'énormes barrières à ta gauche. Je verrai à ce qu'elles restent ouvertes...

Et maintenant, vingt ans plus tard, elle était assise dans la bibliothèque verte du 10 Gracie Square avec Rodney McCulloch.

— Dix-neuf cent soixante-treize.

Il venait de lui demander la date du portrait de Bouché.

— Eh, vous n'avez pas du tout changé, dit-il. Vous êtes toujours aussi jolie, ha ! ha ! ha !

— Je pense que je sais un peu plus de choses aujourd'hui, fit-elle remarquer.

Il s'avança sur sa chaise.

— Vous me connaissez maintenant. Je n'aime pas faire traîner les choses. J'ai réfléchi, Alex, et voici ce à quoi j'ai pensé. Vous devriez mettre une partie de votre argent dans notre projet.

Elle sourit.

— Vous changez les termes de votre offre, Rodney, dit-elle. La dernière fois que nous nous sommes rencontrés, vous avez offert de le financer — « avec tout l'argent du monde ».

Il fronça les sourcils.

— C'était une façon de parler. Mais je pensais que vous pourriez vous sentir plus à l'aise si vous y ajoutiez quelques millions de votre poche. Psychologiquement parlant, je veux dire. Ça vous donnerait l'impression de travailler en partie pour vous-même, plutôt que pour moi. De plus, le marché est à la baisse et...

— Voulez-vous dire que le grand Rodney McCulloch ressent les difficultés économiques des années quatre-vingt-dix ?

— Pas vraiment, mais... ha ! ha ! ha !

— Quelques millions de ma poche ? Mais je n'ai pas tout

cet argent — rien qu'une goutte d'eau dans la mer quand on regarde ce qu'il en coûterait de faire démarrer une nouvelle revue.

— Que voulez-vous dire ? Et les millions des Rothman ?

— Je n'ai pas les millions des Rothman, Rodney. Dans la mesure où je comprends bien ce qui se passe, les millions des Rothman sont surtout entre les mains de Ho Rothman.

— Mais il est sur le point de casser sa pipe !

— Peut-être, mais ce n'est pas encore fait. Personne n'a vu son testament. Il est censé y avoir un fonds pour Joël et moi, mais personne n'arrive à mettre la main dessus. Ce fonds peut n'exister que dans la tête de Ho. Et depuis que je vous ai rencontré la dernière fois, j'ai appris que je ne possède même pas cet appartement. La société en est propriétaire. Je pourrais en être expulsée à n'importe quel moment, vous savez.

Elle écarta les mains.

— Alors, si vous pensez à moi comme investisseur, vous vous trompez d'adresse.

Il eut l'air déconfit.

— Mais, voyez-vous, Rodney, moi aussi, j'ai réfléchi à votre offre. Il m'est difficile de le dire, parce que je vous aime bien, Rodney, de même que votre épouse. Mais je ne crois pas que je puisse jamais travailler avec vous ou pour vous. Nos personnalités ne me semblent guère compatibles.

Il se leva d'un bond.

— Quoi ? rugit-il. Vous dites que vous pouvez travailler avec un salaud comme Herb Rothman et que vous ne pouvez pas travailler pour moi ?

— Je travaille pour *Mode,* dit-elle simplement.

— Eh bien, vous serez bientôt sans emploi, dit-il. Vous le savez, n'est-ce pas ? Tout le monde le sait. Tous les paris sont contre vous.

— Si je perds cette partie, Rodney, personne du moins ne pourra dire que j'ai échoué sans me battre.

— Diable, je ne suis pas homosexuel, Fiona, lui dit Joël. Je t'en prie, laisse-moi te voir et te le prouver.

— Je pense que tu l'es, mais que tu essaies de le nier.

— Diable, je suis amoureux de toi, Fiona. Amoureux fou. Comment pourrais-je l'être si j'étais homosexuel ?

— Ça s'appelle de la compensation.

— Mais, seigneur, est-ce que tout n'allait pas bien entre nous avant que tu ne commences à me faire respirer toutes ces drogues ? Hein ?

— Oui, bien sûr. C'était bien.

— C'est que je réagis mal aux drogues, Fiona. Je t'en prie, laisse-moi monter.

Il appelait de l'entrée du Westbury.

— Pas ce soir, dit-elle. Je suis occupée. Peut-être une autre fois.

— Ce que tu as dit au sujet de mon père. Ça m'a vraiment fait mal, Fiona. Tu as dit qu'il était homosexuel, juste parce que...

— Tout le monde dit qu'il était homosexuel, mais qu'il essayait de ne pas le montrer. Tu sais comment il est mort, n'est-ce pas ?

— Il s'est tué. Mais ça ne veut pas dire...

— Mais sais-tu comment il s'est tué ?

— Oui ! Il s'est pendu dans la maison fluviale au « Rothmere », en dix-neuf cent soixante-treize ! Mais, seigneur ! je n'avais que seize mois, Fiona. Je ne me rappelle même pas...

— Mais sais-tu comment il s'est pendu ? Es-tu au courant du scandale ?

— Quel scandale ?

— Si tu n'es pas au courant, je ne veux pas être la première à te l'apprendre. C'était dans tous les journaux. Pas dans les journaux des Rothman, bien sûr, car ils ont tenté de dissimuler l'affaire. Mais c'était dans tous les autres journaux. Tu peux fouiller dans la bibliothèque, toi qui es censé être un petit génie. Je me souviens même d'en avoir entendu parler en Angleterre quand j'étais petite. Ouvre les yeux — et essaie par la suite de venir me dire qu'il n'était pas homosexuel !

— Fiona, dit-il d'une voix douloureuse, dis-moi ce qui ne va pas. Ça commençait si... merveilleusement. Maintenant tu as l'air tellement montée contre moi. Qu'est-ce qui ne va pas ?

— Ah ça ! dit-elle d'une voix tranchante. C'est curieux que tu le demandes ! Tu me demandes ce qui ne va pas. Je vais te le dire. Je t'ai laissé me séduire, ce qui a peut-être été une erreur. Puis je t'ai laissé revenir — et revenir encore. Je t'ai laissé me traiter comme ton jouet — ton petit chaton. Maintenant tu penses que je suis aux ordres de Joël Rothman. Tu es comme tous les autres garçons riches que j'ai connus auparavant — tu prends, tu prends, tu prends sans jamais rien donner en retour. Et toi, qu'as-tu donc fait pour moi ? Rien ! Absolument rien ! Je suis là, désespérée ! Désespérée. Dans une situation désespérée, c'est horrible ! Avec ta mère qui me poursuit par avocats interposés — par détectives même ! M'as-tu été de quelque secours ? Non ! Je devrais peut-être rentrer en Angleterre, tu sais ! Je pourrais être forcée de repartir — à cause de ta mère ! Retrouver la colère de mon père, retrouver l'enfer que j'ai connu avec lui. Est-ce que ça te fait quelque chose ? Non ! As-tu offert de m'aider ? Non ! Tout ce que tu veux, c'est faire l'amour avec moi ! Et tu as le front de me demander pourquoi je suis montée contre toi ! Parce que tu es un gamin pourri qui pense qu'il peut faire l'amour avec moi chaque fois que le cœur lui en dit sans rien me donner en retour. Eh bien, je ne suis pas ce genre de fille !

— Fiona, dit-il, je t'aime. Je ferai tout ce que je peux pour t'aider — tout ce que je peux. N'importe quoi, Fiona.

Il y eut un court silence.

— Tu es sérieux ? demanda-t-elle d'une voix presque suave. Même après tout ce que je viens de te dire ?

— Bien sûr que je suis sérieux. Je te le jure.

Il y eut un autre bref silence. Puis elle dit :

— Lenny Liebling. Est-il l'ami de ta mère ?

— Oncle Lenny ? Un de ses plus vieux amis. Il a été comme un père pour moi. Quand j'étais petit, il avait l'habitude de venir me border le soir.

— Hum! dit-elle. Alors il y a peut-être quelque chose que tu pourrais faire pour moi.

— Dis-moi ce que c'est, Fiona, et je vais le faire.

— Tu es gentil, dit-elle. J'avais oublié à quel point tu étais gentil. Me pardonneras-tu de m'être mise en colère? Je subis beaucoup de pression.

— Bien sûr.

— Alors monte. Je vais annuler mes autres projets.

Quand Alex arriva dans l'entrée de son bureau le lendemain matin, Gregory bondit pour l'arrêter.

— N'entrez pas, Alex, dit-il. Je vous en prie, rentrez chez vous! C'est affreux! Rentrez chez vous! N'entrez pas dans ce bureau!

Elle fut étonnée de voir des larmes couler sur les joues de son secrétaire.

— Gregory, qu'est-ce qui se...

— Je vous en prie, Alex!

Elle le poussa et pénétra dans son bureau. Des peintres étaient à l'œuvre. Ses meubles étaient recouverts d'un plastique protecteur. Les anciennes couvertures de *Mode* avaient été grattées du mur et du plafond. Les lambeaux inégaux gisaient roulés sur le plancher. On était en train de repeindre la pièce en un rouge mandarin brillant.

34

Le chalet avait été bâti pour recevoir le surnombre d'invités qui ne pouvaient être logés dans la maison principale. Il y avait deux chambres à coucher à l'étage, chacune avec son propre salon et sa propre salle de bains. Au rez-de-chaussée, une cuisine tout équipée, avec un bar, une salle à manger, un cabinet de toilette et un salon vitré, construit sur des pilotis qui s'enfonçaient dans l'eau, avec une vue superbe sur le fleuve. Même si les pièces en avaient été meublées, elles n'avaient jamais, de mémoire d'Alexandra Rothman, été utilisées. Tante Lily se plaignait que les chambres, construites comme elles l'avaient été, étaient toujours humides. De plus, l'Hudson était encore soumis aux marées à cet endroit, de sorte qu'il y avait souvent une odeur saumâtre qui flottait dans l'air.

Alex entendit le bruit des pneus sur le gravier de l'allée cet après-midi-là. Elle se rendit à la porte pour l'accueillir.

— Alex, dit-il.

Il s'approcha pour la prendre dans ses bras, mais elle le repoussa gentiment.

— Entre, dit-elle.

Elle le conduisit dans le salon vitré.

— Puis-je te préparer un verre?

— D'accord, dit-il. Une vodka avec de la glace?

Elle lui versa un verre. Puis, bien qu'elle ne bût jamais si tôt dans la journée, elle s'en prépara un pour elle-même. Elle revint s'asseoir en face de lui et lui tendit son verre. Il le leva et lui sourit timidement.

— Buvons à nos anciens moments de bonheur, dit-il.

— Oui, fit Alex.

— Quelle vue ! dit-il. C'est un peu comme si on était sur la proue d'un bateau.

— Oui. Je crois que c'était l'intention de l'architecte.

Il avait quelque peu changé. Sa chevelure était plus foncée que jadis. Son nez semblait plus droit. Il paraissait même mieux qu'auparavant. Il avait également perdu son accent western, mais il restait tout de même l'homme qu'elle avait pensé aimer à jamais.

— Voilà, s'empressa-t-elle de dire.

Elle glissa la main dans la poche de sa blouse.

— Avant que je ne l'oublie, voici le carnet de banque où j'ai déposé ton argent. Les intérêts n'y figurent pas, de sorte qu'il contient plus d'argent qu'il n'y paraît.

Elle glissa le carnet sur la table en direction de Skipper.

— Je ne veux pas de ton argent, dit-il.

Il le repoussa.

— Ce n'est pas pour cela que je suis venu ici.

— Mais ce n'est pas à moi. Il t'appartient.

À plusieurs reprises, ils repoussèrent le carnet l'un et l'autre.

— C'est l'argent de ta ceinture. Je l'avais mis en banque, même si tu disais que tu ne leur faisais pas confiance, dit-elle.

— Je te l'ai laissé, au cas où tu aurais besoin de quelque chose — pendant mon absence.

— Je n'en ai pris qu'un tout petit peu pour acheter une machine à coudre, parce que tu me l'avais promis. Mais autrement...

— Et tu l'as gardé pour moi. Pendant toutes ces années.

— Oui. Parce que c'était ton argent. Tu l'avais gagné. Je l'ai gardé, même après avoir compris que je n'aurais plus jamais de tes nouvelles. Je t'en prie, prends-le, Skipper. Je n'en avais pas besoin à l'époque et je n'en ai pas besoin aujourd'hui.

Il soupira et prit le carnet. Sans l'ouvrir, il le glissa dans la poche de sa chemise.

Il était beaucoup mieux vêtu qu'auparavant, avec une élégance aisée qu'elle ne lui avait jamais connue. Il portait un pantalon de flanelle gris, une chemise blanche à col ouvert, un pull en cachemire sombre échancré et des chaussures noires. Il avait l'air d'avoir réussi. Il semblait à l'aise. Un silence s'était installé, seulement troublé par le bruit des vagues qui frappaient les pilotis.

Il but une gorgée.

— Tu couds toujours? lui demanda-t-il.

— Rarement. Je suis trop occupée. Je seconde mon mari. Au magazine.

— Ton mari...

— Mon mari, Steven Rothman. Et toi, que fais-tu, Skipper?

— En ce moment, je suis entre deux emplois. Mais je me débrouille.

— Bien.

— Tu sais, j'ai failli ne pas venir. Je me suis demandé pourquoi tu voudrais me revoir maintenant. J'ai failli ne pas appeler samedi dernier. Je me demandais pourquoi tu voudrais avoir de mes nouvelles. Mais finalement, plus j'y pensais, plus je me disais qu'il fallait que je t'appelle, Alex. Il fallait que je vienne.

— Pourquoi?

— À cause du souvenir des moments heureux que nous avons passés ensemble — même s'ils furent très courts. La façon dont je vis maintenant — et bien, ce n'est pas l'idéal. J'ai deux compagnons, un couple d'homosexuels avec qui je vis. Ils sont bien; mais ils se chamaillent beaucoup — eh bien, à force de penser aux bons moments que nous avons passés ensemble, même s'ils furent très courts, j'ai fini par me demander si tu avais gardé les mêmes sentiments à mon égard.

Elle secoua la tête.

— Non. Comme je te l'ai dit au téléphone, j'ai une tout autre vie maintenant.

— En venant, je me demandais si tu me reprendrais.

Elle secoua à nouveau la tête.

— Non. Trop de temps a passé, Skipper. Peut-être si tu m'avais écrit pour m'expliquer ce qui est arrivé. Si au moins tu avais téléphoné...

Les yeux de Skipper s'agrandirent.

— Mais je t'ai écrit ! Je t'ai écrit tous les jours ! Je t'ai tout expliqué. Mais comme je ne recevais aucune nouvelle...

— Je n'ai jamais reçu de lettres de toi, dit-elle.

Il approcha sa chaise.

— Mais je t'ai écrit, dit-il. Je t'ai écrit le jour même où ils m'ont coffré, et le lendemain, et le jour suivant. Il était plus difficile de te téléphoner, parce que, là où j'étais, il fallait téléphoner à frais virés. Mais j'ai téléphoné — plus d'une fois. C'est une voix de femme, autre que la tienne, qui a refusé d'accepter les frais. J'ai donc écrit d'autres lettres. Pendant au moins six mois. Mais quand j'ai vu que tu n'y répondais pas...

— Ma mère, murmura-t-elle. J'imagine que...

Elle laissa sa réflexion en suspens. Elle pensa : est-ce que ma mère a également ouvert et lu ses lettres ? Probablement.

— Je suis désolée, Skipper, dit-elle, mais je n'ai jamais rien reçu de toi.

— Si tu les avais reçues, est-ce que cela aurait été différent ?

— Je n'en sais rien. Tu as dit que tes lettres expliquaient tout. Comment expliques-tu ce qui est arrivé cette nuit-là à Wichita ? Je n'ai absolument rien compris.

— Eh bien, j'imagine que ça n'a plus d'importance maintenant, mais je vais te le dire si tu veux le savoir.

— Ça me paraît normal. Ça n'arrive pas à toutes les jeunes mariées de voir leur chambre de motel investie au milieu de la nuit par la police et leur mari se faire embarquer, menottes aux poignets, et de ne plus en entendre parler pendant dix ans.

Il regarda ses ongles maintenant bien coupés et manucurés, si différents de ce qu'ils étaient souvent quand elle l'avait connu. Elle remarqua les gouttes de sueur sur son front, quoiqu'il ne fît pas chaud. Il avala une gorgée.

— C'était une mise en scène, dit-il, une mise en scène classique. J'ai été accusé d'un crime que je n'avais pas commis. Vois-tu, il y avait cette femme avec qui j'avais eu une aventure à Brownsville, au Texas, environ un an avant que je ne te rencontre. Elle était vraiment possessive. Elle voulait s'enfuir avec moi sur le circuit de rodéo. Mais elle était mariée et je ne voulais pas être impliqué plus que je ne l'étais avec une femme mariée. Alors ce matin-là, je lui ai dit que je voulais cesser de la voir. Eh bien, elle s'est sérieusement fâchée. Elle a dit qu'elle allait mettre son mari au courant de tout ce qui s'était passé entre nous. Que je l'avais séduite, ou quelque chose comme ça. Son mari était particulièrement violent. Il la battait souvent. Puis j'ai réalisé que je quittais la ville tôt le lendemain matin pour un nouveau contrat et que je serais loin au moment où il se déciderait à me faire un sort. Mais tard en soirée j'ai reçu un appel de cette femme. Elle était hystérique. Elle m'a dit : « Je t'en prie, viens vite. Il vient d'arriver quelque chose d'épouvantable ». J'ai sauté dans mon auto et suis allé jusque chez elle. Willa — c'était son nom — et sa sœur Loretta étaient au salon. Toutes deux étaient hystériques mais Willa était singulièrement mal en point. Son nez saignait. On aurait dit qu'il était cassé. Du sang coulait d'un de ses yeux. On lui avait arraché une poignée de cheveux et brisé plusieurs incisives. Partout, sur son visage et ses bras, elle avait des estafilades et des marques de coups.

— Comme c'est affreux, dit Alex.

— Ouais. Mais la situation s'est aggravée. Je lui ai demandé : « C'est ce salaud qui t'a mise dans un tel état ? » Elle a répondu oui. Puis, elle m'a tendu un fusil. Je lui ai demandé : « Tu veux que je le tue ? »

Elle pleurait si fort qu'il m'était difficile de comprendre ce qu'elle disait. Pourtant, je l'ai entendu dire :

417

— Non. Je l'ai déjà fait.

Elle me conduisit alors dans la chambre à coucher. Il était là. Elle lui avait tiré une balle dans la nuque alors qu'il était couché, ivre. Je n'avais jamais vu quelque chose d'aussi affreux. J'ai laissé tomber le fusil sur le plancher et j'ai dit : « Il vaudrait mieux que tu appelles la police, Willa. » Elle m'a dit qu'elle allait le faire, mais elle m'a demandé de rester avec elle jusqu'à leur arrivée. J'ai répondu : « Certainement pas — c'est ton problème, Willa. Dis-leur simplement que tu l'as tué pour te défendre. Ils n'auront qu'à te regarder pour te croire, je t'assure. Je me sauve. » C'est ce que j'ai fait. Je me suis sauvé de cette maison de fous.

— Le lendemain, en voiture je me dirigeais vers le lieu de mon prochain contrat, Waco. J'ai soudain entendu dire à la radio qu'on avait assassiné un gars à Brownsville. Sa femme prétendait que c'était moi qui l'avais tué — que je l'avais assassiné en tentant de l'empêcher de la battre. Sa sœur disait qu'elle m'avait vu le faire. Les voisins qui avaient entendu les coups de fusil affirmaient qu'ils avaient vu ma Corvette jaune stationnée dans l'allée. De plus, il y avait mes empreintes sur l'arme du meurtre ! Quand j'ai entendu cela, j'ai perdu la tête. J'ai pensé qu'il me fallait quitter le Texas. Pour le Mexique. Mais j'ai eu peur qu'on m'arrête à la frontière. Je me suis donc dirigé vers le nord. J'ai traversé l'Oklahoma, le Kansas, l'Iowa, le Wisconsin. Je me suis procuré de nouvelles plaques pour mon auto et je l'ai fait enregistrer sous un nouveau nom. Tu as dû le remarquer...

— Je m'en souviens très bien, dit-elle. William J. Cassidy, trois cent quatorze Elm Street, Lafayette, Indiana. J'ai écrit à cette personne.

Il sourit d'un air gêné, puis, il but une autre gorgée.

— Cette personne n'existait pas, ni cette adresse. Je les avais inventées. Quand je suis revenu sur le circuit de rodéo — je ne me suis, bien sûr, jamais rendu à Waco — je me suis servi d'un tas de noms. Il faut dire qu'un bon nombre de gars agissent ainsi. Ils utilisent sans cesse des noms différents. La plupart d'entre eux fuient quelque chose, se cachent de quelque chose. Mais quoi...

— C'était un nom d'emprunt dont tu te servais quand tu m'as rencontrée?

— Oh, non. James Robert Purdy, c'est le nom qu'on m'a donné à ma naissance. J'avais pensé qu'une adolescente qui faisait de l'auto-stop sur une grande autoroute ne devait pas travailler pour la police. De toute façon, c'est ainsi que je suis devenu ce qu'ils appellent un fugitif. Je sais que j'ai été complètement stupide. Je n'aurais pas dû perdre la tête. J'aurais dû me rendre directement à la police ce matin-là et leur dire la vérité concernant ce qui s'était passé. Au moment où ils m'ont rattrapé, j'étais en fuite et personne ne m'a cru. Si je n'avais pas été coupable, pourquoi est-ce que je me sauvais constamment? Pourquoi est-ce que j'utilisais tous ces noms?

— Cette nuit-là, à Wichita, ils n'arrêtaient pas de t'appeler Johnson.

Il approuva.

— Ouais. C'est un des noms que j'utilisais. Willie Johnson.

— Il y a une chose que je ne comprends pas, dit-elle. Pourquoi la police n'est-elle jamais entrée en contact avec moi? Après tout, nous étions mariés...

— Je ne voulais pas que tu sois mêlée à mes problèmes, Alex. Je ne leur ai rien dit de toi. J'ai affirmé que tu n'étais qu'une fille que j'avais ramassée. Je leur ai dit que je ne savais même pas ton nom.

— Et la Corvette jaune? Ils n'ont jamais tenté de...

Il regarda de nouveau ses ongles et sourit.

— Ça, j'en ai un peu honte, dit-il. Cette nuit-là, quand ils m'ont sorti du motel, ils m'ont dit : « Où est ton auto? » J'ai désigné une Chevy verte sur l'aire de stationnement et j'ai dit : « Celle-là ». Tout ce que j'ai appris, c'est qu'ils avaient fait remorquer cette Chevy au poste de police. Je me suis toujours senti mal à l'aise à ce sujet. Son malheureux propriétaire s'est retrouvé le lendemain sans voiture. Quand il a porté plainte à la police, il a dû s'avouer qu'elle était responsable de la disparition de son auto! De toute façon, il y a longtemps de cela. Au moment où les policiers ont réalisé qu'ils avaient été floués, la Corvette avait disparu — pour Paradis, j'imagine, près d'une maison à la pelouse zoysia.

— Oui. Et te voici.

— Tu sais quoi? C'est sans amertume que je pense à ce qui est arrivé. Je n'ai même pas de rancune envers Willa qui a tenté de me faire accuser de meurtre. Mes amis disaient que j'aurais dû, mais non. Elle a probablement eu peur, elle aussi. Loretta et elle avaient probablement monté tout le scénario avant mon arrivée. C'est pourquoi elle m'a tendu le fusil. Mais je suis sans amertume car tout ce qui est arrivé est de ma faute. C'est moi qui, pour commencer, me suis laissé entraîner dans une aventure avec une femme mariée. J'en ai payé les conséquences. Et, comme je l'ai dit, j'ai une tout autre vie maintenant. Peut-être cela m'a-t-il enseigné quelque chose.

— Concernant la duplicité des femmes?

— Concernant la duplicité d'une femme. Pas de la femme que j'ai épousée.

Il se leva et s'assit à côté d'elle sur le sofa.

— Non, non, dit-elle. J'ai un autre mari aujourd'hui.

— Mais tu es ma femme, dit-il. J'ai même un certificat de mariage pour le prouver.

— Je ne crois pas que ce papier vaille grand-chose. J'étais mineure. J'avais menti...

— Ça n'a pas d'importance, dit-il. Tu restes la femme que j'ai épousée. En prison, je n'ai pas perdu mon temps. J'ai étudié. J'ai pris des cours par correspondance. J'ai même obtenu l'équivalence d'un diplôme collégial. Je suis un homme différent maintenant, Alex.

— Et moi, une femme différente.

— Pas à mes yeux. Quand j'ai été libéré, j'ai tenté de te retrouver. Je suis retourné à Paradis, mais ta famille avait déménagé, Dieu sait où. Même la pelouse zoysia avait disparu.

J'avais vu des publicités dans les journaux de Kansas City, des annonces dont le modèle te ressemblait. J'ai même recherché ce modèle jusqu'à une agence de mannequins dont la propriétaire s'appelait Lucille Withers. Elle a été très sèche. Elle n'a voulu me dire ni ton nom, ni quoi que ce soit. Elle s'est contentée de dire : « Ce n'est pas une agence de rencontre que je dirige, monsieur. »

Alex sourit.

— Chère vieille Lulu, dit-elle. Ça lui ressemble bien.

— Je n'ai jamais renoncé. J'ai continué à te chercher. Puis, l'autre jour, j'ai vu ta photo dans le *Daily News*. Alexandra Rothman. Le président de la République Française te baisait la main.

— Oui, dit-elle. Mais on ne peut revenir en arrière, Skipper.

Les mots semblaient communs.

— Je vais essayer, si tu veux essayer toi aussi.

— Non, non, répéta-t-elle.

— Tu sais, de toutes les femmes que j'ai aimées — et j'en ai aimé quelques-unes — aucune ne m'a fait le même effet que toi, Alex. Aucune, ni avant, ni depuis.

Elle s'éloigna de lui, mais il se rapprocha et lui prit la main.

— Te rappelles-tu les projets que j'avais pour le petit bar ? Tu allais m'aider à le décorer.

— Eh, oui. Il devait y avoir un pianiste... si je ne m'abuse. Il devait y avoir des vitraux. Tu voulais l'appeler El Corral.

— Tu sais quoi ? Je suis même allé acheter les vitraux. Alex, je n'ai jamais ressenti envers qui que ce soit ce sentiment que j'éprouve pour toi. Te souviens-tu de cet après-midi à la crémerie ?

— Oh, oui, dit-elle en frissonnant. Écoute. Je ne veux pas pleurer. Tu ne vas pas me faire pleurer.

— Je ne veux pas te faire pleurer. Je t'aime. Te rappelles-tu que je te disais que je voulais te « renarder » ?

— Oui...

— Et j'aurais pu te « renarder » ce jour-là, n'est-ce pas? J'en suis sûr. Je le sentais. Mais je ne l'ai pas fait, n'est-ce pas? Je voulais d'abord t'épouser. Tu vois à quel point tu étais spéciale à mes yeux. Tu vois à quel point j'avais du respect pour toi.

Il étendit les doigts de la main d'Alex.

— Je voulais que tu portes auparavant l'alliance que j'allais t'offrir. Je t'ai donné une bague. Je vois que tu en portes une autre maintenant. As-tu toujours celle que je t'ai donnée?

Elle approuva en silence.

Il regarda le dos de sa main.

— C'est le jour où je t'ai marquée, dit-il.

De son doigt, lentement, doucement, il dessina la lettre S sur le dos de sa main.

— Regarde, elle est encore là.

Et soudain elle vit apparaître la cicatrice écarlate : S pour Skipper.

Il porta la main d'Alex à ses lèvres.

— Skipper, elle n'a jamais guéri!

— Je n'ai jamais aimé personne comme je t'aime, Alex. Personne ne m'a rendu plus heureux. Je t'aime, Alex. J'ai besoin de toi.

Il couvrit sa bouche de baisers passionnés tout en déboutonnant son chemisier rose.

— Enlève cette bague d'abord, ordonna-t-il.

Elle fit glisser le saphir de son doigt et le laissa tomber sur le plancher. Puis tout fut comme lors de la première nuit dans leur chambre à Wichita, cette sensation d'une tempête qui montait en elle, ces bourdonnements d'oreilles et cette lumière cramoisie au fond de ses yeux. Elle était à nouveau sans résistance. Elle réalisa qu'elle lui rendait ses baisers avides et passionnés. Elle s'entendit crier :

— Oh, Skipper, pourquoi m'as-tu abandonnée? Oh, Skipper, aime-moi...

Quand ce fut terminé, ils restèrent tous deux hors d'haleine sur le sofa du chalet. Il lui demanda :

— Es-tu heureuse, Alex ?

— Oh, oui.

— L'aimes-tu ?

— Oui.

— De la même façon ?

— Non, admit-elle.

— Bien, dit-il. C'est tout ce que je voulais savoir.

— Mais...

— Mais quoi ?

— Mais je ne veux pas perdre tout ça. Ce que j'ai maintenant.

— Parce qu'il est riche ?

— Peut-être en partie. Mais il y a également d'autres raisons.

Il passa ses doigts sur les lèvres d'Alex.

— Tu dis que tu es heureuse, mais il y a de petites lignes tristes autour de ta bouche.

Elle rit.

— Ce sont des rides, dit-elle.

— Et autour de tes yeux — de petites lignes tristes qui n'étaient pas là auparavant.

— D'autres rides.

— Puis-je revenir ?

Elle se souleva sur un coude et lui dit :

— Non, je t'en prie. Si tu m'aimes vraiment, je t'en prie, ne reviens pas. S'il te plaît, ne complique pas ma vie plus qu'elle ne l'est déjà. Si tu m'aimes vraiment, promets-le-moi. Je t'assure. C'est important, Skipper.

— D'accord. Je te le promets. Mais dis-moi encore une fois que ce n'est pas la même chose avec lui — que ce n'est pas la même chose qu'avec moi.

— C'est vrai. Ça ne l'est pas, dit-elle.

— Et dis-moi que tu n'as jamais aimé quelqu'un d'autre de la même façon.

— C'est vrai, murmura-t-elle. Je n'oublierai jamais cet après-midi, mon chéri...

— Je pense que tu désirais cet après-midi autant que moi.

— C'est vrai, répéta-t-elle.

— Il t'a peut-être offert des perles, mais je peux te donner autre chose, n'est-ce pas ?

— Oui, dit-elle.

Il la serra dans ses bras.

L'automne et l'hiver de 1971-72 avaient été l'une des meilleures périodes avec Adam. D'abord, il semblait avoir trouvé une source de revenus. Laquelle ? Lenny sentait qu'il était préférable de ne pas le lui demander. Adam s'était acheté une Mercedes décapotable d'un vert criard. Il emmenait souvent Lenny et Charlie se détendre certains week-ends dans le Connecticut et à Long Island. Il s'était offert un bon nombre de vestons, de pantalons et de complets bien coupés, une bonne quantité de chemises et de cravates assorties. Il devenait de plus en plus gravure de mode. Il invitait souvent ses deux amis à dîner dans des restaurants coûteux. Il parla même d'aller faire une croisière dans les Bermudes le printemps suivant. Même s'il buvait encore, il payait désormais ses propres caisses de vodka. Tout compte fait, au cours de cette période, il se montra même d'agréable compagnie.

Il ne travaillait toujours pas. La provenance de ses fonds restait un mystère, mais sa nouvelle aisance financière soulageait considérablement leur budget. De plus, chaque fois que Lenny tentait de savoir d'où venait l'argent, Adam haussait simplement les épaules et disait :

— Un ami m'a rendu l'argent qu'il me devait.

Mais comme l'année tirait à sa fin, la situation sembla se détériorer à nouveau. Les dépenses de vodka d'Adam recommencèrent à grever le compte de Lenny, comme auparavant. De plus, Charlie et lui remarquèrent qu'il manquait à nouveau de l'argent dans leur portefeuille. La veille de Noël, cette année-là, ils avaient décidé qu'il était temps d'avoir une conversation à cœur ouvert avec leur protégé, d'insister sur l'aspect financier. Mais ils ne voulaient pas avouer qu'ils commençaient à perdre patience, ce qui était le cas. Ni lui reprocher son alcoolisme, ce qui aurait aggravé la situation.

— Honnêtement, Adam, tu dois tout simplement trouver du travail, lui dit Lenny. Si tu veux continuer à vivre avec nous, tu dois contribuer aux dépenses de la maison.

— Et les dîners que je vous ai offerts?

— C'était très gentil, mais c'était il y a presque un an de cela. Ta situation semble avoir changé. C'est une question d'argent, Adam. Tu sais que nous t'aimons, mais Charlie et moi, nous pouvons difficilement nous permettre de continuer ainsi. Lui a presque complètement épuisé l'héritage qu'il a reçu de sa chère tante Jane. Quant à moi, je n'ai, bien sûr, que mon salaire. Le mois dernier, ta facture d'alcool à elle seule...

— Comment, ma facture d'alcool?

— Je ne voulais pas en parler, mais le mois dernier, ta facture d'alcool à elle seule s'est montée à près de quatre cents dollars. Il te faut simplement te mettre à participer financièrement à notre petit ménage.

— La saison théâtrale est presque terminée. Il n'y aura pas de nouvelle pièce avant la fête du Travail.

Son élocution était un peu pâteuse. Lenny avait mis cela sur le compte d'une légère ébriété.

— Et pour l'été? Y as-tu pensé? Ici, actuellement, les acteurs se préparent pour l'été. Je sais que les salaires ne sont pas très élevés et que, bien sûr, tu nous manqueras. Mais cela te fournirait, outre le vivre et le couvert, la chance de te faire connaître. Les agents de tous les grands studios font le tour des théâtres d'été et... qui sait? Un rôle, cet été pourrait t'apporter quelque chose de beaucoup plus sérieux. Un acteur doit se faire connaître, Adam. Il doit être vu sur scène. Dans le cas contraire, il n'existe pas. De plus, tu n'as jamais été meilleur, Adam.

Il savait qu'il mentait un peu. Adam commençait à développer des bajoues, ce qu'il avait lui-même remarqué en se regardant dans le miroir. Il avait alors suggéré à ses deux amis de lui payer un lifting.

— Il faut vraiment que tu fasses quelque chose, Adam. Ce n'est qu'une question d'argent.

— Ne t'inquiète pas pour moi. Ne t'inquiète pas.

— Je ne crois pas que tu penses que je suis sérieux, avait sèchement rétorqué Lenny. Je suis très sérieux. À défaut d'autre chose, tu peux toujours travailler dans un restaurant. C'est ce que font les autres acteurs quand ils sont sans emploi.

— Ah ça, jamais !

— Je vois. — Sa voix était glaciale. — Puis-je te rappeler ce que tu étais avant qu'on ne te ramasse ? Tu faisais un numéro dans des bars pour homosexuels. Mais j'ai pensé que tu avais une certaine allure, un charisme, une présence qui n'avaient besoin qu'un peu de poli. Nous avons payé pour te faire redresser le nez, refaire le menton et arranger les dents. Nous t'avons offert le coiffeur ; nous t'avons acheté des vêtements ; nous avons payé tes leçons de théâtre, de chant, d'escrime, d'élocution et de karaté. Nous t'avons également nourri et logé chez nous. Qu'avons-nous obtenu en retour ? Un homme avec un problème d'alcoolisme qui nous coûte quatre cents dollars par mois. La source est tarie, chéri.

— Tu ne me jetterais pas dehors !

— C'est ce que tu crois ? Tu vas voir, Adam. Et ça ne saurait tarder. L'appartement est loué au nom de Charlie et au mien. Notre bail ne mentionne aucunement que nous devons te loger.

— D'accord, jetez-moi dehors. Mais vous devrez admettre auprès de tous vos riches amis que vous avez piteusement échoué dans votre tentative de faire de moi quelqu'un que je ne désirais pas être.

— Ah ! c'est donc cela, n'est-ce pas ? Tu n'as jamais voulu être que ce que tu es — un voyou alcoolique.

— Ne me traite pas de voyou !

— Mais c'est ce que tu es, mon trésor ! Contrairement à ce que tu crois, nos riches amis, comme tu les appelles, seraient très soulagés de nous voir te mettre à la porte. La plupart d'entre eux te méprisent. Si nous te mettions à la porte, Adam, nos amis nous en féliciteraient. Ils donneraient une réception pour célébrer cet heureux événement. Quand tu partiras, où vas-tu aller? À la rue, pour te vendre. J'ai menti tout à l'heure quand j'ai dit que tu n'avais jamais été aussi bien. Tu as vieilli, mon chéri. Ça va être dur de faire ton numéro!

Adam s'était levé lentement. Lenny avait tendu la main en direction du téléphone intérieur et posé un doigt sur le bouton d'urgence qui déclenchait l'alarme.

— Tu vas me frapper? Si tu le fais, le portier sera ici avec la police si rapidement que tu ne sauras pas ce qui t'est arrivé. Tu te retrouveras à nouveau en prison face à une accusation de tentative de meurtre. Avec ton dossier, ça ne devrait pas être difficile de le leur faire croire. Et la sentence serait encore plus lourde que la dernière fois.

Adam s'était laissé retomber sur sa chaise.

— Je n'avais pas l'intention de te frapper. Je m'excuse, Lenny.

— Voilà qui est mieux. Un peu de remords serait de mise ici. Un peu de remords et un peu de gratitude.

— Donne-moi encore une chance.

— D'accord. Encore une chance. Une dernière chance. Qui va s'accompagner d'un ultimatum. Nous te donnons exactement six mois, Adam, et je pense que c'est très généreux. Nous sommes aujourd'hui le vingt-cinq mars. Ce qui te donne jusqu'au vingt-cinq septembre pour trouver du travail et pour participer aux frais de cette maison. Dans le cas contraire, tu t'en vas. Est-ce clair, Adam?

— Tu disais que vous m'aimiez, Lenny.

— Nous t'aimons, oui, d'une certaine façon. Mais même l'amour a ses limites. Six mois. C'est notre dernier mot. Pas plus.

Mars était passé, puis avril.

— Cinq mois, lui avait rappelé Lenny.

Mai s'écoula, puis juin.

— Trois mois.

Puis juillet.

— Deux mois.

— Ne t'inquiète pas. J'ai un projet en route.

— Quelle sorte de projet ?

— Un gros projet. Tu verras.

— Qui rapportera de l'argent ?

— Beaucoup d'argent. Et si ça marche — et j'en suis persuadé — aucun d'entre nous n'aura plus jamais à travailler. Prépare-toi pour notre croisière aux Bermudes au printemps.

Tout le reste de l'été, Adam avait continué à parler de son « projet », même si rien de tangible ne semblait en résulter. Lenny lui rappelait de temps en autre qu'il ne restait plus beaucoup de temps avant qu'il ne fût dans l'obligation de se trouver un autre havre. Il avait au moins cessé de boire, ce qui avait rendu la vie plus facile.

Puis, en septembre, Adam avait annoncé qu'il « allait réaliser son projet ». Ce fut à ce moment-là qu'il tendit la grande enveloppe qui contenait « des papiers personnels » à Lenny. Il lui avait demandé de la garder au cas où quelque chose lui arriverait.

Quelque chose lui était, bien sûr, arrivé et celui qu'ils avaient transformé en Adam Amado n'était jamais revenu.

Extrait du journal de Joël Rothman :

Le 28 juin 1990
23 h 00

Mon Dieu, comment me suis-je fourré dans un tel pétrin ? Mon Dieu, je ne suis même pas sûr de croire en vous. Vous semblez prendre une éternité avant de faire ce que les gens vous demandent. De toute façon, ça n'a pas d'importance, mais je ne peux pas faire ce que Fiona me demande. Pas à l'oncle Lenny, qui a été comme un père pour moi. Je ne peux pas faire cela. Je ne peux pas, c'est tout. Elle me dit que j'ai promis de faire n'importe quoi. C'est pourtant vrai. Pourquoi ne comprend-elle pas que je ferais n'importe quoi pour elle, excepté cela ? Non ! Maintenant, elle dit que tout ce que je désirais, c'était de lui faire l'amour, que je ne l'ai jamais vraiment aimée, que

428

je ne peux pas vraiment aimer une femme parce que je suis homosexuel, comme l'oncle Lenny, un homosexuel qui a peur de se l'avouer parce que j'ai peur de maman, de toute la famille, en fait de tous les Rothman. Mais je l'aime de tout mon cœur et de toute mon âme — et de tout mon corps, également ! J'ai tenté de le lui dire. J'ai tenté de lui dire qu'un jour, quand j'aurai terminé mes études, nous pourrions nous marier, si elle veut bien m'attendre. Mais elle répond que si je l'aimais vraiment, je l'aiderais. Je veux l'aider ! Mais pas de cette façon. Elle dit qu'elle ne me reverra plus jamais — jamais ! — si je ne fais pas cette petite chose pour elle. Petite chose ! Mon Dieu, quel dilemme...

Comment mon père est-il mort ?

Ce sera une épreuve pour ma virilité, a-t-elle dit.

35

Quelques semaines plus tard, elle découvrit que quelque chose de beaucoup plus sérieux s'était produit dans le chalet cet après-midi-là. Il lui fallait agir très rapidement.

Ce soir-là, elle se glissa dans la chambre à coucher de Steven. Il leva les yeux du livre qu'il était en train de lire et alluma une cigarette. Elle s'assit sur le bord du lit.

— Pouvons-nous nous parler, mon chéri? demanda-t-elle.

C'était en octobre 1971.

— Bien sûr.

Il s'avança et tapota la main d'Alex.

— Nous sommes mariés depuis maintenant quatre ans. Ton père ne cesse de nous laisser entendre qu'il désire que nous lui donnions un héritier. Récemment ses insistances sont devenues quelque peu déplaisantes. Je sais qu'il ne m'a jamais réellement aimée, mais si nous pouvions avoir un enfant — peut-être...

Il sourit un peu tristement.

— Je n'ai jamais été très fort dans ce domaine, n'est-ce pas?

— Non. Ce n'est pas cela. Mais pourrions-nous essayer un peu plus sérieusement? Je sais que Ho, lui aussi, voudrait que nous ayons un bébé. Alors ne pouvons-nous essayer encore une fois? Pour mon bonheur, Steven? Ça me rendrait la vie tellement plus facile dans cette maison.

431

— Qu'est-ce que mon père t'a dit?

— L'autre soir il... il m'a fait une suggestion qui était tellement épouvantable que je ne veux même pas te la répéter. Mais je ne pourrais plus jamais passer une seule nuit sous le même toit que lui à « Rothmere ».

Il soupira.

— Je ne peux pas contrôler mon père. Je n'ai jamais pu. Alors pas maintenant...

— Je sais, dit-elle. Moi non plus, je ne le peux pas. Mais ça m'a tuée, Steven. Je ne voudrais pas te perdre à cause de cela. Je ne veux pas qu'il détruise notre mariage, Steven, mais j'ai peur qu'il le fasse. Alors essayons de lui donner ce qu'il veut. Essayons encore une fois. Peut-être si nous réussissons, nous traitera-t-il un peu mieux tous les deux. Je voudrais qu'on essaie maintenant. Tu ferais un père merveilleux, chéri, si nous pouvions avoir un enfant.

Elle se pencha pour l'embrasser sur les lèvres.

Son fils, qu'ils baptisèrent Joël Steven Rothman, naquit le 29 juin 1972, sous le signe du cancer. Il était prématuré de quelques semaines, semble-t-il.

Elle pensait qu'elle n'avait jamais vu Steven aussi heureux.

Elle avait eu raison. Il faisait un père merveilleux.

On était maintenant à l'été 1973. Le pinceau de René Bouché était posé au-dessus de son chevalet. Elle tenait la pose dans le petit salon de « Rothmere ». Le petit chien s'agitait sur ses genoux. Steven s'arrêta à la porte tenant le petit Joël par la main.

— Nous allons nous promener, dit-il. Lui et moi.

— Bonbon, dit Joël.

— Non, pas Bonbon. Fiston.

— Maman aussi?

— Non, maman est en train de poser pour son portrait. Maman n'est-elle pas jolie?

— Jolie, dit Joël. Jolie maman.

— Pourquoi ne pas me peindre avec mon fils? demanda-t-elle à Bouché après leur départ. Ce serait plus approprié qu'avec un petit chien qui n'est même pas à moi.

— La Madone et l'enfant? Non, chère madame, ce serait un cliché. Rien de vous n'est cliché. Non, Bonbon est parfait — tout en douceur comme vous. Maintenant, je vous en prie, soyez belle pour moi comme tout à l'heure...

Elle plaça ses doigts contre sa joue, tel que Bouché le lui avait demandé. De l'autre main, elle tentait de retenir le caniche.

Auguste apparut soudain à la porte.

— Vous avez un appel téléphonique, madame Rothman, dit-il.

— Qui est-ce, Auguste?

— La personne n'a pas donné son nom. Mais sa voix ressemble à celle de l'homme qui vous avait appelée il y a deux ans. Il a demandé que je vous dise la même chose — qu'il est un vieil ami de Paradis.

Elle fronça les sourcils.

— Il vaut mieux que je le prenne, René, dit-elle. Si vous voulez bien m'excuser?

Elle souleva les volants de sa robe de mousseline et se rendit au téléphone. Elle referma soigneusement la porte derrière elle et saisit le récepteur.

— C'est moi, dit-il.

— Oui. Tu avais promis de ne jamais appeler ici, Skipper.

— Eh bien, dit-il lentement, ça veut dire que j'ai changé d'avis.

Son élocution était légèrement pâteuse.

— Que veux-tu? dit-elle.

Elle tentait de garder une voix aussi détachée que possible.

— Toi, répondit Skipper.

— Tu sais que c'est hors de question.

— Écoute, dit-il. J'ai quelques ennuis, Alex.

— Oh?

La main d'Alex tremblait.

— J'ai besoin d'argent, Alex.

— Oh? De combien as-tu besoin?

— J'ai besoin d'un million. Si je ne peux pas t'avoir, je veux un million.

— C'est également hors de question. Je n'ai pas cet argent.

— Non, mais je parie que ta belle-famille l'a. Les Rothman viennent de dépenser un million pour une réception à Paris. Je l'ai lu dans les journaux. Je gage qu'ils peuvent consacrer un million à ce vieux Skipper.

— Je suis désolée. Je ne peux pas t'aider, Skipper.

— Oh? Je pense qu'un million de dollars, ce n'est pas beaucoup en comparaison de ce que je détiens. J'ai un acte de mariage valide du palais de justice de Jackson County selon lequel toi et moi sommes devenus mari et femme le vingt août dix-neuf cent soixante et un. Qu'est-ce que ta belle-famille dirait si elle le voyait? Que diraient-ils s'ils apprenaient que leur fils a épousé une bigame? Et les journaux, hein?

— Tu essaies de me faire chanter. Tu ne vas pas...

— Il y a également un autre détail intéressant. J'ai lu que tu avais donné naissance à un fils, le vingt-neuf juin dix-neuf cent soixante-douze. Si je compte sur mes doigts, c'est exactement neuf mois après notre dernier rendez-vous. Je pense que cet enfant pourrait être de moi, n'est-ce pas? Tu te rappelles notre dernière rencontre? Dans le chalet? Dans le salon avec vue sur le fleuve? Tu vois, je m'en souviens très bien, Alex. Je peux prouver que j'y étais; je peux décrire la pièce...

— Tu n'oserais pas me faire ça, murmura-t-elle.

— Je n'oserais pas? Eh bien, attends de voir. Un million, c'est tout ce que je veux. Donne-moi cet argent et tu n'entendras plus jamais parler de moi.

— Tu m'as déjà fait cette promesse.

— Ouais, mais cette fois, il y a urgence. Au fait, il me faut l'argent au plus tard le vingt-quatre septembre. Dernière limite, Alex. Mais ça te donne un peu de temps.

— Comment puis-je te joindre? demanda-t-elle. Donne-moi ton numéro de téléphone.

— Pas de numéro de téléphone. Mais je vais te donner une adresse.

Il lui donna le numéro d'une boîte postale à Manhattan. Elle le griffonna sur une feuille de papier.

— Quand je pense que je croyais que je t'aimais! dit-elle.

— Ouais. Ça arrive, dit-il. J'attends de tes nouvelles, Alex. N'oublie pas la date : le vingt-quatre septembre. Une dernière chose : je veux un chèque au porteur.

Quand elle revint près de Bouché qui l'attendait avec ses pinceaux, il lui dit :

— Ma chère madame, qu'est-ce qui ne va pas? Y a-t-il quelque chose qui ne va pas? Vous êtes blanche comme un linge et vous tremblez comme une feuille!

— Oui, dit-elle. Pouvons-nous mettre fin à la séance d'aujourd'hui, René? Il s'est produit quelque chose...

Il ramassa ses pinceaux et son chevalet et dit :

— Bien sûr, bien sûr. J'espère seulement que ce n'est rien de sérieux, chère madame...

Elle savait que la seule personne désormais susceptible de l'aider, c'était Ho. Même s'ils s'affrontaient et qu'ils étaient souvent en désaccord, il était devenu son ami. Elle le trouva dans la bibliothèque de « Rothmere » dont il se servait comme bureau au cours des week-ends. Il était assis dans un fauteuil espagnol au dossier surélevé qui lui donnait l'air d'un monarque.

— Ho, j'ai besoin de votre aide, dit-elle. Il s'est produit quelque chose de terrible.

Il la contempla du haut de son trône. La voir, au milieu de l'après-midi, en robe du soir, l'avait immédiatement averti que le problème était urgent.

— Assieds-toi, Alex.

Puis, il s'empressa d'ajouter :

— Un problème de femmes. Je pense qu'on devrait appeler Lily, n'est-ce pas?

— D'accord, répondit-elle.

Il prit le téléphone.

— Lily, Alex et moi, nous avons besoin de te voir. Dans la bibliothèque.

Maintenant que Lily s'était jointe à eux, deux paires d'yeux la scrutaient, tandis qu'elle était assise, les genoux serrés. Elle se sentait aussi coupable qu'une écolière qui avait été prise en faute dans la cour d'école et qui devait faire face à deux directeurs. Elle commença :

— Il y a longtemps, j'ai fait quelque chose d'idiot...

— ...et son petit garçon, dit tante Lily quand elle eut terminé. Le petit Joël. Une nouvelle comme celle-là pourrait affecter son avenir si nos adversaires s'en emparent !

— Les maîtres chanteurs, dit Ho. Ce sont les pires. Ils sont peureux mais collants. Ce sont des rats ; ils sont pires que des communistes. Donne-leur la moindre miette et ils reviennent pour obtenir davantage. C'est sans fin, jusqu'à votre mort. O.K. Tu dis que cet homme a un dossier criminel ?

Alex, l'air désespéré, fit un signe d'approbation.

— O.K. Voici ce que nous allons faire...

Il expliqua soigneusement son plan.

Pour rendre justice à Ho Rothman, il faut dire qu'en cette fin d'année 1973, il se sentait à bout de rouleau, au plan financier, tout comme au plan personnel. La solution qu'il proposa à la fin de ce petit conseil de guerre, cet après-midi-là, était peut-être plus dure et plus draconienne qu'elle ne l'aurait été si le problème était survenu à un autre moment de sa vie. Cet été-là, son univers qu'il avait passé sa vie à bâtir semblait en passe de s'effondrer.

Au plan national, la crise de l'énergie occasionnée par la réduction de la production de pétrole, accompagnée de l'envol prodigieux des prix du grain, avait suscité une crise monétaire mondiale. La récession économique qui en avait résulté avait été la pire depuis la grande dépression des années trente. Sur le plan de ses propres affaires, elle avait amené ses annonceurs à couper dans leurs budgets. Les revenus de ses journaux, revues et stations de radio et de télévision étaient donc plus faibles que ceux de l'année précédente. Les ventes par correspondance et dans les kiosques avaient également diminué de façon très sensible.

Il y avait d'autres causes de migraines. L'expérience du gala pour le centième anniversaire de *Mode* à Paris deux ans auparavant avait enseigné à Ho que la célébrité, la publicité, le pouvoir et l'argent étaient tous des armes à double tranchant. Plus les puissants s'élevaient, plus leurs rivaux espéraient les voir déchoir. La superbe publicité engendrée par le gala de Paris aurait pu être réduite à néant si on avait su que son point culminant s'était soldé par la mort d'un jeune Français. Certains de leurs adversaires se seraient sans nul doute fait un plaisir d'afficher à la une de leurs publications que les Rothman en étaient responsables.

Il avait réussi à camoufler cette affaire, mais d'autres difficultés se révélaient plus difficiles à résoudre et plus lentes à éclipser. Un journaliste curieux préparait un long article sur l'empire des Rothman. Il prétendait, entre autres, que le prix Helen J. Pritzl pour l'excellence de la revue *Les Tout-P'tits* était un faux et que Ho n'avait jamais « prédit » le naufrage du *Titanic* comme il l'affirmait depuis longtemps. Ce journaliste réclamait des éclaircissements.

La société s'était également trouvée dans l'obligation de se défendre dans un certain nombre de poursuites. Elles étaient certes bénignes, mais n'en étaient pas moins malvenues. La *Gazette de Tampa,* par exemple, avait publié un article sur un prêtre de la ville arrêté pour exhibitionnisme dans une cour d'école. Sachant à quel point Ho Rothman aimait les titres accrocheurs, le rédacteur avait publié l'article sous le titre « UN PRÊTRE DÉFROQUÉ COUPABLE D'INDÉCENCE ! » Il n'y avait rien d'inexact dans le récit qu'on en avait tiré. Le délit était ignoble. De plus, il y avait des témoins dignes de foi, dont deux institutrices. Le seul détail erroné était que le prêtre n'était pas défroqué. Il ne tarda pas à poursuivre les Publications Rothman pour diffamation. Il exigeait cinquante millions de dommages et intérêts.

Les avocats des Rothman recommandaient qu'on règle hors cour, mais Ho, outragé, refusa en criant :

— Maintenant que je suis riche, tout le monde veut mon argent. Ce pervers n'aura pas un sou !

La cause traîna et devint de plus en plus coûteuse.

À la même période, il y avait dans l'air diverses tentatives d'union syndicale dans les journaux de Ho, décuplant ses soucis. Ses employés se mirent à réclamer, même à exiger toutes sortes d'avantages financiers scandaleux, y compris le remboursement des frais dentaires, la participation à des clubs de santé et de mise en forme. Le pire aux yeux de Ho concernait les frais de psychiatrie. Il avait répondu à toutes ces exigences en déclarant qu'il congédierait tous ses employés et, si nécessaire, qu'il allait cesser toutes ses activités, plutôt que d'y accéder.

De sorte que, à la lumière de tous ces événements, il n'était pas surprenant que la réponse de Ho Rothman à la demande de Skipper Purdy eût été rapide et brutale.

La petite pièce, juste à gauche du hall d'entrée de « Rothmere » avait été baptisée « la salle aux fusils ». C'était là que Ho Rothman gardait sa collection de petites armes à feu. Il en avait commencé la collection dans les années vingt.

Les fusils étaient parfaitement entretenus, même s'ils n'étaient jamais chargés. Tante Lily avait insisté pour que tous les fusils de la salle soient gardés sous clé dans des vitrines où on pouvait les admirer mais non les toucher. Seul Ho Rothman était censé savoir où était cachée la clé. Avec deux jeunes garçons dans la maison, Lily Rothman craignait beaucoup que l'un de ses fils ne les manipulât. Il était encore moins question de les leur laisser pour jouer. Mais a-t-il jamais été possible de cacher quoi que ce fût à de jeunes garçons pleins de vie ?

Herbert et Arthur trouvèrent rapidement la cachette de la clé. Chaque fois qu'ils le pouvaient, ils se glissaient dans la salle aux fusils, déverrouillaient les étagères et s'adonnaient à leurs jeux favoris. Ils s'embusquaient derrière les chaises, les sofas ou les tables. « Bang, bang ! T'es mort ! » « Non ! Tu m'as manqué ! » Tante Lily aurait été horrifiée si elle avait su alors ce qui s'y passait.

Dans les années 1950, la collection de fusils de Ho Rothman avait pris beaucoup de valeur. Une compagnie d'assurances l'avait estimée à 900 000 $. Lorsqu'elle fut mise aux enchères chez Sotheby en 1975, un amateur allemand paya 1 750 000 $ pour s'en porter acquéreur.

Cet après-midi-là, le trio se rendit de la bibliothèque jusqu'à la salle aux fusils, où on décida qu'un des petits pistolets serait plus aisé à manier pour une femme.

Ce soir-là, Alex Rothman écrivit une lettre, sur du papier bleu pâle à en-tête de « Rothmere » destinée à une boîte postale de Manhattan. De sa calligraphie bien caractéristique, elle écrivit : Quand je pense que j'ai jamais cru en vous... que j'ai cru que je vous aimais...

Dans la section des périodiques de la Bibliothèque publique de New York, Joël Rothman porta la bobine jusqu'au projecteur et y installa le film. Il en fit la mise au point, puis dévida rapidement la pellicule. Les événements de 1973, tels que rapportés dans le *New York Times,* défilèrent rapidement sur l'écran. Lorsqu'il arriva à septembre, il ralentit la bobine. Au 14 octobre, il arrêta complètement la machine puis se mit à l'actionner manuellement. En page B17, il trouva ce qu'il cherchait.

STEVEN J. ROTHMAN, 29 ANS ;
L'HÉRITIER DU MONDE DE L'ÉDITION
SE SUICIDE

TARRYTOWN, N.Y., 13 OCTOBRE. Steven Joseph Rothman, 29 ans, héritier de la fortune des Éditions Rothman, a été retrouvé aujourd'hui, pendu dans le chalet du « Rothmere », le domaine familial des Rothman dans la banlieue de Westchester. M. Rothman semble avoir attaché solidement une corde à un chevron du hangar à bateaux. Puis, debout sur un canoë, il l'aurait repoussé du pied. On a retrouvé ce canoë flottant quelques mètres plus loin. Une note, adressée à sa femme, l'a conduite sur les lieux du drame. Le contenu n'en a pas été révélé, mais on prétend que M. Rothman était découragé par le recul des ventes de *Mode,* la revue prestigieuse dont il était le rédacteur en chef. *Mode* est l'une des nombreuses publications de la famille Rothman.

M. Rothman était né dans la ville de New York, le 3 février 1944. Brillant étudiant à Princeton, il s'était joint à *Mode* peu après sa sortie en 1965. Coïncidence bizarre, le décès de M. Rothman est le deuxième à se produire dans le chalet de « Rothmere » ce mois. Le 20 septembre, Alexandra Lane, l'épouse de M. Rothman, a été assaillie dans ce même chalet alors qu'elle y lisait des manuscrits destinés à la revue de son mari. Après une lutte violente, Mme Rothman, qui n'a pas été sérieusement blessée, a réussi à tirer et à tuer son agresseur qui exigeait des bijoux et de l'argent. L'homme a été par la suite identifié comme un ancien bagnard et un itinérant de 39 ans, recherché au Kansas pour parjure.

Autre bizarrerie, M. Rothman, quand on l'a retrouvé, portait des vêtements de femmes. Un porte-parole de la famille et de la compagnie Rothman, sous le sceau de l'anonymat, nous a ainsi expliqué ces étranges circonstances : « Steven Rothman détestait son métier. Il n'avait aucune attirance pour la mode féminine. Il détestait jusqu'à l'idée de travailler pour une revue de mode. Mais son père et son grand-père ont insisté pour qu'il se mouille et fasse ses preuves au sein d'une des plus petites revues, comme *Mode,* avant d'être promu à une publication qui correspondrait davantage à ses dispositions et à ses goûts. Le fait de revêtir des vêtements de femmes avant de se suicider fut le dernier défi de Steven à l'égard de son père et de son grand-père. Ce fut sa façon à lui de leur dire ce qu'il pensait de la direction qu'ils avaient donnée au début de sa carrière. C'était également un exemple de son sens singulier de l'humour. Steven était un homme merveilleux. Sa perte est une vraie tragédie pour tous ceux qui le connaissaient et qui l'aimaient. »

En plus de sa veuve, M. Rothman laisse dans le deuil un fils, Joël Steven Rothman, âgé de seize mois ; ses parents, M. et Mme Herbert J. Rothman ; et ses grands-parents, M. et Mme H. O.

Rothman, tous de Tarrytown. Il n'y aura pas de funérailles. Une commémoration est prévue dans les jours qui viennent.

Joël relut l'article encore une fois. Puis il se leva d'un bond et courut aux toilettes où il régurgita tout ce qu'il avait dans l'estomac.

Lorsqu'il revint au projecteur, le film était encore à sa place. Bien qu'au courant de l'événement, il rembobina la pellicule jusqu'au vingt et un septembre. Il trouva en première page ce qu'il cherchait.

L'ÉPOUSE D'UN ÉDITEUR TUE UN INTRUS

TARRYTOWN, N.Y., LE 20 SEPTEMBRE. Mme Steven Rothman, l'épouse du rédacteur en chef de *Mode,* a tiré sur un supposé agresseur au domaine de la famille Rothman, situé en banlieue. Elle l'a tué. Les coups de fusil, qui ont été tirés aux environs de 15 h 20 aujourd'hui, ont fait suite à des tentatives d'extorsion puis de viol sur la personne de la jeune Mme Rothman.

La victime a été défigurée par six coups de fusil. On l'a tout de même identifiée plus tard, grâce aux empreintes digitales, comme étant Nils Johanssen, 39 ans, un ex-bagnard et un itinérant, qui avait tout de même réussi à pénétrer sur la propriété habituellement bien gardée de « Rothmere », la résidence de campagne des Rothman. La police pense que le voleur aurait d'abord tenté de pénétrer dans la maison principale du domaine. L'ayant trouvée verrouillée et jugée impénétrable, il se serait rendu au chalet, sur le bord du fleuve Hudson. Celui-ci n'était pas verrouillé. Il s'est heurté à Mme Rothman qui était seule en train de lire des manuscrits pour la revue de mode de son mari. Bien que le chalet soit rarement utilisé par la famille, Mme Rothman a dit à la police : « Je m'y rends souvent pour lire, loin de la sonnerie du téléphone ».

Mme Rothman a ajouté : « C'était le jour de congé des domestiques. J'étais en train de lire dans le salon. Soudain cet étranger est apparu. Il avait un long couteau à la main. Il réclamait de l'argent et des bijoux. Je lui ai dit que je n'avais pas d'argent et que les seuls bijoux que j'avais étaient ceux que je portais — un triple rang de perles et ma bague de fiançailles. Je les lui ai offerts. Il est devenu furieux. Il m'a dit qu'il allait me violer. J'ai couru vers une table et j'ai pu mettre la main sur un des pistolets de Ho Rothman. L'homme a brandi le couteau dans ma direction. J'ai appuyé sur la détente. »

H. O. « Ho » Rothman est le grand-père du mari de Mme Rothman. Il est président-directeur général des Communications Rothman Inc, le groupe de publication et d'édition de *Mode*. Le patriarche possède une célèbre collection de petites armes à feu.

On a trouvé le couteau près du corps de la victime. Il semble provenir de la cuisine du chalet des Rothman. Tout indique que l'intrus aurait pénétré par cette pièce avant d'atteindre le salon.

Mme Rothman n'a pu être jointe aujourd'hui. Un porte-parole de la famille l'a décrite comme « en état de choc et sous médication »...

Il n'y avait qu'une ou deux notes un peu bizarres dans l'article du *Times*.

Les agents de police ayant investi le salon maculé de sang — une grande pièce vitrée donnant sur la rivière — avaient répondu à un appel anonyme, probablement d'un membre de l'organisation Rothman. Pourquoi Mme Rothman n'avait-elle pas appelé la police immédiatement après les coups de feu? Il semble qu'elle ait préféré appeler M. H. O. Rothman à son bureau, à Manhattan. Elle aurait eu avec lui une conversation téléphonique d'une vingtaine de minutes avant que la police ne fût avertie. « J'étais hystérique, répliqua-t-elle. Rien de tel ne m'était jamais arrivé auparavant. Je ne savais que faire. Je ne me rappelle même pas ce que j'ai fait. »

La police a également demandé pourquoi Mme Rothman avait jugé nécessaire de décharger les six balles de son arme automatique pour neutraliser son agresseur, alors qu'un seul coup aurait suffi pour le désarmer, ne fût-ce que temporairement. « J'étais hystérique, répéta-t-elle. J'étais terrifiée. J'ai tiré une fois, puis une autre. Je ne sais plus. »

Une autre question est toujours en suspens. Comment l'homme qui, selon le *Times,* était également recherché pour parjure dans l'état de Kansas, envisageait-il de s'enfuir, si son intention était de commettre un vol sur un domaine apparemment inoccupé? Johanssen serait descendu du train en provenance de Grand Central, à 13 h 59, à la station de Tarrytown. Il aurait pris un taxi jusqu'au domaine des Rothman. Carlos Flores, un chauffeur de Tarrytown se rappelle avoir chargé un homme correspondant à la description de Johanssen devant la gare et de l'avoir conduit jusqu'à la clôture de « Rothmere » où il l'a laissé. « Cela semble une façon plutôt bizarre d'exécuter un coup, a fait remarquer le chef de police de Tarrytown, Maurice Litwin. Arriver en taxi et repartir à pied en plein jour, avec le butin. Ça représente près de cinq kilomètres du domaine des Rothman jusqu'à la gare. » Un porte-parole de la famille a alors suggéré que Johanssen avait peut-être un complice qui l'attendait dans une auto à quelque distance de là. Ce dernier, lorsque l'affaire a mal tourné, a dû s'enfuir en toute hâte.

On peut donc supposer que personne, si ce n'est Mme Rothman, n'étant censé se trouver sur les lieux à ce moment-là, le présumé complice pourrait être un « familier ». Ceci expliquerait comment Johanssen a réussi à passer si facilement les barrières habituellement bien gardées de « Rothmere ». Le chef Litwin a précisé que les 27 membres de la maisonnée « Rothmere » et les employés de jardin seraient interrogés.

Joël éteignit la machine. Il n'y avait jamais pensé auparavant, mais il lui semblait étrange que deux hommes puissent avoir été tués dans le chalet en moins d'un mois. Était-il possible qu'il y eût un lien? Mais alors quel lien? Puis il réfléchit : Où étais-je? Ma mère était censée être toute seule au « Rothmere » à ce moment-là. Et je n'avais que quinze mois. Alors où étais-je?

Les journaux Rothman rapportèrent l'événement en multipliant les détails sensationnels. Ils parlèrent d'une « Alexandra Rothman, menue, fragile et sans défense, récemment mère d'un petit garçon » et de son « agresseur robuste, assoiffé de sexe et de sang », « un criminel endurci à l'interminable dossier coupable de contrefaçons, de meurtres, de viols ». Il avait réussi « à se faufiler à travers les mailles de la justice américaine », et s'était approché d'Alexandra Rothman, « une lame mortelle d'une vingtaine de centimètres à la main. Ses petits yeux sadiques brûlaient du désir de voler, de violer, de mutiler et de tuer ». Selon les journaux Rothman, Alexandra Rothman, avait, « grâce à sa présence d'esprit et à son vaillant courage, tué le monstre qui avait menacé de souiller son innocence, sa jeune et fraîche maternité » et elle avait « accompli un acte d'héroïsme jamais atteint dans l'histoire depuis Jeanne d'Arc » en débarrassant le monde « d'un fléau humain irrécupérable et sans remords ».

Alex Rothman, bien sûr, se rappelait cet après-midi d'une tout autre façon.

— Alors tu as décidé de me trahir après tout.

— Je vois les choses sous un angle différent. Je pense que tu m'as trahi — en épousant un autre homme sans lui dire que tu étais déjà mariée. Tu m'as réellement blessé, Alex. Maintenant, tu vas devoir payer. Où est le chèque ?

— Assieds-toi, Skipper. J'ai à te parler quelques instants.

— Non. Je vais rester debout.

— D'accord. Mais écoute-moi, Skipper. Tu représentais beaucoup à mes yeux. D'une certaine façon, tu représentes encore beaucoup. Tu as été une partie importante de ma vie et, d'une certaine façon, tu l'es encore et tu le seras probablement toujours. Il n'est pas facile d'oublier ce qu'il y a entre nous. Je n'ai jamais vraiment voulu te blesser et je ne veux pas davantage te blesser maintenant. Je suis désolée que tu aies des ennuis. J'aimerais vraiment t'aider à t'en sortir.

— C'est mon p'tit, n'est-ce pas ?

— Je ne veux pas en parler. Je viens de dire que je veux t'aider — peu importe le genre d'ennuis que tu as. Mais — un million de dollars. Je n'ai pas cet argent. Le fait d'être mariée à un homme riche ne fait pas de moi une femme riche. Mais ce que j'ai fait...

— Tu avais dit un million de dollars ! C'est dans ta lettre. Tu as écrit : « Je répondrai à toutes tes demandes ». J'ai la lettre, Alex !

— Je ne peux pas, dit-elle. Je ne détiens pas une telle somme. Mais voici ce que j'ai fait. Je suis allée chez un usurier qui a pris en gage mon collier de trois rangs de perles au fermoir serti d'un diamant et d'un saphir, un cadeau de Steven. J'ai pu obtenir cinquante mille dollars pour le tout. J'aimerais te les remettre maintenant. Mais il te faudra reconnaître que c'est tout ce que je serai jamais capable de te donner et me promettre de ne jamais revenir me demander quoi que ce soit d'autre. J'ai le chèque ici — un chèque certifié, tel que tu l'as demandé, payable au porteur.

Elle ouvrit son sac et en tira un chèque plié en quatre.

— Je t'en prie, prends cela, Skipper, et tente de comprendre que c'est tout ce que je puis faire. Parce que je t'ai vraiment aimé autrefois.

Il jeta un coup d'œil sur le chèque.

— Tu m'as trompé, Alex. Je vais aller voir ton mari et lui dire que cet enfant est le mien!

— Je t'en prie, Skipper...

Il fit un pas.

— Et je vais lui montrer notre certificat de mariage. Et je vais...

C'est à ce moment-là qu'elle remit la main dans son sac et en sortit le pistolet que Ho lui avait donné. Elle le pointa dans sa direction.

— Très bien, dit-elle. Dans ce cas, sors d'ici, Skipper. Sors d'ici tout de suite. Sors d'ici et ne reviens plus — jamais. Marche tout droit vers cette porte et ne reviens plus jamais. Si tu ne pars pas, je...

À ce moment-là, il la frappa d'un coup sec de karaté sur le côté du visage et, du pied, il lui porta un coup derrière les genoux. Sous l'impact, elle tomba sur le dos. Le pistolet s'échappa de sa main et glissa sur le plancher ciré.

Il était debout au-dessus d'elle, le talon de son soulier écrasant sa gorge.

— Ordure, dit-il. Donne-moi l'argent. Sinon, je vais te briser le cou.

Le bruit d'un express ébranla soudain les fondations du chalet. C'est à ce moment que des coups de fusil se mirent à crépiter.

36

— Herbert Rothman a reçu la notification hier matin à son bureau à dix heures quinze, dit Henry Coker.

Il feuilletait rapidement les papiers glissés dans sa serviette sur ses genoux.

— De sorte que nous sommes maintenant en litige. Notre poursuite se situe sur deux plans. D'abord pour rupture de contrat, ce qui est clair. Nous exigeons d'autre part une copie du document établissant le fonds — le soi-disant fonds Steven — dont il est fait mention dans le testament de feu votre époux. Et par la même occasion que nous soient remis tous les documents faisant état du contenu de ce fonds. Il est évident que si ce fonds n'a jamais existé ou si, au cours des dernières années, il a été absorbé par les méthodes plutôt inhabituelles et secrètes de tenue de comptes de la société, alors il y a peu de choses que nous puissions faire. Mais au sujet de la rupture de contrat, il n'y a aucun doute dans mon esprit : nous le tenons.

— Il m'a parlé d'une clause de loyauté, dit-elle.

— Oui, il y a en effet une clause de loyauté dans votre contrat. Mais d'après ce que je peux voir, il ne peut nullement prouver que vous ayez agi contre l'entreprise. Vous n'avez vendu aucun secret, ni rien de semblable, que je sache ! Vos rencontres avec McCulloch ont été tout à fait patentes. Il vous a fait une offre que vous avez étudiée et que vous avez par la suite refusée. Le fait de discuter avec Rodney McCulloch d'une offre d'emploi ne constitue en rien un manque de loyauté envers la compagnie. Les gens qui ont réussi reçoivent constamment de nouvelles offres. Par contre, si vous étiez en train de comploter secrètement avec Rodney McCulloch afin de prendre en main les Publications Rothman, cela constituerait un manque de loyauté. Mais tel n'est pas le cas.

Elle sourit.

— C'est ce que Rodney aimerait bien faire, dit-elle, détruire Herb Rothman.

— Il n'est pas le seul. Mais, avec une rupture de contrat, je pense que nous tenons Herb Rothman. Nous devons, bien sûr, attendre une réponse des gens de Waxman, Holloway, mais je ne vois pas comment ils pourraient lui recommander de se battre sur ce point-là. Il n'a pas le moindre élément en sa faveur. Et puis, s'il décide de nous poursuivre, ça va lui coûter cher. Le fisc le poursuit déjà pour un milliard. Je ne pense pas que quelqu'un de sensé lui recommanderait de s'attaquer à une autre cause qu'il a toutes les chances de perdre. Dans le pire des cas, il pourrait vous offrir de racheter votre contrat — ce qui lui coûterait également très cher.

— Il pourrait aussi me congédier.

— Oui. Mais votre tante Lily Rothman a raison. Vous congédier lui coûterait de fortes sommes parce qu'il devrait vous payer jusqu'au dernier sou votre participation aux bénéfices. Vous congédier est la dernière chose qu'il voudra faire. Alors ne vous inquiétez pas, Alex — nous allons remporter cette bataille. Je suis très confiant.

— Et à ce sujet...

Elle désigna la lettre qu'elle venait tout juste de lui faire lire. Elle l'avait reçue au courrier du matin.

Avec un soupir, il dit :

— Je crains que nous ne puissions rien faire à ce sujet, Alex. Hélas, ils sont dans leur plein droit.

Elle lut à nouveau la lettre envoyée par un des avocats de la société.

Le 29 juin 1990

Madame Rothman,

L'appartement de fonction que vous occupez actuellement, soit le 10 Gracie Square, New York, N.Y., 10028, sera désormais destiné à un autre usage. En conséquence, il est nécessaire que vous ayez quitté les lieux dans les soixante (60) jours à compter de la date ci-dessus mentionnée.

Nous espérons que cela ne vous causera pas trop d'inconvénients.

Stuart A. Melnick

— Vous savez, je pourrais accepter de voir ce bureau repeint, même si le rouge mandarin n'est pas ma couleur préférée. C'est petit et mesquin, mais c'est également signé de Herbert. Après tout, je sais bien que la société possède tout l'édifice. Mais je n'aurais jamais cru qu'il agirait ainsi — nous jeter, Joël et moi, à la rue. Son propre petit-fils.

— Malheureusement, l'appartement leur appartient, dit-il.

— Je vais te renvoyer d'où tu viens à une vitesse telle que tu ne sauras pas ce qui vient de t'arriver — sans le moindre sou en poche. En autobus Greyhound.

— Hum?

— C'est mot pour mot ce qu'il m'a dit.

— Ce n'était qu'un petit coup de canif, Alex. Mais malheureusement, ce qui vous arrive en ce moment est tout autre. Les parts de la copropriété sont enregistrées au nom de la corporation.

— Comment puis-je avoir été aussi stupide, Henry? Comment ai-je pu vivre dans cet appartement pendant plus de vingt ans sans savoir qu'il ne m'appartenait pas, tout en en payant les frais d'entretien?

— Vous étiez probablement trop occupée à faire fonctionner la revue pour vous arrêter à de tels détails.

— Coleman a téléphoné. Un des ingénieurs est venu ce matin, pour prendre les mesures de la terrasse. Il semble qu'il ait reçu des ordres pour l'entourer de parois de verre. Ma belle terrasse! Mon beau jardin suspendu!

Il fit remarquer avec une certaine tristesse dans la voix:

— Oui. Je sais exactement ce que vous ressentez, Alex.

— Oh, je le déteste vraiment maintenant. Jusqu'ici, je pensais qu'il n'était qu'un petit bonhomme, stupide et mesquin, qui n'avait jamais eu de réel pouvoir et qui voyait soudain la chance lui sourire. Je le trouvais pathétique, plus qu'autre chose. Mais aujourd'hui je pense que je le hais !

— Vous l'avez rendu fou furieux. Il a reçu une notification hier. Il sait maintenant que nous étions sérieux quand nous parlions d'action en justice. Il joue les durs en ce moment et de la façon la plus vile ! D'une certaine façon, il est bon que nous l'ayons mis dans un tel état. Quand les gens sont furieux, ils sont rarement efficaces. Essayez de contenir votre haine, Alex. Continuez à jouer à celle qui domine la situation.

— Avez-vous vu comment il se désigne lui-même maintenant ? Président-directeur général des Communications Rothman. C'est ce qu'il a fait imprimer sur son papier ! C'est le titre de Ho ! En a-t-il le droit, Henry ?

Coker sourit faiblement.

— Le fait est qu'il l'a fait. Il s'est emparé du titre avant que son jeune frère ne puisse le faire, c'est tout. Quand une société et une famille ne font qu'un, tout peut arriver. Le prix est à celui qui s'en empare le premier. De plus, n'oubliez pas qu'il y a sa nouvelle petite amie dans le décor. Il doit lui démontrer ou lui prouver son pouvoir et son autorité. C'est pourquoi, s'il perd cette cause — et je pense que c'est ce qui va se produire — ce sera une pilule encore plus amère et plus humiliante qu'il devra avaler. C'est pourquoi j'imagine que nous ne l'avons pas seulement rendu fou furieux, nous avons en plus réussi à l'effrayer.

Elle hésita.

— Revenons un moment au fonds. Est-ce qu'il y aurait un problème — pas seulement pour moi, mais surtout pour Joël — s'il s'avérait que j'ai été mariée auparavant à quelqu'un d'autre que Steven et que, pour une raison quelconque, je n'ai jamais divorcé de cet autre homme ?

Il lui jeta un regard distant.

— Je pense vous avoir déjà dit qu'un avocat tente d'en savoir le moins possible sur la vie privée de ses clients. J'en suis toujours convaincu. Mais, dans notre cas, Alex, peut-être vaudrait-il mieux que vous m'en disiez un peu plus. Par exemple, est-ce que cet autre homme est toujours vivant?

— Non.

— Je suis fortement soulagé de vous l'entendre dire.

— Mais qu'arriverait-il si quelqu'un pouvait produire un document — un permis ou un certificat, révélant un mariage antérieur? Cela entraînerait-il des conséquences sérieuses — ou non — pour moi?

Il joignit les doigts.

— Laissez-moi vous dire que j'espère bien que personne ne produira un tel document. Mais si tel était le cas...

Il eut un sourire peu amène.

Elle soupira.

— Vous aimez vous battre, n'est-ce pas, Henry? J'imagine que tous les avocats aiment se battre. C'est leur travail — conduire la guerre des autres?

Son regard conformiste se changea soudain en un sourire compassé et fier de soi. Il baissa les yeux.

— Oui, je peux affirmer que j'aime me battre, dit-il. À l'école et au collège, j'étais le gamin maladroit, maigrichon, pesant à peine quarante kilos et que les plus grands et plus gros menaient par le bout du nez. Comme avocat, j'ai appris qu'il y avait d'autres manières de dominer un de ses adversaires.

Elle se rassit et leva les yeux vers le plafond récemment peint de rouge mandarin. Elle finit par dire :

— Je ne sais rien d'elle, chéri. Le jeu en vaut-il la chandelle? Est-ce que cet emploi vaut vraiment le mal que je me donne? Peut-être est-il temps pour moi d'abandonner la partie.

Dehors, dans l'antichambre, Gregory Kittredge, qui n'avait pas manqué le moindre mot, entendit ces paroles et tressaillit. Dans le bureau, le regard d'Henry Coker manifesta sa totale désapprobation.

Pegeen Rothman se rendit dans la salle de musique de « Rothmere » rejoindre son mari. Elle lui dit :

— Je viens de trouver quelque chose d'intéressant dans le coffre à bijoux d'Alex.

C'était dix jours après l'incident, en 1973.

— Je n'oserais pas te demander ce que tu faisais dans la chambre d'Alex et pourquoi tu fouillais dans son coffre à bijoux, très chère. Mais qu'as-tu donc trouvé ?

— D'abord ceci, dit-elle.

Elle fit sauter une bague en or dans la paume de sa main.

— Une bague ?

— Oui. Ça ressemble à une alliance, ne trouves-tu pas ? Et regarde ce qui est gravé à l'intérieur.

Il regarda attentivement à l'intérieur et dit :

— J.P.-A.L.

— A.L, c'est pour Alexandra Lane. Mais J.P., à ton avis ?

— Je n'en ai aucune idée. Une amourette d'adolescente peut-être ?

— Et j'ai également trouvé ceci.

Elle lui tendit une feuille de papier pliée à bordure jaune. Il l'ouvrit. C'était une note griffonnée d'une écriture inégale. Elle ne portait aucune date, ni aucune formule de politesse. Elle disait simplement :

Je ne sais pas pourquoi tu me dis des paroles aussi blessantes dans ta lettre, après tout ce que nous avons été l'un pour l'autre. J'ai tout simplement besoin de ton aide en ce moment. De toute façon, je serai au rendez-vous à la date et à l'heure que tu m'as fixées.

J.P.

Quand Herbert en eut terminé la lecture, elle lui demanda :

— Alors, qu'en dis-tu ? C'est de J.P.

— Ça semble la lettre d'un amant ou d'un ancien amant, non ? « Après tout ce que nous avons été l'un pour l'autre. »

— Eh bien, peut-être. Mais comment pouvons-nous être certains que cette lettre était adressée à Alex ?

— Pourquoi la garderait-elle dans son coffre à bijoux ? Sous les tablettes et les petits tiroirs.

— Ouais ! Je vois que tu as fait une recherche en bonne et due forme, Pegeen.

— Je pense que c'était peut-être une lettre de l'homme qu'elle a tué. Ce n'était pas un intrus. Elle l'attendait.

— Hem, dit-il. Mais le nom de cet homme était Nils quelque chose.

— Johanssen. Mais la police a dit qu'il utilisait beaucoup de noms d'emprunt.

— C'est vrai, dit-il.

— Tu sais, je n'ai jamais compris ce qu'une arme faisait au chalet — « dans un tiroir », a-t-elle dit à la police. Mais elle provenait de la collection de Ho, alors que toutes celles de ton père ont toujours été enfermées dans la salle aux fusils, ici, à la résidence principale. Sous clé, dans une vitrine. Ton père était très strict, là-dessus.

— C'est vrai, répéta-t-il. Mais regarde, Pegeen, cette lettre en elle-même ne signifie rien. C'est la réponse à une autre qu'elle a écrite à ce J.P. Tu vois, il parle d'une lettre qu'elle lui a envoyée. Si nous pouvions mettre la main sur cette autre lettre, celle qui lui indique la date et l'heure du rendez-vous, alors...

— Alors quoi ?

— Alors nous aurions la preuve qu'elle l'a invité au chalet. Que ce n'était pas sur un intrus qu'elle a tiré.

— Que c'était un ancien amant.

— Et que c'était un meurtre prémédité.

— Où pourrions-nous trouver la lettre d'Alex ?

— Une lettre à un ancien bagnard maintenant décédé ? Je n'en ai aucune idée. Laisse-moi réfléchir, Pegeen. Pendant ce temps, remets cette bague exactement où tu l'as trouvée. Je vais faire une photocopie de la lettre. Tu pourras alors la remettre en place, elle aussi.

— Débarrassons-nous d'elle, Herbert, dit sa femme. Tu ne l'as jamais aimée et je ne l'ai jamais vraiment aimée, moi non

453

plus. Elle nous a donné ce que nous voulions. Elle a eu un enfant, le garçon que tu désirais. Arrangeons-nous pour la faire partir, Herbert. Elle n'a jamais rien fait que pour l'argent.

— Laisse-moi réfléchir à tout cela, dit-il.

Puis il lui caressa le menton, en souriant d'un air complice.

— Tu sais, c'est du bon travail.

Plus tard ce jour-là, il questionna Auguste, le majordome.

— Est-ce que la jeune Mme Rothman reçoit parfois ici des visiteurs qui semblent sortir de l'ordinaire, Auguste? lui demanda-t-il. Des visiteurs qui ne font pas partie du cercle habituel des amis de la famille?

— Non, monsieur, je ne crois pas, dit Auguste. Oh, si, il y en a une — cette très grande femme, Mlle Withers.

— Je parle de visiteurs masculins.

— Non, monsieur.

— Auriez-vous reçu des appels téléphoniques bizarres?

— Eh bien, monsieur, maintenant que vous en parlez, il y a un homme qui a téléphoné une ou deux fois.

— Vous rappelleriez-vous son nom par hasard?

— Non, monsieur. Il était bien mystérieux. Et n'a pas donné de nom. Il m'a simplement enjoint de dire à Mme Rothman qu'il était un de ses vieux amis, de Paradis.

— Merci, Auguste, dit Herb Rothman.

Un ou deux appels téléphoniques discrets et un peu d'investigations conduisirent Herbert au salon funéraire de Sturm et Weatherwax où avaient été envoyés les restes du défunt. C'était dans une banlieue misérable de Brooklyn.

— Seigneur, si je me rappelle de celui-là! dit M. A. Fairleigh Weatherwax.

Herbert avait trouvé le directeur du salon funéraire dans un petit bureau qui sentait le cigare et un produit chimique difficilement identifiable.

— Quel travail il nous a fallu pour réparer ce chéri pour la salle d'exposition! Il avait reçu six balles en plein visage. Par-dessus le marché, nous n'avions rien sur quoi nous baser! Pas de photos, rien. Nous avons tout de même réussi à lui donner belle allure. Il avait l'air de dormir. Il avait l'air vivant.

— Qui a payé les frais funéraires? Je me le demande, dit Herbert.

— L'état de New York, simplement. Grâce à une loi que nous avons réussi à faire passer dans notre état. Tout client a droit d'être exposé et enterré. Tout client a droit d'être embaumé en bonne et due forme, même si son cercueil doit rester fermé. Tout cadavre doit être embaumé et avoir un cercueil, même s'il doit subir une crémation. Nous avons réussi à faire adopter cette loi. Grâce à l'Association des directeurs funéraires. C'est une sorte de compensation en retour des taxes que nous payons.

— Dites-moi donc, dit Herbert. N'avez-vous pas un registre de visite, où les gens signent quand ils viennent voir le défunt?

— Si, dit M. Weatherwax.

Il avait l'air peiné.

— D'habitude nous le remettons au plus proche parent du défunt, ou à la personne qui semble lui être la plus proche, quand nous en avons terminé avec le client. Mais ce chéri ne semblait guère avoir de proche parent, ni personne d'ailleurs. Le croiriez-vous? Tout ce mal que nous nous sommes donné et seulement une demi-douzaine de personnes! Vous parlez d'une perte de temps! J'aurais tout aussi bien pu le mettre dans un cercueil vissé et envoyer la facture à l'état pour l'avoir malgré tout embaumé.

— Alors vous avez encore le registre...? Pourrais-je y jeter un coup d'œil?

— Ouais, je l'ai ici quelque part, dit M. Weatherwax.

Il se mit à fouiller dans un tiroir particulièrement en désordre.

— C'est une chance que vous soyez venu aujourd'hui. Je m'apprêtais à le jeter.

Il tendit à Herbert un petit volume noir.

Herbert regarda rapidement la courte liste. La plupart des noms ne lui disaient rien, mais deux signatures attirèrent immédiatement son attention :

Leonard J. Liebling
Charles Edward Boxer III

En exergue de sa signature, Lenny Liebling avait écrit : « Bonne nuit, doux prince ! »

— Merci beaucoup, monsieur Weatherwax, dit Herbert Rothman.

Il lui tendit le livre noir.

Herbert informa son père de ce qu'il avait appris jusqu'alors.

— Arrête de te mêler des affaires des autres, Herbie ! cria Ho Rothman. Ce ne sont pas tes affaires !

Il frappa son bureau de son poing.

— Arrête de t'en mêler, Herbie !

— Mais, Papa, tu ne comprends pas ? Il semble de plus en plus que l'homme n'était pas un intrus. C'est comme si elle l'avait attendu. Il semble qu'il était peut-être son amant et que Lenny Liebling ait quelque chose à voir là-dedans. L'arme...

— Tais-toi ! dit son père. Qu'est-ce que je viens de te dire ? Ça ne te regarde pas ! C'est fini, c'est terminé. Un point, c'est tout.

— Mais, Papa...

— Qui commande ici ? Toi ? Ou moi ?

— C'est toi, bien sûr, Papa, mais...

— Alors fais ce que je te dis. Tais-toi. Arrête de te mêler de ce qui ne te regarde pas. Maintenant sors d'ici. Retourne travailler pour gagner l'argent de l'entreprise. Les chiffres des revues sont à la baisse ce mois-ci.

Et il détourna son attention sur les papiers qui étaient étalés sur son bureau.

Quelques jours plus tard, après avoir consulté Pegeen, Herbert décida qu'il était temps de mettre son fils au courant. Après avoir parlé à Steven de la bague et après lui avoir montré la photocopie de la note signée « J.P. », il lui dit :

— Tu vois, tout laisse croire que le prétendu agresseur n'était absolument pas un intrus. Elle connaissait l'homme et le chalet était le lieu où ils s'étaient fixé rendez-vous. Un rendez-vous d'amour, comme cette note l'indique clairement : « après tout ce que nous avons été l'un pour l'autre ». C'était une rencontre d'amoureux. Lenny semble leur avoir servi d'intermédiaire, mais quelque chose a mal tourné et elle lui a tiré dessus. Je pense que tu as suffisamment de preuves ici, en plus des appels téléphoniques rapportés par Auguste, pour demander le divorce et pour obtenir la garde de l'enfant. Je vais appeler Jerry Waxman demain matin et lui demander d'entreprendre les procédures.

Le visage de Steven resta totalement inexpressif. Il finit par dire :

— Mais je ne veux pas divorcer. Je l'aime.

— Quoi ? cria son père. Comment peux-tu dire que tu aimes cette petite traînée, cette hypocrite ? La seule raison pour laquelle elle t'a épousé, c'est ton argent, tu le sais. Tout le monde le sait. Ta mère et moi, nous le savons depuis le début. Elle ne peut certainement pas t'avoir épousé pour le sexe, hein ? Pas toi. Quand on sait quels problèmes tu as eus avec les femmes auparavant, ton impuissance, je ne serais absolument pas surpris d'apprendre que cet ancien bagnard est le père de l'enfant que tu crois être le tien !

Puis il ajouta :

— Cette femme a fait l'amour avec tout ce qu'elle a rencontré sur son chemin, moi y compris.

Cette dernière explosion s'avéra un fort mauvais calcul. Et même une tragédie. C'est cet après-midi-là qu'Alex Rothman, montée changer de souliers dans sa chambre du « Rothmere », remarqua la note épinglée sur sa table de toilette.

Ma chérie,

Tu me trouveras au chalet. Je t'en prie, pardonne-moi ce que je vais y faire. De mon côté, je te pardonne pour tout ce que tu as peut-être fait ou peut-être pas fait. Je t'aime toujours. La dernière image que je verrai sera celle de tes yeux aux couleurs changeantes. Ne me déteste jamais.

Steven

Le chalet était distant de plus d'un kilomètre. On s'y rendait en général en voiture. Mais au moment où elle parvint à l'auto, elle s'aperçut qu'elle en avait oublié les clés. Elle se mit à courir, pieds nus, le long de l'allée de gravier en direction du fleuve. Elle courait sans rien voir, tout en priant. *Oh, Steven, Steven, laisse-nous une dernière chance, je t'en prie, Steven, donne-moi encore une chance, laisse-moi essayer encore une fois. Je vais tout faire, je te le promets. C'est terrible, ce que je t'ai fait. Je n'ai pas d'excuse, tout ce que je peux te dire c'est que je regrette, je regrette, je regrette. Est-ce que regretter pour le reste de ses jours n'est pas une punition suffisante, une punition suffisante pour ne pas t'aimer assez, pour ne pas t'aimer de la même façon que je l'ai aimé, lui? Oh, Steven, je t'en prie.*

Quand elle parvint au chalet, ses pieds étaient en sang. Le bassin qui servait d'abri au canoë était ouvert sur trois côtés. Il était limité par deux piliers. D'abord elle ne vit rien. Puis elle remarqua le vieux canoë, flottant, partiellement enfoncé dans le fleuve. Puis elle le vit. Elle sut alors que la pire des choses qui puisse arriver à une femme, elle était en train de la vivre. Le grondement du rapide pour New York couvrit ses cris.

À la suite de cette tragédie, inutile de dire que les soupçons de Herbert et de Pegeen devinrent un violent sujet de discussion.

— Que lui as-tu dit? demandait Pegeen.

— Je ne lui ai rien dit.

— Je pense que tu lui as dit quelque chose, pleurait-elle.

Je pense que tu lui as dit quelque chose. J'en suis certaine.

Joël Rothman s'éveilla de son rêve en hurlant. Ses draps étaient trempés de sueur. Il se mit à écrire dans son journal.

30/06/90
03 h 45

J'ai rêvé que je le voyais pendu. Ça m'a réveillé. Je voyais le chalet de « Rothmere », bien que je ne puisse me rappeler y avoir déjà été. Je voyais les gros chevrons. Il avait attaché une corde à l'un d'eux. Je voyais l'eau sombre et trouble au-dessous et le canoë à la dérive sur l'eau. Sa tête était penchée, comme s'il était en prière. Son menton touchait sa poitrine. Le bout de ses souliers n'était qu'à deux ou trois centimètres au-dessus de la surface de l'eau. Mais la marée montait. Je l'ai regardée monter sur l'Hudson, quand le fleuve qui cherche à couler du nord au sud comme tous les grands fleuves du monde — sauf le Nil — change de direction et se met à couler du sud vers le nord. C'est ce qui arrivait dans mon rêve. J'ai vu le fleuve sur le point de toucher le bout des souliers de mon père. Bientôt ses orteils allaient être sous l'eau, puis ses pieds, ses chevilles. Je savais que si quelqu'un ne le détachait pas rapidement, il serait bientôt complètement noyé, mais j'étais beaucoup trop loin pour y parvenir. C'était comme si mes propres pieds étaient figés dans le ciment et que je ne pouvais bouger. Puis, j'ai senti que mes pieds étaient en fait pris dans la boue, dans une sorte de sable mouvant en bordure du fleuve. Moi aussi, j'étais en train de me noyer au fur et à mesure que la marée montait. Je criais : « Arrête ! Arrête ! » J'essayais d'arrêter la marée. Il y avait une brise, et la brise faisait tourner le corps de mon père, d'abord d'un côté, de sorte que son visage était tourné vers moi, puis de l'autre côté, de sorte que la seule chose que je pouvais voir de lui, c'était sa nuque. Le vent gonflait la longue robe rouge qu'il portait. Maintenant je sais que nous rêvons en couleur, parce que la robe qu'il portait était d'un rouge brillant, la couleur du sang. L'eau en avait atteint l'ourlet. C'est alors que j'ai réalisé que nous étions tous les deux en train de sombrer, mon père dans sa robe rouge et moi. Et j'ai hurlé : « Dégénéré ! Homo ! » Parce que c'était de sa faute ce qui m'arrivait. Puis je me suis réveillé.

J'ai vu autre chose aujourd'hui et ce n'était pas un rêve. J'ai vu Otto et je sais qu'il me suit encore, depuis tout ce temps. C'était sur Madison Avenue, à quelques blocs de l'hôtel de Fiona, où je venais de faire une dernière tentative pour la voir, pour tenter de lui expliquer que je ne pouvais pas faire ce qu'elle voulait que je fasse avec l'oncle Lenny. Mais elle a refusé de me voir. Elle dit qu'elle ne veut plus jamais me revoir et que, si je tente de l'appeler encore de l'entrée de l'hôtel, elle va faire changer son numéro. Elle dit que je n'ai pas tenu la promesse que je lui ai faite. Elle a raison. Il m'arrive parfois de penser que j'ai déçu tout le monde. Mais c'est dur, très dur, pour moi de savoir que je l'ai déçue. De toute façon, il était là, Otto. Je traversais le 58e Rue. J'ai jeté un regard derrière moi. Il était là, à dix pas environ. Il a tenté de se cacher dans l'entrée d'un magasin afin que je ne le voie pas, mais je l'ai vu et je sais qu'il sait que je l'ai vu. Ma mère n'a donc pas tenu la promesse qu'elle m'avait faite. C'était la seule chose que j'avais demandée pour mon anniversaire et elle m'a trompé, comme l'avait dit Fiona. Elle avait raison. Peut-être ai-je toujours trop fait confiance à ma mère et c'est là le problème. Mais si je ne me fie pas à elle, qui me reste-t-il ? Ma vie semble en ce moment pleine de promesses non tenues. Il me semble parfois qu'il me reste peu de raisons de vivre. J'ai dit cela à Fiona. Je pleurais comme un bébé. Elle m'a dit : « Eh bien, si c'est le cas, peut-être devrais-tu faire ce que ton père a fait. » Elle tient vraiment peu à moi. J'ai répondu : « C'est peut-être ce que je vais faire. » Elle a ajouté : « Cela montrera que tu es capable d'aller au moins une fois jusqu'au bout. » Puis elle a raccroché. C'est peut-être ce que je vais faire. Mais si je le fais, est-ce que cela lui prouvera quoi que ce soit ? C'est si dur, si dur. Je sens que maintenant tout le monde m'a abandonné... mon père... ma mère... Fiona... tous ceux qui ont jamais compté, ou qui auraient dû compter. Si je le fais, est-ce que cela dérangera quelqu'un ? Je ne pense pas. Tout est maintenant si tranquille dans la maison. J'ai peur de retourner dormir parce que je viens de rêver que je voyais mon père pendu dans une robe d'un rouge brillant... et que je crains de ne plus jamais être capable de rêver de quoi que ce soit d'autre.

37

Lucille Withers était assise à la table du belvédère sur la terrasse d'Alex Rothman, ses cartes étalées devant elle. Elle s'adonnait à son jeu préféré, le solitaire. Ses mains s'agitaient rapidement de haut en bas tandis que le jeu prenait forme.

Elle était venue à New York chaperonner son jeune mannequin, Mélissa. Elle n'avait pas l'habitude de jouer ce rôle, mais la mère de Mélissa avait insisté. Après tout, la jeune fille n'avait que seize ans et ne s'était jamais rendue encore dans la terrible métropole. Il s'agissait aussi d'une entreprise peu habituelle. Ils allaient tenter d'amener un essaim d'abeilles à se poser sur sa longue chevelure blonde. Alex, Mélissa, le photographe et son équipe, ainsi que Bob Shaw, le directeur artistique, s'étaient tous déplacés à la ferme d'un apiculteur à Long Island pour prendre les photos en une seule séance. Mélissa et sa mère avaient, bien sûr, manifesté leur inquiétude, mais Alex avait pris une assurance supplémentaire en cas d'accident. De plus, un médecin et une infirmière étaient sur les lieux. Cette séance allait coûter beaucoup d'argent à *Mode* et Lucille Withers était à peu près certaine que Herbert Rothman n'était pas au courant. Ce serait tout de même intéressant de voir les résultats. Qu'il n'y ait eu aucun appel téléphonique en provenance de Long Island indiquait soit que la séance de photos se déroulait bien, soit que rien du tout ne s'était produit, que les

461

abeilles ne s'étaient pas encore résolues à essaimer.

Du coin de l'œil, elle vit le fils d'Alex franchir les portes vitrées de l'appartement et sortir sur la terrasse. Il portait un pyjama blanc et un peignoir bleu. Elle n'y prêta guère attention. Sauf, se dit-elle, que le garçon aurait dû être habillé à ce moment de la journée ; il était près de midi. Elle continua à déplacer ses cartes.

Il ne l'avait pas vue. Il marcha jusqu'au bord de la terrasse et s'appuya contre le large parapet de pierre. Il regarda le fleuve. Lucille Withers eut un léger frisson d'inquiétude. Elle le vit alors se hisser sur le bord du parapet, s'y asseoir à califourchon pendant un moment, puis se dresser de toute sa hauteur. Il était grand. Près de deux mètres. La brise souleva le bas de son peignoir et ébouriffa ses cheveux blonds. Un avion passa au-dessus de sa tête descendant vers La Guardia. Joël leva les yeux, puis il regarda en bas. Lucille Withers posa ses cartes. Il n'y avait pas de téléphone à proximité. Elle se leva, quitta le belvédère et fit quelques pas dans sa direction, puis s'arrêta. Il lui tournait le dos.

— Tu as besoin de quelque chose, Joël ? dit-elle d'une voix calme.

Il regarda, étonné, par-dessus son épaule et la vit.

— Va-t'en.

— Descends de là immédiatement. Tu me fais peur.

— Je vais sauter.

— Non, tu ne sauteras pas, rétorqua-t-elle avec fermeté. Maintenant fais ce que je te dis. Descends tout de suite de là.

— Va-t'en, répéta-t-il. Ne t'approche pas davantage !

Elle avança délibérément d'un pas dans sa direction.

— Obéis-moi. Fais ce que je te dis, Joël. Descends de là tout de suite.

Elle fit un autre pas.

— N'essaie pas de m'arrêter ! Ne me touche pas ! Si tu me touches, je...

— Fais ce que je te dis !

Le parapet avait plus d'un mètre de haut, de sorte que la

tête de Joël dépassait de beaucoup celle de Lucille. Mais c'était une grande femme et, d'un geste rapide, elle saisit la ceinture de son peignoir et le tira vers elle. Il tomba et atterrit à genoux sur le sol pavé de pierres de la terrasse.

— Est-ce que ça va? lui demanda-t-elle. Je suis prête à parier que c'est mieux que d'avoir atterri dans la rivière.

Elle le tenait encore par le cordon de son peignoir.

— Maintenant lève-toi et explique-toi, jeune homme!

Elle le releva, sans lâcher la ceinture.

— Pourquoi m'en as-tu empêché, pleura-t-il?

— Viens ici et assieds-toi.

Elle le mena jusqu'au belvédère près de la table où la partie de solitaire était restée en plan.

— Assieds-toi là, ordonna-t-elle.

Elle le poussa sur une chaise.

— Ne bouge surtout pas, entends-tu? Et n'essaie jamais de refaire une chose pareille!

Elle s'assit en face de lui.

— Maintenant, je veux que tu me dises exactement ce qui se passe, jeune homme.

— Pourquoi ne m'as-tu pas laissé faire, tante Lulu? murmura-t-il. Je voulais vraiment le faire.

— Pourquoi? Je vais te le dire. Parce que ta mère est mon amie, voilà pourquoi. Cette amitié m'est très précieuse. Je me fous complètement de ce qui peut t'arriver, Joël. Il y a des tas de façons de mourir. Qu'est-ce qu'une vie, après tout? Nous naissons. Nous vivons un peu. Nous mourons. Mais une amitié telle que celle qui nous unit, ta mère et moi, ne se rencontre pas souvent. Quand ça arrive, on fait n'importe quoi pour empêcher cette amie de souffrir. Je ferais n'importe quoi pour empêcher ta mère de souffrir encore plus qu'elle n'a déjà souffert. En te tirant de là, je l'ai aidée, et en l'aidant, j'ai probablement contribué à donner un sens plus élevé à ma vie. Sais-tu jouer au menteur?

Il fit un signe d'approbation.

Elle ramassa les cartes de ses longs doigts maigres et les

463

battit d'une main ferme à trois reprises.

— Coupe, dit-elle.

Il coupa le jeu de cartes. Elle leur distribua cinq cartes chacun.

— Que sera le gage?

— C'est toi qui décides, répondit-il.

— Que dirais-tu de ceci : le gagnant ordonne et le perdant obéit?

— D'accord, murmura-t-il.

Ils ramassèrent leurs cartes.

— Eh bien, qu'est-ce que tu as?

— Une paire de deux.

— Moi, une paire de neuf, assura-t-elle.

— Une paire de deux et une paire de valets.

— Une paire de neuf et trois as, s'écria-t-elle.

— Menteuse!

Elle déposa ses cartes : l'as de trèfle, l'as de carreau et l'as de cœur ; le neuf de trèfle et le neuf de carreau.

— Maintenant, dis-moi comment nous allons expliquer à ta mère le petit incident qui vient de se produire.

— Je ne veux plus jamais voir ma mère, sanglota Joël.

— Bêtises. J'ai gagné. Maintenant tu vas faire ce que je dis.

Lulu avait toujours su trafiquer les cartes.

— Qu'est-ce qui a pu te pousser à songer à un tel acte, Joël? demanda Alex.

Elle essayait de garder son calme.

— Je t'en prie, dis-moi ce que c'est. Peu importe de quoi il s'agit, j'essaierai de comprendre.

Il était couché sur son lit, dans l'obscurité de sa chambre.

— Je ne veux pas en parler, mère, dit-il.

— Mère? Tu m'appelais maman, auparavant. Nous étions de bons amis, n'est-ce pas? Ne pouvons-nous l'être encore? Que nous est-il arrivé, Joël? Tu étais l'homme de la maison.

— Je ne veux plus être l'homme de cette maison, mère.

— Pouvons-nous au moins être à nouveau de bons amis ?

— Je ne veux plus vivre ici, mère.

— Oh, Fiston... je t'en prie... pourquoi ne pouvons-nous... ?

— Je t'ai dit de ne plus m'appeler ainsi !

— Oh, Fiston, Fiston, Fiston...

Les yeux d'Alex étaient noyés de larmes.

— Pourquoi ne puis-je plus t'appeler Fiston ? Tu as toujours été notre Fiston. Pourquoi ne puis-je plus retrouver mon Fiston ?

Elle tenta de s'approcher de lui, mais il se tourna vers le mur.

— Mais qu'est-ce qui a bien pu l'amener à vouloir faire une chose aussi horrible ? lui demanda-t-elle. Hein ? Je sais que j'ai été très prise par les événements et que je n'ai pas passé beaucoup de temps avec lui ces derniers temps, comme il en avait l'habitude. Je l'ai laissé seul tout un week-end quand je suis allée à Sagaponack avec Mel, mais c'est lui qui a insisté pour rester à la maison. Est-ce que c'est ça ? Ou en veut-il à Mel ? Est-ce que ce pourrait être cela ? J'ai toujours pensé qu'il aimait Mel, mais peut-être...

— Non, je ne crois pas qu'il en veuille à Mel, dit Lenny.

— Alors qu'est-ce que c'est ? Il a l'air tellement monté contre moi. Il ne veut plus me parler. Il en veut à Lulu, il s'en veut à lui-même. Il semble en vouloir au monde entier.

Ils étaient assis dans la bibliothèque du 10 Gracie Square.

— Je pense que c'est une bonne idée de le laisser venir passer quelques jours chez moi, dit-il. Charlie va s'occuper de lui. Joël et lui se sont toujours bien entendus. Si quelqu'un peut lui changer les idées, c'est bien Charlie.

— Est-ce que je l'ai privé de quelque chose d'important pendant sa croissance ? J'ai toujours travaillé. J'imagine que cela a joué un rôle dans ce qui vient de se produire. Je n'ai pas agi avec lui comme les autres mères. Mais j'ai toujours pensé qu'il savait à quel point je l'aimais. Ou peut-être l'ai-je étouffé avec un excès d'amour. Peut-être ai-je été trop envahissante. Peut-être que, puisque j'ai grandi sans beaucoup d'affection, l'ai-je trop protégé. Je ne voulais pas qu'il ait l'enfance que j'ai eue. Peut-être lui ai-je donné trop d'amour. Peut-être ai-je commis là une très grosse erreur.

— Cesse de te blâmer, Alex. Tu ne dois pas te blâmer.

— Oui, bien sûr, après le décès de Steven, j'ai tenté d'être et une mère et un père pour lui. Je l'ai emmené jouer au baseball. Je l'ai emmené dans des musées. J'ai parlé affaires avec lui. Je l'ai traité comme un égal. Je lui ai demandé son avis sur différentes choses. Mais peut-être me suis-je totalement trompée.

— Je ne le pense pas, Alex.

— Je me suis toujours inquiétée à son sujet. Peut-être trop. Mais il était tout ce que j'avais, ma seule vraie famille, le seul être réellement issu de ma chair et de mon sang. J'ai vraiment pensé qu'il se développait harmonieusement. Je pensais que je faisais du bon travail. Peut-être étais-je tellement fière de la façon dont il grandissait que je n'ai pas été à l'affût des petits signes, des petits signaux que j'aurais dû capter, mais qui m'ont échappé. Il a toujours tellement bien réussi à l'école. Il a toujours eu l'air d'être un petit garçon normal, intelligent et heureux. C'est ce que disaient ses professeurs. Mais il semble que quelque chose de noir, de terrible, se soit développé en lui dont je n'ai absolument pas eu conscience.

— C'est possible, en effet, reprit Lenny.

— Je me suis également demandé si ce n'était pas une question d'atavisme. Ma mère, tu le sais, était maniaco-dépressive… Est-il possible qu'un gène de ma mère ait ressurgi en lui?

— Ne blâme pas ta mère.

— Mais qu'est-ce qui peut l'avoir amené à envisager de faire une chose aussi terrible? Si Lulu ne s'était pas trouvée là par hasard, il aurait pu…

— Regarde, dit-il. Je pense qu'il doit y avoir une explication plus rationnelle.

— Tu crois, dit-elle. Je t'en prie, Lenny, dis-moi ce que c'est.

— C'est une lettre qui a été écrite il y a des années, au « Rothmere ». Herbert Rothman aimerait beaucoup mettre la main dessus. De même que Mlle Fiona Fenton. Ils ont tous deux tenté certaines approches pour l'obtenir. J'ai par hasard rencontré Fiona dans un restaurant l'autre jour. Elle a souligné que Joël et elle étaient « très proches », pour reprendre son expression. Je pense que Fiona pourrait avoir tenté d'utiliser Joël pour apprendre où pouvait être cette lettre.

— Une lettre? Quelle sorte de lettre, Lenny?

— L'homme qui a été tué dans le chalet, il y a quelques années.

— Oui, dit-elle, le souffle momentanément coupé.

— « L'intrus », comme l'ont décrit les journaux en dix-neuf cent soixante-treize. Il semble que tu aies écrit une lettre à « l'intrus » par laquelle tu l'invitais à « Rothmere ». Tu y précisais la date et l'heure, de même que le lieu de votre rendez-vous. Ton intrus était attendu...

Elle tâta son triple rang de perles. Ses yeux s'agrandirent de peur, mais elle ne dit rien.

— Si Herb et Fiona finissaient par entrer en possession de cette lettre, ils pourraient prouver que ton intrus n'en était pas un, et que ce qui s'est produit en cet après-midi du vingt septembre n'était pas de l'autodéfense, mais un meurtre. Comme tu le sais, il n'y a pas de prescription en cas de meurtre. L'affaire pourrait être rouverte à n'importe quel moment. Dans ce cas, Herbert pourrait fort bien détruire à tout jamais ta carrière. Herbert et Fiona aimeraient bien arriver à un tel résultat.

— Il m'a jetée par terre, murmura-t-elle. Il avait le talon de son soulier sur ma gorge. Il allait me casser le cou...

— J'ai cette lettre, dit-il. Herb Rothman m'a offert beaucoup d'argent pour l'obtenir. Mais pas suffisamment.

— Toi? Mais comment?

— Te rappelles-tu de l'un de nos amis qui s'appelait Adam

467

Amado ?

— Un acteur, n'est-ce pas ? Vous vouliez faire sa promotion. Je me souviens que avez parfois mentionné son nom, mais je ne l'ai jamais rencontré.

— En fait, tu l'as rencontré, dit-il. Adam Amado était un nom d'acteur que Charlie et moi avions créé. Mais Adam Amado était cet homme que tu connaissais sous le nom de James — Skipper — Purdy.

Elle porta sa main à sa bouche.

— Alors, vois-tu, je suis quelque peu responsable d'avoir ramené Skipper Purdy dans ta vie. Si je ne l'avais pas arraché à la rue un jour, il n'aurait peut-être jamais su qui tu étais et où tu habitais. Ma responsabilité dans ce qui est arrivé au chalet cet après-midi-là va encore plus loin, je le crains. Dans les mois qui ont précédé ce qui s'est produit, Adam était devenu pour Charlie et pour moi un vrai gouffre financier. Il ne voulait pas chercher de travail. Je lui ai lancé un ultimatum. Je lui ai dit qu'il avait six mois pour trouver du travail et pour rapporter de l'argent. Je lui ai donné jusqu'au vingt-cinq septembre dix-neuf cent soixante-treize. S'il n'y parvenait pas, je lui ai dit que je le remettrais dans la rue, d'où je l'avais malheureusement tiré. C'est alors qu'il semble avoir concocté son plan pour tenter de te faire chanter. Je n'en savais rien, bien sûr. Si je l'avais su, j'aurais certainement tenté de l'en dissuader. Je porte même la responsabilité de ce qui s'est produit sur un troisième plan. J'ai payé pour ses leçons de karaté dont il semble s'être servi pour te neutraliser.

Elle secoua la tête.

— Non, je pense qu'il m'aurait trouvée tôt ou tard, dit-elle. Il me cherchait depuis très longtemps.

— Avant de quitter la maison ce jour-là, il m'a laissé une enveloppe. Je ne devais l'ouvrir que si quelque chose lui arrivait. Quand j'ai appris l'accident, je l'ai ouverte. S'y trouvaient certains papiers personnels — son testament, un reçu pour l'entreposage de vitraux, ta lettre de « Rothmere » et ton certificat de mariage daté de dix-neuf cent soixante et un.

Elle était assise, abasourdie, et jouait avec son collier de perles.

— Je ne te blâme pas pour ce que tu as fait, dit-il. Il était l'un des hommes les plus attirants que j'ai jamais connus. Il y avait en lui une sorte de magnétisme presque animal, une aura de sexualité à l'état pur qui allait, selon nous, passer la rampe.

Elle fit un signe d'approbation.

— Mais il y a une chose que je me suis toujours demandée, Alex. Après qu'il t'eut projetée au sol d'un coup de karaté, lorsqu'il a eu son talon sur ta gorge, comment as-tu pu reprendre le pistolet et le tuer ?

— Je ne l'ai pas tué, dit-elle calmement. C'est tante Lily. Elle était cachée dans le chalet, au cas où les choses tourneraient mal.

— Ah, dit-il. C'est toujours ainsi que j'avais imaginé les choses.

— Comment ? Pourquoi ?

— Il y a des années, j'ai dit à Ho Rothman que j'avais eu connaissance d'une certaine lettre. Ça l'a rendu inquiet, furieux, menaçant. J'ai pensé qu'il ne se serait tant ému s'il n'avait songé qu'à te protéger, Alex, même s'il t'aimait beaucoup. Il n'y a que deux personnes qu'il a besoin de protéger — lui-même et sa femme.

Elle approuva sans rien dire.

— Dis-moi, dit-il. Si tu en avais été capable, aurais-tu tiré sur lui ?

Elle secoua la tête.

— Non, dit-elle. Je sais que je n'aurais pas pu le faire. J'imagine que Ho et tante Lily le savaient également. C'est pourquoi elle était là. J'ai pensé qu'avec un pistolet je pouvais peut-être l'effrayer, mais...

— Et alors, lorsque tout fut terminé, pourquoi n'as-tu pas dit à la police que c'était tante Lily ? Après tout, c'était elle qui avait tiré.

— Trois raisons. La première, tante Lily m'avait sauvé la vie — je n'avais pas d'argent à lui donner. De plus, c'était un gâchis dans lequel j'avais entraîné ma famille. Ce n'était pas à tante Lily, mais à moi d'en sortir la famille. En plus, c'était ainsi que Ho voulait que l'histoire soit relatée. Il disait que c'était plus poétique qu'une jeune femme soit la victime plutôt qu'une femme âgée, surtout une jeune mère. L'article avait été rédigé d'avance pour les journaux. Tante Lily était censée être à New York, avec Joël. Ho avait prévu tous les détails. Il était d'ailleurs trop tard pour les changer.

— Alors le long coup de téléphone au bureau de Ho à Manhattan, c'était ça ?

Elle approuva à nouveau.

— Pour m'assurer que les récits de tout le monde concordaient. C'était tellement épouvantable. J'ai essayé de m'en libérer l'esprit, mais il m'arrive encore parfois d'en avoir des cauchemars, même après toutes ces années. Parce que, vois-tu, même si je détestais Skipper pour ce qu'il a tenté de me faire — et pour ce qu'il a tenté de faire à mon ménage — je ne voulais pas le voir mort. D'une étrange façon, je l'aime encore, Lenny. Oui, d'une certaine manière...

— Je ne t'en blâme pas, chère Alex, dit-il. On ne se remet jamais de son premier amour, n'est-ce pas ? Celui à qui on sacrifie son innocence. Et, de plus, il était tellement beau, même s'il lui manquait quelque chose de fondamental. Je l'ai aimé, moi aussi. Il me manque encore. Nous avons un petit sanctuaire consacré à Adam Amado dans notre appartement, avec ses vitraux.

— Ces fameux vitraux, dit-elle.

— Tu devrais venir à l'une de nos réceptions du dimanche soir, un de ces jours. Je te les montrerai. Dis-moi, est-ce que Skipper était le père de Joël ?

Elle cligna des yeux et fit encore une fois un signe d'approbation.

— Je l'ai toujours soupçonné, dit-il. Il y a une certaine ressemblance physique. Les cheveux blonds, quelque chose au niveau du nez et du menton. Tandis que Steven...

— Oui, dit-elle.

— Bien sûr, Steven a été le grand amour de ma vie, dit-il. Peut-être même fut-il si grand et si poignant parce qu'il n'était pas partagé. Après tout, il y avait une certaine différence entre l'âme de Steven et la mienne — une différence peut-être pas si grande, mais suffisante pour rendre toute relation difficile. Quand j'ai travaillé pour la première fois pour les Rothman, comme préposé au courrier, Steven n'était pas encore né. C'est là que j'ai d'abord attiré l'attention de tante Lily — par ma beauté, j'imagine — et les promotions se succédèrent. Plus tard, après la naissance de Steven, j'ai souvent été invité au « Rothmere » et c'est à l'initiative de tante Lily que j'ai enseigné la natation à son petit-fils alors âgé de cinq ans. Elle avait appris que j'étais un excellent nageur dans ma jeunesse. C'est elle qui m'a demandé de l'initier. Inutile de dire que j'ai toujours fait tout ce qui était en mon pouvoir pour répondre aux demandes de tante Lily. C'est alors que je suis tombé amoureux de ce bel enfant. Comme je l'ai déjà dit, il ne s'est jamais passé quoi que ce soit de répréhensible dans notre relation. Je n'ai jamais été à ses yeux autre chose que son cher vieil oncle Lenny, hélas. Et c'était exaltant de regarder Steven devenir un si beau jeune homme — tout à fait différent d'Adam — grand, brun et mince, avec la taille et la souplesse d'un bon nageur. Et, contrairement à Adam, Steven était toute beauté et douceur à l'intérieur comme à l'extérieur. Herb a toujours pensé que Steven et moi, nous avions eu une relation plus intime, mais tel n'était pas le cas. Il vivait dans la terreur que son fils unique soit homosexuel — c'était une obsession — et il a toujours soupçonné que j'avais une quelconque preuve que Steven était homosexuel. Que, s'il ne jouait pas ses cartes comme il le fallait, j'étalerais le scandale au grand jour. Je n'en avais, bien sûr, aucune preuve, mais je ne faisais de mal à personne en laissant Herb le croire. Je ne crois pas que Steven était homosexuel. S'il en avait la moindre apparence, il faisait tout pour la supprimer — pour faire plaisir à son père. Pauvre Steven. Il n'y avait rien qu'il aurait pu faire pour plaire à son père, malgré tous ses efforts... Herb avait une copie d'une autre lettre, la lettre qu'Adam — Skipper — avait écrite en réponse à la tienne. À elle seule, elle ne prouve rien. Mais il l'a montrée à Steven, en lui laissant croire que Skipper et toi aviez été amants. C'est alors qu'il a fait ce qu'il a fait.

La voix de Lenny se brisa. Il essuya une larme.

Alex ferma les yeux.

— Et tu as ma lettre, dit-elle.

Il s'éclaircit la gorge.

— La seconde moitié du casse-tête, la moitié que Herb a toujours voulue. J'imagine qu'on peut affirmer que c'est un talent que j'ai développé sous la tutelle des Rothman : ramasser des morceaux de casse-tête pour les assembler. Ce fut ma force, je suppose.

— C'est la raison pour laquelle on dit que Lenny Liebling sait où sont enterrés certains cadavres.

— Oh, oui, des tas de cadavres. Un cadavre à Paris et d'autres ici. Toutes sortes de sordides petits secrets. Je les appelle « mon plan de retraite Rothman ». Le penchant de Herbert pour les petites filles, par exemple. Au moins sa nouvelle amie est-elle majeure !

— Et il t'a offert de l'argent pour ma lettre, dit-elle.

— Oh, oui. Pas mal d'argent, en fait. Mais ne t'inquiète pas, chère Alex. Il n'existe pas assez d'argent dans le monde pour m'amener à livrer cette lettre à cet être ignoble et à sa non moins ignoble petite amie. Ce qui ne veut pas dire que je ne m'amuse pas à jouer au chat et à la souris avec lui, bien sûr. Il n'y a rien qui me divertisse tant que de voir Herbert Rothman transpirer. J'ai même pensé accepter l'argent de Herb en échange d'un faux. Mais plus maintenant. Comme je sais que c'est tante Lily qui a tiré, je pense que mes petits jeux sont allés assez loin. J'aime bien tante Lily et je ne voudrais pas qu'à son âge son nom soit traîné dans la boue. En fait, dès que les nuages se seront dispersés, je pense que toi et moi, nous devrions nous offrir une petite soirée au cours de laquelle nous brûlerions cette lettre. Avec Charlie ! Il pourrait se sentir rejeté si nous ne l'invitons pas. Qu'en dis-tu ?

— Je ne vois toujours pas comment cela peut expliquer ce que Joël a tenté de faire ce matin.

— Ah, dit-il. L'épisode dramatique de Joël ce matin me prouve que les choses sont déjà allées trop loin. Il est temps d'appeler ce cher vieux Lenny à la rescousse. Dis-moi une chose. Est-ce que Joël garde toujours son journal à la même place ?

— Son journal ? Quel journal ?

— Il écrit un journal. Il le fait depuis des années. Il pense faire carrière comme écrivain ou comme journaliste. Il dit qu'il a cela dans le sang. Il m'en a lu quelques passages il y a deux ou trois ans, pour voir s'il avait quelque talent. À franchement parler, je ne le crois pas, mais que peut-on dire des balbutiements adolescents d'un garçon de quinze ans ? Je n'ai pas voulu le décourager. Je l'ai encouragé à poursuivre. As-tu une objection à ce que je jette un coup d'œil dans la chambre de Joël ?

— Non, bien sûr.

Il s'absenta un bon moment. Elle s'assit, recroquevillée dans le fauteuil de cuir vert. Son portrait la regardait du haut de la cheminée. L'expression que Bouché avait peinte sur son visage semblait l'accuser.

Quand Lenny revint dans la bibliothèque, il avait trois cahiers à la main. Son visage était sinistre. Il dit :

— Je pense que nous avons trouvé les réponses que nous cherchions.

Il les lui tendit.

— Mel ? s'assura-t-elle.

Elle venait de le joindre au téléphone.

— Puis-je t'emprunter la voiture pour quelques heures ? Il y a quelque chose dont j'aurais besoin à Sagaponack.

— Ça ne va pas ? dit-il. Tu sembles bouleversée.

— Non, je vais bien. Mais j'ai besoin de quelque chose qui est à Sagaponack et je veux aller le chercher.

— Bien sûr. Tu sais où je gare la voiture. Dis à Harry de

te donner les clés.

Elle avait à peine achevé son appel que le téléphone se mit à sonner. C'était Mark Rinsky. Il semblait jubiler.

— Seigneur, nous avons des nouvelles tout à fait exceptionnelles en provenance de Londres! dit-il. Il nous a fallu beaucoup de temps, mais ça en valait la peine. Écoutez, elle...

— Je n'ai pas le temps en ce moment, Mark, dit-elle. De plus, je sais tout ce dont j'ai besoin au sujet de Fiona.

Mlle Lincoln, la secrétaire de Herbert Rothman, leva les yeux :

— M. Rothman va vous recevoir tout de suite, monsieur Liebling.

Comme Lenny se dirigeait vers la porte, Mlle Lincoln remarqua qu'il avait trois cahiers sous le bras. Avant qu'il ne fermât la porte, elle entendit son patron dire :

— Alors, Lenny. Tu as fini par écouter le bon sens et tu as décidé d'accepter mon offre.

Lenny Liebling resta quelque temps dans le bureau, puis il en ressortit brusquement.

— Mademoiselle Lincoln, cria-t-il, appelez neuf-un-un! Je pense que M. Rothman vient d'avoir une attaque!

— Vous êtes très gentille d'être venue me rendre visite, disait Fiona. J'étais sûre que nous pourrions nous entendre sans faire appel à ces avocats. Ils sont tellement ennuyeux! Asseyez-vous, je vous en prie. Puis-je vous appeler Alex?

Alex s'assit dans un petit fauteuil et Fiona s'installa sur le grand fauteuil blanc qui lui faisait face.

— Quel beau foulard de chez Hermès vous portez là, Fiona!

— Merci!

Elle en tâta l'étoffe.

— C'est une de mes passions, je le crains. Je n'en ai jamais assez.

— Faisait-il partie du butin que vous avez volé dans cette

boutique de vêtements, à Londres ?

— Quand vous avez appelé, je pensais que vous aviez l'intention de me rendre une visite de courtoisie.

— Eh bien, tu es au courant, maintenant.

— Je pense que vous êtes folle.

— Oui, Fiona, je le pense aussi.

— Alors je ne veux pas continuer à discuter avec une folle. Je vais devoir vous demander de sortir. J'aurais aimé terminer cette conversation, mais étant donné les circonstances... J'ai des choses importantes qui m'attendent.

— Mais je n'ai pas terminé ce que j'avais à te dire, Fiona. Pour combien as-tu volé dans cette boutique à Londres ?

— Cette conversation est ridicule.

Fiona commença à se lever.

— Vraiment, je ne...

Alex sortit le pistolet de Mel de son sac.

— Ne bouge pas, dit-elle.

Elle le pointa dans sa direction. Celle-ci poussa un petit cri et se laissa retomber sur le sofa.

— Il n'est pas chargé.

— Il l'est, l'assura Alex.

— Qu'allez-vous faire ? pleurnicha-t-elle. Que voulez-vous ? Dites-le, j'obéirai.

— Ce sofa blanc, est-ce là-dessus que tu as fait l'amour avec mon fils, la première fois ?

— Je vous en prie, dit-elle. Je n'aurais pas dû le laisser me séduire — je le savais. Mais il a tellement insisté — presque avec violence ! J'avais peur qu'il me viole ! Il était drogué ! J'ai pensé qu'il valait mieux me soumettre à sa volonté plutôt que...

Alex enleva le cran de sécurité d'un petit coup sec.

— Oh, je vous en prie, pleura Fiona.

Elle se recroquevilla sur le sofa. Des larmes coulaient sur ses joues.

— J'ai tenté de l'aider. J'ai pensé que je pouvais le sortir de son problème de drogue. Vous devez savoir que Joël s'adonne sérieusement à la cocaïne. J'ai pensé que peut-être...

Alex pointa son pistolet dans la direction de Fiona.

— Je vous en prie... non, je vous en prie... laissez-moi vous expliquer... Je peux tout expliquer...

Alex examina le visage de la jeune femme pendant un moment. Puis elle dit :

— Tu sais ? J'allais vraiment te tuer. Vraiment. Je suis allée jusqu'à Sagaponack chercher cette arme. Mais je me demande maintenant si te tuer, ce n'est pas te rendre un trop grand service.

— Je vous en prie, je voulais seulement...

— Détruire ma carrière et t'emparer de mon poste, c'est une chose. Mais avoir essayé de détruire mon fils, c'en est une autre...

Le téléphone de Fiona se mit à sonner. Elle fit un geste pour le décrocher.

— Ne réponds pas, dit Alex. Laisse-le sonner.

Le téléphone sonna six ou sept autres fois, puis se tut.

— Mais je me demande maintenant si ça vaut la peine que je te tue. Je pense que Herb Rothman est une punition suffisante. Lui et toi, vous vous méritez l'un l'autre.

— Je vous en prie... oh, je vous en prie, répéta l'autre femme.

— Mais je t'avertis, si tu t'approches encore une seule fois de mon fils...

— Je vous en prie... Je lui ai dit...

— Si tu tournes encore une fois autour de lui — je t'avertis — je te tuerai.

Quelqu'un frappa à grands coups à la porte de Fiona.

— Reste où tu es. Ne réponds pas.

Les coups redoublèrent. Une voix d'homme hurla :

— Fiona — Alex — ouvrez s'il vous plaît. C'est Mel.

— D'accord, fais-le entrer, dit Alex.

Fiona se précipita à la porte et se jeta dans les bras de Mel.

— Oh, merci mon Dieu, tu es venu, mon chéri, pleura-t-elle. Elle allait me tuer !

Il la repoussa et se dirigea vers Alex. Il prit le pistolet qu'elle avait posé sur ses genoux.

— Quand Lenny m'a parlé du journal de Joël, j'ai tout de suite su ce que tu étais allée chercher à Sagaponack. Dieu merci! je suis arrivé à temps. Viens, allons-nous-en d'ici.

Il la prit par le coude.

— Attendez que je prévienne Herbert! cria Fiona. Elle a tenté de me tuer. Ni clause de loyauté, ni contrat qui tienne désormais! C'était une tentative de meurtre. Elle va faire de la prison pour cela! Attendez que je le dise à Herbert!

— Je ne pense pas que Herb Rothman te soit très utile en ce moment, dit Mel. Il est à l'unité des soins intensifs, à l'hôpital Roosevelt. Dans un état critique. Il a eu une sérieuse attaque.

Il glissa le pistolet dans la poche de son veston.

— Allons-y, dit-il.

Il entraîna Alex par la coude en direction de la porte.

— Mais elle a tenté de me tuer! hurla Fiona.

Alex la regarda et lui dit d'une voix très calme.

— Tu sais? Je l'ai fait.

Ils étaient assis à la table du belvédère orné de fer forgé sur la terrasse, devant un verre. La lune venait tout juste de se lever.

— Ils lui ont fait une scanographie cet après-midi, dit Mel. Les dégâts sont sérieux.

— Je n'arrive pas à y croire, dit-elle. C'est fini. Je devrais me sentir épuisée. Je devrais être désolée pour Herb. Je devrais me sentir vidée. Mais non. Je ne ressens rien de tel. Je me sens soudain tellement pleine d'énergie, Mel. Peux-tu m'expliquer pourquoi?

— Parce que ce n'est pas fini. Ça ne fait que commencer.

— Tu as bien raison! Et il y a tant de choses à faire! Je dois retrouver Joël, en premier lieu — mais sur de nouvelles bases. Pas comme la mère surprotectrice que j'étais. Mais comme un ami, comme un adulte qui a confiance en moi. Nous devons tout reprendre à zéro ! Ce ne sera pas facile. Cela va me demander du mal, mais je dois le faire et je ne peux pas attendre. Et alors... et alors...

— Et puis, tu vas avoir un nouveau mari dont tu devras t'occuper.

Il leva son verre en direction d'Alex.

— Oui, il y a ça aussi ! Cela va me demander du mal et je ne peux pas attendre non plus !

Il sourit.

— Moi non plus, dit-il.

— Et j'ai une revue à éditer ! Enfin ! Des délais à respecter ! Des tâches urgentes à faire — plus de travail ! Mais, tu sais, je ne peux attendre à demain et je veux tout aborder à la fois.

Tout d'un coup il bondit sur ses pieds. Il désigna le ciel du doigt et dit :

— Regarde.

— Qu'est-ce que c'est ? demanda-t-elle.

Elle s'approcha de lui. Ses yeux suivirent l'index de Mel. Elle resta stupéfaite devant l'arc lumineux qui traversait le ciel nocturne.

— C'est un arc-en-ciel de lune, dit-il. C'est très rare. Il faut des conditions atmosphériques très particulières.

— Mais il n'a pas de couleurs.

— Un clair de lune n'est qu'un reflet de la lumière solaire, dit-il. De sorte que la lumière de la lune ne peut réfracter les couleurs du spectre. Les arcs-en-ciel de lune sont toujours blancs.

Elle rit doucement.

— D'où tiens-tu toutes ces informations, Mel ?

— Ils ne durent habituellement que quelques secondes. Dieu que j'aimerais avoir une équipe de télévision sur place.

— Pas moi, répliqua-t-elle. J'aime l'idée que nous sommes les deux seules personnes de New York à l'avoir vu. Peut-être les deux seules personnes au monde ! C'était juste pour nous. Pour nous souhaiter bonne chance.

Elle prit sa main.

— Faisons un vœu, dit-elle.

Il leva son verre en direction de l'arc de lune qui commençait à s'estomper.

— Qu'as-tu souhaité ? lui demanda-t-elle.

— J'ai fait un souhait pour une petite fille de Paradis, qui ne peut pas attendre à demain.

Épilogue

Extrait du *New York Times* :

LE MINISTÈRE DU REVENU
RETIRE SA POURSUITE
CONTRE LES ROTHMAN

Un drame à la cour

par Irving Eichbaum

Aujourd'hui, le ministère du Revenu a retiré toutes les charges qu'il avait portées contre les Communications Rothman Inc, le géant de l'édition, et contre son président-directeur général, Herbert Oscar « Ho » Rothman. Le gouvernement lui réclamait quelque 900 000 000 $ d'arriérés de taxes. Avec les amendes et les intérêts, si le fisc avait gagné son procès, le montant total aurait atteint le milliard de dollars, ce qui aurait été un record dans un cas semblable.

En substance, le gouvernement avait prétendu que M. Rothman, 94 ans, avait toujours dirigé son entreprise en despote, qu'il prenait toutes les décisions, donc que tous les gains de la société auraient dû être imposés à titre personnel. Les avocats des Rothman ont répondu qu'au contraire, cette entreprise privée avait toujours été dirigée selon un consensus développé parmi les membres de la famille des Rothman et d'autres actionnaires, chacun votant pour ses intérêts propres.

Moment dramatique

Comme la tension montait au cours du procès, au Foley Square, des témoins se sont présentés les uns après les autres, pour témoigner en faveur de M. Rothman. Ils ont déclaré que le rôle joué par M. Rothman n'avait été qu'honoraire et qu'aucune vraie décision n'avait été prise par lui depuis le milieu des années soixante-dix. Des médecins et des infirmières qui se sont occupés du nonagénaire au cours des années précédentes ont affirmé que M. Rothman n'était ni physiquement ni mentalement apte à exercer le pouvoir et le contrôle que le gouvernement lui attribuait. Au cours de la journée, à un moment critique, un avocat de la firme de Waxman, Holloway, Goldsmith et McCarthy, qui représentait M. Rothman, s'est levé, et d'une voix tonitruante, a annoncé : « Monsieur le Juge, puis-je appeler à la barre M. H. O. Rothman ? » Le patriarche, fondateur de l'entreprise, est alors entré sur une chaise roulante, en robe de chambre, accompagné de deux infirmiers, de deux infirmières et de deux médecins. L'un d'entre eux portait un stéthoscope et pressait ses doigts sur le poignet de M. Rothman pour lui vérifier constamment le pouls. Sa vie ne semblait tenir qu'aux différents instruments et flacons auxquels était relié son corps.

On a alors posé au témoin une seule question qu'il a fallu lui répéter à plusieurs reprises avant qu'il n'en saisisse le sens : « Monsieur Rothman, voulez-vous s'il vous plaît dire à la cour comment vous dirigez votre entreprise ? ». C'était Jérôme Waxman, 43 ans, principal avocat de la défense. Quand les lèvres de l'accusé ont commencé à formuler une réponse à la question, on a dû placer un micro près de sa bouche pour que la cour puisse l'entendre. Les seuls mots intelligibles ont été : « Le *Titanic* va couler. » C'était une référence évidente à un bon coup médiatique de l'accusé lorsque, au début de l'année 1912, le premier hebdomadaire de Rothman, le *Newark Explorer,* supposa que le *Titanic* n'était pas insubmersible, comme le prétendaient ses constructeurs. M. Rothman « avait prédit » la fameuse catastrophe. Ce coup avait lancé la carrière du magnat des communications et était devenu le fer de lance de son empire.

Au moment où cette dernière remarque fut prononcée par M. Rothman, M. Waxman s'est retourné de façon dramatique vers les avocats de la poursuite, qui n'avaient déjà pas l'air très fier et a déclaré : « Il s'agit là de l'homme qui, selon vous, aurait le contrôle total des Communications Rothman ! »

Cette dernière remarque a provoqué une réaction dramatique de la part de Mme Anna Lily Rothman, 85 ans, épouse de H. O. Rothman, qui se trouvait dans le prétoire. Elle pointa l'index en direction des avocats du gouvernement et hurla : « C'est vous qui l'avez mis dans cet état ! Est-ce qu'il méritait cela à la fin d'une si longue carrière ? Cette affaire a quasiment tué mon mari ! Ça vous servirait de leçon s'il mourait ici, dans cette enceinte, assassiné par le ministère du Revenu ! » Le juge et les infirmières accourues à ses côtés pour la calmer l'obligèrent à se taire.

D'autres surprises

Après l'éclat de Mme Rothman, M. Waxman se mit en frais d'amener d'autres preuves. En réponse à un signal de sa main, des huissiers amenèrent une douzaine de chariots chargés de dossiers. Ils contenaient des centaines de titres, dont beaucoup dataient d'avant les années trente. Ils permettaient de prouver comment les actions de la société avaient été distribuées parmi les membres de la famille.

Le plus grand détenteur d'actions est effectivement H. O. Rothman, mais d'autres membres de la famille possèdent également une grande part des titres. Il s'agit de M. et de Mme Herbert J. Rothman, de M. et de Mme Arthur R. Rothman, qui sont respectivement les deux fils et les deux belles-filles de H. O. Rothman. Il en va ainsi de Mme Alexandra Rothman, veuve de Steven Rothman, fils de H. J. Rothman, et actuelle rédactrice en chef de *Mode,* la fameuse revue. D'autres titres sont contrôlés par le Fonds Steven Rothman, dont le bénéficiaire est Joël Rothman, le fils de Mme Alexandra Rothman. Il est l'arrière-petit-fils du fondateur. Sa mère lui servira de seule tutrice et d'agent fiduciaire jusqu'à ce qu'il atteigne sa vingt-cinquième année. Une huitième détentrice s'avère être, ce qui ne saurait surprendre, Mme Anna Lily Rothman, qui occupe la fonction de trésorière de la société. Deux autres petits-enfants détiennent les titres restants.

Mais la révélation la plus surprenante aujourd'hui a été qu'un grand nombre des parts des Communications Rothman est la propriété de Léonard J. Liebling, seul détenteur à ne pas faire partie de la famille. M. Liebling qui, croit-on, a plus de soixante-dix ans, est depuis très longtemps un collaborateur et ami intime de la famille.

Direction chancelante

Même si H. O. Rothman doit conserver le titre honorifique de président fondateur pour le restant de ses jours, un problème se pose, celui de sa succession à la tête de l'entreprise et de ses différentes branches. Arthur Rothman continuera de diriger la section radio-télévision et, jusqu'à tout récemment, Herbert Rothman dirigeait la section des publications. Il a, du fait de l'incapacité de son père, brièvement tenu le rôle de président-directeur général de la société. Or, une attaque cérébrale l'a paralysé du côté droit et privé de la parole. Son état est jugé sérieux. Il était au tribunal aujourd'hui, dans sa chaise roulante. Il semblait furieux. De temps à autre, il a tenté, de sa main gauche, de griffonner des messages à l'intention des avocats des Rothman mais le *Times* a appris qu'ils étaient illisibles.

De sorte que se pose encore la question de savoir qui va prendre en main la direction de l'entreprise et s'occuper du secteur des publications. Il a été question de M. Léonard Liebling qui pourrait occuper l'un ou l'autre de ces postes, mais M. Liebling a refusé de faire tout commentaire.

Des changements différés

D'autres changements et mouvements de personnel au sein de la compagnie ont été différés, du moins pour le moment. Cette année, par exemple, Herbert Rothman avait annoncé que sa belle-fille, Alexandra Rothman, partagerait désormais son poste de rédactrice en chef de *Mode* avec Mlle Fiona Fenton, en provenance d'Angleterre. On a dit que Mme Rothman n'était pas satisfaite de ce changement et ce plan semble avoir été abandonné. Les tentatives faites par le *Times* pour obtenir les analyses de Mlle Fenton se sont avérées infructueuses, son téléphone ayant été coupé.

Par ailleurs, confrontés à des preuves aussi concluantes en faveur de la défense, les avocats du gouvernement ont annoncé qu'ils abandonnaient leur poursuite contre les Rothman. Le juge, l'honorable Walter Liebmann, 57 ans, a laissé tomber cette réponse caustique : « La prochaine fois que le ministère du Revenu décidera d'amener une cause de cette importance devant la cour, il devra s'assurer d'avoir des preuves suffisantes pour étayer ses allégations. Cette affaire a déjà coûté plus de 200 000 $ aux contribuables américains. » Le commentaire du juge Liebmann a déclenché des cris de joie et des applaudissements dans le clan des Rothman.

Mel Jorgenson et Alex Rothman se sont mariés lors d'une modeste cérémonie peu de temps après le procès. C'est Joël Rothman qui a servi de témoin à son nouveau beau-père.

Alex a quitté l'appartement du 10 Gracie Square. Elle vit maintenant chez Mel, place Beekman, où elle a fait transporter le portrait que Bouché avait fait d'elle. Après avoir découvert qu'elle possédait l'appartement, ou au moins une part importante de la corporation qui en est propriétaire, elle l'a mis en vente. Le prix demandé est de 2,9 millions, or, les acheteurs intéressés sont peu nombreux, étant donné la faiblesse du marché. Mais Alex n'est pas pressée, maintenant que sa carrière et sa sécurité financière sont assurées.

Joël vient d'entreprendre des études à Harvard où, selon tous les rapports, il réussit à merveille. Il est également tombé éperdument amoureux, cette fois-ci du fameux mannequin de Kansas City, Mélissa Cogswell, sacrée vedette quand a été publiée la photo la représentant couverte d'abeilles essaimant dans sa longue chevelure blonde. Mélissa me semble une jeune fille tout à fait correcte, bien qu'elle manque un peu de cervelle. Il est difficile de savoir pour le moment si cette aventure mènera à quoi que ce soit de sérieux. Joël l'a reçue à Cambridge plusieurs week-ends d'affilée. J'imagine qu'il est dans la nature des jeunes de dix-huit ans de tomber éperdument amoureux plusieurs fois au cours de la même année. En ce qui me concerne, je préfère ne pas me rappeler ce que c'était que d'avoir dix-huit ans.

Comme je l'ai dit, la photo aux abeilles essaimant a fait sensation quand elle a été publiée. Ce fut très sage, je pense, de la part d'Alex de choisir de ne pas la placer en couverture de *Mode* où, selon elle, elle aurait été mal appréciée. Elle l'a placée presque au hasard dans un article de mode concernant les pique-niques. Pendant des semaines après sa publication, les gens semblaient ne parler que de cette photographie — surtout dans les milieux où je circule.

Helmut l'avait photographiée en costume de bain, assise sur un tronc d'arbre. La photo laissait entrevoir de la rosée, un rayon de lumière émanant de la forêt et de l'eau, en arrière-plan. Mélissa était assise, la tête penchée en arrière, ses longs cheveux au vent où les abeilles semblaient former un reflet mouvant et vaporeux, presque un halo. Mais c'était l'expression de son visage qui était le plus saisissante, une sorte de ravissement qui laissait suggérer l'extase sexuelle. C'était très érotique. La cause réelle d'une telle expression était sans aucune doute la terreur éprouvée par le mannequin. Peu de gens savaient qu'il avait fallu cinq jours de pose au cours desquels l'apiculteur avait appliqué différents produits chimiques dans le chevelure de Mélissa, avant que les abeilles de la ruche surpeuplée ne se décident à coopérer. Helmut avait eu exactement dix-sept minutes pour prendre ses clichés.

La photographie avait déjà remporté un certain nombre de prix dont, entre autres, celui de la Société des éditeurs de revues américaines, le plus prestigieux de l'industrie. Le comité du prix Pulitzer est très discret, mais mes espions m'assurent que le cliché a de bonnes chances de remporter le prix de la plus belle physionomie. On demande souvent à Alex où elle a pris l'idée de cette photo. Elle répond : « L'idée n'est pas de moi ; elle est venue de Gregory Kittredge, l'un de nos brillants jeunes éditeurs. » En fait, Gregory a été promu assistant directeur. Il a une belle carrière devant lui. C'est le genre de garçon à qui tout réussit. Si Alex décide un jour de prendre sa retraite, certains prétendent que c'est Gregory qui sera choisi pour prendre sa succession.

En passant, nous avons eu notre petite séance de crémation, peu de temps après l'attaque de Herbert. Nous n'étions que nous trois, Alex, Charlie et moi. Nous avons « incinéré » la lettre dans notre foyer au Gainsborough. Le document du palais de justice de Jackson County a subi le même sort. Au cours de ce rituel, je n'ai pu m'empêcher de remarquer les yeux d'Alex qui fixaient souvent les deux vitraux. Puis, nous avons changé de pièce pour prendre une coupe de champagne. J'ai pensé porter un toast à la mémoire de Skipper, mais j'ai tout de suite jugé préférable de m'en abstenir.

Ho Rothman m'a choisi pour succéder à Herbert comme président de la section des publications aux Communications Rothman. C'est, j'imagine, une récompense pour avoir économisé près d'un milliard de dollars à la société. Mais je crois également que Ho a réalisé que mes talents convenaient davantage à la direction plutôt qu'à la rédaction d'articles. La section des publications marche bien, quoique la récession ait entraîné une baisse de nos revenus. *Mode* aussi en a ressenti les effets, mais là où d'autres revues ont subi des pertes allant jusqu'à dix pour cent, *Mode* n'a baissé que de trois pour cent, de sorte qu'on s'en sort tout de même mieux que les autres.

De plus, maintenant qu'elle est libérée des contraintes que Herb Rothman lui imposait, Alex peut diriger son magazine avec plus d'aisance et de plaisir. Déjà, avec subtilité et doigté, elle introduit de nouveaux thèmes dans la revue qu'elle est en train de modifier d'une manière que Herb n'aurait jamais approuvée. Je ne peux révéler les petites surprises qu'elle prépare pour l'avenir, mais ses bureaux ont retrouvé beaucoup d'animation. On dirait presque qu'elle a reçu tout l'argent du monde pour créer sa propre revue. Il s'agit là de changements que vous noterez au cours des mois à venir. Par exemple, je puis vous dire que si Herb Rothman s'est scandalisé de la couverture de juin, attendez de voir la couverture qu'elle a prévue pour mai prochain ! Même Ho, qui se scandalise difficilement, pourrait froncer les sourcils en la voyant, bien qu'il ne se plaigne jamais très fort quand la revue réalise des bénéfices.

Quant à Ho lui-même, il s'est remis d'une façon étonnante, exactement comme l'avait prédit tante Lily, une fois le cauchemar du fisc achevé en notre faveur. Comme l'affirme tante Lily, il est vexant de penser qu'une agence fédérale, telle que le ministère du Revenu, soit passée si près de détruire un homme qui fut un contribuable consciencieux pendant tant d'années. Même si Ho n'a désormais plus le pouvoir absolu qu'il avait, parce qu'il doit le partager avec d'autres actionnaires, il n'en a pas moins de poids, malgré ses quatre-vingt-quinze ans à venir. Il a repris possession de son spacieux bureau du trentième étage — le bureau à l'énorme carte des États-Unis. Nul ne se demande qui est vraiment le patron. Les médecins de Ho disent n'avoir jamais vu la guérison si soudaine de ce qui avait été diagnostiqué comme un cas de sénilité avancée. C'est comme si ses artères durcies s'étaient assouplies. Certains attribuent ce retour en forme à ses gènes endurcis d'immigrant. Un médecin a prétendu que Ho n'avait jamais été sénile, mais qu'il aurait souffert d'un syndrome posttraumatique subséquent à une situation de stress, comme c'est arrivé à des vétérans de la guerre du Vietnam.

D'un autre côté, je suis désolé de dire que le pauvre Herbert ne va pas bien. À cause de son attaque, le côté droit de son visage autrefois fort beau s'est horriblement affaissé. Il est devenu difficile de le regarder. De temps à autre, il tente encore d'écrire des notes de service pour la société, de la main gauche. Personne n'arrive malheureusement à déchiffrer son écriture. De sorte qu'il en est réduit à jeter de temps à autre, de sa chaise roulante, un regard muet et furieux sur les événements qui se déroulent autour de lui.

Par contre, sa maladie a beaucoup adouci Pegeen. Elle a même pris du poids, ce qui a arrondi ses formes. Pegeen avait peut-être toujours eu besoin d'un mari invalide qui réclame ses soins. L'incapacité de Herbert lui a probablement donné la chance de se montrer généreuse, comme elle n'avait jamais pu le faire ou osé le montrer auparavant. Tout le monde souligne le soin avec lequel elle s'occupe de son mari désormais handicapé, la façon dont elle le promène en chaise roulante dans Central Park ou l'emmène au cinéma, au théâtre, à des concerts et à des activités qu'elle n'aurait jamais appréciées auparavant. Elle a fait abaisser tous les boutons de porte de leur appartement de River House de trois centimètres, pour qu'il puisse les atteindre de sa chaise, à l'aide de sa main valide. Elle a fait également adapter la salle de bains de Herbert aux exigences de son handicap. Les gens ont commencé à qualifier de « sainte » la nouvelle Pegeen Rothman aux formes arrondies. Ainsi béatifiée, son étoile personnelle s'est mise à monter considérablement dans le firmament fragile de la société new-yorkaise.

Quant à Charlie et à moi, notre nouvelle maison d'East Hampton est très belle. Un peu plus grande que nécessaire, mais vraiment belle. Nous n'avions pas besoin de deux courts de tennis, mais j'imagine que c'est bon de les avoir. Nos déjeuners du dimanche sont déjà devenus un événement social dans cette partie de la Rive Sud. Venez faire un tour la prochaine fois que vous passerez dans le coin. Ils sont très informels. Venez faire un tour si vous vous sentez à l'aise avec le genre de monde que nous aimons recevoir. Certains pourraient trouver nos invités un peu trop connus. La semaine dernière, par exemple, Claudette Colbert s'est simplement arrêtée en passant. Elle avait l'air tout à fait divine.

À titre de directeur de la division des publications chez Rothman, je réalise que je peux faire beaucoup de choses sans sortir de chez moi. Je n'ai donc pas besoin d'être toujours dans mon bureau, à Manhattan. En fait, dans la mesure où il s'agit de *Mode,* je laisse la plupart des décisions administratives à Alex, de sorte qu'elle est, en fait, à la fois la rédactrice et l'éditrice de la revue, ce qui nous arrange fort bien tous les deux. Quoique nous gardions l'appartement du Gainsborough comme pied à terre, notre vie se déroule désormais la plupart du temps ici. Même le canari y semble plus heureux. Là-bas, Bridget ne chantait presque jamais. Ici, elle chante à longueur de journée !

Nous avons transporté le sanctuaire d'Adam de Gainsborough à East Hampton. Je pense que c'est la raison pour laquelle Mel et Alex ne viennent pas nous rendre visite, même si Sagaponack n'est qu'à deux pas d'ici. Elle ne veut plus revoir ces vitraux.

Je ne crois pas qu'Alex finisse par oublier Skipper. Son amour pour lui fut une blessure trop profonde. J'ai beaucoup pensé aux trois hommes de la vie d'Alex : Skipper, Steven et Mel. Il y a différentes sortes d'amour, bien sûr. Mais quand Skipper est arrivé dans sa vie — et c'est le bon mot, il lui est tombé dessus comme un aigle sur sa proie — elle était trop jeune et il était un animal sexuel. Il sentait même le sexe. Quand il était dans une pièce avec vous, la pièce se chargeait de sexualité. En fait, ce fut probablement la seule chose que le pauvre Skipper ou Adam ait jamais eue.

Peut-être, à dix-sept ans, Alex pensait-elle que tous les hommes étaient ainsi et que c'était cela l'amour.

Puis est venu Steven. Malgré toute sa douceur, sa gentillesse et sa bonté — ou peut-être à cause de ces qualités — je suis sûr qu'il fut un amant passif, tout à fait à l'opposé de Skipper. Je sais que Steven l'a beaucoup aimée et je suis sûr qu'elle l'a aimé aussi mais c'était un autre genre d'amour. Elle se demandait : est-ce cela l'amour ?

Tous deux l'ont blessée de façon différente. Tous deux l'ont aimée de façon différente. Tous deux l'ont comblée de façon différente. Certes ils lui ont beaucoup donné, mais ils lui ont également beaucoup volé.

Je crois qu'en la personne de Mel, elle a enfin trouvé le meilleur. Ce serait banal de dire que Mel a finalement rendu Alex heureuse. C'est une femme trop intelligente et trop subtile pour penser que quelqu'un est plus heureux ou moins heureux qu'un autre. Or, pour dire les choses avec plus de simplicité, on n'est jamais ni plus heureux, ni plus malheureux qu'on décide de l'être. Mais, d'une certaine manière, son mariage avec Mel semble avoir fait d'Alex une meilleure éditrice, plus prête à oser, plus prête à risquer, plus prête à explorer l'inconnu. Le terme d'inconnu s'applique certainement à cette tentative d'établir un nouvel équilibre avec Joël. C'est un domaine où Mel joue un rôle très positif. Le passé est un lourd fardeau à porter dans la vie et s'il est une chose que Mel a assurément faite pour Alex, ce fut de l'aider à se libérer du passé. Y a-t-il un plus grand amour qui celui qui nous permet d'oublier les amours passées ? Je crois que non.

Je prie que ce soit vrai pour Alex, parce qu'elle mérite le plus grand des amours.

Car, voyez-vous, je l'aime, moi aussi, à ma façon.

Et je pense qu'à sa façon, elle m'aime aussi. C'est juste une autre sorte d'amour.

Il m'arrive parfois de penser que si l'amour pouvait être mis en bouteilles, ses crus rempliraient la plus grande des caves.

Hier, c'était mon anniversaire. Lequel? Je ne le dirai pas, parce qu'arrivé à ce point, je ne m'en souviens plus, mais c'était l'un d'entre eux. Je pense que l'âge est la plus ennuyeuse des statistiques. Pourquoi les Américains sont-ils tellement obsédés par l'âge? Pourquoi le *New York Times* insiste-t-il tellement pour parsemer ses pages de l'âge des gens, alors que l'âge n'a absolument rien à voir avec les événements qui y sont rapportés? C'est une question que je devrais poser à Joël, dans le cadre de son éventuelle carrière journalistique. S'il ne tenait qu'à moi, j'aimerais voir disparaître la notion d'âge.

Un énorme camion de livraison a remonté notre allée. Son cadeau, nous a-t-elle dit, serait à la fois un présent d'anniversaire et de pendaison de crémaillère. Nous avons déballé les caisses : elles contenaient de superbes commodes Boulle jumelles. Elles ne sont peut-être pas aussi belles que celle de tante Lily Rothman et elles ne viennent pas de Paris. Mais elles sont signées et elles sont en excellent état. Elles ont fière allure, là où nous les avons placées, de part et d'autre de la porte d'accès de la pièce que nous appelons l'*Orangerie*.

Comment était-elle au courant de ma passion pour les meubles Boulle? Je n'en ai pas la moindre idée, à moins, comme je le soupçonne, que tante Lily et Alex n'aient partagé cette idée. La carte était toute simple. Elle avait tracé un trait sur le mot « vieux », de sorte que le message se lisait ainsi :

POUR CE CHER ~~VIEUX~~ LENNY
XXXX
Alex et Mel

Au début, nous n'avons pas ouvert les tiroirs ni de l'un ni de l'autre des cabinets. Puis j'ai ouvert le tiroir supérieur de l'un des deux. Je me suis émerveillé devant le travail et la finesse avec lesquels il avait été réalisé. Retenu au bord du tiroir de bois de rose par du papier adhésif, se trouvait le jonc en or que Skipper lui avait donné pour son mariage. Avec l'alliance, il y avait une note qui disait : « Je pense que ceci te revient maintenant. » J'avoue que j'en avais les larmes aux yeux.

Il reste Fiona. J'imagine que vous vous demandez ce qu'il est advenu d'elle. Mais je crains de devoir avouer que j'ai plus ou moins perdu sa trace. Après son éviction du Westbury, faute d'avoir payé son loyer, j'ai entendu dire qu'elle s'était rendue à Los Angeles, où, dans ce monde fragile de la société hollywoodienne, et prétendant toujours être Dame Fiona Hesketh-Fenton, elle a assez bien réussi — pour un temps, bien sûr, sous l'égide d'un producteur dont le dernier film remonte à 1971. Puis j'ai appris qu'elle était à Duluth. Pourquoi Duluth? Je n'en ai pas la moindre idée. La seule chose que je sais au sujet de Duluth, c'est que son Holiday Inn ferme durant les mois d'hiver parce que les gouttelettes de verglas venant du lac Supérieur enrobent tout le motel d'une épaisse couche de glace.

Je n'ai jamais su quel projet stupide elle mijotait avec Joël, projet dont je faisais partie d'une certaine façon. Il s'agissait sans aucun doute de quelque chose qui, elle l'espérait, allait m'embarrasser, me faire peur ou peut-être me faire chanter. Inutile de dire que je ne m'en suis jamais enquis. Je ne voudrais pas qu'il sache que sa mère et moi avons jeté un regard sur son journal intime.

Personnellement, je n'ai rien contre Fiona. Ce n'est qu'une fille qui a gâché sa vie à Londres et qui a tenté de se recréer à New York. La plupart des gens aimeraient le faire de temps à autre, me semble-t-il. N'avez-vous jamais pensé à mettre votre vieux « moi » de côté pour recommencer à neuf, ailleurs, comme quelqu'un d'autre, avec une toute nouvelle personnalité? Bien sûr que si.

Nous sommes tous des gens qui ont tenté de se réinventer, bien que certains d'entre nous aient eu plus de succès que d'autres. Quand j'ai quitté Sharkey County, dans mon Mississipi natal, j'ai été capable de repartir à zéro. Alexandra Rothman Jorgenson, une petite fille de l'ouest du Missouri, est venue à l'est et s'est réincarnée comme Grande Prêtresse de la Mode américaine. La mère d'Alex, une maîtresse de maison du Midwest, rêvait de se recréer en auteur de théâtre pour Broadway. Mel Jorgenson, le fils d'un tailleur de Brooklyn, a fait rouler des billes dans sa bouche jusqu'à ce qu'il perde son accent et s'est transformé en l'un des présentateurs les plus populaires. Le pauvre Adam Amado a tenté de se métamorphoser encore et encore. J'ai même pensé un jour que je pourrais l'aider à sortir enfin le lapin du chapeau. Herbert Rothman a voulu changer de personnalité, mais son père ne l'a pas laissé faire. Il en fut de même pour Steven. Ho Rothman a commencé une nouvelle vie il y a soixante-dix ans, dans l'imprimerie d'un journal défunt de Newark.

Fiona a presque réussi. En ce qui me concerne, elle n'a commis qu'une seule erreur. Elle n'aurait pas dû tenter de me mêler à ses intrigues. Elle n'aurait pas dû tenter de mêler à ses intrigues ce cher vieux Lenny.

East Hampton, New York
1990

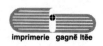

imprimerie gagné ltée

IMPRIMÉ AU CANADA